Le Siècle.

LA CABANE
DE
L'ONCLE TOM

PAR

MISTRESS HARRIETT BEECHER-STOWE.

Traduction

DE MM. EDMOND TEXIER ET LÉON DE WAILLY.

Prix : 1 fr. 25

POUR LES ABONNÉS DU SIÈCLE.

PARIS

BUREAU DU SIÈCLE,

RUE DU CROISSANT 16

M DCCC LIII

A. VIALON. DEL.   J. GUILLAUME. SC.

Le Siècle.

LA CABANE

DE

L'ONCLE TOM

PAR

MISTRESS HARRIETT BEECHER-STOWE.

Traduction

DE MM. EDMOND TEXIER ET LÉON DE WAILLY.

Prix : 1 fr. 25

POUR LES ABONNÉS DU SIÈCLE.

PARIS

BUREAU DU SIÈCLE,

RUE DU CROISSANT, 16

M DCCC LIII

Le Siècle

LA CABANE

DE

L'ONCLE TOM

PAR MISTRESS HARRIETT BEECHER-STOWE.

TRADUCTION DE MM. L. DE WAILLY ET ED. TEXIER.

PARIS.

AU BUREAU DES PUBLICATIONS LITTÉRAIRES DU SIÈCLE,

16, RUE DU CROISSANT.

—

1852.

Mistress Harriett Beecher-Stowe.

TRADUCTION DE MM. LÉON DE WAILLY ET EDMOND TEXIER.

LA
CABANE DE L'ONCLE TOM.

CHAPITRE 1er.

Dans lequel on présente le lecteur à un ami de l'humanité.

Par une froide après-dîner de février, assez tard, deux gentlemen prenaient leur vin tête à tête dans une élégante salle à manger de la ville de P..., dans le Kentucky. Il n'y avait pas de domestiques présens, et les gentlemen, les chaises rapprochées, paraissaient prendre fort au sérieux le sujet de leur discussion.

Nous avons dit, pour plus de commodité, deux *gentlemen*. Cependant l'un des convives, à l'examiner de près, ne semblait pas, rigoureusement parlant, appartenir à cette classe. C'était un homme trapu, avec des traits communs, grossiers même, et cet air de prétention particulier aux hommes de bas étage qui tâchent de se faufiler dans le monde. Il était trop habillé, avec son gilet bariolé de couleurs, avec sa cravate bleue toute semée de taches jaunes, et dont le nœud à effet était parfaitement en rapport avec l'apparence générale du personnage. Ses grosses mains vulgaires étaient chargées de bagues, et il portait une lourde chaîne d'or, avec un paquet d'énormes breloques de toutes couleurs, — que, dans la chaleur de l'entretien, il avait l'habitude de faire tourner et résonner avec une satisfaction évidente. Sa conversation n'annonçait pas un grand respect pour la grammaire de Murray, et était entremêlée d'expressions profanes que notre désir d'être exact ne va pas jusqu'à transcrire.

Son compagnon, monsieur Shelby, avait, lui, l'air d'un gentleman ; et la manière dont la maison était tenue annonçait de l'aisance et même de la richesse. Ainsi que nous l'avons dit, l'entretien était fort animé.

— Voilà comme j'arrangerais la chose, dit monsieur Shelby.

— Je ne peux pas faire des affaires de cette façon-là, — je ne le peux positivement pas, monsieur Shelby, dit l'autre en élevant un verre de vin entre son œil et la lumière.

— Le fait est, Haley, que Tom n'est pas un garçon ordinaire ; il vaut certainement cette somme-là. — Tranquille,

honnête, capable, il fait aller ma ferme comme une horloge.

— Vous voulez dire honnête pour un nègre, repartit Haley en se servant un verre d'eau-de-vie.

— Non ; je dis sérieusement que Tom est un brave garçon, tranquille, sensé, pieux. Ses sentimens religieux datent d'il y a quatre ans, à un *camp-meeting* ; et je le crois très sincère. Depuis lors, je lui ai confié tout ce que je possède, — argent, maison, chevaux, — je l'ai laissé aller et venir dans le pays, et je l'ai toujours trouvé plein de franchise et de droiture.

— Certaines gens croient qu'il n'y a pas de nègres pieux, Shelby, dit Haley avec un geste candide ; mais je ne suis pas de ces gens-là. J'avais un gaillard, dans le dernier lot que j'ai conduit cette année à la Nouvelle-Orléans, — vraiment, ça valait un *meeting* d'entendre cet être-là prier ; avec ça qu'il était tout doux et tout tranquille. Il m'a rapporté gros, en outre, car je l'avais acheté à bon compte d'un homme qui était obligé de vendre ; et j'ai réalisé six cents dollars avec lui. Oui, je considère la piété comme une chose précieuse chez un nègre, quand l'article n'est pas frelaté.

— Eh bien ! l'article de Tom est de bonne qualité si jamais il en fût, repartit l'autre. Tenez, l'automne dernier, je l'ai laissé aller seul à Cincinnati faire des affaires pour moi ; il devait me rapporter cinq cents dollars. — Tom, lui ai-je dit, je me fie à vous, parce que je pense que vous êtes un chrétien ; je sais que vous ne voudriez pas me tromper. Tom revint à point nommé ; j'en étais sûr. De mauvais gueux, dit-on, lui avaient dit : — Tom, pourquoi n'allez-vous pas faire un tour dans le Canada ? — Ah ! mon maître s'est fié à moi ; je ne ferai jamais une chose pareille. On me l'a raconté. Je suis fâché de me défaire de Tom, je dois le dire. Vous devriez l'accepter en règlement de notre compte ; et vous le feriez, Haley, si vous aviez un peu de conscience.

— Ma foi ! j'ai autant de conscience qu'on en peut avoir dans les affaires, — tout juste de quoi pouvoir prêter serment, vous savez, dit le marchand d'un ton plaisant ; et puis, je suis disposé à faire tout ce qui est raisonnable pour obliger un ami. Mais cette année-ci, voyez-vous, est un peu trop dure pour le pauvre monde, — un peu trop dure.

1

Le marchand soupira d'un air contemplatif et se versa encore de l'eau-de-vie.

— Eh bien, donc, Haley, quel marché voulez-vous faire? dit monsieur Shelby après un pénible silence.

— N'avez-vous pas un garçon ou une fille que vous pourriez ajouter à Tom?

— Hem! — je n'en ai pas dont je pourrais facilement me passer. A vrai dire, c'est seulement une dure nécessité qui me fait consentir à vous vendre; je n'aime à me défaire d'aucun de mes bras, voilà le fait.

Ici, la porte s'ouvrit, et un petit quarteron de quatre à cinq ans entra dans la chambre. Il y avait dans sa personne quelque chose de remarquablement beau et attrayant. Ses cheveux noirs, fins comme de la soie, tombaient en boucles autour de ses joues à fossettes; et ses grands yeux noirs, pleins de feu et de douceur, lançaient de dessous leurs longs cils un regard curieux. Une robe de tartan rouge et jaune, très bien faite, faisait avantageusement ressortir son genre de beauté; et un certain air d'assurance comique, mêlé de timidité, indiquait qu'il était habitué à être gâté par son maître.

— Holà! Jim Crow! dit monsieur Shelby en sifflant et en lui jetant une grappe de raisins secs; ramassez cela.

L'enfant courut de toute sa petite force après sa proie, tandis que son maître riait.

— Venez ici, Jim Crow! dit celui-ci. L'enfant vint, et le maître frappa sur sa tête bouclée et le prit par le menton.

— Maintenant, Jim, montrez à monsieur comment vous dansez et vous chantez. L'enfant commença d'une voix claire une de ces chansons sauvages et grotesques communes parmi les nègres, accompagnant son chant d'évolutions comiques parfaitement en mesure avec la musique.

— Bravo! dit Haley, qui lui jeta un quartier d'orange.

— Maintenant, Jim, marchez comme le vieil oncle Cudjoe, lorsqu'il a son rhumatisme. Aussitôt les membres flexibles de l'enfant devinrent tout contrefaits, son dos se voûta, et, la canne de son maître à la main, il alla clopin clopant autour de la chambre, sa petite mine allongée, et crachant de droite et de gauche comme fait un vieillard.

Les deux gentlemen riaient aux éclats.

— Maintenant, Jim, dit son maître, montrez nous comment le vieux Elder Robbins conduit le psaume. Le petit garçon allongea de plus belle sa figure bouffie, et se mit à chanter du nez un psaume avec une imperturbable gravité.

— Hourra! bravo! quel petit gaillard! dit Haley; le sujet promet. Ecoutez, dit-il tout à coup en frappant sur l'épaule de monsieur Shelby, ajoutez ce petit bonhomme, et je conclus le marché, — en vérité. Allons, voyons, n'est-ce pas faire la chose au plus juste?

En ce moment, la porte fut tout doucement ouverte et livra passage à une quarteronne d'environ vingt-cinq ans.

Il ne fallut qu'un regard de l'enfant jeté sur elle pour indiquer qu'elle était sa mère. C'étaient le même œil noir avec ses longs cils, la même chevelure ondoyée et soyeuse. Sa peau brune laissait percer une légère rougeur, qui devint plus vive lorsqu'elle vit le regard de l'étranger se fixer sur elle avec toute la hardiesse d'une admiration non déguisée. Sa toilette, des plus soignées, avantageait sa taille bien prise; — une main délicate et un pied fin n'échappèrent pas à l'œil exercé du marchand, qui savait apprécier du premier coup d'œil la valeur d'une belle femelle.

— Eh bien! Eliza! dit son maître, comme elle s'arrêtait, le regardant avec hésitation.

— Je cherchais Harry, sous votre bon plaisir, monsieur. Et l'enfant bondit vers elle lui montrant son butin, qu'il avait ramassé dans sa jupe.

— Emmenez-le, dit monsieur Shelby; et elle se retira vite, emportant l'enfant dans ses bras.

— Par Jupiter! s'écria le marchand, se tournant vers monsieur Shelby avec admiration; voilà un article, pour le coup. Vous pourriez faire votre fortune avec cette fille à la Nouvelle-Orléans, quand vous voudriez. J'ai vu, de mon

temps, payer plus d'un millier de dollars des filles qui ne la valaient pas.

— Je n'ai pas envie de faire ma fortune avec elle, dit sèchement monsieur Shelby. Et cherchant à détourner la conversation, il déboucha une nouvelle bouteille de vin, et demanda à son compagnon ce qu'il en pensait.

— Excellent, monsieur, — premier choix, dit le marchand; puis se tournant, et frappant familièrement sur l'épaule de Shelby, il ajouta : — Voyons, combien voulez-vous de cette fille? — Qu'est-ce qu'il faut que je vous en offre?

— Elle n'est pas à vendre, monsieur Haley, répondit Shelby. Ma femme ne voudrait pas la céder pour son pesant d'or.

— Oui, oui, les femmes disent toujours ces sortes de choses, parce qu'elles n'entendent rien au calcul. Faites-leur voir combien de montres, de plumes et de bijou on a pour son pesant d'or, et ça change diantrement la question, je vous promets.

— Je vous répète, Haley, qu'il n'en faut pas parler; quand j'ai dit non, c'est non, dit Shelby d'un ton décidé.

— Eh bien! vous me céderez l'enfant, alors, dit le marchand; convenez que je vous en donne un joli prix.

— Que voulez-vous faire de cet enfant?

— J'ai un ami qui se lance dans ce genre d'affaires, — et qui veut acheter de jolis enfans pour les revendre. Des articles de fantaisie tout à fait. — Il les vend comme garçons d'hôtels, etc., à des richards qui ont de quoi en payer de jolis. Ça pose bien un de ces grands établissemens d'avoir un garçon vraiment beau, là, pour ouvrir la porte et servir. Ils rapportent une bonne somme; et ce petit diable est un si drôle de chanteur qu'il fait juste l'affaire.

— J'aimerais mieux ne pas le vendre, dit monsieur Shelby d'un air pensif; le fait est, monsieur, que je suis humain, et que j'ai de la répugnance à enlever cet enfant à sa mère, monsieur.

— Oh! vraiment? — Oui dà! — quelque chose comme ça. Je comprends parfaitement, c'est bien désagréable d'avoir affaire à des femmes, quelquefois; je déteste toutes leurs piailleries, leurs criailleries. Elles sont diablement désagréables; mais, en général, je m'arrange de façon à les éviter, monsieur. Vous n'avez qu'à éloigner la fille pour un jour ou une semaine, et la chose se fait tranquillement; — tout est fini avant qu'elle revienne. Votre femme n'aurait qu'à lui donner quelques boucles d'oreilles, ou une robe neuve, ou quelques compensations de cette espèce, pour la consoler.

— Je crois que cela ne suffirait pas.

— Eh! mon Dieu, si! Ces créatures-là ne sont pas comme les blancs, vous savez; elles en prennent leur parti, quand on sait bien mener les choses. On prétend, ajouta Haley d'un air candide et confidentiel, que ce genre de commerce endurcit le cœur; mais je ne trouve pas ça, moi. Le fait est que je n'ai jamais pu m'y prendre comme certaines gens. J'en ai vu qui arrachaient l'enfant des bras de sa mère et le mettaient en vente, tandis qu'elle criait tout le temps comme une folle. — Très mauvaise politique, — ça gâte l'article; — ça vous le rend quelquefois tout à fait impropre au service. J'ai connu, à la Nouvelle-Orléans, une fille vraiment belle qui a été complètement perdue par cette sorte de traitement. L'homme qui la marchandait ne voulait pas de son enfant, et c'était une fière gaillarde quand le sang lui bouillait. Il fallait voir comme elle serrait son enfant dans ses bras, comme elle en disait, que c'était réellement effrayant; ça me fait frissonner d'y penser; et lorsqu'on emmena l'enfant et qu'on enferma la mère, voilà-t-il pas que la tête lui partit et qu'elle mourut en une semaine. Mille dollars jetés par la fenêtre, monsieur, et cela, faute de s'y bien prendre; c'est comme ça. Il vaut toujours mieux être humain, monsieur; j'en ai fait l'expérience. Et le marchand se renversa sur sa chaise et se croisa les bras d'un air de détermination vertueuse; il avait l'air de se croire la doublure de Wilberforce.

Le sujet paraissait intéresser profondément notre homme, car tandis que monsieur Shelby pelait une orange d'un air pensif, Haley reprit avec toute la modestie convenable, mais comme forcé par la vérité de dire quelques mots de plus :

— Il ne sied pas de faire son propre éloge ; mais je le dis parce que c'est la vérité. Je crois être connu pour amener les plus beaux troupeaux de nègres qu'on voie ici, — du moins on me l'a dit. Je l'ai fait cent fois si je l'ai fait une, — tous en bon état, — gras et de bonne mine ; et j'en perds aussi peu que personne. Eh bien ! je l'attribue à la manière dont je m'y prends, monsieur ; et l'humanité, monsieur, je puis le dire, fait la base de mon système, à moi.

Monsieur Shelby, qui ne savait que dire, répondit : — En vérité !

— Eh bien ! monsieur, on s'est moqué de mes idées, et on m'a fait des représentations. Mes idées ne sont pas populaires, et elles ne sont pas communes : mais je m'y suis tenu, monsieur, je m'y suis tenu, et j'ai réalisé gros avec ces idées là. Oui, monsieur, elles ont payé leur passage, je puis le dire. Et le marchand se mit à rire de sa plaisanterie.

Il y avait quelque chose de si piquant et de si original dans l'exposé de ces sentimens d'humanité, que monsieur Shelby ne put s'empêcher de rire avec Haley. Peut-être riez-vous aussi, cher lecteur ; mais vous savez que l'humanité se présente sous bien des formes étranges aujourd'hui, et qu'il n'y a pas de limite aux choses étranges que certaines gens peuvent dire et faire.

Le rire de monsieur Shelby encouragea le marchand à continuer.

— C'est singulier, mais je n'ai jamais pu fourrer ça dans la tête des gens. Tenez, il y avait Tom Loker, mon ancien associé à Natchez ; c'était un garçon entendu que ce Tom ; seulement c'était un diable avec les nègres. — C'était par principe, voyez-vous ; car jamais il n'y eut meilleur cœur au monde. C'était son *système*, monsieur. J'avais coutume de dire à Tom : — Voyons, Tom, quand vos filles se mettent à crier, à quoi bon leur cogner la tête et leur tomber sur le casaquin ? C'est ridicule, que je lui dis, et ça n'est bon à rien. Je ne vois pas du mal à ce qu'elles pleurent, que je dis ; c'est dans la nature, et si la nature ne s'échappe pas d'un côté, elle le fera de l'autre. D'ailleurs, Tom, que je dis, ça vous gâte vos filles ; elles deviennent maladives et tout abattues, et quelquefois elles deviennent laides, — surtout les jeunes, — et c'est le diable alors pour s'en tirer. Ah ça ! que je dis, pourquoi ne pas leur prendre par la douceur ? Croyez-moi, Tom, un peu d'humanité de temps en temps vaut mieux que toutes vos injures et tous vos coups, et ça rapporte plus, croyez-moi. Mais Tom ne put pas se faire à ça ; et il m'en gâtait tant, que je fus obligé de rompre avec lui, quoique ce fût un brave garçon, et aussi habile en affaires que pas un.

— Et trouvez-vous que votre méthode vaut mieux que celle de Tom ?

— Oui, monsieur, je puis le dire. Il n'en est pas des nègres comme des blancs, qui sont élevés avec l'espoir de garder leurs enfans et leurs femmes. Les nègres, vous savez, qui sont dressés comme il faut, n'ont pas de ces sortes d'espérances : de façon que tout ça s'arrange plus aisément.

— J'ai peur alors que les miens n'aient pas été bien dressés, répliqua monsieur Shelby.

— Je crois que non ; vous autres du Kentucky, vous gâtez vos nègres. Vos intentions sont bonnes, mais ce n'est pas de la vraie bonté, après tout. Un nègre, voyez-vous, qui est destiné à être trimballé de par le monde, et vendu à Tom, à Dick, et à Dieu sait qui, ça n'est pas de la bonté que de lui donner des idées et des espérances, et de l'élever trop bien, parce que tout ce qui lui tombe sur le dos ensuite lui semble plus rude à supporter. Or, j'ose le dire, vos nègres auraient tous l'oreille basse là où nos nègres de plantation seraient à chanter et à crier comme des possédés. Chacun, vous le savez, monsieur Shelby, a naturellement bonne opinion de sa méthode ; et je crois trai-ter les nègres aussi bien qu'ils valent la peine d'être traités.

— C'est une heureuse chose d'être satisfait, dit monsieur Shelby, haussant légèrement les épaules d'un air désagréablement affecté.

— Eh bien ! reprit Haley, après un instant de silence, que dites-vous ?

— J'y réfléchirai et j'en parlerai à ma femme. En attendant, Haley, si vous voulez que vos affaires se fassent sans bruit comme vous dites, il vaut mieux qu'on ne le sache pas dans le voisinage. Mes nègres l'apprendront, et on ne les emmènera pas sans bruit, s'ils le savent, je vous assure.

— Oh ! certainement ; motus, comme de raison ! mais je vais vous dire : je suis diablement pressé, et je voudrais savoir aussitôt que possible sur quoi je puis compter, dit-il en se levant et mettant son pardessus.

— Eh bien ! revenez ce soir entre six et sept heures ; vous aurez ma réponse, dit monsieur Shelby. Et le marchand se retira en faisant un salut.

— J'aurais voulu pouvoir jeter le drôle du haut en bas de l'escalier, se dit monsieur Shelby, lorsqu'il vit la porte tout à fait refermée ; quelle impudence ! Mais il sait combien je suis à sa discrétion. Si l'on m'eût jamais dit que je vendrais Tom à un de ces coquins de marchands du Sud, j'aurais répondu : — Votre serviteur est-il un chien, pour être capable d'une pareille chose ? Et pourtant il faut en venir là, à ce que je vois ! Et l'enfant d'Elisa aussi ! Je sais que j'aurai maille à partir avec ma femme à ce sujet, et quant à cela, pour Tom aussi. Voilà ce que c'est que de s'endetter, — hélas ! Le drôle voit l'avantage qu'il a sur moi, et veut en profiter.

C'est peut-être dans l'Etat de Kentucky que le système de l'esclavage se présente sous la forme la plus douce. Le genre paisible et gradué d'agriculture qui y domine n'exigeant pas ces momens de presse qui sont une nécessité dans les districts plus méridionaux, rend la tâche des nègres plus douce et plus raisonnable ; tandis que le maître, content d'un profit plus gradué, n'a pas de ces tentations de dureté de cœur auxquelles succombe toujours la fragilité humaine, lorsque le seul gain rapide n'a pas pour contrepoids que les intérêts de créatures dénuées de secours et de protection.

Quiconque y visite quelques terres, et est témoin de la bonté de certains maîtres, de certaines maîtresses, et de la fidélité affectueuse de certains esclaves, serait tenté de croire qu'il voit réalisé ce rêve poétique de l'institution patriarcale ; mais sur tout cela plane une ombre sinistre, — l'ombre de la *loi*. Tant que la loi considérera tous ces êtres humains aux cœurs palpitans, comme autant de *choses* appartenant à un maître, — tant que la ruine, le malheur, l'imprudence ou la mort du meilleur propriétaire peuvent à tout instant les forcer de changer une vie de protection et de bienveillance contre une vie de fatigue et de misère, — l'administration la mieux dirigée ne fera jamais rien de l'esclavage.

M. Shelby était un brave homme, disposé à rendre la vie douce à ceux qui l'entouraient, et ce qui pouvait contribuer au bien-être physique des nègres n'avait jamais manqué sur sa plantation. Mais il avait été trop facile dans ses spéculations ; il était très obéré, et ses billets, qui s'élevaient à une forte somme, étaient tombés aux mains de Haley. Ce petit renseignement donne la clef de la conversation précédente.

Or, en approchant de la porte, Eliza avait saisi assez de cette conversation pour comprendre qu'un marchand proposait à son maître de lui céder quelqu'un de ses esclaves.

Elle aurait bien voulu rester à la porte pour écouter, lorsqu'elle sortit du parloir, mais sa maîtresse l'avait appelée au moment même.

Cependant, elle crut avoir entendu le marchand faire une offre pour son enfant ; — avait-elle pu se méprendre ? Son cœur se gonfla, et involontairement elle serra si fort le petit Harry qu'il la regarda avec étonnement.

— Eliza, ma fille , qu'est-ce qui vous chagrine aujourd'hui ? lui dit sa maîtresse, voyant qu'elle renversait le pot à l'eau, tout ce qu'elle touchait, et finalement qu'elle lui offrait une longue robe de chambre au lieu de la robe de soie qu'elle avait eu ordre d'aller prendre.

Eliza tressaillit. — Oh ! maîtresse ! dit-elle en levant les yeux ; et, fondant en larmes, elle s'assit sur une chaise et se mit à sangloter.

— Eh bien, Eliza, mon enfant ! qu'est-ce qui vous chagrine ? répéta sa maîtresse.

— Oh ! maîtresse, maîtresse! dit Eliza, il y a dans le parloir un marchand qui cause avec maître. Je l'ai entendu.

— Eh bien! absurde enfant, quand cela serait?

— Oh ! maîtresse, croyez-vous que maître voudrait vendre mon petit Harry ? Et la pauvre créature se rejeta sur une chaise, avec des sanglots convulsifs.

— Le vendre ? Non, folle que vous êtes ! Vous savez que votre maître ne traite pas avec ces marchands du Sud, et qu'il ne vend jamais aucun de ses serviteurs, tant qu'ils se conduisent bien. Allons donc, fille extravagante, qui pensez-vous qui voudrait acheter votre Harry ? Croyez-vous donc que tout le monde est coiffé de lui comme vous l'êtes, petite buse? Voyons, reprenez votre gaieté, et agrafez ma robe. Là, maintenant, arrangez mes cheveux de derrière, faites-moi la jolie tresse que vous avez apprise l'autre jour, et dorénavant n'écoutez plus aux portes.

— Mais, enfin, maîtresse, vous ne voudriez jamais donner votre consentement, vous, à...

— Quelle absurde idée, mon enfant ! assurément non, jamais. Pourquoi parler ainsi ? J'aimerais autant vendre un de mes enfans. Mais réellement, Eliza, vous devenez par trop fière de ce petit bonhomme. Un homme ne peut pas mettre le nez à la porte que vous ne pensiez qu'il vient l'acheter.

Rassurée par ce ton de confiance, Eliza procéda lentement et avec adresse à la toilette de sa maîtresse, tout en riant de ses propres craintes.

Mistress Shelby était une femme très distinguée, au point de vue intellectuel et moral. A cette générosité d'âme qu'on a si souvent l'occasion de remarquer chez les femmes du Kentucky, elle joignait des principes de religion et de haute moralité qu'elle mettait en pratique avec beaucoup d'énergie et d'habileté. Son mari, qui ne professait ni précisément lui-même des sentimens de piété, n'en respectait pas moins les sentimens solides de sa femme et avait peut-être un peu peur de son opinion. Ce qu'il y a de certain, c'est qu'il n'entravait en rien ses efforts bienveillans pour l'instruction, le bien-être et l'amélioration de leurs serviteurs, quoiqu'il ne s'y associât pas positivement lui-même. Le fait est, que sans croire absolument à la doctrine de l'efficacité des bonnes œuvres des saints, il semblait réellement s'imaginer que sa femme avait assez de piété et de bienveillance pour deux, et il nourrissait un vague espoir de gagner le ciel à la faveur de l'excédant des qualités qu'elle possédait.

Le plus lourd que lui laissa sa conversation avec le marchand, ce fut la nécessité d'apprendre à sa femme l'arrangement qu'il avait en vue, — prévoyant bien les instances et l'opposition qu'il allait rencontrer.

Mistress Shelby, qui ignorait entièrement les embarras de son mari, et qui savait seulement combien il était bon, avait été tout à fait sincère dans l'incrédulité avec laquelle elle avait repoussé les soupçons d'Eliza. Aussi n'y pensa-t-elle plus, et occupée qu'elle était de ses apprêts pour une visite du soir, cette pensée lui sortit tout à fait de l'esprit.

CHAPITRE II.

La Mère.

Dès sa plus tendre jeunesse, Eliza avait été élevée par sa maîtresse en enfant gâté.

Quiconque a voyagé dans le Sud, a dû remarquer comme un trait caractéristique la douceur de la voix et des manières des quarteronnes et des mulâtresses. Ces grâces, naturelles à la quarteronne, sont souvent unies à la plus éblouissante beauté ; ces femmes sont , dans tous les cas, toujours agréables et séduisantes. Telle que nous venons de la dépeindre, Eliza n'est pas une ébauche de fantaisie. Nous l'avons esquissée de souvenir, comme elle nous est apparue, il y a quelques années, dans le Kentucky. Sous la sauvegarde tutélaire de sa maîtresse, Eliza avait atteint l'âge de la maturité, sans éprouver les ordinaires tentations que suggère la beauté, cet héritage si fatal pour une esclave. Elle avait été mariée à un jeune mulâtre plein de talens, lequel était esclave sur une plantation voisine. Il s'appelait Georges Harris. Son maître le louait à la journée et l'envoyait travailler dans une manufacture de toile à sacs où son adresse et son habileté l'avaient fait regarder comme le meilleur ouvrier de l'établissement. Georges Harris avait inventé une machine pour nettoyer le chanvre, et si l'on considère la position et l'éducation de l'inventeur, on reconnaîtra qu'il avait déployé autant de génie mécanique que Whitney dans la confection du *cotton-gin* (1).

Très bien de sa personne, et de manières agréables, Georges était le favori de l'établissement ; cependant, comme aux yeux du législateur il n'était pas un homme, mais une *chose*, Georges Harris, malgré ses qualités supérieures, se trouvait soumis au contrôle d'un maître despotique, vulgaire et à idées étroites. Ce gentleman, ayant entendu parler de tous côtés de l'invention de l'esclave, avait vite enfourché son cheval, et s'était rendu à la manufacture pour examiner le travail de cette intelligente *propriété*. Le maître fut reçu avec empressement par le manufacturier, qui le félicita de posséder un esclave aussi précieux. Notre gentleman fut ensuite conduit dans la manufacture, où Georges lui montra la machine dont il était l'inventeur. Dans sa joie, l'esclave parlait avec tant de facilité, il se tenait si droit, il était si beau, il paraissait si mâle, que son maître, en le voyant ainsi, eut la conscience de son infériorité. De quel droit son esclave se permettait-il de courir la campagne, d'inventer des machines, et de tenir la tête haute devant des *gentlemen* ? Il saurait bientôt mettre fin à tout cela en le reprenant et en l'obligeant à râcler et à bêcher le jardin. Alors il verrait si Georges continuerait à être aussi pimpant. Le régisseur et les ouvriers ne furent pas peu surpris, quand le maître demanda tout à coup les gages de Georges, et annonça son intention de le reprendre.

— Mais, monsieur Harris, représenta le régisseur, voilà une détermination bien prompte.

— Qu'est-ce que cela fait? répondit celui-ci. Est-ce que cet homme n'est pas à *moi*?

— Nous ne demandons pas mieux que d'augmenter les gages de Georges.

— Il ne s'agit pas de cela, monsieur ; je ne loue mes gens qu'autant que cela me plaît.

— Cependant, monsieur, Georges paraît tout à fait propre à la besogne qu'il fait.

— Cela peut être ; quoiqu'à vrai dire il n'ait jamais été très propre à quoi que ce soit de ce que je lui ai fait faire.

— Vous oubliez, objecta malencontreusement un ouvrier, qu'il est l'inventeur de cette machine.

— Oh! oui, — une machine qui épargne de l'ouvrage, n'est-ce pas? Il est bien capable d'inventer cela , j'en suis sûr. Laissez faire un nègre et il ne songera pas à autre chose. Ils sont tous disposés à s'épargner du travail, tous, sans exception. Mais il marchera.

Georges resta atterré en entendant prononcer l'arrêt de sa destinée soumise à un pouvoir irrésistible ; il croisait ses bras avec violence, mordait ses lèvres pendant qu'un volcan de pensées amères brûlait son sein et lançait dans ses veines des ruisseaux de feu ; il respirait difficilement. Son

(1) Machine à égrener le coton.

grand œil noir étincelait ; et il aurait pu se laisser aller à une explosion dangereuse, si le manufacturier, lui frappant amicalement sur le bras, ne lui avait dit à voix basse :

— Contenez-vous, Georges, allez avec lui pour le moment ; nous tâcherons de venir à votre secours.

Le tyran avait remarqué le chuchottement et deviné ce qui avait été dit. Il n'en fut que plus excité à exercer son pouvoir sur sa victime.

Georges fut ramené chez son maître et condamné aux plus rudes travaux de la ferme. L'esclave avait assez de force pour ne pas laisser échapper une parole irrérencieuse ; mais l'éclair que lançaient ses yeux, son front chargé de nuages, dissimulaient mal ses souffrances. Cette manifestation involontaire n'est-elle pas une preuve trop claire que l'homme ne peut devenir *une chose* ?

— C'était dans les jours heureux où il était employé à la manufacture que Georges avait vu et épousé Éliza. A cette époque, l'esclave, favorisé par le manufacturier, avait la liberté d'aller et de venir à son gré. Mistress Shelby, avec cette propension qu'ont les femmes à faire des mariages, avait fort approuvé cette union. Elle avait été ravie d'unir sa belle favorite à un homme qui semblait, sous tous les rapports, convenir parfaitement à cette dernière. La cérémonie matrimoniale avait donc eu lieu dans le grand parloir de mistress Shelby, qui avait préalablement pris soin d'orner de fleurs d'oranger les beaux cheveux de la fiancée ; c'était elle aussi qui avait jeté le voile sur la tête d'Éliza. Jamais voile de mariée ne fut posé sur une tête plus belle.

? Il y avait eu profusion de gants blancs, de vins et de gâteaux, les invités s'étaient récriés sur la beauté de la mariée et les libéralités de sa maîtresse. Pendant un an ou deux, Éliza vit son mari fréquemment, et rien n'aurait troublé le bonheur des deux époux s'ils n'avaient eu à déplorer la perte de deux jeunes enfans, adorés de leur mère. Éliza s'était abandonnée à un si vif chagrin, que sa maîtresse avait cru devoir lui adresser de douces remontrances à ce sujet, et elle s'était efforcée de diriger vers la religion la douloureuse surexcitation de la jeune femme. Le ciel lui ayant donné un nouvel enfant, Éliza fut plus calme, son cœur encore saignant se donna tout entier au petit Harry, et sembla renaître jusqu'au jour où son mari, arraché au bon manufacturier chez lequel il travaillait, fut ramené sous la verge de fer de son propriétaire légitime.

Fidèle à sa promesse, le manufacturier avait fait une visite à monsieur Harris, une semaine ou deux après le retour de Georges ; il avait pensé que, la colère du maître dissipée, il lui serait facile de rendre l'esclave à son ancien travail ; mais au premier mot dit par lui, il n'avait reçu de monsieur Harris que cette brusque réponse :

— Ne prenez pas la peine de parler plus longuement, je sais ce que j'ai à faire.

— Loin de moi la prétention de me mêler de vos affaires, monsieur, répondit le manufacturier ; seulement, j'avais pensé qu'il était de votre intérêt de me louer votre esclave, aux conditions que je vous ai proposées.

— Oh ! je comprends ! J'ai vu vos clignemens d'yeux, j'ai entendu vos chuchottemens le jour où j'ai ramené Georges de la manufacture, mais je ne me laisserai pas attraper. Nous sommes dans un pays libre, cet homme est à moi, et je dispose de lui comme il me convient. Voilà !

Ainsi tomba la dernière espérance de Georges ; il ne pouvait plus s'attendre qu'à un avenir de peine et de fatigues, rendu plus amer par toutes les vexations que pouvait imaginer la plus ingénieuse tyrannie.

Un jurisconsulte très humain a dit : Le pire traitement que l'on peut faire subir à un homme, c'est de le pendre. Hélas ! on peut encore lui infliger un traitement pire.

CHAPITRE III.

Époux et Père.

Mistress Shelby était allée faire sa visite, et Éliza se tenait dans la véranda, suivant du regard la voiture qui s'éloignait, lorsqu'une main se posa sur son épaule. Elle se retourna, et un sourire illumina ses beaux yeux.

— Est-ce vous, Georges ? Comme vous m'avez effrayée ! Je suis si contente que vous soyez arrivé ! Maîtresse est allée passer la soirée en ville ; ainsi venez dans ma petite chambre, nous aurons tout notre temps à nous.

A ces mots, elle l'entraîna dans une jolie petite pièce qui donnait sur la véranda, et où elle cousait d'ordinaire, pouvant de là entendre l'appel de sa maîtresse.

— Comme je suis contente ! vous n'avez pas l'air gai ! — regardez Harry comme il grandit. L'enfant regardait timidement son père à travers ses boucles de cheveux, tout en se serrant contre la jupe de sa mère. N'est-ce pas qu'il est beau ? dit Éliza en relevant ses longues boucles et en l'embrassant.

— Je voudrais qu'il ne fût pas né, dit Georges avec amertume. Je voudrais n'être pas né moi-même.

Surprise et effrayée, Éliza s'assit, pencha sa tête sur l'épaule de son mari, et fondit en larmes.

— Là, voyons, Éliza, c'est mal à moi de vous faire ce chagrin, pauvre fille ! dit-il avec tendresse ; c'est bien mal. Oh ! comme je voudrais que vous ne m'eussiez jamais vu, — vous auriez pu être heureuse !

— Georges ! Georges ! comment pouvez-vous parler ainsi ? qu'est-il arrivé de terrible, ou que doit-il arriver ? Il me semble que nous avons été heureux jusqu'ici.

— Oui, ma chère, dit Georges. Puis, prenant son enfant sur son genou, il contempla attentivement ses beaux yeux noirs, et lui passa les mains dans ses longues boucles.

— C'est tout votre portrait, Éliza ; et vous êtes la plus belle femme que j'aie jamais vue, et la meilleure que j'aie jamais le désir de voir ; mais, hélas ! je voudrais que nous ne nous fussions jamais rencontrés !

— Oh ! Georges, pouvez-vous ?...

— Oui, Éliza, ce n'est plus que misère, misère, misère ! ma vie n'est plus qu'amertume ; c'en est fait de moi ! Je suis un misérable souffre-douleur ; je ne ferai que vous entraîner dans l'abîme, voilà tout. A quoi sert de tâcher de faire quelque chose, de savoir quelque chose, d'être quelque chose ? A quoi sert de vivre ? Je voudrais être mort !

— Oh ! voyons, Georges, c'est vraiment mal. Je sais combien vous souffrez d'avoir perdu votre place dans la manufacture, je sais aussi que vous avez un maître bien dur ; mais, de grâce, soyez patient, et peut-être quelque chose...

— Patient ! est-ce que je ne l'ai pas été ? Ai-je dit un seul mot lorsqu'il est venu m'enlever, sans rime ni raison, d'un endroit où tout le monde était bon pour moi ? Je lui ai fidèlement remis tout ce que j'avais gagné, jusqu'au dernier sou, — et ils disent tous que je travaillais bien.

— Oh ! oui, c'est terrible ; mais, après tout, c'est votre maître, vous savez.

— Mon maître ! et qui l'a fait mon maître ? c'est ce que je me demande ! quel droit a-t-il sur moi ? Je suis un homme tout comme lui ; je vaux mieux que lui ; je connais mieux la besogne que lui ; je mène mieux les affaires que lui ; je sais mieux lire que lui ; j'ai une belle écriture, — et j'ai tout appris moi-même, et je n'ai à le remercier de rien, — j'ai tout appris en dépit de lui ; et maintenant quel droit a-t-il de faire de moi une bête de somme, de m'enlever à ce que je sais faire, à ce que je sais faire mieux que lui, pour m'employer à une besogne qui ne convient qu'à un cheval ? Il l'essaie ; il dit qu'il me fera plier, et il me donne exprès la plus rude, la plus sale besogne !

— O Georges! Georges! vous m'effrayez! Je ne vous ai jamais entendu parler ainsi; je crains que vous ne fassiez quelque chose de terrible. Je ne suis pas du tout surprise de ce que vous éprouvez; mais, soyez prudent,—de grâce! pour l'amour de moi, pour l'amour de Harry!

— J'ai été prudent, et j'ai été patient; mais ma position ne fait qu'empirer; il n'y a pas moyen de souffrir plus longtemps; il ne perd pas une occasion de m'insulter et de me torturer. Je croyais que, ma besogne bien faite, je pourrais avoir un peu de temps pour lire et apprendre hors des heures de travail; mais plus il voit que j'en puis faire, plus il m'en donne. Il prétend que, quoique je ne dise rien, il voit bien que j'ai le diable en moi, et qu'il veut l'en faire sortir; et, en effet, un de ces jours, le diable en sortira d'une manière qu'il n'aimera pas, ou je me trompe fort.

— Oh! mon Dieu! que ferons-nous? dit Éliza avec tristesse.

— Pas plus tard qu'hier, reprit Georges, comme j'étais à charger des pierres dans une charrette, le jeune maître Tom était là faisant claquer son fouet si près du cheval que la bête avait peur. Je le priai aussi doucement que possible de cesser; — il continua. Je le priai de nouveau; et alors il se retourna contre moi, et se mit à me frapper. Je lui pris la main, et alors il commença à crier, à me donner des coups de pied, et courut trouver son père, et lui dit que je le maltraitais. Celui-ci arriva comme un furieux, et dit qu'il m'apprendrait qu'il était mon maître; et il m'attacha à un arbre, coupa des baguettes pour notre jeune maître, et lui permit de me battre jusqu'à ce qu'il fût fatigué, — ce que l'autre fit. Si je ne l'en fais pas souvenir quelque jour! Et le front du jeune homme s'assombrit, et ses yeux prirent une expression qui firent trembler sa femme. Qui a fait cet homme mon maître? c'est ce que je voudrais savoir, dit-il.

— Mais, dit Éliza tristement, j'ai toujours pensé que je devais obéir à mon maître et à ma maîtresse, ou que je n'étais pas une chrétienne.

— Vous pouvez avoir raison, vous; ils vous ont élevée comme leur enfant, ils vous ont nourrie, vous ont vêtue, ils vous ont instruite, ils vous ont donné une bonne éducation; cela leur donne quelques droits sur vous. Mais moi je n'ai eu d'eux que des coups de pied, des coups de poing, des imprécations, trop heureux quand ils ne s'occupaient pas de moi; qu'est-ce que je leur dois? Je leur ai payé plus de cent fois tout ce que j'ai pu leur coûter. Je ne veux plus supporter cette situation. Non, je ne le veux plus! dit-il en serrant la main avec une expression farouche.

Éliza trembla et se tut. Elle n'avait jamais vu son mari dans un état pareil, et elle se courba comme un roseau sous la violence de cet ouragan.

— Vous savez ce pauvre petit Carlo, que vous m'avez donné, reprit Georges, ç'a été à peu près toute ma consolation. Il dormait avec moi la nuit, il me suivait partout le jour, et il me regardait comme s'il comprenait toutes mes souffrances. Eh bien, l'autre jour, comme je lui donnais à manger quelques vieux rogatons que j'avais ramassés près de la porte de la cuisine, mon maître survint et me dit que je le nourrissais à ses dépens, qu'il n'avait pas le moyen de permettre à chaque nègre d'avoir un chien, et il m'ordonna de lui mettre une pierre au cou et de le jeter dans l'étang.

— Oh! Georges, vous ne l'avez pas fait.

— Moi, non certes; mais il l'a fait lui. Maître et Tom ont assommé à coups de pierre le pauvre animal qui se noyait. Mon pauvre chien! il me regardait d'un air si douloureux, comme s'il s'étonnait de ce que je ne le sauvais pas. Ils m'ont fouetté parce que je n'avais pas voulu le noyer moi-même. Cela m'est égal. Maître verra qu'on ne me dompte pas à coups de fouet. Mon jour viendra, s'il n'y prend garde.

— Qu'allez-vous faire? Oh! Georges, ne faites rien de mal; si vous vous contentez d'avoir confiance en Dieu, et d'accomplir votre tâche, il vous délivrera.

— Je ne suis pas un chrétien comme vous, Éliza; mon cœur est plein d'amertume; je ne peux pas avoir confiance en Dieu. Pourquoi laisse-t-il les choses aller ainsi?

— Georges, il faut avoir de la foi. Maîtress dit que quand tout va le plus mal pour nous, nous devons croire que Dieu fait le mieux.

— C'est aisé à dire lorsqu'on est assis sur son sofa, ou qu'on se promène dans sa voiture; mais qu'on les mette dans ma position, et nous verrons s'ils tiennent le même langage. Je voudrais être bon, mais le cœur me brûle, et il ne peut s'habituer à un tel genre de vie, on a beau dire. Vous ne le pourriez pas à ma place; — vous ne le pourrez pas, si je vous dis ce que j'ai à vous dire. Vous ne savez pas encore tout.

— Qu'est-ce qui nous menace encore?

— Dernièrement, mon maître a dit qu'il était un fou de m'avoir laissé marier au dehors; qu'il déteste monsieur Shelby et toute sa race, parce qu'ils sont fiers et qu'ils se croient au dessus de lui; que c'est vous qui m'avez donné des idées de fierté. Il dit qu'il ne me laissera plus venir ici, et qu'il faudra que je prenne une femme et que je m'établisse chez lui. Il n'a d'abord fait que grommeler ces menaces; mais hier il m'a dit de prendre Mina pour femme, et de m'établir dans une case avec elle; sinon il m'enverrait vendre en bas de la rivière.

— Eh mais! vous avez été marié avec moi par le ministre, tout comme un blanc? dit Éliza dans sa simplicité.

— Est-ce que vous ne savez pas qu'un esclave ne peut se marier? Il n'y a pas de loi pour cela dans le pays; je ne peux pas vous garder comme ma femme, s'il lui plaît de nous séparer. Voilà pourquoi je voudrais ne m'avoir jamais vue, — pourquoi je voudrais n'être pas né. Cela aurait mieux valu pour nous deux, cela aurait mieux valu pour le pauvre enfant de n'être pas né. Tout cela peut lui arriver aussi.

— Oh! mais notre maître est si bon!

— Oui, mais qui sait? — Il peut mourir, et alors notre enfant peut être vendu à Dieu sait qui. Comment nous réjouir de ce qu'il est beau, intelligent et spirituel? Je vous dis, Éliza, que tout ce que votre enfant a de bon se changera en autant de coups de poignard qui vous perceront l'âme; il aura trop de prix pour que vous puissiez le garder!

Ces paroles navrèrent le cœur d'Éliza; le marchand lui revint à la pensée, et elle devint pâle et suffoquée comme si elle eût reçu un coup mortel. Elle jeta un regard inquiet sur la véranda, où l'enfant s'était retiré, fatigué de cette grave conversation, et galopant tout triomphant sur la canne de monsieur Shelby. Elle fut tentée de faire part de ses craintes à son mari, mais elle se retint.

— Non, non; il en a déjà bien assez à supporter, pauvre garçon! pensa-t-elle. Non, je ne le lui dirai pas; d'ailleurs, ce n'est pas vrai; maîtress ne nous trompe jamais.

— Oui, Éliza, ma fille, dit le mari d'un air triste, du courage, ma tenant, et adieu, car je pars.

— Vous partez, Georges! où allez-vous?

— Au Canada, dit-il en se redressant; et quand j'y serai, je vous achèterai, c'est tout l'espoir qui nous reste. Vous avez un bon maître, qui ne refusera pas de vous vendre. Je vous achèterai, ainsi que l'enfant; — avec l'aide de Dieu, je le ferai!

— Oh! c'est effrayant! si vous étiez pris!

— Je ne serai pas pris, Éliza; je mourrai plutôt! Je serai libre ou mort!

— Vous ne vous tuerez pas!

— Il n'en sera pas besoin. Ils me tueront assez vite; ils ne me feront pas descendre la rivière vivant!

— Oh! Georges, pour l'amour de moi, prenez garde! Ne faites rien qui soit mal; n'attentez pas à votre vie, ni à celle de personne! Vous y êtes trop porté, — beaucoup trop, mais ne le faites pas. Partez, puisqu'il le faut, — mais soyez circonspect et prudent; priez Dieu de vous assister.

— Eh bien! donc, Éliza, écoutez mon plan. Mon maître s'est mis en tête de m'envoyer avec un billet à monsieur

Symmes, qui demeure à un mille d'ici. Je crois qu'il s'attendait à ce que je viendrais vous dire ce qui m'arrive. Il serait enchanté de penser que cela pût tourmenter les gens de Shelby, comme il les appelle. Je retourne à la maison tout à fait résigné, vous comprenez, comme si je ne songeais plus à rien. J'ai fait quelques préparatifs, — il y a des gens qui m'aideront; et, dans le cours d'une semaine environ, je ne répondrai pas à l'appel un beau matin. Priez pour moi, Éliza; peut-être le bon Dieu vous entendra, vous.

— Oh! priez vous-même, Georges, et ayez confiance en lui; alors vous ne ferez rien de mal.

— Eh bien! donc, adieu, dit Georges, en tenant les mains d'Éliza, et la regardant dans les yeux, sans bouger. Ils restèrent silencieux; puis vinrent les dernières paroles, les sanglots, les larmes amères, tout ce qui accompagne les adieux de ceux dont l'espérance de se revoir est aussi frêle que la toile de l'araignée. — Enfin le mari et la femme se séparèrent.

CHAPITRE IV.

Une soirée dans la cabane de l'oncle Tom.

La cabane de l'oncle Tom, bâtie avec des troncs d'arbres, était située près « de la maison, » comme les nègres désignent par excellence l'habitation de leur maître. Devant la cabane s'étendait un petit parterre excessivement soigné et tout rempli de fraises, de framboises et d'une quantité d'autres fruits et de légumes. Un jasmin de Virginie courrait la façade, et un rosier multiflore indigène, s'enlaçant autour des troncs, dérobait aux regards la charpente un peu grossière de la case. Dans ce même parterre, des soucis, des petunias et des belles-de-jour, trouvaient chaque été un coin abrité pour étaler leurs splendeurs, et faisaient l'orgueil et la joie de la tante Chloé.

Mais entrons dans la cabane.

Le repas du soir vient de finir dans la maison du maître, et la tante Chloé, qui a présidé aux préparatifs comme cordon-bleu, a laissé aux subalternes de la cuisine le soin de desservir et de laver la vaisselle. Elle se retire dans son petit domaine pour préparer le souper de son homme. Aussi voyez avec quelle gravité elle enlève le couvercle de la marmite, la fumée qui s'en échappe indique assez qu'elle contient un bon morceau. La tante Chloé a une grosse figure luisante qui semble avoir été vernie avec des blancs d'œufs. Sous son turban à carreaux empesé, sa replète figure respire le contentement; on peut y remarquer aussi une légère teinte d'amour-propre bien permis à la plus célèbre cuisinière du voisinage, car la réputation de la tante Chloé comme cordon-bleu était solidement établie. Elle était cuisinière jusque dans la moelle des os. Les dindes, les canards et les poules prenaient un air sérieux toutes les fois qu'elle traversait la basse-cour, et semblaient faire de tristes réflexions sur leur destinée. Et le fait est qu'elle se creusait l'esprit pour trouver le meilleur moyen de trousser, de farcir et de rôtir; la confection de ses gâteaux de maïs, de ses muffins, et d'autres friandises qu'il serait trop long d'énumérer, restait un mystère pour ses plus habiles rivales. Toute sa grosse personne se trémoussait avec orgueil lorsqu'elle racontait les infructueux efforts d'une concurrente qui avait prétendu l'égaler. L'arrivée d'une société à la maison ou l'annonce d'un grand repas réveillaient son énergie; et ce qui lui plaisait le plus à voir, c'étaient des malles empilées dans la véranda. Elle prévoyait alors des efforts nouveaux et de nouveaux triomphes.

Laissons la tante Chloé regarder dans sa marmite, et continuons la description de la cabane. Dans un coin, un lit recouvert d'un couvrepied blanc comme la neige; devant le lit, un morceau de tapis d'une assez grande dimension. C'était sur ce morceau de tapis que trônait la tante Chloé. Ce coin était, à proprement parler, une sorte de sanctuaire dans lequel les petites gens ne pénétraient pas; c'était, en un mot, le salon de réception.

Dans le coin opposé se trouvait un autre lit de moindre apparence, et qui n'était pas, celui-là, un lit de parade. Des gravures, dont le sujet était tiré de l'Évangile, ornaient le mur au-dessus de la cheminée, concurremment avec un portrait de Washington dessiné et peinturluré de telle façon que ce héros, s'il avait pu le voir, aurait été fort étonné.

Sur un banc grossier sont assis deux petits garçons à la tête laineuse, à l'œil ardent, aux joues luisantes, qui surveillent les pas chancelans d'une jeune enfant; chaque chute de la petite est accueillie par de gros rires. Devant le feu, une table boiteuse couverte d'un tapis sur lequel s'alignent des tasses enluminées et d'autres objets qui indiquent un repas prochain. L'oncle Tom, le premier ouvrier de monsieur Shelby, et que nous allons daguerréotyper, attendu qu'il va être le héros de cette histoire, se tient assis devant cette table.

C'est un homme grand, robuste, à large poitrine, le visage d'un beau noir luisant; une expression grave caractérise ses traits africains; il y a dans toute sa personne une dignité mêlée de confiante simplicité. Nous le trouvons très-occupé pour le moment; il s'efforce de copier quelques lettres sur une ardoise, opération dans laquelle il est surveillé par maître Georges, spirituel et intelligent garçon de treize ans, qui semble tout à fait à la hauteur de ses fonctions.

— Pas comme cela, oncle Tom, dit-il brusquement.

L'oncle Tom ramena laborieusement à l'envers la queue de son p.

— Cela fait un q, répliqua Georges.

— Pas possible! répondit l'oncle Tom avec un air d'admiration et de respect pour son jeune professeur. Tandis que celui-ci faisait une quantité de p et de q, l'oncle Tom, prenant son crayon dans ses gros doigts, recommençait patiemment.

— Comme les blancs font facilement les choses! dit la tante Chloé en graissant son gril avec un morceau de lard planté au bout d'une fourchette. Et regardant Georges avec orgueil :

— Comme il écrit bien et comme il lit! continua-t-elle; et encore il vient ici le soir nous réciter ses leçons.

— Tante Chloé, j'ai bien faim, dit Georges; est-ce que le gâteau qui est dans la casserole sera bientôt cuit?

— Il est presque cuit, maître Georges, répondit la tante Chloé en ôtant le couvercle de la casserole; — délicieusement doré! ajouta-t-elle. Laissez-moi faire, je m'y connais pour cela. Maîtresse Sally essayer de faire un gâteau l'autre jour, seulement pour apprendre, d'après ce qu'elle disait. «Oh! laissez-moi tranquille, maîtresse, répondis-je; ça me fait de la peine de voir gâter de la bonne nourriture.» Et de fait, le gâteau était tout de travers; pas plus de forme que mon vieux soulier; et allez donc!

Et avec une expression de mépris pour l'ignorance de Sally, elle releva le couvercle de la casserole et montra un gâteau bien cuit que n'aurait pas désavoué le premier pâtissier d'une ville.

Ce gâteau étant évidemment la principale pièce du repas, la tante Chloé commença à tout apprêter pour le souper.

— Ici, Moïse et Pierre! s'écria-t-elle; ôtez-vous de là, négrillons. Et s'adressant à son plus jeune enfant : — Ôtez-vous aussi, Polly, mon bijou; maman vous donnera quelque chose tout à l'heure. Et vous, maître Georges, laissez là vos livres et prenez place avec mon homme. Je vais servir les saucisses; dans un clin d'œil, vous aurez sur vos assiettes les crêpes qui sont sur le gril.

— Ils ont voulu me faire souper à la maison, dit Georges; mais je sais trop bien ce qu'il y a ici, tante Chloé.

— Vraiment, mon cœur, dit la négresse en empilant les crêpes fumantes sur l'assiette du jeune garçon; vous saviez bien que votre vieille tante vous garderait le meilleur morceau, vous le saviez bien, n'est-ce pas? Et là-dessus la tante Chloé lui donna une tape amicale sur la joue, puis retourna à son gril.

— Le gâteau! maintenant, s'écria maître Georges en brandissant un grand couteau.

— Dieu vous bénisse! répliqua la tante Chloé, vous ne voudriez pas couper le gâteau avec ce grand couteau; vous le feriez tomber en morceaux. J'ai un couteau aiguisé tout exprès; il coupe des tranches minces comme une feuille de papier. Ainsi occupez-vous à manger, et vous m'en direz des nouvelles.

— Et Tom Lincoln, s'écria Georges la bouche pleine, qui prétend que Jenny est une meilleure cuisinière que vous?

— Ces Lincoln ne sont pas grand chose, surtout auprès de nos maîtres; ils sont assez bien dans leur petit genre, mais ils n'ont pas l'idée du monde. Comparer monsieur Lincoln à monsieur Shelby, bon Dieu! et mistress Lincoln, est-ce qu'elle peut se présenter dans un salon comme maîtresse? Allons donc, ne me parlez pas de ces Lincoln! Et la tante Chloé secouait la tête de l'air de quelqu'un qui sait son monde.

— Cependant, je vous ai entendu dire que Jenny était une assez bonne cuisinière.

— C'est vrai, reprit la tante Chloé; j'ai pu reconnaître qu'elle savait faire une cuisine de tous les jours. Elle sait bouillir des pommes de terre, cuire des gâteaux de maïs assez ordinaires; mais, bon Dieu! pour le reste, elle ne sait rien. Quelle mine ont ses pâtés? Peut-elle vous préparer de la pâte feuilletée qui vous fonde dans la bouche? Quand miss Mary était sur le point de se marier, j'ai vu quelle apparence avaient les pâtés de noce de Jenny. Ce n'est pas pour dire du mal de Jenny, car nous sommes de bonnes amies; mais je n'aurais pu fermer l'œil pendant huit jours si j'avais fait de pareils pâtés.

— Jenny croyait pourtant qu'ils étaient délicats, dit Georges.

— Elle le croyait, n'est-ce pas? cela montre son innocence! Ses maîtres sont si peu de chose, qu'on ne peut attendre beaucoup d'elle. Ah! maître Georges, vous ne vous doutez pas de tous les priviléges de votre famille, vous.

Ici la tante Chloé poussa un soupir et roula ses yeux avec émotion.

— Oh! pour cela! tante Chloé, dit Georges, je comprends, dans tous les cas, mes priviléges de pâtés et de puddings. Demandez à Tom Lincoln si je ne lui en rabats pas les oreilles, toutes les fois que je le rencontre.

La tante Chloé se rejeta en arrière sur sa chaise et se laissa aller à un grand éclat de rire, ravie de l'esprit du jeune maître; son rire se prolongea tant, que de grosses larmes roulèrent le long de ses joues noires et luisantes; puis, par forme de badinage, elle se mit à bourrer de coups maître Georges, en lui disant : Décidément, vous me ferez mourir un jour; et les éclats de redoubler, si bien que Georges finit par croire au danger de son esprit, et par prendre la résolution d'être à l'avenir plus sobre de plaisanteries.

— Ainsi, reprit la tante Chloé, vous avez dit à Tom que vous lui en remontreriez en savoir... il n'y a plus d'enfans! Et vous vous étonnez que je rie! mais cela ferait rire un hanneton.

— Oh! mon Dieu, oui! reprit Georges, j'ai dit à Tom : Il faudrait voir les pâtés de la tante Chloé; voilà des pâtés de première qualité.

— Quel malheur que Tom n'ait pu en goûter!

La condition obscure de Tom faisait une certaine impression sur la tante Chloé, aussi continua-t-elle :

— Nous devrions un jour l'inviter à dîner ici, maître Georges, cela serait très bien de votre part, car il ne faut pas se laisser éblouir par sa position. Tous les priviléges nous viennent de Dieu, n'oublions pas cela, ajouta-t-elle en prenant un air sérieux.

— J'ai l'intention d'inviter Tom un jour de la semaine prochaine, et vous pourrez déployer vos talens, tante Chloé! Quels yeux il ouvrira! nous le ferons manger pour quinze jours.

— Bien dit, bon Dieu! Quand je pense à quelques-uns de nos dîners! Vous souvenez-vous de ce grand pâté de poulet que j'avais fait le jour où nous avions à souper le général Knox? Maîtresse et moi nous nous sommes presque disputées à propos de la croûte de ce pâté. Il faut dire que les dames ont quelquefois de drôles d'idées. Vous comprenez! quand on est responsable d'une chose, on n'aime pas à avoir autour de soi des gens qui viennent se mêler de ceci et de cela. Maîtresse voulait que je fisse de cette façon, puis de cette autre. A la fin, je perdis patience. « Voyons, maîtresse, lui dis-je, comparez vos doigts effilés, étincelans de bagues comme les lis blancs couverts de rosée, à mes grosses pattes trapues. Ne croyez-vous pas maintenant que le bon Dieu m'a faite pour faire la croûte du pâté, et vous pour être au salon?

— Et qu'est-ce que mère a répondu?»

— Elle avait un sourire dans ses beaux yeux. — Vous avez raison, tante Chloé, me dit-elle, et elle retourna au salon. Elle aurait dû me frapper sur la tête pour mon insolence, car j'ai été insolente; mais que voulez-vous! je ne peux pas souffrir que les dames viennent dans ma cuisine.

— Votre dîner de ce jour-là était excellent.

— N'est-ce pas? Mais j'étais derrière la porte de la salle à manger, et j'ai vu le général passer son assiette trois fois pour reprendre du pâté; il a même dit à monsieur Shelby Vous avez une excellente cuisinière! J'étais prête à éclater, et le général est un connaisseur, ajouta-t-elle en se redressant fièrement. Un bien brave homme, par dessus le marché, et d'une des premières familles de la Vieille-Virginie.

Cependant Georges avait tant mangé qu'il n'en pouvait plus, et rien ne l'empêchait désormais de remarquer les têtes crépues aux yeux brillans qui regardaient de leur coin l'activité des convives avec avidité.

— Ici, Moïse et Pierre, dit-il tout à coup en rompant du gâteau et en en jetant de gros morceaux aux deux négrillons; tante Chloé, faites-leur donc cuire des gâteaux.

Après ces paroles, Georges et Tom quittèrent la table et prirent place autour du foyer.

La fournée faite, la tante Chloé prit son plus jeune enfant sur ses genoux et mangea, tout en lui donnant à manger; elle distribua aussi leur pitance à Moïse et à Pierre, qui avaient en se roulant sous la table, en se chatouillant et en prenant les pieds de l'enfant.

— Restez tranquille, dit la mère en leur donnant un coup de pied quand leurs jeux devenaient trop bruyans; ne pourrez-vous pas être convenables lorsque des blancs viennent nous voir? Attendez... quand maître Georges sera parti, gare le fouet!...

La terrible menace ne produisit pas beaucoup d'effet sur les petits coupables.

— Ils sont si pétulans qu'ils ne peuvent rester en place, dit l'oncle Tom.

Les négrillons se dressèrent tout à coup de dessous la table avec leurs figures barbouillées de mélasse, et embrassèrent l'enfant.

— Allez-vous-en, cria la mère en repoussant leurs têtes laineuses; vous allez si bien faire que vous ne pourrez pas vous décoller. Allez vous laver à la fontaine, et elle leur donna une tape qui n'eut d'autre résultat que de les faire rire de plus belle. Ils se sauvèrent en se bousculant et en poussant des cris plus forts.

— Avez-vous jamais vu des enfans aussi bruyans que ceux-là? dit la tante Chloé, avec un certain amour-propre. Et dépliant une vieille serviette, elle l'imbiba d'eau et se mit à frotter la figure et les mains de la petite; puis, l'enfant lavée, elle la mit sur les genoux de Tom et desservit la table.

La petite fille tirait Tom par le nez, lui égratignait la figure, et passait ses petites mains dans les cheveux crépus du brave homme.

— Quelle effrontée! dit l'oncle Tom en la tenant élevée

dans ses bras pour mieux la voir. Puis il la plaça sur son épaule, et se mit à gambader autour de la chambre.

Maître Georges lançait son mouchoir à la tête de l'enfant; en ce moment Moïse et Tom rentrèrent dans la cabane et dansèrent autour de la petite, en hurlant comme des ours.

La tante Chloé avait beau dire, comme à son ordinaire, que tous ces cris lui cassaient la tête; les enfans, habitués à ces remontrances non suivies d'effet, n'en continuaient pas moins leurs jeux, leurs cris et leurs danses.

— Aurez-vous bientôt fini? s'écria-t-elle en arrangeant un coffre grossier, qui servait de lit aux enfans. — Moïse et Pierre, entrez là-dedans, dit-elle, voici l'heure du meeting du soir.

Mais les enfans de protester.

— Nous ne voulons pas nous coucher, mère, nous voulons voir le meeting.

La tante Chloé repoussa le lit.

— Bah! laissez-les veiller, dit maître Georges.

Au fond, la tante Chloé n'était pas fâchée de serrer le coffre, pour que la cabane parût plus propre.

Bientôt on se forma en comité, afin d'organiser le meeting le mieux possible.

— Comment ferons-nous avec si peu de chaises? s'écria la tante Chloé.

Depuis longtemps le meeting avait lieu chaque semaine chez l'oncle Tom; mais chaque fois la tante Chloé faisait cette remarque, et tout finissait par s'arranger.

— Le vieil oncle Pierre a cassé les deux pieds de la vieille chaise, la semaine dernière, dit Moïse.

— C'est vous qui les aurez cassés, répondit la tante Chloé.

— Elle tiendra, en l'accotant contre le mur, continua Moïse.

— Alors, dit le petit Pierre, il ne faut pas que l'oncle Pierre s'asseye dessus, car il se trémousse tellement quand il chante, que la dernière fois il est allé rouler au milieu de la chambre.

— Bon, laissez-le donc se mettre dessus, répliqua Moïse, il nous dira : Venez, saints et pécheurs; et puis, patatra...

Et Moïse entonna un chant nazillard en singeant le vieux Pierre. Pour que l'imitation fût complète, il fit la répétition de la catastrophe prédite, et se laissa tomber par terre.

— Voyons, soyez sage, dit la tante Chloé, n'êtes-vous pas honteux?

Mais maître Georges, se joignant à Moïse, se mit à rire et à applaudir. Les remontrances maternelles restèrent donc encore sans effet.

— Eh bien! mon homme, reprit la tante Chloé, il faut apporter les tonneaux.

— Les tonneaux de mère, dit Moïse à Pierre, sont comme ceux de la veuve dont maître Georges nous a lu l'histoire dans bon livre (1); ils ne manquent jamais.

— Pourtant, dit Pierre, la semaine dernière, il s'en défonça un qui les laissa au beau milieu de leur chant. En voilà un qui a fait défaut.

Pendant cette conversation, deux tonneaux vides avaient été roulés dans la cabane et calés à l'aide de pierres; des planches avaient été placées sur ces barils. Cet arrangement, avec des sceaux renversés et les chaises malades, complétait les préparatifs.

— Maître Georges est si si habile lecteur que je suis certaine qu'il restera ce soir pour nous faire la lecture, dit la tante Chloé.

Georges consentit sans hésitation; les enfans sont toujours prêts à faire ce qui leur donne de l'importance.

La chambre fut bientôt remplie d'une quantité de gens qui formaient l'assemblage le plus bizarre, depuis le patriarche en cheveux blancs de quatre-vingts années jusqu'au jeune garçon et à la jeune fille de quinze ans. La conversation allait son train, conversation fort innocente du reste. Comment la vieille tante Sally avait eu son nouveau

(1) La Bible.

mouchoir rouge; et comme quoi maîtresse avait promis à Lizy une robe en mousseline à petits pois quand celle-ci aurait terminé la robe de barége. Il était aussi question d'un poulain alezan que monsieur et mistress Shelby se disputaient à acheter, et qui ajouterait au luxe de la maison.

Enfin les chants commencèrent, à la satisfaction évidente de tous les assistans. En dépit des intonations nasales, les voix étaient belles et les airs énergiques. On chantait alternativement des psaumes d'église et des chants plus sauvages recueillis dans les camp-meetings. Voici le chœur d'un de ces chants répétés avec onction et vigueur :

Mourir sur le champ de bataille,
Mourir sur le champ de bataille,
Gloire à mon ... !

Un autre chant favori était celui-ci :

« Je m'en vais à la gloire, ne voulez-vous pas venir avec moi? Ne voyez-vous pas les anges qui me font signe et m'appellent? Ne voyez-vous pas la cité d'or et le jour éternel? »

Il y avait encore d'autres chants dans lesquels revenaient sans cesse les rives du Jourdain, la terre de Chanaan, la nouvelle Jérusalem; l'imagination vive et passionnée des nègres s'attache toujours à des hymnes d'une expression pittoresque. Pendant les chants, quelques-uns pleuraient, d'autres poussaient des cris, d'autres frappaient des mains et s'étreignaient comme s'ils allaient se séparer pour un long voyage; les chants étaient entremêlés de récits et d'exhortations. Une vieille femme, qui ne travaillait plus depuis longtemps, et révérée comme la chronique vivante du passé, se leva, et s'appuyant sur son bâton, elle dit : — Mes enfans, je suis heureuse de vous voir et de vous entendre encore une fois; je ne sais pas quand je partirai pour le séjour de gloire, mais je suis prête mes enfans; ça me semble comme si j'avais fait mon paquet et comme si j'attendais la voiture qui doit me conduire chez moi; je crois entendre le grincement des roues, et j'attends toujours. Il faut vous apprêter aussi, mes enfans; car, je vous le dis, c'est là-bas qu'est la patrie glorieuse. Et la vieille femme s'assit tout émue, versant des larmes abondantes. Le cercle se leva alors et s'écria tout d'une voix :

O Chanaan! ô lumineux Chanaan!
Je pars pour la terre promise.

Maître Georges, à la requête générale, lut les derniers chapitres de la Révélation, souvent interrompus par des exclamations telles que celles-ci : — Écoutez ceci; — Pensez à cela; — Et dire que tout cela doit arriver!

Georges, garçon intelligent et à qui sa mère avait donné une éducation religieuse, se voyant l'objet de l'admiration générale, faisait de temps en temps des commentaires de son cru avec une gravité louable, et qui lui valaient les applaudissemens des jeunes et la bénédiction des vieux. On déclara d'une voix unanime qu'un ministre ne pouvait s'en tirer avec plus de succès.

L'oncle Tom passait dans le voisinage pour un patriarche en matière religieuse. Naturellement moral, doué d'un esprit plus cultivé que celui de ses compagnons, on le regardait presque comme un ministre. Le ton cordial de ses exhortations aurait, il faut en convenir, édifié un public plus choisi; ce qui était remarquable en lui, c'était le style simple et enfantin de sa prière, enrichie du langage de l'Écriture, langage dont il s'était si fort pénétré, qu'il semblait couler de ses lèvres sans que Tom s'en aperçût. Selon l'expression d'un vieux nègre, il priait tout d'une tenue, et sa prière faisait tant d'effet sur les sentimens pieux de son auditoire, qu'on pourrait souvent craindre qu'elle ne se perdît, étouffée sous les réponses qui partaient de tous côtés autour de lui.

Tandis que cette scène se passait dans la cabano de l'esclave, une autre avait lieu dans la maison du maître.

Le marchand et monsieur Shelby étaient assis ensemble dans la salle à manger dont il a déjà été question, devant une table couverte de papier et de tout ce qu'il faut pour écrire; monsieur Shelby examinait des liasses de mémoires qu'il passait au fur et à mesure au marchand, lequel les examinait à son tour.

— Tout est exact, dit le marchand. À présent, il ne reste plus qu'à signer le papier que voici.

Monsieur Shelby tira vers lui à la hâte les contrats de vente, et les signa comme un homme qui se débarrasse d'une affaire qui lui pèse; puis il les repoussa avec de l'argent qu'il devait au marchand.

Haley tira d'une vieille valise un parchemin, qu'après l'avoir examiné un moment il passa à monsieur Shelby; celui-ci se saisit de ce parchemin avec un empressement qu'il réprima aussitôt.

— Maintenant, voilà qui est fait, dit le marchand en se levant.

— Voilà qui est fait, répéta monsieur Shelby en poussant un profond soupir; voilà qui est fait.

— Vous n'avez pas l'air d'en être très content, à ce qu'il me semble? dit le marchand.

— Haley, dit monsieur Shelby, j'espère que vous vous souviendrez que vous m'avez promis sur votre honneur de ne pas vendre Tom sans vous assurer dans quelles mains il tomberait.

— Eh ! mais, c'est ce que vous venez de faire, dit le marchand.

— Les circonstances, vous le savez, m'y ont obligé, répondit Shelby avec hauteur.

— Elles peuvent m'y obliger aussi, moi. Quoi qu'il en soit, je ferai de mon mieux pour que Tom soit bien casé ; quand à le traiter mal, vous n'avez pas la moindre crainte à avoir. S'il est quelque chose dont je rends grâce au Seigneur, c'est de n'avoir pas un brin de cruauté.

Après l'exposé que le marchand avait fait précédemment de ses principes d'humanité, monsieur Shelby ne se sentait pas précisément rassuré par ces déclarations ; mais comme le cas n'admettait pas d'autre consolation, il laissa partir le marchand sans ajouter un mot, et se mit à fumer solitairement son cigare.

CHAPITRE V.

Qui montre ce que souffre la propriété vivante lorsqu'elle change de maître.

Monsieur et mistress Shelby s'étaient retirés dans leur chambre à coucher. Le mari était nonchalamment étendu dans un grand fauteuil, parcourant des lettres qui étaient venues par la malle du soir, et sa femme était debout devant son miroir, occupée à démolir l'édifice de boucles et de tresses qu'avait construit l'art d'Éliza; remarquant ses joues pâles et ses yeux égarés, elle avait dispensé la jeune esclave de son service, et l'avait envoyée se coucher. Les soins qu'elle prenait lui rappelèrent assez naturellement la conversation qu'elle avait eue le matin avec cette fille, et, se tournant vers son mari, elle lui dit négligemment:

— A propos, Arthur, quel était cet homme mal élevé que vous avez fait dîner avec nous aujourd'hui?

— Il s'appelle Haley, dit Shelby, se retournant d'un air gêné sur son siège, et continuant de lire attentivement une de ses lettres.

— Haley ! qui est-ce, et qu'a-t-il à faire ici, je vous prie?

— Eh! mais, c'est un homme avec qui j'ai fait des affaires la dernière fois que j'ai été à Natchez, dit monsieur Shelby.

— Et il s'est prévalu de cela pour se mettre à son aise et venir dîner ici, n'est-ce pas?

— Je l'ai invité; j'avais quelques comptes à régler avec lui, dit Shelby.

— Est-ce un marchand de nègres? demanda mistress Shelby, qui remarquait un certain embarras dans les manières de son mari.

— Ma chère, qu'est-ce qui vous met cela dans la tête? répondit Shelby en promenant ses regards au plafond.

— Rien; — seulement Éliza est venue ici, après le dîner, toute tourmentée et toute en pleurs, et elle a dit que vous causiez avec un marchand, et qu'elle avait entendu faire une offre pour son enfant, — la ridicule petite buse !

— Vraiment! dit monsieur Shelby, se remettant à lire avec beaucoup d'attention sans s'apercevoir qu'il tenait son papier sens dessus dessous. Il faudra en venir là, dit-il mentalement : autant à présent que plus tard.

— J'ai dit à Éliza, reprit mistress Shelby en continuant de brosser ses cheveux, qu'elle était une petite sotte, et que vous n'aviez jamais eu rien à faire avec ces sortes de gens-là. Je savais bien, moi, que vous n'aviez jamais songé à vendre aucun de vos esclaves, — encore moins à un pareil homme.

— Oui, Émily, dit son mari, je l'ai toujours pensé et toujours dit; mais le fait est que nos affaires sont dans un tel état que je ne puis faire autrement. Il faudra que je vende quelques-uns de mes ouvriers.

— A cet homme? Impossible! Monsieur Shelby, vous n'êtes pas sérieux.

— Je suis fâché de vous dire que si. Je suis convenu de vendre Tom.

— Quoi! notre Tom? — cette bonne et fidèle créature, qui vous a fidèlement servi depuis l'enfance! Oh! monsieur Shelby! et notez que vous lui aviez promis sa liberté; nous lui en avons parlé cent fois, vous et moi.— Après cela, je puis tout croire. — Je puis croire maintenant que vous êtes capable de vendre le petit Harry, le fils unique de la pauvre Éliza! dit mistress Shelby, d'un ton moitié chagrin, moitié indigné.

— Ma foi! puisqu'il faut tout vous dire, c'est la vérité. Je suis convenu de vendre Tom et Harry; et je ne sais pas pourquoi je serais considéré comme un monstre pour avoir fait ce que tout le monde fait chaque jour.

— Mais pourquoi choisir ceux-là entre tous?

— Parce qu'ils me rapporteront davantage,—voilà pourquoi. Je pourrais faire un autre choix, si vous le prenez par-là. Notre homme m'a proposé une bonne somme pour Éliza, si cela vous convient mieux?...

— Le misérable! s'écria mistress Shelby.

— Je n'ai pas voulu l'écouter, — par égard pour vous; ainsi sachez-m'en gré.

— Mon cher, dit mistress Shelby en se modérant, pardonnez-moi. J'ai été trop vive. Je ne m'attendais pas à pareille chose; mais assurément vous me permettrez d'intercéder pour ces pauvres créatures. Tom est un noble cœur, un serviteur fidèle, aussi vrai qu'il est noir. Je suis convaincue, monsieur Shelby, qu'au besoin il donnerait sa vie pour vous.

— Je le sais,—je le crois; mais à quoi bon tout ceci? Je n'y saurais que faire.

— Pourquoi reculer devant un sacrifice d'argent? Je suis toute disposée à en supporter ma part. Oh! monsieur Shelby! je me suis efforcée, — efforcée de tout mon cœur, comme le doit une chrétienne, — de remplir mes devoirs envers ces pauvres et simples créatures. J'en ai pris soin, je les ai instruites, j'ai veillé sur elles, et j'ai connu tous leurs chagrins et toutes leurs joies, depuis des années; comment pourrai-je les regarder en face, si, pour un misérable petit profit, nous vendons un serviteur aussi fidèle, aussi excellent que le pauvre Tom, et si nous lui arrachons en un moment tout ce que nous lui avons appris à aimer et à estimer? Je leur ai enseigné les devoirs de la famille, du père et de l'enfant, du mari et de la femme, et comment puis-je me résoudre à faire dire partout que nous n'avons plus rien de sacré, lorsqu'il s'agit d'argent? J'ai parlé à Éliza de son enfant,—de ses devoirs de mère chrétienne ; je lui ai dit de veiller sur lui, de prier pour lui, et de l'élever en chrétien ; et maintenant que puis-je lui dire, si vous le lui arrachez pour le vendre, corps et âme, à un profane sans principes, pour un peu d'argent? Je lui ai dit qu'une seule âme vaut mieux que tout l'argent du monde ; et comment pourra-t-elle me croire quand elle verra que nous vendons son enfant !

— Je suis fâché que vous preniez la chose si fort à cœur, Émily, j'en suis vraiment fâché, et je respecte vos sentimens, quoique je ne les partage pas tout à fait ; mais je vous le dis sérieusement, c'est inutile, je n'y saurais que faire. Je ne voulais pas vous le dire, Émily ; mais, à parler franchement, je n'ai pas le choix, il faut vendre ces deux nègres ou tout vendre. Haley a sur moi une hypothèque qui, si je ne me libère pas sur-le-champ, me ruinera complètement. J'ai retourné le fond de mes poches, j'ai emprunté, j'ai tout fait, excepté de mendier ; mais il me manquait encore le prix de ces deux nègres pour faire la balance, et j'ai dû les vendre. Haley a eu envie du petit garçon ; il est convenu de régler notre compte à cette seule condition. J'étais à sa merci, et il a fallu y consentir. Si vous êtes si peinée de les voir vendre, le seriez-vous moins qu'on vendît tout?

Mistress Shelby resta comme atterrée. Enfin, retournant à sa toilette, elle mit sa figure dans ses mains, et poussa un gémissement.

— C'est la malédiction de Dieu sur l'esclavage ! — C'est une chose maudite ! une malédiction pour le maître, une malédiction pour l'esclave! J'étais folle de croire que je pourrais rien tirer de bon d'un pareil fléau. C'est un péché d'avoir des esclaves sous des lois comme les nôtres. — Je l'ai toujours senti ; — je le pensais quand j'étais jeune fille ; je l'ai pensé encore plus depuis que je suis entrée dans le giron de notre Église ; mais je croyais pouvoir l'effacer ; — je croyais, à force de bontés, de soins et d'instruction, faire leur condition meilleure que la liberté. — Insensée que j'étais !

— Eh ! ma femme, vous devenez tout à fait abolitioniste.

— Abolitioniste ! si les abolitionistes en savaient aussi long que moi sur l'esclavage, ils pourraient parler ! Nous n'avons pas besoin d'eux pour le dire ; vous savez bien que je n'ai jamais pensé que l'esclavage fût permis, — je n'ai jamais été contente de posséder des esclaves.

— Eh bien ! en cela, vous différez de beaucoup de gens sensés et pieux, dit monsieur Shelby. Vous vous rappelez le sermon de monsieur B...., l'autre dimanche ?

— Je n'aime pas ces sortes de sermons ; je ne désire pas entendre encore monsieur B.... dans notre église. Les ministres ne peuvent peut-être pas remédier au mal. — Ils ne le peuvent peut-être pas plus que nous ; mais cela a toujours révolté ma raison. Et il me semble que vous n'avez pas non plus goûté beaucoup ce sermon vous-même.

— Je dois dire, répliqua Shelby, que ces ministres poussent parfois les choses plus loin que nous n'osons le faire, nous autres pauvres pécheurs. Les gens du monde doivent fermer les yeux sur bien des choses. Mais ils n'aiment pas que les femmes et les ministres les dépassent en fait de morale, voilà le fait. Maintenant, ma chère, vous voyez, j'espère, que j'ai fait tout ce que permettaient les circonstances.

— Oh ! oui, oui ! dit mistress Shelby, tournant avec vivacité sa montre entre ses doigts, — je n'ai aucun bijou de prix, ajouta-t-elle d'un air pensif ; mais cette que cette montre n'est bonne à rien ! Elle a coûté très cher jadis. Si je pouvais au moins sauver l'enfant d'Éliza, je sacrifierais tout ce que j'ai.

— Je suis fâché, bien fâché, Émily, dit monsieur Shelby ; mais cela ne sert à rien. L'affaire est conclue ; les contrats de vente sont déjà signés et aux mains de Haley, et vous devez vous féliciter qu'il ne soit pas arrivé pis. Cet homme pouvait nous ruiner, et nous en voilà débarrassés. Si vous connaissiez cet homme comme je le connais, vous penseriez que nous l'avons échappé belle.

— Est-il donc si dur ?

— Ce n'est pas précisément un homme cruel, mais c'est un homme qui ne connaît que l'argent, un homme froid comme la tombe, implacable comme la mort. Il vendrait sa mère, s'il y trouvait un bon profit, — sans pour cela vouloir aucun mal à la vieille femme.

— Et c'est à ce misérable qu'appartient le bon fidèle Tom et l'enfant d'Éliza !

— A vrai dire, ma chère, cela me pèse, et je n'aime pas à y songer. Haley est pressé et veut prendre possession demain. Je partirai à cheval de bonne heure pour ne pas être là. Je ne peux pas voir Tom, quant à moi ; et vous-même vous feriez mieux d'organiser une promenade et d'emmener Éliza. Que la chose se fasse en son absence.

— Non, non, dit mistress Shelby ; je ne veux me rendre en aucune façon complice de cette barbarie. J'irai voir le pauvre vieux Tom, que Dieu l'assiste dans sa détresse ! Ils verront, en tous cas, que leur maîtresse souffre de leur souffrance. Quant à Éliza, je n'ose y songer. Que le Seigneur nous pardonne ! Qu'avons-nous fait pour que cette cruelle nécessité pèse sur nous?

Entre leur chambre et le couloir extérieur était un grand cabinet. Lorsque mistress Shelby l'eût congédiée, Éliza, dans la fièvre de son anxiété, avait eu l'idée de se cacher dans ce cabinet, et, l'oreille collée contre la porte, n'avait pas perdu un mot de ce qui s'était dit.

Dès que les voix furent rentrées dans le silence, elle se retira à pas de loup. Pâle, frissonnante, les traits bouleversés et les lèvres serrées, ce n'était plus la douce et timide créature d'autrefois. En passant devant la porte de sa maîtresse, elle s'arrêta, leva les mains au ciel, et après cet appel muet, elle se glissa dans sa chambre. C'était une jolie petite pièce fort tranquille située au même étage. Là, était la charmante fenêtre visitée du soleil, où elle était souvent assise à coudre en chantant ; là, était un petit casier de livres et de divers objets de fantaisie, cadeaux des fêtes de Noël ; là, étaient, en un mot, ses pénates, où elle avait été, en somme, si heureuse. Mais là aussi, sur le lit, était son enfant endormi, ses longues boucles retombant négligemment autour de sa figure paisible, sa bouche de rose entr'ouverte, ses petites mains potelées étendues sur le drap, et un sourire répandu comme un rayon de soleil sur sa physionomie.

— Pauvre petit ! dit-elle, ils t'ont vendu ! mais ta mère te sauvera !

Aucune larme ne tomba sur l'oreiller ; le cœur n'a pas de larmes pour une pareille angoisse ; il n'a que du sang, qu'il verse goutte à goutte, en silence. Elle prit un morceau de papier, un crayon, et écrivit à la hâte :

« O maîtresse ! chère maîtresse ! ne me croyez pas ingrate, ne me jugez pas sévèrement, quoi qu'il arrive. J'ai entendu tout ce que maître et vous avez dit ce soir ; je vais tâcher de sauver mon enfant, — vous ne pouvez pas me blâmer ! Que Dieu vous bénisse et vous récompense pour toutes vos bontés ! »

La lettre fermée, elle fit un petit paquet de hardes pour son enfant, et l'attacha fortement avec un mouchoir autour de sa taille ; et si tendre est la mémoire du cœur chez les mères, que, même en cet effroyable instant, elle n'oublia pas de mettre dans le petit paquet un ou deux de ses jouets favoris, réservant un perroquet peint de vives couleurs pour l'amuser lorsqu'elle serait forcée de l'éveiller. Elle eut de la peine à le tirer du sommeil ; mais, après quelques efforts, il se mit sur son séant, et il jouait avec son oiseau pendant que sa mère mettait son chapeau et son châle.

— Où allez-vous, mère ? demanda-t-il, comme elle s'approchait du lit pour l'habiller.

Sa mère le regarda fixement dans les yeux ; il devina aussitôt qu'il se passait quelque chose d'extraordinaire.

— Chut, Harry ! dit-elle, parlez bas, ou ils nous entendront. Un méchant homme veut prendre mon petit Harry à sa mère et l'emmener bien loin ; mais sa mère ne le veut pas. Elle va lui mettre ses habits et se sauver avec lui, afin que le vilain homme ne puisse pas l'attraper.

Tout en parlant, elle avait habillé l'enfant ; et, le pre-

nant dans ses bras, elle lui recommanda d'être bien tranquille. Puis, ouvrant une porte de sa chambre qui donnait
sur la veranda, elle s'échappa sans bruit.

C'était une nuit toute brillante de gelée et d'étoiles.
La mère enveloppa dans son châle l'enfant qui, en proie
à une vague terreur, s'attachait à son cou, respirant à
peine.

Le vieux Bruno, grand chien de Terre-Neuve qui dormait au bout du porche, se leva avec un sourd grognement à son approche. Elle l'appela doucement par son
nom ; et l'animal, avec qui elle jouait souvent, remua la
queue et se prépara à la suivre, quoique ayant l'air de se
demander, dans sa cervelle d'esclave, ce que voulait dire
cette promenade à une heure aussi indue, car il s'arrêtait
souvent et regardait d'un air inquiet, tantôt elle, tantôt la
maison ; puis il se remettait en marche, comme rassuré par
sa réflexion. Quelques instans les amenèrent à la cabane de
l'oncle Tom, et Éliza, s'arrêtant, frappa légèrement aux
carreaux de la fenêtre.

Les hymnes qu'on avait chantés chez l'oncle Tom avaient
prolongé fort tard la prière du soir ; et comme l'oncle Tom
s'était donné ensuite le régal de plusieurs solos, quoiqu'il
fût entre minuit et une heure, sa digne compagne et lui
n'étaient point encore couchés.

— Seigneur Dieu, qu'y a-t-il ? dit la tante Chloé, se
levant et tirant précipitamment le rideau. Dieu me pardonne ! c'est Lizy. Habillez-vous vite, mon homme. Voilà
le vieux Bruno aussi. Qu'arrive-t-il ? Je vais ouvrir la
porte.

Elle l'ouvrit ; et la chandelle, que Tom s'était hâté d'allumer, éclaira la figure bouleversée et les yeux hagards
de la fugitive.

— Dieu nous bénisse ! votre vue m'effraie, Lizy ! Êtes-
vous malade ? qu'est-ce qui vous arrive ?

— Je me sauve, oncle Tom et tante Chloé, — j'emporte
mon enfant... Maître l'a vendu !

— Vendu ! s'écrièrent-ils tous deux, levant les mains
d'épouvante.

— Oui, vendu ! dit Éliza avec fermeté. Je me suis glissée
dans le cabinet de maîtresse ce soir, et j'ai entendu maître
dire à maîtresse qu'il avait vendu mon Harry, et vous
aussi, oncle Tom, à un marchand d'esclaves ; et qu'il allait
partir à cheval ce matin, et que l'homme devait prendre
possession aujourd'hui.

Pendant ce discours, Tom était resté les bras levés et les
yeux grands ouverts, comme un homme qui rêve. Lentement et graduellement, à mesure qu'il en comprit le sens
il s'affaissa plutôt qu'il ne s'assit sur son vieux fauteuil, et
courba la tête sur ses genoux.

— Que le Seigneur ait pitié de nous ! dit la tante Chloé.
Oh ! ça n'a pas l'air d'être vrai ! Qu'a-t-il donc fait pour
que notre maître le vende ?

— Il n'a rien fait, — ce n'est pas pour ça. Maître ne voudrait pas vendre ; et maîtresse, — elle est toujours bonne,
je l'ai entendue plaider et supplier pour nous ; mais il lui a
dit que c'était inutile ; qu'il devait de l'argent à cet homme,
qu'il était à sa merci ; et que, s'il ne le payait pas, il serait
forcé de tout vendre, maison et gens. Oui, je lui ai entendu
dire qu'il n'avait pas le choix ; qu'il fallait vendre ces deux
là ou tout vendre, tant son créancier était exigeant. Maître
disait qu'il était bien fâché ; mais maîtresse ! — Ah ! si vous
aviez pu l'entendre ! Si ce n'est pas une chrétienne et un
ange, il n'y en a jamais eu. Je suis une mauvaise fille de
la quitter ainsi ; mais je ne puis faire autrement. Elle a dit
elle-même qu'une âme valait mieux que le monde entier ;
et cet enfant a une âme, et si je le laisse emporter, qui
sait ce qu'il deviendra ? Ça ne peut pas être un péché ;
mais si c'en est un, que Dieu me pardonne ! car je ne puis
ne pas le commettre !

— Eh bien ! vieux, dit la tante Chloé, pourquoi ne partez-vous pas aussi ? Attendez-vous qu'on vous emmène à
ce pays où ils font mourir les nègres de travail et de faim?
J'aimerais cent fois mieux mourir que d'y aller. Profitez
de l'occasion, partez avec Lizy. Vous avez un permis pour

aller et venir. Voyons, dépêchez-vous ; moi, je vais ras-
sembler vos affaires.

Tom releva lentement la tête, et, promenant un regard
triste mais calme autour de lui, il répondit :

— Non, non, je ne pars pas. Qu'Éliza parte, — elle est
dans son droit, ce n'est pas moi qui dirai le contraire ; il
n'est pas dans la nature qu'elle puisse rester. Mais vous
avez entendu tout ce qu'elle a dit. Si je dois être vendu
pour empêcher de vendre tout le reste, eh bien ! qu'on me
vende ! Je suppose que je pourrai le supporter tout comme
un autre, ajouta-t-il, et un sanglot étouffé ébranla sa large
poitrine. Notre maître m'a toujours trouvé ferme au poste,
et toujours il m'y trouvera. Je n'ai jamais trompé sa confiance ; je n'ai jamais usé de mon permis contrairement à
ma parole, et jamais je ne le ferai. Il vaut mieux pour
moi aller seul que de faire tout vendre. Maître n'est pas à
blâmer, Chloé, et il prendra soin de vous et des pauvres.

À ces mots, il se tourna vers la couchette, qui était pleine
de petites têtes laineuses, et resta dans un abattement
complet. Il s'appuya sur le dossier de la chaise et couvrit
sa figure de ses larges mains. Ses profonds et bruyants
sanglots faisaient trembler la chaise, et de grosses larmes
tombaient à travers ses doigts sur le plancher ; de ces
larmes comme vous en avez versé, monsieur, sur la bière
où gisait votre fils aîné ; de ces larmes comme vous en
avez versé, madame, aux cris de votre petit enfant qui se
mourait. Car c'était un homme, monsieur, — et vous n'êtes
qu'un homme. Et vous, madame, toute parée que vous
êtes de soie et de joyaux, vous n'êtes qu'une femme ; et
dans les grands malheurs de la vie, vous n'avez que votre
part de douleur !

— Encore un mot, dit Éliza, debout sur le seuil de la
porte. Je n'ai vu mon mari que ce soir, et je ne me doutais guère alors de ce qui devait arriver. Ils l'ont poussé à
bout, et il m'a dit aujourd'hui qu'il allait s'enfuir. Tâchez,
si vous pouvez, de lui parler. Dites-lui comment et pourquoi je suis partie, et dites-lui que je vais essayer de passer
au Canada ; faites-lui toutes mes tendresses, et dites-lui
que si je ne le revois jamais... Elle se détourna un moment ; puis elle ajouta d'une voix entrecoupée : Dites-lui
d'être bon, et de tâcher de me rejoindre dans le ciel...—
Appelez Bruno, ajouta-t-elle, fermez la porte sur lui ; pauvre animal ! il ne faut pas qu'il me suive !

Quelques paroles d'adieu, des bénédictions mêlées de
larmes ; et alors, serrant dans ses bras son enfant surpris
et effrayé, elle disparut sans bruit.

CHAPITRE VI.

La découverte.

Monsieur et mistress Shelby, après leur longue discussion de la nuit, ne s'étaient pas livrés tout de suite au repos, et ils se levèrent plus tard qu'à l'ordinaire.

— Pour quel motif Éliza n'est-elle pas encore venue?
dit mistress Shelby, après avoir inutilement tiré plusieurs
fois le cordon de la sonnette.

Monsieur Shelby, debout devant la glace, repassait son
rasoir, lorsque la porte de la chambre s'ouvrit. Un jeune
garçon de couleur lui apportait de l'eau pour sa barbe.

— Andy, dit madame Shelby au noir, allez frapper à la
porte d'Éliza, et dites-lui que je l'ai sonnée trois fois. Pauvre enfant ! ajouta-t-elle tout bas en soupirant. Andy revint bientôt avec l'air effaré.

— Maîtresse, les tiroirs d'Éliza sont tout grands ouverts ;
ses affaires sont jetées à droite et à gauche ; je crois qu'elle
vient de décamper.

La vérité traversa tout à coup l'esprit de monsieur Shelby
et de sa femme. Monsieur Shelby s'écria : Elle est partie,

— Que Dieu soit loué, dit mistress Shelby. Puissiez-vous dire vrai.

— Vous parlez comme une folle. Vraiment, ce serait agréable pour moi si elle était partie. Haley a vu mon hésitation lorsqu'il s'est agi de vendre l'enfant; il va croire que je suis de connivence avec la fugitive. Il y va de mon honneur, ajouta-t-il, en quittant brusquement l'appartement.

La maison était pleine de bruit, on allait et on venait, on ouvrait et on fermait les portes. Des figures de toutes les nuances apparaissaient dans tous les coins. La seule personne qui aurait pu jeter un peu de clarté sur l'événement gardait le silence; c'était la première cuisinière, la tante Chloé. Un épais nuage enveloppait sa figure, hier encore si joyeuse; elle s'occupait à préparer des biscuits pour le déjeuner sans avoir l'air de s'apercevoir de l'animation qui régnait autour d'elle. Bientôt une douzaine de négrillons se perchèrent comme des corbeaux sur les grilles de la veranda. C'était à qui, parmi tous ces diablotins, apprendrait le premier son malheur au nouveau maître.

— Je suis sûr qu'il va en devenir fou, dit Andy.

— Comme il va jurer, dit le petit noir Jack.

— C'est son habitude, dit à son tour la petite Mandy. J'ai tout entendu, moi, car je me suis glissée dans l'armoire où maîtresse enferme ses grands vases, et Mandy, qui de sa vie n'avait compris plus qu'un chat noir à la signification d'un mot, se donna des airs de capacité et se prélassa, oubliant d'ajouter que, bien qu'elle fût alors blottie au milieu des pots, elle avait été profondément endormie tout le temps.

Enfin Haley parut, botté et éperonné; de toutes parts on le salua par la mauvaise nouvelle. Les négrillons ne furent pas déçus dans leur espérance, et ils eurent le plaisir de l'entendre proférer des juremens, ce qui mit les jeunes drôles en belle humeur; ils cabriolaient à droite et à gauche, en ayant soin de se tenir hors de la portée de sa cravache, puis ils criaient, riaient, se roulaient sur l'herbe.

— Ah! si je le tenais ces petits démons, murmurait Haley entre ses dents.

— Mais vous ne les tenez pas, dit Andy, qui faisait des grimaces derrière le dos de l'infortuné marchand, tout en ayant soin de se tenir à une distance respectable.

— Voici quelque chose d'assez extraordinaire, Shelby, dit Haley en entrant brusquement dans le parloir; on m'apprend que cette fille est partie avec son mioche.

— Monsieur Haley, mistress Shelby est devant vous, dit monsieur Shelby.

— Je vous demande pardon, madame, répondit Haley en fronçant le sourcil et en saluant légèrement, je vous demande pardon; pourtant permettez-moi de reprendre la conversation, et de vous demander, monsieur Shelby, si cette étrange nouvelle est vraie?

— Si vous voulez causer avec moi, monsieur, répliqua Shelby, ayez les façons d'un gentleman; Andy, débarrassez monsieur de son chapeau et de sa cravache. Maintenant, monsieur Haley, veuillez prendre une chaise, et je suis à vous. J'ai le regret de vous dire, continua-t-il, qu'Eliza a surpris notre conversation, et qu'effrayée elle a pris la fuite avec son enfant.

— J'avoue, dit Haley, que je m'attendais à la plus grande loyauté dans cette affaire.

— Que faut-il que je pense de cette observation? dit monsieur Shelby en se retournant brusquement. S'il est quelqu'un ici qui attaque mon honneur, je n'ai qu'une réponse à lui faire.

Effrayé de cette menace, le marchand prit un ton moins élevé.

— Il est dur cependant, murmura-t-il, de conclure loyalement un marché et d'en être dupe.

— Monsieur Haley, reprit monsieur Shelby, si je ne savais pas que vous avez quelque sujet de vous plaindre, je n'aurais pas supporté votre attitude sans cérémonieuse lorsque vous êtes entré tout à l'heure dans mon salon; je vous dis ceci parce que, comme les apparences sont contre moi, je ne veux pas souffrir des allusions qui tendraient à faire croire que je suis de connivence avec la fugitive; bien loin de là, je me crois obligé de vous prêter main-forte; mes gens et mes chevaux sont à votre disposition pour vous faire recouvrer votre propriété; aussi, Haley, continua-t-il en reprenant son air franc et amical, ce que vous avez de mieux à faire pour le moment, c'est de vous calmer et de déjeuner. Nous verrons après quel parti nous avons à prendre.

Mistress Shelby se leva, prétexta des occupations, et envoya une mulâtresse servir le café qui était sur le buffet.

— La vieille n'aime pas votre humble serviteur, dit Haley quand mistress Shelby fut sortie.

— Je ne suis pas habitué à entendre parler de ma femme avec cette familiarité, répondit sèchement monsieur Shelby.

— Bien des pardons, — histoire de plaisanter, répondit Haley en s'efforçant de rire.

— Il est des plaisanteries plus ou moins agréables, répondit Shelby.

— Il ne se gêne plus, maintenant que j'ai signé ces papiers. Qu'il aille au diable! murmura Haley entre ses dents. Fait-il le fier depuis hier!

Jamais la chute d'un premier ministre ne causa plus de sensation parmi ses collègues que le sort de Tom parmi ses camarades; il était le sujet de toutes les conversations; à la maison comme aux champs, chacun laissait son travail pour discuter sur le sort probable qui lui était réservé; la fuite d'Eliza qui avait eu lieu la veille ne laissait pas non plus d'exciter les esprits.

Sam le Noir, comme on l'appelait, parce qu'il était le plus foncé des enfans d'ébène de l'endroit, ne pensait qu'à l'événement du jour, et faisait à ce sujet des réflexions sur le sort de sa propre personne qui auraient fait honneur à n'importe quel patriote blanc de Washington.

— C'est un mauvais vent qui souffle, dit-il sentencieusement en tirant son pantalon et en remplaçant par un clou le bouton qui retenait ce pantalon. Cette opération faite, il parut enchanté de son invention. Oui, c'est un mauvais vent, répéta-t-il; voilà Tom parti! cela fera de la place pour un autre nègre! Au fait, pourquoi pas pour celui-ci? reprit-il en frappant sur sa poitrine. Tom parcourait la campagne à cheval, avait des bottes noires et une bourse dans sa poche. Qu'était-il après tout? et pourquoi Sam ne serait-il pas comme était Tom?

— Holà! Sam, maître a besoin de vous pour attraper Bill et Jerry, cria Andy, qui mit fin aux réflexions du nègre.

— Qu'y a-t-il dans l'air, gamin? demanda Sam.

— Quoi! vous ne savez pas? Eliza a filé avec son mioche.

— Vous voulez en remontrer à votre grand'mère, dit Sam avec mépris. J'ai su la nouvelle longtemps avant vous. Nègre pas si bête, ah! ah!

— Voyons, voyons, maître a besoin de Bill et de Jerry; sellez et bridez, il faut que vous alliez avec maître Haley à la poursuite d'Eliza.

— Une bonne affaire! répondit Sam. C'est Sam que l'on demande aujourd'hui pour ces sortes d'expéditions. Il est le nègre qu'il faut. Vous verrez si je ne l'attrape pas. Maître saura ce que Sam peut faire.

— Ah! mais réfléchissez plutôt deux fois qu'une, répondit Andy; maîtresse ne veut pas que Lizy soit attrapée, et dans ce cas, maîtresse vous protégera.

— Hein! dit Sam, ouvrant de grands yeux, comment savez-vous ça?

— J'ai entendu parler maîtresse ce matin en portant l'eau pour la barbe de maître. Elle m'envoya voir pourquoi Lizy ne venait pas l'habiller, et quand je lui ai dit que Lizy avait filé, elle s'est levée et a dit : Que Dieu soit loué! Maître, lui, semblait être fou, et il dit à maîtresse : Femme, vous parlez comme une insensée. Mais elle le câlinera, soyez-en sûr. Il faut mieux être du parti de maîtresse, c'est moi qui vous le dis.

Là-dessus, Sam le Noir se mit à se gratter la tête ; bien qu'il n'eût pas grand chose dans son cerveau, il avait cependant une certaine intelligence vulgaire, et il savait en un mot de quel côté du pain on étend le beurre ; il se mit donc à relever son pantalon, comme c'était son habitude quand il était en proie à quelque perplexité, puis il dit philosophiquement :

— Enfant, il ne faut jurer de rien en ce monde.

Il ajouta quelques instans après, d'un air pensif ;

— J'aurais cru que maîtresse aurait couru toute la terre pour aller à la recherche de Lizy.

— Sans doute ; mais ne voyez-vous pas à travers une échelle, négrillon que vous êtes ? Maîtresse ne veut pas que maître Haley prenne l'enfant de Lizy. Voilà de quoi il retourne.

— Hein ! dit Sam avec une intonation impossible à traduire pour ceux qui n'ont pas entendu les exclamations des nègres.

— Je vous dirai bien d'autres choses encore, mais il est temps que vous attrapiez les chevaux. J'entends maîtresse qui vous appelle ; d'ailleurs, vous avez dit assez de sottises.

Sam se mit enfin en mouvement, il se dirigea fièrement vers la maison, et arrêta tout court Bill et Jerry, qui galopaient sur la pelouse ; puis il les attacha au poteau. Le cheval de Haley, qui était un jeune animal folâtre, se mit à ruer et à tirer sur la bride.

— Oh ! oh ! s'écria Sam en s'adressant au cheval, vous êtes bien actif et son visage noir rayonna d'une joie maligne. Je vais vous faire tenir tranquille, mon garçon.

Près de là était un grand hêtre, dont les faines triangulaires jonchaient le sol. Sam, s'approchant adroitement du cheval, semblait le flatter en ajustant la selle, puis il glissa adroitement entre selle et cuir un faine aigu, de façon à ce que le moindre poids sur la selle rendît l'animal irritable.

— C'est fait, dit-il avec un rire narquois.

A ce moment, mistress Shelby apparut sur le balcon, faisant des signes à Sam. Celui-ci approcha avec une résolution de faire sa cour, aussi ferme qu'un solliciteur en quête d'une place vacante à Saint-James ou à Washington.

— Pourquoi avez-vous tardé de la sorte ? J'avais envoyé Andy vous dire de vous dépêcher !

— Que Dieu vous bénisse ! maîtresse, les chevaux ne se laissent pas prendre en une minute ; ils étaient dans les pâturages du sud, et plus loin encore.

— Sam, combien de fois faut-il que je vous dise de ne pas prendre le nom de Dieu en vain ?

— Dieu me bénisse ! maîtresse, je ne le ferai plus.

— Mais vous retombez dans la même faute.

— Mon Dieu ! est-ce possible ? Je ne l'ai pas fait exprès.

— Il faut faire bien attention, Sam, dit mistress Shelby, en appuyant sur chaque mot.

— Laissez-moi seulement reprendre haleine, maîtresse, et je vous promets de faire attention.

— Vous allez accompagner monsieur Haley, pour lui servir de guide. Surtout, soignez les chevaux, vous savez que Jerry boitait un peu la semaine dernière ; ne les faites pas aller trop vite, ajouta-t-elle en pesant sur ces derniers mots et à voix basse.

— Laissez-moi faire, maîtresse, dit Sam, roulant ses yeux d'une façon significative, Dieu soit... non, non ; je ne veux pas dire ça, ajouta-t-il avec une sorte de terreur qui fit rire sa maîtresse, quoiqu'elle ne fût pas d'humeur joyeuse.

— Maintenant, Andy, dit Sam revenu sous le hêtre, je ne serais pas surpris si cette bête allait faire un saut quand son cavalier voudra la monter. Dieu vous bénisse, les chevaux ne sont pas faciles ; et Sam donna, en manière de plaisanterie, un coup de poing à Andy.

— Oui, répondit Andy avec un signe d'intelligence.

— Décidément, Andy, maîtresse veut gagner du temps, ceci est évident pour l'intelligence la plus ordinaire. Je vais faire quelque chose pour elle. Voyez-vous, lâchez les chevaux dans le bois. Temps perdu, temps gagné. Maître Haley sera bien forcé d'attendre. Andy se mit à rire.

— S'il allait arriver, poursuivit Sam, que le cheval de Haley se conduisît mal et fît des farces, nous descendrions de cheval pour aider Haley, n'est-ce pas ?

— Oh ! que oui, nous l'aiderons.

Et ils éclatèrent de rire en faisant claquer leurs doigts et en pirouettant sur leurs talons.

En ce moment Haley parut sur la veranda ; radouci par plusieurs tasses d'excellent café, il souriait et causait comme un homme de bonne humeur. Sam et Andy, occupés à atteindre habilement quelques feuilles de palmier dont ils se servaient habituellement en guise de chapeaux, se précipitèrent vers les chevaux pour aider Haley à se mettre en selle.

Sam avait arrangé sa feuille de palmier dont les tiges se tenaient sur sa tête droites comme des aigrettes ; il avait aussi façonné un bord à ce chapeau improvisé. Ainsi coiffé, il avait l'air vaillant et fier en chef de tribu.

Quant à Andy, il avait négligé de confectionner un bord à sa coiffure ; il enfonça cette chose étrange sur sa tête à l'aide d'un vigoureux coup de poing, et, satisfait de sa personne, il semblait dire : Qui oserait prétendre que je n'ai pas de chapeau ?

— Alerte, dit Haley, nous n'avons pas un instant à perdre.

— Pas une seconde, répéta Sam en mettant les rênes dans les mains du marchand et en tenant l'étrier, pendant qu'Andy détachait les deux autres chevaux.

A peine Haley fut-il en selle, que son cheval fit un saut et envoya son cavalier à dix pas sur le gazon.

Sam poussa des cris de paon et se précipita sur les rênes ; mais effleurant avec ses feuilles de palmier la crinière et les yeux du cheval, il ne réussit qu'à rendre plus fougueux l'animal, qui renversa le nègre en poussant des hennissemens, et prit sa course sur la pelouse, suivi de Bill et de Jerry, qu'Andy avait eu bien soin de laisser échapper selon sa promesse, et qu'il effarouchait par ses cris.

Une scène de confusion succède à cet incident. Sam et Andy se mettent à courir en criant, les chiens aboient, et tous les négrillons et les négrillonnes, Mike, Mose, Mandy et Fanny, sautent, hurlent et font claquer leurs doigts. Le cheval de Haley semble prendre part à la scène. Il gambade sur la pelouse, il se jette dans le bois, et, se laissant approcher, il pousse un hennissement malin et détale de nouveau. Sam n'était certes pas pressé de rattraper les chevaux ; comme l'épée de Richard Cœur de Lion, qui étincelait toujours au plus fort de la mêlée, la feuille de palmier plantée sur la tête de Sam se montrait partout où on était sur le point d'attraper un cheval. — Attrapez-le, attrapez-le, s'écriait-il, et par ses vociférations, il effrayait l'animal qui sautait au grand galop.

Haley courait à droite et à gauche, jurant, pestant et frappant du pied. De son balcon, monsieur Shelby donnait en vain des ordres ; madame Shelby, de la croisée de son appartement, s'étonna d'abord, puis se mit à rire, devinant le fond de l'affaire.

Enfin, vers midi, Sam apparut triomphant, tenant par la bride le cheval de Haley. L'animal, les naseaux ouverts, était couvert de sueur, ses yeux lançaient des éclairs ; on voyait qu'il n'avait pas encore oublié les premiers transports de la liberté.

— C'est moi qui l'ai attrapé, dit Sam avec orgueil.

— Vous, grogna Haley, c'est vous qui êtes la cause de tout ceci.

— Dieu vous bénisse, maître ! répondit Sam, et moi qui viens de courir à ce point que la sueur découle de tout mon corps !

— Vous avez perdu trois heures avec toutes vos maladresses ; finissons-en, et détalons au plus vite.

— Vous voulez donc nous tuer tous, maître, nous et les chevaux, dit Sam d'un ton piteux ; ces pauvres animaux n'en peuvent plus, et nous ne valons pas mieux qu'eux. Maître ne pense pas à partir, j'espère, avant le dîner. Le cheval de maître a besoin d'être pansé; d'ailleurs, voyez comme il est sale; Jerry boite aussi. Croyez-vous que maîtresse serait contente de nous voir partir dans l'état où nous sommes? Dieu vous garde, maître! nous attraperons facilement Lizy, allez, elle n'est pas si bonne marcheuse.

Madame Shelby, à son grand amusement, avait entendu la conversation; elle résolut de jouer, elle aussi, son rôle dans cette comédie. Elle vint donc exprimer à Haley ses regrets de l'accident survenu, en le priant de rester au dîner, qu'on se disposait à servir.

Après avoir réfléchi pendant quelques instans, Haley, avec une bonne grâce équivoque, se rendit au parloir. Sam, roulant ses yeux avec une expression comique, se dirigea gravement vers l'écurie.

— L'avez-vous vu, Andy, l'avez-vous vu? dit Sam quand il eut attaché le cheval au poteau; c'était aussi drôle que nos *meetings* de le voir sauter et jurer contre nous. En a-t-il fait des juremens! Vieille bête! me suis-je dit, vous pouvez attendre jusqu'à ce que j'attrape votre cheval. Il me semble le voir encore. Et Sam et Andy, s'appuyant contre le mur, pouffaient de rire.

— Il fallait le voir quand je ramenais son cheval; il m'aurait assommé s'il l'avait osé; mais j'avais l'air si innocent!

— Je vous ai bien vu, dit Andy. Vous êtes malin comme un singe.

— Un peu. Et maîtresse, l'avez-vous vue riant à la croisée?

— J'ai tant couru, que je n'ai pas remarqué ça.

— Moi, voyez-vous, ajouta Sam en épongeant le cheval, j'ai acquis l'habitude de l'observation, — une faculté très importante; je vous recommande de la cultiver pendant que vous êtes jeune, Andy. Levez le pied droit du cheval, mon garçon. Ce n'est que l'observation, je vous le dis, qui fait la différence parmi les nègres. N'ai-je pas vu ce matin, moi, de quel côté soufflait le vent? Aussi j'ai deviné les désirs de maîtresse sans qu'elle m'en dit un mot. Voilà de l'observation ou je ne m'y connais pas. Les facultés ne sont pas les mêmes chez tous les hommes; mais en les cultivant, on peut aller loin.

— Il me semble pourtant que si je ne vous avais pas un peu mis sur la voie, vous n'auriez pas si bien vu votre chemin ce matin, répondit Andy.

— Andy, répondit Sam, vous êtes un garçon de bon conseil, et je n'ai pas honte, je l'avoue, de suivre vos avis; il ne faut se moquer de personne, le plus humble trouve toujours son maître. Ami Andy, allons à la maison, où je suis sûr que maîtresse nous donnera un bon morceau à mettre sous la dent.

CHAPITRE VII.

La lutte d'une mère.

Il est impossible de concevoir une position plus désolante que celle d'Éliza lorsqu'elle quitta la cabane de l'oncle Tom.

L'effroi des dangers que couraient son mari et son enfant se mêlait dans son esprit au sentiment confus de ceux auxquels elle s'exposait elle-même en quittant la seule maison où elle eût jamais vécu, et en renonçant à la protection d'une personne qu'elle aimait et vénérait. Puis elle se séparait de tous les objets qui lui étaient familiers : — le lieu où elle avait grandi, les arbres sous lesquels elle avait joué, les bois où elle s'était souvent promenée le soir, dans des jours plus heureux, à côté de son jeune mari. — Tous ces objets, à la froide clarté des étoiles, semblaient lui faire

des reproches et lui demander si elle aurait le courage de les abandonner.

Mais plus fort que tout était l'amour maternel, poussé jusqu'à la frénésie par l'approche d'un danger si terrible. Son enfant était assez grand pour pouvoir aussi marcher à son côté, et, dans une circonstance ordinaire, elle l'aurait tenu par la main; mais la seule idée de ne plus l'avoir dans ses bras la faisait frissonner, et elle le serrait sur son sein avec une force convulsive, tout en avançant d'un pas rapide.

Le sol glacé craquait sous ses pas, et elle tremblait au bruit. Chaque feuille qui remuait, chaque ombre qui flottait, faisaient refluer le sang vers son cœur et hâtaient sa marche. Elle s'étonnait elle-même de la force qu'elle se sentait; car son enfant lui paraissait aussi léger qu'une plume, et chaque accès de crainte semblait accroître la puissance surnaturelle qui la poussait en avant, tandis que de ses lèvres pâles s'échappait fréquemment la prière à l'Ami qui est là-haut :

— Seigneur, assistez-moi! Seigneur, sauvez-moi!

Si c'était votre Harry, tendre mère, ou votre Willie qui dût vous être arraché par un marchand brutal demain matin; — si vous aviez vu l'homme, et que vous eussiez entendu dire que les papiers étaient signés et remis, et que vous n'eussiez que de minuit jusqu'au matin pour opérer votre évasion, de quel pas pourriez-vous marcher? combien de milles pourriez-vous faire dans ce peu d'heures, avec votre enfant chéri sur votre sein, — sa petite tête endormie sur votre épaule, — ses petits bras enlacés avec confiance autour de votre cou?

Car l'enfant dormait. D'abord la nouveauté et l'alarme l'avaient tenu éveillé; mais sa mère lui assura tant qu'elle le sauverait s'il demeurait tranquille, qu'il se contenta de demander, lorsqu'il se sentit envie de dormir :

— Mère, je n'ai pas besoin de rester éveillé, n'est-ce pas?

— Non, mon chéri; dormez, si vous voulez.

— Mais, si je m'endors, vous ne me laisserez pas prendre?

— Non, pourvu que Dieu m'assiste! dit la mère, la joue pâle et ses grands yeux noirs plus brillans.

— Bien sûr, mère, n'est-ce pas?

— Oui, bien sûr, dit la mère d'une voix qui la fit tressaillir elle-même; car cette voix lui semblait venir d'un esprit intérieur qui ne faisait pas partie d'elle. Et l'enfant laissa tomber sa petite tête fatiguée sur l'épaule de sa mère et fut bientôt endormi. Combien l'attouchement de ces petits bras chauds, le léger souffle qu'elle sentait sur son cou, donnaient de l'ardeur à ses mouvemens! Sublime est l'empire de l'âme sur le corps, qui peut changer les muscles en acier et donner une pareille force au faible!

Les bornes de la ferme, le bois passèrent à ses côtés comme dans un tourbillon; et elle continua sa course sans s'arrêter, sans la ralentir, jusqu'à ce que le jour, en se levant, la trouva à bien des milles de distance sur la grande route.

Elle avait été souvent avec sa maîtresse visiter quelques connaissances dans le petit village de T......, non loin de l'Ohio. Y aller, s'échapper en traversant la rivière, fut la première ébauche de son plan d'évasion; après cela, elle n'avait d'espoir qu'en Dieu.

Lorsque la route commença à se couvrir de chevaux et de voitures, avec cette vivacité de perception qu'on a lorsqu'on est excité, et qui semble une sorte d'inspiration, elle fit la remarque que son pas précipité et son air effaré appelleraient sur elle l'attention et le soupçon. Elle posa donc son enfant à terre, et, rajustant sa robe et son chapeau, elle marcha aussi vite qu'elle put le faire en conservant les apparences. Elle avait mis dans son petit paquet une provision de gâteaux et de pommes, auxquels elle eut recours pour hâter la marche de l'enfant, faisant rouler la pomme devant lui pour qu'il courût après de toute sa force; et cette ruse, souvent répétée, leur fit faire bien du chemin.

Au bout de quelque temps, ils arrivèrent à un bois

épais, à travers lequel murmurait un clair ruisseau. Comme l'enfant se plaignait d'avoir faim et soif, elle passa avec lui par dessus la haie; et, s'asseyant derrière un grand rocher qui les cachait de la route, elle tira de son petit paquet de quoi lui donner à déjeuner. L'enfant fut étonné et chagrin de voir qu'elle ne pouvait pas manger; et lorsque, lui passant les bras autour du cou, il essaya de lui enfoncer de son gâteau dans la bouche, il lui sembla qu'elle allait étouffer.

— Non, non, mon chéri ! je ne puis manger tant que vous ne serez pas en sûreté ! Il faut continuer d'aller, — d'aller jusqu'à ce que nous arrivions à la rivière. Et elle se remit bien vite en route, et se contraignit de nouveau à marcher d'un pas calme et régulier.

Elle avait dépassé de plusieurs milles le voisinage où elle était personnellement connue. Si le hasard voulait qu'elle rencontrât quelqu'un de sa connaissance, elle réfléchit que les bontés qu'on lui témoignait dans la famille la garantiraient de tout soupçon et ne permettraient pas de supposer qu'elle pût être fugitive. D'ailleurs, comme elle était assez blanche pour qu'on pût savoir qu'elle était de race noire sans y regarder de près, et que son enfant était blanc aussi, il lui était beaucoup plus facile de passer inaperçue.

Sur cette présomption, elle s'arrêta vers midi à une jolie ferme pour se reposer et acheter de quoi dîner, elle et son enfant; car, à mesure que la distance diminuait le danger, la tension du système nerveux se relâchait, et elle ressentait à la fois faim et fatigue.

La brave fermière, qui aimait à jaser, ne parut pas fâchée de voir entrer quelqu'un avec qui elle pût causer, et elle accepta sans examen la raison que lui donnait Eliza qu'elle allait à quelque distance passer une semaine avec ses amis, — et plût à Dieu que cet espoir pût se réaliser !

Une heure avant le coucher du soleil, elle entra dans le village de T..., près de l'Ohio, fatiguée et les pieds meurtris, mais toujours pleine d'énergie. Son premier regard fut pour la rivière, qui, comme le Jourdain, se trouvait entre elle et la terre promise.

On était au commencement du printemps, et la rivière était grosse et turbulente; d'énormes glaçons flottaient çà et là sur l'eau trouble. Par suite de la configuration particulière de la rive, du côté du Kentucky, où la terre s'avançait très loin dans l'eau, la glace s'était arrêtée là en grande quantité, et formait un grand radeau flottant qui s'étendait presque d'un bord à l'autre.

Eliza resta un moment à contempler ce fâcheux aspect des choses, qui devait empêcher, elle le vit tout de suite, la circulation du bac, et elle entra dans une petite auberge qui était sur le rivage, pour prendre quelques renseignemens.

L'hôtesse, occupée à diverses opérations de cuisine en vue du souper, s'arrêta, une fourchette en main, à la douce et plaintive voix d'Eliza.

— Qu'est-ce que c'est ? demanda-t-elle.

— N'y a-t-il aucun bac ou bateau en ce moment pour passer à D.., ? répondit Eliza.

— Non, vraiment ! dit la femme. Le bateau ne marche plus.

L'air désespéré d'Eliza frappa l'hôtesse.

— Vous avez peut-être besoin de passer l'eau ? — Quelqu'un de malade ? vous avez l'air d'être inquiète.

— J'ai un enfant dangereusement malade. Je ne le sais que d'hier au soir, et j'ai fait à pied un bon bout de chemin dans l'espoir d'arriver au bac.

— Ah! ma foi ! c'est malheureux, dit la femme qui sentait s'élever ses sympathies maternelles; j'en suis vraiment fâchée pour vous. Solomon ! appela-t-elle d'une fenêtre d'où l'on voyait une petite construction donnant sur la cour. Un homme en tablier de cuir et avec des mains très sales parut à la porte.

— Dites donc, Sol, reprit la femme, est-ce que cet homme doit passer les barils ce soir ?

— Il a dit qu'il essaierait, si ce n'était pas trop imprudent, répondit l'homme.

— Il y a un homme à quelques pas d'ici qui doit passer l'eau ce soir, s'il l'ose. Il sera ici à souper, ainsi vous ferez bien de vous asseoir et de l'attendre. Oh ! le joli petit garçon ! ajouta la femme en lui offrant un gâteau.

Mais l'enfant, tout à fait épuisé, se mit à pleurer de lassitude.

— Pauvre garçon ! il n'est pas habitué à marcher, et je l'ai tant pressé, dit Eliza.

— Eh bien ! portez-le dans cette pièce, dit la femme, ouvrant une petite chambre à coucher où se trouvait un bon lit. Eliza y déposa son enfant, et lui tint les mains dans les siennes jusqu'à ce qu'il fût profondément endormi. Pour elle, il n'y avait pas de repos. L'idée d'être poursuivie était comme un aiguillon dans ses flancs, et elle dévorait du regard les eaux gonflées qui la séparaient de la liberté.

Nous devons ici prendre congé d'elle pour le moment, et rejoindre ceux qui la poursuivent.

Quoique mistress Shelby eût promis d'avancer l'heure du dîner, on vit bientôt, ce qui n'est pas sans exemple, qu'il faut être deux pour conclure un marché. Ainsi, bien que l'ordre eût été donné en présence de Haley, et porté à la tante Chloé par une demi-douzaine au moins de jeunes messagers, le dignitaire femelle se contenta pour toute réponse de grogner et de secouer la tête, et poursuivit à loisir et avec plus de lenteur que jamais le cours méthodique de ses opérations.

Pour quelque raison singulière, les domestiques paraissaient croire que maîtresse ne serait pas précisément mécontente qu'on fût en retard; et on ne saurait se figurer combien d'accidens venaient arrêter à tout instant le cours des choses. Un maladroit trouva moyen de renverser la sauce; et il fallut en faire une nouvelle avec tout le soin voulu, la tante Chloé la surveillant et la tournant d'un air grave et refrogné, et répondant brièvement, toutes les fois qu'on l'invitait à se hâter, qu'elle ne servirait pas une sauce mal cuite sur la table pour aider à attraper les gens. Un autre tomba avec l'eau et dût retourner à la fontaine; un autre étala le beurre sur le plancher; et de temps en temps on apportait en ricanant la nouvelle à la cuisine que maître Haley était fort mal à l'aise, qu'il ne pouvait rester assis un seul instant, et qu'il ne faisait qu'aller et venir des fenêtres à la porte.

— C'est bien fait ! dit la tante Chloé avec indignation. Il sera bien pis que mal à l'aise, un de ces jours, s'il ne s'amende pas. Son maître, à lui, l'enverra chercher, et il faudra voir alors quelle mine il fera.

— Il sera fièrement torturé, il ne risque rien, dit le petit Jack.

— Il le mérite, dit la tante Chloé d'un air farouche, il a brisé bien des cœurs, bien des cœurs, — je vous le dis à tous! s'écria-t-elle, s'arrêtant et élevant la fourchette qu'elle avait à la main. C'est comme ce que maître Georges lit dans les Révélations : Les âmes invoquent le Seigneur au pied des autels, et elles lui demandent vengeance contre eux ! — Et bientôt le Seigneur les entendra, — oui, il les entendra !

La tante Chloé, qui était fort respectée dans la cuisine, était écoutée la bouche béante; et le dîner ayant fini par être servi, toute la cuisine eut le loisir de jaser avec elle et d'écouter ses remarques.

— Ces gens-là seront brûlés à tout jamais, pour sûr, n'est-ce pas ? dit Andy.

— Je serais bien content de le voir, ma foi ! dit le petit Jack.

— Enfans ! dit une voix qui les fit tous tressaillir. C'était l'oncle Tom, qui était entré et écoutait la conversation sur le seuil de la porte.

— Enfans ! dit-il, j'ai peur que vous ne sachiez pas ce que vous dites. A tout jamais est un mot terrible, enfans; ça fait trembler d'y penser. Vous ne devriez souhaiter ça à aucune créature humaine.

— Nous ne le souhaitons qu'aux marchands d'âmes, dit Andy ; personne ne peut s'empêcher de le leur souhaiter : ils sont si méchans !

— Est-ce que le cœur lui-même ne se soulève pas contre eux ? dit la tante Chloé. Est-ce qu'ils n'arrachent pas l'enfant du sein de la mère pour le vendre ? Et ces pauvres petits qui pleurent et la tiennent par ses vêtemens, — est-ce qu'ils ne les prennent pas pour les vendre ? Est-ce qu'ils ne séparent pas la femme du mari, dit la tante Chloé commençant à pleurer, quand c'est leur ôter la vie ? — Et pendant ce temps-là ont-ils un brin de sentiment ? — Est-ce qu'ils ne boivent pas ? est-ce qu'ils ne fument pas ? est-ce qu'ils ne se donnent pas toutes leurs aises ? Ah bon ! si le diable les emporte pas, à quoi est-il bon ? — Et la tante Chloé se couvrit la figure de son tablier à carreaux et commença à sangloter tout de bon.

— Priez pour ceux qui vous traitent mal, dit le bon livre, répliqua Tom.

— Prier pour eux ! dit la tante Chloé, Seigneur, c'est trop dur ! je ne peux pas prier pour eux.

— C'est naturel, Chloé, et la nature est forte, dit Tom ; mais la grâce du Seigneur est plus forte encore ; d'ailleurs, vous devriez remercier Dieu de ne pas leur ressembler, Chloé. Certes, j'aimerais mieux être vendu dix mille fois que d'avoir à répondre d'autant de choses que lui.

— Moi aussi, dit Jack ; ne l'aimerions-nous pas mieux, Andy ?

Andy haussa les épaules et siffla en signe d'assentiment.

— Je suis bien aise que notre maître ne soit pas parti ce matin comme il en avait l'intention, dit Tom ; ça me faisait plus de peine que d'être vendu, certainement. Peut-être bien que c'était naturel qu'il partît, mais c'eût été bien dur pour moi qui l'ai connu au berceau ; mais j'ai vu notre maître, et je commence à me résigner à la volonté de Dieu maintenant. Maître n'a pu faire autrement : il a bien fait ; mais j'ai peur que les choses n'aillent de mal en pis quand je n'y serai plus. On ne peut pas s'attendre à ce que maître aille fourrer son nez partout, comme j'ai fait. Les gens ont de la bonne volonté, mais ils sont bien négligens. Ça me tourmente.

La sonnette se fit entendre, et Tom fut appelé au parloir.

— Tom, lui dit son maître avec bonté, je vous fais remarquer que je me suis engagé à payer mille dollars si vous n'êtes pas sur les lieux quand monsieur Haley aura besoin de vous. Il va aujourd'hui s'occuper de ses autres affaires, et vous pouvez disposer de cette journée. Allez où vous voudrez, garçon.

— Merci, maître, dit Tom.

— Et faites bien attention, dit le marchand, et ne jouez pas à votre maître un de vos tours de nègre, car je lui prendrai jusqu'à son dernier sou, si vous n'êtes pas là. S'il m'écoutait, il ne se fierait à pas un de vous, anguilles que vous êtes !

— Maître, dit Tom, — et il se tenait très droit, — je n'avais que huit ans lorsque votre vieille maîtresse vous mit dans mes bras, et vous n'aviez pas un an. Tenez, dit-elle, Tom, ce sera votre jeune maître ; prenez soin de lui, dit-elle. Et maintenant, je vous le demande, maître, vous ai-je jamais manqué de parole ? ai-je agi contre vos volontés, surtout depuis que je suis un chrétien ?

Monsieur Shelby était tout attendri, et les larmes lui vinrent aux yeux.

— Mon bon garçon, dit-il, le Seigneur sait que vous ne dites que la vérité ; et si cela dépendait de moi, je ne vous vendrais pas pour tout l'univers.

— Et aussi sûr que je suis une chrétienne, dit mistress Shelby, vous serez racheté aussitôt que j'en aurai le moyen. Monsieur, dit-elle à Haley, prenez bien note de la personne à qui vous le vendez, et faites-le-moi savoir.

— Oh ! oui, quant à ça, dit le marchand. Je puis le ramener dans un an, sans qu'il soit beaucoup détérioré, et le revendre.

— Je traiterai avec vous alors, et vous y trouverez votre avantage, dit mistress Shelby.

— Comme de raison, dit le marchand ; tout m'est égal. Je vends et revends la chair humaine, pourvu que je fasse une bonne affaire. Tout ce que je veux, c'est d'avoir de quoi vivre, vous savez, madame ; et c'est ce que nous voulons tous, je suppose.

Monsieur et mistress Shelby se sentaient ennuyés et dégradés par l'impudente familiarité de ce marchand, et cependant tous deux voyaient la nécessité absolue de se contraindre. Plus il se montrait sordide et insensible, plus mistress Shelby craignait qu'il ne réussît à rattraper Éliza et son enfant, et plus aussi elle avait de motifs pour le retenir par toutes sortes d'artifices féminins. Elle souriait donc gracieusement, approuvait, causait familièrement, et faisait tout ce qu'elle pouvait pour faire passer le temps d'une manière imperceptible.

À deux heures, Sam et Andy emmenèrent les chevaux que l'excursion du matin paraissait avoir beaucoup rafraîchis.

Sam, restauré par le dîner, était là plein d'un zèle officieux. Lorsque Haley approcha, il se vantait à Andy, en style pompeux, du succès évident de l'opération, maintenant qu'il en était venu à ses fins.

— Votre maître, je suppose, n'a pas de chiens, dit Haley d'un air rêveur, comme il se préparait à monter à cheval.

— Il en a des tas, dit Sam d'un air triomphant. V'là Bruno, — c'est un grand hurleur ! et, indépendamment de lui, nous avons presque tous un chien d'une ou d'autre espèce.

— Bah ! dit Haley, — et il ajouta au sujet des chiens quelque chose qui fit marmotter à Sam :

— Je ne vois pas à quoi sert de jurer après eux, en tous cas.

— Mais votre maître n'a pas de chiens (je sais bien que non) pour donner la chasse aux nègres.

Sam savait fort bien ce que le marchand voulait dire ; mais il prit un air de parfaite simplicité.

— Nos chiens ont le nez extrêmement fin. C'est de race, je suppose, car ils n'y ont jamais été exercés. Ce sont de fiers chiens, au surplus, une fois lâchés, sur n'importe quoi. Ici, Bruno ! cria-t-il, en sifflant le chien de Terre-Neuve qui fondit tumultueusement sur eux.

— Au diable ! dit Haley en se levant. Allons, saute maintenant.

Ce fut Sam qui fit la culbute, en chatouillant adroitement Andy, lequel partit d'un éclat de rire, à la grande indignation de Haley, qui lui allongea un coup de cravache.

— Vous m'étonnez, Andy, dit Sam avec une imposante gravité. Il s'agit ici d'une affaire sérieuse, Andy. Il ne faut pas faire un jeu de ça. C'est pas le moyen d'aider monsieur.

— Je prendrai la route qui mène directement à la rivière, dit Haley d'un ton décidé, lorsqu'ils furent arrivés aux limites de la propriété. Je connais leur chemin à tous.

— C'est ça même, dit Sam. Maître Haley a mis le doigt dessus. Maintenant, il y a deux routes qui mènent à la rivière, — la mauvaise et la bonne, — laquelle, maître, faut-il prendre ?

Andy regarda Sam avec innocence, surpris de la nouveauté de ce renseignement géographique ; mais il confirma aussitôt son dire en le répétant avec véhémence.

— C'est, dit Sam, que je suis tenté de croire que Lizy a dû prendre la mauvaise route, qui est la moins fréquentée.

Haley, quoiqu'il fût un vieux renard, ne fut pas éloigné d'envisager la chose de cette manière.

— Si vous n'étiez pas tous deux de si damnés menteurs, dit-il d'un air irrésolu.

Le ton pensif dont furent prononcées ces paroles parut amuser prodigieusement Andy ; il resta un peu en arrière, se tenant à croire qu'il allait tomber de cheval, tandis que Sam gardait la plus imperturbable gravité.

— Comme de raison, dit Sam, maître peut faire ce qu'il lui plaît. Prenons la route directe, si maître l'aime mieux, — c'est tout un pour nous. Et maintenant que j'y réfléchis, je pense que la route directe vaut mieux : voilà ma dérision.

— Elle a dû prendre les chemins où il ne passe personne, dit Haley, pensant tout haut et ne tenant pas compte de la remarque de Sam.

— Ce n'est pas une raison, reprit ce dernier ; les filles sont drôles ; elles ne font jamais ce qu'on croit qu'elles feront ; ordinairement, c'est le contraire. Les filles sont naturellement contrariantes ; et si vous pensez qu'elles ont pris une route, vous ferez mieux de prendre l'autre, et vous serez sûr de les trouver. Or, comme mon opinion, à moi, c'est que Lizy a pris la mauvaise, je crois qu'il vaut mieux prendre la bonne.

Cette théorie profonde sur le beau sexe ne parut pas disposer particulièrement Haley en faveur de la route directe ; il annonça que décidément il prendrait l'autre, et demanda à Sam quand ils y arriveraient.

— Dans un petit bout de temps, répondit Sam en faisant signe d'un œil à Andy ; puis il ajouta gravement : Mais j'ai étudié la question, et il m'est démontré que nous ne devrions pas aller par là ; je n'y ai jamais été, quant à moi. On n'y rencontre pas un chat, et nous pourrions nous perdre. — Dieu sait où nous irions.

— C'est égal, dit Haley, c'est par là que j'irai.

— Maintenant que j'y songe, je crois avoir entendu dire que cette route était toute coupée de haies ; n'est-ce pas, Andy ?

Andy n'en était pas sûr ; il avait seulement entendu parler de cette route, mais il n'y avait jamais passé. En un mot, il ne pourrait rien affirmer.

Haley, qui dans son calcul des probabilités ne faisait entrer que des mensonges plus ou moins gros, jugea que la balance penchait en faveur de la mauvaise route. Lors donc que Sam la lui indiqua, il la prit avec empressement, suivi de ses deux gubles.

Or, cette route, qui menait jadis à la rivière, était abandonnée depuis l'ouverture de la nouvelle. Elle était praticable pendant une heure environ, après quoi elle était toute coupée de haies et de fermes. Sam le savait parfaitement. Quant à Andy, elle était fermée depuis si longtemps, qu'il n'en avait vraiment jamais entendu parler. Il cheminait donc d'un air de soumission respectueuse, se plaignant de temps en temps qu'elle était furieusement mauvaise pour les pieds de Jerry.

— Ah ça, je vous en avertis, dit Haley, je vous connais ; vous ne me ferez pas abandonner cette route-ci, avec tout votre embarras : ainsi, bouche close !

— Maître veut en faire à sa tête, dit Sam avec une docilité mélancolique, et faisant une grimace des plus significatives à Andy, dont la joie menaçait de faire explosion.

Sam était plein de verve, il feignait d'avoir toujours l'œil aux aguets, s'écriant de temps à autre qu'il voyait un chapeau de fille au sommet de quelque éminence éloignée, ou demandant à Andy si ce n'était pas Lizy qui était là-bas dans ce creux, et poussant toujours ces exclamations aux endroits les plus raboteux, là où il était le plus difficile de s'arrêter brusquement, et tenant ainsi Haley dans un état d'émotion continuelle.

Après avoir couru une heure de la sorte, nos voyageurs opérèrent une descente tumultueuse dans une grange qui dépendait d'une vaste métairie. Il ne s'y trouvait pas une âme, tous les bras étaient employés aux champs, mais comme la grange était construite au beau milieu de la route, il était évidemment impossible de pousser plus loin dans cette direction.

— Ne l'avais-je pas dit à maître ? s'écria Sam d'un air d'innocence outragée. Comment un gentleman étranger peut-il s'attendre à en savoir plus long sur le pays que les gens qui y sont nés ?

— Gredin ! dit Haley, vous saviez tout ça.

— Ne vous ai-je pas dit que je le savions, et avez-vous voulu me croire ? J'ai dit à maître que tout était barré, et que je ne pensais pas qu'il pourrait passer. — Andy m'a bien entendu.

La chose était trop vraie pour être contestée ; le pauvre homme dut dissimuler sa fureur du mieux possible ; et tous trois, ayant fait volte-face, se dirigèrent vers le grand chemin.

Par suite de tous ces retards, il y avait environ trois quarts d'heure qu'Éliza avait couché son enfant sur le lit de la taverne du village, lorsque la cavalcade arriva au même endroit. Éliza était à la fenêtre, regardant d'un autre côté, lorsqu'elle fut aperçue par Sam, qui avait l'œil prompt. Haley et Andy étaient à deux pas en arrière. En cet instant critique, Sam trouva moyen de faire emporter son chapeau par le vent, et poussa un cri caractéristique qui donna l'alarme à la pauvre femme. Elle se retira précipitamment, et la cavalcade, passant sous la fenêtre, arriva à la porte de la taverne.

Ce que ressentit Éliza en ce court instant ne se décrit pas. Sa chambre donnait par une porte latérale sur la rivière. Elle saisit son enfant, et s'élança dans l'escalier. Le marchand l'aperçut comme elle descendait vers le rivage. Il sauta à bas de son cheval, et appelant Sam et Andy à grands cris, il courut après elle comme un limier après un daim. Dans ce moment de vertige, les pieds d'Éliza lui semblaient à peine toucher la terre, et en une seconde elle fut au bord de l'eau. Ils arrivaient droit derrière elle ; et, soutenue par cette force que Dieu ne donne qu'au désespoir, elle sauta avec un cri sauvage, par-dessus le courant rapide, sur le radeau de glace. C'était un élan désespéré ; il fallait être en démence pour le tenter ; et Haley, Sam et Andy poussèrent un cri d'épouvante et levèrent les mains au ciel en la voyant faire.

Le grand morceau de glace verte sur lequel elle avait sauté craqua sous son poids, mais elle n'y resta pas un moment. Avec un redoublement d'énergie elle s'élança sur un autre fragment, et de là sur un autre encore, trébuchant, sautant, glissant et se relevant aussitôt. Elle a perdu ses souliers, — ses bas ont été arrachés de ses pieds ; le sang marque chacun de ses pas ; mais elle ne voit rien, elle ne sent rien, jusqu'à ce qu'elle aperçoive confusément l'autre rive de l'Ohio et un homme qui l'aide à y monter.

— Vous êtes une intrépide fille, ma foi ! qui que vous soyez ! lui dit l'homme avec un jurement.

Éliza reconnut la voix et la figure d'un homme qui possédait une ferme non loin de son ancienne demeure.

— Oh ! monsieur Symmes ! — sauvez-moi de grâce, sauvez-moi ! — cachez-moi ! s'écria-t-elle.

— Quoi ? qu'y a-t-il ? Eh mais ! c'est la fille de Shelby.

— Mon enfant ! — mon garçon ! — il l'avait vendu ! Voilà son maître, dit-elle en montrant la rive du Kentucky. Oh ! monsieur Symmes, vous avez un petit garçon.

— Oui, dit l'homme en l'aidant rudement, mais avec bonté, à escalader le bord. D'ailleurs vous êtes une courageuse fille. J'aime l'énergie partout où j'en vois.

Quand ils eurent gravi le haut de la rive, notre homme s'arrêta.

— Je serais bien aise de faire quelque chose pour vous, dit-il ; mais je ne saurais où vous mettre. Ce que je peux faire de mieux, c'est de vous conseiller d'aller là, dit-il en indiquant une grande maison blanche isolée, sur un des côtés de la principale rue du village. Allez là, ce sont de bonnes gens. Il n'y a pas de danger qu'ils ne vous assistent pas ; ils sont toujours disposés à faire de ces sortes de choses.

— Que le Seigneur vous bénisse ! dit Éliza avec ferveur.

— Ça n'en vaut pas la peine. Ce que j'ai fait est moins que rien.

— Et n'est-ce pas, monsieur, vous n'en parlerez à personne ?

— Allez au diable, fille ! Pour qui prenez-vous les gens ? Non, certes. Voyons, partez comme une fille raisonnable que vous êtes. Vous avez conquis votre liberté et vous la conserverez, autant qu'il dépendra de moi.

L'esclave serra son enfant contre son sein, et s'éloigna d'un pas ferme et rapide. L'homme resta à la suivre du regard.

— Shelby ne trouvera peut-être pas que c'est là un bon procédé pour son voisin ; mais que pourrais-je faire ? S'il attrape une de mes filles dans le même embarras, je lui bien venu à me rendre la pareille. Ma foi ! je n'ai jamais pu voir aucune espèce de créature s'efforcer toute haletante d'échapper aux chiens qui la poursuivent, et prendre parti contre elle. D'ailleurs, je ne vois pas pourquoi je me ferais le limier des autres, après tout.

Ainsi parlait ce pauvre païen du Kentucky, qui faisait du christianisme d'instinct, faute d'une position et d'une éducation meilleures, qui le lui auraient interdit.

Haley était resté stupéfait à la vue de cette scène ; mais lorsqu'Eliza eut disparu, il se tourna d'un air interdit vers Sam et Andy.

— Le tour n'a pas été mal joué, dit Sam.

— Cette fille a le diable au corps, je crois ! dit Haley. Elle sautait comme un chat sauvage.

— Ah ça ! dit Sam en se grattant la tête, j'espère que maître nous excusera d'avoir pris cette route ; et il accompagna sa phrase d'un gros rire.

— Vous riez ! dit le marchand avec un grognement.

— Dieu vous bénisse, maître ! je n'ai pu m'en empêcher, dit Sam donnant cours à sa joie si longtemps contenue. Elle était si curieuse à voir bondir, et la glace qui craquait, et l'eau qui éclaboussait. Quels élans ! quels sauts ! Seigneur Dieu ! comme elle allait ! — Et Sam et Andy se prirent à rire si fort que les larmes leur coulaient des yeux.

— Je vous ferai rire jaune, dit le marchand en leur assénant des coups de cravache sur la tête.

Tous deux firent le plongeon, et remontèrent le bord en criant, et furent à cheval avant qu'ils les eût rejoints.

— Bonsoir, maître, dit Sam avec beaucoup de gravité. J'ai bien peur que maîtresse ne soit inquiète de Jerry. Maître Haley n'a plus besoin de nous. Maîtresse ne serait pas d'avis qu'on fît passer à ces pauvres bêtes le pont de Lizy ; — et après avoir donné, en manière de plaisanterie, un bon coup de poing dans les côtes d'Andy, il partit, suivi de ce dernier, à toute bride, — et ils étaient déjà loin que le vent apportait encore au marchand consterné leurs éclats de rire.

CHAPITRE VIII.

Un digne trio.

Eliza avait accompli sa retraite désespérée à travers la rivière au moment du crépuscule. Le brouillard gris du soir, qui s'élevait lentement, enveloppait la jeune femme lorsqu'elle disparut sur l'autre bord. Le courant gonflé et d'énormes masses flottantes de glaces élevaient une barrière insurmontable entre elle et son ennemi. Haley retourna donc lentement et tristement à la petite taverne pour songer au parti à prendre. L'hôtesse lui ouvrit la porte d'un petit parloir où l'on voyait un tapis en loques, une table couverte d'une toile cirée d'un noir luisant, des chaises de bois à dossier élevé, et des statuettes en plâtre colorié sur la tablette de la cheminée, dont le feu jetait une fumée épaisse. Au coin du foyer s'étendait un banc de bois grossier. Haley s'y assit pour méditer sur l'instabilité des espérances humaines.

— J'avais bien besoin, pensait-il, de faire l'acquisition de ce mioche qui me fait courir comme un nigaud ! Puis il débita une longue litanie d'imprécations contre lui-même. Nous sommes trop équitables pour contredire Haley dans cette circonstance, pourtant nous passerons sous silence les injures qu'il s'adressait mentalement.

Tout à coup il fut tiré de ses réflexions par la voix rude d'un homme qui descendait de cheval à la porte ; Haley se précipita vers la fenêtre.

— Parbleu ! s'écria-t-il, voilà qui ressemble beaucoup à ce que l'on est convenu d'appeler la Providence ; je crois, Dieu me damne ! que c'est Tom Loker.

Haley sortit précipitamment.

Debout, devant le comptoir, se tenait un homme grand et fort, d'un brun foncé ; il avait au moins cinq pieds sept pouces. Il était vêtu d'un pardessus en peau de buffle, avec le poil en dehors, ce qui lui donnait l'air d'un ours. On voyait à la simple inspection de sa figure que chez lui les organes de la brutalité étaient excessivement développés. Si nos lecteurs veulent se figurer un boule-dogue en habit et en chapeau, ils auront une assez juste idée du physique du personnage.

Cet homme avait un compagnon de voyage qui formait avec lui un contraste frappant. Celui-ci était petit et mince ; il avait les mouvements d'un chat et l'expression d'une souris. Ses petits yeux étaient noirs, et son nez allongé et pointu semblait vouloir se fourrer partout. Tous ses mouvements étaient secs et pointus. Le gros homme avalait un grand verre d'eau-de-vie sans dire un mot ; quant au petit, il se tenait sur la pointe des pieds, et regardait à droite et à gauche, flairant de loin les bouteilles. Enfin il commanda un julep à la menthe, qu'il regarda à deux fois, quand on le lui eut servi ; puis il le savoura à petites gorgées.

— Quelle chance de vous rencontrer ! dit Haley en allant au devant du gros homme et en lui tendant la main.

— Et qui diable vous amène ici ? répondit Loker.

L'homme au museau de souris portait le nom de Marks ; il cessa de siroter et, allongeant sa tête, il regarda Haley d'un air rusé, comme un chat qui regarde de loin une feuille sèche qui remue.

— Ma foi ! Tom, dit Haley, c'est une bonne fortune pour moi de vous rencontrer ici. Je suis dans l'embarras, vous allez m'aider à en sortir.

— Nous y voilà, grommela le gros homme. On peut être sûr que vous avez toujours besoin de vos amis, vous, de quoi s'agit-il ?

— Vous avez un ami ici, dit Haley en jetant sur Marks un regard méfiant ; un associé, peut-être ?

— Justement. Tenez, Marks, dit Tom, voilà l'homme avec qui j'étais à Natchez.

— Enchanté de faire sa connaissance, répondit Marks en allongeant vers Haley une main maigre qui ressemblait à la patte d'un corbeau... Monsieur Haley, je crois ? dit-il.

— Lui-même, répondit celui-ci. Et puisque nous nous sommes si bien rencontrés, vous allez me permettre de vous offrir quelque chose. Ohé ! vieille cruche ! dit-il s'adressant à l'homme du comptoir ; de l'eau chaude, du sucre, des cigares, de l'eau-de-vie, et du chenu ; nous allons nous donner une ribote.

Quand les bougies furent allumées, le feu flambant et la table garnie, les trois honorables amis firent cercle.

Haley commença un récit pathétique de ses ennuis. Loker, la bouche close, l'écouta avec une attention soupçonneuse ; Marks, lui, était occupé à se faire un punch ; de temps en temps, il avançait son nez jusque sous la figure de Haley et l'écoutait avec attention. La fin de l'aventure semblait surtout l'intéresser beaucoup.

— Ainsi, dit-il quand Haley eut achevé son récit, vous avez été mis dedans... Ça a été proprement fait, hein ?

— Ces petits drôles donnent beaucoup de tintoin dans le métier, répondit tristement Haley.

— Si nous pouvions trouver une race de filles qui ne se soucieraient pas de leurs petits, dit Marks, ce serait la plus belle découverte moderne ; et il accompagna sa plaisanterie d'un petit ricanement.

— C'est bien vrai, répondit Haley. Mais trouvez donc cela. Et cependant, on pourrait croire qu'elles seraient bien aises de se débarrasser d'enfants qui leur donnent tant de peine. Mais pas du tout ; plus ces mioches leur causent d'embarras, plus ils sont inutiles, et plus elles s'y attachent.

— Passez-moi l'eau chaude, monsieur Haley, dit Marks ; je pense exactement comme vous. J'ai acheté une fois une fille quand j'étais dans le commerce : c'était une fille bien plantée et preste ; elle avait un petit malade ; il avait le dos de travers ou quelque chose d'approchant. Je l'ai donné à un homme pour en tirer parti comme il pourrait : il ne m'avait rien coûté. Je n'aurais jamais cru que la fille aurait songé à lui. Mais, bon Dieu! fallait voir comme elle se tordait de désespoir! Ma parole! on aurait dit qu'elle l'aimait davantage, précisément parce que le mioche était chétif et insupportable. Elle a pleuré! elle a pleuré!... C'est vraiment drôle, quand on songe à ces choses-là! Qui diable peut rien comprendre aux idées de ces femelles-là?

— Eh bien! la même chose m'est arrivée l'été dernier sur la rivière Rouge, répondit Haley. J'avais fait marché d'une fille et de son petit, lequel avait bonne mine. Ses yeux paraissaient aussi brillants que les vôtres. Mais voilà qu'en le regardant de près, je m'aperçois qu'il n'y voit pas plus qu'une taupe : il était aveugle. J'avais pensé qu'il n'y avait aucun mal à tâcher de m'en défaire, et je fus assez heureux pour l'échanger contre un baril de wiskey. Quand il fallut l'arracher à la fille, elle se changea en tigresse. Toute ma bande d'esclaves n'était pas encore enchaînée : savez-vous ce qu'elle fit? Elle grimpa sur une balle de coton, s'empara d'un couteau, et voulut frapper d'estoc et de taille. Quand elle vit que toute résistance était inutile, elle se jeta à l'eau avec son petit : ils furent engloutis l'un et l'autre.

— Pouh! dit Tom, qui avait écouté ces histoires avec le plus profond mépris ; quels hommes êtes-vous donc? Mes esclaves ne me font pas de ces farces-là, à moi!

— Et comment vous y prenez-vous? dit Marks.

— Voilà... Quand j'achète une fille, si elle a un petit, je vais droit à elle ; je lui mets le poing sous le nez, et je lui dis : Tu vois bien! si un mot sort de ta bouche, je te casse la mâchoire. Je ne veux pas entendre un mot, un seul. J'ajoute aussitôt : Ton petit m'appartient ; il ne te regarde plus, et je le vendrai à la première occasion. Elles voient bien toutes que je ne plaisante pas ; elles sont devant moi muettes comme des poissons ; et si une d'elles a le malheur de pousser un gémissement... Ici Loker donna sur la table un vigoureux coup de poing, qui expliqua la suspension.

— Voilà ce qui s'appelle parler, dit Marks en poussant Haley avec un ricanement prolongé. Tom est un fameux homme, hein? et il se fait comprendre des nègres, en dépit de leurs têtes crépues. Si vous n'êtes pas le diable, Tom, vous êtes au moins son cousin germain.

Tom reçut le compliment avec modestie, et lança un regard aussi affable que le lui permettait sa nature de chien hargneux, comme dit John Bunyan.

Haley, qui n'avait pas mal bu, commença à éprouver une certaine sensibilité, phénomène assez ordinaire chez les hommes qui ont fêté la vigne. — Vous savez, dit Tom, que j'ai déjà causé avec vous sur ce sujet à N. chez... le vous disais qu'il valait mieux traiter ses esclaves... avec... cœur ; que c'est déjà un avantage dans ce monde, et qu'on a une plus grande chance d'entrer dans le royaume des cieux quand il faut franchir le pas et qu'on n'a plus à espérer.

— Bah! dit Tom ; vous me rendez malade avec vos satires : le cœur me tourne, ma parole! Et là-dessus il avala un verre d'eau-de-vie.

— Ecoutez, dit Haley en se jetant en arrière et en gesticulant : premièrement, et avant tout, mon opinion est qu'il faut gagner de l'argent. Mais enfin, le commerce n'est pas tout, ni l'argent non plus : nous avons tous une âme. Je me moque qu'on m'entende parler ainsi ; je veux dire ma façon de penser. Je crois à la religion ; et quand j'aurai arrondi ma petite pelote, j'ai l'intention de penser un peu à mon âme et à tout ce qui s'ensuit. Ainsi je persiste à croire que cela ne sert à rien de faire du mal quand ce n'est pas nécessaire, outre que ce n'est pas prudent.

— Veillez à votre âme s'écria Tom avec mépris, et cachez-la bien ; sauvez-vous si vous pouvez sur cette planche-là ; mais si le diable vous passe jamais au tamis, je consens à ce qu'il m'emporte s'il trouve une âme dans votre carcasse.

— Allons, Tom, vous êtes de mauvaise humeur. Pourquoi n'accueillez-vous pas ce qu'on vous dit, quand on vous parle pour votre bien?

— Finissez, et retenez votre langue, répondit Tom d'un ton brusque ; je ne puis vous entendre parler de piété, cela me fait mal. Après tout, quelle différence y a-t-il entre vous et moi? Avez-vous plus de cœur et de sensibilité? Pas du tout ; cela est net comme un chien tondu. Vous voulez duper le diable et sauver votre peau. Je vois clair à travers vos paroles : vous me faites suer avec votre religion. Vous faites un billet au diable, et quand l'échéance arrive, vous le laissez protester... Pouah!

— Voyons, voyons, messieurs, ce n'est pas ainsi qu'on fait des affaires, dit Marks ; chacun a sa manière de voir, on sait cela. Monsieur Haley est un homme fort bien, sans doute, et il a sa conscience. Vous, Tom, votre façon de voir est très bonne aussi ; mais en se disputant on n'arrive à rien. Parlons raison. A présent, monsieur Haley, de quoi s'agit-il? D'attraper cette fille?

— La fille ne me regarde pas ; elle est à Shelby ; le petit seul est à moi. Quelle bête d'idée d'avoir acheté ce singe!

— Cela vous arrive souvent d'avoir de ces idées-là, dit Tom d'un ton bourru.

— Pas d'emportement, Loker, dit Marks en passant sa langue sur ses lèvres ; Monsieur Haley va nous mettre sur le chemin d'une bonne affaire, croyez-moi ; je suis très entendu dans ces sortes d'arrangemens. Cette fille, monsieur Haley, qui est-elle? et comment est-elle?

— Elle est blanche, jolie, bien élevée ; j'aurais donné pour l'avoir huit cents dollars à Shelby que j'aurais fait une bonne affaire.

— Blanche, jolie et bien élevée, répéta Marks, dont l'œil brillait et dont les traits annonçaient l'impatience de tenter l'aventure. Voyez, Loker, quelle affaire d'or pour nous. D'abord nous prenons l'enfant, et il revient à Haley, cela va sans dire ; ensuite, nous menons la fille à la Nouvelle-Orléans, et nous la vendons à beaux écus complants. N'est-ce pas superbe?

Tom, dont la bouche était resté entr'ouverte pendant ces paroles, la ferma tout à coup comme un gros chien ferme les dents sur un morceau de viande ; il semblait digérer l'idée à son aise.

— Vous verrez que nous savons parer à tous les événemens, dit Marks en remuant son punch ; nous faisons tout ce qui concerne notre état, et à la satisfaction de chacun. Tom, lui, il pousse à l'enchère, alors j'arrive en bottes luisantes et vêtu d'une façon mirobolante ; lorsqu'il s'agit de prêter le serment, si vous pouviez voir, dit Marks, tout enorgueilli de son savoir-faire, comment je vous enlève ça, moi. Un jour, je suis monsieur Twickem de la Nouvelle-Orléans ; un autre jour, j'arrive de mes plantations de Pearl-River, où j'occupe sept cents nègres ; quelquefois je suis un parent éloigné de Henry Clay, ou quelque coq du Kentucky. Chacun a ses talens, vous savez. Tom est un homme de première force quand il s'agit de distribuer des coups, seulement la fourberie n'est pas son fort ; mais, Seigneur Dieu! s'il y a un être dans le pays à qui les sermens ne coûtent rien, qui puisse prendre devant le juge une mine plus grave que moi et s'en tirer mieux que je le fais, j'avoue que je serais curieux de le connaître. Je glisserai comme une anguille entre les mains des juges quand bien même ils y regarderaient de plus près qu'ils ne le font. Ma parole! je serais ravi quelquefois qu'ils fussent plus minutieux, ne fût-ce que pour l'amusement et l'honneur que cela me procurerait.

Tom Loker, ainsi que nous le disions plus haut, avait l'esprit lent. Ici il interrompit Marks en donnant sur la table un coup de poing qui fit trembler les verres.

— Assez causé, dit-il. Ça me va.

— Que Dieu vous bénisse, Tom! répondit Marks ; vous n'avez pas besoin de casser la vaisselle. Gardez votre poing pour une meilleure occasion.

— Mais, messieurs, permettez, dit Haley ; est-ce que je

ne dois pas, moi aussi, être pour quelque chose dans les bénéfices ?

— N'est-ce pas assez d'attraper le mioche pour vous ? répondit Tom ; que voulez-vous donc encore ?

— Permettez, répliqua Haley ; il me semble que si je vous donne l'idée de l'aubaine, cela vaut quelque chose. —Dix pour cent sur les profits, par exemple, les frais payés.

Loker proféra un jurement terrible en frappant sur la table.

— Je vous connais, Dan Haley ; n'espérez pas me faire prendre le change. Croyez-vous, par hasard, que Marks et moi avons pris le métier de chasseur d'hommes pour rendre service à des messieurs comme vous ? Par le diable ! nous aurons la fille tout à fait ; et si vous n'êtes pas content, nous prendrons le mioche aussi. Qui peut nous retenir ? Ne sommes-nous pas aussi libres que vous ? Si vous ou Shelby tentez de nous donner la chasse, libre à vous. Cherchez où sont les perdrix de l'an passé ; si vous les trouvez, vous nous trouverez aussi.

— J'espère bien, dit Haley alarmé, que vous attraperez le garçon et que vous me le remettrez ; vous avez toujours honnêtement trafiqué avec moi.

— Vous vous en souvenez, répondit Tom. Je ne suis pas un pleurnicheur comme vous ; mais je ne voudrais pas manquer de parole au diable lui-même. Ce que je dis, je le fais ; vous savez bien cela, Dan Haley.

— C'est vrai, c'est vrai ; et si vous vouliez seulement me promettre de déposer l'enfant dans huit jours d'ici, n'importe où, je ne demanderais pas autre chose.

— Mais ce n'est pas assez, répliqua Tom, il s'en faut de beaucoup ; ce n'est pas pour rien que j'ai fait des affaires avec vous à Natchez. J'ai appris à tenir une anguille quand je l'ai saisie. Il faut que vous mettiez cinquante dollars là, sur cette table, ou l'enfant ne bougera pas d'une semelle. Je vous connais.

— Comment ! quand je vous procure une affaire qui peut vous donner un bénéfice net d'à peu près mille à seize cents dollars ! Franchement, vous n'êtes pas raisonnable.

— N'avons-nous pas pour cinq semaines d'ouvrage devant nous ? Tout ce que nous pouvons faire, en admettant que nous laissions tout pour aller battre les baies à la recherche du petit, il peut arriver que nous n'attrapions pas la fille ; c'est la diable pour attraper les filles. Dans ce cas-là consentiriez-vous à nous payer un sou, je vous le demande ? Ce serait curieux, n'est-ce pas ? Bah ! mettez-moi là vos cinquante dollars ; si nous faisons la besogne complète, je vous le rendrai ; si nous ne réussissons pas ou si nous ne réussissons qu'à moitié, ce sera pour notre peine. N'est-ce pas juste, Marks ?

— Certainement, répondit celui-ci d'une voix conciliante. C'est seulement comme gage que nous demandons les cinquante dollars, ajouta-t-il en ricanant ; nous sommes des hommes de loi, vous le savez. Soyons donc de bonne humeur. Tom prendra le gamin et vous le conduira où bon vous semblera, — n'est-ce pas, Tom ?

— Si je trouve le petit, je l'emmènerai à Cincinnati, et je le laisserai au débarcadère, chez la grand'mère Bekker.

Marks tira de sa poche un portefeuille graisseux, d'où il sortit un long papier sur lequel il promena ses yeux perçants en marmottant : — Barnes, Shelby County. — Le garçon Jim, trois mille dollars pour le ramener mort ou vif. — Édouard Dick et Lucy, l'homme et la femme, six cents dollars. — La fille Poly et deux enfants, six cents dollars. — Je suis occupé à parcourir la liste de nos affaires pour me rendre compte si nous pouvons facilement entreprendre celle-ci, Loker. Puis il ajouta après une pause : — Nous ferions bien de mettre Adams et Springer à la piste de ces derniers ; ils sont inscrits depuis longtemps.

— Adams et Springer nous prendraient trop cher, répliqua Tom.

— J'arrangerai cela. C'est encore jeune dans le métier, et ça doit s'attendre à travailler à bon marché, dit Marks en continuant sa lecture. D'ailleurs, qu'ont-ils à faire ? À fusiller les fugitifs ou à jurer qu'ils les ont fusillés. Franche-

ment, ils ne peuvent pas demander beaucoup pour cela. Quant aux autres opérations, elles peuvent attendre quelque temps encore. Maintenant, arrivons à nos arrangements, monsieur Haley. Vous avez vu cette fille quand elle a débarqué ici ?

— Certainement ; aussi bien que je vous vois.

— Elle était avec un homme qui l'aidait à gravir la côte ajouta Loker.

— Oui, répondit Haley.

— On doit lui avoir donné un abri ; n'est-ce pas votre opinion ? dit Marks.

— Il nous faut traverser la rivière cette nuit, répliqua Tom.

— Sans doute, interrompit Marks ; mais il n'y a pas de bateau, la rivière roule des glaçons, cela ne peut-il pas être dangereux ?

— Je n'en sais rien, répliqua Tom d'un ton décidé ; mais il faut que cela soit fait comme je le dis.

— Mon Dieu ! dit Marks agité par l'inquiétude et regardant par la croisée, il fait aussi noir que dans la gueule d'un loup, Tom.

— La vérité est que vous avez peur ; mais je n'écoute plus rien, il faut aller en avant. Voulez-vous attendre un ou deux jours, afin de donner à cette fille le temps de se creuser un chemin jusqu'au Sandusky.

— Oh ! je n'ai pas une ombre de peur ; seulement...

— Seulement ! répéta Tom.

— Mais, enfin, il n'y a pas de bateau, s'écria Marks.

— J'ai entendu dire par la femme de l'établissement qu'un bateau arriverait ce soir ; au risque de nous casser le cou, nous partirons.

— Vous avez de bons chiens ? demanda Haley.

— De premier choix, répondit Marks ; mais à quoi cela sert-il si vous n'avez rien ayant appartenu à cette fille à leur donner à flairer ?

— Si, j'ai quelque chose, répondit Haley avec triomphe. Voici son châle oublié sur son lit dans sa précipitation ; elle a aussi laissé son chapeau.

— C'est bien heureux, dit Loker. Irez-vous, maintenant ?

— Mais les chiens pourraient endommager la fille s'ils la surprenaient à l'improviste, dit Haley.

— C'est une considération, répondit Marks. Nos chiens ont déchiré un jour un individu à Mobile avant que nous pussions les arracher à leur proie.

— Vous voyez donc que ce serait dangereux dans cette circonstance, dit Haley, puisqu'il faut vendre la marchandise sur la mine.

— C'est fort juste, répondit Marks ; d'ailleurs, si quelqu'un lui a donné un abri, les chiens ne serviraient pas à grand'chose. Ils ne sont bons à rien dans les plantations élevées où ces créatures se font transporter. Là, impossible de les dépister. Les chiens ne servent que dans les plantations basses, où les nègres courent sans aide et sans abri.

— On dit que l'homme vient d'arriver avec le bateau, interrompit Loker qui venait de prendre ses informations au comptoir. Ainsi Marks...

Le digne homme jeta un lamentable regard sur le confortable parloir qu'il lui fallait abandonner, mais il se leva lentement à la voix de Tom.

Haley, après avoir échangé quelques paroles sur l'affaire avec ses deux interlocuteurs, mit enfin, non sans résistance, les cinquante dollars dans les mains de Tom, puis le digne trio se sépara.

Si quelques-uns de nos lecteurs, délicats et chrétiens, se révoltaient contre la société que nous venons de dépeindre dans la scène qui précède, nous les prierions de se débarrasser au plus tôt de leurs scrupules. Le commerce de pourchasseurs d'esclaves, que le lecteur veuille bien se le rappeler, s'élève à la dignité d'une profession légale et patriotique. Si tout l'espace de terre compris entre le Mississipi et le Pacifique devient un grand marché de corps et d'âmes, si la propriété humaine participe aux tendances progressives du dix-neuvième siècle, les trafiquants et les pourchasseurs d'esclaves pourront prendre place un jour dans notre aristocratie.

Pendant que la scène que nous venons de décrire se passait à la taverne, Sam et Andy revenaient tout joyeux à la maison.

Sam était dans la plus grande exaltation ; elle se manifestait par toutes sortes de cris, de hurlemens et de contorsions. Il se tournait vers la queue du cheval, puis, à l'aide d'une cabriole il se remettait en place, prenait alors un air sérieux, et sermonnait Andy qui se permettait de rire de lui, puis Sam se frappant sur tout le corps recommençait ses éclats de rire. Tout en se livrant à ces évolutions, ils réussirent à tenir les chevaux au galop, et arrivèrent vers dix ou onze heures. Quand le sabot des chevaux résonna sur le sable, mistress Shelby, se penchant sur la balustrade du balcon :

— Est-ce vous, Sam ? cria-t-elle ; où sont-ils ?

— Maître Haley se repose à la taverne, il est horriblement fatigué, maîtresse.

— Et Eliza ?

— Elle a franchi le Jourdain, elle est dans la terre de Chanaan.

— Que voulez-vous dire, Sam ? s'écria mistress Shelby, qui respirait à peine et qui craignait de voir un sens funeste dans ces paroles.

— Dieu protège les siens, maîtresse ; Lizy a traversé l'Ohio comme si Dieu l'avait conduite dans un chariot de feu à deux chevaux.

Sam était toujours pieux et fervent devant sa maîtresse, et il faisait grand cas des figures et des images de la Bible.

— Venez ici, Sam, dit monsieur Shelby qui apparut sur la veranda ; venez dire à votre maîtresse ce qu'elle désire savoir ; et, passant son bras autour de la taille de sa femme, il ajouta : Rentrez Emily, vous êtes toute froide et toute tremblante ; vous vous laissez trop aller à votre sensibilité.

— Je m'y laisse trop aller ! Ne suis-je pas femme ? Ne suis-je pas mère ? Ne sommes-nous pas tous deux responsables devant Dieu de cette pauvre fille ? Mon Dieu ! ne nous punissez pas de ce péché.

— De quel péché voulez-vous parler ? Vous savez bien que nous avons obéi à la nécessité.

— Je ne puis croire qu'il n'y ait pas un péché au fond de cette affaire.

— Ici, Andy, ici, négrillon ! vociféra Sam. Menez ces chevaux à l'écurie, n'entendez-vous pas maîtresse qui appelle Sam ?

Sam apparut bientôt à la porte du parloir, sa feuille de palmier à la main.

— Maintenant, Sam, dit monsieur Shelby, dites-nous avec soin comment les choses se sont passées. Savez-vous où est Eliza ?

— Maître, je l'ai vue, de mes yeux vue, traversant la rivière de glaçons en glaçons. J'ai vu cela miracle. J'ai vu aussi un homme qui venait à son aide sur le bord opposé, et elle a disparu dans la brume.

— Ce miracle me semble un peu apocryphe : traverser un fleuve sur la glace flottante, cela n'est pas si facile, répondit monsieur Shelby.

— Personne n'aurait pu le faire sans l'aide du Seigneur, dit Sam. Voici exactement comment la chose s'est faite : « Monsieur Haley, Andy et moi, nous arrivions à la petite taverne près de la rivière ; je piquai des deux et je les devançai, tant je mettais d'ardeur à vouloir m'emparer de Lizy. En arrivant près de la croisée, je l'aperçus ; monsieur Haley et Andy arrivaient derrière moi. Aussitôt je prends mon chapeau, je l'agite et je pousse des cris à réveiller un mort. Lizy, qui m'a entendu, se sauve par la porte de derrière pendant que maître Haley se présente à la porte opposée. Maître Haley, qui a vu Lizy, hurle. Lui, Andy et moi, nous nous mettons à sa poursuite. Elle descend jusqu'à la rivière. Près du rivage où l'eau coulait, il y avait dix pieds d'eau, et plus loin des monceaux de glace qui s'entre-choquaient et formaient des îles flottantes. Nous étions à quelques pas d'elle, et je ne suis même pas très

sûr de ne l'avoir pas attrapée, lorsqu'elle poussa un cri comme je n'en ai jamais entendu, et, franchissant le courant, sauta sur la glace qui craquait et faisait un bruit semblable à celui d'une scie. Seigneur ! elle bondissait comme un daim. Ah ! quelle énergie ! V'là une fille qui a du ressort ! »

Mistress Shelby était pâle d'émotion et silencieuse pendant que Sam racontait son histoire.

— Que Dieu soit loué ! elle n'est pas morte ! dit-elle ; mais où est cette pauvre enfant, à présent ?

— Dieu y pourvoira, reprit Sam en roulant ses yeux d'un air de componction ; comme je viens de vous le dire, la main de la Providence est là-dedans, il n'y a pas à s'y tromper. C'est ce que maîtresse nous disait en nous faisant l'instruction. « Le Seigneur a toujours des instrumens à sa disposition. » J'ajoute que sans moi elle aurait été prise aujourd'hui une douzaine de fois pour une. Ce matin, j'ai mis les chevaux en fuite et je les ai laissés courir jusqu'à l'heure du dîner ; j'ai fait faire aussi à maître Haley cinq mille de plus qu'il ne fallait, sans cela il aurait attrapé Lizy aussi facilement qu'un chien prendrait un lapin. Mais, je le répète, tout ceci, évidemment, est l'œuvre de la Providence.

— Il y a toutes sortes de providences dont il ne faut pas user trop librement, maître Sam ; je ne veux pas permettre à qui que ce soit d'en agir ainsi sur ma plantation, dit monsieur Shelby avec autant de gravité que le comportait la circonstance.

Il est aussi difficile de faire croire à un nègre qu'on est en colère que de le faire croire à un enfant ; en dépit de tous les moyens qu'on emploie pour leur persuader qu'on est fâché, ils voient instinctivement le contraire. Malgré l'air lamentable qu'il crut devoir prendre, et son attitude repentante, Sam n'était pas le moins du monde ému.

— Maître a raison, c'est très juste... j'ai eu tort ! sans doute, maître et maîtresse ne peuvent pas encourager ces choses-là, mais un pauvre nègre comme moi est toujours tenté de faire mal quand il voit des hommes qui agissent comme maître Haley. Ce n'est pas du tout un gentleman que maître Haley ! Ça saute aux yeux.

— Comme vous semblez reconnaître vos erreurs, dit mistress Shelby, allez dire à la tante Chloé de vous donner le reste du jambon froid qu'on a servi à dîner aujourd'hui. Vous et Andy devez avoir faim.

— Maîtresse est trop bonne pour nous, dit Sam, qui s'en alla au plus vite après avoir fait un salut.

Vous vous êtes sans doute aperçu que maître Sam avait un talent naturel qui l'aurait élevé à une position éminente s'il avait suivi la carrière politique, le talent de tirer parti des moindres actions. Après avoir pris une attitude d'humilité et de piété pour faire sa cour au parloir, il enfonça sa feuille de palmier sur sa tête d'un air dégagé, et alla vers le domaine de la tante Chloé, avec l'intention de se laisser aller dans la cuisine à toute la fantaisie de ses mouvemens.

— Comme je vais pérorer devant les nègres, se disait-il à lui-même. Voici une occasion de donner carrière à ma verve.

Il est nécessaire de faire observer qu'une des plus grandes passions de Sam avait été de suivre son maître à toutes sortes de rassemblemens politiques où, perché sur une balustrade ou dans un arbre, il épiait les orateurs avec une apparente avidité. Ensuite, il allait parmi les gens de sa couleur assemblés dans le même but, et les amusait par le sérieux et la solennité de ses imitations burlesques. Il n'avait généralement pour public que des noirs ; cependant il arrivait aussi quelquefois, à la grande satisfaction de Sam, que des gens d'une nuance moins foncée l'écoutaient en riant et en clignant de l'œil. Sam pensait volontiers qu'il était né pour être orateur, et il ne laissait jamais passer une occasion de faire valoir son éloquence.

Entre Sam et la tante Chloé il existait d'ancienne date une froideur chronique. Mais, comme il avait des projets sur le département des vivres, ce quartier-général de ses opérations, il se détermina dans cette circonstance à être conciliant. Il savait bien que les ordres de sa maîtresse seraient sans doute suivis à la *lettre*, mais il pensa qu'il y gagnerait considérablement s'il pouvait y joindre *l'esprit*. Il se montra à la tante Chloé dans l'attitude soumise d'un homme qui a souffert d'incommensurables infortunes en faveur d'un de ses frères persécutés. Il appuya sur ce fait que sa maîtresse lui avait dit de venir trouver la tante Chloé pour que celle-ci lui donnât tout ce qui lui fallait, et qu'elle établît une proportion convenable entre le solide et le liquide. A cet effet, il se hâta de reconnaître la supériorité de la tante Chloé en matière de cuisine et de tout ce qui s'y rattache.

Tout se passa comme il le désirait. Jamais innocent électeur ne fut accessible aux cajoleries d'un candidat politique que la tante Chloé aux douceurs de maître Sam. Il n'eût pas été plus accablé de bontés maternelles quand il aurait été l'enfant prodigue. Heureux et fier, il fut installé devant une grande terrine en ferblanc qui contenait une macédoine de tous les mets ayant figuré sur la table depuis trois jours : morceaux de jambon, gâteaux dorés de maïs, fragmens de pâtés de toutes sortes de formes géométriques, gésiers, ailes et pattes de poulet, le tout pittoresquement confondu. Et Sam, comme le maître de tout ce qu'il royait étalé, sa feuille de palmier sur la tête, protégeait Andy placé à sa dr... v.

La cuisine était remplie de ses camarades accourus en foule de toutes les cabanes pour entendre le récit des exploits de la journée : c'était le moment glorieux pour Sam. L'histoire du jour fut dite et redite avec toutes sortes d'embellissemens destinés à produire plus d'effet.

Sam était comme quelques-uns de nos discoureurs à la mode ; il ornait toutes les histoires qu'il racontait de détails de sa façon. Sa narration fut accueillie par les éclats de rire de l'assemblée et le fretin des négrillons, les uns couchés par terre, les autres perchés dans les coins. Au plus fort de l'hilarité, Sam conservait une gravité superbe ; seulement il roulait de temps en temps les yeux et lançait un regard comiquement expressif à ses auditeurs, sans cependant rien changer à la gravité de son éloquence sentencieuse.

— Mes amis, disait Sam en élevant avec dignité une cuisse de dinde, vous voyez en moi un homme qui veut vous défendre tous. Celui qui s'attaque à un de nous s'attaque à tous, c'est clair ; et si un de ces conducteurs de bétail humain venait rôder autour de vous, ne craignez rien, je suis là, moi ; c'est à moi qu'il aurait affaire. Venez tous à moi, mes frères, je soutiendrai vos droits, je les défendrai jusqu'au dernier soupir !

— Mais, Sam, interrompit Andy, vous disiez ce matin que vous aviez tout fait pour aider maître Haley à attraper Lizy. Vous n'êtes pas conséquent dans vos paroles.

— Ne parlez pas de choses que vous ne connaissez point, Andy, répondit Sam d'un air d'imposante supériorité. Des gens comme vous ont de bonnes intentions sans doute, mais il serait superflu d'espérer qu'ils puissent avoir l'intelligence du grand principe des faits.

J'ai agi par conscience, Andy. En effet quand je me disposais à aller à la recherche de Lizy, j'ai réellement cru que maître voulait qu'on s'en emparât ; mais quand j'ai su que maîtresse était d'un avis opposé, je me suis rangé à son opinion, et c'était de ma part faire preuve de plus de conscience encore, car on gagne toujours à être de l'avis de sa maîtresse. Ainsi vous voyez donc bien que j'ai de la persistance, quoi qu'il arrive, et que je tiens à mes principes, ajouta-t-il en brandissant un cou de poulet ; à quoi serviraient les principes si on n'y tenait pas. Tenez, Andy, vous pouvez ronger cet os qui n'est pas encore très bien épluché.

L'auditoire était suspendu aux paroles de Sam, qui ne pouvait faire autrement que de continuer.

— Le sujet de la persistance, mes amis, ajouta-t-il, du ton d'un homme qui abordait une matière abstraite, presque personne ne le comprend très clairement. Quand quelqu'un, par exemple, soutient une idée tel jour, et juste l'idée contraire le lendemain, on peut dire qu'il manque de persistance. — Donnez-moi ce morceau de gâteau de maïs. Andy ? — Mais, revenons à notre sujet, je vais faire une comparaison vulgaire, et j'espère que les gentlemen et le beau sexe voudront bien m'excuser. Je veux essayer de monter sur du foin. Bon ! je place mon échelle de ce côté-ci, ça ne va pas ; je mets l'échelle du côté opposé : ne suis-je pas persistant ? Je suis persistant en ce que je veux monter à mon échelle de quelque côté qu'elle se trouve. Ne voyez-vous pas ça tous tant que vous êtes ?

— Dieu sait que c'est la seule chose dans laquelle vous ayez montré de la persistance, marmotta la tante Chloé qui se rebellait un peu, la gaîté de la soirée lui semblant, selon la comparaison évangélique, comme du vinaigre sur du nitre.

— Oui, mes amis, continua Sam se levant plein de nourriture et de gloire, et faisant tous les efforts pour arriver à sa conclusion ; oui, mes amis de l'un et l'autre sexe, j'ai des principes, je m'en vante, ils sont nécessaires dans ce temps et dans tous les temps ; je me sacrifierais pour un principe, s'il s'agissait de me brûler, je marcherais droit au bûcher, et je dirais : Me voici ; je donne tout mon sang pour mes principes, pour mon pays, pour l'intérêt général de la société.

— Vous devriez avoir pour principes, interrompit la tante Chloé, d'aller vous coucher. Vous retenez ici tout le monde. Voyons, petits, que ceux qui ne veulent pas recevoir des coups se sauvent bien vite.

— Négrillons, dit Sam en agitant sa feuille de palmier, je vous donne ma bénédiction ; allez vous coucher, et conduisez-vous bien.

L'assemblée se dispersa sur cette bénédiction pathétique.

CHAPITRE IX.

Où l'on voit qu'un sénateur après tout n'est qu'un homme.

Une flamme joyeuse illuminait le tapis d'un parloir confortable, et se reflétait dans les tasses et dans la théière toute luisante, lorsque le sénateur Bird tira ses bottes afin de fourrer ses pieds dans une paire de belles pantoufles neuves que sa femme avait brodées pour lui tandis qu'il faisait sa tournée de sénateur. Mistress Bird, rayonnante de bonheur, surveillait les arrangemens de la table, entremêlant ses soins de remontrances à une bande joyeuse, laquelle se livrait à tous les ébats et à toutes les espiègleries qui n'ont cessé d'étonner les mères depuis le déluge.

— Tom, laisse le bouton de la porte. — voilà un garçon raisonnable ! Mary ! Mary ! ne tirez pas la queue du chat, — pauvre minet ! Jim, il ne faut pas grimper sur cette table, —non, non ! —Vous ne savez pas, mon cher, quelle surprise c'est pour nous tous de vous voir ici ce soir ! dit-elle enfin quand elle trouva un moment pour parler à son mari.

— Oui, oui, j'ai pensé que je ferais bien de venir me dorloter un peu ici cette nuit. Je suis fatigué à la mort, et la tête me fait mal !

Mistress Bird jeta un regard sur le flacon de camphre qui était dans le cabinet entr'ouvert, et fit mine d'aller le prendre, mais son mari s'interposa.

— Non, non, Mary, pas de médicamens ! une tasse bien chaude de votre excellent thé, et un peu de bonne vie de famille, c'est tout ce qu'il me faut. Oh ! l'ennuyeuse besogne que cette législature !

Et le sénateur sourit, comme s'il aimait assez l'idée qu'il se sacrifiait à son pays.

— Eh bien ! dit la femme, lorsque ses fonctions de maîtresse de maison lui laissèrent un peu plus de loisir, qu'ont-ils fait au sénat ?

Or, il n'était nullement dans les habitudes de la bonne petite mistress Bird de se mettre en peine des choses de l'État, considérant fort sensément qu'elle avait bien assez à faire de s'occuper des siennes. Monsieur Bird ouvrit donc de grands yeux et dit :

— Rien de bien important.

— Mais est-il vrai qu'ils ont voté une loi qui défend de donner à boire et à manger aux pauvres gens de couleur qui s'enfuient ? J'ai ouï dire qu'il était question d'une telle loi, mais je n'ai pas cru qu'une législature chrétienne la pût jamais voter.

— Eh ! Mary, comme vous vous lancez tout à coup dans la politique !

— Non pas, quelle folie ! je ne donnerais pas un sou de toute votre politique en général, mais ceci, je le regarde comme tout à fait cruel et anti-chrétien. J'espère bien, mon cher, qu'on n'a pas voté une pareille loi.

— On a voté une loi qui défend de donner assistance aux esclaves qui viennent du Kentucky, ma chère. Ces extravagans abolitionistes en ont tant fait de ce genre, que nos frères du Kentucky sont très-irrités, et il paraît nécessaire et vraiment conforme au christianisme, que notre État fasse quelque chose pour calmer cette irritation.

— Et quelle est cette loi ? Nous défend-elle de donner un abri la nuit à ces pauvres créatures, quelque chose à manger et quelques vieux habits, et de les envoyer se faire pendre ailleurs ?

— Mais oui, ma chère ; ce serait être fauteur et complice, vous savez ?

Mistress Bird était une petite femme timide, d'environ quatre pieds de haut, avec des yeux bleus pleins de douceur, un teint qui rappelait le duvet de la pêche, et la voix la plus douce et la plus agréable du monde. Quant au courage, un coq d'Inde de taille moyenne la mettait en déroute au premier gloussement, et un gros chien, qui n'était pas de très bonne garde, la tenait en respect rien qu'en lui montrant les dents. Son mari et ses enfans étaient l'univers pour elle, mais son influence sur eux s'exerçait plutôt par la prière et la persuasion que par l'autorité ou le raisonnement. Il n'y avait qu'une chose capable de l'échauffer, et c'était une preuve de sa douce et sympathique nature, — tout ce qui avait l'apparence d'une cruauté la jetait dans une colère que ses dispositions habituelles rendaient plus alarmante et plus inexplicable. Quoiqu'en général la plus indulgente et la plus facile à désarmer de toutes les mères, ses garçons avaient conservé un souvenir fort respectueux d'un châtiment sévère qu'elle leur avait infligé, un jour qu'elle les avait trouvés ligués avec plusieurs mauvais sujets du voisinage qui lapidaient un pauvre petit chat.

— Ce jour-là, avait coutume de dire maître Bill, je fus bien effrayé. Ma mère rit sur moi comme une folie, et je fus fouetté et jeté au lit sans souper, avant que je comprisse rien à ce qui m'arrivait ; et, après cela, j'entendis ma mère qui pleurait en dehors de la porte, ce qui me fit plus d'effet que tout le reste. Après cela, disait-il, nous n'avons plus jamais assommé de chats à coups de pierre.

Cette fois, mistress Bird se leva vivement, les joues très rouges, ce qui lui allait fort bien, et marchant à son mari d'un pas tout à fait résolu, elle lui dit d'un ton déterminé :

— Je voudrais savoir, John, si vous trouvez que cette loi est juste et chrétienne.

— Vous ne me tuerez pas, Mary, si je dis oui.

— Je ne vous aurais jamais cru capable de cela, John ; vous n'avez pas voté en faveur de cette loi ?

— Si fait, ma belle politique.

— Vous devriez rougir, John ! De pauvres créatures sans feu ni lieu ! c'est une abomination loi ; je la violerai, quant à moi, à la première occasion, et j'espère bien en trouver une ! Où en sommes-nous, si une femme ne peut pas donner un souper et un lit à de pauvres affamés, parce que ce sont des esclaves, et qu'ils ont été maltraités et opprimés toute leur vie, pauvres créatures !

— Mais, Mary, écoutez-moi. Vos sentimens sont très bons, ma chère, ils sont faits pour m'intéresser, et je vous en aime mieux ; mais nous ne devons pas souffrir que notre cœur égare notre jugement. Vous devez considérer qu'il ne s'agit point ici de sentiment particulier ; il y a là en jeu de grands intérêts publics. L'agitation est telle, que nous devons faire taire nos sentimens privés.

— John, je n'entends rien à la politique, mais je sais lire ma Bible ; et j'y vois que je dois nourrir celui qui a faim, vêtir celui qui est nu, et consoler celui qui est affligé ; et mon intention est de suivre ce précepte de la Bible.

— Mais dans des cas où en le faisant vous causeriez un grand malheur public...

— Obéir à Dieu ne cause jamais de malheurs publics. Il est toujours plus sûr de faire ce qu'Il nous ordonne.

— Écoutez-moi, Mary. Je puis vous démontrer clairement...

— C'est inutile, John ! Vous parleriez toute la nuit que vous n'y parviendriez pas. Je vous le demande, John, chasseriez-vous de chez vous une pauvre créature affamée, grelottante, parce qu'elle se serait échappée ? Le feriez-vous ?

À parler franchement, notre sénateur avait le malheur d'être fort humain de sa nature, et chasser de chez lui des gens dans la détresse n'avait jamais été son fort ; ce qu'il y avait de plus fâcheux pour lui dans l'argument de sa femme, c'est qu'elle savait bien cela, et qu'elle l'attaquait sur un point où il n'était pas inexpugnable. Aussi eut-il recours aux moyens inventés pour gagner du temps en pareil cas ; il dit : — Hem ! hem ! toussa plusieurs fois, tira son mouchoir de sa poche, et se mit à essuyer ses lunettes. Mistress Bird, voyant le territoire de l'ennemi sans défense, eut assez peu de conscience pour profiter de ses avantages.

— Je voudrais vous voir faire cela, John, — oui vraiment, je le voudrais ! Mettre une femme à la porte au milieu de la neige, par exemple ; ou peut-être vous l'arrêteriez vous-même et la conduiriez en prison, n'est-ce pas ?

— Comme de raison, ce serait un devoir fort pénible, repartit monsieur Bird, d'un ton modéré.

— Devoir, John ! Ne prononcez pas ce mot-là ! Vous savez que ce n'est pas un devoir ! Si l'on veut empêcher ses esclaves de se sauver, on n'a qu'à les bien traiter, — voilà ma doctrine. Si j'avais des esclaves (j'espère bien n'en jamais avoir), ils pourraient bien s'échapper s'ils voulaient, j'en courrais la chance. Je vous dis qu'ils ne s'enfuient pas lorsqu'ils sont heureux ; et lorsqu'ils s'enfuient, les malheureux, ils souffrent assez du froid, de la faim et de la frayeur, sans que tout le monde se tourne contre eux ; et, qu'il y ait une loi ou non, je ne le ferai jamais, sur mon âme !

— Mary ! Mary ! ma chère, laissez-moi raisonner avec vous.

— Je déteste les raisonnemens, John, — principalement sur de pareils sujets. Vous autres politiques, vous avez une manière de tourner les choses les plus simples, et vous n'y croyez pas vous-mêmes, lorsqu'arrive la pratique. Je vous connais bien, John. Vous ne croyez pas plus que moi que ce soit bien, et vous ne le feriez pas plus que moi.

En ce moment critique, le vieux nègre Cudjoe, qui faisait les fonctions d'homme de peine, passa sa tête à la porte et pria maîtresse de venir à la cuisine. Notre sénateur, passablement soulagé, regarda partir sa femme, moitié riant, moitié vexé, et, s'asseyant dans le fauteuil, il se mit à lire les journaux.

Après un moment, la voix de sa femme se fit entendre à la porte. — John ! John ! criait-elle vivement, je voudrais bien que vous vinssiez un instant.

Il posa son journal, et, étant allé à la cuisine, il resta tout stupéfait à la vue de la scène qui s'offrit à lui. — Une jeune et svelte femme, avec des vêtemens déchirés et gelés, un seul soulier, le bas arraché de son pied sanglant, était étendue sans connaissance sur deux chaises. Son visage portait l'empreinte de sa race méprisée. Cependant personne ne pouvait rester insensible à la beauté pathétique de ses traits rigides, où la mort semblait avoir posé sa main glacée. Le sénateur, à cet aspect, fut pris d'un frisson ; il resta silencieux et respirant avec peine. Sa femme et leur seule domestique de couleur, la vieille tante Dinah, étaient tout occupées à secourir l'étrangère, tandis que le vieux Cudjoe tenait le petit garçon sur son genou, et s'empressait de lui ôter ses souliers et ses bas, et de réchauffer ses petits pieds.

— N'est ce pas un spectacle émouvant ? dit la vieille Dinah d'un ton de compassion. C'est probablement la chaleur qui l'a fait évanouir. Elle paraissait passablement bien lorsqu'elle est entrée, et je lui ai demandé si elle pouvait se chauffer un brin, et j'allais lui demander d'où elle venait, lorsqu'elle s'est trouvée mal tout d'un coup. Elle n'a jamais fait de gros ouvrages, je présume, à voir ses mains.

— Pauvre créature ! dit mistress Bird avec compassion, tandis que la malade ouvrait lentement ses grands yeux noirs, et promenait autour d'elle un regard effaré. Soudain une expression d'angoisse parut sur ses traits, et elle se leva en criant :

— Oh ! mon Harry ! L'ont-ils pris ?

A ces mots, l'enfant sauta en bas du genou de Cudjoe, et, courant à elle, lui tendit les bras.

— Oh ! le voici ! le voici s'écria-t-il.

— O madame ! dit-elle à mistress Bird d'un air égaré, protégez-nous ! Ne le laissez pas prendre.

— Personne ne vous fera de mal ici, ma pauvre femme, dit mistress Bird. Vous êtes en sûreté, n'ayez pas peur.

— Dieu vous bénisse ! dit la femme en cachant sa figure et sanglotant, tandis que le petit garçon, la voyant pleurer, essayait de monter sur ses genoux.

Grâce à toutes sortes de bons offices qu'aucune femme ne savait mieux rendre que mistress Bird, l'étrangère finit par devenir plus calme. On lui improvisa un lit sur le banc, près du feu, et, au bout de quelque temps, elle tomba dans un profond sommeil ainsi que l'enfant, qui, non moins fatigué qu'elle, s'endormit dans ses bras ; car la mère avait résisté, avec une anxiété nerveuse, à tous les efforts bienveillans qu'on avait faits pour le lui ôter, et, jusque dans son sommeil, elle le tenait serré contre elle avec la même sollicitude.

Monsieur et mistress Bird étaient retournés au parloir, où, quelque étrange que la chose puisse paraître, il ne fut fait, de part et d'autre, aucune allusion à la conversation précédente. Mistress Bird s'occupa de son tricot, et monsieur Bird feignit de lire le journal.

— Qui peut-elle être ? dit-il à la fin en déposant son papier.

— Nous le verrons quand elle s'éveillera et qu'elle se sentira un peu reposée, dit mistress Bird.

— Dites-moi, femme ! reprit monsieur Bird après avoir réfléchi en silence, le journal à la main.

— Eh bien ! mon cher ?

— Ne pourrait-elle pas mettre une de vos robes, en rabattant l'ourlet, ou autrement ; elle a l'air d'être un peu plus grande que vous.

Un sourire tout à fait visible illumina la face de mistress Bird, qui répondit :

— Nous verrons.

Autre pause, et monsieur Bird reprit :

— Dites-moi, femme ?

— Eh bien ! qu'est-ce ?

— Ce vieux manteau d'alépine que vous gardez pour mettre sur moi lorsque je fais ma sieste, vous pourriez aussi bien le lui donner, elle a besoin de vêtemens.

En ce moment, Dinah entra dire que la femme était éveillée et voulait voir maîtresse.

Monsieur et mistress Bird retournèrent dans la cuisine, suivis de leurs deux fils aînés, les marmots étant à cette heure dans leurs lits.

La femme était assise sur le banc près du feu. Elle regardait fixement la flamme, dans un morne accablement, qui contrastait avec son agitation précédente.

— Vous m'avez demandée ? dit mistress Bird d'une voix douce. J'espère que vous vous sentez mieux maintenant, pauvre femme !

Un profond soupir, accompagné d'un frissonnement, fut sa seule réponse ; mais elle leva ses yeux noirs et les fixa sur mistress Bird avec une expression si suppliante, que les larmes vinrent aux yeux de la petite femme.

— N'ayez peur de rien, vous n'avez que des amis ici, pauvre femme ! Dites-moi d'où vous venez et ce que vous voulez, dit-elle.

— Je viens du Kentucky.

— Quand en êtes-vous venue ? dit monsieur Bird, prenant en main l'interrogatoire.

— Ce soir.

— Comment ?

— J'ai passé sur la glace.

— Passé sur la glace ! dirent tous les assistans.

— Oui, dit lentement la femme. Avec l'aide de Dieu, j'ai passé sur la glace ; car ils étaient derrière moi, — tout près de m'atteindre, — et il n'y avait pas d'autre chemin !

— Bon Dieu, maîtresse ! dit Cudjoe, la glace est toute en blocs brisés qui roulent et se culbutent dans l'eau.

— Je le savais... je le savais ! dit-elle d'un air égaré ; mais n'importe, je n'aurais pas cru pouvoir le faire, — je ne pensais pas pouvoir réussir, mais je ne m'en suis pas inquiétée. Je ne risquais, après tout, que de mourir. Le Seigneur m'a secouru. Nul ne sait l'assistance que peut lui prêter le Seigneur, avant d'avoir essayé, dit-elle avec un œil étincelant.

— Étiez-vous esclave ? demanda monsieur Bird.

— Oui, monsieur ; j'appartenais à un homme du Kentucky.

— Était-il mauvais pour vous ?

— Non, monsieur, c'était un bon maître.

— Et votre maîtresse, était-elle mauvaise pour vous ?

— Non, monsieur, non ! ma maîtresse a toujours été bonne pour moi.

— Qui a pu vous décider alors à quitter une bonne maison, à braver, pour vous enfuir, de tels dangers ?

L'étrangère leva sur mistress Bird un regard scrutateur, et il ne lui échappa pas qu'elle était en grand deuil.

— Madame, dit-elle soudain, avez-vous jamais perdu d'enfant ?

La question était inattendue, et rouvrait une plaie récente, car il n'y avait pas plus d'un mois qu'un enfant chéri de la famille avait été déposé dans la tombe.

Monsieur Bird se détourna et alla à la fenêtre, et mistress Bird fondit en larmes ; mais, recouvrant la voix, elle répondit :

— Pourquoi cette question ? J'ai perdu un petit enfant.

— Alors, vous me plaindrez. J'en ai perdu deux, l'un après l'autre, et il ne me restait que celui-ci. Je n'ai jamais dormi une seule nuit sans lui ; c'était tout ce que j'avais. C'était ma consolation et mon orgueil, jour et nuit ; et, madame, ils allaient me le prendre, le vendre, l'envoyer au Sud, madame, le faire partir tout seul, — un petit enfant qui n'avait jamais quitté sa mère ! Je n'ai pu le supporter, madame. Je savais que je ne serais plus bonne à rien après cela ; et quand j'ai vu que les papiers étaient signés et qu'il était vendu, je l'ai pris et je me suis échappé pendant la nuit ; et ils m'ont donné la chasse, — l'homme qui l'avait acheté et quelques-uns des gens de mon maître et ils étaient arrivés derrière moi, et je les entendais. J'ai sauté droit sur la glace ; et comment j'ai pu traverser, je ne sais pas ; — tout ce que je sais, c'est qu'un homme m'a aidé à gravir la berge.

Elle ne sanglotait ni ne pleurait. Elle n'avait plus de larmes ; mais autour d'elle, chacun à sa manière donnait des signes de sympathie.

Les deux petits garçons, après des efforts désespérés pour trouver dans leurs poches ces mouchoirs que les mères savent bien n'y être jamais, s'étaient jetés tout désolés dans la jupe de leur mère, où ils sanglotaient et essuyaient leurs yeux et leur nez tout à leur aise. Mistress Bird se cachait la figure dans son mouchoir ; et la vieille Dinah, son honnête face noire inondée de larmes, s'écriait : « Le Seigneur ait pitié de nous ! » avec toute la ferveur d'une assem-

4

blée religieuse ; tandis que le vieux Cudjoe, se frottant fortement les yeux avec ses paumes, et faisant toutes sortes d'étranges grimaces, répondait de temps en temps dans le même ton et avec la même ferveur. Notre sénateur était un homme d'État : on ne pouvait donc s'attendre à le voir pleurer comme les autres mortels. Aussi se contenta-t-il de tourner le dos à la compagnie et de regarder par la fenêtre, où il semblait fort occupé à essuyer ses lunettes, se mouchant de temps à autre, de manière à exciter les soupçons, si quelqu'un eût été en état de l'observer.

— Comment avez-vous pu me dire que vous aviez un bon maître ? s'écria-t-il soudain, comptant résolument quelque chose qui le tenait à la gorge, et se tournant brusquement vers l'esclave :

— Parce que c'était un bon maître, je le dirai toujours de lui, — et ma maîtresse aussi était bonne. Mais ils ne pouvaient faire autrement. Ils devaient de l'argent ; ils étaient, je ne sais comment, dans la main d'un homme, et il a fallu faire ses volontés. J'écoutais, et j'ai entendu maître qui disait cela à maîtresse, et elle qui plaidait et suppliait pour moi ; — et il lui a répondu qu'il n'y pouvait rien, que les papiers étaient signés. — Et voilà comme j'ai emporté mon enfant, et je me suis enfuie de la maison. Je savais qu'il était inutile d'essayer de vivre si on me l'ôtait, car il est probable qu'il ne me reste plus que cet enfant.

— N'avez-vous pas un mari ?

— Si fait, mais il appartient à un autre maître. Son maître est très dur pour lui, et ne lui permet presque jamais de venir me voir, et il est devenu de plus en plus dur pour nous, et il menace de le vendre au Sud. Il est probable que je ne le verrai plus jamais !

Le calme avec lequel elle prononça ces paroles aurait pu faire penser à un observateur superficiel que c'était de l'apathie ; mais son grand œil noir trahissait une profonde angoisse.

— Et où comptez-vous aller, ma pauvre femme ? dit mistress Bird.

— Au Canada, si l'on peut me dire où c'est. Est-ce bien loin, le Canada ? demanda-t-elle en regardant mistress Bird au visage, avec une simplicité confiante.

— Pauvre créature ! dit mistress Bird involontairement.

— Est-ce bien loin ? reprit l'esclave.

— Beaucoup plus loin que vous ne pensez, ma pauvre enfant ; mais nous allons voir ce qu'on peut faire pour vous. Venez, Dinah ; dressez-lui un lit dans votre chambre, près de la cuisine, et je songerai au parti à prendre. En attendant, n'ayez pas peur, mettez votre confiance en Dieu : il vous protégera.

Les deux époux rentrèrent dans le parloir. Mistress Bird s'assit devant le feu dans sa petite chaise à bascule, se balançant de temps à autre d'un air rêveur. Monsieur Bird parcourait à grands pas la chambre, tout en grommelant : Sapristi ! voilà une affaire bien embarrassante !

Enfin, marchant droit à sa femme, il lui dit :

— Femme, il faut qu'elle s'en aille d'ici ce soir même. Cet homme sera sur la piste demain de bon matin. Si ce n'était que la femme, elle pourrait demeurer en repos, jusqu'à ce que tout fût passé ; mais ce petit bambin ne pourra rester tranquille à aucun prix, j'en réponds. Il va tout découvrir, en mettant le nez à quelque fenêtre ou à quelque porte. Je serais dans une jolie passe, si on les prenait chez moi ! Non, il faut qu'ils décampent ce soir.

— Ce soir ! Est-ce possible ? — Où aller ?

— Je sais où, dit le sénateur en remettant ses bottes d'un air réfléchi. Puis, s'arrêtant à moitié chemin dans cette opération, il prit son genou dans ses deux mains, et parut plongé dans une profonde méditation.

— C'est une maudite affaire, répéta-t-il, reprenant en main les tirants de sa botte, cela est positif ! Après avoir chaussé un de ses pieds, le sénateur se mit, son autre botte à la main, à étudier attentivement le dessin du tapis. — Il faudra pourtant bien l'accepter, à ce que je vois. — Diable soit de l'aventure ! Et il mit l'autre botte avec vivacité, et reprit son poste à la fenêtre.

Or, la petite mistress Bird était une femme prudente, une femme qui de sa vie n'avait dit : « Vous voyez que j'avais raison ! » Et, dans les circonstances présentes, quoiqu'elle devinât bien le cours que prenaient les méditations de son mari, elle se garda d'y prendre part, et se tint tranquillement dans sa chaise, toute prête à entendre les intentions de son seigneur-tige, lorsqu'il jugerait convenable de les lui exprimer.

— Voyez-vous, dit-il, mon ancien client Van Tromp est arrivé du Kentucky, et a mis tous ses esclaves en liberté. Il a acheté une propriété à sept milles au dessus de la baie, ici, au fond des bois, où personne ne va, à moins que ce ne soit pour affaire spéciale ; et c'est un endroit qui n'est pas facile à trouver. Là, elle serait assez en sûreté, mais le fâcheux de la chose, c'est que personne n'y peut mener une voiture, si ce n'est moi.

— Pourquoi ? Cudjoe est un excellent cocher.

— Oui, oui, mais voici ce que c'est. Il faut passer deux fois la baie, et la seconde fois est tout à fait dangereuse, à moins de la connaître comme je fais. Je l'ai passée cent fois à cheval, et je sais exactement les détours qu'il faut faire. Ainsi vous voyez qu'il n'y a pas moyen d'agir autrement. Il faut que Cudjoe mette les chevaux le plus discrètement possible, vers minuit, et l'emmènerai cette femme ; et puis, pour colorer l'affaire, il faudra qu'il me conduise à la taverne voisine pour prendre la diligence de Columbat, qui passe de trois à quatre heures. De la sorte j'aurai l'air de n'être monté en voiture que pour cela. Je reprendrai mes fonctions le lendemain de bonne heure. Mais je crois que je me sentirai bien petit garçon là-bas, après tout ce qui a été dit et fait, mais au diable ! je n'ai pas le choix !

— Votre cœur vaut mieux que votre tête, cette fois, John, lui dit sa femme, en posant une petite main blanche sur la sienne. Est-ce que j'aurais pu jamais vous aimer, si je ne vous avais pas connu mieux que vous ne vous connaissez ?

Et la petite femme était si jolie avec les larmes qui brillaient dans ses yeux, que le sénateur pensa qu'il devrait avoir décidément beaucoup de mérite pour inspirer une admiration si passionnée à une si charmante créature. Et alors que pouvait-il faire que d'aller faire préparer la voiture ? Cependant il s'arrêta au moment à la porte, et, revenant sur ses pas, il dit avec quelque hésitation :

— Mary, je ne sais pas ce que vous en penserez, mais il y a ce tiroir plein des effets... du... pauvre petit Henry. Là-dessus, il tourna promptement sur ses talons, et ferma la porte sur lui.

Sa femme ouvrit la porte de la petite chambre attenante à la sienne, et prenant le flambeau, le posa sur le haut du bureau qui s'y trouvait ; puis, ayant pris une clef dans un endroit secret, elle la mit d'un air pensif dans la serrure d'un tiroir, et s'arrêta soudain, tandis que ses deux garçons, qui, comme des garçons qu'ils étaient, avaient suivi tous ses pas, la contemplaient d'un air silencieux et significatif. Mère qui lisez ceci, n'avez-vous jamais eu dans votre maison un tiroir ou un cabinet clair que vous ne pourriez ouvrir sans croire que vous rouvriez une petite tombe ! Heureuse mère êtes-vous si vous n'en avez pas !

Mistress Bird ouvrit lentement le tiroir. Il contenait des petits habits de toute forme, des piles de tabliers et des rangées de bas. On voyait même sortir d'un papier une paire de petits souliers usés au bout. Il s'y trouvait une charrette attelée d'un cheval, une toupie, une balle, souvenirs recueillis avec bien des larmes et des serrements de cœur ! Elle s'assit près du tiroir, et appuyant sa tête sur ses mains, ses pleurs coulèrent à travers ses doigts dans le tiroir ; puis, se relevant soudain, elle commença, avec une précipitation nerveuse, à choisir les objets les plus simples et les plus solides, et à en faire un paquet.

— Maman, dit un des garçons en lui touchant légèrement le bras, est-ce que vous allez les donner ?

— Mes chers enfans, dit-elle d'une voix douce et pénétrée, si notre cher petit Henry nous regarde du haut du ciel, il doit être content que nous fassions cela. Je n'ai pas

eu le courage de les donner dans une circonstance ordinaire, — à quelqu'un qui était heureux; mais je les donne
à une mère qui a comme moi le cœur brisé, et j'espère
que Dieu y ajoutera sa bénédiction.

Il est dans ce monde des âmes bénies, dont tous les chagrins se changent en joies pour les autres; dont les espérances terrestres, déposées dans la tombe avec des larmes,
sont la semence d'où sortent les fleurs salutaires et le baume
qui guérissent les plaies des malheureux. Telle était la
femme délicate qui était assise près de la lampe, les yeux
baignés de larmes, préparant pour un pauvre proscrit les
souvenirs qui lui restent de l'enfant qu'elle a perdu.

Au bout de quelque temps, mistress Bird ouvrit une
garderobe, et en ayant tiré un ou deux vêtements simples
et utiles, elle s'assit près de sa table à ouvrage, et à grand
renfort d'aiguilles, de ciseaux et de dé, elle commença l'o-
pération que son mari lui avait recommandée, continuant
d'allonger les robes jusqu'à ce que la vieille pendule qui
était dans un coin de la chambre sonna minuit, et qu'elle
entendit le bruit sourd des roues à la porte.

— Mary, dit son mari entrant son pardessus à la main,
il faut l'éveiller à présent; nous devons partir.

Mistress Bird déposa à la hâte dans une petite malle les
divers objets qu'elle avait réunis, et la fermant à clef, pria
son mari de la faire mettre dans la voiture; puis elle se
mit à appeler la pauvre femme. Celle-ci, vêtue d'un manteau, d'un chapeau et d'un châle qui avaient appartenu à
sa bienfaitrice, parut bientôt à la porte avec son enfant
dans ses bras. Monsieur Bird la fit monter bien vite dans la
voiture, et mistress Bird l'y suivit jusqu'au marchepied.
Eliza se pencha hors de la portière, et tendit une main
aussi douce et aussi belle que celle qui lui fut donnée en
retour. Elle fixa sur mistress Bird ses grands yeux noirs
pleins d'expression, et elle parut vouloir parler. Elle remua
les lèvres, elle essaya une ou deux fois, mais elle ne proféra aucun son; — et levant la main au ciel, avec un de
ces regards qui ne s'oublient pas, elle retomba sur le siège,
et se couvrit le visage. La portière fut refermée, et la voiture se mit en route.

Quelle situation pour un sénateur patriote, qui, toute la
semaine précédente, avait poussé la législature de son État
à voter des résolutions plus rigoureuses contre les esclaves
fugitifs, leurs fauteurs et complices!

Notre brave sénateur dans son État ne l'avait cédé en
éloquence à aucun de ses confrères de Washington. De
quel air sublime il s'était croisé les mains dans ses poches!
Avec quelle indignation il avait réprouvé la sentimentalité
de ceux qui faisaient passer quelques misérables fugitifs
avant les grands intérêts de l'État.

Sur ce sujet-là, il s'était débattu comme un lion; non-
seulement il s'était convaincu lui-même, mais il avait
convaincu ses auditeurs. Cependant l'idée qu'il se faisait d'un fugitif ne dépassait guère celle des lettres qui
composent ce mot, — ou, cette idée lui représentait tout au
plus l'image d'un directeur de petit journal tenant en
main un bâton et un paquet, avec ces mots dessous :
Fuyant devant un maître. La magie de la présence
réelle du malheur, l'œil suppliant, la main tremblante,
l'appel du désespoir, il n'en avait jamais eu l'expérience.
Il n'avait jamais pensé qu'un fugitif pût être une mère
infortunée, un enfant sans défense, — comme celui
qui portait en ce moment le bonnet si commun de l'enfant qu'il avait perdu. Aussi, comme notre pauvre sénateur n'était ni d'acier ni de pierre, comme c'était un
homme, et un homme au cœur plein de noblesse, — son
patriotisme, comme chacun doit voir, courait de grands
risques. Et ne triomphez pas de lui, cher frère des États du
Sud, car nous avons lieu de croire que plusieurs d'entre vous, en
pareille circonstance, n'auraient pas fait beaucoup mieux.
Nous avons lieu de croire que, dans le Kentucky comme
dans le Mississipi, il est des cœurs nobles et généreux auxquels on n'a jamais en vain fait le récit d'une souffrance.
Ah! cher frère, est-il juste d'attendre de nous des services

que votre brave et honorable cœur ne vous permettrait pas
de rendre, si vous étiez à notre place?

Quoi qu'il en soit, si notre sénateur commettait un péché politique, il était en bon chemin de l'expier par sa pénitence de la nuit.

On était depuis quelque temps dans une période de pluies
continuelles, et la molle et riche terre de l'Ohio est, comme
chacun sait, admirablement propre à fabriquer de la boue,
et la route était un railway du bon vieux temps.

— Et de grâce, quelle espèce de route était-ce? demande
quelque voyageur de l'Est, chez qui ce railway ne soulève pas d'autre idée que celle d'une surface plane ou
d'une marche rapide.

— Sachez donc, innocent ami de l'Est, que dans les sombres régions de l'Ouest, où la boue est d'une profondeur
insondable, les routes sont faites de troncs d'arbre grossiers, disposés transversalement côte à côte, et recouverts
dans leur nouveauté première, de terre, de gazon, et de
tout ce qui se trouve sous la main; c'est là ce que le natif
enchanté appelle une route, ce sur quoi il essaie de rouler.

Avec le temps, les pluies enlèvent la terre et le gazon
susdits, déplacent çà et là les troncs d'arbre, qui prennent
toute sorte de positions pittoresques, en haut, en bas et en
travers, et dont les intervalles s'emplissent de boue noire.

C'est sur une telle route que notre sénateur va cahin-
caha, faisant des réflexions morales avec autant de suite
qu'on peut s'y attendre en pareille occurrence, la voiture s'enfonçant de cahots en cahots jusqu'à l'essieu dans
la boue, le sénateur, la femme et l'enfant changeant si
subitement de position, qu'ils se trouvent, sans avoir pu
s'y préparer, contre les vitres du côté qui penche. La voiture est embourbée, et on entend dehors Cudjoe qui fait
un chaleureux appel à l'énergie de ses chevaux. Après des
efforts inutiles, juste au moment où le sénateur perd patience, la voiture se redresse d'un bond; les deux roues
de devant descendent dans un autre abîme, et le sénateur,
la femme et l'enfant tombent tous pêle-mêle sur le siège
de devant; — le chapeau du sénateur s'enfonce sans cérémonie sur son nez, et le tient comme sous un éteignoir;
l'enfant pleure, et Cudjoe sur le siège harangue avec chaleur les chevaux qui ruent, se débattent, et tendent les jar-
rets sous les coups de fouet répétés. La voiture fait un
nouveau bond, voilà les roues de derrière qui s'enfoncent,
les trois voyageurs sont rejetés sur le siège de derrière, les
coudes du sénateur rencontrent le chapeau de la femme,
et les pieds de la femme chaussent le chapeau du sénateur,
que le choc a fait envoler. Au bout de quelques instants la
fondrière est passée, et les chevaux s'arrêtent tout hale-
tans, — le sénateur retrouve son chapeau, la femme redresse le sien, elle apaise son enfant, et ils se fortifient
contre ce qui peut survenir encore.

Pour quelque temps ils ne sont affligés que de cahots
continuels, entremêlés, pour plus de variété, de divers
plongeons de côté et de secousses compliquées; et ils commencent à se flatter de ne pas s'en tirer trop mal après
tout. Après un plongeon perpendiculaire qui les met tous
sur pied et les rasseoit aussitôt avec une promptitude incroyable, la voiture s'arrête, à la suite d'une grande com-
motion à l'extérieur, Cudjoe paraît à la portière.

— Sous vot'bon plaisir, monsieur, c'est un endroit furieusement mauvais. Je ne sais pas comment que nous en
pourrons sortir. J'crois qu'il nous faudra avoir des
rails.

Le sénateur descend désespéré, cherchant tout doucement à se porter sur un endroit solide. Un de ses pieds
s'enfonce dans une profondeur effrayante, il essaie de le retirer, il perd l'équilibre, il tombe dans la boue, et est re-
pêché par Cudjoe dans une condition déplorable.

Mais nous nous arrêtons par sympathie pour le lecteur.
Les voyageurs de l'Ouest qui ont passé une partie de la
nuit à arracher pièce à pièce les barrières pour tirer leurs
voitures de la boue prendront un tendre intérêt à notre
infortuné héros. Nous les prions de verser sur lui une
larme silencieuse et de passer outre.

La nuit était fort avancée lorsque la voiture, toute puissante et toute couverte de boue, sortit de la baie et s'arrêta à la porte d'une grande ferme.

Il ne fallut pas une médiocre persévérance pour en éveiller les habitans ; mais enfin le respectable propriétaire de l'endroit parut et ouvrit la porte. C'était un grand gaillard velu, de plus de six pieds, et en chemise de flanelle rouge. Une chevelure jaunâtre qui ressemblait à un paillasson, et une barbe de plusieurs jours, donnaient au digne homme une apparence assez peu séduisante. Il resta quelques instans tenant sa chandelle élevée et regardant nos voyageurs d'un air craintif et mystifié qui était véritablement comique. Ce ne fut pas sans peine que notre sénateur parvint à lui faire comprendre ce qui était arrivé ; et tandis qu'il y appliqua toute son intelligence, nous allons le présenter à nos lecteurs.

Le vieux John Van Tromp avait été jadis un gros propriétaire et un possesseur d'esclaves dans le Kentucky. N'ayant de l'ours que la peau, et ayant reçu de la nature un cœur juste et honnête, un grand cœur tout à fait proportionné à sa taille gigantesque, il avait assisté avec un malaise contenu aux effets d'un régime également mauvais pour l'oppresseur et pour l'opprimé. Enfin, un jour, le grand cœur de John se gonfla tellement qu'il n'y put tenir davantage ; il tira son agenda de sa poche, passa dans l'Ohio, acheta une immense étendue d'excellente terre, émancipa tous ses esclaves, hommes, femmes et enfans, les empaqueta sur des chariots, et les envoya coloniser ; puis l'honnête John se tourna du côté de la baie, et se retira tranquillement dans une jolie ferme, pour savourer le plaisir que donne une bonne conscience, et se livrer à ses réflexions.

— Êtes-vous homme à donner asile à une pauvre esclave et à son enfant contre leurs persécuteurs ? dit le sénateur sans détour.

— Je crois que oui, dit l'honnête John avec beaucoup d'énergie.

— Je m'en doutais, dit le sénateur.

— S'il vient quelqu'un ici, dit le brave homme en redressant son corps musculeux, il trouvera à qui parler, et j'ai sept fils, chacun de six pieds de haut, à qui il aura affaire aussi. Présentez-leur nos respects à ces chasseurs d'hommes, ajouta-t-il ; dites-leur qu'ils peuvent venir à l'heure qu'ils voudront, que cela ne fait aucune différence pour nous. Et il passa ses doigts dans le chaume qui couvrait sa tête. Il partit d'un grand éclat de rire.

Épuisée de fatigue et d'émotion, Eliza se traîna jusqu'à la porte, son enfant profondément endormi sur son bras. Le rude fermier lui mit la chandelle sous le nez, et, poussant une espèce de grognement de compassion, ouvrit une petite chambre à coucher attenante à la grande cuisine où il se trouvait, et lui fit signe d'y entrer. Il prit une chandelle, l'alluma, la mit sur la table, et dit à Eliza :

— Maintenant écoutez-moi, fille ; n'ayez pas la moindre crainte, n'importe qui vienne. Ces sortes de choses-là ne m'effarouchent pas, ajouta-t-il en montrant deux ou trois bons fusils accrochés au-dessus de la cheminée ; et les gens qui me connaissent savent qu'il ne serait pas sain de vouloir enlever quelqu'un de ma maison contre mon gré. Allez donc dormir aussi tranquillement que si votre mère vous berçait, dit-il en fermant la porte sur elle. Ma foi ! c'est une bien belle femme, dit-il au sénateur. Ah ! mais les belles femmes ont plus sujet que d'autres de s'enfuir quelquefois, pour peu qu'elles aient de sentiment, comme en doivent avoir les femmes respectables. Je connais tout ça.

Le sénateur, en quelques mots, lui raconta l'histoire d'Eliza.

— Oh ! oh ! quoi ! est-ce possible ? dit le brave homme saisi de pitié. C'est bien naturel, pauvre créature ! Chassée comme une bête fauve, parce qu'elle a du cœur, parce qu'elle fait ce qu'aucune mère ne pourrait s'empêcher de faire ! Ah, ma foi ! je ne suis jamais si près de jurer que quand j'entends de pareilles choses, dit l'honnête John en

s'essuyant les yeux avec le revers de sa grande main jaune, toute couverte de taches de rousseur. Voyez-vous, étranger, j'ai été des années et des années avant d'entrer dans le giron de l'église, parce que de nos côtés les ministres prêchaient sur la Bible appercevait ça ; je n'entendais rien à leur grec et à leur hébreu, et pour lors je pris parti contre eux, Bible et tout. Je n'ai voulu entendre parler de l'église que lorsque j'ai rencontré un ministre qui en savait aussi long qu'eux en fait de grec, et qui disait tout le contraire ; c'est alors que je me convertis ; c'est comme je vous le dis, reprit John, qui pendant tout ce temps avait été occupé à déboucher une bouteille de cidre pétillant qu'il offrit comme conclusion de sa harangue. Vous feriez mieux de rester ici jusqu'au jour, dit-il avec cordialité ; je vais appeler la vieille, et vous faire préparer un lit en un rien de temps.

— Je vous remercie, mon bon ami, dit le sénateur ; il faut que je parte ; j'ai à prendre la diligence de nuit de Columbus.

— Eh ben ! s'il le faut, je vais faire un bout de chemin avec vous, et je vous montrerai une route de traverse qui vaudra mieux que celle que vous avez prise. Celle-là est furieusement mauvaise.

John s'équipa, et on le vit bientôt, lanterne en main, guider la voiture du sénateur vers un chemin qui descendait dans un creux, derrière la maison. Lorsqu'ils se séparèrent, le sénateur lui mit dans la main un billet de dix dollars.

— C'est pour elle, dit-il.

— Oui, oui, dit John avec autant de concision.

Ils se donnèrent une poignée de main et se quittèrent.

CHAPITRE X.

Enlèvement de la propriété.

Le matin se leva gris et humide. Il éclaira dans la cabane de l'oncle Tom des visages abattus, images fidèles des cœurs en deuil. La table était devant le feu, garnie d'une couverture ; une ou deux chemises grossières, mais propres, et toutes fraîches repassées, séchaient sur le dos d'une chaise, et la tante Chloé en avait une autre étendue sur la table. Elle repassait chaque pli et chaque ourlet avec le soin le plus scrupuleux, portant par intervalles sa main à son visage pour essuyer les larmes qui coulaient le long de ses joues.

Tom était assis près d'elle, sa Bible ouverte sur son genou, et sa tête appuyée sur sa main ; — mais ni l'un ni l'autre ne parlait. Il était encore de bonne heure, et les enfans dormaient tous ensemble dans leur petit lit.

Tom, qui avait au suprême degré les sentiments de la famille, — sentiments particuliers, malheureusement pour elle, à cette race infortunée,

Tom se leva et alla silencieusement regarder ses enfans.

— C'est la dernière fois, dit-il.

La tante Chloé, au lieu de répondre, se mit à défriser de la main à plusieurs reprises la chemise grossière qu'elle avait à repasser ; puis posant son fer tout à coup avec un geste de désespoir, elle s'assit à la table et *éleva la voix et pleura.*

— Il faut nous résigner, je suppose. Mais, Seigneur ! comment le pouvoir ? Si je savais où vous allez, et comment ils vous traiteront ! Maîtresse dit qu'elle tâchera de vous racheter, dans un an ou deux ; mais, Seigneur ! on ne revient pas quand on y va ! Ils vous tuent ! Je le sais ! je leur ai entendu dire comme quoi ils vous éreintent de travail sur leurs plantations.

— Il y aura là-bas le même Dieu qui est ici, Chloé.

— Je le suppose, dit la tante Chloé ; mais le Seigneur laisse arriver de terribles choses quelquefois. Je ne trouve pas beaucoup de consolations de ce côté.

— Je suis dans les mains du Seigneur, dit Tom; rien ne peut aller plus loin qu'il ne le permet, et c'est là une chose dont je puis le remercier. C'est moi qui suis vendu et qui m'en vas, et ce n'est pas vous ni les enfants, ici vous êtes en sûreté; — ce qui arrivera ne tombera que sur moi; et le Seigneur viendra à mon aide, — je sais qu'il y viendra.

Ah! cœur mâle et courageux, qui étouffe, tes chagrins pour consoler ceux que tu aimes! Tom partait avec peine, et son gosier se serrait d'amertume, mais il partait en homme brave et fort.

— Pensons aux bontés de Dieu! ajouta-t-il d'une voix tremblante et pénétrée.

— Ses bontés! dit la tante Chloé, je ne vois pas de bonté à cela! cela n'est pas juste! cela n'est pas juste! Maître n'aurait jamais dû permettre qu'on vous prît pour payer ses dettes. Vous lui avez gagné plus de deux fois la somme qu'on lui donne pour vous. Il vous devait votre liberté, et aurait dû vous la donner depuis des années. Il est possible qu'il ne puisse pas faire autrement à présent, mais je sens que c'est mal. Rien ne saurait m'ôter ça de la tête. Vous qui lui avez été si fidèle, qui avez toujours cherché ses intérêts avant les vôtres, et qui faisiez plus de cas de lui que de votre femme et de vos enfants! Ceux qui vendent l'amour du cœur et le sang du cœur, pour sortir d'embarras, le Seigneur les punira!

— Chloé, si vous m'aimez, vous ne parlerez pas ainsi, quand c'est peut-être la dernière fois que nous serons jamais ensemble! Et je vous assure, Chloé, que ça me choque d'entendre rien dire contre not'maître. N'a-t-il pas été mis dans mes bras tout enfant? il est naturel que je fasse beaucoup de cas de lui. Et on ne peut pas s'attendre qu'il fasse beaucoup de cas du pauvre Tom. Les maîtres sont accoutumés à ce qu'on fasse beaucoup de ces choses-là pour eux, et naturellement ils n'y attachent pas une grande importance. On ne peut pas s'y attendre. Comparez-le aux autres maîtres, — qui a été traité et a vécu comme moi! Et jamais il n'aurait souffert que ce malheur m'arrivât, s'il avait pu le prévoir. Je sais qu'il ne l'aurait pas souffert.

— Eh bien! en tout cas, le mal est quelque part, dit la tante Chloé chez qui dominait un sentiment opiniâtre de justice; je ne sais pas au juste où c'est, mais le mal est quelque part, ça est clair.

— Vous devriez lever vos regards vers le Seigneur qui est là-haut; — il est au-dessus de tout; il ne tombe pas du ciel un passereau sans sa volonté.

— Ça ne me fait pas l'effet de me consoler, mais je crois que ça le devrait, dit tante Chloé. Mais ça ne sert à rien de parler. Je vais préparer le gâteau de maïs, et vous faire un bon déjeuner, car personne ne sait quand vous en aurez un autre.

Pour bien apprécier les souffrances des nègres qu'on vend au Sud, il faut se rappeler combien sont fortes les affections instinctives de cette race. Ils ont essentiellement l'amour du Sud. Ils ne sont pas hardis et entreprenants de leur nature, mais casaniers et affectionnés. Ajoutez à cela toutes les terreurs qu'inspire l'inconnu, et ajoutez-y encore que la peine la plus rigoureuse dont on menace les nègres depuis l'enfance, c'est de les vendre au Sud. Cette menace les épouvante bien plus que celle du fouet ou de la torture. Nous les leur avons entendu dire nous-mêmes. Nous avons été témoin de l'horreur avec laquelle, aux heures de loisir, ils écoutent d'effrayantes histoires de cette rivière, qui est pour eux

Ce pays inconnu,
D'où jamais voyageur, hélas! n'est revenu.

Un missionnaire qui avait été parmi les fugitifs du Canada nous a dit que plusieurs d'entre eux avaient avoir quitté des maîtres comparativement bons, et que ce qui les avait poussés presque tous à braver les dangers de l'évasion, c'était l'horreur qu'ils avaient d'être vendus au Sud, — destinée qui les menaçait tous, maris, femmes et enfants. Cette horreur donne un courage héroïque à l'Africain, qui est naturellement patient et timide, et le décide à souffrir la faim, le froid, la douleur, les périls du désert, et les peines plus terribles qui l'attendent lorsqu'il est repris.

Le simple repas du matin fut servi fumant sur la table, car mistress Shelby avait dispensé la tante Chloé de son service à la grande maison. La pauvre femme avait déployé le peu qui lui restait d'énergie dans ce repas d'adieu; elle avait tué et apprêté ses plus beaux poulets, et préparé son gâteau de maïs avec un soin scrupuleux, juste au goût de son mari, et avait posé sur la cheminée certains pots mystérieux, des conserves qui ne paraissaient que dans les grandes occasions.

— Hein! Pierre! dit Moïse tout triomphant, n'avons-nous pas là un fier déjeuner? Et il se saisit d'un morceau de poulet.

La tante Chloé lui donna un soufflet.

— Allez-vous pas dévorer le dernier déjeuner que votre pauvre papa va faire à la maison?

— O Chloé! dit Tom avec douceur.

— Ma foi! je n'ai pu m'en empêcher, dit la tante Chloé se cachant la figure dans son tablier. Je suis tellement bouleversée, que ça me fait faire de vilaines choses.

Les enfants restèrent tranquilles, regardant d'abord leur père, puis leur mère, tandis que le baby grimpait après sa robe, avec des pleurs et des cris impérieux.

— Là, dit la tante Chloé, s'essuyant les yeux et prenant le baby, j'ai fini, j'espère; — maintenant, mangez quelque chose. Ce sont mes meilleurs poulets. Allons, enfants, pauvres petits! votre maman a été mauvaise pour vous.

Les enfants ne se le firent pas dire deux fois, et se mirent avec beaucoup de zèle à la besogne; et ils firent bien, car, sans eux, il n'eût guère été rendu justice au talent de la cuisinière.

— A présent, dit la tante Chloé, il faut que je vous fasse un paquet de vos habits. Il y a autant à parier pour que contre qu'il les emportera tous. Je les connais, ils sont aussi vils que de la boue! — Ah! çà, maintenant, votre gilet de flanelle pour les rhumatismes est dans ce coin: ayez-en soin, car vous n'aurez plus personne pour vous en faire. Voilà vos vieilles chemises, et celles-ci sont les neuves. J'ai remis des bouts de pied à ces bas-là hier au soir, et j'ai mis dedans la pelote de coton pour les raccommoder. Mais, Seigneur! qui est-ce qui vous les raccommodera? Et la tante Chloé, retombant dans son abattement, posa sa tête sur le côté de la malle et sanglota. Quand j'y pense! personne pour avoir soin de vous, en santé ou en maladie! vraiment, il me semble que je devrais devenir méchante!

Les enfants, ayant mangé tout ce qu'il y avait sur la table, commencèrent à réfléchir un peu à ce qui se passait; et voyant leur mère pleurer et leur père qui avait l'air bien triste, ils se mirent à pleurnicher et à mettre leurs mains à leurs yeux. L'oncle Tom avait la petite fille sur son genou, et la laissait s'amuser tant qu'elle voulait à lui égratigner la figure, à lui tirer les cheveux, et à pousser de temps en temps des cris de joie, que lui arrachaient évidemment ses réflexions personnelles.

— Oui, crie, pauvre créature, dit la tante Chloé; il faudra que tu en viennes là, aussi! Tu verras un jour ton mari vendu, ou peut-être tu seras vendue toi-même; et ces enfants que voilà, ils seront vendus aussi, je suppose, quand ils seront bons à quelque chose. A quoi ça sert-il aux nègres de rien avoir?

Tout à coup un des enfants s'écria: Voici maîtresse qui vient!

— Elle ne peut rien pour nous; qu'est-ce qu'elle vient faire? dit la tante Chloé.

Mistress Shelby entra. La tante Chloé lui avança une chaise d'un air visiblement bourru. Mistress Shelby ne parut remarquer ni son mouvement ni son air. Elle était pâle et paraissait inquiète.

— Tom, dit-elle, je viens..... Et s'arrêtant soudain, elle regarda le groupe silencieux; puis s'étant assise, elle se couvrit la figure de son mouchoir, et se mit à sangloter.

— Là, voyons, maîtresse ! de grâce ! de grâce ! dit la tante Chloé, éclatant à son tour ; et pendant quelques instans ils pleurèrent tous de compagnie. Et dans ces larmes qu'ils versaient ensemble, riche et pauvre, s'éteignit tout le ressentiment de l'opprimé. O vous, qui visitez les malheureux, savez-vous que tout ce que votre argent peut acheter, donné d'un air froid, ne vaut pas une larme de vraie sympathie !

— Mon brave garçon, dit mistress Shelby, je ne puis rien faire pour vous. Si je vous donne de l'argent, on ne manquera pas de vous le prendre. Mais je vous promets solennellement de ne pas perdre votre trace, et de vous faire revenir aussitôt que j'aurai l'argent nécessaire. Jusque-là, fiez-vous à Dieu !

En ce moment les enfans s'écrièrent que maître Haley arrivait, et bientôt un coup de pied peu cérémonieux ouvrit la porte. Haley était de fort mauvaise humeur, ayant couru la nuit d'avant, et n'étant nullement calmé par le peu de succès de son expédition.

— Voyons, dit-il, nègre, êtes-vous prêt ? Serviteur, madame ! ajouta-t-il en ôtant son chapeau à la vue de mistress Shelby.

La tante Chloé ferma et corda la malle, puis, se relevant, elle lança au marchand un regard de travers, ses pleurs semblant se changer tout à coup en étincelles de feu.

Tom se leva docilement pour suivre son nouveau maître, et mit sa lourde malle sur son épaule. Sa femme prit la petite fille dans ses bras pour la conduire au chariot, et les enfans, toujours en pleurs, se traînèrent derrière.

Mistress Shelby, allant droit au marchand, le retint quelques instans, et lui parla avec chaleur. Pendant ce temps, la famille arriva au chariot, qui était tout prêt à la porte. Tous les esclaves de la maison, jeunes et vieux, étaient assemblés autour pour dire adieu à leur ancien camarade. Tom avait été regardé par eux comme un principal domestique et un instituteur chrétien, et il reçut de nombreuses marques de sympathie et de douleur, surtout de la part des femmes.

— Vraiment, Chloé, vous le supportez mieux que nous ! dit une des femmes qui avait versé d'abondantes larmes, et voyait le calme avec lequel Chloé se tenait près du chariot.

— Je n'ai plus de larmes, dit-elle en regardant d'un air sombre le marchand qui arrivait. Je ne veux pas pleurer devant ce vieux misérable !

— Montez, dit Haley à Tom, en traversant la foule des serviteurs qui lui lançaient des regards menaçans.

Tom obéit, et Haley, tirant de dessous le siège du chariot une lourde paire de menottes, les lui serra fortement autour des chevilles.

Un murmure étouffé d'indignation courut dans tout le cercle, et mistress Shelby lui dit de la véranda :

— Monsieur Haley, je vous assure que votre précaution est tout à fait inutile.

— Je ne sais pas, madame ; j'en ai perdu un d'ici qui valait cinq cents dollars, et je n'ai pas le moyen de courir d'autres risques.

— Quelle autre chose pouvait-elle attendre de lui ? dit avec indignation la tante Chloé, tandis que les deux garçons, qui maintenant semblaient comprendre la destinée de leur père, s'attachaient à sa robe avec de violens sanglots.

— Je suis fâché, dit Tom, que maître Georges ne soit pas ici.

Georges était allé passer deux ou trois jours avec un de ses camarades dans une terre voisine, et était parti le matin de bonne heure, avant que le malheur de Tom fût connu.

— Faites mes amitiés à maître Georges, dit-il d'une voix pénétrée.

Haley fouetta le cheval, et, l'œil fixé jusqu'au dernier instant avec une calme tristesse sur son ancienne demeure, Tom fut rapidement emporté.

Monsieur Shelby n'était pas en ce moment à la maison. Il avait été forcé de vendre Tom pour se tirer des mains d'un homme qu'il redoutait, — et son premier sentiment, le marché une fois consommé, avait été celui du soulagement. Mais les remontrances de sa femme réveillèrent ses regrets assoupis, et le mâle désintéressement de Tom augmenta son malaise. Vainement il se dit qu'il avait le droit de le faire, — que tout le monde le faisait. — et plusieurs sans même avoir l'excuse de la nécessité : il ne put apaiser sa conscience ; et, pour ne pas voir la scène pénible du départ, il était allé faire un tour dans le pays, espérant que tout serait fini avant qu'il fût revenu.

Après une course rapide sur la route poudreuse, à travers tous les objets familiers de sa femme éveillèrent ses regrets Haley aux bornes du domaine auquel il devait dire adieu, et ils entrèrent sur le grand chemin. Ils avaient fait environ un mille, lorsque Haley s'arrêta soudain devant la boutique d'un forgeron, et, tirant une paire de menottes, il y entra pour y faire faire quelque changement.

— Celles-ci sont un peu trop petites pour un homme de sa taille, dit-il montrant les fers et désignant Tom.

— Seigneur Dieu ! mais c'est le Tom de Shelby. Il ne l'a pas vendu, n'est-ce pas ? s'écria le forgeron.

— Si fait, il l'a vendu, dit Haley.

— Ça n'est pas possible ! En vérité ! qui l'aurait pensé ! Ah bah ! vous n'avez pas besoin de le ferrer de cette manière. C'est l'être le plus fidèle, le meilleur. .

— Oui, oui ; mais ce sont ces braves garçons qui sont le plus portés à décamper. Les brutes, qui ne se soucient pas où ils vont, et les ivrognes, qui ne se soucient de rien, ceux-là se tiennent où on les met, et préfèrent même qu'on ne les trimballe pas. Mais vos bons sujets, ils haïssent comme le péché de rester en place. Pas d'autre moyen que de les ferrer ; ils ont des jambes pour s'en servir, il n'y a pas à dire.

— Ma foi ! dit le forgeron en cherchant dans ses outils, vos plantations là-bas, étranger, ne sont pas précisément l'endroit où les nègres du Kentucky aiment à aller ; ils y meurent passablement vite, pas vrai ?

— Oui, oui, ils y meurent passablement vite ; tant le climat qu'une chose et une autre, ils y meurent de façon à tenir le marché assez animé.

— Alors, voyez-vous, on ne peut se défendre de penser que c'est grand'pitié qu'un garçon aussi tranquille, aussi parfait que Tom, aille se faire écraser, à la lettre, sur une de ces plantations à sucre.

— Quoi donc ? il a de la chance, j'ai promis de le bien traiter. Je le placerai comme domestique dans quelque bonne vieille famille, et s'il résiste à la fièvre et au climat, il sera aussi bien qu'un nègre peut le demander.

— Il laisse ici sa femme et ses enfans, je suppose.

— Oui, il prendra là-bas une autre femme. Il y a, Dieu merci ! assez de femmes partout.

Tom était tristement assis au dehors de la boutique pendant cette conversation. Soudain, il entendit le pas précipité d'un cheval derrière lui, et, avant d'être revenu de sa surprise, le jeune maître Georges s'élança dans le chariot, lui jeta avec véhémence les bras autour du cou, éclatant en sanglots et en reproches.

— C'est par trop infâme ! je me moque de ce qu'ils pourront dire ! C'est une abomination. Si j'étais un homme, ils ne l'auraient pas fait, non, ils ne l'auraient pas fait ! dit Georges, et il poussa un gémissement de désespoir.

— Oh ! maître Georges ! ça me fait du bien, dit Tom. Je ne pourrais supporter l'idée de m'en aller sans vous voir ! Vous ne pouvez vous figurer comme ça me fait du bien. En ce moment, Tom fit un mouvement des pieds, et l'œil de Georges tomba sur les fers.

— Quelle honte ! s'écria-t-il en levant les mains. Il faut que j'assomme ce vieux grelin, il le faut !

— N'en faites rien, maître Georges, ne parlez pas si haut. Je ne gagnerais rien à ce que vous le mettiez en colère.

— Eh bien ! je ne le ferai pas, pour l'amour de vous. Ils ne m'ont pas envoyé chercher, ils ne m'ont pas fait prévenir ; et, sans Tom Lincoln, je ne l'aurais pas su. Je les ai joliment arrangés, tous, tant qu'ils sont, à la maison.

— Vous avez eu tort, maître Georges.

— Je n'ai pas pu m'en empêcher. C'est une honte, je le répète. Voyez-vous, oncle Tom, dit-il, tournant le dos à la boutique et prenant une voix mystérieuse, je vous ai apporté mon dollar !

— Oh ! il me serait impossible de le prendre, maître Georges, pour rien au monde ! dit Tom tout attendri.

— Vous le prendrez ! Écoutez, j'ai dit à tante Chloé que je vous le portais, et elle m'a conseillé d'y faire un trou, et d'y passer un cordon, afin que vous puissiez le pendre à votre cou et le cacher à tous les yeux, sans quoi ce vil coquin vous le prendrait. Je vous dis, Tom, que j'ai besoin de l'assommer, cela me fera du bien !

— Mais à moi, maître Georges, ça ne m'en fera pas.

— Eh bien ! je ne l'assommerai pas, à cause de vous, dit Georges, tout occupé à suspendre son dollar au cou de Tom. Là, maintenant, boutonnez-vous bien par-dessus, et gardez-le, et rappelez-vous, chaque fois que vous le verrez, que je viendrai, moi, vous rechercher. Nous en avons parlé, tante Chloé et moi. N'ayez pas peur, lui ai-je dit, je m'en charge : mon père n'aura pas un instant de repos, s'il ne fait pas ce que je veux.

— Ah ! monsieur Georges, il ne faut pas parler comme ça de votre père !

— Je ne veux rien dire de mal, oncle Tom.

— Ah ça ! maître Georges, il faut être bon garçon : songez à tous les cœurs qui vous aiment. Restez toujours auprès de votre mère. Ne prenez pas les sottes manières de ces garçons qui se croient trop grands pour écouter leurs mères. Je vas vous dire, maître Georges : le Seigneur donne deux fois beaucoup de bonnes choses, mais il ne nous donne qu'une fois une mère. Vous vivriez cent ans, maître Georges, que vous ne verriez jamais sa pareille. Soyez-lui donc bien attaché, et en grandissant, soyez une consolation pour elle, mon bon garçon ; — vous me le promettez, n'est-ce pas ?

— Oui, oui, oncle Tom, dit Georges d'un ton sérieux.

— Et prenez garde à vos paroles, maître Georges. Les jeunes garçons, quand ils arrivent à votre âge, sont volontaires quelquefois ; c'est naturel. Mais les vrais gentlemen, comme vous serez, j'espère, ne manquent jamais de respect à leurs parens. Je ne vous offense pas, maître Georges ?

— Non, en vérité ! Vous m'avez toujours donné de bons conseils.

— Je suis plus vieux, vous savez, dit Tom frappant de sa grande et forte main la jolie tête bouclée de l'enfant, mais parlant d'une voix aussi douce que celle d'une femme, et je vois tout ce qu'il y a en vous. Oh ! maître Georges, vous avez tout, — instruction, privilèges, lecture, écriture, — et vous deviendrez un homme de bien et de savoir, et vos père et mère et tous les gens seront si fiers de vous ! Soyez bon maître comme votre père, et soyez chrétien comme votre mère. Souvenez-vous de votre Créateur aux jours de votre jeunesse, maître Georges.

— Je serai vraiment bon, oncle Tom, je vous le promets, dit Georges. Je serai au premier rang, et ne vous découragez pas : je vous ferai revenir chez nous. Comme j'ai dit ce matin à tante Chloé, je rebâtirai votre maison. Oh ! vous aurez un parloir avec un tapis quand je serai un homme. Oh ! vous aurez encore du bon temps !

Haley vint à la porte, les menottes à la main.

— Je vous en préviens, monsieur, lui dit Georges d'un air de grande supériorité, mon père et ma mère sauront comment vous traitez l'oncle Tom.

Libre à vous, dit le marchand.

— Ne devriez-vous pas rougir de passer votre vie à acheter des hommes et des femmes, et à les enchaîner comme du bétail ! Vous devez avoir du mépris pour vous-même ! dit Georges.

— Tant que vos beaux messieurs voudront acheter des hommes et des femmes, je les vendrai bien, dit Haley : il n'est pas plus honteux de les vendre que de les acheter.

— Je ne ferai ni l'un ni l'autre, quand je serai un homme, dit Georges ; je rougis aujourd'hui d'être Kentuckien. Jusqu'à présent, j'en avais toujours été fier ; et Georges se redressa sur son cheval, et regarda autour de lui comme s'il espérait que son opinion ferait de l'effet sur le Kentucky.

— Eh bien ! adieu, oncle Tom, de la fermeté, dit Georges.

— Adieu, maître Georges, dit Tom en le regardant avec tendresse et admiration. Que le Tout-Puissant vous bénisse ! Ah ! le Kentucky n'en a pas beaucoup comme vous ! continua-t-il, le cœur gros, pour commencer, en suivant des yeux cette franche figure d'enfant qui s'éloignait. Elle disparut, et avec elle le dernier vestige de la maison où Tom avait passé sa vie. Mais son cœur sentait encore quelque chaleur à l'endroit où ces jeunes mains avaient placé ce précieux dollar, Tom porta sa main à ses yeux.

— Ah ça ! écoutez bien, Tom, dit Haley venant au charriot et y jetant les menottes, je veux jouer franc jeu avec vous, comme je fais généralement avec mes nègres ; et je vas vous dire, pour commencer, agissez bien, et j'agirai bien ; je ne suis jamais dur avec mes nègres. Je fais du mieux que je peux. Voyez-vous, vous ferez bien de vous asseoir là à votre aise, et de ne pas jouer des tours ; parce que je sais ce que c'est que les tours des nègres, et avec moi ça ne sert à rien. Si les nègres sont tranquilles et n'essaient pas de se sauver, ils ont du bon temps avec moi, et s'ils n'en ont pas, c'est leur faute et non la mienne.

Tom assura à Haley qu'il n'avait pas l'intention de se sauver. Dans le fait, cette exhortation paraissait assez superflue, adressée à un homme qui avait les fers aux pieds. Mais monsieur Haley avait pris l'habitude d'entrer en relation avec sa marchandise par de petites recommandations de cette nature, qu'il croyait propres à inspirer l'enjouement et la confiance, et à prévenir des scènes désagréables.

Nous allons, pour le moment, prendre congé de Tom, afin de suivre les destinées d'autres personnages de notre histoire.

CHAPITRE XI.

Sortie de la propriété contre le propriétaire.

La soirée était avancée, et il tombait une petite pluie fine, lorsqu'un voyageur mit pied à terre à la porte d'une modeste auberge du village de N..., dans le Kentucky. Il trouva réunie dans la salle une compagnie fort mélangée que le mauvais temps avait forcée de s'y réfugier, et l'endroit présentait l'aspect habituel de ces sortes de réunions. De grands et maigres Kentuckiens, en chemises de chasse, et traînant leurs membres dégingandés avec la nonchalance particulière à cette race ; — des fusils entassés dans un des coins, des poudrières, des carniers, des chiens de chasse et des négrillons amoncelés pêle-mêle dans les autres coins, formaient les traits caractéristiques du tableau. A chaque côté de la cheminée était assis un gentleman à longues jambes, sa chaise renversée, son chapeau sur sa tête, et les talons de ses bottes crottées reposant sur la tablette de la cheminée.

L'hôte, debout derrière le comptoir, était, comme la plupart de ses compatriotes, bon diable, de grande taille et dégingandé, avec un énorme amas de cheveux surmonté d'un énorme chapeau.

Au fait, tout le monde dans la salle portait sur sa tête cet emblème de la souveraineté de l'homme ; qu'il fût de feuille de palmier, de simple feutre ou de castor, qu'il fût gras ou tout neuf, il y reposait avec une véritable indépendance républicaine. C'était véritablement la marque caractéristique de chaque individu. Les uns le portaient crânement de côté, c'étaient les hommes de plaisir, de joyeux et insouciants compères ; d'autres l'avaient abaissé sur le nez, c'étaient des caractères entiers, des volontés de fer qui, lorsqu'ils portaient un chapeau, entendaient le porter à leur fantaisie, et pas autrement. Il y en avait qui le portaient en arrière, — ces hommes qui aiment à voir clair à ce qu'ils font : — tandis que les insouciants qui ne savaient ou ne s'inquiétaient pas comment étaient leurs chapeaux, les portaient chancelans dans toutes les directions. Ces divers chapeaux étaient réellement une étude digne de Shakespeare.

Plusieurs nègres, en pantalons flottans et sans grand luxe de linge, couraient çà et là, sans beaucoup d'autre résultat que de manifester leur désir de tourner toute chose au profit de leur maître et de ses hôtes. Ajoutez à cette peinture un feu pétillant qui égaie un vaste cheminée, la porte d'entrée et toutes les fenêtres ouvertes, et le rideau de calicot qui s'enfle et bat au souffle vigoureux d'une brise humide et froide, — et vous aurez une idée des agrémens d'une taverne du Kentucky.

Les Kentuckiens d'aujourd'hui sont une bonne preuve à l'appui de la doctrine de la transmission des instincts et des singularités. Leurs pères étaient de grands chasseurs, — des hommes qui vivaient dans les bois, et dormaient à la belle étoile ; et leur descendant jusqu'à ce jour se comporte comme si sa maison était un camp, ne quitte jamais son chapeau, se roule partout, et met ses talons sur le dossier des chaises ou sur la cheminée, absolument comme son père se roulait sur l'herbe et mettait les siens sur des troncs d'arbres ; — il tient fenêtres et portes ouvertes hiver comme été, afin d'avoir assez d'air pour ses grands poumons, — appelle tout le monde *étranger* avec une bonhomie nonchalante, et est, à tout prendre, l'être le plus franc, le plus facile à vivre et le plus jovial qui existe.

C'est dans cette assemblée sans façon qu'entre notre voyageur. C'était un homme âgé, court et trapu, de mise soignée, avec une bonne face ronde et une apparence un peu méticuleuse. Il était fort occupé de sa valise et de son parapluie, qu'il apportait lui-même, et il résista obstinément à toutes les instances des domestiques qui voulaient l'en débarrasser. Il promena tout autour de la salle des regards un peu inquiets, et se retirant avec son précieux bagage dans le coin le plus chaud, il le mit en sûreté sous la chaise où il s'assit, et contempla avec une certaine appréhension le digne personnage dont les boîtes décoraient l'extrémité de la cheminée, et qui crachait de droite et de gauche avec une énergie assez alarmante pour les gens de nerfs délicats et d'habitudes un peu recherchées.

— Dites donc, étranger, comment vous portez-vous ? demanda le susdit gentleman, qui darda, en guise de salut, un jet de jus de tabac dans la direction du nouvel arrivant.

— Bien, Dieu merci ! fut la réponse de l'autre, en esquivant d'un air alarmé le menaçant honneur qu'on lui faisait.

— Quelques nouvelles ? reprit le premier en tirant de sa poche un morceau de tabac et un grand couteau de chasse.

— Pas que je sache.

— Chiquez-vous ? et il tendit au vieux gentleman un peu de son tabac d'un air tout à fait fraternel.

— Non, je vous remercie ; cela me fait mal, dit le petit homme en s'écartant.

— Ah bah ! dit l'autre en se fourrant dans la bouche le morceau refusé, afin d'y entretenir une provision de jus de tabac pour le bénéfice général de la compagnie.

Le vieux gentleman ne manquait pas de tressaillir chaque fois que son voisin aux poumons vigoureux faisait feu dans sa direction ; et celui-ci l'ayant remarqué, il tourna obligeamment son artillerie d'un autre côté, et se mit à battre en brèche l'intérieur de la cheminée avec un talent militaire qui aurait bien suffi pour prendre une ville.

— Qu'est-ce que c'est ? demanda le vieillard, voyant un groupe qui s'était formé autour d'une grande affiche.

— C'est au sujet d'un nègre, dit un des assistans.

Monsieur Wilson, car tel était le nom du vieillard, se leva, et après avoir soigneusement ajusté sa valise et son parapluie, prit ses lunettes, les mit sur son nez, et, cette opération accomplie, lut ce qui suit :

« S'est enfui de chez le soussigné, mon mulâtre Georges. Ledit Georges, cinq pieds sept pouces, teint très peu foncé, cheveux bruns bouclés, est très intelligent, parle très bien, sait lire et écrire, essaiera probablement de passer pour un blanc, a de profondes cicatrices sur le dos et les épaules, a été marqué à la main droite de la lettre H.

» Je donnerai quatre cents dollars si on me l'amène vivant, et la même somme si on me donne la preuve qu'il a été tué. »

Le vieillard lut cette annonce d'un bout à l'autre, à voix basse, comme s'il l'étudiait.

Le vétéran qui avait fait le siège de la cheminée abaissa ses longues jambes, et, redressant son grand corps, alla droit à l'affiche, et, d'un air délibéré, lança dessus une pleine décharge de jus de tabac.

— Voilà ce que j'en pense, dit-il laconiquement, et il se rassit.

— Ah çà ! étranger, pourquoi faites-vous ça ? demanda l'hôte.

— J'en ferais autant à celui qui a signé ce papier, s'il était ici, dit froidement l'homme aux longues jambes en se remettant à couper son tabac. Tout homme qui a un garçon comme celui-là, et qui ne le traite pas mieux, mérite de le pendre. De pareilles affiches sont une honte pour le Kentucky ; voilà ma façon de penser, si quelqu'un veut la savoir !

— Au fait ! dit l'hôte en inscrivant quelque chose sur son livre.

— J'en ai aussi, moi, toute une bande, monsieur, dit l'autre recommençant à bombarder la cheminée, et je me contente de leur dire : — Garçons, que je leur dis, — décampez, preste, zeste, quand il vous plaira ! Je ne courrai pas après vous ! Voilà comme je conserve les miens. Laissez-les libres de s'enfuir quand ils voudront, et ça leur en ôte l'envie. Mieux que ça, j'ai leur liberté toute signée, en cas que je me coule un de ces jours, et ils le savent, et je vous réponds, étranger, qu'il n'y a personne de nos côtés qui tire plus que moi de ses nègres. Mes garçons ont été mainte et mainte fois à Cincinnati, y mener pour cinq cents dollars de poulains, et ils m'ont rapporté l'argent, mais recta. Ça devrait être. Traitez-les comme des chiens, et ils se conduiront avec vous comme des chiens. Traitez-les comme des hommes, et ils se conduiront comme des hommes.

Et l'honnête marchand de bestiaux accompagna cette moralité d'un véritable feu de joie dirigé sur la cheminée.

— Je trouve que vous avez parfaitement raison, l'ami, dit monsieur Wilson, et l'esclave dont on donne ici le signalement est un fier sujet, cela n'est pas douteux. Il a travaillé pour moi une demi-douzaine d'années dans ma fabrique de toile à sacs, et c'était mon meilleur ouvrier, monsieur. C'est un garçon qui a beaucoup d'intelligence, en outre ; il a imaginé une machine à teiller le chanvre qui est vraiment très précieuse. On s'en sert dans plusieurs fabriques. Son maître a le brevet.

— Oui, oui, il l'a et en tire de l'argent, dit le bouvier ; et puis il prend un fer chaud et vous marque l'inventeur à la main droite. Si j'en trouvais l'occasion, je vous garantis que je lui ferais une marque, moi, qu'il porterait quelque temps.

— Ces garçons si entendus sont toujours insolens, dit une espèce de manant de l'autre côté de la salle ; voilà pourquoi on les bat et on les marque. Ça ne leur arriverait pas s'ils se conduisaient bien.

— C'est-à-dire que Dieu en a fait des hommes, et qu'on a du mal à en faire des bêtes, repartit sèchement le bouvier.

— Les nègres intelligents ne sont pas un avantage pour leurs maîtres, continua l'autre, retranché dans sa grossière stupidité contre le mépris de son adversaire : à quoi sert des talens et toutes ces choses-là, si vous n'en pouvez pas tirer parti ? Tout le parti qu'ils en tirent, c'est de vous mettre dedans. J'en ai eu un ou deux de ces gaillards, et je les ai bien vite envoyé vendre. Je savais bien que je les perdrais un jour ou l'autre, si je ne le faisais pas.

— Vous feriez mieux de demander au Seigneur de vous en envoyer un assortiment dépourvu de toute espèce d'âme, dit le bouvier.

La conversation fut interrompue par l'arrivée d'un petit boguey à un cheval. Il avait une apparence élégante, et un homme bien mis, qui avait l'air très comme il faut, était dans la voiture, que conduisait un domestique de couleur.

La compagnie examina le nouveau venu avec l'intérêt qu'on peut attendre d'une réunion d'oisifs par un jour de pluie. Il était très grand, il avait un teint brun d'Espagnol, de beaux yeux noirs fort expressifs, et des cheveux très frisés, et d'un noir très brillant aussi. Son nez aquilin bien formé, ses lèvres droites et minces, et la fine régularité de ses membres, ne permettaient pas de le confondre avec le commun des hommes. Il traversa la salle avec aisance, indiqua d'un geste à son domestique où il fallait placer sa malle, salua la compagnie le chapeau à la main, alla au comptoir et y donna son nom : — Henry Butler, Oaklands, comté de Shelby. Puis se tournant d'un air indifférent, il s'arrêta et se promenant devant l'affiche et la lut.

— Jim, dit il à son domestique, il me semble que nous avons rencontré à Bernan un esclave qui avait quelque chose de ce signalement, n'est-ce pas ?

— Oui, maître, dit Jim ; seulement je ne suis pas sûr quant à ce qui est de la main.

— Je n'ai pas regardé, comme de raison, dit l'étranger, bâillant d'un air d'insouciance. Puis, allant à l'hôte, il lui demanda une chambre particulière, ayant quelque chose à écrire sur-le-champ.

L'aubergiste était tout obséquieux, et un relais de sept nègres, vieux et jeunes, mâles et femelles, petits et grands, ne tardèrent pas à s'élever comme une compagnie de perdrix, s'agitant, se pressant, se marchant sur les talons et se culbutant les uns sur les autres, dans leur zèle à préparer la chambre de maître, tandis que celui-ci était étendu sur un siège au milieu de la salle, et entrait en conversation avec son voisin.

Le manufacturier, monsieur Wilson, depuis l'entrée de l'étranger, l'avait contemplé d'un air à la fois curieux et troublé. Il lui semblait l'avoir connu quelque part, mais il ne pourrait se rappeler où. A chaque parole, à chaque geste, à chaque sourire, il tressaillait et fixait ses regards sur lui, puis il les abaissait aussitôt, intimidé par les yeux noirs et brillans qui rencontraient les siens avec froide indifférence. Enfin, un éclair parut traverser sa pensée, et il se peignit sur ses traits tant de surprise et d'alarme, que l'étranger vint à lui.

— Monsieur Wilson ? si je ne me trompe, dit-il en lui tendant la main. Je vous demande pardon de ne vous avoir pas retenu plus tôt. Je vois que vous souvenez de moi, — monsieur Butler, d'Oaklands, comté de Shelby.

— Oui... oui, oui, monsieur, dit monsieur Wilson, parlant comme dans un rêve.

En ce moment un nègre entra, et annonça que la chambre de maître était prête.

— Jim, prenez soin des malles, dit négligemment le gentleman ; puis s'adressant à monsieur Wilson, il ajouta : — Je voudrais bien causer un moment d'affaires avec vous dans ma chambre, si vous le permettiez.

Monsieur Wilson le suivit, comme aurait fait un somnambule, et ils montèrent dans une vaste chambre où pétillait un feu nouvellement fait, et où divers domestiques allaient et venaient de mettre la dernière main aux apprêts nécessaires.

Quand les domestiques furent partis, le jeune homme ferma résolument la porte au verrou, et mettant la clef dans sa poche, se retourna les bras croisés et regarda monsieur Wilson au visage.

— Georges, dit monsieur Wilson.

— Oui, Georges, dit le jeune homme.

— Qui l'aurait pu croire !

— Je suis assez bien déguisé, j'imagine, dit le jeune

homme avec un sourire. Un peu d'écorce de noix a bruni ma peau jaune, et j'ai teint mes cheveux en noir ; ainsi vous voyez que je ne réponds pas du tout au signalement.

— Oh ! Georges, c'est un jeu bien dangereux que vous jouez là. Je ne vous l'aurais pas conseillé.

— Je puis le faire sous ma propre responsabilité, — dit Georges avec le même sourire de fierté.

Nous ferons observer, en passant, que Georges était de race blanche par son père. Sa mère était de ces infortunées que leur beauté condamne à assouvir les passions de leur maître, et à être mère d'enfans qui n'auront jamais de père. Il avait hérité d'une des plus orgueilleuses familles du Kentucky un bel ensemble de traits européens et un esprit indomptable. De sa mère il avait reçu une légère teinte de mulâtre, amplement compensée par l'éclat de son œil noir. Un changement dans la nuance de sa peau et de ses cheveux lui avaient donné l'air d'un Espagnol ; et comme il avait naturellement de la grâce dans les mouvemens et de la distinction dans les manières, il n'éprouvait aucune difficulté à jouer le rôle qu'il avait adopté, — celui d'un gentleman voyageant avec son domestique.

Monsieur Wilson, qui était un brave vieillard, mais d'un caractère extrêmement inquiet et circonspect, avait l'air fort mal à l'aise, partagé qu'il était entre son désir d'assister Georges, et une certaine idée confuse de prêter main-forte à l'ordre et à la loi. Aussi tout en se promenant d'un air embarrassé, il lui parla en ces termes :

— Eh bien ! Georges, vous vous êtes enfui, à ce que je vois, — vous avez quitté votre maître légitime, Georges (je n'en suis pas surpris) ; mais en même temps j'en suis fâché, Georges, — oui, décidément, — je crois que je dois le dire, Georges ; — c'est mon devoir de vous parler ainsi.

— Pourquoi êtes-vous fâché, monsieur ? demanda Georges avec calme.

— Eh ! mais de vous voir, pour ainsi dire, vous mettre en opposition avec les lois de votre pays.

— Mon pays ! dit Georges avec une véhémente amertume, je n'ai d'autre pays que le tombeau, — et plût au ciel que j'y fusse !

— Non, non, cela n'est pas bien, Georges ; ce langage est coupable, il est contraire aux Écritures. Georges, vous avez un maître bien dur, — cela est vrai ; — il se conduit d'une manière répréhensible, je ne prétends pas le défendre. Mais vous savez que l'ange commanda à Agar de retourner chez sa maîtresse, et que l'apôtre renvoya Onésime à son maître.

— Ne me citez pas la Bible de la sorte, monsieur Wilson, dit Georges l'œil étincelant, ne le faites pas ! car ma femme est chrétienne, et je veux être chrétien aussi, si jamais j'arrive où je pourrai l'être ; mais citer la Bible à un homme dans ma position, c'est assez pour l'en dégoûter à tout jamais. J'en appelle au Tout-Puissant ; — je suis tout prêt à lui soumettre le cas, et à lui demander si j'ai tort de vouloir être libre.

— Ces sentimens sont très naturels, Georges, dit le brave homme en se mouchant. Oui, ils sont naturels, mais il est de mon devoir de ne point les encourager en vous. Oui, mon garçon, j'en suis fâché pour vous ; c'est un mauvais cas ; mais l'apôtre dit : « Que chacun demeure dans la condition où il a été appelé. Nous devons tous nous soumettre aux indications de la Providence, Georges, ne voyez-vous pas ? »

Georges était debout, la tête en arrière, les bras serrés sur sa large poitrine, et un amer sourire relevait sa lèvre.

— Monsieur Wilson, si les Indiens vous enlevaient à votre femme et à vos enfans, et voulaient vous garder toute votre vie à labourer la terre pour eux, croiriez-vous qu'il serait de votre devoir de demeurer dans la condition où vous auriez été appelé ? Je crois bien plutôt, moi, que vous verriez dans le premier cheval errant que vous pourriez trouver une indication de la Providence, — n'est-ce pas ?

Le petit vieillard ouvrit de grands yeux à cette question ; mais quoiqu'il ne fût pas un grand raisonneur, il eut le bon sens qui ne distingue pas certains logiciens en pareille circonstance, — celui de se taire, lorsqu'il n'y a rien à dire. Il se réfugia donc dans des exhortations générales, tout en églissant avec soin les plis de son parapluie.

— Voyez-vous, Georges, vous le savez, j'ai toujours été votre ami ; et tout ce que j'ai dit, je l'ai dit pour votre bien. Ici, il me semble que vous courez un terrible risque. Vous ne pouvez pas espérer y réussir. Si vous êtes pris, ce sera pis que jamais pour vous ; ils vous accableront d'injures, ils vous tueront à moitié, et vous enverront vendre.

— Monsieur Wilson, je sais tout cela, dit Georges. Je cours des risques, mais il ouvrit son pardessus et montra deux pistolets et un coutelas. — Oui, dit-il, qu'ils y viennent ! Je n'irai jamais au Sud. Non ! S'il faut en venir là, je puis me donner au moins six pieds de terre libre, la première et la dernière que je posséderai jamais dans le Kentucky !

— Eh ! mais, Georges, vous êtes dans un état terrible. Cela me chagrine. Sur le point de violer les lois de votre pays !

— Encore mon pays ! Monsieur Wilson, vous avez un pays, vous ; mais quel pays ai-je, moi, ou tout autre né comme moi d'une mère esclave ? Quelles lois y a-t-il pour nous ? Nous ne les faisons pas, — nous n'y donnons pas notre consentement. — nous n'avons rien à elles ; tout ce qu'elles font pour nous, c'est de nous écraser et de nous maintenir à terre. N'ai-je pas entendu vos discours du quatre juillet ? Ne nous dites-vous pas à tous, une fois par an, que le pouvoir des gouvernemens est légitimé par le consentement des gouvernés ? N'a-t-on pas le droit de penser quand on entend de pareilles choses ? N'a-t-on pas le droit de rapprocher ceci de cela, et de voir ce qui en résulte ?

Monsieur Wilson était une de ces natures qu'on peut comparer assez bien à une balle de coton, — molles, douces, inoffensives, sans consistance. Il plaignait réellement Georges de tout son cœur, et avait une sorte de perception vague et confuse de l'espèce de sentiment qui l'agitait ; mais il croyait de son devoir de continuer à lui parler vertu avec une extrême opiniâtreté.

— Georges, c'est mal. Je dois vous dire en ami que vous feriez mieux de ne pas vous mêler de cela. Ces idées-là sont mauvaises, Georges, très mauvaises pour des gens de votre condition. Et monsieur Wilson s'assit à une table, et commença, dans son agitation nerveuse, à mordre le manche de son parapluie.

— Écoutez bien, monsieur Wilson, dit Georges venant s'asseoir d'un air résolu en face de lui ; regardez-moi. Assis comme me voilà, est-ce que je ne suis pas, à tout prendre, un homme comme vous ? Regardez ma figure, regardez mes mains, regardez mon corps, — et le jeune homme se redressa orgueilleusement. — Ne suis-je pas un homme aussi bien que qui que ce soit ? Eh bien ! monsieur Wilson, écoutez ce que j'ai à vous dire. J'avais un père, — un de vos gentlemen du Kentucky, — qui n'a pas fait assez de cas de moi pour empêcher qu'on ne me vendît avec ses chiens et ses chevaux, afin de faire partager la propriété lorsqu'il est mort. J'ai vu ma mère vendue aux enchères avec ses sept enfans. Ils furent vendus sous ses yeux, un à un, tous à des maîtres différens, et j'étais le plus jeune. Elle se jeta aux genoux de son ancien maître, et le supplia de l'acheter avec moi, afin qu'elle pût avoir au moins un de ses enfans avec elle, et il la repoussa de son pied brutal. J'en fus témoin, et ses gémissemens et ses cris furent la dernière chose que j'entendis quand je fus attaché au cou du cheval de cet homme pour être emporté chez lui.

— Et après ?

— Mon maître traita avec un des marchands, et acheta ma sœur aînée. C'était une bonne et pieuse fille ; elle appartenait à l'église baptiste, et elle était aussi belle que ma mère l'avait été. Elle était bien élevée, et avait de bonnes manières. Je fus d'abord ravi qu'on l'eût achetée, car j'avais une amie auprès de moi. Mais bientôt j'en fus aux regrets, monsieur, je suis resté à la porte à l'entendre fouetter.

Il me semblait que chaque coup me perçait le cœur, et je ne pouvais la secourir ; et on la fouettait, monsieur parce qu'elle voulait mener une vie décente et de chrétienne, mais vos lois ne permettent pas à une esclave de mener une pareille vie ; enfin je la vis enchaîner à une bande qu'on menait vendre à la Nouvelle-Orléans, — enchaîner pour ce seul motif, — et depuis je n'ai plus entendu parler d'elle. Enfin, je grandis ; il se passa bien des années ; — n'ayant ni père, ni mère, ni sœur, pas une âme qui se souciât plus de moi que d'un chien ; toujours fouetté, grondé, souffrant de la faim. J'en ai tant souffert, monsieur, que j'étais heureux de ramasser les os qu'on jetait aux chiens ; et pourtant, quand j'étais petit, et que je passais des nuits entières à pleurer, ce n'était pas la faim, ce n'était pas le fouet qui me faisait pleurer. Non, monsieur, je pleurais de n'avoir plus ma mère et mes sœurs ; je pleurais de n'avoir personne pour m'aimer sur la terre. Je n'ai jamais connu ni paix ni bien-être. Je n'ai jamais eu un mot bienveillant avant de venir travailler dans votre fabrique. Monsieur Wilson, vous m'avez bien traité, vous m'avez encouragé à bien faire, à apprendre à lire et à écrire, à essayer de faire quelque chose de moi ; et Dieu sait combien j'en suis reconnaissant. C'est alors, monsieur, que j'ai rencontré ma femme ; vous l'avez vue, vous savez combien elle est belle. Quand j'ai vu qu'elle m'aimait, quand je l'ai épousée, j'avais peine à me croire en vie, tant j'étais heureux ; et, monsieur, elle est aussi bonne qu'elle est belle. Mais ensuite ! Voici mon maître qui vient m'enlever à mon ouvrage, à mes amis, à tout ce que j'aime, et qui me plonge dans la boue ! Et pourquoi ? parce qu'il dit que j'ai oublié qui j'étais ; pour m'apprendre, dit-il, que je ne suis qu'un nègre ! Pour couronner le tout, il se mit entre moi et ma femme, et m'ordonna de l'abandonner et de vivre avec une autre. Et tout cela, vos lois lui donnent le pouvoir de le faire, en dépit de Dieu et des hommes. Monsieur Wilson, faites-y bien attention. Il n'est pas une seule de toutes ces choses, qui ont brisé le cœur de ma mère et de ma sœur, que vos lois n'autorisent, et qu'elles ne donnent à tout homme le pouvoir de faire dans le Kentucky, sans que personne puisse s'y opposer ! Appelez-vous cela les lois de mon pays ? Monsieur, je n'ai pas de pays, pas plus que je n'ai de père. Mais je vais avoir un pays. Je ne demande rien au votre que de me laisser tranquille, et me laisser paisiblement sortir ; et quand je serai au Canada, où les lois me reconnaîtront et me protégeront, ce pays-là sera le mien, et j'obéirai à ses lois. Mais si quelqu'un tente de m'arrêter, qu'il prenne garde, car je suis poussé à bout. Je combattrai pour ma liberté jusqu'à mon dernier soupir. Vous dites que c'est ce que firent vos pères ; s'ils en avaient le droit, je l'ai aussi !

Ce discours, prononcé moitié assis à table, moitié parcourant la chambre, — prononcé avec des larmes, des yeux étincelans et des gestes de désespoir, — était plus que n'en pouvait supporter le brave homme auquel on l'adressait. Il tira un grand mouchoir de soie jaune, et s'épongea la figure avec beaucoup d'énergie.

— Maudits soient-ils tous ! s'écria-t-il tout à coup. Ne l'ai-je pas toujours dit ? — O l'infernale engeance ! J'espère que je n'ai pas juré. Eh bien ! allez de l'avant, Georges, allez de l'avant ! mais soyez prudent, mon garçon ; ne tuez personne, Georges, à moins que... alors... mais vous feriez mieux de ne tuer personne, je vous assure ; du moins, moi, je ne voudrais pas tirer sur quelqu'un. Où est votre femme, Georges ? ajouta-t-il, se levant tout agité et se mettant à marcher par la chambre.

— Partie, monsieur, partie, avec son enfant dans les bras, Dieu sait où ! — dans la direction de l'étoile du nord ; et quand nous nous reverrons, ou si nous nous reverrons jamais en ce monde, nul ne peut le dire.

— Est-ce possible ! quelle chose étonnante ! une si bonne famille !

— Les bonnes familles s'endettent, et les lois de notre pays permettent de vendre l'enfant, de l'arracher du sein de sa mère, pour payer les dettes de son maître, dit Georges avec amertume.

— Eh bien ! eh bien ! dit l'honnête vieillard en fouillant dans sa poche, je me doute bien que j'agis contre mon jugement, — mais, au diable mon jugement ! je ne veux pas le suivre. Tenez, Georges. Et il lui offrit une poignée de billets de banque.

— Non, mon bon monsieur ! dit Georges, vous avez fait beaucoup pour moi, et ceci pourrait vous attirer des désagrémens. J'ai assez d'argent, j'espère, pour me mener où j'ai besoin d'être.

— Non, mais il le faut, Georges. L'argent est partout d'un grand secours ; on n'en saurait trop avoir, quand on se le procure honnêtement. Prenez-le, — prenez-le donc, allons ! — je vous en prie, mon enfant !

— A condition, monsieur, de vous le rembourser un jour, j'accepte, dit Georges en prenant l'argent.

— Et maintenant, Georges, combien de temps allez-vous voyager de la sorte ? pas longtemps ni loin, j'espère. C'est bien mené, mais c'est trop hardi. Et ce noir, qui est-il ?

— Un garçon sûr, qui a été au Canada il y a plus d'un an. Il a appris, lorsqu'il était là, que, pour tirer vengeance de son évasion, on avait fouetté sa pauvre vieille mère ; et il a refait tout ce chemin pour la consoler, et tâcher de la tirer des mains de son maître.

— A-t-il réussi ?

— Pas encore ; il a rôdé autour du lieu, mais sans trouver encore de chance favorable. En attendant, il va avec moi jusqu'à l'Ohio, pour me mettre aux mains des amis qui lui ont prêté assistance, puis il retournera la chercher.

— Dangereux ! très-dangereux ! dit le vieillard.

Georges se redressa et sourit dédaigneusement.

Le vieillard le regarda de la tête aux pieds avec une sorte de stupéfaction innocente.

— Georges, il s'est opéré en vous un merveilleux développement. Vous portez la tête haute ; votre langage et vos gestes sont ceux d'un tout autre homme, dit-il.

— C'est que je suis un homme libre ! répondit Georges avec fierté. Oui, monsieur, c'est pour la dernière fois que j'ai dit maître à un autre homme. Je suis libre !

— Prenez garde ! vous n'êtes sûr de rien. — Vous pouvez être pris.

— Tous les hommes sont libres et égaux dans la tombe, s'il en est ainsi, monsieur Wilson.

— Je suis tout à fait confondu de votre hardiesse ! venir droit ici à la plus proche taverne !

— Monsieur Wilson, cela est si hardi et la taverne est si proche, qu'ils ne le supposeront jamais ; ils me chercheront bien loin, et vous-même vous ne me reconnaissiez pas. J'ai n'est pas connu de ces côtés, mon maître ne réside pas dans ce pays ; d'ailleurs, on a renoncé à le rattraper ; personne ne le poursuit, et nul ne m'arrêtera sur mon signalement, je pense.

— Mais la marque qui est sur votre main !

Georges ôta son gant, et montra à sa main une cicatrice nouvellement fermée.

— Voici une dernière preuve des bontés de monsieur Harris, dit-il avec mépris. Il s'est mis dans la tête de m'en gratifier, il y a deux semaines, parce qu'il croyait, a-t-il dit, que j'essaierais de m'enfuir un de ces jours. Cela a l'air intéressant, n'est-ce pas ? ajouta-t-il en remettant son gant.

— Mon sang se glace quand j'y songe, je le déclare ! quelle condition et quels risques ! dit monsieur Wilson.

— Il y a bien des années que le mien s'est glacé, monsieur Wilson ; mais à présent il commence à bouillir, Georges.

— Eh bien ! mon cher monsieur, reprit-il après quelques instans de silence, quand j'ai vu que vous me reconnaissiez, j'ai pensé qu'il valait mieux avoir cette conversation avec vous, de peur que votre air étonné ne vînt à me trahir. Je pars demain avant le jour, et demain soir j'espère

dormir sain et sauf dans l'Ohio. Je voyagerai toute la journée, je m'arrêterai dans les meilleurs hôtels, et dînerai à la même table que les seigneurs du pays. Adieu donc, monsieur ; si vous entendez dire qu'on m'a pris, vous pourrez être sûr que je suis mort !

Georges se tenait droit comme un roc, et il tendit la main d'un air de prince. Le brave petit vieillard la secoua confialement ; et après toutes sortes de petites précautions, il prit son parapluie et sortit de la chambre.

Georges demeura pensif à regarder la porte, tandis que le vieillard la refermait.

Un éclair parut lui traverser l'esprit. Il y courut et l'ouvrant, il dit :

— Monsieur Wilson, encore un mot.

Le vieillard rentra, et Georges, comme la première fois, verrouilla la porte, puis il tint pendant quelques instant ses yeux fixés sur le plancher, d'un air d'irrésolution. Enfin levant la tête par un effort soudain :

— Monsieur Wilson, vous avez agi en chrétien à mon égard ; — j'ai à vous demander un dernier acte de charité chrétienne.

— Qu'est-ce, Georges ?

— Monsieur, ce que vous avez dit est vrai. Je cours un risque terrible. Il n'est pas une âme au monde qui se soucie si je meurs, ajouta-t-il en respirant avec peine et parlant avec un grand effort ; on me poussera du pied et on m'enterrera comme un chien ; et personne ne pensera plus à moi le lendemain, — excepté ma pauvre femme ! Pauvre âme ! elle me pleurera, elle ! Si vous vouliez bien trouver moyen, monsieur Wilson, de lui faire parvenir cette petite épingle. Elle me l'a donnée comme présent de Noël, pauvre enfant. Donnez-la-lui, et dites-lui que je l'ai aimée jusqu'à mon dernier moment. Voulez-vous, voulez-vous ? répéta-t-il avec force.

— Oui, certainement, — pauvre garçon ! dit le vieillard prenant l'épingle les yeux humides et la voix tremblante.

— Dites lui une chose, reprit Georges ; mon dernier vœu est qu'elle aille au Canada. Peu importe que sa maîtresse soit bonne, peu importe qu'elle aime sa maison ; conjurez-la de n'y pas retourner, car l'esclavage finit toujours mal. Dites-lui d'élever notre enfant en homme libre, et alors il ne souffrira pas comme j'ai fait. Dites-lui cela, monsieur Wilson, voulez-vous ?

— Oui, Georges, je le lui dirai ; mais j'espère que vous ne mourrez pas ; prenez courage, vous êtes un brave garçon. Ayez confiance en le Seigneur, Georges. Je voudrais de tout mon cœur que vous fussiez hors d'affaire ; cependant, voilà mon sentiment.

— Est-il un Dieu en qui avoir confiance ? dit Georges d'un ton de désespoir si amer qu'il réduisit le vieillard au silence. Oh ! j'ai vu toute ma vie des choses qui m'ont prouvé qu'il n'y a pas de Dieu. Vous autres chrétiens, vous ne savez pas l'effet que nous font ces choses. Il y a un Dieu pour vous ; mais pour nous, il n'y en a pas.

— Oh ! de grâce, de grâce, mon garçon ! dit le vieillard sanglotant presque, n'ayez pas de ces sentimens-là. Il y en a un, il y en a un ; il est entouré de nuages et de ténèbres, mais la justice et la droiture siégent sur son trône. Il y a un Dieu, Georges, croyez-le ; fiez-vous à lui, et je suis sûr qu'il vous assistera. Tout s'arrangera, sinon dans cette vie, au moins dans l'autre.

La piété réelle et la bienveillance de ce simple vieillard donnaient à sa parole de la dignité et de l'autorité. Georges qui parcourait la chambre à pas agités, s'arrêta tout à coup, resta pensif un instant, et puis dit d'une voix tranquille :

— Je vous remercie de me dire cela, mon brave ami ; j'y songerai.

CHAPITRE XII.

Incidens divers, commerce légal.

« Une voix fut entendue dans Rama ; il y avait des
» pleurs, des lamentations et un grand deuil. — Rachel
» pleurait ses enfans et ne voulait pas être consolée. »

Maître Haley et Tom continuèrent lentement leur route
dans leur chariot, tous deux absorbés dans leurs réflexions.
— Les réflexions de deux hommes assis l'un à côté de l'autre sont une chose curieuse. Placés sur le même banc, ils
ont les mêmes yeux, les mêmes oreilles, les mêmes mains,
les mêmes organes ; ils voient passer les mêmes objets devant leurs regards, et cependant, quelle variété étonnante
dans leurs pensées !

Ainsi, maître Haley, par exemple, pensait d'abord à la
hauteur de la stature de Tom, à la largeur de sa poitrine
et de ses épaules ; il calculait ce qu'il pourrait en retirer,
s'il pouvait le garder gras et en bon état jusqu'au moment
de le conduire au marché. Il songeait à la manière dont il
composerait sa bande d'esclaves, et aussi à la valeur que
pourraient avoir des hommes, des femmes et des enfans
qu'il voulait se procurer. Son esprit s'arrêtait à tous les détails de son commerce. Enfin, il pensait à lui, s'applau-
dissait de son humanité. Tandis que les autres liaient les
mains et les pieds de leurs nègres, lui se bornait à mettre
des fers aux pieds de Tom, en lui laissant l'usage de ses
mains tant qu'il n'abuserait pas de cette faveur. Et il soupirait, et il songeait que telle était l'ingratitude de la nature humaine qu'il était réduit à se demander si Tom saurait apprécier ses bienfaits. En effet, tant de nègres l'avaient
trompé parmi ceux qu'il avait non moins bien traités, qu'il
était étonné d'avoir conservé un aussi bon naturel.

Quant à Tom, il roulait continuellement dans sa tête ces
paroles d'un vieux livre aujourd'hui passé de mode : « Les
cités de la terre sont périssables. Nous cherchons la cité de
l'avenir. Aussi Dieu n'a pas honte d'être appelé notre Dieu,
car il nous en a préparé une. » Ces paroles du vieux livre,
écrit principalement par des hommes ignorans et grossiers,
ont gardé de tous temps une sorte de pouvoir étrange sur les
esprits des pauvres et simples gens comme Tom. Elles re-
muent les profondeurs de l'âme, et réveillent, comme le son
d'une trompette, le courage, l'enthousiasme et l'énergie
dans un cœur auparavant sombre et désespéré.

Maître Haley tira de sa poche divers journaux, et s'arrêta
sur les annonces avec beaucoup d'intérêt. Il ne lisait pas
très couramment, il marmottait en lisant comme pour en
appeler à ses oreilles du témoignage de ses yeux. C'est de
cette manière qu'il lut le paragraphe suivant :

« VENTE PAR SUITE DE DÉCÈS. — NÈGRES. — Par arrêt de
la cour, il sera vendu, mercredi, 20 février, devant la maison de Justice, dans la ville de Washington (Kentucky), les
nègres suivans : Hagar, âgée de 60 ans ; — John, 30 ans ; —
Bess, 31 ans ; — Saül, 25 ans ; — Albert, 14 ans. — Vendus au
bénéfice des créanciers et héritiers de la plantation de Jesse
Blutchford, esq.

     » SAMUEL MORRIS, THOMAS FLINT,
     » Exécuteurs testamentaires. »

— Il faut que je regarde ça, dit-il à Tom, faute de
quelque autre à qui parler. Je vais former une bande d'esclaves de premier choix pour mener avec vous, Tom. Ce
sera agréable pour vous, vous serez en bonne société. Nous
allons d'abord conduire le chariot à Washington, et, arrivé
là, je vous mets à l'ombre pendant que je ferai mes affaires.

Tom reçut cette nouvelle avec quiétude et humilité. Il se
demandait simplement dans son cœur combien, parmi ses
compagnons d'infortune, avaient des femmes et des enfans,

et s'ils avaient éprouvé les mêmes sentimens que lui à
l'heure de la séparation. Cette brutale nouvelle n'avait pas
produit, comme on le pense bien, une agréable impression
sur un pauvre homme qui s'était toujours enorgueilli d'une
vie strictement honnête et droite. Oui, Tom était fier de sa
probité, et c'était là tout son orgueil. S'il était né dans un
rang plus élevé de la société, ce n'est pas de sa probité seule
qu'il eût pu être fier. Quoi qu'il en soit, le jour s'écoula,
et le soir, Haley et Tom étaient comfortablement installés à
Washington, — l'un dans une taverne, l'autre dans un cachot.

Le lendemain, vers onze heures, une foule mélangée se
pressait devant les marches du palais de Justice. — Ceux-
ci fumaient, ceux-là chiquaient, les autres crachaient, ju-
raient et causaient. Tous attendaient le commencement de
la vente. Les hommes et les femmes qui allaient être vendus formaient un groupe à part ; ils se parlaient à voix
basse les uns aux autres. La femme annoncée sous le nom
d'Hagar avait les traits et la taille d'une Africaine. Elle pouvait avoir soixante ans, mais elle paraissait plus vieille par
suite du travail et de la maladie ; elle était en outre presque aveugle et perclue de rhumatismes. A son côté, se tenait le seul fils qui lui restât, Albert, intelligent garçon
âgé de quatorze ans. C'était le seul survivant d'une nombreuse famille qui avait été successivement vendue loin
d'elle, sur un marché du Sud. La mère s'attachait à lui avec
ses deux mains tremblantes, et regardait avec effroi tous
ceux qui s'approchaient pour examiner son enfant.

— N'ayez pas peur, tante Hagar, dit le plus âgé des hommes, j'ai parlé de vous à maître Thomas, et il croit pouvoir
vous vendre tous deux en un seul lot.

— Pourquoi prétendent-ils que je ne suis plus bonne à
rien? dit-elle en levant ses mains tremblantes. Je puis faire la
cuisine, et frotter, et nettoyer.—Je vaux bien la peine d'être
achetée. — Dites-leur ça, je vous en prie, ajouta-t-elle
d'un ton suppliant.

Haley se fraya alors un passage vers le groupe, marcha
vers le vieillard, lui ouvrit la bouche, regarda dans l'intérieur, toucha ses dents, le fit mettre debout et tenir droit,
plier le dos et exécuter plusieurs mouvemens pour montrer ses muscles. Il passa alors au suivant et lui fit subir la
même épreuve ; arrivant enfin au jeune garçon, il lui toucha le bras, étendit ses mains, regarda ses doigts, et le fit
sauter pour se rendre compte de son agilité.

— Il ne sera pas vendu sans moi, dit la vieille femme
avec chaleur. — Lui et moi, nous formons un seul lot. — Il est
déjà très fort, maître, il peut faire des monceaux d'ouvrage, des monceaux, maître.

— Sur la plantation? dit Haley avec un coup d'œil mé-
prisant ; plaisante histoire ! Et, comme satisfait de son examen, il se retira, se tint debout, les mains dans ses poches,
son cigare à la bouche, son chapeau sur l'oreille, et tout
prêt à enchérir.

— Qu'en pensez-vous? dit un homme qui avait suivi
l'examen d'Haley, comme s'il eût voulu se former une opinion d'après la sienne.

— Heu! dit Haley en crachant, j'enchérirai ; je suis pour
les plus jeunes et le garçon.

— Ils veulent vendre le garçon avec la vieille femme, dit
l'homme.

— Bah! cette femme est un vieux râtelier d'os. Elle ne
vaut pas le sel qu'on lui donne.

— Vous n'en voudriez pas, alors, dit l'homme.

— Celui qui en voudrait serait un imbécile. Elle est à
moitié aveugle, perclue de rhumatismes, et bête par-dessus
le marché.

— Il se trouve cependant des gens qui achètent ces
vieilles créatures. On peut en tirer un meilleur parti qu'on
ne le croirait d'abord, continua l'homme en réfléchissant.

— Ça ne vaut rien du tout; je n'en voudrais pas quand
on m'en ferait cadeau ; j'ai vu ce que c'est.

— Ce serait grand dommage de ne pas l'acheter avec son
fils. Ils semblent si attachés l'un à l'autre ; on la donnerait
pour peu de chose.

— Ce serait bon pour ceux qui ont de l'argent à dépenser inutilement. J'enchérirai sur le garçon, je veux le faire travailler à une plantation; mais d'elle, encore une fois, je n'en voudrais pas quand on me la donnerait.

— Elle sera au désespoir.

— C'est tout naturel, dit froidement le marchand.

Ici, la conversation fut interrompue par un bourdonnement qui s'éleva dans la salle. Le commissaire-priseur était un homme court, affairé, important. Il se fraya un chemin avec les coudes à travers la foule. La vieille femme retint sa respiration et saisit instinctivement son fils.

— Tenez-vous près de votre mère, Albert, tout près. Ils vont nous mettre ensemble.

— O maman! j'ai bien peur que non, dit l'enfant.

— Ils le feront, enfant, je ne pourrais vivre autrement! s'écria la vieille avec véhémence.

La voix de stentor du commissaire-priseur, qui criait pour faire écarter la foule, annonça que la vente allait commencer. — On fit place et les enchères s'ouvrirent. Les hommes qui étaient sur la liste furent bientôt adjugés à des prix qui montraient que la demande était forte sur le marché. Deux d'entre eux échurent à Haley.

— Approchez maintenant, petit, dit le commissaire en le touchant, levez-vous et montrez que vous avez du ressort.

— Mettez-nous ensemble, je vous en prie, maître, dit la vieille femme en se tenant serrée contre son garçon.

— Allez-vous-en, dit l'homme d'un ton bourru en repoussant ses mains, vous venez la dernière. Et toi, noiraud, saute, et en même temps il le poussa vers le tréteau.

Un profond gémissement se fit entendre derrière lui. Le garçon s'arrêta et voulut regarder, mais il n'en eut pas le temps, des pleurs coulèrent de ses yeux grands et brillants, et il fut debout en un instant.

Ses beaux traits, ses membres actifs, sa figure intelligente, excitèrent immédiatement la concurrence, et une demi-douzaine d'enchérisseurs se présentèrent en même temps. Inquiet, à demi effrayé, il regardait à droite et à gauche, écoutant le tumulte produit par les voix des acheteurs. Il fut enfin adjugé à Haley. On le poussa du tréteau vers son nouveau maître, mais il s'arrêta un instant et regarda derrière lui, tandis que sa pauvre vieille mère, tremblant de tous ses membres, tendait vers lui ses mains agitées.

— Achetez-moi aussi, maître, pour l'amour de Dieu! achetez-moi aussi; je mourrai si vous ne le faites pas.

— Vous mourrez si je le fais, voilà ce qui est certain, dit Haley. Non! je ne vous achèterai pas, et il lui tourna le dos.

L'enchère pour la pauvre vieille créature fut bientôt finie. L'homme qui avait adressé la parole à Haley, et qui ne semblait pas dépourvu de compassion, l'acheta presque pour rien, et les spectateurs commencèrent à se disperser.

Les malheureuses victimes de la vente, qui pendant des années avaient vécu dans le même lieu, se réunirent autour de la mère désespérée, dont l'agonie faisait pitié à tous.

— Ne pouvaient-ils pas m'en laisser un? Le maître m'avait toujours promis que j'en garderais un! il me l'avait promis! répétait-elle continuellement avec l'accent de la plus profonde douleur.

— Ayez confiance en Notre-Seigneur, tante Hagar, dit avec bonté le plus vieux des esclaves.

— Quel bien m'en reviendra-t-il? dit-elle en sanglotant.

— Mère! mère! ne dites pas ça, dit le jeune garçon. On dit que vous avez rencontré un bon maître.

— Et que m'importe à moi! O Albert! ô mon fils! Vous êtes mon dernier enfant. Seigneur! comment supporter tout ça?

— Allons! qu'un de vous l'emmène, dit sèchement Haley. Ce serait mauvais pour elle de continuer ainsi.

Les plus âgés de ses compagnons, moitié par persuasion, moitié par force, parvinrent à calmer les derniers élans de désespoir de la pauvre créature, et, en la conduisant au chariot de son nouveau maître, ils essayèrent de la consoler.

— Allons, dit Haley en poussant devant lui ses trois acquisitions. Il prit son paquet de menottes, les mit à leurs poignets, et, les attachant à une longue chaîne, il les conduisit au cachot.

Quelques jours après, Haley était, avec ses esclaves, tranquillement installé sur un des bateaux de l'Ohio. C'était le commencement de sa bande, qui devrait s'augmenter à mesure que le bateau se dirigerait vers diverses autres marchandises du même genre, que lui et son agent avaient réunies sur différens points du rivage.

La Belle-Rivière, aussi bonne et aussi belle qu'aucun bateau qui eût jamais navigué sur les eaux du fleuve dont elle portait le nom, descendait gaiement le courant sous un ciel brillant, tandis que les couleurs et les étoiles de la libre Amérique flottaient sur son pavillon. Les galeries étaient garnies de dames en toilettes éclatantes, de gentlemen qui goûtaient, en se promenant, les délices de ce beau jour. Tout était plein de vie, de bonheur et de joie, tout, excepté les esclaves d'Haley, entassés dans l'entrepont avec d'autres marchandises, et qui ne semblaient pas apprécier dignement le privilège qu'on leur avait accordé d'être réunis et de pouvoir causer ensemble.

— Enfans, dit Haley en s'avançant vivement vers eux, j'espère que vous n'êtes pas découragés. Pas de bouderie, pas de mauvaise humeur; comportez-vous bien, et vous serez contens de moi.

Les esclaves répondirent par leur invariable: — Oui, maître,—depuis des siècles l'éternel mot d'ordre de la pauvre Afrique. Mais en réalité ils ne paraissaient pas précisément gais. Ils pensaient à leurs femmes, à leurs mères, à leurs sœurs, à leurs enfans qu'ils avaient vus pour la dernière fois. Ceux qui causaient leur désolation leur demandaient de la joie, mais cela ne pouvait venir tout de suite.

— J'ai une femme! dit l'article désigné sous le nom de John, âgé de trente ans, et il laissa tomber sa main enchaînée sur le genou de Tom. J'ai une femme! et elle ne sait pas un mot de ceci, pauvre fille!

— Où demeure-t-elle? demanda Tom.

— Dans une taverne à quelques pas d'ici, répondit John. Je voudrais bien la voir encore une fois dans ce monde, ajouta-t-il.

Pauvre John! c'était assez naturel. Et les larmes qui tombaient de ses yeux, à mesure qu'il parlait, étaient aussi naturelles que celles qui s'échappent des yeux d'un blanc. Tom laissa exhaler de son cœur déchiré un profond soupir, et essaya, selon ses pauvres moyens, de consoler son compagnon d'infortune.

Dans la cabine au-dessus de leurs têtes on voyait des pères, des mères et des femmes, puis des enfans joyeux qui voltigeaient comme des papillons. Autour de ces passagers régnait la tranquillité et le comfort.

— Maman, disait un petit garçon qui venait de l'entrepont, il y a à bord un marchand de nègres; il a embarqué cinq ou six esclaves.

— Pauvres créatures! répondit la mère d'une voix chagrine et indignée.

— Qu'y a-t-il? demanda une dame.

— Ce sont de pauvres esclaves qui sont en bas.

— Quelle honte pour notre pays que l'on voie de pareilles choses! dit une autre dame.

— Il y a beaucoup à dire pour et contre, interrompit une dame comme il faut, assise à la porte de sa cabine, et qui causait pendant que son petit garçon et sa petite fille jouaient auprès d'elle; j'ai été dans le Sud, et, je l'avoue, mon opinion est que les nègres sont plus heureux esclaves que libres.

— Sous un certain point de vue, il est possible qu'ils soient plus heureux, répondit une des interlocutrices, mais ce qu'il y a d'affreux dans l'esclavage, à mon avis, c'est l'outrage fait aux sentiments naturels par la séparation des membres d'une même famille.

— C'est certainement une très mauvaise chose, reprit la

dame en examinant une robe d'enfant qu'elle venait de terminer, mais c'est un fait assez rare.

— Je vous demande bien pardon, répondit avec vivacité la première dame; j'ai vécu pendant plusieurs années dans le Kentucky et dans la Virginie, et j'ai vu assez d'actes de cette nature pour en avoir le cœur meurtri. Que diriez-vous, madame, si on venait s'emparer de vos deux enfans, et si on les vendait?

— Nous ne pourrons comparer nos sentimens avec ceux des gens de cette classe, dit l'autre dame qui était occupée à assortir des laines sur ses genoux.

— Vous ne les connaissez pas, madame, puisque vous parlez ainsi. Je suis née, j'ai été élevée au milieu d'eux, et je sais qu'ils sentent aussi vivement, peut-être plus vivement que nous.

— En vérité! répondit la dame.—Elle se mit à bâiller en regardant par la fenêtre de la cabine, et répéta, pour se résumer, ce qu'elle avait dit en commençant: Après tout, je crois qu'ils sont plus heureux esclaves que libres.

—C'est sans aucun doute l'intention de la Providence que la race africaine soit tenue en servitude, et reste dans une position infime, dit un monsieur à l'aspect grave et vêtu de noir. C'était un ministre, qui se tenait à la porte de la cabine : — Maudit soit Chanaan! Il sera le serviteur des serviteurs, dit l'Évangile!

— Dites donc, étranger, est-ce bien là ce que signifie le texte? dit un homme d'une taille élevée, qui était auprès de lui.

— Assurément, il a plu à la Providence, dans quelque dessein impénétrable, de plonger, il y a des siècles, cette race dans la servitude. — Il ne nous est pas permis d'avoir une opinion contraire.

— Eh bien! alors, nous irons de l'avant, et nous achèterons des nègres, puisque ce sont là les voies de la Providence, n'est-ce pas, squire? dit-il en se tournant du côté d'Haley, qui, les mains dans ses poches, se tenait auprès du poêle, et suivait la conversation avec beaucoup d'attention.

— Oui, continua l'homme qui avait pris la parole, nous devons tous nous résigner aux décrets de la Providence. Il faut que les nègres soient vendus, troqués, et restent en esclavage. Voilà pourquoi ils sont faits. — Il me semble que cette pensée devrait tout à fait tranquilliser votre conscience, monsieur, dit-il à Haley.

— Je n'y ai jamais songé, répondit Haley. — Je n'aurais pas pu en dire autant que vous; je n'ai point d'instruction. — J'ai pris ce commerce pour gagner ma vie. S'il n'est pas bien honorable, j'aurai toujours le temps de m'en repentir.

— Et pour l'instant vous allez vous éviter cette peine. — Voyez-vous ce que c'est que de connaître l'Évangile. Si vous aviez seulement étudié votre Bible, comme cet excellent homme, vous vous seriez évité beaucoup de peine. — Vous auriez pu dire: Maudit soit... Comment se nomme-t-il? Et tout se serait très-bien passé. Et l'étranger, qui n'était autre que l'honnête conducteur d'esclaves que nous avons fait connaître à nos lecteurs dans la taverne du Kentucky, s'assit et se mit à fumer, tandis que sa longue et sèche figure s'épanouissait d'un singulier sourire.

Un jeune homme d'une taille mince et élevée, et dont les traits exprimaient la sensibilité et l'intelligence, s'avança alors et répéta ces paroles : —Agissez à l'égard de votre prochain comme vous voudriez qu'il agît envers vous.

— Je pense, ajouta-t-il, que cela est de l'Écriture aussi bien que : Maudit soit Chanaan!

— Eh bien! étranger, dit John, il me semble que c'est là un texte tout aussi clair pour de pauvres gens comme nous; et John se remit à fumer comme un volcan.

Le jeune homme s'arrêta, et regarda autour de lui comme s'il eût voulu en dire davantage; mais tout à coup le bateau s'arrête, et la compagnie se précipita vers le bord pour voir où on allait débarquer.

— Ce sont des gaillards que ces deux ministres! dit John à un des hommes en sortant du bateau.

L'homme secoua la tête.

Au moment où le bateau s'arrêtait, une négresse accourut comme une folle, sauta sur la planche placée entre le bateau et le rivage, se lança à travers la foule, se précipita vers la bande d'esclaves, et jetant ses bras autour du cou du nègre nommé John, elle l'appela son mari en versant des pleurs. Mais à quoi bon répéter sans cesse la même histoire? Chaque jour voyait des cœurs brisés, des liens rompus, le faible sacrifié à l'intérêt du fort. Chaque jour portait les cris de douleur de tous ces malheureux vers l'Être qui entend tout, quoiqu'il reste pendant longtemps impassible.

Le jeune homme qui avait pris la parole en faveur de l'humanité s'était tenu debout les bras croisés devant cette triste scène ; quand il se détourna, il vit Haley à ses côtés.

— Mon ami, dit-il, comment pouvez-vous, comment osez-vous continuer un pareil commerce? Regardez ces pauvres créatures... Je suis tout joyeux, moi, parce que je retourne dans ma maison auprès de ma femme et de mon enfant; la même cloche qui va me rapprocher d'eux éloignera pour toujours ce pauvre homme de sa femme. Soyez-en certain, vous aurez à répondre un jour de cette cruauté au tribunal de Dieu.

Le marchand s'éloigna en silence. — Eh! mais, dit le conducteur d'esclaves en touchant Haley du coude, tous les ministres ne se ressemblent pas, à ce qu'il paraît. En voici un qui n'est pas du même avis que Maudit soit Chanaan.

Haley fit un grognement sourd.

— Eh! eh! dit John, il est bien possible que cela ne convienne pas trop à Dieu quand vous réglerez un jour vos comptes avec lui, comme nous ferons tous, je pense.

Haley arpentait le bateau dans toute sa longueur en réfléchissant.

— Si je fais un joli petit bénéfice sur une ou deux prochaines bandes d'esclaves, pensait-il, je cesserai ce commerce-là cette année, j'en réponds; cela devient dangereux pour mon âme; et il tira de sa poche son portefeuille, et se mit à additionner ses comptes, procédé qu'un grand nombre de gens, à l'instar de monsieur Haley, emploient pour calmer les inquiétudes de la conscience.

Le bateau s'élança fièrement de la plage, et tout continua à se passer aussi gaîment qu'auparavant; ceux-ci causaient, ceux-là riaient, ces autres fumaient, les femmes parlaient, les enfans jouaient, et le bateau glissait sur le fleuve.

Un jour que le bateau s'était arrêté pour un certain temps devant une petite ville du Kentucky, Haley s'y était rendu pour une affaire commerciale.

Malgré ses menottes, Tom pouvait faire quelques pas, il se traîna vers un des côtés du bateau, et resta là, écoutant ce qui se disait, et regardant par-dessus le bastingage. Tout à coup, il aperçut le marchand qui revenait d'un pas agile; une jeune femme de couleur, tenant un enfant dans ses bras, l'accompagnait.

La mise de cette femme était propre et convenable ; un homme de couleur la suivait avec une malle sous le bras. La jeune femme marchait gaîment et causait avec l'homme qui portait la malle. Elle passa sur la planche, entra dans le bateau, puis le son de la cloche se fit entendre, la machine mugit, et le steamer descendit la rivière.

La jeune femme alla s'asseoir au milieu des malles et des ballots de l'avant-pont, et se mit à gazouiller avec son enfant.

Haley fit quelques tours sur le bateau, puis vint auprès d'elle et lui parla à voix basse. Tom vit tout à coup un nuage passer sur le front de la jeune femme, et il l'entendit répondre avec véhémence.

— Je ne le crois pas, je ne veux pas le croire ; vous vous moquez de moi.

— Si vous ne voulez pas le croire, lisez ceci, dit Haley en tirant un papier de sa poche. Voici le contrat de vente avec la signature de votre maître. J'ai payé avec de bon argent, je vous en réponds. Ainsi donc...

— Je ne crois pas que maître me tromperait ainsi ; cela

ne peut pas être, répondit-elle avec une croissante agitation.

— Vous n'avez qu'à demander au premier venu qui sait lire. Tenez, dit-il, en s'adressant à un homme qui passait près de lui ; voulez-vous lire ce papier ? Cette fille ne veut pas croire ce que je lui dis.

— C'est un contrat de vente signé de John Fostick, qui vous livra la fille Lucy et son enfant, répondit l'homme : autant que je puis voir, tout est en règle.

Les cris et les exclamations de la jeune femme attirèrent bientôt la foule ; le marchand expliqua brièvement le motif de cette agitation.

— Il m'a dit que j'allais à Louisville pour être louée à la taverne où travaille mon mari. Voilà ce que mon maître m'a dit, et je ne puis croire qu'il m'ait fait un mensonge ! s'écria la jeune femme.

— Eh bien ! il vous a vendu, ma pauvre femme ; il n'y a plus le moindre doute à conserver, dit un homme qui semblait bon, après avoir examiné les papiers.

— Alors, n'en parlons plus, répondit la pauvre fille devenue calme subitement. Et serrant son enfant plus fortement dans ses bras, elle s'assit sur un coffre, tourna le dos à la foule, et regarda la rivière avec insouciance.

— Après tout, dit le marchand, elle prendra la chose légèrement. La fille a de l'énergie, je vois.

Elle avait l'air calme en effet. Le bateau marchait, une légère brise d'été passa sur la tête de la pauvre fille comme un ange de pitié. La brise ne s'inquiète pas si le front qu'elle a rafraîchi est noir ou blanc.

La jeune femme voyait les rayons du soleil jouer sur l'eau ; elle entendait des voix joyeuses retentir à ses côtés, mais son cœur était comme si on l'eût broyé sous une pierre. Son enfant, collé contre elle, caressait avec ses petites mains les joues et les yeux de sa mère ; il bégayait comme s'il eût voulu la tirer de sa léthargie morale. Tout à coup elle le serra avec force dans ses bras, une larme coula de ses yeux et tomba sur la figure étonnée de l'enfant. Enfin, elle se calma peu à peu et s'occupa de soigner le petit être.

Cet enfant était un petit garçon de dix mois, très gros et très fort pour son âge ; il ne pouvait se tenir en repos, il s'agitait avec tant de vivacité que sa mère devait sans cesse veiller sur lui.

— C'est un fier gaillard ! dit un homme qui se tenait, les mains dans ses poches, en face de l'enfant. Quel âge a-t-il ?

— Dix mois et demi, répondit la mère.

L'homme siffla et offrit au petit garçon la moitié d'un bâton de sucre candi, dont celui-ci se saisit avec avidité, et qu'il porta bientôt là où les enfans mettent tout, à sa bouche.

— Un drôle de petit ! dit l'homme ; il sait son affaire ! puis il sifflota et se retira. Quand il fut de l'autre côté du bateau, il se dirigea vers Haley, lequel était occupé à fumer, couché sur des malles.

L'homme prit une allumette, alluma son cigare, et dit au marchand :

— Vous avez là une fille de bonne mine.

— J'en réponds ; elle est même très bien, dit Haley en lançant une bouffée de fumée.

— Vous la menez dans le Sud ? dit l'homme.

Haley secoua la tête et continua de fumer.

— Pour travailler sur une plantation ? poursuivit l'interlocuteur.

— Je me suis chargé d'une commande pour une plantation, répondit Haley, et je crois bien que j'y placerai cette fille. On m'a dit qu'elle est bonne cuisinière, rien n'empêchera de l'employer comme telle. Elle pourra encore éplucher le coton ; elle a les doigts taillés pour ça, je l'ai remarqué. Je n'en suis pas embarrassé, et je la rendrai bien pour ceci ou pour cela, ajouta Haley en fumant toujours son cigare.

— On n'aura pas besoin de l'enfant sur une plantation, dit l'homme.

— Je m'en déferai à la première occasion, répondit Haley, qui alluma un nouveau cigare.

— Je pense que vous la vendrez à assez bon compte ? reprit l'interlocuteur en montant sur la pile de malles et en s'asseyant à l'aise.

— Nous verrons ; il est joliment éveillé, ce petit ; il est droit, gras, fort, et sa chair est dure comme de la pierre.

— C'est vrai, mais l'ennui de l'élever, et la dépense...

— Une bagatelle. Cela s'élève aussi facilement qu'un importe quoi. Pas plus de peine que pour de petits chiens. Ce petit drôle courra partout.

— J'ai un bon endroit pour faire des élèves, et je songe à augmenter un peu ma marchandise. La semaine dernière, une de mes négresses perdit un petit ; il fut noyé dans un baquet à lessive pendant que sa mère étendait le linge. Je pourrais peut-être lui faire élever celui-ci.

Haley et l'étranger gardèrent le silence. Ni l'un ni l'autre ne semblaient très pressés de s'expliquer. Enfin, l'homme dit :

— Comme il faut que vous vous débarrassiez de ce petit d'une façon ou d'une autre, vous le céderiez bien pour ? dollars.

Haley secoua la tête et cracha virement.

— Non certes, dit-il, et il se remit à fumer.

— Combien donc en voulez-vous ?

— Dame ! dit Haley, je pourrai élever ce petit moi-même ou le faire élever ; il est très gentil et très bien portant. Il vaudra cent dollars dans six mois, et deux cents dollars dans deux ans, si je le mets dans un endroit convenable. Ainsi donc, je le céderai pour cinquante dollars, quant à présent, pas pour un sou de moins.

— C'est tout à fait ridicule, ô étranger ! dit l'homme un mouvement de tête ; j'en donnerai bien trente d mais voilà tout.

— Voyons, dit Haley en crachant encore, partage la différence, et va pour quarante-cinq ; c'est tout ce je peux faire.

— Accepté, dit l'homme après un moment de si

— Accepté, répéta Haley. Où débarquez-vous ?

— A Louisville.

— Très bien. Nous arrivons à la brune, le gaill est endormi, tout va bien. On l'enlève doucement sa c'est superbe. J'aime à faire les choses tranquill ent, moi. Je déteste tout ce qui est agitation.

Après l'échange de quelques billets, qui passèrent la poche de l'étranger dans celle du marchand, celu reprit son cigare.

Le steamer aborda la jetée de Louisville par un nuit brillante et tranquille. La jeune mère était assise enant dans ses bras son enfant endormi d'un profond sommeil. Elle entendit le nom de la ville répété par les mariers ; elle plaça à la hâte l'enfant dans une espèce de rceau formé par un vide qui existait entre les malles, en alant au-dessus de lui son manteau. Puis elle s'élança su côté du bateau rapproché du rivage, avec l'espoir de v son mari parmi les garçons d'hôtels qui couraient la tée. Elle se plaça auprès du bastingage et regarda par-d s, se fatiguant les yeux à fouiller dans la foule qui gro ait à terre pendant que les voyageurs passaient entre ell som enfant.

— Voici le moment, dit Haley en s'emparant de l' st endormi, et il le remit à l'étranger. Ne le réveillez s, ajouta-t-il, cela ferait un train du diable avec la le. L'homme prit le paquet et se perdit dans la foule de os qui débarquaient.

Quand la machine se remit à tousser et que le eau quitta le rivage, la jeune femme revint à sa place ; elle y trouva le marchand assis, mais l'enfant n'était plus là.

— Comment ! comment !... où est-il ! s'écria-t-elle égarée.

— Lucy, dit Haley, votre enfant est parti ; il vaut mieux que vous le sachiez plus tôt que plus tard. J'ai pensé que vous ne pourriez pas le garder avec vous dans le Sud. J'ai trouvé une occasion de le vendre à une famille d'un rang élevé, qui l'élèvera mieux que vous n'auriez pu faire.

Le marchand était arrivé à ce point de perfection chrétienne qui a été recommandée dernièrement par quelques prédicateurs et des politiques du Nord, et par laquelle on se met au-dessus des préjugés et des faiblesses humaines ; son cœur était devenu ce que le vôtre, monsieur, et le mien pourraient devenir à l'aide d'études et d'efforts. Le regard plein d'angoisse et de désespoir que la femme jetait sur Haley aurait troublé un homme moins habitué à un tel spectacle. Mais le marchand avait vu tant de fois le même regard ! Vous pouvez vous accoutumer à de pareilles scènes, amis lecteurs ; de récens efforts ont été tentés afin d'habituer notre communauté du Nord à une telle insensibilité, le tout pour la plus grande gloire de l'Union. Le marchand regardait la désolation de cette femme, son angoisse, ses mains crispées, sa respiration suffoquée comme des incidens nécessaires de son commerce. Ce qu'il redoutait seulement c'étaient les cris qu'elle pourrait pousser, et le trouble que cela causerait sur le bateau. Comme un grand nombre de partisans de nos institutions, Haley n'aimait pas l'agitation.

Mais la pauvre femme resta silencieuse, le coup avait frappé trop fortement son cœur pour causer ni cris ni larmes. Elle chancela étourdie, ses bras pendaient, son regard fixe ne s'arrêtait sur aucun objet ; le bruit et le bourdonnement du bateau, les grincemens de la machine retentissaient à son oreille comme dans un rêve, son cœur muet de douleurs ne pouvait plus laisser échapper une larme. Enfin, et cela montre à quel point elle souffrait, elle était calme.

Le marchand, si l'on veut songer à son état, était presque aussi humain que quelques-uns de nos hommes politiques. Il sembla touché et essaya de donner à la pauvre Lucy les consolations qui peuvent être débitées en pareil cas.

— Je sais que c'est un rude début, Lucy, disait-il, mais une fille aussi accorte, aussi raisonnable que vous l'êtes, ne doit pas se laisser abattre ; c'est nécessaire, diable ! que voulez-vous ? c'est un petit malheur.

— Oh ! ne dites pas cela, maître ! s'écria la pauvre femme d'une voix étouffée.

— Vous êtes une charmante fille, Lucy, persista-t-il à dire ; j'ai l'intention de vous bien traiter, et je vous trouverai une place agréable en bas de la rivière. Là, une fille d'aussi bonne mine que vous, ne sera pas embarrassée de choisir tout de suite un autre mari.

— O maître ! ne me parlez pas en ce moment, dit la femme d'une voix si plaintive et si douloureuse, que le marchand vit bien qu'il y avait là quelque chose d'extraordinaire qu'il n'avait pas encore remarqué dans ses précédentes acquisitions. Il se leva, et la femme s'étant détournée cacha sa tête sous son manteau.

Le marchand se promenait de long en large, s'arrêtant de temps en temps pour la regarder.

— Elle prend la chose à cœur, se disait-il, mais elle est cependant assez tranquille. Laissons-la transpirer un peu ; elle sera mieux tout à l'heure.

Tom avait vu ce qui venait de se passer, et avait tout compris ; son cœur saignait de tant d'horreur et de cruauté. Ce pauvre nègre ignorant n'avait pas appris à « avoir des vues générales et étendues. » S'il avait seulement été instruit par certains ministres protestans, il aurait pu donner accès à des pensées plus raisonnables ; il aurait jugé plus favorablement un incident ordinaire d'un commerce autorisé qui est la clef de voûte de nos institutions. Un ministre américain n'a-t-il pas dit que le *mal de ce commerce ne diffère en rien du mal inhérent à toutes les transactions de la vie sociale et domestique*. Mais Tom, un pauvre homme ignorant qui n'avait jamais lu que le Nouveau-Testament, ne pouvait se contenter de pareils aphorismes. Son âme saigna à la vue d'actes qui lui semblaient autant d'injustices à l'égard de cette pauvre créature gisante sur les malles, — roseau brisé ! — créature vivante, souffrante, être immortel que les lois américaines classent froidement avec les ballots et les paquets.

Tom s'approcha de Lucy et tâcha de lui dire quelques mots, mais elle ne faisait que gémir ; il lui parla honnêtement, simplement, avec des larmes qui coulaient le long de ses joues ; il parla, le cœur embrasé d'amour céleste, d'un Dieu plein de pitié et d'une demeure éternelle, mais la pauvre fille était sourde, son cœur paralysé ne pouvait rien sentir.

La nuit arriva, la nuit calme, solennelle, illuminée d'innombrables étoiles, — ces yeux des anges, — mais nulle parole de pitié ne tombait de ce ciel lointain. Sur le bateau, le sommeil avait succédé à l'agitation. On n'entendait que le murmure de l'eau. Tom s'était couché sur une malle, et il écoutait, s'échappant de la poitrine de la pauvre créature, quelque cri étouffé. O Seigneur ! disait-elle, que vais-je faire ? Mon Dieu ! secourez-moi ! Et ainsi continuèrent ses exclamations qui se perdaient dans le silence.

A minuit, Tom se réveilla en sursaut, quelque chose de noir passa devant lui, et il entendit un bruit dans l'eau. Personne que lui n'avait vu et entendu, il regarda à ses côtés ; la place occupée par la jeune mère était vide. Il se leva et chercha en vain. La pauvre femme au cœur déchiré ne souffrait plus, et la rivière coulait aussi gaîment que si elle n'avait pas englouti un cadavre.

Patience ! Patience ! vous dont les cœurs se gonflent d'indignation pour de tels crimes ! pas une pulsation d'angoisse, pas une larme de l'être opprimé n'est perdue pour « l'Homme des douleurs, le Seigneur de la gloire. » Dans son cœur patient et généreux il a souffert toutes les souffrances du monde. Imitez-le donc ; soyez patiens, laborieux et pleins d'amour, car, aussi vrai qu'il est Dieu, le jour de la rédemption arrivera.

Le marchand était sur pied de bonne heure ; il se hâta d'aller s'enquérir de sa marchandise vivante. C'était à son tour de chercher avec perplexité.

— Où donc peut être cette fille ? demanda-t-il à Tom. Tom savait que la discrétion est une vertu ; il ne se crut pas forcé de raconter ce qu'il avait vu, et il répondit qu'il n'en savait rien.

— Assurément, dit Haley, elle n'a pu se sauver pendant la nuit, car je suis resté éveillé, et j'étais sur le qui-vive chaque fois que le bateau s'arrêtait ; vous comprenez que je ne me fie pas à tout le monde.

En parlant de la sorte il avait l'air de faire une confidence à Tom, mais celui-ci ne répondit pas.

Le marchand fouilla le bateau depuis la proue jusqu'à la poupe, il regarda derrière chaque malle, chaque ballot, chaque barrique ; il chercha autour de la machine, en haut, en bas, partout, mais vainement.

Quand il vit que ses perquisitions étaient inutiles il s'avança vers Tom.

— Vous savez quelque chose de la disparition de cette fille ; ne me dites pas le contraire, je ne vous croirais pas ; j'ai vu l'esclave étendue ici à dix heures, à minuit, et entre une et deux heures du matin. A quatre heures elle n'y était plus, et vous avez dormi tout près d'elle tout le temps. Dites-moi ce que vous savez. Je ne prétends pas qu'il y ait de votre faute dans tout ceci.

— Eh bien ! maître, dit Tom, au point du jour j'étais à moitié éveillé lorsque quelque chose de noir passa devant moi, puis j'entendis l'eau lancer au loin des éclaboussures ; je me levai aussitôt, la fille n'était plus là : voilà tout ce que je sais.

Le marchand ne fut ni étonné ni ému. Il avait vu tant d'événemens auxquels vous n'êtes pas habitué, lecteur ; la pensée de cette mort affreuse ne l'avait pas fait frissonner. Il avait vu tant de fois la mort dans le cours de sa vie commerciale, qu'il s'était familiarisé avec elle, et il la regardait seulement comme une ennemie qui venait très injustement entraver les opérations de son commerce. Il se contenta de crier que la fille faisant partie de son bagage, il était bien malheureux de ce qui arrivait, et que, si un pareil accident se renouvelait, il ne ferait pas un sou de bénéfice dans son voyage. Il se considérait comme un homme très malheureux, d'autant plus malheureux qu'il n'y avait pas de remède au coup qui le frappait, la femme s'étant sauvée dans un endroit qui ne rend jamais la fugitive. Haley alla s'asseoir très mécontent, son livre de comptes à la main, et inscrivit en tête de ses pertes le *corps et âme* qui manquait.

Abominable créature que ce marchand ! créature sans âme !

— Oh ! mais, dira-t-on, personne n'estime ces gens-là, au contraire ; ils ne sont reçus nulle part. A la bonne heure ! répondrai-je à mon tour ; mais qui fait le marchand ? N'est-ce pas l'homme intelligent et éclairé qui soutient un système sans lequel le marchand n'existerait pas ? Quoi ! n'est-ce pas vous qui faites l'opinion, messieurs, l'opinion qui soutient un commerce dont la pratique déprave tellement celui qui s'y livre qu'il ne se sent pas honteux. En quoi donc êtes-vous moins coupables que le marchand ? Est-ce parce que vous êtes instruit, et lui ignorant ? Parce que vous êtes bien élevé, et lui grossier ?

Au jour du jugement, toutes ces considérations militeront en sa faveur et contre vous.

En terminant ce chapitre, consacré aux petits événemens d'un commerce légal, nous supplions le public de ne pas croire que les législateurs d'Amérique sont entièrement dépourvus d'humanité, comme on pourrait peut-être le supposer si on les jugeait sur les efforts qu'ils font dans le congrès pour protéger et perpétuer cette espèce de trafic.

Qui ignore que nos grands hommes du congrès et d'ailleurs s'élèvent fort contre le commerce des esclaves à l'étranger ? A ce point de vue, nous avons toute une armée de Clarksons et de Wilberforces. Ainsi donc, cher lecteur, les trafiquans de nègres en Afrique sont des misérables, mais ceux du Kentucky sont bien différens. Voilà qui est convenu.

CHAPITRE XIII.

Colonie de quakers.

Une scène paisible se déroule à nos yeux. Une vaste cuisine, proprement peinte, son plancher jaune, luisant et uni, sans une parcelle de poussière, une cheminée bien noircie, de brillantes rangées d'ustensiles en étain, donnant à l'estomac une foule d'idées sensuelles.

De vieilles et solides chaises de bois, d'un vert luisant, une petite chaise à bascule, foncée en canne, avec un coussin de laine habilement fait de petits morceaux de différentes couleurs, et une autre plus grande, dont les bras maternels s'ouvraient pour vous recevoir, secondés dans leur hospitalité par les sollicitations de ses oreillers de plume, —chaise vraiment comfortable, vraiment attrayante, et valant, pour un honnête usage domestique, une douzaine de vos élégantes chaises de salon en panne ou en brocatelle ; et dans cette chaise, se balançant tout doucement, les yeux fixés sur un joli ouvrage de couture, était assise notre ancienne amie Éliza. Oui, la voilà, plus pâle et plus maigre que dans sa maison du Kentucky. Que de traces sa douleur, devenue calme, a laissées dans l'ombre de ses longs cils, à l'entour de sa jolie bouche ! Il est facile de voir combien ce jeune cœur a vieilli et s'est endurci sous la lourde verge du chagrin ; et, lorsque tout à l'heure son grand œil noir était levé pour suivre les jeux de son petit Harry, qui foldrait çà et là sur le plancher, comme un papillon des tropiques, on y pouvait lire une fermeté de résolution qui ne s'y trouvait pas au temps de sa jeunesse et de son bonheur.

A son côté était assise une femme ayant sur les genoux une brillante casserole de ferblanc, dans laquelle elle disposait des pêches séchées. Elle pouvait avoir cinquante-cinq à soixante ans ; mais sa figure était de celles que le temps semble ne toucher que pour les embellir. Son bonnet

de crêpe-lisse, blanc comme neige et taillé sur l'étroit patron des quakers, le simple fichu de mousseline blanche dont les plis paisibles se croisaient sur son sein, son châle et sa robe de couleur grise, indiquaient tout de suite la communauté à laquelle elle appartenait. Sa face ronde et rose avait un reflouté qui faisait penser à une pêche mûre ; ses cheveux, en partie argentés par l'âge et soigneusement lissés, se séparaient sur un front élevé et paisible, où le temps n'avait gravé pour toute inscription que paix sur la terre et bienveillance pour les hommes, et au-dessous brillait une grande paire d'yeux bruns, limpides, honnêtes, aimans. Il suffisait d'y plonger pour y trouver au fond un cœur aussi bon, aussi sincère qu'il en a jamais battu dans le sein d'une femme. On a si souvent célébré la beauté des jeunes filles, pourquoi ne parle-t-on pas de la beauté des vieilles femmes ?

Si quelqu'un avait besoin de s'inspirer à ce sujet, nous renverrions à notre digne amie Rachel Halliday, qui est là, assise dans sa chaise à bascule. Elle avait une disposition criarde, cette chaise, soit pour s'être enrhumée dans sa jeunesse, soit qu'elle eût un commencement d'asthme ou que ses nerfs fussent dérangés, et, tout en se balançant, elle faisait entendre de petits cris qui auraient été intolérables dans toute autre chaise. Mais le vieux Siméon Halliday déclarait souvent qu'il ne connaissait pas de musique plus agréable, et les enfans avouaient tous qu'ils ne voudraient pour rien au monde cesser d'entendre la chaise de leur mère. Pourquoi cela ? Parce que depuis vingt ans et plus, il n'était venu de cette chaise que des paroles de tendresse et de douces moralités, parce que une foule de maux de tête et de peines de cœur y avaient trouvé leur guérison. Que de difficultés spirituelles et temporelles y avaient été résolues ! — le tout par une digne femme aimante, que Dieu bénisse !

— Et ainsi tu penses toujours aller au Canada, Eliza ? dit-elle en regardant tranquillement ses pêches.

— Oui, madame, dit celle-ci avec fermeté. Il faut que je continue mon chemin. Je n'ose m'arrêter.

— Et que feras-tu, quand tu seras là ? Tu dois penser à cela, ma fille.

Ce nom de fille sortait naturellement des lèvres de Rachel Halliday ; elle avait si bien l'air d'une mère !

Les mains d'Éliza tremblèrent, et quelques larmes tombèrent sur son ouvrage, mais elle répondit avec la même fermeté :

— Je ferai... tout ce que je pourrai. J'espère que je trouverai quelque chose à faire.

— Tu sais que tu peux rester ici aussi longtemps que tu voudras.

— Oh ! je vous remercie, dit Éliza, mais, — elle montra Harry, — je ne dors pas la nuit, je n'ai pas de repos. La nuit dernière, j'ai rêvé que je voyais cet homme entrer dans la cour, dit-elle en frissonnant.

— Pauvre enfant ! dit Rachel en s'essuyant les yeux, mais tu dois éprouver cela. Le Seigneur n'a pas encore permis qu'on enlevât un fugitif de notre village. J'espère que ton fils ne sera pas le premier.

La porte s'ouvrit en ce moment, et une petite femme, courte, ronde comme une pelote, présenta sa face riante, et colorée comme une pomme d'api. Elle était vêtue de gris comme Rachel, et un fichu de mousseline entourait aussi de ses plis réunis sa petite poitrine rebondie.

— Ruth Stedman ! dit Rachel allant avec joie à sa rencontre ; comment vas-tu, Ruth ? — et elle lui prit cordialement les deux mains.

— Assez bien, dit Ruth, ôtant son petit chapeau gris qu'elle époussela avec son mouchoir, et découvrant une tête ronde, sur laquelle le bonnet de quakeresse se donnait des airs indépendans, en dépit des petites mains grasses qui s'efforçaient de le faire rentrer dans l'ordre. Plusieurs boucles de cheveux très frisés s'étaient échappées aussi çà et là, et il fallut bien des cajoleries pour les ramener au bercail. Alors, la nouvelle arrivée, qui pouvait avoir vingt-cinq ans, se détourna du miroir devant lequel elle avait réparé ce désordre, et elle parut satisfaite,—comme l'auraient été tous ceux qui l'auraient regardée, car c'était une petite femme tout cœur, une petite femme réjouissante, rassérénante, et qui faisait du bien à voir.

— Ruth, cette amie est Éliza Harris, et voici le petit garçon dont je t'ai parlé.

— Je suis aise de te voir, Éliza, très aise, dit Ruth lui secouant la main comme si Éliza était une ancienne amie qu'elle attendît depuis longtemps; et c'est là ton cher garçon? Je lui ai apporté un gâteau, dit-elle en présentant un petit cœur à l'enfant, qui s'avança, regardant à travers ses boucles, et l'accepta d'un air timide.

— Où est ton baby, Ruth? demanda Rachel.

— Oh! il va venir; mais la Mary l'a pris comme j'entrais, et s'est enfuie avec lui à la grange, pour le montrer aux enfans.

A ces mots, la porte s'ouvrit, et Mary, honnête fille aux joues roses, et aux grands yeux bruns comme ceux de sa mère, entra avec le baby.

— Oh! oh! dit Rachel allant lui prendre dans les bras le gras et blanc poupon, quelle bonne mine il a, et comme il grandit!

— Oh! oui, il grandit, dit la petite Ruth; et, reprenant l'enfant, elle se mit, d'un air affairé, à lui ôter un petit capuchon de soie bleue et une foule de couches et de langes qui l'enveloppaient; et, après avoir tiré ceci, rentré cela, et avoir tout ajusté convenablement, elle lui donna un gros baiser, et le déposa sur le plancher, où elle le laissa à ses pensées. Le baby paraissait tout à fait habitué à ces façons d'agir, car il mit son pouce dans sa bouche (comme une chose qui allait sans dire), et sembla bientôt absorbé dans ses réflexions, tandis que sa mère s'asseyait, et, prenant un long bas de laine bleue mélangée de blanc, elle se mit à tricoter avec agilité.

— Mary, tu ferais mieux de remplir la bouilloire, n'est-ce pas? suggéra doucement la mère.

Mary porta la bouilloire à la fontaine, et, reparaissant bientôt, la posa sur le fourneau, où elle ne tarda pas à chanter et à répandre la vapeur, comme un encens offert à l'hospitalité. Sur quelques mots prononcés à voix basse par Rachel, la casserole qui contenait les pêches fut également placée par la même main sur le feu.

Rachel prit alors une planche une blanche de neige, et, attachant autour d'elle un tablier, elle se mit tranquillement à faire des biscuits, après avoir dit à Mary:

— Mary, ne ferais-tu pas mieux de dire à John de préparer un poulet? Et Mary disparut en conséquence.

— Et comment va Abigaïl Peters? demanda Rachel, tout en continuant de s'occuper de ses biscuits.

— Oh! elle va mieux, dit Ruth. J'y ai été ce matin, j'ai fait le lit et rangé la maison. Leah Hills est venue cette après-midi, et a fait assez de pain et de pâtés pour plusieurs jours; et j'ai promis de revenir la lever ce soir.

— Moi, j'irai demain, j'y nettoyerai tout et m'occuperai de le raccommodage.

— Ah! c'est bien, dit Ruth. J'ai entendu dire, ajouta-t-elle, que Hannah Stanwood est malade. John y a été hier au soir. Il faudra que j'y aille demain.

— John peut venir prendre ses repas ici, si tu as besoin d'y rester toute la journée, suggéra Rachel.

— Je te remercie, Rachel; nous verrons demain; mais voici Siméon.

Siméon Halliday, un grand homme droit et musculeux, en habit et pantalon gris, et en chapeau à larges bords, entra dans la chambre.

— Comment vas-tu, Ruth? dit-il avec chaleur, en présentant sa large main ouverte à la petite main grasse de la jeune femme; et comment va John?

— Oh! John va bien, ainsi que tout notre monde, dit Ruth gaiement.

— Quelles nouvelles, père? dit Rachel tout en mettant ses biscuits au four.

— Peter Stebbins m'a dit qu'il passerait la soirée avec des amis, dit Siméon d'un ton significatif, en se lavant les mains à un évier très propre dans une petite arrière-cuisine.

— Vraiment! dit Rachel d'un air pensif et regardant Éliza.

— As-tu dit que ton nom était Harris? dit en rentrant Siméon à Éliza.

Rachel jeta un coup d'œil à son mari, tandis qu'Éliza répondait : — Oui, — d'une voix tremblante. Ses craintes, toujours portées à l'extrême, lui suggérant qu'il y avait peut-être des affiches placardées contre elle.

— Mère! dit Siméon debout sur le seuil, et appelant Rachel.

— Que veux-tu, père? dit Rachel frottant ses mains enfarinées et allant vers lui.

— Le mari de cette enfant est sur la colonie et sera ici ce soir, dit Siméon.

— Non, cela n'est pas possible, père! dit Rachel toute rayonnante de joie.

— C'est parfaitement vrai. Peter était allé hier avec le chariot à l'autre station, et là il trouva une vieille femme et deux hommes, dont l'un d'eux s'appeler Georges Harris; et, d'après ce qu'il a raconté de son histoire, je sais pour sûr qui il est. C'est un garçon intelligent et de bonne mine.

— Le lui dirons-nous maintenant? dit Siméon.

— Consultons Ruth, dit Rachel. Ici, Ruth! viens ici!

Ruth posa son tricot, et fut en un moment dans l'arrière-cuisine.

— Ruth, qu'en penses-tu? dit Rachel. Père dit que le mari d'Éliza est dans la dernière troupe, et sera ici ce soir.

Une explosion de joie de la petite quakeresse interrompit ces paroles. Elle fit un tel bond, en frappant ses petites mains, que deux boucles, échappées de son bonnet, se promenèrent sur son fichu blanc.

— Tais-toi, ma chère! dit doucement Rachel; tais-toi, Ruth! Que vous en semble? Le lui dirons-nous à présent?

— A présent? Oui, certes, à la minute. Suppose que ce fût mon John, qu'est-ce que j'éprouverais? Dis-le lui tout de suite.

— Tu ne songes à toi que pour apprendre à aimer ton voisin, Ruth, dit Siméon, regardant Ruth d'un air radieux.

— Assurément. N'est-ce pas pour cela que nous sommes faits? Si je n'aimais pas John et le baby, je ne saurais pas avoir de la compassion pour elle. Voyons, dis-le lui! Et elle posa ses mains avec un geste câlin sur le bras de Rachel. Emmène-la dans ta chambre; pendant ce temps, je cuirai le poulet.

Rachel rentra dans la cuisine où Éliza cousait, et ouvrant une petite chambre à coucher, elle lui dit avec douceur : Viens ici, ma fille, j'ai une nouvelle à te donner.

Le sang monta au pâle visage d'Éliza; elle se leva toute tremblante d'anxiété, et regarda sa mère.

— Non, non, dit la petite Ruth bondissant et lui saisissant les mains. Ne crains rien, c'est une bonne nouvelle, Éliza; entre, entre! Et elle la poussa doucement vers la porte qui se referma sur elle; puis se retournant, elle prit dans ses bras le petit Harry, et se mit à le couvrir de baisers.

— Tu verras ton père, petit. Le sais-tu bien? Ton père va venir, reprit-elle vingt fois à l'enfant qui la regardait d'un air étonné.

Pendant ce temps une autre scène se passait de l'autre côté de la porte. Rachel Halliday attirait Éliza vers elle et dit : — Le Seigneur a eu pitié de toi, fille; ton mari s'est échappé de sa terre d'esclavage.

Le sang qui était monté à la face d'Éliza reflua soudain à son cœur. Elle s'assit toute; elle et près de s'évanouir.

— Du courage, enfant, dit Rachel, lui posant la main sur la tête. Il est parmi des amis qui l'amèneront ici ce soir.

— Ce soir! répéta Éliza, ce soir! Ces mots perdirent pour elle toute signification; ses idées devinrent confuses comme un rêve; et pour un moment elle fut dans un brouillard.

Lorsqu'elle revint à elle, elle se trouva sur le lit, soigneusement couverte; auprès d'elle était la petite Ruth lui frottant les mains avec du camphre. Elle ouvrit les yeux dans un état de délicieuse langueur, comme quelqu'un qui a porté un lourd fardeau, et qui, s'en voyant délivré, éprouve le besoin du repos. La tension des nerfs, qui n'avait pas cessé un instant depuis la première heure de sa fuite, s'était enfin relâchée ; un étrange sentiment de sécurité s'emparait de tout son être ; et ses grands yeux noirs suivaient, comme dans un songe paisible, les mouvemens de ceux qui l'entouraient. Elle voyait la porte ouverte dans l'autre chambre ; elle voyait la table du souper avec sa nappe si blanche ; elle entendait le vague murmure de la bouilloire ; elle voyait Ruth allant et venant avec des assiettes de gâteaux et de conserves, et s'arrêtant de temps à autre pour mettre une friandise dans la main de Harry, ou lui taper amicalement la tête, ou en tourner les longues boucles de cheveux autour de ses doigts de neige. Elle reconnaissait, à son ample tournure maternelle, Rachel qui venait fréquemment à son lit, et remettait les couvertures en ordre, moins par utilité que pour faire preuve de bon vouloir ; et elle avait la conscience des rayons qui sortaient de ses grands yeux bruns si limpides. Elle vit entrer le mari de Ruth ; elle le vit voler à lui, et commencer à lui parler chaleureusement à voix basse, avec des gestes expressifs, et montrant la chambre avec son petit index. Elle la vit, le baby dans ses bras, s'asseoir pour prendre le thé ; elle les vit tous à table, et le petit Harry sur une grande chaise, sous la grande aile de Rachel. Il y avait un bruit de chuchottemens, un mélodieux cliquetis de cuillers, de tasses et de soucoupes, et tout cela se perdit dans un délicieux assoupissement, et Éliza dormit comme elle n'avait pas dormi encore, depuis l'heure terrible de minuit où elle avait pris son enfant et s'était enfuie sur la glace à la clarté des étoiles.

Elle rêva d'un beau pays, — une terre de repos, à ce qu'il lui semblait, — de vertes rives, de charmantes îles, et une onde étincelante ; et là dans une maison que des voix bienveillantes lui disaient de regarder comme la sienne, elle voyait jouer son enfant, libre et heureux. Elle entendit les pas de son mari ; elle le sentit s'approcher ; elle était dans ses bras, elle était inondée de ses larmes, et elle s'éveilla. Ce n'était pas un songe. Le jour s'était depuis longtemps évanoui ; son enfant reposait calme à son côté ; une chandelle éclairait tristement la chambre, et son mari sanglotait sur son oreiller.

Le lendemain matin, ce fut une joyeuse maison que celle du quaker. La mère fut debout de bonne heure et entourée de filles empressées et de garçons que nous n'avons pas eu le temps de présenter hier à nos lecteurs, et qui obéissaient tous docilement aux douces admonitions de Rachel, telles que : — Tu ferais mieux ; ou plus doucement encore : — Ne ferais tu pas mieux ? et aidaient à préparer le déjeuner ; car un déjeuner, dans les riches vallées de l'Indiana, est une chose compliquée et multiforme. Tandis que John courait puiser de l'eau fraîche à la fontaine, et que le jeune Siméon passait au tamis de la farine pour les gâteaux, et que Mary était à moudre du café, Rachel allait et venait tout doucement, faisant des biscuits, découpant des poulets, et répandant comme un rayon de soleil sur toute l'opération. Si le zèle mal réglé de tant de jeunes opérateurs offrait quelque danger de frottement ou de collision, la moindre parole d'elle suffisait pour tout éviter. Les poëtes ont écrit de la ceinture de Vénus qu'elle tournait successivement la tête à toutes les générations. Nous aimerions mieux, pour notre part, avoir la ceinture de Rachel Halliday, qui empêchait les têtes de tourner, et faisait tout aller harmonieusement. Nous pensons qu'elle convient mieux à nos temps modernes décidément.

Tandis que ces apprêts continuaient, l'aîné des Siméon était dans le coin, en manches de chemise, devant un petit miroir, occupé à l'opération anti-patriarcale de se raser. Tout se passait avec tant de sociabilité, de calme et d'harmonie dans la grande cuisine, — tout le monde se plaisait tant à faire ce qu'il faisait, il y avait une telle atmosphère de confiance mutuelle et de bonne amitié ! — Il n'y avait pas jusqu'aux couteaux et aux fourchettes dont le cliquetis n'eût

quelque chose de sociable, lorsqu'on les mit sur la table ; le poulet lui-même et le jambon semblaient frémir de joie dans la casserole, comme s'ils étaient fort aises d'y cuire ; et lorsque Georges, Éliza et le petit Harry sortirent de leur chambre, ils reçurent un accueil si cordial que ce n'est pas merveille s'ils crurent faire un rêve.

Enfin, ils se mirent tous à table, tandis que Mary se tenait au fourneau, faisant griller des gâteaux qui, dès qu'ils avaient pris cette vraie teinte dorée qui dénote une cuisson parfaite, étaient portés avec dextérité sur la table.

Rachel ne paraissait jamais si vraiment heureuse, si pleine de bénignité, que lorsqu'elle présidait à sa table. Il y avait quelque chose de si maternel, de si cordial jusque dans la manière dont elle passait une assiette de gâteaux ou versait une tasse de café !

C'était la première fois que Georges se trouvait sur un pied d'égalité à la table d'un blanc ; et il éprouva d'abord un peu de gêne et de contrainte ; mais elles se dissipèrent comme un brouillard aux rayons vivifians de cette expansive aménité.

C'était bien là un intérieur de famille, la vie domestique dans tout son charme ! Georges jusque-là n'avait pas compris le sens de ces mots, et la croyance en Dieu, la foi en sa providence commencèrent à entourer son cœur d'un nuage doré de protection et de confiance ; les doutes sombres et décourageans de l'athée misanthrope, son désespoir farouche, s'évanouirent devant la lumière d'un Évangile vivant, écrit sur des faces vivantes, involontairement prêché par une foule d'actes d'amour et de bienveillance qui, comme la coupe d'eau froide donnée au nom d'un disciple, ne resteront pas sans récompense.

— Père, si on te découvrait encore ? demanda le second des Siméon en beurrant son gâteau ?

— Je paierais l'amende, dit l'autre tranquillement.

— Et si on te mettait en prison ?

— Est-ce que toi et mère vous ne pourriez pas conduire la ferme ? répondit Siméon en souriant.

— Mère sait faire presque tout, dit l'enfant. Mais n'est-ce pas une honte de faire de pareilles lois ?

— Tu ne dois pas mal parler de ceux qui te gouvernent, Siméon, dit son père. Le Seigneur ne nous accorde nos biens terrestres que pour que nous puissions exercer la justice et la miséricorde ; si nos gouvernans exigent un prix de nous pour cela, nous devons le donner.

— Moi, je hais ces vieux propriétaires d'esclaves ! dit l'enfant qui se sentait aussi peu chrétien qu'il convenait à un réformateur moderne.

— Tu m'étonnes, fils, dit Siméon ; ta mère ne t'a pas enseigné de telles choses. J'agirais envers le propriétaire d'esclaves comme envers l'esclave lui-même, si le Seigneur l'amenait à ma porte dans l'affliction.

Le jeune Siméon devint tout rouge ; mais sa mère ne fit que sourire, et dit : — Siméon est mon bon garçon ; il prendra de l'âge peu à peu, et alors il ressemblera à son père.

— J'espère, mon cher monsieur, que vous n'avez aucun désagrément à cause de nous, demanda Georges avec anxiété.

— Ne crains rien, Georges, car c'est pour cela que nous sommes envoyés de ce monde. Si nous ne voulions pas nous exposer à des ennuis pour une bonne cause, nous ne serions pas dignes de notre nom.

— Mais pour moi, dit Georges, je ne pourrais le souffrir.

— Ne crains donc rien, ami Georges, ce n'est pas pour toi, c'est pour Dieu et pour l'homme que nous le faisons. Maintenant, livre-toi au repos aujourd'hui, et ce soir, à dix heures, Phinéas Fletcher te conduira à la station prochaine, toi et le reste de la compagnie. On te poursuit avec acharnement ; nous n'avons pas de temps à perdre.

— S'il en est ainsi, pourquoi attendre jusqu'au soir ?

— Tu es en sûreté ici le jour, car chaque membre de la colonie est un ami, et tous veillent. On a jugé qu'il était plus sûr de voyager la nuit.

CHAPITRE XIV.

Evangéline.

Jeune astre de ma vie illuminant le soir !
Douce image, trop pure, hélas ! pour ce miroir !
Créature adorable à peine encor formée !
Rose dont la corolle est à demi-fermée !

Le Mississipi ! Quels changemens une baguette enchantée a fait subir à ses rives, depuis que Chateaubriand, dans sa prose poétique, l'a décrit comme un fleuve roulant à travers une suite sans fin d'imposantes solitudes, parmi des merveilles inouïes de vie animale et végétale !

Mais en une heure, pour ainsi dire, les rêves et le roman ont fait place à une réalité non moins fabuleuse et non moins splendide. Quel autre fleuve de la terre porte sur son sein à l'Océan les richesses et les entreprises d'un tel pays ? — un pays dont les produits embrassent tout ce qui est entre les tropiques et les pôles ? Ces eaux troubles qui se précipitent en écumant sont bien l'image de cet impétueux torrent d'affaires que décharge dans ses ondes une race plus véhémente, plus énergique que n'en a jamais vu l'ancien monde. Ah ! pourquoi portent-elles aussi une cargaison plus terrible, les pleurs de l'opprimé, les soupirs du délaissé, les amères prières de pauvres cœurs ignorans à un Dieu inconnu, — inconnu, invisible et muet, mais qui pourtant quittera sa place pour sauver tous les pauvres de la terre !

La lueur oblique du soleil couchant tremble sur la surface de ce fleuve, vaste comme la mer. Les fragiles cannes à sucre, et les grands et noirs cyprès décorés de guirlandes de mousse sombre et funèbre, brillent aux rayons du soleil, pendant que le bateau à vapeur s'avance pesamment chargé.

Encombré de balles de coton jusqu'à ne plus présenter de loin qu'une masse grise et carrée, il se rend à pas lourds au marché voisin. Il nous faut regarder quelque temps avant de pouvoir découvrir notre humble ami Tom. A la fin nous le trouvons en haut sur le second pont, blotti dans un petit coin, entre les balles de coton qui l'envahissent tout.

Grâce aux représentations de monsieur Shelby, et grâce aussi à son caractère si paisible, si inoffensif, Tom avait peu à peu gagné la confiance de Haley.

Celui-ci l'avait d'abord surveillé de près pendant le jour, et ne l'avait pas laissé dormir la nuit sans fers ; mais la patience inaltérable et l'air tout résigné de Tom l'avaient décidé à supprimer ces rigueurs, et, depuis quelque temps Tom était comme un prisonnier sur parole, il avait la permission d'aller et de venir librement sur le bateau.

Toujours tranquille et obligeant, toujours disposé à prêter main-forte en toute occasion aux ouvriers, il s'était acquis leur faveur, et passait bien des heures à les aider d'aussi bon cœur qu'il avait jamais travaillé dans une ferme du Kentucky.

Quand il ne voyait plus rien à faire, il grimpait dans le petit coin où nous l'avons trouvé, et là il s'occupait à étudier sa Bible.

Pendant une centaine de milles et plus au-dessus de la Nouvelle-Orléans, le fleuve est plus élevé que le pays environnant, et il roule son effrayant volume entre des levées massives de vingt pieds de haut. Sur le pont du bateau, comme au sommet d'une forteresse flottante, le voyageur domine tout le pays au loin. Tom avait donc, étalée devant lui, dans toutes les plantations qui se succédaient, une carte de la vie dont chaque pas le rapprochait.

Il vit de loin les esclaves à leur travail, leurs villages de huttes étendant leurs longues files sur mainte plantation, à une distance respectueuse des habitations et des parcs magnifiques du maître ; et à mesure que se déroulait ce tableau mouvant, son pauvre cœur insensé s'en retournait à la ferme du Kentucky avec ses vieux hêtres touffus, — à la maison de son maître avec ses vastes et fraîches salles, et, auprès, la petite cabane tapissée de roses multiflores et de jasmin de Virginie. Il y croyait voir les visages familiers de ses camarades, qui avaient grandi avec lui depuis le bas âge ; il voyait son active femme occupée à préparer son repas du soir ; il entendait le rire joyeux des enfans qui jouaient, et le gazouillement du baby sur son genou ; et alors, en un instant, tout s'effaçait, et il revoyait les cannes à sucre et les cyprès des plantations qui fuyaient à ses côtés, et il entendait de nouveau les craquemens et les gémissemens de la machine, et tout cela lui disait trop clairement que cette phase de sa vie avait disparu sans retour.

En pareil cas, vous écrivez à votre femme et vous envoyez des messages à vos enfans ; mais Tom ne pouvait pas écrire ; — la poste n'existait pas pour lui, et le gouffre de la séparation n'était pas même traversé par une parole ou un signe amical.

Est-il donc étrange que des larmes tombent sur les pages de sa Bible, lorsqu'il la pose sur la balle de coton, et que, suivant chaque mot d'un doigt patient, il y cherche des promesses ? N'ayant appris que fort tard, Tom lisait lentement, et passait laborieusement d'un verset à l'autre. Heureusement, le livre qui absorbait son attention était un de ceux auxquels une lecture lente ne saurait faire du tort ; — et même ses paroles, comme des lingots d'or, ont souvent besoin d'être pesées séparément, pour qu'on en puisse apprécier la valeur incomparable. Suivons-le un moment, tandis que s'aidant de l'index et prononçant chaque mot à demi-voix, il lit :

« Que—votre—cœur—ne—soit—pas—troublé.—Dans—la—maison—de—mon—père—il—y—a—bien—des—logemens.—J'en—vais—préparer—un—pour—vous. »

Cicéron, lorsqu'il ensevelit sa chère fille unique, avait le cœur aussi plein de douleur que le pauvre Tom, — pas plus peut-être, car tous deux n'étaient que des hommes ; mais Cicéron ne pouvait méditer sur d'aussi sublimes paroles d'espérance, et n'avait point en perspective une pareille réunion ; et s'il eût pu les voir, il y a dix à parier contre un qu'il ne les aurait pas crues ; — il se serait d'abord embarrassé l'esprit de mille questions sur l'authenticité du manuscrit et sur l'exactitude de la traduction. Mais pour le pauvre Tom, le livre était là, juste ce dont il avait besoin, si évidemment vrai et divin que la possibilité d'une question ne lui entra jamais dans la tête. Il fallait bien que ce fût la vérité ; sans cela, comment pouvait-il vivre ?

Quant à la Bible de Tom, quoiqu'elle n'eût ni annotations ni savans commentaires à la marge, elle ne laissait pas d'être ornée de certaines marques et indications de l'invention de Tom, et qui lui étaient plus utiles que les explications de tous les érudits. Il avait pris l'habitude de se faire lire la Bible par les enfans de son maître, en particulier par le jeune maître Georges ; et à mesure qu'ils lisaient, il soulignait fortement à l'encre les passages qui charmaient plus particulièrement son oreille, ou qui affectaient son cœur. Sa Bible était ainsi couverte, d'un bout à l'autre, de toute espèce de marques ; en sorte qu'il pouvait sur-le-champ mettre le doigt sur ses passages favoris, sans avoir la peine d'épeler ce qui se trouvait entre ces passages ; et tandis qu'elle était là sous ses yeux, lui rappelant à chaque page quelque instant de bonheur goûté aux lieux qu'il venait de quitter, sa Bible lui semblait tout ce qui lui restait de cette vie passée, aussi bien que la promesse d'une vie future.

Parmi les passagers qui étaient sur le bateau se trouvait un jeune homme de bonne famille et de grande fortune, habitant la Nouvelle-Orléans, et portant le nom de Saint-Clare. Il avait avec lui une fille de cinq à six ans, et une dame qui paraissait leur être parente, et qui semblait avoir la petite fille sous sa surveillance particulière.

Tom avait souvent entrevu cette enfant, — car c'étai

une de ces créatures toutes vives, toutes agitées, qui ne peuvent pas plus rester en place qu'un rayon de soleil ou une brise d'été, et qu'on ne saurait oublier une fois qu'on les a vues. C'était une perfection de beauté enfantine, sans avoir rien de trop arrondi ni de carré dans les formes, comme il arrive souvent à cet âge. Elle avait une grâce ondoyante, aérienne, telle qu'on pourrait la rêver pour quelque être allégorique. Son visage était moins remarquable pour la régularité parfaite de ses traits que pour une expression singulière qui s'élevait jusqu'à l'idéal lorsqu'on la regardait, et qui produisait un certain effet sur les esprits les plus lourds et les plus prosaïques, sans qu'ils sussent exactement pourquoi. La forme de sa tête et la ligne de son cou et de son buste respiraient la noblesse, et ses longs cheveux bruns dorés qui flottaient comme un nuage autour d'elle, la profonde et spirituelle gravité de ses yeux violets ombragés de cils épais et de la couleur de ses cheveux, — tout la distinguait des autres enfans, et faisait que tout le monde se tournait pour la regarder, tandis qu'elle allait et venait sur le bateau. Cependant, elle n'était pas ce qu'on pouvait appeler un enfant grave ou triste; au contraire, un air d'innocente gaîté semblait passer et repasser comme l'ombre des feuilles d'été sur sa figure enfantine et autour de sa taille légère. Elle était toujours en mouvement, toujours avec un demi-sourire sur sa bouche de rose, volant çà et là d'un pas onduleux, tout en se chantant quelque chose à elle-même, comme dans un rêve heureux. Son père et la dame qui l'avait sous sa tutelle étaient incessamment occupés à courir après elle, et, lorsqu'elle était prise, elle disparaissait de nouveau comme un nuage d'été; et comme aucune réprimande, aucun reproche ne lui étaient adressés, quoi qu'elle fît, elle allait partout où il lui plaisait sur le bateau. Toujours vêtue de blanc, elle semblait traverser tout comme une ombre, sans se tacher; et il n'était pas un coin du haut en bas où n'eussent passé comme un éclair les pas féeriques et la tête dorée de cette délicieuse apparition.

Le chauffeur, lorsqu'il suspendait un instant sa tâche fatigante, trouvait parfois ses yeux qui plongeaient avec étonnement dans les profondeurs de la fournaise, et le regardaient avec crainte et pitié, comme si elle croyait à un danger terrible. De temps en temps le timonier à sa bonne race s'arrêtait et souriait en voyant cette tête pittoresque s'encadrer dans la fenêtre du rouffe, et disparaître aussitôt. Mille fois par jour des voix rauques la bénissaient, des sourires d'une douceur inaccoutumée égayaient, lorsqu'elle passait, de durs visages; et lorsqu'elle marchait intrépidement dans des endroits dangereux, des mains rudes et noires s'allongeaient involontairement pour la sauver et lui faciliter le chemin.

Tom, qui avait le caractère doux et impressionnable de sa bonne race, veillait sur cette petite créature avec un intérêt toujours croissant. Elle était pour lui quelque chose de divin; et lorsque sa tête dorée et ses yeux bleu-foncé lui apparaissaient entre de sombres balles de coton, ou au-dessus d'un monceau de colis, il croyait presque voir un ange sortir de son Nouveau-Testament.

Bien souvent elle se promenait tristement autour de l'endroit où les esclaves de Haley, hommes et femmes, étaient assis enchaînés. Elle se glissait parmi eux, et les regardait d'un air de perplexité douloureuse; parfois elle soulevait leurs fers de ses petites mains, et alors elle soupirait amèrement et s'en allait. Plusieurs fois elle apparut soudain parmi eux, les mains pleines de sucre candi, de noisettes et d'oranges, qu'elle leur distribuait joyeusement, puis elle s'éclipsait aussitôt.

Tom regarda longtemps la petite demoiselle avant de se hasarder à entamer connaissance. Il savait une foule de petits moyens pour se faire venir des enfans, et il résolut de jouer habilement son rôle. Il savait faire des petits paniers avec des noyaux de cerises, des faces grotesques sur des noisettes, ou d'étranges figures qui sautent avec la moelle de sureau, et c'était un véritable dieu Pan pour fabriquer des sifflets de toute taille et de toute espèce.

Ses poches étaient pleines de choses attrayantes qu'il avait amassées jadis pour les enfans de son maître, et qu'il produisait maintenant une à une, avec une prudence et une économie fort louables, comme avances pour obtenir son amitié.

La petite était un peu farouche, malgré tout l'intérêt qu'elle prenait à ce qu'on lui montrait, et il ne fut pas aisé de l'apprivoiser. Pour quelque temps, elle resta perchée comme un oiseau sur quelque caisse ou colis auprès de Tom, tandis qu'il exécutait les petits ouvrages dont nous avons parlé, et elle prenait, avec une sorte de gravité timide, les objets qui lui étaient offerts. Mais ils finirent par être dans des termes tout à fait confidentiels.

— Comment s'appelle la petite mam'selle? dit Tom lorsqu'il crut la connaissance assez avancée pour risquer une telle demande.

— Évangeline Saint-Clare, dit la petite, quoique papa et tous les autres m'appellent Eva. Et vous, quel est votre nom?

— Mon nom est Tom; les petits enfans m'appelaient oncle Tom quand j'étais au Kentucky.

— Eh bien! je veux vous appeler aussi oncle Tom, parce que je vois que cela vous plaît, dit Eva. Ainsi, oncle Tom, où allez-vous?

— Je ne sais pas, miss Eva.

— Vous ne savez pas?

— Non. Je vais être vendu à quelqu'un. Je ne sais pas à qui.

— Mon papa peut vous acheter, dit vivement Eva, et s'il vous achète, vous aurez du bon temps. Je vais lui demander de le faire aujourd'hui même.

— Merci, ma petite demoiselle.

Ici le bateau s'arrêta à un petit débarcadère pour prendre du bois, et Eva entendant la voix de son père s'enfuit en bondissant. Tom se leva, et étant allé offrir ses services pour porter le bois, fut bientôt à la besogne.

Eva et son père étaient debout ensemble près de la balustrade à voir le bateau s'éloigner du débarcadère, et la roue avait fait deux ou trois tours dans l'eau, lorsqu'un mouvement subit fit perdre l'équilibre à la petite fille, qui tomba du bateau dans l'eau. Son père, sachant à peine ce qu'il faisait, allait se précipiter après elle; mais il fut retenu par quelqu'un derrière lui, qui voyait qu'on portait à l'enfant un secours plus efficace.

Tom était juste au-dessous d'elle, sur le premier pont, lorsqu'elle tomba. Il la vit s'enfoncer et s'élança après elle à l'instant. Avec sa large poitrine et ses bras vigoureux, ce ne fut rien pour lui de se maintenir sur l'eau jusqu'à ce que l'enfant reparût à la surface. Il la prit dans ses bras, et, nageant avec elle vers le bateau, il la tendit, toute ruisselante, à une centaine de mains qui, comme si elles appartenaient toutes à un seul homme, s'allongeaient avidement pour la recevoir. Quelques instans après, son père la portait évanouie dans la cabine des dames, où, comme il arrive en pareil cas, ce fut une lutte bienveillante entre toutes celles qui étaient présentes à qui ferait le plus de désordre et mettrait le plus d'obstacles à son rétablissement.

Ce fut par une chaleur étouffante que le steamer arriva près de la Nouvelle-Orléans. Une certaine agitation occasionnée par l'attente et les apprêts du débarquement se fit sentir sur le bateau. Dans la cabine chacun rassemblait ses effets. Le steward, et la fille de service, et tous les gens étaient occupés à nettoyer, à polir et à disposer le splendide navire pour sa grande entrée.

Sur le premier pont était assis notre ami Tom, les bras croisés, et tournant les yeux de temps à autre vers un groupe à l'autre extrémité du bateau.

Là se tenait la belle Évangéline, un peu plus pâle que la veille, mais n'offrant plus d'ailleurs aucune trace de l'accident qui lui était arrivé. Près d'elle était un jeune homme élégant et gracieux, le coude négligemment appuyé sur une balle de coton, et un grand livre de poche ouvert devant lui. Il était aisé de voir du premier coup d'œil que c'était le père d'Eva. C'était la même noblesse de tête, les mêmes grands yeux bleus, les mêmes cheveux d'un brun doré ; mais la physionomie était différente. Dans ses grands yeux bleus et limpides, quoique exactement semblables de forme et de couleur, il manquait cette expression rêveuse et voilée. Tout était clair, hardi et brillant, mais d'un brillant tout à fait de ce monde. Sa bouche, admirablement dessinée, avait un air de fierté et de sarcasme, et le vrai génie de la supériorité caractérisait toutes ses manières sans les priver de grâce. Il écoutait avec une négligence moitié comique, moitié méprisante, Haley, qui s'étendait avec beaucoup de volubilité sur le mérite de l'article dont ils traitaient.

— Toutes les vertus morales et chrétiennes reliées en maroquin noir, complètes, dit-il, lorsque Haley eut fini. Eh bien ! mon bon ami, quel est le dommage, comme on dit dans le Kentucky ? En un mot, qu'y a-t-il à payer pour cela. De combien allez-vous m'attraper maintenant ? Expliquez-vous.

— Eh bien ! reprit Haley, si je disais treize cents dollars pour ce garçon-là, je ne ferais que mes frais, — pas davantage, en vérité !

— Pauvre diable ! dit le jeune homme en fixant sur lui son regard pénétrant et moqueur ; mais je suppose que vous me le laisseriez à ce prix par considération pour moi.

— Mademoiselle paraît en raffoler, et c'est assez naturel.

— Oh ! certainement, c'est pour vous un motif de bienveillance, mon ami. Voyons, comme acte de charité chrétienne, à quel prix pourriez-vous me le céder, afin d'obliger une jeune personne qui en raffole ?

— Tenez, réfléchissez un peu, dit le marchand ; regardez-moi ces membres-là, — la poitrine large, fort comme un cheval. Voyez-moi sa tête : ces fronts élevés annoncent toujours des nègres en état de calculer, et capables de tout faire. J'ai remarqué ça. Or, un nègre de cette encolure vaut déjà beaucoup, rien que pour son corps, en le supposant stupide ; mais faites entrer en ligne de compte ses talents pour le calcul, qui sont peu communs, je puis vous le prouver, et alors, comme de raison, ça lui donne bien plus de prix. Ce garçon-là, tel que vous le voyez, il dirigeait la ferme de son maître. Il est extraordinaire pour s'entendre en affaires.

— Mauvais, mauvais, très mauvais ! Il en sait beaucoup trop ! dit le jeune homme avec le même sourire moqueur ; il ne réussira jamais dans ce monde. Ces brillants sujets prennent toujours la fuite, volent les chevaux, et font généralement le diable à quatre. Je crois que vous aurez à rabattre deux cents dollars pour ses brillantes qualités.

— Il y aurait du vrai là-dedans, n'était sa bonne réputation ; mais je peux vous montrer des certificats de ses maîtres et autres, qui prouvent qu'il est réellement pieux, — la plus humble créature que vous ayez jamais vue. C'est au point qu'on l'appelait le Prédicateur dans l'endroit d'où il vient.

— Et je pourrais l'employer comme chapelain, n'est-ce pas ? répliqua sèchement le jeune homme. C'est une bonne idée. La religion est un article d'une rareté remarquable chez nous.

— Vous plaisantez.

— Comment le savez-vous ? Ne l'avez-vous pas donné pour un prédicateur ? A-t-il été examiné par quelque concile ou synode ? Voyons, montrez-moi vos papiers.

Si le marchand n'avait pas été convaincu par certain clignement du grand œil bleu que tout ce débat tournerait en fin de compte à son avantage, il aurait pu perdre patience ; mais, dans l'état des choses, il posa sur les balles de coton un livre de poche tout gras, et se mit à examiner certains papiers, le jeune homme restant auprès à le regarder d'un air d'insouciance railleuse.

— Papa, achetez-le ! c'est égal ce que vous payez, lui dit à l'oreille Eva montée sur un ballot, et lui passant son bras autour du cou. Vous avez assez d'argent, je le sais. Il me le faut.

— Pourquoi faire, petite chatte ? Allez-vous vous en servir comme d'une crécelle ou comme d'un cheval à bascule ?

— Il me le faut pour me rendre heureuse.

— La raison est originale, assurément.

En ce moment le marchand tendit un certificat signé par monsieur Shelby, que le jeune homme prit du bout de ses longs doigts, et sur lequel il jeta un coup d'œil négligent.

— C'est une écriture distinguée, dit-il, et une bonne orthographe aussi. C'est fort bien ; mais après tout, je ne suis pas sûr de cette dévotion, dit-il, son regard reprenant la même expression malicieuse ; le pays est presque ruiné, grâce à nos dévots de rare blanche : avec les pieux politiques que nous avons à la veille des élections, avec les pieuses rumeurs qui ont lieu dans toutes les branches de l'Église et de l'État, on ne sait pas vraiment par qui on sera attrapé la fois suivante. Je ne sais pas non plus si la religion est en hausse sur le marché ; je n'ai pas lu les journaux depuis quelque temps. A combien de centaines de dollars évaluez-vous cette dévotion ?

— Vous aimez à plaisanter, dit le marchand ; mais il y a du sens sous tout cela. Je sais qu'il y a dévotion et dévotion. Il y en a de misérable. Vous avez de pieux meetings ; vous avez des chants pieux, des rugissements pieux ; blancs ou noirs, peu importe. — Mais celui ci est vraiment pieux ; et j'ai vu des nègres aussi souvent que d'autres être si réellement doux, paisibles, honnêtes et pieux, que, pour rien au monde, ils n'auraient voulu faire quelque chose qu'ils regardaient comme mal ; et vous voyez dans cette lettre ce que l'ancien maître de Tom pense de lui.

— Eh bien ! dit le jeune homme en se baissant gravement sur son portefeuille, si vous m'assurez que je puis acheter ce pieux homme, et qu'il sera porté à mon compte dans le livre qui se tient là-haut, comme quelque chose qui m'appartient, je ne regarderai pas à un petit extra. Combien dites-vous ?

— En vérité, je ne peux pas vous assurer ça, dit le marchand. Je pense que chacun aura à répondre pour soi-même, dans ce pays-là.

— C'est un peu dur pour un homme qui paie extra pour la religion, de ne pouvoir en trafiquer dans l'État où il en a le plus besoin, n'est-il pas vrai ? dit le jeune homme, qui avait fait, tout en parlant, un paquet de billets de banque. Tenez, comptez votre argent, mon vieux ! ajouta-t-il en présentant le paquet au marchand.

— C'est une affaire faite, dit Haley, la face rayonnante. Et tirant un vieil encrier de corne, il se mit à rédiger un acte de vente, qu'il ne tarda pas à offrir au jeune homme.

— Je voudrais bien savoir combien je pourrais rapporter si on m'inventoriait, dit ce dernier en parcourant le papier. Dons tant pour la forme de ma tête, tant pour un front élevé, tant pour les bras, pour les mains, pour les jambes, et tant pour l'éducation, l'instruction, le mérite, l'honnêteté et la religion ! Miséricorde ! le chiffre ne serait pas fort sur ce dernier article, je crois. Mais venez, Eva, dit-il ; et, prenant la main de sa fille, il traversa le bateau, et mettant négligemment le bout de son doigt sous le menton de Tom, il lui dit gaîment : — Levez la tête, Tom, et voyez comment vous plaît votre nouveau maître.

Tom leva la tête. Il était impossible de regarder ce jeune et gai visage sans un sentiment de plaisir, et les larmes vinrent aux yeux de Tom, lorsqu'il répondit de tout cœur : Dieu vous bénisse, maître !

— Eh bien ! j'espère qu'il me bénira. Quel est votre nom ? Tom ? Il est aussi vraisemblable qu'il le fasse sur votre demande que sur la mienne, tout bien considéré. Savez-vous mener, Tom ?

— J'ai toujours eu l'habitude des chevaux, dit Tom. Maître Shelby en élevait des quantités.

— Eh bien ! je crois que je ferai de vous un cocher, à condition que vous ne vous griserez pas plus d'une fois par semaine, sauf les cas extraordinaires, Tom.

Tom parut surpris, même un peu blessé, et dit :

— Je ne bois jamais, maître.

— J'ai déjà entendu de ces contes-là, Tom ; mais nous verrons bien. Ce sera fort avantageux pour tout le monde si vous ne buvez pas. Ne faites pas attention, mon garçon, ajouta-t-il d'un ton de bonne humeur, en voyant que Tom gardait son air grave ; je ne doute pas que vous n'ayez envie de bien faire.

— Oui, certes, maître, dit Tom.

— Et vous aurez du bon temps, dit Eva. Papa est très bon pour tout le monde ; seulement il est toujours à se moquer.

— Papa vous est fort obligé du certificat que vous lui donnez, dit Saint-Clare en riant, et, tournant sur ses talons, il s'éloigna.

CHAPITRE XV.

Du nouveau maître de Tom et de diverses autres choses.

Puisque la vie de notre humble héros se trouve mêlée à celle de plus hauts personnages, il est nécessaire de les faire connaître en quelques mots.

Augustin Saint-Clare était fils d'un riche planteur de la Louisiane. La famille était originaire du Canada. De deux frères très semblables de tempérament et de caractère, l'un s'était établi sur une florissante ferme du Vermont et l'autre était devenu un opulent planteur de la Louisiane. La mère d'Augustin était une huguenote française, dont la famille avait émigré dans la Louisiane, dans les premiers temps où se formait cette colonie. Augustin n'avait qu'un frère. Ayant hérité de sa mère une excessive délicatesse de constitution, il avait été, de l'avis des médecins, pendant une bonne partie de son enfance, confié aux soins de son oncle du Vermont, dans l'espoir qu'un climat plus froid fortifierait sa santé.

Dans son enfance, il était remarquable pour l'extrême sensibilité de son caractère, qui tenait beaucoup plus de la femme que de l'homme. Toutefois, le temps avait recouvert cette sensibilité d'une rude écorce, et peu de personnes savaient combien elle était encore vive au fond du cœur. Ses talens étaient de premier ordre ; mais sa préférence était toujours pour l'idéal et l'esthétique. Il éprouvait cette répugnance pour le positif de la vie qui est le résultat ordinaire de ce défaut d'équilibre dans les facultés. Lorsqu'il eut fini ses études de collège, il se livra à toute l'effervescence de la passion romanesque. Son heure vint, — cette heure qui ne vient qu'une fois ; son étoile se leva à l'horizon, — cette étoile qui se lève si souvent en vain. Pour parler sans métaphore, — il vit dans un des États du Nord une femme de sentimens élevés et d'une beauté remarquable, il fit sa conquête et ils furent fiancés. Il revint au Sud pour faire les apprêts de leur mariage, lorsqu'à sa grande stupéfaction, ses lettres lui furent renvoyées par la poste, avec un billet du tuteur qui lui annonçait que lorsqu'il recevrait le paquet de lettres, la dame appartiendrait à un autre. Blessé à en perdre la tête, il espéra, comme ont fait tant d'autres, de s'arracher son chagrin du cœur par un effort désespéré. Trop fier pour supplier ou pour demander une explication, il se lança dans le tourbillon de la société fashionable.

Quinze jours après cette fatale lettre, il était l'adorateur accepté de la beauté de la saison ; et dès que les dispositions purent être prises, il devint le mari d'une belle tournure, d'une paire de brillans yeux noirs, et de cent mille dollars ; et, comme de raison, chacun le considéra comme fort heureux.

Les mariés goûtaient les douceurs de leur lune de miel, et recevaient un brillant cercle d'amis dans leur splendide villa près du lac Pontchartrain, lorsqu'un jour on apporta à Saint-Clare une lettre d'une écriture bien connue. Elle lui fut présentée au milieu d'une conversation enjouée et devant une nombreuse compagnie. Il devint pâle comme un mort, lorsqu'il reconnut l'écriture ; pourtant il conserva à son sang-froid, et acheva la lutte badine qu'il soutenait contre une dame placée en face de lui ; mais bientôt après, il disparut du cercle. Seul dans sa chambre, il ouvrit et lut le fatal billet, maintenant si inutile à lire. Il était d'elle, et lui faisait un long récit des persécutions que lui avaient fait subir les parens du jeune homme, pour la décider à épouser leur fils. Elle lui racontait comment pendant longtemps ses lettres avaient cessé d'arriver ; comment elle avait écrit à plusieurs reprises, jusqu'à ce qu'elle commença à se lasser et à douter ; comment sa santé n'avait pu résister à ses anxiétés, et comment elle avait fini par découvrir toute la fraude dont on avait usé contre eux. La lettre finit par des expressions d'espoir et de reconnaissance, et par des protestations d'affection éternelle, qui furent plus amers que la mort pour l'infortuné jeune homme. Il répondit immédiatement :

« J'ai reçu votre lettre, — mais trop tard. J'ai cru tout ce que j'entendais. J'étais au désespoir. Je suis marié, et tout est fini. Oublier — est la seule ressource qui nous reste à tous deux. »

Ainsi finit tout le roman, tout l'idéal de la vie d'Augustin Saint-Clare. Mais le réel resta, — le réel, — pareil au limon sale et plat que laisse à nu la marée, lorsque le flot bleu s'est retiré avec ses barques aux ailes blanches et ses rames sonores.

Dans un roman, quand les personnages ont le cœur brisé, ils meurent et tout est fini ; c'est fort commode. Mais dans la vie réelle on ne meurt pas lorsque tout ce qui fait le charme de la vie est mort pour nous. On n'est pas exempté par là de manger, de boire, de s'habiller, de marcher, de faire des visites, d'acheter, de vendre, de parler, de lire, de tout ce qui compose ce qu'on appelle communément la vie, et toutes ces nécessités pesaient encore sur Augustin. Si sa femme eût été une femme complète, elle aurait pu faire quelque chose, comme le savent faire les femmes, — pour renouer les fils brisés de la vie, et y broder encore quelques fleurs. Mais Marie Saint-Clare ne s'apercevait même pas qu'ils eussent été brisés. Ce n'était, comme nous l'avons dit, qu'une belle tournure, une paire d'yeux brillans, et cent mille dollars ; et rien de tout cela n'était propre à guérir une âme malade.

Lorsqu'Augustin, pâle comme la mort, fut trouvé gisant sur le sofa, et s'excusa sur une migraine subite, elle lui recommanda de respirer de la corne de cerf ; et lorsque la pâleur et le mal de tête persistèrent de semaine en semaine, elle se contenta de dire qu'elle n'avait jamais cru que monsieur Saint-Clare fût maladif ; mais qu'il était, à ce qu'il paraissait, fort sujet à la migraine, et qu'il c'était bien malheureux pour elle, parce qu'il n'aimait point à aller dans le monde avec elle, et qu'il était étrange d'y aller si souvent seule, lorsqu'elle venait à peine de se marier. Augustin était charmé au fond du cœur d'avoir épousé une femme si peu clairvoyante ; mais lorsque la lune de miel eut perdu son premier lustre, il reconnut qu'une jeune et jolie femme, qui a passé sa vie à être caressée et courtisée, pouvait devenir une fort rude maîtresse dans un ménage. Marie n'avait jamais été capable de beaucoup d'affection ou de beaucoup de sensibilité ; et le peu qu'elle en eut avait été noyé dans un égoïsme des plus prononcés et des plus naïfs ; égoïsme d'autant plus irrémédiable qu'il laissait sa conscience parfaitement en repos, n'admettant pas, dans son ignorance, d'autres droits que les siens. Dès son bas âge, elle avait été entourée de domestiques, qui ne faisaient qu'étudier ses caprices ; l'idée qu'ils pussent sentir quelque chose ne lui était jamais entrée dans la tête. Son père, dont elle était l'unique enfant, ne lui avait jamais rien refusé de ce qui était dans les limites de la possibilité humaine ; et lorsqu'elle entra dans le monde, belle, accomplie, et, de plus, héritière, elle eut, comme de raison, à ses pieds tout ce qu'il y avait de soupirans, dignes ou indignes, et elle ne mit pas en doute qu'Augustin ne fût extrêmement heureux de l'avoir obtenue. C'est une grande erreur de croire qu'une femme sans cœur n'exige pas beaucoup en fait d'affection. Il n'est pas de créancier plus rigoureux en ce genre qu'une femme profondément égoïste. Lors donc que Saint-Clare commença à se relâcher des galanteries et des petites attentions qu'il prodiguait lorsqu'il lui faisait la cour, il ne trouva cette sultane aucunement disposée à émanciper son esclave; ce ne fut que larmes, bouderies et petits tempêtes; ce ne furent que tristesses, langueurs et reproches. Saint-Clare, qui était d'un caractère doux et facile, chercha à la désarmer par des présents et des flatteries; et lorsque Marie devint mère d'une charmante fille, il éprouva réellement pour un temps quelque chose qui ressemblait à de la tendresse.

La mère de Saint-Clare avait été une femme d'une élévation et d'une pureté de cœur peu communes, et il donna à cette enfant le nom de sa mère, se faisant la douce illusion qu'elle serait la reproduction de cette noble image. Sa femme avait vu tout cela d'un œil de jalousie, et le dévouement de son mari pour cette enfant l'irritait; il semblait qu'il lui enlevât tout ce qu'il donnait à leur fille. Après ses couches, sa santé s'altéra peu à peu. Une vie constante d'oisiveté physique et intellectuelle, l'action incessante de l'ennui et du mécontentement, jointe à la faiblesse qui suit d'ordinaire l'époque de la maternité, — changèrent en peu d'années la jeune beauté florissante en une femme jaune, fanée, malingre, dont le temps se partageait entre une multitude de maux imaginaires, et qui se considérait, à tous égards, comme la personne la plus mal traitée et la plus malheureuse qui fût au monde.

Il n'y avait pas de terme à ses plaintes; mais sa principale souffrance paraissait être la migraine, qui lui faisait parfois garder la chambre trois jours sur six. Comme naturellement tous les soins du ménage retombaient sur les domestiques, Saint-Clare ne trouvait pas sa maison très confortable. Sa fille unique était extrêmement délicate, et il craignait qu'en n'ayant personne pour veiller sur elle, sa santé et sa vie ne fussent compromises par l'insuffisance de sa mère. Il était allé avec elle faire un tour au Vermont, et avait décidé sa cousine miss Ophélia Saint-Clare à revenir avec lui à sa résidence du Sud; et, en effet, ils revenaient sur le bateau où nous les avons présentés à nos lecteurs.

Et maintenant que les dômes et les clochers de la Nouvelle-Orléans apparaissent dans le lointain à nos regards, il est encore temps de faire connaissance avec miss Ophélia.

Quiconque a voyagé dans les États de la Nouvelle-Angleterre se rappellera, dans quelque frais village, la grande ferme avec sa cour verdoyante et bien balayée, ombragée par l'épais et massif feuillage de l'érable à sucre: il se rappellera l'air d'ordre et de tranquillité, de perpétuité et de repos inaltérable, qui semble répandu sur tout ce lieu. Rien de perdu, rien de dérangé: pas un piquet ne manque à la barrière, pas un brin de litière sur le gazon de la cour, avec ses touffes de lilas qui croissent sous les fenêtres. Au dedans, il se rappellera de vastes et propres chambres, où jamais rien ne semble se faire ou devoir être fait, où chaque chose une fois pour toutes est rigoureusement à sa place, et où tous les soins du ménage ont la ponctualité de la vieille pendule qui tictaque dans un coin. Dans la salle où se tient la famille, il se rappellera la respectable bibliothèque vitrée, où l'Histoire de Rollin, le Paradis perdu de Milton, le Progrès du Pèlerin de Bunyan, et la Bible de famille de Scott, se tiennent côte à côte dans un parfait décorum, avec une foule d'autres livres également solennels et vénérables. Il n'y a pas de domestiques dans la maison, mais la dame en lunettes et en bonnet blanc, qui coud toutes les après-midi au milieu de ses filles, — a fait la besogne avec ses filles, à quelque heure depuis longtemps oubliée du jour, et le reste du temps cette besogne est toujours faite, à quelque moment que vous veniez les voir. Le plancher de la cuisine n'est jamais taché; les tables, les chaises et les divers ustensiles n'y sont jamais dérangés, quoiqu'il s'y fasse parfois trois ou quatre repas par jour, quoiqu'on y blanchisse et repasse le linge de la maison, et quoique

Rien des livres de beurre et de fromage y doivent le jour à quelque procédé muet et mystérieux.

C'est dans une ferme et dans une famille de ce genre que miss Ophélia avait passé quarante-cinq ans de douce existence, lorsque son cousin l'invita à visiter sa maison du Sud. L'aînée d'une nombreuse famille, elle était toujours considérée par son père et sa mère comme une des enfans, et la proposition de l'emmener à la Nouvelle-Orléans fit grande sensation dans le cercle de la famille. Le vieux père à tête blanche prit dans la bibliothèque l'atlas de Morse, et vérifia la latitude et la longitude; puis il lut les voyages de Flint au Sud et à l'Ouest, pour fixer ses idées sur la nature du pays.

La bonne mère s'informa avec anxiété si la Nouvelle-Orléans n'était pas un bien mauvais endroit, disant que c'était pour elle comme d'aller aux îles Sandwich, ou partout ailleurs parmi les païens.

On sut chez le ministre et chez le docteur, et dans la boutique de miss Peabody, la modiste, qu'Ophélia Saint-Clare partait d'aller à la Nouvelle-Orléans avec son cousin; et, comme de raison, le village tout entier ne put faire autrement que d'examiner cette importante question. Le ministre, qui penchait fortement pour les idées abolitionistes, se demandait si une pareille démarche ne tendrait pas un peu à encourager les gens du Sud à maintenir l'esclavage; tandis que le docteur, qui était un inébranlable colonisationiste, inclinait à croire que miss Ophélia y devait aller pour montrer aux gens de la Nouvelle-Orléans qu'après tout on ne les voyait pas de trop mauvais œil. Son opinion était qu'il ne fallait pas décourager les gens du Sud. Mais lorsque la résolution de partir de miss Ophélia fut tout à fait divulguée, tous ses amis et voisins l'invitèrent solennellement pendant une quinzaine de jours à venir prendre le thé, et ses vues et projets furent l'objet d'enquêtes et de discussions en forme. Miss Moseley, qui venait dans la maison pour aider à faire les robes, acquit chaque jour plus d'importance à proportion des développements que prenait le trousseau de miss Ophélia. On savait positivement que le squire Saint-Clare avait déboursé cinquante dollars et les avait donnés à miss Ophélia, lui disant d'acheter les habits qu'elle voudrait, et qu'on avait commandé à Boston deux robes de soie et un chapeau. Quant à la convenance de cette dépense extraordinaire, l'esprit public fut divisé; les uns affirmant que, tout considéré, c'était assez bien pour une fois dans la vie, les autres, soutenant avec force qu'on aurait mieux fait d'envoyer l'argent aux missionnaires, mais tous convenant qu'on n'avait jamais vu dans l'endroit une ombrelle pareille à celle qui avait été envoyée de New-York, et que miss Ophélia avait une robe de soie qui était capable de se tenir debout toute seule, quoi qu'on pût dire de sa maîtresse. Il courait aussi des bruits assez vraisemblables d'un mouchoir de poche ourlé à jour; et on alla jusqu'à dire que miss Ophélia en avait un avec de la dentelle tout autour; on ajoutait même qu'il était brodé aux quatre coins; mais ce dernier point ne fut jamais vérifié d'une manière satisfaisante, et est resté douteux jusqu'à aujourd'hui.

Miss Ophélia, telle que vous la voyez maintenant, est debout devant vous, en robe de voyage de toile brune très lustrée; elle est grande et anguleuse; sa figure est maigre et les contours en sont aigus; ses lèvres sont serrées comme celles d'une personne qui est dans l'habitude de prendre des résolutions définitives sur toutes sortes de sujets; tandis que ses yeux noirs et perçants ont un regard scrutateur, et se promènent partout, comme s'ils cherchaient quelque chose dont ils pussent prendre soin.

Tous ses mouvements étaient brusques, décidés, énergiques; elle était assez taciturne, mais ses paroles allaient droit au fait lorsqu'elle parlait.

Comme habitudes, c'était une personnification vivante de l'ordre, de la méthode et de l'exactitude. En fait de ponctualité, elle était aussi inévitable qu'une horloge, aussi inexorable qu'une locomotive; et elle tenait en mépris, en abomination tout ce qui avait un caractère opposé.

Le péché des péchés à ses yeux, — le comble du mal. —

était exprimé par un mot très usité et très important dans son vocabulaire :—« Le manque de ressources.» Le dernier degré de son mépris consistait dans une prononciation très énergique du mot « dénué de ressources! » et par là elle caractérisait tous les modes de conduite qui n'avaient pas une relation directe, indispensable, avec l'accomplissement des desseins qu'on avait alors dans l'esprit. Les gens qui ne faisaient rien, ou qui ne savaient pas exactement ce qu'ils allaient faire, où qui ne prenaient pas la voie la plus directe pour accomplir ce qu'ils avaient entrepris, étaient l'objet de son profond dédain, dédain qui se manifestait moins souvent par ce qu'elle disait que par une mine d'une rigidité glaciale, comme si la chose ne valait pas la peine d'ouvrir la bouche.

Quant à ce qui est de l'intelligence,—elle avait un esprit net, fort, actif; elle était très versée dans l'histoire et les vieux classiques anglais, et sa pensée avait une grande vigueur dans des limites assez étroites. Ses opinions en théologie avaient chacune leurs formules positives et distinctes; elles avaient toutes leur étiquette et leur place à part, comme les paquets d'étoffes de sa boîte à raccommodages; il y en avait tant, et il ne devait pas y en avoir jamais davantage. Il en était de même de ses idées relativement à la plupart des choses de la vie pratique,—telle que la tenue d'une maison dans toutes ses branches, et les diverses relations politiques de son village natal. Et sous tout cela, plus profond, plus haut et plus large que tout, était le plus fort principe de son être, — la conscience. Nulle part la conscience ne domine et n'absorbe tout comme chez les femmes de la Nouvelle-Angleterre. C'est la formation granitique, qui gît au plus profond et s'élève jusqu'au sommet des monts les plus élevés.

Miss Ophélia était l'esclave la plus soumise de ce mot : « Cela se doit. » Une fois qu'on lui avait démontré que le « sentier du devoir, » comme elle l'appelait, était dans une direction donnée, il n'était ni feu, ni eau, qui pût l'en détourner. Elle eût marché tout droit, jusque dans un puits ou jusqu'à la bouche d'un canon chargé, si elle eût été bien sûre que c'était là qu'était le sentier. L'idée qu'elle se faisait du droit était si haute, si vaste, si minutieuse, et faisait si peu de concession à la fragilité humaine, que bien qu'elle s'efforçât avec une héroïque ardeur de la réaliser, elle n'y parvenait jamais, et, en conséquence, était constamment tourmentée par un sentiment souvent fort pénible de son insuffisance. Cela donnait à sa religion une physionomie sévère et un peu sombre.

Mais comment se peut-il que miss Ophélia parte avec Augustin Saint-Clare, — lui, si ami du plaisir, si ennemi de la gêne, si peu ponctuel, si peu pratique, si sceptique, — lui qui foule aux pieds avec une audacieuse et nonchalante liberté toutes les habitudes et opinions qu'elle chérit le plus ?

Pour dire la vérité, miss Ophélia l'aimait. Enfant, elle lui avait appris son catéchisme, et le raccommodait ses habits, elle peignait ses cheveux et le dirigeait généralement dans la voie qu'il devait suivre; et son cœur ayant un côté chaud, Augustin, comme cela lui arrivait avec beaucoup de gens, en avait accaparé une large part, et c'est pour cela qu'il était parvenu sans peine à lui persuader que le « sentier du devoir » se trouvait dans la direction de la Nouvelle-Orléans, qu'elle devait venir avec lui pour prendre soin d'Eva, et empêcher tout d'aller à sa perte, pendant les fréquentes maladies de sa femme. L'idée d'une maison sans quelqu'un pour la surveiller lui touchait le cœur; puis elle aimait la charmante petite fille, ce que peu de personnes pouvaient s'empêcher de faire; et quoiqu'elle regardât Augustin à peu près comme un païen, elle l'aimait pourtant aussi, elle riait de ses plaisanteries, et était pour ses faiblesses d'une indulgence que ceux qui la connaissaient regardaient comme parfaitement incroyable. Mais ce qu'il reste à savoir de miss Ophélia, le lecteur l'apprendra en faisant lui-même connaissance avec elle.

La voilà dans son salon, entourée d'une multitude de gros

et petits sacs de nuit, malles et paniers, ayant chacun leur destination, et qu'elle noue, attache, empaquète ou ferme avec un grand sérieux.

— Voyons, Eva, avez-vous pris note de vos effets? Non, n'est-ce pas, cela va sans dire; les enfants n'en font jamais d'autre. Voici le sac de nuit moucheté et le petit carton bleu qui contient votre plus beau chapeau, —cela fait deux, et le petit sac de gomme élastique fait trois, et ma boîte à rubans et à aiguilles fait quatre, et mon carton cinq, et ma boîte à cols six, et cette petite malle en crin sept. Qu'avez-vous fait de votre sun-shade? Donnez-le moi, que je mette du papier autour et que je l'attache à mon parapluie avec la mienne; — là, voilà.

— Mais à quoi bon, tante? Nous retournons à la maison.

— Pour la conserver fraîche, enfant; on doit prendre soin de ses effets, si l'on veut avoir quelque chose. Et maintenant, Eva, votre dé est-il serré?

— Je ne sais vraiment pas, tante.

— C'est égal, je vais revisiter votre boîte; le dé, la cire, deux bobines, les ciseaux, le couteau, le passe-lacet; c'est bien, — mettez-la ici. Comment avez-vous fait, enfant, lorsque vous êtes venue seule avec votre papa? Vous avez dû perdre tout ce que vous aviez.

— J'ai perdu beaucoup de choses, tante; et quand nous nous arrêtions quelque part, papa rachetait tout ce qui manquait.

— Miséricorde, enfant! quelle méthode !

— Mais elle était fort simple, tante, dit Eva.

— C'est un terrible manque de ressources, dit la tante.

— Tante, qu'allez-vous faire à présent? Cette malle est trop pleine pour se refermer.

— Il faut qu'elle se referme, dit la tante d'un air de général, en foulant les objets et en sautant sur le couvercle. Cependant la malle était encore un peu entre-bâillée.

— Montez ici, Eva! dit courageusement miss Ophélia; ce qui a été fait peut se refaire. Cette malle doit être fermée à clef, il n'y a pas à dire.

Et la malle, intimidée probablement par cette affirmation résolue, finit par céder. Le crochet entra dans son trou, miss Ophélia tourna la clef, et la mit toute triomphante dans sa poche.

— Maintenant, nous sommes prêtes. Où est votre papa? Je crois qu'il est temps de faire partir ce bagage. Allez voir, Eva, où est votre papa.

— Je le vois, il est à l'autre bout de la cabine des messieurs; il mange une orange.

— Il ne sait pas combien nous sommes près d'arriver; ne feriez-vous pas mieux de courir lui parler?

— Papa n'est jamais pressé, et nous ne sommes pas arrivés au débarcadère; passez sur la galerie, tante. Regardez! voilà notre maison, en haut de cette rue !

Le bateau se mit, avec de profonds gémissements, comme un grand monstre fatigué, à se frayer un passage à travers les nombreux steamers qui stationnaient près de la levée. Eva indiquait avec joie les clochers, les dômes, et tous les monuments auxquels elle reconnaissait sa ville natale.

— Oui, oui, ma chère; c'est très beau, dit miss Ophélia. Mais voici le bateau qui s'arrête! Où est votre père ?

Et alors commença le tumulte ordinaire du débarquement, — les garçons courant de vingt côtés à la fois, — les hommes entassant malles, sacs de nuit et boîtes, — les femmes appelant leurs enfants avec anxiété, et tout le monde s'assemblant en masse près de la planche du débarcadère.

Miss Ophélia s'assit résolument sur la malle qu'elle venait de conquérir, et, rangeant tous ses effets dans un bel ordre militaire, elle parut décidée à les défendre jusqu'à son dernier soupir.

— Prendrai-je votre malle, madame? Prendrai-je votre bagage? Veillerai-je sur votre bagage, madame? Emporterai-je ça, madame? Toutes ces propositions pleuraient sur elle sans qu'elle y fît attention. Elle était assise d'un air refrogné, droite comme une aiguille à ravauder fichée dans une planche, tenant son faisceau de parapluies et d'ombrelles, et répondant avec une détermination suffisante pour effrayer même un cocher de fiacre, et demandant à Éva, entre chaque réponse, à quoi pourrait penser son père ; il n'avait pas pu tomber à l'eau, mais quelque chose avait dû arriver ; et juste au moment où elle commençait à se tourmenter réellement, il arriva, avec son insouciance ordinaire, et donnant à Éva un quartier de l'orange qu'il mangeait, il dit :

— Eh bien ! cousine Vermont, je suppose que vous êtes toute prête ?

— Il y a une heure que je suis prête et que j'attends, répliqua miss Ophélia ; je commençais à être vraiment inquiète de vous.

— Vous êtes une habile personne, dit-il. Eh bien ! la voiture est là ; la foule est maintenant écoulée, et l'on peut sortir d'une manière décente et chrétienne, sans être poussé et coudoyé. Ici, ajouta-t-il à un cocher qui se tenait derrière lui, emportez ces objets.

— Je vais aller voir comment il les mettra, dit miss Ophélia.

— Oh ! cousine, à quoi bon ?

— Eh bien ! je porterai ceci au moins, et ceci, et ceci, dit miss Ophélia, mettant de côté trois boîtes et un petit sac de nuit.

— Ma chère miss Vermont, vous ne devez positivement pas vouloir nous traiter à la mode de votre pays. Il faut que vous adoptiez au moins un peu des principes du Sud, et ne pas sortir du bateau sous un pareil faix. On vous prendra pour une femme de chambre ; donnez cela à cet homme ; il le déposera à terre comme si c'était des œufs.

Miss Ophélia jeta un regard désespéré sur son cousin tandis qu'il lui enlevait tous ses trésors, et se réjouit de les retrouver sains et saufs dans la voiture.

— Où est Tom ? dit Éva.

— Oh ! il est sur le siège, ma chère. Je vais donner Tom à ma mère, comme gage de réconciliation, pour remplacer cet ivrogne qui a renversé la voiture.

— Oh ! Tom fera un admirable cocher, je le sais, dit Éva ; il ne se grisera jamais.

La voiture s'arrêta devant une ancienne maison, bâtie dans ce style moitié espagnol, moitié français, dont il y a des spécimens dans quelques parties de la Nouvelle-Orléans. Elle était construite à la façon mauresque, — un bâtiment carré enfermant une cour dans laquelle la voiture entra par une porte voûtée. La cour avait été évidemment disposée à l'intérieur pour produire un effet pittoresque et voluptueux. Tout à l'entour régnaient de vastes galeries dont les arcades mauresques, les sveltes piliers et les arabesques reportaient l'esprit, comme dans un rêve, au règne du roman oriental en Espagne. Au milieu de la cour, une fontaine lançait dans les airs ses eaux argentées, qui retombaient en écume incessante dans un bassin de marbre, garni d'une épaisse bordure de violettes odorantes. L'eau de la fontaine, transparente comme du cristal, était animée par des milliers de poissons d'or et d'argent qui couraient et scintillaient comme autant de joyaux vivants. Autour de la fontaine régnait une allée, parée d'une mosaïque de cailloux qui représentait divers dessins curieux ; et cette allée était entourée elle-même d'un gazon doux comme un velours vert, tandis qu'une avenue pour les voitures encadrait le tout. Deux grands orangers couverts de fleurs jetaient une ombre délicieuse ; et rangés en cercle autour du gazon, étaient des vases en marbre sculptés d'arabesques, contenant les fleurs les plus choisies des tropiques. D'énormes grenadiers, avec leurs feuilles luisantes et leurs fleurs couleur de flamme, des jasmins d'Arabie au sombre feuillage, aux étoiles d'argent, des géraniums, des rosiers courbés sous le poids de leurs fleurs, des jasmins dorés, des verveines à l'odeur de citron, mariaient leurs couleurs et leurs parfums, tandis que çà et là un mystique aloès, avec ses feuilles étranges et massives, avait l'air d'un vieil enchanteur, siégeant dans sa grandeur fatidique au milieu des fleurs et des parfums périssables qui l'entouraient.

Les galeries qui encadraient la cour étaient décorées d'un rideau d'étoffe mauresque, qu'on pourrait tirer à volonté pour arrêter les rayons du soleil. L'aspect général du lieu était luxueux et romantique.

Quand la voiture entra, Éva, dans l'effusion de sa joie, eut l'air d'un oiseau qui cherche à s'échapper de sa cage.

— Oh ! n'est-ce pas qu'elle est belle, qu'elle est adorable, ma chère maison ? dit-elle à miss Ophélia. N'est-ce pas qu'elle est belle ?

— C'est une jolie habitation, dit miss Ophélia, en mettant pied à terre, quoiqu'elle me semble un peu antique et païenne.

Tom descendit du siège et regarda autour de lui d'un air de satisfaction placide.

Les nègres, il faut se le rappeler, sont des plantes exotiques des plus magnifiques contrées de la terre, et ils ont au cœur une passion profonde pour tout ce qui est éclatant et riche, pour tout ce qui parle à l'imagination, passion qui, satisfaite grossièrement et sans goût, leur attire la risée de la race blanche, plus froide et plus raisonnable.

Saint-Clare, dont le cœur était rempli de poésie voluptueuse, sourit à la remarque de miss Ophélia sur sa maison ; et se tournant vers Tom, qui regardait à l'entour, sa face noire toute rayonnante d'admiration, il lui dit :

— Tom, mon garçon, cela paraît te plaire.

— Oui, maître. Ça a l'air tout à fait bien, dit Tom.

Tout cela se passa en un moment, tandis qu'on déchargeait les malles, qu'on payait le fiacre, et qu'une foule d'individus de tout âge et de toute taille, — hommes, femmes et enfants, — accouraient par les galeries du haut et du bas pour voir entrer leur maître. Au premier rang était un jeune mulâtre en grande toilette, personnage évidemment très distingué, habillé à la mode la plus outrée, et agitant avec grâce un mouchoir de batiste parfumée.

Ce personnage s'était efforcé avec une grande activité de chasser tout le troupeau des domestiques à l'autre bout de la véranda.

— En arrière ! tous tant que vous êtes ! Je suis honteux de vous, disait-il la main ; passait-il d'un ton d'autorité. Allez-vous importuner les parents de notre maître, la première heure de son retour ?

Tous prirent une mine confuse à cet élégant discours prononcé en se donnant des airs, et ils se tinrent pressés les uns contre les autres à une distance respectueuse, à l'exception de deux vigoureux porteurs qui arrivèrent, et se mirent à emporter le bagage.

Grâce à l'arrangement systématique de monsieur Adolphe, lorsque Saint-Clare se retourna après avoir payé le fiacre, il n'y avait plus en vue que monsieur Adolphe lui-même, avec son gilet de satin, sa chaîne d'or et son pantalon blanc, et saluant avec une grâce et un charme inexprimables :

— Ah ! Adolphe, est-ce vous ? lui dit son maître en lui tendant la main ; comment allez-vous, garçon ? Tandis qu'Adolphe débitait avec une grande facilité une harangue improvisée qu'il avait préparée avec beaucoup de soin depuis quinze jours.

— Bien, bien, dit Saint-Clare, passant outre avec son air habituel de plaisanterie insouciante ; vous vous en êtes tiré très bien, Adolphe. Veillez à ce que le bagage soit déposé où il faut. J'irai voir tout le monde dans une minute ; et en disant cela, il conduisit miss Ophélia dans un grand parloir qui ouvrait sur la véranda.

Éva, cependant, s'était enfuie comme un oiseau à travers le même parloir, dans un petit boudoir qui donnait aussi sur la véranda.

Une grande femme aux yeux noirs, au teint blême, se leva à demi d'un lit de repos sur lequel elle était couchée.

— Maman ! s'écria Éva, se jetant à son cou dans une sorte d'extase, en l'embrassant à plusieurs reprises.

— C'est assez ! — Prenez garde, mon enfant, ne me faites pas mal à la tête ! dit la mère, après lui avoir donné un baiser languissant.

Saint-Clare entra, embrassa sa femme d'une façon tout à fait orthodoxe et conjugale, puis il la présenta à sa coucine. Marie leva ses grands yeux sur celle-ci avec une certaine curiosité, et la reçut avec une politesse indolente. Une multitude de domestiques se pressa alors à la porte d'entrée, et parmi eux une mulâtresse entre deux âges, d'une apparence respectable, se tenait en avant, toute tremblante d'attente et de joie.

— Oh! voilà maman! dit Éva en volant à travers la chambre; et se précipitant dans ses bras, elle la couvrit de baisers.

Cette femme ne dit pas qu'Éva lui faisait mal à la tête; au contraire, elle la serra contre son cœur, et elle rit et elle pleura à faire douter de son bon sens; et lorsqu'elle eut cessé ses caresses, Éva courut de l'un à l'autre, prodiguant les poignées de main et les baisers de telle façon que miss Ophélia déclara plus tard qu'elle en avait eu mal au cœur.

— Eh bien! dit miss Ophélia, vous autres enfants du Sud, vous pouvez faire quelque chose que je ne pourrais pas faire.

— Qu'est-ce donc, je vous prie? demanda Saint-Clare.

— Je tâche d'être bonne pour tout le monde, et je ne voudrais blesser personne; mais quant à embrasser...

— Des nègres, dit Saint-Clare, vous n'en avez pas la force? Eh?

— Oui, c'est cela. Comment le peut-elle?

Saint-Clare se mit à rire en entrant dans le passage. — Holà! ici, qu'ai-je à payer ici! Allons, tout le monde, — Mammy, Zimmy, Polly, Sukey, — est-on bien aise de voir son maître, dit-il en leur donnant successivement des poignées de main. Faites attention aux bébés, ajouta-t-il comme il trébuchait par-dessus un petit marmot couleur de suie qui se traînait à quatre pattes. Si je marche sur quelqu'un, qu'on le dise!

Ce furent des rires et des bénédictions, tandis qu'il leur distribuait de menues pièces de monnaie.

— Allons, maintenant, allez-vous-en comme de bons garçons et de bonnes filles, dit-il; et toute l'assemblée claire et foncée passa par une porte sur une grande véranda, suivie d'Éva, qui portait un énorme sac qu'elle avait rempli de pommes, de noix, de sucre-candi, de rubans, de dentelles et de jouets de toute espèce, tout le long du chemin en revenant.

Comme Saint-Clare allait s'en retourner, son œil tomba sur Tom, qui, ne sachant quelle contenance faire, se tenait tantôt sur un pied, tantôt sur l'autre, tandis qu'Adolphe, négligemment appuyé contre la balustrade, l'examinait avec une lorgnette d'un air qui aurait fait honneur à n'importe quel dandy.

— Eh bien! fat que vous êtes, dit son maître en abaissant sa lorgnette, est-ce ainsi que vous traitez les gens qui viennent vous voir? Il me semble, Dolphe, ajouta-t-il en posant le doigt sur l'élégant gilet de satin avec lequel Adolphe jouait, il me semble que c'est mon gilet.

— Oh! maître, ce gilet tout taché de vin! — Un gentleman tel que maître ne saurait porter un pareil gilet. J'ai cru entendre que je devais le prendre. C'est bon pour un pauvre diable de nègre tel que moi.

Et Adolphe secoua la tête et passa gracieusement ses doigts à travers sa chevelure parfumée.

— Ah! c'est pour cela! dit Saint-Clare avec insouciance. Voyons, je vais montrer Tom à sa maîtresse, et ensuite vous le mènerez à la cuisine, et ayez soin de ne pas prendre de vos airs avec lui. Il vaut bien deux fois de votre espèce.

— Maître aime toujours à plaisanter, dit Adolphe en riant. Je suis enchanté de voir maître de si bonne humeur.

— Ici, Tom, dit Saint-Clare en lui faisant signe du doigt.

Tom entra dans la chambre. Il regarda attentivement les tapis de velours et toute cette splendeur non encore rêvée de glaces, de tableaux, de statues et de rideaux; et comme la reine de Saba devant Salomon, il se sentit perdre courage. Il avait même peur de poser ses pieds par terre.

— Voyez-vous, Marie, dit Saint-Clare à sa femme, je vous ai, à la fin, acheté un cocher à votre goût. C'est, je vous assure, un vrai corbillard pour l'allure et pour la couleur, et avec lui vous irez comme à un enterrement, si vous voulez. Ouvrez les yeux, allons, et regardez-le. Vous ne direz plus à présent que je ne pense pas à vous quand je suis absent.

Marie ouvrit les yeux et les fixa sur Tom sans se lever.

— Je suis sûre qu'il se grisera, dit-elle.

— Non, l'article est garanti pieux et sobre.

— Je désire qu'il tourne bien, dit la dame; mais c'est plus que je n'espère.

— Dolphe, dit Saint-Clare, menez Tom en bas, et faites attention à vous; souvenez-vous de ce que je vous ai dit. Adolphe prit les devants d'un pied leste, et Tom le suivit d'un pas lourd.

— C'est un véritable hippopotame! dit Marie.

— Allons, voyons, Marie, dit Saint-Clare en s'asseyant sur un tabouret près du sofa, soyez gracieuse, et dites aux gens quelque chose d'aimable.

— Vous avez été absent quinze jours de plus qu'il n'était convenu, dit la dame en faisant la moue.

— Mais je vous en ai écrit la raison, vous savez.

— Une lettre si courte, si froide!

— Mon Dieu! la poste allait partir, et il fallait écrire comme cela ou pas du tout.

— C'est toujours la même histoire! toujours quelque chose pour allonger vos absences et raccourcir vos lettres!

— Regardez-moi ceci, dit-il en tirant de sa poche un élégant étui en velours et l'ouvrant, voici un cadeau que je vous rapporte de New-York.

C'était un daguerréotype, clair et moelleux comme une gravure, représentant Éva et son père assis la main dans la main.

Marie le regarda d'un air peu satisfait.

— Pourquoi avez-vous pris une attitude si gauche?

— L'attitude peut être une affaire d'opinion; mais que pensez-vous de la ressemblance?

— Si vous ne faites aucun cas de mon opinion sous ce rapport, je suppose que vous n'en faites pas non plus sous un autre, dit la dame en fermant le daguerréotype.

— Diable soit de la femme! dit Saint-Clare à part lui; mais il ajouta tout haut: Voyons, Marie, que pensez-vous de la ressemblance? Pas d'enfantillage!

— C'est fort inconsidéré à vous, Saint-Clare, d'insister pour que je parle, et que je regarde un tas de choses. Vous savez que j'ai été couchée toute la journée avec la migraine, et on a fait un tel vacarme depuis votre arrivée, que je suis à moitié morte.

— Vous êtes sujette à la migraine, madame! dit miss Ophélia sortant tout à coup des profondeurs d'un grand fauteuil où elle était tranquillement assise à faire un inventaire du mobilier et à en supputer le coût.

— Oui, j'en suis la véritable martyr.

— Le thé de genièvre est bon pour la migraine, dit miss Ophélia. Du moins Augusta, la femme d'Abraham Perry, le prétendait, et c'était une excellente garde-malade.

— Je ferai apporter tout exprès le premier genièvre qui mûrira dans notre jardin, près du lac, dit Saint-Clare en tirant gravement la sonnette. En attendant, cousine, vous devez avoir besoin de vous retirer dans votre appartement, et de vous rafraîchir un peu après votre voyage. Dolphe, ajouta-t-il, dites à Mammy de venir ici. La respectable mulâtresse à laquelle Éva avait prodigué tant de caresses ne tarda pas à entrer; elle était mise avec une élégante propreté; elle avait sur la tête un turban élevé rouge et jaune, cadeau récent d'Éva, et dont l'enfant l'avait coiffée elle-même. — Mammy, dit Saint-Clare, je confie madame à vos soins; elle est fatiguée et a besoin de repos. Conduisez-la à sa chambre, et veillez à ce qu'elle ait toutes ses aises. Et là-dessus, miss Ophélia disparut à la suite de Mammy.

CHAPITRE XVI.

La maîtresse de Tom et ses opinions.

— Et maintenant, Marie, dit Saint-Clare, vos beaux jours vont commencer, voici votre laborieuse cousine de la Nouvelle-Angleterre qui va prendre désormais à son compte toutes les charges qui pesaient sur vous; vous allez avoir tout le temps de vous remettre de vos fatigues, et de redevenir jeune et jolie. Il vaut mieux que la remise des clefs ait lieu sur-le-champ.

Ces paroles étaient prononcées au déjeuner, quelques jours après l'arrivée de miss Ophélia.

— Elle est la bienvenue, répondit Marie, la tête négligemment appuyée sur sa main; elle saura bientôt que par ici ce sont les maîtresses qui sont les esclaves.

— Oh certainement! elle fera cette découverte, et beaucoup d'autres encore, dit Saint-Clare.

— Il y a des gens qui prétendent que nous gardons des esclaves pour notre agrément, dit Marie; si nous ne consultions que notre agrément nous les congédierions tout de suite.

Évangéline arrêta ses grands yeux sérieux sur la figure de sa mère et dit avec simplicité : — Pourquoi donc les gardez-vous, maman?

— Je n'en sais vraiment rien, si ce n'est pour me tourmenter, car ils font le tourment de ma vie; ce sont eux en partie qui ont ruiné ma santé; il faut dire, par-dessus le marché, que nos esclaves sont pires que ceux de tous les autres maîtres.

— Vous avez le spleen ce matin, dit Saint-Clare, autrement vous ne parleriez pas ainsi. Je vous citerai Mammy, la meilleure esclave qui soit au monde; que feriez-vous sans elle?

— Mammy est en effet la meilleure que j'aie jamais connue, et cependant Mammy est égoiste, terriblement égoiste; du reste, c'est le défaut de toute la race.

— L'égoisme est un horrible défaut, interrompit gravement Saint-Clare.

— C'est celui de Mammy. N'est-ce pas en effet de l'égoisme de sa part de dormir si profondément la nuit quand elle sait que j'ai besoin d'elle à chaque instant? Et avec cela, elle est si difficile à réveiller! Je suis positivement plus mal ce matin par suite des efforts qu'il m'a fallu faire pour la tirer du sommeil la nuit dernière.

— N'a-t-elle pas veillé plusieurs nuits auprès de vous dernièrement, maman? dit Eva.

— Comment le savez-vous? répondit Marie d'un ton piqué; elle s'est donc plainte?

— Non pas, maman, elle m'a seulement dit que vous passiez tant de mauvaises nuits.

— Pourquoi ne laissez-vous pas Jane ou Rosa la remplacer auprès de vous pendant une ou deux nuits, pour qu'elle puisse reposer? dit Saint-Clare.

— Comment me proposez-vous une pareille chose, Saint-Clare? vous êtes vraiment extraordinaire; nerveuse comme je le suis, le moindre souffle me fait mal. Une femme à laquelle je ne serais pas habituée me rendrait folle. Si Mammy avait pour moi le moindre intérêt, elle se réveillerait plus facilement. J'ai entendu parler de gens qui avaient des domestiques si dévoués! Mais je n'ai jamais eu ce bonheur. Et elle poussa un soupir.

Miss Ophélia avait écouté cette conversation en observatrice grave et sagace; elle gardait le silence, comme si elle voulait bien savoir tout ce qui se passait avant de hasarder une parole.

— Mammy n'est pas sans une sorte de bonté, continua Marie; elle est polie, respectueuse; mais, encore une fois, elle est égoiste jusque dans le fond du cœur. Elle se tour-

mente et s'inquiète sans cesse au sujet de son mari. Quand je me suis mariée, je suis venue ici, comme de raison, et je l'ai amenée avec moi. Mon père ne pouvait raisonnablement me laisser emmener son mari, lequel est forgeron, et lui est nécessaire. J'avais pensé à ce moment-là, et j'avais dit au mari et à la femme qu'il valait mieux qu'ils renonçassent l'un à l'autre, puisqu'ils ne pouvaient vraisemblablement plus vivre ensemble. Je regrette maintenant de n'avoir pas insisté sur cette résolution. J'aurais marié Mammy à un autre. Mais j'ai été sotte et trop indulgente. J'ai dit à cette fille qu'elle ne devait pas s'attendre à voir son mari plus d'une ou deux fois pendant sa vie, car l'habitation de mon père n'est pas favorable à ma santé, et je ne puis y séjourner. J'ai donc conseillé à Mammy de s'arranger avec un autre homme, mais elle n'a jamais voulu. Il y a dans cette fille une sorte d'obstination que tout le monde ne voit pas comme moi.

— A-t-elle des enfans? demanda miss Ophélia.

— Elle en a deux.

— Elle éprouve de la peine à s'en séparer?

— Sans doute. Mais je n'ai pu les amener; c'étaient de dégoûtans petits drôles que je ne pouvais souffrir autour de moi, d'ailleurs ils prenaient trop de son temps à Mammy qui, j'en suis sûre, a toujours gardé de l'humeur à cause de cette séparation. Et ne veut absolument pas prendre un autre homme, et quoiqu'elle n'ignore pas combien elle m'est nécessaire et combien ma santé est délicate, je suis persuadée qu'elle retournerait demain avec son mari si elle le pouvait. Tous ces nègres sont si égoistes! le meilleur ne vaut rien.

— Ce sont là de tristes sujets de réflexions, interrompit sèchement Saint-Clare.

Miss Ophélia le regardait, et elle voyait un sourire sarcastique glisser sur sa lèvre, pendant que la rougeur de la honte empourprait ses joues.

— Mammy a toujours été une de mes favorites, poursuivit Marie. Je voudrais que vos servantes du Nord pussent voir ses cabinets remplis de robes : — robes de mousseline, de soie et de batiste en pur fil. J'ai travaillé quelquefois toute une après-midi à garnir ses bonnets. Quant à des injures elle ignore ce que c'est, et elle n'a jamais été fouettée qu'une ou deux fois; elle trouve chaque jour son café ou son thé avec du sucre blanc. C'est absurde; mais Saint-Clare installe le salon dans la cuisine, et ici chacun vit à sa guise. Le fait est que nos esclaves sont trop gâtés, et s'ils sont égoistes et sans gêne, c'est bien un peu de notre faute. J'ai fait à ce sujet tant de remontrances à Saint-Clare que j'en suis fatiguée.

— Et moi aussi, répondit Saint-Clare. Et il prit le journal du matin.

La belle Éva avait écouté sa mère avec cette expression grave et mystérieuse qui lui était particulière. Elle s'approcha lentement, et se plaçant derrière la chaise de Marie, elle passa ses bras autour du cou de sa mère.

— Eh bien! qu'est-ce qu'il y a? dit celle-ci.

— Maman, ne pourrais-je pas vous soigner une nuit? — seulement une nuit? Je vous assure que je ne fatiguerai pas vos nerfs. Je ne dormirai presque pas; je passe toutes mes nuits éveillée.

— Oh! quelle sottise! Quelle étrange enfant êtes-vous?

— Me le permettez-vous, maman? Et puis, ajouta-t-elle avec timidité, je crois que Mammy n'est pas très-bien portante. Elle m'a dit qu'elle avait toujours mal à la tête depuis quelque temps.

— Oui, oui, je sais, c'est là une des manies de Mammy; elle est comme toutes les autres qui font tant d'embarras pour un petit mal de tête ou un petit mal au doigt. Il ne faut jamais encourager ces choses-là. J'ai des idées arrêtées à ce sujet; et vous-même, poursuivit-elle en se tournant vers miss Ophélia, vous sentirez la nécessité d'agir de la même façon. Si vous encouragez les domestiques à se plaindre de tous leurs bobos, vous n'en verrez jamais la fin. Est-ce que moi-même je me plains jamais? Personne ne sait tout ce que j'endure; mais je sais que est un devoir de l'endurer tranquillement, et c'est ce que je fais.

Les yeux de miss Ophélia exprimèrent un visible étonnement à cette péroraison qui fit éclater de rire Saint-Clare.

— Saint-Clare rit toujours quand il m'arrive de faire la plus petite allusion à ma mauvaise santé, dit Marie avec une expression de martyr, je souhaite qu'il s'en repente pas bientôt. Et Marie porta son mouchoir à ses yeux.

Ces paroles furent suivies d'un silence embarrassant, tant cette scène était ridicule. Saint-Clare se leva, regarda sa montre, et dit qu'il avait une affaire au bout de la rue. Eva courut après son père, et miss Ophélia resta seule à table avec Marie.

— Je reconnais bien là Saint-Clare, dit cette dernière en retirant de ses yeux le mouchoir, aussitôt que le criminel à l'intention duquel avait été déployée cette mise en scène fut sorti; il ne se figure pas, et ne se figurera jamais ce que je souffre et ce que j'ai souffert pendant des années. Si j'étais femme à me plaindre et à faire fracas de mes souffrances, les sujets ne me manqueraient pas. Les hommes se fatiguent bien vite d'une femme qui se plaint, mais j'ai tant souffert sans jamais rien dire que Saint-Clare croit aujourd'hui que je puis tout supporter.

Miss Ophélia ne savait pas exactement la réponse que Marie attendait d'elle.

Pendant qu'Ophélia cherchait ce qu'elle devait dire, Marie essuyait ses larmes, et arrangeait sa toilette, comme une tourterelle qui redresse ses plumes après une averse.

Bientôt vinrent les communications à miss Ophélia sur les armoires, les cabinets, la chambre des provisions, etc., dont cette dernière allait prendre la direction. Marie donna tant d'avis, qu'une tête moins forte que celle d'Ophélia eût été étourdie par tout ce cliquetis de paroles.

— A présent, poursuivit Marie, je crois vous avoir tout dit. Ainsi, quand reviendra ma prochaine crise, rien ne vous empêchera de diriger la maison sans avoir besoin de me consulter. Un dernier mot sur Eva. Elle a besoin d'être surveillée de près.

— Elle semble une charmante enfant, dit miss Ophélia.

— Oui, mais elle est étrange, très étrange, elle est pleine de singularités; elle ne me ressemble en rien. Et elle soupira comme si c'était là un grand malheur.

Miss Ophélia pensait intérieurement qu'il était fort heureux que la fille ne ressemblât pas à la mère, mais elle ne crut pas devoir faire part de son opinion à son interlocutrice.

— Eva, continua Marie, laisse un peu trop les domestiques l'approcher. S'il ne s'agissait que des enfants, je ne dirais rien. Je jouais avec les négrillons de mon père; quant à moi, Eva agit toujours comme si elle était l'égale de ces gens-là. J'ai tout fait pour la corriger de ce défaut, mais je crois que Saint-Clare l'encourage de son côté dans ces étranges idées. A vrai dire, Saint-Clare est de l'avis de tout le monde ici, excepté pourtant de l'avis de sa propre femme.

Miss Ophélia garda encore un profond silence.

— La seule manière d'agir avec les domestiques, poursuivit Marie, c'est de les faire plier et de les tenir sous le joug. Telle a été ma règle de conduite depuis mon enfance. Eva gâterait toute ma maison. Comment s'en tirera-t-elle quand elle tiendra son ménage? Je l'ignore. A moi, je veux être bonne avec les esclaves, mais je sais les tenir à leur place. C'est ce qu'il est impossible de faire entrer dans la tête d'Eva; vous l'avez entendue m'offrir de me soigner pendant la nuit pour laisser reposer Mammy. Voilà un exemple de ce que ferait cette enfant si elle était la maîtresse.

— Vous pensez cependant, dit miss Ophélia avec franchise, que vos domestiques sont des êtres humains, et qu'ils ont droit à quelque repos quand ils sont fatigués.

— Sans doute; je leur laisse prendre leurs aises tant que cela ne peut en rien compromettre le service, vous comprenez... Mammy pourra toujours rattraper son sommeil un jour ou l'autre. Je ne m'y opposerai pas; du reste, c'est la plus grande dormeuse que j'aie jamais vue; assise, debout, cette créature s'endort; elle s'endort en parlant et n'importe où elle se trouve. Ah! il n'y a pas de danger que celle-là ne dorme pas suffisamment. Rien n'est plus ridicule, à mon avis, que de traiter des nègres comme s'il s'agissait de fleurs rares ou de potiches chinoises. Et en disant ces paroles, elle se plongeait dans les profondeurs d'un grand fauteuil, et portait languissamment à ses narines une élégante cassolette en cristal taillé.

— Vous voyez, ajouta-t-elle d'une voix faible et languissante comme le dernier soupir de la brise, vous voyez, cousine Ophélia, que je ne parle pas souvent de moi; cela ne me convient guère; mais il est des points sur lesquels Saint-Clare et moi nous différons essentiellement. Mon mari ne m'a jamais comprise, jamais il ne m'a appréciée à ma juste valeur. Cela tient, à ma frêle et délicate santé. Saint-Clare est plein de bonnes intentions sans doute, mais les hommes sont bien égoïstes, et ils ont peu d'égards envers les femmes; telle est du moins mon impression.

Miss Ophélia, qui avait toute la prudence naturelle aux habitants de la Nouvelle-Angleterre, avait surtout horreur d'être mêlée à des discussions domestiques. Elle prit un air de neutralité sévère, et tira de sa poche un bas long d'une aune, en guise de spécifique contre l'oisiveté, que le docteur Watts appelle une habitude de Satan, et elle se mit à tricoter, les lèvres serrées. Elle semblait dire : C'est inutile, je ne veux pas me mêler de vos affaires. Elle était aussi impassible qu'un lion de faïence. Peu importait à Marie Saint-Clare; elle avait à qui parler, c'était tout ce qu'il lui fallait. Elle ranima ses esprits au moyen de sa cassolette, et continua en ces termes :

— J'ai apporté dans la communauté ma propriété et mes esclaves, et légalement j'ai le droit d'en disposer comme je l'entends; de son côté, comme Saint-Clare a sa fortune et ses esclaves, il peut bien s'arranger à sa façon; mais il veut faire plus quelquefois, et il a des idées extravagantes sur bien des choses, particulièrement sur la manière de traiter les domestiques. Il se conduit de telle façon qu'il semble mettre ici ses esclaves sur le même pied que lui et moi. Il leur permet tout, et jamais il ne lève sur eux le petit doigt. Il est ridicule sur bien des points. Malgré son air de bonté, il m'effraie. Ainsi, croiriez-vous qu'il a exigé que personne ici, autre que lui et moi, n'eût le droit de frapper un nègre, et il s'est exprimé de telle façon que je n'ai pu contredire. Où cela mène-t-il? je vous le demande; car Saint-Clare ne battrait pas un nègre quand tous les passeraient sur le corps, et vous comprenez combien il serait cruel qu'une pauvre femme comme moi fût forcée de faire elle-même telle besogne. Or, tous ces nègres, vous le savez, ne sont que de grands enfants.

— Je n'en sais rien, répondit vivement Ophélia, et je rends grâce à Dieu d'être aussi ignorante sur ce sujet.

— Vous seriez obligée de l'apprendre à vos dépens si vous restiez ici. Ah! vous ignorez combien ces tas de misérables sont méchants, stupides, sans-soucis.

Marie, toujours très animée sur ce sujet de conversation, semblait avoir perdu toute sa langueur.

— Allez, dit-elle, vous ne savez pas et vous ne pourrez savoir tous les tourments qui assiègent chaque jour et à chaque heure un maître de maison, grâce à cette engeance noire. Mais il n'y a pas moyen de faire entendre raison à Saint-Clare; il répond par toutes sortes de billevesées, à savoir : Que c'est nous qui avons fait les nègres ce qu'ils sont, et qu'il faut les endurer comme nous les avons faits. Il ajoute qu'il serait cruel de punir des êtres pour des fautes dont nous sommes la cause en grande partie; il va même jusqu'à dire que nous ne ferions pas mieux à leur place, comme si l'on pouvait nous comparer à ces gens-là.

— Ne savez-vous pas, dit miss Ophélia, que Dieu leur a donné le même sang qu'à nous?

— Non, vraiment. Je ne connaissais pas cette charmante histoire. Est-ce que les nègres ne sont pas une race dégradée?

— Croyez-vous au moins qu'ils ont une âme immortelle? dit miss Ophélia avec une indignation croissante.

— Sans doute, répondit Marie en bâillant; mais ce n'est pas une raison pour traiter les nègres sur un pied d'égalité avec nous, ainsi que le fait Saint-Clare, qui me disait dernièrement qu'il y avait autant de barbarie à éloigner Mammy de son mari qu'il y en aurait à m'éloigner du mien. Encore une fois, une pareille comparaison est absurde. Mammy ne peut éprouver les sentimens que j'éprouve, moi, et cependant mon mari n'est pas de cet avis. Est-ce que Mammy peut aimer ses petits monstres comme j'aime Eva? Un jour Saint-Clare voulut me persuader de renvoyer cette fille à son mari et à ses enfans, et d'en prendre une autre à sa place. Ceci me parut un peu fort, je vous l'avoue; j'ai pour principe de tout endurer avec patience; la patience est la triste loi d'une femme mariée, mais cette fois-là j'ai donné carrière à mon indignation. Depuis cette époque, il n'est plus revenu sur ce sujet; mais je sais par ses regards et par de certains mots qu'il n'a pas changé d'opinion. N'est-ce pas, je vous le demande, bien triste et bien pénible pour moi?

Miss Ophélia ne semblait pas très disposée à répondre; elle fit résonner ses aiguilles à tricoter d'une certaine façon, qui aurait eu une signification très éloquente si Marie avait pu la comprendre.

— Maintenant, poursuivit-elle, vous voyez clairement ce qui en est et ce que vous avez devant vous; une maison où les domestiques font ce qu'ils veulent et ont tout ce qu'ils désirent. Pour ce qui me regarde, malgré ma faible santé, j'ai tâché de maintenir l'ordre. J'ai toujours mon nerf de bœuf à côté de moi, et j'en use; mais, encore une fois, cet exercice est trop rude et trop fatigant pour une faible femme. Si seulement Saint-Clare voulait agir comme les autres maîtres.

— Comment fait-on? demanda miss Ophélia.

— On envoie les nègres à la calebose ou à un autre endroit, et on les fouette. C'est le seul parti raisonnable. Si je n'étais pas un pauvre être si faible, je crois que je m'en tirerais avec plus d'énergie que Saint-Clare, croyez-le bien.

— Quel est donc le procédé de Saint-Clare? demanda Ophélia, puisqu'il ne frappe jamais un nègre.

— Les hommes exercent une autorité plus grande que nous; il leur est plus facile de se faire obéir; d'ailleurs si vous avez jamais regardé Saint-Clare en face, vous avez dû être étonnée de la puissance de son regard. Quand il parle, ses yeux lancent des éclairs. Il me fait peur à moi-même, et les domestiques savent qu'ils n'ont qu'à se bien tenir. Je me mettrais en fureur que je ne ferais pas autant d'effet que Saint-Clare avec un seul de ces regards, quand il veut être sévère. Quant à vous, vous ne tarderez pas à vous apercevoir que le seul moyen de mener les nègres, c'est de ne pas les ménager, ils sont si méchans, si hypocrites, si paresseux.

— Toujours la même chanson, interrompit Saint-Clare en entrant. Quel compte ces maudites créatures auront à régler un jour, surtout au sujet de leur paresse! Vous voyez bien, cousine, dit-il en s'allongeant de tout son long sur un lit de repos en face de Marie, que cette paresse est tout à fait inexcusable de leur part, après les exemples que Marie et moi leur avons donnés.

— Allons, Saint-Clare, c'est très mal, dit Marie.

— J'avais cru très-bien parler, répondit-il; j'ai essayé de donner plus de poids à vos observations.

— C'est tout le contraire.

— Alors je me serai mépris.

— Vous faites tout votre possible pour être provoquant, dit Marie.

— Ma chère, la chaleur est étouffante; je viens d'avoir avec Dolphe une longue querelle qui m'a excessivement fatigué. Ainsi daignez être agréable, et accordez à un malheureux les rayons de votre sourire.

— Qu'est-ce qu'il y a avec Dolphe? dit Marie. L'impudence de cet homme s'est accrue à un point tel, qu'il m'est parfaitement intolérable. Je voudrais, seulement pour un moment, l'avoir sous ma direction. Vous verriez s'il rabattrait de ses prétentions.

— Ce que vous dites, ma chère, est marqué au coin de votre jugement et de votre bon sens ordinaire. Quant à Dolphe, voici ce dont il s'agit. Il s'est habitué depuis si longtemps à imiter mes agrémens et mes perfections, qu'il a fini par se prendre réellement pour son maître, et j'ai été obligé de lui donner un léger avertissement pour cette méprise.

— Comment? dit Marie.

— J'ai été forcé de lui faire comprendre sans détour que je préférais garder quelques-uns de mes habits pour mon usage personnel. J'ai dû aussi mettre sa magnificence à la ration pour l'eau de Cologne; j'ai même été assez cruel pour le prier de se contenter d'une douzaine de mouchoirs de batiste. Dolphe a été excessivement piqué de cela, et j'ai eu besoin de lui parler comme un père pour le ramener.

— O Saint-Clare, quand apprendrez-vous donc comment il faut traiter vos esclaves!

— Après tout, quel mal y a-t-il à ce que le pauvre chien veuille ressembler à son maître? Et si je l'ai assez mal élevé pour qu'il place son plus grand plaisir dans l'eau de Cologne et les mouchoirs de batiste, pourquoi ne lui en donnerais-je pas?

— Et pourquoi ne l'avez-vous pas mieux élevé? demanda miss Ophélia.

— Cela donne trop de peine. — C'est par paresse, cousine, par paresse. — Si ce n'eût été de la paresse, j'aurais été moi-même aussi parfait qu'un ange. Je suis porté à croire que la paresse est ce que votre vieux docteur Dolherem, dans le Vermont, avait coutume d'appeler l'essence du mal moral.

— Je pense que, vous autres propriétaires d'esclaves, vous prenez sur vous une terrible responsabilité. — Je ne voudrais pas l'avoir, moi, pour des milliers de mondes. Vous devriez élever vos esclaves et les traiter comme des créatures raisonnables, comme des créatures immortelles, avec lesquelles vous comparaîtrez un jour devant le tribunal de Dieu. — Voilà ce que je pense, dit miss Ophélia en donnant un libre cours à l'effervescence qu'elle réprimait depuis le matin.

— Allons, allons, dit Saint-Clare, en se levant vivement, Est-ce que vous connaissez pour parler de la sorte? Il s'assit au piano et exécuta un morceau plein de mouvement. Saint-Clare avait réellement le génie de la musique; son exécution était brillante et sûre, et ses doigts parcouraient le clavier avec la prestesse et l'assurance d'un oiseau qui fend les airs. Il exécuta morceaux sur morceaux, comme un homme qui veut se mettre en bonne humeur à force de distractions, puis il abandonna la musique, se leva et dit gravement: — C'est bien, cousine, vous nous avez fait un bon sermon, vous avez rempli votre devoir, et je n'en ai que meilleure opinion. Je suis convaincu que ces vérités sont autant de diamans que vous m'avez jetés à la figure, mais la violence du coup m'a empêché de voir encore clair pour apprécier toute la valeur.

— Pour moi, dit Marie, je ne vois pas à quoi servent tous les propos de ce genre. — S'il y a quelqu'un qui s'occupe autant des esclaves que nous, qu'on me le montre. Et pourtant ils n'en sont pas meilleurs, bien au contraire. Fallait-il leur donner de bons conseils? mais je me suis enrouée à leur enseigner leurs devoirs et tout ce qui s'ensuit! Je vous assure qu'ils peuvent aller à l'Église quand bon leur semble; mais ce sont de vrais pourceaux qui ne comprennent pas un mot du sermon. Il est donc inutile qu'ils y aillent; pourtant ils y vont, et ils ont ainsi tous les moyens de devenir meilleurs. Je vous l'ai déjà dit, c'est une race dégradée à tout jamais, rien ne saurait la relever. Vous pouvez, cousine Ophélia, vous en rapporter à mon expérience. Je suis née et j'ai été élevée parmi eux, et je sais à quoi m'en tenir.

Miss Ophélia crut qu'elle en avait assez dit ; elle s'assit et garda le silence. — Saint-Clare se mit à siffler.

— Saint-Clare, dit Marie, ne sifflez pas, vous me faites mal à la tête.

— C'est fini. Il y a-t-il quelque autre chose que vous m'interdisiez ?

— Je voudrais que vous eussiez quelque pitié de mes nerfs. Vous n'avez jamais eu d'égards pour moi.

— Cher ange accusateur !

— Qu'il est fatigant de s'entendre parler ainsi !

— Sur quel ton voulez-vous que je vous parle ? Donnez vos ordres, je les suivrai, je ne demande pas mieux.

Un rire joyeux, venu de la cour, traversa les rideaux de soie de la véranda. Saint-Clare s'avança, leva le rideau et se mit aussi à rire.

— Qu'est-ce ? dit miss Ophélia, s'approchant de la galerie.

Dans la cour, sur un petit siége garni de mousse, Tom était assis ; à chacune de ses boutonnières était accrochée une branche de jasmin du Cap, et Éva riait en lui entourant le cou de guirlandes de roses, puis elle se mettait sur ses genoux, joyeuse et frétillante comme un moineau franc.

— Oh ! Tom, comme vous avez l'air drôle ainsi ! disait-elle.

Tom avait un sourire calme et bienveillant ; avec sa simplicité ordinaire, il paraissait prendre autant de plaisir que sa jeune maîtresse. Lorsqu'il aperçut son maître, il tourna vers lui ses yeux à demi suppliants.

— Comment pouvez-vous permettre ces jeux ? demanda miss Ophélia.

— Pourquoi non ? répondit Saint-Clare.

— Pourquoi ? je ne sais, il me semble que c'est affreux.

— Vous ne verriez aucun mal à ce que ma fille caressât un gros chien, quand même il serait noir : mais un être qui pense et raisonne ; qui éprouve des sensations et une âme immortelle, c'est là ce qui vous fait frissonner, convenez-en, cousine. Je connais vos préjugés, à tous autres habitans du Nord. — Nous ne nous faisons pas un mérite de ne pas les partager ; mais l'habitude fait chez nous ce que devrait faire le christianisme, elle nous rend insensible à la différence des couleurs. J'ai souvent remarqué, en parcourant les États du Nord, combien ce préjugé est plus fort chez vous que chez nous. Un nègre vous inspire autant de dégoût qu'un serpent ou qu'un crapaud. Pourtant, vous êtes saisis d'indignation quand ce nègre se plaint. C'est, selon vous, un crime de le maltraiter, et vous ne voudriez pas le toucher. Oui, pour ne plus le voir, ni le sentir, vous les renverriez tous en Afrique, avec un missionnaire ou deux, ce qui vous excuserait à vos yeux de ne pas les avoir fait instruire à grands frais. — N'est-ce pas cela ?

— Oui, dit Ophélia d'un air rêveur ; il peut y avoir du vrai dans ce que vous dites.

— Et que deviendront ces pauvres créatures sans les enfans ? continua Saint-Clare en se penchant sur le treillis et en suivant des yeux Éva qui s'éloignait et emmenait Tom avec elle. Cette petite fille est le seul vrai démocrate. Tom est un héros pour elle ; ses histoires lui paraissent des merveilles. Les chants, les hymnes méthodiés de cet homme, amusent cet enfant plus que ne le ferait un opéra, et les bagatelles dont les poches de Tom sont remplies, semblent à Éva des mines de pierreries. Tom lui-même est le plus étonnant personnage qui ait jamais été recouvert d'une peau noire. Éva est une rose de l'Éden que le Seigneur a laissée tomber sur terre, uniquement pour cet infortuné qui n'en cueille guère d'autres.

— C'est étrange, cousin. On dirait presque, à vous entendre parler, que vous êtes professeur.

— Professeur ?

— Oui, professeur de théologie.

— Pas le moins du monde. Je n'entends rien aux théories de vos citadins, ni à la pratique, ce qui j'en ai peur, est encore pire.

— Eh bien ! alors, pourquoi pérorez-vous ainsi ?

— Rien n'est plus facile que de parler. — Shakespeare, je crois, fait dire à quelqu'un de ses personnages : « Il me serait plus aisé d'enseigner à vingt personnes le bien qu'on doit faire, que de mettre moi-même mes préceptes en pratique. » Rien de plus ingénieux que la division du travail, mais mon talent à moi c'est de parler, le vôtre est d'agir.

Il n'y avait alors, dans la condition extérieure de Tom rien qui pût lui fournir un véritable sujet de plainte. Éva en raffolait ; soit par un sentiment instinctif de reconnaissance, soit par cette bonté qui est l'apanage d'une noble nature, elle avait insisté auprès de son père pour que Tom l'accompagnât partout, dans ses promenades ou ses courses à cheval. Tom avait donc reçu l'ordre, une fois pour toutes, d'abandonner tout autre service, et de suivre miss Éva dès qu'elle le désirerait. Ces fonctions, comme nos lecteurs peuvent le supposer, étaient loin de lui déplaire. Il avait une belle livrée, car Saint-Clare attachait à ce détail une importance minutieuse. Ses fonctions de palefrenier n'étaient plus qu'une sinécure, et se bornaient à inspecter journellement un nègre chargé de diriger le travail d'un esclave qu'on avait mis sous ses ordres. Marie Saint-Clare avait déclaré qu'elle ne pourrait supporter une odeur de fumier autour d'elle ; et que Tom devrait nécessairement être dispensé de tout service qui pût rendre son voisinage désagréable ; elle avait le système nerveux trop irritable pour supporter une pareille épreuve, capable, disait-elle, de terminer une fois pour toutes ses souffrances terrestres ! Aussi Tom, avec son habit de drap bien brossé, son chapeau de castor, ses bottes luisantes, son col et ses manchettes irréprochables, avec sa bonne figure grave et honnête, avait l'air aussi respectable qu'un de ces évêques qui, malgré leur couleur, occupèrent, à d'autres époques, le siége de Carthage.

Il était, en outre, dans un endroit délicieux, ce qui est toujours un grand plaisir pour les gens de la race noire, cette race sensuelle. Aussi, il jouissait avec un bonheur tranquille des oiseaux, des fleurs, des fontaines, des parfums, de la lumière et de la beauté de la cour, des tentures de soie, des peintures, des lustres, des statuettes et des dorures, qui transformaient pour lui les salons en une espèce de palais d'Aladin.

Si jamais la culture intellectuelle élève l'âme des populations africaines, et elles viendront nécessairement à leur tour figurer dans le grand drame du progrès humain, la vie se développera parmi elles avec une splendeur luxuriante dont nos froides tribus de l'Ouest ne se font qu'une pâle idée. Loin de nous, dans ces contrées mystérieuses de l'or, des pierreries, des parfums, des palmiers ondoyans, des fleurs merveilleuses, dans ces régions d'une miraculeuse fertilité, l'art prendra de nouvelles formes et un éclat inconnu ; et la race nègre, cessant alors d'être méprisée et foulée aux pieds, apportera peut-être dans le monde quelqu'une des plus magnifiques révélations de la vie humaine. Assurément, c'est la destinée de cette race. Nous en avons pour garantie sa douceur, sa docilité, sa propension à s'incliner devant une intelligence et un pouvoir supérieurs, la simplicité enfantine de ses sentiments, et son oubli facile des injures. Elle reproduira sous la forme la plus pure l'idéal de la vie chrétienne, et peut-être, comme Dieu châtie ceux qu'il aime, a-t-il fait passer l'Afrique dans la fournaise de l'affliction pour lui donner plus tard la première et la plus noble place dans le royaume qu'il doit susciter quand les autres auront été pesés et trouvés trop légers. Alors, les premiers seront les derniers, et les derniers seront les premiers.

Étaient-ce des pensées de ce genre qui occupaient l'esprit de Marie Saint-Clare, lorsqu'un dimanche matin, richement parée, elle était assise sur la véranda, et attachait à son poignet un bracelet de diamans ? C'est très probable ; du moins elle devait réfléchir à quelque chose. Marie retrouvait les bonnes œuvres ; armée de toutes pièces, couverte de pierreries, de soie, de dentelle et de bijoux, elle se disposait à partir pour une église à la mode, avec l'intention de s'y montrer pleine de sentiments religieux. Elle n'oubliait jamais d'être pieuse le dimanche. A l'église, on la voyait si délicate, si élégante, si aérienne ! Elle mettait tant d'ondoyante mollesse dans ses mouvemens ! Elle s'enveloppait si bien de son écharpe de dentelles, comme d'un nuage transparent ! Elle était si gracieuse, et elle se sentait elle-même si bonne, si élégante ! Miss Ophélia, placée à son côté, formait avec elle un parfait contraste. Elle avait bien, comme sa cousine, une robe de soie, un beau châle et un mouchoir de poche de fine batiste. Mais sa taille droite et roide, sa contenance rigide, donnaient à son maintien autant de distinction que Marie en retirait de son élégance et de sa grâce, — non pas de la grâce qui vient de Dieu, car c'est là une tout autre chose.

— Où est Eva ? demanda Marie.

L'enfant s'était arrêtée sur l'escalier pour parler à Mammy. Et que disait donc Eva ? Écoute, lecteur, et tu apprendras ce que n'entendit pas Marie.

— Chère Mammy, vous avez un mal de tête affreux !

— Dieu vous bénisse ! miss Eva. — Il y a longtemps que je souffre, mais ne vous en inquiétez pas.

— Ah ! je suis bien aise que vous sortiez. Tenez, Mammy, prenez mon flacon, dit la petite fille en jetant ses bras autour d'elle.

— Quoi ! votre belle petite chose en or, avec des diamans ! Seigneur ! ce ne serait pas convenable. Non ! non !

— Pourquoi pas ? Il m'est inutile et vous en avez besoin. Ma mère s'en sert quand elle a la migraine, et vous vous en trouverez bien. Tenez, prenez-le pour me faire plaisir.

— Écoutez comme elle parle, la chère enfant, dit Mammy. — Eva mit son flacon dans le sein de la négresse, l'embrassa et courut rejoindre sa mère au bas de l'escalier.

— Pourquoi donc êtes-vous restée en arrière ?

— Je viens de donner mon flacon à Mammy, pour qu'elle s'en serve à l'église.

— Eva ! dit Marie avec un mouvement d'impatience, votre flacon d'or à Mammy ! Oublier à ce point les convenances ! Courez le lui reprendre à l'instant.

Eva baissa tristement les yeux, et se détourna avec lenteur.

— Marie, laissez donc cette enfant tranquille, dit Saint-Clare ; qu'elle fasse ce qui lui plaît.

— Saint-Clare, comment se conduira-t-elle jamais dans le monde ?

— Dieu seul le sait. Mais, à coup sûr, elle se produira dans le ciel avec plus d'avantage que vous et moi.

— O papa ! dit Eva en lui touchant légèrement le coude, cela chagrine ma mère.

— Eh bien ! cousin, venez-vous avec nous au meeting ? demanda miss Ophélia en se tournant tout à coup du côté de Saint-Clare.

— Non, je vous remercie.

— Je voudrais bien que Saint-Clare parût quelquefois à l'église, dit Marie ; mais il n'a pas un grain de religion. Cela n'est réellement pas convenable.

— Je le sais. Vous, mesdames, vous allez sans doute à l'église pour apprendre à vous conduire dans le monde, et votre piété rend vos maris respectables. Si je fréquente jamais une église, ce sera celle de Mammy. Au moins, là, il y a quelque chose qui vous tient éveillé.

— Quoi ! vous iriez chez ces hurleurs de méthodistes ! C'est affreux !

— Tout, plutôt que le calme plat de vos respectables églises, Marie. Est-ce que vous voulez y aller aussi, Eva ? — Restez avec moi, nous jouerons ensemble.

— Je vous remercie, papa, j'aime mieux aller à l'église.

— Mais c'est diablement ennuyeux !

— Oui, c'est ennuyeux, dit Eva. Moi aussi, j'ai envie d'y dormir, mais je tâche de m'y tenir éveillée.

— Pourquoi donc y allez-vous ?

— Pourquoi ? Vous savez, papa, lui dit-elle à l'oreille, ma cousine m'a dit que Dieu veut que nous nous donnions à lui. C'est lui, n'est-ce pas, qui nous donne tout. Et ce n'est pas trop de faire ce qu'il demande. Ce n'est déjà pas trop ennuyeux, après tout !

— Vous êtes un petit ange ! dit Saint-Clare en l'embrassant. Vous êtes une bonne fille. Allez à l'église et priez Dieu pour moi.

— C'est ce que je fais toujours, répondit l'enfant ; et elle s'élança dans la voiture à la suite de sa mère.

Saint-Clare s'arrêta sur le perron, et il lui envoya des baisers tandis que la voiture s'éloignait, — de grosses larmes roulaient dans ses yeux.

— O Évangéline, tu portes bien ton nom, dit-il ; Dieu l'a mise sous mes yeux comme un vivant évangile.

Il se livra un instant à son émotion, puis il fuma un cigare, lut la Picayune et oublia son petit Évangil. N'était-ce pas un homme comme tant d'autres ?

— Évangéline, dit Marie, il faut toujours être bonne pour les esclaves ; — mais il n'est pas convenable de les traiter comme des parens ou des personnes de notre classe. Si Mammy tombait malade, est-ce que vous la feriez coucher dans votre lit ?

— J'y pensais justement, maman. Il me serait alors bien plus facile de la soigner ; et puis, vous savez, mon lit est meilleur que le sien.

Marie s'aperçut avec un profond désespoir que le sens moral faisait complètement défaut chez sa fille.

— Que faire, dit-elle, pour que cette enfant me comprenne ?

— Rien, répondit Ophélia avec énergie.

Eva parut un moment triste et déconcertée. Mais chez les enfans toute impression est heureusement fugitive, et au bout de quelques instans elle riait de tout son cœur à la vue des objets qu'elle voyait défiler devant la portière de la voiture.

. . . .

— Eh bien ! mesdames, dit Saint-Clare, lorsqu'on se fut assis devant un dîner comfortable, quelle était aujourd'hui la carte à l'église ?

— Le docteur G... nous a débité un magnifique sermon, dit Marie. C'était justement un sermon comme il vous en faudrait un ; c'était un exposé exact de toutes mes idées.

— Ce devait être un chef-d'œuvre ; le sujet était du reste assez vaste.

— Je veux dire toutes mes idées sur la société et autres choses semblables. Voici le texte : « Toutes les choses que Dieu a faites sont belles dans leur saison. » — Le docteur a prouvé que les distinctions établies dans la société viennent de Dieu ; que parmi les hommes, les uns doivent être au sommet de l'échelle, et les autres en bas ; que les uns naissent pour commander, les autres pour obéir, et ainsi de suite, et que c'est là ce qui fait la beauté de la création. Puis, à l'aide de ces principes, il a réfuté les ridicules opinions que l'on a émises avec tant de fracas sur l'esclavage, et il a montré clairement que la Bible, en nous donnant raison, est la base inébranlable de nos institutions. Oh ! je voudrais que vous l'eussiez entendu !

— Je n'en ai pas besoin, dit Saint-Clare. Pour m'éclairer sur mes intérêts, je n'ai qu'à lire le Picayune, n'importe à quelle heure, et à fumer un cigare, plaisirs qu'on ne se procure point à l'église.

— Quoi ! dit miss Ophélia, est-ce que ces idées ne vous paraissent pas justes ?

— A moi ? Je ne suis qu'un païen que la grâce n'a point touché, et ces sujets, traités au point de vue de la religion, ne m'édifient guère. Si j'avais à parler sur la question de l'esclavage, je dirais franchement et carrément : C'est pour nous une affaire d'argent ; nous avons acheté des esclaves, et nous entendons les garder pour notre bien-être et notre profit ! voilà le fort et le faible de la question. C'est à cela que se réduit tout le galimatias du docteur, et je crois que mon langage serait intelligible pour tous et partout.

— Augustin, s'écria Marie, vous ne respectez rien ; votre langage est révoltant !

— Révoltant ! il n'est que vrai. Traiter de pareils sujets dans un sermon ! Pourquoi alors ne pas pousser de tels principes un peu plus loin ? Pourquoi ne pas montrer, e

tenant compte de la saison, convien a ce bonhomme est beau quand il a bu un verre de trop, quand il est resté assis jusqu'au matin à une table de jeu, et mille choses de ce genre qui se produisent, par la volonté de la Providence, si fréquemment parmi les jeunes gens. Je serais pleine d'entendre dire que tout cela est juste et divin.

— Pensez-vous que l'esclavage, demanda miss Ophélia, soit juste ou non ?

— Je ne veux pas, répondit gaîment Saint-Clare, aller droit au but avec cette fausse logique de la Nouvelle-Angleterre. — Si je réponds à cette question, je sais bien que vous allez m'attaquer à l'ensi, vous et une demi-douzaine d'autres. Je veux garder mes coudées franches. Je suis un de ceux qui gagnent leur vie à jeter des pierres dans les vitres de leurs voisins; mais j'ai soin de ne pas fournir aux autres des projectiles pour casser les miennes.

— Voilà comme il raisonne toujours, dit Marie; on ne peut rien tirer de lui. C'est, je crois, sa haine pour la religion qui lui fait battre ainsi la campagne.

— La religion ! s'écria Saint-Clare d'un ton qui fit tressaillir les deux femmes. A quelle relation est-ce que vous en tenez à l'église ! Cette chose qui se courbe, se contourne, s'élève ou s'abaisse pour s'adapter aux tortueux caprices d'une société marchande et égoïste, est-ce là la religion ? Elle a moins de rectitude, moins de justice, moins de générosité, moins d'égard pour l'homme, qu'il n'y en a dans un être grossier, rude et à demi-civilisé comme moi ! Non ! pour trouver une religion, je dois la chercher au-dessus de moi et non au dessous.

— Alors, vous ne croyez donc pas que la Bible justifie l'esclavage ? dit miss Ophélia.

— La Bible a été le livre de ma mère, dit Saint-Clare. Il ne l'a quitta ni pendant sa vie, ni à l'heure de sa mort; et je serais fâché d'y trouver la justification dont vous parlez. J'aimerais autant me persuader que ma mère buvait de l'eau-de-vie, mâchait du tabac et jurait, et que, par conséquent, j'ai raison de faire comme elle. Je n'en continuerais pas moins d'être malheureux toutes ces mauvaises habitudes, et je m'interdirais la consolation qu'on éprouve à respecter sa mère, car c'est réellement une consolation que d'avoir en ce monde une personne à respecter. En un mot, continua-t-il en reprenant tout à coup son bon raisonner, tout ce que je demande, c'est que chaque sorte d'églises soit serrée dans une case particulière. Le corps entier de la société, en Amérique comme en Europe, se compose d'éléments divers, qui n'ont point passé par l'étamine d'une morale parfaite. Un point sur lequel on est généralement d'accord, c'est que les hommes se soucient peu d'une juste et absolue, et qu'ils se contentent de vivre tant bien que mal. Or, lorsqu'on veut dire d'une voix bien nette que l'esclavage nous est nécessaire, que nous ne pourrions nous en passer, qu'on l'abolissant on nous réduirait à l'indigence; le langage est substantiel, clair et franc: il se reconnaît là par un cachet de vérité; et, si nous pouvons juger des opinions par les actes, la majorité nous approuvera. Mais quand un docteur s'avance, me montre sa longue figure, et cite en rouissant l'Écriture, je suis porté à croire qu'il n'y va t pas mieux qu'un autre.

— Vous êtes bien peu charitable, dit Marie.

— Supposons, continua Saint-Clare, qu'une cause quelconque fasse baisser pour toujours le prix du coton; supposons que les esclaves soient un article sans valeur sur le marché; croyez-vous que nous n'aurions pas alors quelque nouvelle interprétation de l'Écriture ? De quel flot de lumière l'Église ne serait-elle point inondée ! et comme on se hâterait de découvrir qu'on avait pris la Bible et la raison à contre-sens.

— Eh bien ! à tout hasard, dit Marie, en se renversant sur une causeuse, je me sens heureuse d'être née dans un pays où l'esclavage existe, et je crois qu'il est juste. Mon cœur me dit qu'il doit l'être, et je suis sûre qu'il serait impossible de vivre sans cela.

— Qu'en pensez-vous, petite ? dit Saint-Clare à Eva qui entrait alors avec une fleur à la main.

— De quoi, papa ?

— Qu'aimez-vous mieux ? Vivre comme on le fait chez votre oncle dans le Vermont, ou dans une maison pleine d'esclaves, comme ici ?

— Oh ! sans doute, c'est plus agréable de vivre ici.

— Pourquoi ? dit Saint-Clare en lui caressant la tête.

— C'est que l'on a autour de soi plus de monde à aimer ! répondit Eva avec un regard plein d'intelligence.

— Voilà bien le langage d'Eva, dit Marie. C'est une de ses niaiseries.

— Est-ce une niaiserie, papa ? dit Eva à l'oreille de son père en se plaçant sur ses genoux.

— Oui, aux yeux du monde, chère petite.— Mais où es-tu restée pendant tout le dîner ?

— Je suis restée dans la chambre de Tom à l'écouter chanter, et la tante Dinah m'a donné à dîner.

— Tom a chanté ?

— Oh oui ! il chante de si belles choses sur la nouvelle Jérusalem, et les anges resplendissants, et la terre de Chanaan !

— C'est plus beau que l'opéra, n'est-ce pas ?

— Oui, et il va m'apprendre ses chansons.

— Quoi ! il va vous donner des leçons de chant !

— Oui, il chante pour moi; je lui lis la Bible, et il m'explique ce que cela veut dire.

— Sur ma parole ! dit Marie en riant, c'est la meilleure plaisanterie de la saison.

— Tom n'a pas mauvaise grâce, je vous assure, à expliquer l'Écriture, dit Saint-Clare. Il a un talent tout particulier pour la théologie. Je voulais que les chevaux sortissent de bonne heure ce matin; je montai à la chambre de Tom, au-dessus des écuries; là je l'entendis tenant un meeting à lui seul. Et, dans le fait, il y a longtemps que je n'ai rien entendu d'aussi suave que la prière de Tom. Il a appelé sur moi les bénédictions du ciel avec une ferveur vraiment apostolique.

— Il savait peut-être que vous l'écoutiez.— On m'a parlé déjà de tours de ce genre.

— S'il le savait, il n'est pas très fin, car il exprimait très librement au Seigneur son opinion sur mon compte. Il semblait que je n'aurais besoin de m'améliorer, et l'idée de ma future conversion le comblait de joie.

— J'espère que vous en garderez le souvenir dans votre cœur, dit miss Ophélia.

— Vous partagez sans doute l'opinion de Tom, dit Saint-Clare : c'est bien ; nous verrons, n'est-ce pas, Eva ?

CHAPITRE XVII.

La défense de l'homme libre.

Il y eut quelque agitation dans la maison du quaker, lorsque la soirée tira vers sa fin. Rachel Halliday allait et venait avec calme, puisant dans son trésor domestique, pour les fugitifs qui devaient partir dans la nuit, les objets qui tenaient le moins d'espace, parmi ceux dont ils pouvaient avoir besoin. Les ombres du soir s'allongeaient vers l'orient, et le disque rouge du soleil, qui se tenait pensif à l'horizon, dorait de ses calmes rayons la petite chambre à coucher où étaient assis Georges et sa femme. Georges tenait son enfant sur son genou, et la main de sa femme était dans la sienne. Tous deux avaient l'air rêveur et sérieux, et des traces de larmes étaient sur leurs joues.

— Oui, Eliza, disait Georges, je sais que tout cela est vrai. Vous êtes une bonne fille, — bien meilleure que je ne suis, et j'essaierai de faire ce que vous dites. J'essaierai d'agir en homme libre. J'essaierai de sentir en chrétien. Le Tout-Puissant sait que j'ai eu l'intention de bien faire, — quand tout était contre moi; et maintenant je veux ou...

btier le passé, laisser de côté tout sentiment dur et amer, lire ma Bible. et apprendre à être bod.

— Et quand nous serons au Canada, dit Eliza, je pourrai vous aider. Je sais très bien faire les robes; je sais blanchir et repasser le fin ; et à nous deux nous pourrons trouver de quoi vivre.

— Oui, Eliza, tant que nous ne serons pas séparés l'un de l'autre ni de notre enfant. Oh! Eliza, si ces gens-là savaient quel bonheur c'est pour un homme de sentir que sa femme et son enfant lui appartiennent! je me suis souvent étonné de voir des hommes qui pouvaient dire que leur femme et leurs enfans étaient à eux, s'agiter et se tracasser pour autre chose. Moi, je me sens riche et fort. quoique nous n'ayons que nos bras. Il me semble que je n'ai guère rien de plus à demander au ciel. Oui, quoique j'aie rudement travaillé chaque jour depuis l'âge de vingt-cinq ans, et que je n'aie pas un sou vaillant, ni un toit pour abriter ma tête, ni un morceau de terre que je puisse dire à moi. cependant, s'ils veulent seulement me laisser tranquille à présent, je serai satisfait, — reconnaissant; je travaillerai, et je leur enverrai de quoi nous racheter, vous et mon enfant. Quant à mon ancien maître, il a été remboursé plus de cinq fois de tout ce qu'il a dépensé pour moi. Je ne lui dois rien.

— Mais nous ne sommes pas tout à fait hors de danger, dit Eliza ; nous ne sommes pas encore au Canada.

— C'est vrai, dit Georges. mais il me semble que je respire l'air de la liberté, et cela me donne des forces.

En ce moment des voix se firent entendre au dehors. On parlait avec chaleur dans la pièce à côté, et bientôt on frappa à la porte. Eliza tressaillit et ouvrit.

C'était Siméon Halliday avec un quaker qu'il présenta sous le nom de Phinéas Fletcher. Phinéas était un grand homme maigre, aux cheveux roux, dont la physionomie annonçait beaucoup de finesse. Il n'avait pas l'air placide et peu mondain de Siméon Halliday ; au contraire, sa mine était fort éveillée, comme celle d'un homme qui aime à savoir ce dont il s'agit, et qui a toujours un œil aux aguets : particularités qui cadraient assez mal avec son chapeau à larges bords et avec sa phraséologie solennelle.

— Notre ami Phinéas a découvert quelque chose d'important pour les intérêts et ceux de tes compagnons, Georges, dit Siméon: il serait bon que tu l'entendisses.

— Il dit vrai, reprit Phinéas; et cela prouve que l'on a raison de ne dormir que d'un œil dans certains lieux, comme j'ai toujours dit. Hier au soir, je m'étais arrêté à une petite taverne isolée. Tu te rappelles l'endroit, Siméon ; c'est là que nous avons vendu des pommes, l'an dernier, à cette grosse femme qui avait de grandes boucles d'oreilles. J'étais harassé de fatigue ; et, après souper, je m'étendis dans un coin sur une pile de sacs, et tirai sur moi une peau de buffle, en attendant que mon lit fut prêt ; et voilà-t-il pas que je m'endormis profondément.

— Mais cependant un œil ouvert, Phinéas, dit tranquillement Siméon.

— Non, je dormis bel et bien des deux yeux, une heure ou deux, car je n'en pouvais plus, mais quand je revins un peu à moi, je vis qu'il y avait plusieurs hommes dans la chambre, qui buvaient et causaient assis autour d'une table ; et je pensai qu'avant d'appeler l'attention sur moi, je ferais bien de voir ce qui les occupait, d'autant plus que je les avais entendus dire quelque chose sur les quakers. — Ainsi, dit l'un d'eux, ils sont arrivés dans la colonie des quakers, sans aucun doute. Alors j'écoutai des deux oreilles, et je trouvai qu'ils parlaient précisément de nos fugitifs. Je me tins donc coi et je les entendis exposer leurs plans. — Ce jeune homme, disent-ils, devait être renvoyé dans le Kentucky à son maître, qui ferait de lui un exemple, pour empêcher tous les nègres de se sauver. Quant à sa femme, deux d'entre eux iraient la vendre à la Nouvelle-Orléans pour leur propre compte, et ils espéraient en retirer seize à dix-huit cents dollars ; et l'enfant, disaient-ils, serait rendu à un marchand qui l'avait acheté ;

puis il y avait Jim et sa mère ; ceux-là retourneraient chez leur maître dans le Kentucky. Ils ajoutèrent qu'il y avait, dans une ville à quelque distance, deux constables qui viendraient les arrêter, et la jeune femme devait être conduite devant un juge ; et un de ces gens, un petit homme à la langue doucereuse, devait jurer qu'elle était sa propriété, et devait se la faire livrer pour l'emmener au Sud. Ils sont parfaitement instruits de la route que nous devons prendre cette nuit ; et nous aurons à notre piste six ou huit gaillards vigoureux. Maintenant donc, que faut-il faire?

Les attitudes variées du groupe qui écoutait cette communication étaient dignes d'un peintre. Rachel Halliday, qui avait quitté, pour entendre cette nouvelle, la pâte à biscuits qu'elle pétrissait, tenait les mains levées au ciel ses mains enfarinées, d'un air de profonde inquiétude. Siméon était tout pensif ; Eliza avait jeté ses bras autour de son mari, et le regardait au visage ; Georges, les poings serrés et les yeux enflammés, avait l'aspect qu'aurait tout autre homme dont la femme devrait être vendue à l'encan, et le fils envoyé à un marchand de chair humaine. le tout sous la protection des lois d'une nation chrétienne.

— Que ferons-nous, Georges? dit-elle d'une voix faible.

— Je sais ce que je ferai, moi, dit Georges, marchant dans la petite chambre et se mettant à examiner ses pistolets.

— Oui, oui, dit Phinéas en faisant à Siméon un signe de tête ; tu vois. Siméon, la tournure que cela prend.

— Je vois, dit Siméon en soupirant ; Dieu veuille que cela n'en vienne pas là!

— Je ne veux compromettre personne avec moi ni pour moi, dit Georges. Si vous voulez me prêter votre voiture et m'indiquer mon chemin, je la conduirai seul à la station voisine. Jim est un géant pour la force, et brave comme la mort et le désespoir ; — et moi aussi.

— C'est bien, l'ami, dit Phinéas ; mais tu n'en auras pas moins besoin d'un cocher. Pour ce qui est de se battre, tu es le bienvenu, tu sais ; mais quant à la route, je connais une ou deux choses que tu ne connais pas.

— Mais je ne veux pas vous compromettre, dit Georges.

— Compromettre! dit Phinéas avec une expression malicieuse. Quand tu me compromettras, fais-le moi savoir, je t'en prie.

— Phinéas est un homme adroit et sensé, dit Siméon. Tu feras bien, Georges, de t'en rapporter à son jugement ; et, ajouta-t-il en posant amicalement sa main sur l'épaule de Georges et montrant les pistolets, ne sois pas trop prompt à jouer avec ceci ; — le sang jaune est bouillant.

— Je n'attaquerai personne, dit Georges. Tout ce que je demande à ce pays, c'est qu'on me laisse tranquille, et j'en sortirai paisiblement ; mais... Il s'arrêta et son front s'assombrit, et sa figure se crispa. — J'ai eu une sœur vendue au marché de la Nouvelle-Orléans. Je sais ce pourquoi on les vend ; et vais-je laisser prendre et vendre ma femme, quand Dieu m'a donné une paire de bras robustes pour la défendre. Non; que Dieu me soit en aide! Je me battrai jusqu'au dernier soupir, avant qu'on ne me prenne ma femme et mon fils. Pouvez-vous me blâmer?

— Il n'est pas de mortel qui puisse te blâmer, Georges. La chair et le sang ne sauraient faire autrement, dit Siméon. Malheur au monde à cause des offenses, mais malheur à ceux par qui l'offense vient!

— Vous-même, monsieur, n'en feriez-vous pas autant à ma place?

— Je prie le ciel de ne pas me mettre à l'épreuve, dit Siméon; la chair est faible.

— Je crois que ma chair serait passablement forte en pareil cas, dit Phinéas étendant une paire de bras pareils aux ailes d'un moulin. Je ne suis pas bien sûr, ami Georges, que je ne te tiendrais pas le drôle avec qui tu aurais des comptes à régler.

— Si l'homme doit jamais résister au mal, dit Siméon, Georges doit se sentir autorisé à le faire maintenant; mais les guides de notre peuple nous ont enseigné une meilleure voix; car le courroux de l'homme n'infime pas sur la justice de Dieu. Prions le Seigneur qu'il ne nous laisse pas tenter.

— C'est ce que je fais, dit Phinéas; mais si nous sommes par trop tentés, — qu'ils prennent garde à eux, je ne dis que cela.

— Il est évident que tu n'es pas né un ami, dit Siméon en souriant. Le vieil homme parle encore très haut en toi.

A vrai dire, Phinéas avait été un excellent garde forestier, chasseur du premier ordre à cheval et à tir; mais ayant fait la cour à une jolie quakeresse, il aurait été décidé par le pouvoir de ses charmes à s'affilier à la société de son voisinage; et, quoiqu'il en fût un honnête, sobre et digne membre, et qu'on ne pût rien alléguer de particulier contre lui, les plus spiritualistes des amis ne pouvaient s'empêcher de trouver ses dispositions bien insuffisantes.

— L'ami Phinéas en fera toujours à sa tête, dit Rachel Halliday en souriant; mais nous sommes tous convaincus qu'il a le cœur bien placé, après tout.

— Eh bien ! dit Georges, ne vaut-il pas mieux que nous hâtions notre fuite ?

— Je me suis levé à quatre heures, et je suis venu en toute diligence, avec deux ou trois heures d'avance sur eux, s'ils partent à l'heure qu'ils ont fixée. Il n'est pas prudent de partir avant la nuit, en tous cas, car il y a quelques méchantes gens, dans les villages où nous passerons, qui pourraient être disposées à se mêler de nos affaires, s'ils voyaient notre chariot, et cela nous retarderait plus que d'attendre; mais dans deux heures, je pense que nous pourrons nous hasarder. J'irai chez Michaël Cross, et je l'engagerai à venir derrière nous sur son excellent bidet, et d'avoir l'œil sur la route, et de nous avertir s'il voit venir une troupe d'hommes. Michaël a un cheval qui est en état de dépasser la plupart des autres chevaux; et il pourrait piquer des deux et nous prévenir en cas de danger. Je vais maintenant avertir Jim et la vieille femme de se tenir prêts, et de s'occuper du cheval. Nous avons de l'avance, et nous avons une bonne chance d'arriver à la station avant qu'ils ne puissent nous atteindre. Ainsi donc bon courage, ami Georges; ce n'est pas le premier mauvais pas où je me sois trouvé avec la race, dit Phinéas en fermant sur lui la porte.

— Phinéas est passablement fin, dit Siméon. Il fera pour toi tout ce qu'il pourra faire, Georges.

— Tout ce que je regrette, dit Georges, c'est le risque que vous courez.

— Tu nous obligerais beaucoup, ami Georges, de ne plus parler de cela. Ce que nous faisons, notre conscience nous oblige à le faire; nous ne pouvons pas agir autrement. Et maintenant, mère, dit Siméon en se tournant vers Rachel, hâte les préparatifs pour ces amis, car il ne faut pas les faire partir à jeun.

Et tandis que Rachel et ses enfants s'occupaient à faire des gâteaux de maïs et à cuire du jambon et du poulet, et à accélérer tous les apprêts du souper, Georges et sa femme étaient assis dans leur petite chambre, se tenant entrelacés, et causant comme font un mari et une femme qui savent que dans quelques heures ils peuvent être à jamais séparés.

— Eliza, dit Georges, les gens qui ont des amis, des maisons, des terres et de l'argent, ne peuvent aimer comme nous faisons, nous qui pour tout bien n'avons que notre amour. Avant de vous connaître, Eliza, personne ne m'avait aimé que ma mère, qui est morte le cœur brisé, et ma sœur. J'ai vu la pauvre Emily le matin qu'elle fut emmenée par le marchand. Elle vint au coin où je dormais, et dit: — « Pauvre Georges! votre dernière amie s'en va! Qu'allez-vous devenir, pauvre garçon ? » Je me levai et je la serrai dans mes bras, et je pleurai et sanglotai, et elle pleura aussi; et ce furent les dernières paroles tendres que j'entendis pendant dix longues années; et mon cœur se flétrit et se dessécha, jusqu'au moment où je vous rencontrai. Votre amour, — ah ! ce fut comme si vous aviez ressuscité un mort! Je n'ai plus été le même homme depuis! Et à

présent, Eliza, je verserai la dernière goutte de mon sang, mais ils ne me prendront pas ma femme. Pour vous avoir, il leur faudra marcher sur mon cadavre!

— O Seigneur, ayez pitié de nous ! dit Eliza en sanglotant. S'il veut nous laisser seulement sortir de ce pays ensemble, c'est tout ce que nous lui demandons.

— Est-ce que Dieu est pour eux ? dit Georges, donnant plutôt cours à ses amères pensées qu'il ne s'adressait à sa femme. Est-ce qu'il voit tout ce qu'ils font? Pourquoi permet-il de pareilles choses? Et ils nous disent que la Bible est pour eux ! Certes, ils ont pour eux la force. Ils sont riches, santé, bonheur; ils appartiennent à des églises et s'attendent à monter au ciel; et la vie leur est si facile ! tout est si bien soumis à leurs volontés ! et de pauvres, d'honnêtes, de fidèles chrétiens, — qui valent autant et plus qu'eux, — sont par eux foulés aux pieds. Ils les achètent et les vendent; ils trafiquent de leur sang et de leurs larmes, — et Dieu les laisse faire.

— Ami Georges, dit Siméon, qui était dans la cuisine, écoute ce psaume; il peut te faire du bien.

Georges tira sa chaise près de la porte, et Eliza, essuyant ses pleurs, s'avança aussi pour écouter, tandis que Siméon lisait ce qui suit :

« Mais quant à moi, mes pieds étaient presque partis, mes pas avaient quasi glissé. Car j'étais envieux de l'insensé, quand je voyais la prospérité du méchant. Ils ne sont pas dans l'embarras comme les autres hommes, et ils ne sont pas châtiés comme les autres hommes. C'est pourquoi l'orgueil les enlace comme une chaîne; la violence les couvre comme un vêtement. Leurs yeux sont bouffis de graisse; ils ont plus que le cœur ne peut désirer. Ils sont corrompus, ils parlent avec perversité d'oppression; ils parlent avec hauteur. C'est pourquoi le peuple de Dieu revient, et la coupe pleine leur est arrachée, et ils disent: « Qu'en sait le Seigneur ? Le Très Haut a-t-il connaissance de rien ? »

— N'est-ce pas ce que tu penses, Georges?

— Oui, répondit Georges, je n'aurais pas pu le mieux écrire moi-même.

— Eh bien ! écoute, dit Siméon : « Quand je crus savoir cela, ce fut trop pénible pour moi jusqu'à ce que j'entrai dans le sanctuaire de Dieu. Alors je compris leur but. Sûrement tu les as placés dans des endroits glissants, tu les a jetés dans l'abîme. Comme un rêve, lorsqu'on s'éveille, ainsi, ô Seigneur! quand tu t'éveilleras, tu mépriseras leur image! Néanmoins, je suis continuellement avec toi; tu m'as tenu par ma droite, tu me guideras par ton conseil, et ensuite tu me recevras dans la gloire. Il est bon pour moi de m'approcher de Dieu. J'ai mis ma confiance dans le Seigneur Dieu ! »

Ces paroles de sainte confiance, prononcées par le bienveillant vieillard, pénétrèrent comme une musique sacrée l'esprit irrité de Georges, et lorsqu'elles eurent cessé, il s'assit d'un air doux et résigné.

— Si ce monde était tout, Georges, dit Siméon, tu pourrais, en effet, demander où est le Seigneur. Mais ce sont souvent ceux qui ont le moins dans cette vie qu'il choisit pour son royaume. Mets ta confiance en lui, et n'importe ce qui t'arrive ici, il rétablira l'ordre plus tard.

Si ces paroles étaient sorties de la bouche d'un homme indulgent pour lui-même, comme de banales exhortations à l'usage de ceux qui souffrent, elles auraient peut-être produit peu d'effet; mais venant d'un homme qui chaque jour, avec calme, s'exposait à l'amende et à la prison pour la cause de Dieu et des hommes, elles avaient une autorité irrésistible, et les deux pauvres fugitifs sentirent renaître en eux un peu de force et de tranquillité.

Alors Rachel prit amicalement la main d'Eliza, et la conduisit à la table où le souper était servi. Comme ils s'asseyaient tous, on frappa doucement à la porte, et Ruth entra.

— J'apporte bien vite, dit-elle, ces petits bas pour l'enfant, — trois bonnes paires, bien chaudes, en laine. Il fera si froid, tu sais, en Canada. Conserves-tu bon courage,

Éliza ? ajouta-t-elle, en lui serrant chaleureusement la main, et en glissant dans celle de Harry un gâteau à l'anis. J'en ai apporté un petit paquet pour lui, dit-elle en fouillant dans sa poche. Les enfants, tu sais, sont toujours à manger.

— Oh ! vous remercie ; vous êtes trop bonne, dit Éliza.

— Voyons, Ruth, soupe avec nous, dit Rachel.

— Impossible. J'ai laissé John avec le baby ; j'ai des biscuits dans le four ; je ne puis rester une minute, autrement John laissera brûler tous les biscuits, et il donnera au baby tout ce qui est dans le sucrier. Voilà comme il est, dit la petite quakeresse en riant. Ainsi, adieu Éliza ; adieu. Georges ; que le Seigneur t'accorde un heureux voyage ! et d'un pied leste, elle sortit de la chambre.

Un peu après le souper, un grand chariot couvert s'arrêta devant la porte ; le ciel était étoilé, et Phinéas sauta vivement de son siége pour placer ses voyageurs. Georges sortit, portant son enfant sur un bras, et de l'autre soutenant sa femme. Son pas était ferme, son visage calme et résolu. Rachel et Siméon venaient derrière eux.

— Descendez un moment, vous autres, dit Phinéas à ceux qui étaient dans la voiture ; laissez-moi disposer l'arrière de la voiture pour les femmes et pour l'enfant.

— Voici les deux peaux de buffle, dit Rachel. Tâchez que les siéges soient aussi commodes que possible ; c'est fatigant de voyager toute la nuit.

Jim descendit le premier, et aida soigneusement à sortir sa vieille mère, qui s'attachait à son bras et regardait autour d'elle avec anxiété, comme si elle s'attendait à voir paraître à tous moments ceux qui étaient à leur poursuite.

— Jim, vos pistolets sont-ils tous en état ? demanda Georges tout bas, mais d'une voix ferme.

— Oui, vraiment, dit Jim.

— Et vous n'avez pas de doute sur ce que vous ferez s'ils viennent ?

— Je crois que je n'en ai pas, dit Jim en déployant sa large poitrine et aspirant l'air avec force. Croyez-vous que je leur laisserai reprendre ma mère ?

Durant ce court colloque, Éliza avait pris congé de son aimable amie, Rachel, et, assistée par Siméon, elle monta dans le chariot, où, s'étant enfoncée à l'arrière avec son enfant, elle s'assit parmi les peaux de buffle. La vieille femme y fut ensuite hissée et placée ; Georges et Jim se placèrent sur une banquette formée d'une planche par-devant, et Phinéas monta sur le siége.

— Adieu, mes amis, dit Siméon.

— Dieu vous bénisse ! répondirent toutes les voix de la voiture.

Et elle se mit en marche avec force cahots sur la terre gelée.

Le bruit des roues sur cette route raboteuse ne permettait pas de causer. La voiture roula donc par monts et par vaux à travers bois et plaines, pendant des heures et des heures, dans l'ombre et le silence. L'enfant ne tarda point à s'endormir sur les genoux de sa mère. La pauvre vieille finit par oublier ses terreurs ; et Éliza elle-même, à mesure que la nuit s'avançait, sentait que toutes les inquiétudes ne pouvaient empêcher ses yeux de se fermer. Phinéas paraissait, en somme, le plus gai de la compagnie, et charmait sa longue course en sifflant certaines chansons qui ne rappelaient en rien le quaker.

Mais vers trois heures, Georges entendit le pas précipité d'un cheval qui arrivait derrière eux à quelque distance, et il poussa le coude de Phinéas, qui arrêta ses chevaux pour écouter.

— Ce doit être Michaël, dit-il ; je crois reconnaître son galop ; et il se leva et allongea la tête en arrière avec anxiété.

En effet, ils virent bientôt paraître sur une hauteur éloignée un cavalier qui accourait en toute hâte.

— Le voici, je pense ! dit Phinéas. Georges et Jim sautèrent hors du chariot, avant de savoir ce qu'ils faisaient. Tous se tenaient en silence, la face tournée vers le messager qu'ils attendaient. Il avançait. Bientôt il descendit dans

une vallée où on ne pouvait plus le voir, mais on entendait le pas rapide du cheval qui approchait de plus en plus ; à la fin on le vit paraître au sommet d'une éminence, à portée de la voix.

— Oui, c'est Michaël ! dit Phinéas, et élevant la voix :

— Holà ! Michaël ! ici !

— Phinéas, est-ce toi ?

— Oui, quelles nouvelles ? — Ils viennent !

— Tout droit derrière, huit ou dix hommes, échauffés d'eau-de-vie, jurant et écumant comme autant de loups.

Et, juste comme il partait, une brise apporta le bruit lointain de cavaliers galopant vers eux.

— Rentrez, rentrez vite, enfans, dit Phinéas. Si vous devez vous battre, attendez que je vous aie fait gagner un peu de terrain. À ces mots, ils sautèrent tous deux dans la voiture, et Phinéas fouetta ses chevaux à tour de bras. Michaël les suivant de près. Le chariot volait presque sur la terre gelée ; mais le bruit des cavaliers augmentait d'instants en instans. Les femmes l'entendirent, et, regardant dehors avec anxiété, aperçurent au loin derrière, sur une colline éloignée, une troupe d'hommes qui se détachait sur le ciel rayé de rouge par l'aube naissante. Une autre colline, et ils avaient découvert le chariot, qui, couvert d'une étoffe blanche, se voyait de loin, et le vent apporta leur cri brutal de triomphe. Éliza se sentit défaillir, et serra plus fort son enfant contre son sein ; la vieille femme priait et gémissait. Georges et Jim serrèrent leurs pistolets avec l'énergie du désespoir. L'ennemi gagnait du terrain ; la voiture fit soudain un détour, et les amena au bord d'une chaîne isolée de rochers qui s'élevait au milieu d'un terrain tout à fait nu et uni. Cette masse pesante, qui se détachait en noir sur le ciel brillant, semblait promettre un abri et une retraite. C'était un endroit bien connu de Phinéas, qui y était souvent venu comme chasseur, et c'était pour l'atteindre qu'il avait lancé ses chevaux à toute bride.

— Nous y voilà ! dit-il en arrêtant brusquement ses chevaux, et sautant de son siége à terre. — Sortez vite, en un clin d'œil, chacun de vous, et entrez dans ces rochers avec moi. Toi, Michaël, attache ton cheval au chariot, et va vite chez Amariah, et envoie-nous-le avec ses gens pour parler à ces coquins.

En un instant, ils furent tous hors de la voiture.

— Là, dit Phinéas, en saisissant Harry ; vous, occupez-vous des femmes, et courez maintenant si vous avez jamais couru.

Il n'était pas besoin d'exhortation. Plus promptement que nous ne pourrons le dire, toute la troupe sauta par dessus la haie, gagnant les rochers en toute hâte, tandis que Michaël, se jetant à bas de son cheval, et attachant la bride au chariot, commença à le mener grand train.

— En avant ! dit Phinéas. Comme ils atteignaient les rochers, ils virent, à la lueur confuse des étoiles et de l'aurore, les traces d'un sentier qui y conduisait. — C'est un de nos anciens rendez-vous de chasse. Venez !

Phinéas allait devant, sautant sur les rochers comme une chèvre avec l'enfant dans ses bras. Jim venait le second, portant sur son épaule sa vieille mère toute tremblante, et Georges formait l'arrière-garde avec Éliza. La troupe des cavaliers arriva à la haie, et avec force cris et jurements, ils mirent pied à terre afin de les suivre. En quelques momens ils furent ensuite la crête de la chaîne ; le sentier passait alors dans un étroit défilé, où l'on ne pouvait entrer qu'un à la fois ; puis ils arrivèrent à une fente de plus d'un mètre de large, au-delà du reste de la chaîne, et profond de plus de trente pieds, dont les côtés étaient escarpés et perpendiculaires comme les murs d'un fort fossé. Phinéas franchit aisément ce abîme, et assit l'enfant sur un lit de mousse blanche qui tapissait la cime du rocher.

— À votre tour ! s'écria-t-il, sautez maintenant ; il y va de votre vie, dit-il, comme ils sautaient tous l'un après l'autre. Plusieurs pierres détachées formaient une espèce de parapet et qui les empêchait d'être vus d'en bas.

— Bien, nous y voici tous, dit Phinéas, guettant par-dessus le parapet les assaillants qui escaladaient les rochers

en tumulte. Qu'ils nous attrapent, s'ils peuvent. Ceux qui
vien ront ici auront à marcher un à un entre ces deux
rocs à portée de vos pistolets ; enfans, voyez-vous ?

— Je vois, dit Georges ; et maintenant, comme c'est notre
affaire, à nous le risque et la bataille !

— Quant à ce qui est de la bataille, tu es le bienvenu,
Georges, dit Phinéas, tout en mâchant des feuilles de checker-
berry ; mais je peux me donner le plaisir de regarder,
je suppose. Voyez donc, ces coquins sont à défiler là-bas,
et ils lèvent la tête en l'air comme des poules qui sont près
de s'envoler sur le perchoir. Ne ferais-tu pas mieux de leur
donner un petit avis avant qu'ils montent, simplement pour
les prévenir loyalement qu'on tirera dessus s'ils s'y frottent !

La troupe qui était au-dessous, plus visible maintenant
à la lueur du jour, se composait de nos vieilles connaissances, Tom Loker et Marks, avec deux constables et un
renfort de chenapans tels qu'on avait pu en ramasser à la
dernière taverne, et en engager pour un peu d'eau-de-vie
à donner la chasse à un troupeau de nègres.

— Eh bien ! nous le tenons, votre gibier, dit l'un d'eux.

— Oui, je les vois monter là-bas, dit Tom, et voici
un sentier. Mon avis est d'aller droit à eux. Il leur faut
du temps pour sauter, et nous ne serons pas longs à les
traquer.

— Mais, Tom, ils pourraient tirer sur nous de derrière
les rochers, dit Marks, ça serait du vilain, vous savez.

— Bah ! dit Tom avec un ricanement. Vous avez toujours peur pour votre peau.

— Je ne vois pas pourquoi je ne tiendrais pas à ma peau,
dit Marks ; c'est mon meilleure, et les nègres se battent
comme des diables, quelquefois.

En ce moment, Georges parut sur le sommet d'un roc
au-dessus d'eux, et parlant d'une voix calme et claire, il
dit : — Qui êtes-vous, messieurs, et que voulez-vous ?

— Nous sommes à la recherche d'une troupe de nègres
évadés, dit Tom Loker. Georges Harris, Eliza Harris et leur
fils, Jim Sulden et une vieille femme. Nous avons avec
nous les officiers et l'ordre d'arrestation, et nous saurons
bien l'exécuter. Entendez-vous ? N'êtes-vous pas Georges
Harris, qui appartient à monsieur Harris, du comté de
Shelby, Kentucky ?

— Je suis Georges Harris. Un monsieur Harris du Kentucky m'a appelé sa propriété. Mais à présent je suis un
homme libre, marchant sur le sol libre de Dieu, et je ré-
clame ma femme et mon enfant comme miens. Jim et sa
mère sont ici. Nous avons des armes et nous comptons
nous défendre. Vous pouvez monter, si vous voulez ; mais
le premier d'entre vous qui vient à la portée de nos balles
est un homme mort. J'en dis autant du suivant, et du suivant, et ainsi de suite jusqu'au dernier.

— Oh ! voyez, voyez ! dit un gros petit homme qui s'a-
vançait en se mouchant. Jeune homme, il vous sied bien
de parler ici ! Vous voyez, nous sommes des officiers de
justice. Nous avons la loi pour nous, et la force, etc. Ainsi
vous ferez mieux de vous rendre paisiblement, vous voyez ;
car il faudra bien finir par là, certainement.

— Je sais parfaitement que vous avez la loi et la force
pour vous, dit Georges avec amertume. Vous voulez
prendre ma femme pour la vendre à la Nouvelle-Orléans,
et parquer mon enfant comme un veau chez un marchand,
et envoyer la vieille mère de Jim à la brute qui l'a accablée
de coups de fouet et d'injures, parce qu'il n'en pouvait
faire autant ! À son fils. Vous voulez nous renvoyer, Jim et
moi, pour être fouettés et torturés, et remis sous les talons de ceux que vous appelez nos maîtres. Et vos lois vous
prêteront leur appui. — honte à vous et à elles ! Mais vous
ne nous tenez pas. Nous ne reconnaissons pas vos lois ;
nous ne reconnaissons pas votre pays ; nous sommes aussi
libres ici, sous la voûte du ciel, que vous l'êtes vous-
mêmes ; et, par le grand Dieu qui nous a faits, nous com-
battrons pour notre liberté jusqu'à la mort !

Georges était pleinement en vue sur le sommet du rocher lorsqu'il faisait cette déclaration d'indépendance. La

lueur de l'aube colorait sa joue basanée ; l'indignation et
le désespoir enflammaient son œil noir ; et, comme s'il en
appelait de l'homme à la justice de Dieu, il levait sa main
au ciel en parlant.

S'il eût été un jeune Hongrois protégeant de sa bra-
voure, dans quelque défilé de montagne, la retraite de
fugitifs s'échappant d'Autriche en Amérique, c'eût été un
sublime héroisme ; mais comme c'était un enfant de race
africaine, protégeant la retraite de fugitifs passant d'Amérique au canada, nous sommes, comme de raison, des patriotes trop éclairés pour y voir aucun héroisme ; et si aucun de nos lecteurs pensait autrement, ce serait sous sa
propre responsabilité. Lorsque des fugitifs hongrois s'é-
chappent en Amérique, au mépris de toutes les autorités
de leur gouvernement légitime, c'est à qui les applaudira
et leur fera accueil, de la presse et du cabinet ; lorsque des
fugitifs africains en font autant, il y a... qu'y a-t-il ?

Quoi qu'il en soit, il est certain que l'attitude, le regard,
la voix, le geste de Georges réduisirent pour un moment
ses auditeurs au silence. Il y a dans la hardiesse et la détermination quelque chose qui impose momentanément
aux natures les plus grossières. Marks fut le seul qui resta
complètement insensible. Il arma résolument son pistolet,
et pendant le silence qui suivit le discours de l'esclave, il
tira sur lui.

— Vous savez bien qu'on vous le paiera autant mort que
vif dans le Kentucky, dit-il froidement, en essayant son pistolet sur sa manche.

Georges fit un bond en arrière. — Eliza poussa un cri ; —
la balle avait passé tout près des cheveux du mari, avait
presque effleuré la joue de la femme, et était allée se
loger dans l'arbre sous lequel ils étaient.

— Ce n'est rien, Eliza, dit promptement Georges.

— Tu ferais mieux de ne pas rester en vue à faire des
harangues, dit Phinéas ; ce sont de vils coquins.

— Ah ça ! Jim, dit Georges, veillez à ce que vos pistolets
soient en état, et suivez bien mes mouvements. Le premier qui se montre, je tire dessus ; vous prenez le second,
et ainsi de suite. Il ne faut pas, vous comprenez, perdre
deux coups sur un seul homme.

— Mais si vous ne l'atteignez pas ?

— Je l'atteindrai, dit froidement Georges.

— C'est bien ; il y a, ma foi ! de l'étoffe dans ce garçon-
là, marmotta Phinéas entre ses dents.

La troupe d'en bas, après que Marks eut fait feu, était
restée un moment indécise.

— Vous avez dû en toucher un, dit une voix ; j'ai entendu un cri.

— Je vais en relancer un, dit Tom. Je n'ai jamais eu
peur de nègres, et je ne commencerai pas aujourd'hui. Qui
est-ce qui me suit ? dit-il en grimpant sur les rochers.

Georges avait entendu distinctement ces paroles. Il prit
son pistolet, l'examina, et le braqua vers l'endroit du défilé
où le premier homme devait paraître.

Un des plus courageux de la bande suivait Tom, et, la
marche étant ouverte, toute la troupe se mit à escalader
le rocher, les derniers poussant les premiers plus vite que
ceux-ci n'auraient été d'eux-mêmes. Bientôt Tom apparut
presque au haut du défilé rocheux.

Georges fit feu ; — la balle atteignit Tom au flanc ; mais
le blessé ne battit point en retraite, et, avec un mugisse-
ment de taureau furieux, il s'élança tout droit par-dessus
l'abîme vers son adversaire.

— Ami, dit Phinéas, se jetant soudain au-devant de lui,
et le repoussant de ses longs bras, on n'a pas besoin de toi.

Au milieu des arbres, des buissons, des souches et des
pierres, Tom roula dans l'abîme, où il resta meurtri et gémissant. Il était tué sur le coup si sa chute n'eût été amor-
tie par un arbre auquel ses habits s'étaient accrochés, mais
elle avait été rude cependant.

— Dieu nous assiste ! ce sont de vrais diables ! dit Marks
dirigeant la retraite avec plus de zèle qu'il n'en avait mis
à seconder l'attaque ; et toute la bande se précipita sur ses

pas, — particulièrement le gros constable, qui soufflait d'une manière très énergique.

— Écoutez, camarades, dit Marks, faites le tour et allez ramasser Tom, tandis que je vais prendre mon cheval pour revenir à votre secours; et sans faire attention aux huées et aux sarcasmes de ses compagnons, aussitôt dit aussitôt fait, on ne tarda point à l'apercevoir qui s'en allait au galop.

— Quel infâme poltron! dit un des hommes. On vient pour son affaire, et il nous plante là.

— Ah ça! il faut ramasser le camarade, dit un autre, quoique je ne me soucie guère s'il est mort ou vivant.

Nos gens, guidés par les plaintes de Loker, parvinrent à grand'peine à travers les troncs d'arbres, les souches et les buissons, jusqu'à l'endroit où gisait notre héros, gémissant et jurant tour à tour avec véhémence.

— Vous faites passablement de train, Tom, dit l'un d'eux. Êtes-vous sérieusement blessé?

— Je ne sais pas. Relevez-moi; ne le pouvez-vous pas? L'infernal quaker! Sans lui, je les aurais joliment arrangés.

Ce ne fut pas sans difficultés ni sans gémissemens que notre héros fut remis sur ses jambes, et qu'il put aller jusqu'aux chevaux, soutenu sous chaque épaule.

— Si vous pouviez seulement me ramener à la taverne qui est à un mille d'ici. Donnez-moi un mouchoir ou tout autre chose pour arrêter ce sang maudit.

Georges regardait par-dessus les rochers, et il vit les vaincus essayer de mettre en selle ce gros corps, qui, après deux ou trois efforts infructueux, chancela et retomba pesamment à terre.

— Oh! j'ai bien peur qu'il n'est pas mort! dit Eliza, qui observait, comme le reste de leur troupe, ce qui se passait.

— Pourquoi? dit Phinéas; il n'aurait que ce qu'il mérite.

— Parce qu'après la mort vient le jugement, dit Eliza.

— Oui, dit la vieille femme, qui n'avait fait que geindre et prier à la façon des méthodistes pendant toute cette rencontre; c'est une terrible chose pour l'âme de la pauvre créature.

— Sur ma parole, ils le laissent là, je crois, dit Phinéas. C'était la vérité, car après avoir paru hésiter et se consulter, la bande entière monta à cheval et s'éloigna. Quand ils furent hors de vue, Phinéas commença à se mettre en mouvement.

— Allons, il faut descendre et marcher un peu, dit-il. J'ai chargé Michaël d'aller en avant, d'amener du secours, et de revenir ici avec le chariot; mais nous aurons un peu de chemin à faire à pied, je présume, pour les rencontrer. Dieu veuille qu'il soit là où il est! Il est de bonne heure; il n'y aura pas beaucoup de piétons sur la route de quelque temps encore, et nous ne sommes guère qu'à deux milles de l'endroit où nous devons nous arrêter. Si les chemins n'avaient pas été si mauvais hier au soir, on ne nous aurait pas rattrapés.

Comme ils approchaient de la haie, ils découvrirent à distance leur chariot qui revenait escorté de plusieurs hommes à cheval.

— Ah! voilà Michaël, et Stephen, et Amariah! s'écria Phinéas avec joie. Maintenant notre affaire est bonne; nous sommes aussi en sûreté que si nous étions arrivés.

— Arrêtez-vous alors, dit Eliza, et faites quelque chose pour ce malheureux. Entendez-vous comme il gémit?

— Ce ne serait que remplir son devoir de chrétien, dit Georges; emportons-le.

— Et droguons-le parmi les quakers! dit Phinéas; c'est joli, cela! Eh bien, peu m'importe! Voyons, donnons-lui un coup d'œil; et Phinéas qui, dans le cours de sa vie de chasseur, avait acquis quelques connaissances grossières en chirurgie, s'agenouilla près du blessé, et se mit à l'examiner avec soin.

— Marks, dit Loker d'une voix faible, est-ce vous, Marks?

— Non, pas précisément, l'ami, dit Phinéas. Marks ne se

soucie de toi que lorsque sa peau est en sûreté. Il est parti il y a longtemps.

— Je crois que je suis perdu, reprit Loker. Chien de poltron, me laisser mourir seul! Ma pauvre vieille mère m'avait toujours dit que ça m'arriverait.

— Seigneur Dieu! écoutez le pauvre cher homme! Il a une maman, dit la vieille négresse. Je ne peux pas m'empêcher de le plaindre.

— Doucement, doucement! ne faisons pas le méchant, dit Phinéas don' Tom repoussait la main. Tu n'as pas de chance si je n'arrête pas le sang. Et Phinéas se mit à confectionner tant bien que mal un appareil avec son mouchoir, et avec le autres ressources que les assistans purent lui fournir.

— C'est vous qui m'avez jeté là, dit Tom d'une voix languissante.

— Sans cela tu nous y aurais jetés toi-même, vois-tu bien, dit Phinéas en se penchant pour appliquer son bandage. Là, là. — Laisse-moi attacher le bandage. Nous ne te voulons que du bien; nous sommes sans rancune. Tu vas être conduit dans une maison où on te soignera aussi bien que pourrait le faire ta propre mère.

Tom poussa un gémissement et ferma les yeux. Chez les hommes de sa classe, l'énergie est une chose toute physique et qui dépend de la circulation du sang. Notre colosse, abandonné des siens, faisait une pitoyable mine.

Le renfort qu'on était allé chercher arriva. Les banquettes du chariot furent enlevées. Les peaux de buffles, pliées en quatre, furent étendues sur un des côtés, et quatre hommes, avec beaucoup de difficultés, y déposèrent la lourde masse de Tom. Il s'était évanoui dans le transport. La vieille négresse, toute émue de compassion, s'assit dans le fond, et lui mit la tête sur ses genoux. Eliza, Georges et Jim se casèrent comme ils purent dans l'espace qui restait, et la troupe se mit en marche.

— Que pensez-vous de lui? dit Georges qui était assis en avant à côté de Phinéas.

— Oh! le coup est profond, mais il n'a porté que dans les chairs. Cependant, cela ne lui a pas fait précisément du bien de rouler comme il a fait. Il a perdu pas mal de sang, et, avec son sang, courage et tout; mais il en reviendra, et peut-être que cela lui servira de leçon.

— Je suis bien aise de ce que vous me dites là, répliqua Georges. J'aurais toujours un poids sur la conscience, si je l'avais tué, quelle que soit la justice de ma cause.

— Oui, dit Phinéas, tuer est une vilaine opération, —que ce soit un homme ou une bête. J'ai été un grand chasseur dans mon temps, et, je l'assure, j'ai vu un daim abattu regarder, avec son œil mourant, de telle sorte qu'on se sentait des remords de l'avoir tué; et les hommes, c'est encore plus sérieux, vu que, comme le dit ta femme, après la mort vient le jugement pour eux. Aussi je ne sais pas si les idées des quakers sont trop strictes sur ces matières, et quand je considère combien je suis devenu meilleur, je suis bien tenté de les partager.

— Que ferons-nous de ce pauvre diable? demanda Georges.

— Nous allons le porter chez Amariah. Il y a là la vieille grand'maman Stephens.—Dorcas, on l'appelle;—c'est une merveilleuse garde-malade. C'est chez elle une vocation véritable, et elle n'est jamais plus heureuse que lorsqu'elle a un malade à soigner. Nous allons le lui confier pour une quinzaine de jours.

Après une heure de marche environ, nos voyageurs arrivèrent à une jolie ferme, où un copieux déjeuner les mit à même de réparer leurs forces. Tom Loker fut déposé avec précaution dans un lit beaucoup plus propre et plus moelleux qu'il n'en avait jamais occupé, et sa blessure fut pansée avec soin. Nous allons le laisser là, occupé comme un enfant fatigué, à fermer et à ouvrir languissamment ses yeux sur les rideaux blancs de la fenêtre et sur les figures qui glissent doucement dans la chambre, et nous allons nous occuper, nous, de quelques-uns de nos autres personnages.

CHAPITRE XVIII.

Les opinions et les tribulations de miss Ophélia.

Notre ami Tom, dans ses réflexions naïves, comparait souvent son sort fortuné à celui de Joseph en Egypte; et en effet, sa destinée, devenant meilleure de jour en jour, rendait l'analogie plus sensible.

Saint-Clare était indolent et se préoccupait peu des questions d'argent. Jusque-là c'était Adolphe, aussi insouciant et non moins prodigue que son maître, qui avait été chargé de l'achat des provisions. Tous deux donc dilapidaient à qui mieux mieux. L'oncle Tom, qui pendant de longues années avait administré la propriété de monsieur Shelby comme s'il se fût agi de son propre bien, voyait avec inquiétude le gaspillage de la maison, gaspillage qu'il ne pouvait réprimer, et suivant l'habitude des gens de sa race, il hasardait quelquefois des observations indirectes. Dès le début, Saint-Clare ne l'employait que de temps à autre, puis, frappé peu à peu des qualités de son esprit et de sa connaissance en affaires, il lui confia le département du marché et de l'approvisionnement.

Un jour qu'Adolphe se plaignait qu'on l'eût privé de ses anciennes attributions, Saint-Clare lui répondit : — Laissez faire Tom; vous n'agissez, vous, qu'à votre fantaisie, à tort et à travers; lui calcule la dépense. Je serais bien vite ruiné si Tom n'était pas là.

Investi de la confiance illimitée d'un maître insouciant qui lui remettait des billets sans les regarder et recevait l'argent sans compter. Tom était exposé à toutes les tentations déshonnêtes; mais son inébranlable simplicité, fortifiée de sa foi chrétienne, le mettait à l'abri de toute atteinte de ce genre. Sa fidélité était d'autant plus scrupuleuse que la confiance de son maître était plus grande.

Il n'en était pas ainsi d'Adolphe. Insouciant, égoïste, et gâté par un maître qui trouvait plus commode d'être tolérant que de prendre en main la direction de ses affaires, il établissait entre le tien et le mien une confusion qui ne laissait pas d'inquiéter Saint-Clare. Celui-ci comprenait instinctivement combien était dangereuse cette façon d'agir à l'égard de ses domestiques. Il était poursuivi par une sorte de remords chronique, mais il n'avait pas la force d'accomplir une réforme radicale dans l'économie domestique, et il excusait alors les fautes les plus graves, parce qu'il ne se dissimulait pas qu'elles n'auraient point été commises s'il eût montré plus de fermeté.

Tom éprouvait pour son jeune maître un singulier mélange de dévouement, de respect et de sollicitude paternelle; mais il songeait aussi que Saint-Clare ne lisait jamais la Bible, n'allait jamais à l'église, plaisantait sur tous les sujets, et passait à l'opéra ou au théâtre ses soirées du dimanche, fréquentait les clubs et assistait à des soupers où l'on buvait outre mesure. Tom avait donc tiré de toutes ces circonstances cette conclusion que maître n'était pas chrétien. Il avait longtemps hésité avant d'arriver à cette conviction; mais à partir de ce moment, il adressait au ciel, en faveur de Saint-Clare, des prières simples et touchantes, quand il se trouvait tout seul dans le dortoir. Il exprimait aussi assez souvent, avec la finesse qu'on remarque chez les nègres, sa façon de penser. Ainsi, une semaine après le dimanche dont nous avons parlé, Saint-Clare, qui avait été invité à un festin, fut rapporté chez lui entre une et deux heures du matin, dans un état où la matière l'emportait évidemment sur l'intelligence. Tom et Adolphe avaient aidé à le coucher. Celui-ci, joyeux et enchanté de ce qui arrivait, trouvait l'aventure très amusante, et riait aux éclats de la simplicité de Tom, qui semblait éprouver une profonde horreur, et qui resta toute la nuit à prier pour son jeune maître.

— Eh bien! Tom, qu'attendez-vous? disait le jour suivant Saint-Clare assis dans son cabinet, en robe de chambre et en pantoufles, après avoir donné de l'argent à Tom et l'avoir chargé de diverses commissions. Pourquoi restez-vous ainsi immobile? Est-ce que tout n'est pas en règle?

— Je crains bien que non, maître, avait répondu Tom gravement.

Saint-Clare laissa tomber son journal, plaça sa tasse de café sur la table, et regarda Tom.

— Qu'y a-t-il, Tom? Vous êtes solennel comme une tombe.

— Je me sens très mal, maître. J'avais toujours cru que maître serait bon pour tout le monde.

— Eh bien! ne le suis-je pas? Voyons, vous avez quelque chose à me dire, et vous n'êtes qu'à la préface.

— Je n'ai pas à me plaindre pour ce qui me regarde, car maître a toujours été bon pour moi; mais il est quelqu'un pour lequel maître n'est pas bon.

— Quelle est cette lubie? expliquez-vous?

— La nuit dernière, entre une et deux heures, je faisais ces réflexions, je pensais que maître n'est pas bon pour lui-même.

Après avoir dit ces paroles, Tom tourna le dos et mit la main sur le bouton de la porte. Saint-Clare sentit le rouge lui monter à la figure, puis il se mit à rire.

— Est-ce là tout? dit-il.

— Tout, répondit Tom. Et se jetant aux genoux de Saint-Clare : O cher jeune maître! dit-il, je crains que ceci ne soit la perte de votre âme et de votre corps. Le bon livre l'a dit : « Le péché mord comme un serpent et pique comme une vipère. » Et la voix de Tom était entrecoupée de sanglots.

— Pauvre insensé! dit Saint-Clare ému et les yeux humides; evez-vous! je ne vaux pas la peine qu'on pleure sur mon sort.

Mais Tom ne voulut pas se lever et prit un air suppliant.

— Eh bien! dit Saint-Clare, je ne retournerai plus au milieu de leurs folies; mais il songeait sur tous je ne sais pourquoi je les partage depuis si longtemps, car j'ai toujours méprisé la débauche, et je me méprise moi-même quand je m'y abandonne. Essuyez vos larmes, Tom, et allez à vos commissions... Pas de bénédictions! ajouta-t-il en poussant légèrement Tom vers la porte. Je ne vaux pas tant que vous semblez le croire. Mais je vous jure, sur mon honneur, que vous ne me reverrez plus comme j'étais hier.

Et Tom satisfait sortit en essuyant ses yeux.

— Je tiendrai ma parole, dit Saint-Clare après avoir fermé la porte. Et il le fit, car le sensualisme grossier n'était pas un vice inhérent à sa nature.

Arrivons maintenant aux tribulations de miss Ophélia, qui avait pris ses fonctions de directrice dans un établissement du Sud.

Il existe une notable différence entre les esclaves des établissements du Sud suivant la capacité et le caractère des maîtresses de maison. Dans les Etats du Midi comme dans les Etats du Nord, certaines femmes ont une aptitude toute particulière pour commander à leurs esclaves et les dresser à l'obéissance. Elles gouvernent les divers membres de leur petite fontaine avec une facilité apparente et sans sévérité; elles tirent parti des facultés de chacun, et établissent l'harmonie générale en compensant les défauts des uns par les qualités des autres. Mistress Shelby, dont nos lecteurs se souviennent sans doute, était une de ces maîtresses de maison. Si de telles femmes ne sont pas communes dans les Etats du Sud, elles n'y sont pas rares partout; mais on les rencontre là aussi fréquemment qu'ailleurs, et elles trouvent même dans l'organisation particulière à ces Etats, une brillante occasion de déployer leurs talents domestiques.

Marie Saint-Clare n'avait pas ces qualités. Indolente et puérile, imprévoyante et sans suite dans ses idées, on ne pouvait s'attendre à trouver dans sa maison des domestiques qui ne lui ressemblassent point. Elle avait présenté à miss Ophélia un très fidèle tableau de la confusion qui régnait chez elle, seulement elle n'avait pas indiqué la véritable cause de ce désordre.

Le jour où elle prit les rênes de son gouvernement, miss Ophélia, qui s'était levée à quatre heures du matin, s'occupa à mettre tout en ordre dans sa chambre, ce qu'elle n'avait pas manqué de faire depuis son arrivée, à la grande stupéfaction de la chambrière, et elle alla ensuite inspecter les armoires, les cabinets et les magasins dont elle avait les clefs. La chambre aux provisions, la cuisine, la cave, tout fut passé en revue.

La découverte de mystères jusque-là enveloppés de ténèbres, ne laissa pas de jeter l'alarme parmi les hauts dignitaires de la domesticité, et fut l'occasion de bien des murmures contre les dames du Nord.

La vieille Dinah, cuisinière en chef, qui administrait despotiquement le département de la cuisine, se révoltait contre ce qu'elle appelait une usurpation de privilèges. Un baron féodal du temps de la grande charte n'aurait pas supporté plus impatiemment quelque envahissement de la couronne.

Il serait injuste de ne pas donner au lecteur une idée de cette femme d'un caractère vraiment original. Elle était née cuisinière comme sa tante Chloé, la cuisine est le grand talent de la race africaine. Mais Chloé, femme méthodique, accomplissait sa tâche avec la plus ponctuelle régularité, tandis que Dinah était opiniâtre et sans ordre.

Ainsi que certains philosophes modernes, elle dédaignait la raison et la logique, et ne s'en rapportait qu'à son intention. Sur ce terrain-là elle était inexpugnable. Autorité, raisonnement, discussion, rien ne pouvait lui faire admettre qu'une manière de voir autre que la sienne pût être meilleure. La mère de Marie, son ancienne maîtresse, avait cédé à cette prétention, et miss Marie, comme Dinah continuait à appeler sa maîtresse même depuis que celle-ci était mariée, trouva plus facile de céder que de combattre.

Dinah avait donc le gouvernement suprême; elle s'en était emparée d'autant plus facilement, que passée maîtresse dans cet art diplomatique qui consiste à unir la plus complète soumission apparente à la plus grande inflexibilité, elle avait des excuses toujours prêtes; elle avait fini par faire accepter comme un axiome qu'une cuisinière ne peut mal faire. Du reste, dans ces établissements du Sud, une cuisinière a toujours autour d'elle une quantité de gens qui ont bon dos pour supporter toutes ses fautes pendant qu'elle même reste immaculée. Un plat venait-il à manquer au dîner, elle avait cinquante raisons à donner pour excuse, c'était la faute des cinquante autres personnes dont elle s'efforçait vainement de stimuler le zèle. Mais il était rare qu'on eût à se plaindre des résultats définitifs du travail de Dinah! Elle aimait les complications, sa cuisine semblait toujours avoir été bouleversée par un ouragan. Elle avait pour accrocher ses ustensiles autant d'emplacements divers qu'il y a de jours dans l'année; malgré cela, si l'on avait la patience d'attendre l'heure de la cuisinière, le dîner s'servait dans un ordre parfait, et les mets étaient assaisonnés avec un art digne de l'approbation d'un épicurien.

On était alors dans la saison des primeurs. Dinah, qui avait besoin de repos, était assise sur le plancher de la cuisine, fumant un vieux bout de pipe qu'elle allumait en guise d'encensoir toutes les fois qu'elle courait après l'inspiration. C'était de cette manière que Dinah invoquait les muses domestiques.

Tout autour d'elle étaient assis divers membres de cette race qui pullule dans les habitations du Sud. Ils écossaient des pois, pelaient des pommes de terre et plumaient des poulets. À chaque instant Dinah interrompait le cours de ses méditations pour donner sur la tête de ses jeunes collaborateurs un petit coup d'un de ces rouleaux de bois qui servent à étendre la pâte des gâteaux. Dinah faisait plier toutes ces jeunes têtes crépues sous un joug de fer; elle était convaincue qu'ils n'existaient que pour lui épargner

de la peine. Telle était la base du système dont elle avait vu l'application dans son enfance, et dont elle avait poursuivi le perfectionnement.

Quand miss Ophélia eut fait sa tournée de réforme dans toutes les autres parties de la maison, elle arriva à la cuisine. Dinah avait appris de différens côtés ce qui se passait, et elle était bien résolue à se tenir sur la défensive, à défendre pied à pied le terrain conservateur, et à opposer à toute innovation une force d'inertie.

La cuisine était une grande pièce carrelée en briques, et garnie d'un côté d'une antique cheminée. Saint-Clare avait vainement engagé Dinah à remplacer cette cheminée par un fourneau moderne. Il n'y avait pas de puséiste ou conservateur de n'importe quelle école plus attaché que Dinah à toutes les incommodités du bon vieux temps.

À son retour des États du Nord, Saint-Clare, sous l'impression de l'ordre et de l'économie qui régnaient dans la cuisine de son oncle, avait fait l'acquisition d'armoires, de buffets et de divers appareils dont il espérait que Dinah tirerait parti. Il aurait tout aussi bien réussi à acheter tous ces objets pour un écureuil ou pour une pie. Plus il y eut dans la cuisine de buffets et de tiroirs, plus Dinah eut à sa disposition de cachettes pour enfouir de vieux chiffons, de vieux souliers, des peignes, des rubans, des fleurs artificielles fanées et autres fantaisies qui ravissaient l'âme de la cuisinière.

Quand miss Ophélia entra dans la cuisine, Dinah ne prit pas la peine de se lever; elle continua à fumer avec une tranquillité majestueuse, suivant la directrice du coin de l'œil, et feignant en apparence d'être occupée à la surveillance des préparatifs.

Miss Ophélia commença par ouvrir les tiroirs d'une commode.

— Que met-on là-dedans? dit-elle.

— Toutes sortes de choses, maîtresse.

La variété du contenu justifiait assez cette réponse.

Miss Ophélia tira d'abord une nappe damassée tachée de sang, et dans laquelle on avait évidemment enveloppé de la viande crue.

— Que signifie cela? dit miss Ophélia; vous n'enveloppez pas, je pense, votre viande dans les plus belles nappes de votre maîtresse.

— Seigneur! non; j'ai mis cette nappe dans ce tiroir pour l'envoyer au blanchissage.

— Étourdie! pensa miss Ophélia, et poursuivant ses recherches, elle trouva une râpe, deux ou trois noix de muscade, un livre d'hymnes méthodistes, un ou deux mouchoirs sales de madras, du coton, un papier plein de tabac, une pipe, quelques pétards, deux soucoupes en porcelaine dorée, un morceau de flanelle contenant des oignons blancs, des serviettes, des nappes damassées, des torchons, de la ficelle, des aiguilles à travail ferré, et des cornets de papiers d'où s'échappaient des herbes odoriférantes.

— Où placez-vous vos noix de muscade? demanda miss Ophélia de l'air d'une femme qui prie le ciel de lui accorder la patience.

— Un peu partout, maîtresse; il y en a dans cette tasse fêlée, dans cette armoire...

— En voici dans cette râpe, interrompit miss Ophélia en le lui montrant.

— Est-ce possible? C'est que je les aurai mises là ce matin; j'aime à avoir toutes mes choses sous la main. Puis, s'adressant à un négrillon : Vous, Jack, pourquoi ne travaillez-vous pas? je vais vous corriger, moi; et elle allongea au malheureux un coup de bâton.

— Il qu'est-ce que cela? demanda miss Ophélia en montrant une soucoupe remplie de pommade.

— C'est de la graisse pour mes cheveux, je la mets là pour l'avoir à ma portée.

— Est-ce que vous servez des meilleures soucoupes pour un tel usage?

— C'est parce que j'étais toute ahurie, j'allais précisément enlever cette graisse aujourd'hui même.

— Voici deux serviettes damassées!

— Mon intention était de les laver un de ces jours.

— N'avez-vous pas un endroit pour serrer le linge sale ?

— Maître Saint-Clare a acheté, d'après ce qu'il a dit, ce coffre pour ça ; mais je m'en sers pour délayer la pâte. D'ailleurs le couvercle est très difficile à lever.

— Pourquoi ne délayez-vous pas votre pâte sur le pâtissoire ?

— C'est qu'elle est si encombrée de plats et de toutes sortes de choses, qu'il ne reste plus de place.

— Vous devriez laver votre vaisselle, et la serrer.

— Laver la vaisselle ! s'écria Dinah qui, perdant patience, sortait de ses habitudes de respect ; les dames savent-elles ce que c'est que l'ouvrage ? — Quand maître aurait-il son dîner prêt si je pensais mon temps à laver et à serrer la vaisselle ? Miss Marie ne m'a jamais fait ces observations.

— C'est bien ; que font ces oignons ici ?

— Ah ! ces oignons, je les avais placés là pour les mettre dans le ragoût. J'avais oublié qu'ils étaient dans ce vieux morceau de flanelle.

Miss Ophélia prit les cornets qui contenaient les herbes odoriférantes.

— Je voudrais bien que maîtresse ne touchât pas à ça. J'aime à trouver mes choses où je les place, murmura la cuisinière.

— Mais pourquoi le papier est-il troué ?

— C'est pour pouvoir laisser passer les herbes à travers ; c'est plus commode.

— De cette façon, cependant, elles se répandent dans le tiroir.

— Sans doute, si maîtresse renverse tout. Puis, s'approchant avec inquiétude : Si maîtresse voulait seulement monter au salon, je remettrais tout en ordre ; mais je ne peux rien faire quand les dames sont autour de moi.—Vous, Samuel, ne donnez pas ce sucrier à cet enfant, sinon vous allez avoir une tape.

— Je vais inspecter votre cuisine et mettre de l'ordre partout ; j'espère que vous le maintiendrez, Dinah ?

— Seigneur Dieu ! maîtresse ; est-ce votre place ? Je n'ai jamais vu des dames faire ça, ni mon ancienne maîtresse, ni miss Marie ; à quoi ça sert-il ?

Et Dinah arpenta la cuisine avec indignation, pendant que miss Ophélia, sans se déconcerter, assortissait les plats, empila les assiettes, et mettait dans un seul sucrier le sucre contenu dans une douzaine de bols. Elle mit de côté les nappes et les serviettes sales, et fit tout cela avec une promptitude telle que Dinah en fut étonnée.

— Dieu ! disait Dinah à une de ses subalternes, quand miss Ophélia fut sortie ; si les dames du Nord sont comme ça, ce ne sont pas des dames. Je fais mon ouvrage aussi bien que qui que ce soit, les jours de rangement général ; mais je ne puis souffrir, encore une fois, que les dames viennent se promener dans ma cuisine pour se mêler de tout, et fou rer les choses dans des endroits où il me sera impossible de les retrouver.

Pour rendre justice à Dinah, elle avait, à de certains jours, des paroxysmes de réforme et d'ordre. Elle faisait alors un nettoyage général ; elle vidait tous les tiroirs, les renversait sens dessus dessous, faisait rémur les ustensiles, et entretenait tout pendant plusieurs heures dans un état de confusion qu'elle expliquait à la satisfaction des questionneurs en disant que c'était le jour du rangement général.

Quand les tables étaient bien lavées, et que tout ce qui pouvait offusquer la vue était fourré à droite et à gauche, Dinah se vêtissait alors d'une robe voyante et plaçait sur sa tête un turban doré de madras, et elle ne permettait pas aux petits marauleurs de pénétrer dans la cuisine. Ces nettoyages périodiques étaient le jour sournent un inconvénient pour la maison, car il arrivait que Dinah, éprise tout d'un coup d'un amour immodéré pour ces ustensiles nouvellement récurés, ne voulait pas qu'on s'en servît pour aucun usage. Puis, peu à peu, l'ardeur du nettoyage calmait.

En quelques jours, miss Ophélia eut établi dans la maison un plan systématique. Malheureusement tous les travaux pour lesquels la coopération des domestiques était nécessaire ressemblaient beaucoup au travail de Sisyphe ou des Danaïdes. En désespoir de cause, elle en appela à Saint-Clare.

— Il n'y a pas moyen, lui dit-elle, d'introduire de régulari é dans cette maison.

— Je le crois, dit Saint-Clare.

— Une gestion inhabile, tant de gaspillage et de confusion ! Je n'ai jamais rien vu de semblable.

— Je n'en doute pas.

— Vous n'en parleriez pas si à votre aise si vous aviez le ménage à diriger.

— Ma chère cousine, comprenez donc une fois pour toutes que nous autres maîtres nous formons deux classes, — celle des oppresseurs et celle des opprimés. Nous, qui avons un bon naturel et qui détestons la sévérité, nous devons nous résigner à subir bien des inconvénients. Si nous voulons entretenir pour notre usage un tas de lourdauts et de mal appris, nous devons supporter les conséquences d'une telle fantaisie. J'ai vu, rarement il est vrai, quelques personnes douées d'un tact particulier établir l'ordre sans avoir besoin de recourir à des mesures répressives ; mais je ne suis pas du nombre. Aussi ai-je pris la ferme résolution, depuis longtemps, de laisser aller les choses à leur gré. Je ne veux pas rouer de coups de pauvres diables, et comme ils le savent, ils en profitent et prennent en main le commandement.

— Mais il n'y a ni règle, ni ordre, ni temps déterminé, et tout marche à la diable.

— Ma chère Vermont, vous autres habitants du Nord, vous accordez au temps une valeur exagérée. Qu'importe le temps à un homme qui en a deux fois plus qu'il ne lui en faut ! À quoi bon un plan arrêté quand on n'a rien de mieux à faire que de s'allonger sur un sopha ? Que le déjeuner soit servi une heure plus tôt ou une heure plus tard, quelle importance cela a-t-il ? Tenez, vous voyez Dinah : c'est une excellente cuisinière ; rien de plus distingué que ses potages, ses ragoûts, ses poulets, ses crèmes glacées : elle tire tout cela du chaos et des ténèbres de sa cuisine. C'est un talent superbe. Mais que le ciel nous préserve de descendre jamais dans son antre, et de la voir accroupie et la pipe à la bouche, et ahurie au milieu de ses préparatifs ! nous ne voudrions plus manger. Dispensez-vous donc d'y aller, ma chère cousine ; c'est plus qu'une pénitence catholique, et cela ne servirait qu'à vous mettre en colère et à dérouter Dinah. Laissez-la donc faire comme elle voudra.

— Mais vous ignorez sans doute dans quel état j'ai tout trouvé.

— Bon ! Est-ce que je ne sais pas que le rouleau pour la pâte est sous son lit, et la râpe à muscade dans sa poche avec son tabac. Ne sais-je pas encore qu'il y a soixante-cinq sucriers dans soixante-cinq trous différents, qu'elle essuie sa vaisselle tantôt avec une serviette de table, tantôt avec un vieux jupon ; mais, en fin de compte, elle fait de très bons dîners et d'excellent café. Jugeons-la donc comme on juge les guerriers et les hommes d'État : par le succès.

— Mais le gaspillage, la dépense ?

— Enfermez tout, gardez les clefs, donnez les provisions en petite quantité, et ne vous inquiétez pas des bouts de chandelle.

— Je ne puis cependant m'empêcher de croire qu'ils ne sont pas strictement honnêtes. Êtes-vous sûr qu'on puisse avoir confiance en eux ?

Augustin se mit à rire à la vue de la figure anxieuse et grave de miss Ophélia en posant cette question.

— O cousine ! s'écria-t-il, croi est-ce honnête de votre part. Non, ils ne sont pas honnêtes ; et pourquoi le seraient-ils ? Qui les aurait rendus tels ?

— Pourquoi ne les instruisez-vous pas ?

— Vous parlez d'éducation ! Quelle fadaise ! Quelle éduca-

9

cation puis-je leur donner? Ressemblerai-je à un pédago-
gue? Pour Marie, elle aurait assez d'énergie en elle pour
tuer toute une plantation, si je la laissais faire, mais elle
n'empêcherait pas ses nègres d'être trompeurs.

— Il n'en est donc pas qui soient honnêtes?

— On en trouve un de temps en temps que la nature
crée si simple, si fidèle, que sa perniceuse influence
ne peut le corrompre; mais l'enfant de couleur sent en
naissant qu'il ne peut parvenir qu'à travers des voies clan-
destines; il est artificieux avec ses parens, sa maîtresse, le
jeune maître et la jeune maîtresse avec lesquels il joue. La
finesse et la ruse deviennent chez lui une habitude invété-
rée. On ne peut attendre autre chose de cette race, et il
serait injuste de l'en punir. L'esclave est tenu dans un tel
état de dépendance et de minorité, qu'il ne peut comprendre les droits de la propriété, et admettre que les biens de
son maître ne lui appartiendraient pas alors même qu'il
parviendrait à s'en emparer. Ne me demandez donc pas si
les nègres sont honnêtes. Un être tel que Tom est un phénomène extraordinaire, une sorte de miracle moral.

— Et leurs âmes, que deviennent-elles?

— Ce n'est pas mon affaire, que je sache; le présent seul
m'intéresse, ici-bas. Toute la race noire est vouée au diable,
pour notre plus grand avantage. Il n'en sera peut-être pas
de même dans l'autre monde.

— C'est vraiment horrible, dit miss Ophélia. Vous devriez avoir honte de vous-même.

— Après tout, je suis en assez nombreuse compagnie,
comme tous les gens qui suivent la grande roue. Regardez en haut et en bas, partout c'est la même histoire; les
classes inférieures sont sacrifiées corps et âme au bien-être
des classes élevées. C'est ainsi en Angleterre, c'est ainsi
dans le monde entier, et la chrétienté s'étonne et laisse
exhaler une vertueuse indignation, parce que nous faisons
ici, sous une autre forme, ce qui se fait partout ailleurs.

— Il n'en est pas de même dans l'État du Vermont.

— Dans la Nouvelle-Angleterre et dans les États libres,
vous êtes mieux organisés que nous, j'en conviens. Mais
j'entends la cloche. Ainsi, cousine, laissons pour quelque
temps de côté nos préjugés de paroisse, et allons dîner.

Vers la fin de la soirée, comme miss Ophélia était dans
la cuisine, des négrillons se mirent à crier:

— Voici la mère Prue qui arrive en grommelant comme
toujours.

Une femme de couleur, grande et osseuse, entra, portant sur sa tête un panier plein de rusks (1) et de petits
pains chauds.

— Vous voilà donc arrivée, Prue, dit Dinah.

Prue avait une expression refrognée et la voix rauque.
Elle posa son panier à terre, et, appuyant ses coudes sur ses
genoux:

— Je voudrais être morte, dit-elle.

— Pourquoi cela? demanda miss Ophélia.

— Je serais délivrée de ma misère, répondit la femme
d'un ton bourru sans lever les yeux.

— Pourquoi êtes-vous toujours ivre? dit une femme de
chambre quarteronne, qui faisait sonner en parlant ses
boucles d'oreilles de corail.

La femme lui lança un regard sombre.

— Vous en ferez peut-être autant un jour, et je voudrais vous y voir! vous éprouverez alors du plaisir à
prendre une goutte comme moi, pour oublier votre misère.

— Montrez-nous vos rusks, Prue, dit Dinah; voici maîtresse qui va les payer.

Miss Ophélia en prit deux douzaines.

— Il doit y avoir des bons dans cette cruche fêlée, sur la
planche d'en haut? dit Dinah; descendez-la, Jack.

— Des bons? à quoi servent-ils? demanda miss Ophélia.

— Le maître de Prue nous les vend, et elle nous donne
du pain en échange.

— Et quand je rentre à la maison, dit la femme, il compte

mon argent et mes bons, et s'il me manque quelque chose,
il me roue de coups.

— Et vous le méritez bien, répliqua Jane, l'égrillarde
femme de chambre aux boucles d'oreilles de corail, si vous
prenez l'argent de votre maître pour vous enivrer. Et c'est
ce qu'elle fait toujours, maîtresse.

— Et je le ferai toujours, répondit Prue; je ne puis m'en
empêcher. Boire, et oublier ma misère!

— C'est très mal de votre part, dit miss Ophélia, de voler l'argent de votre maître pour vous abrutir.

— C'est vrai, maîtresse, mais j'agirai toujours comme
ça... Oui! oui! je le ferai toujours!... Seigneur! je voudrais être morte pour sortir de ma misère!

Et lentement, la vieille créature se leva, remit son panier
sur sa tête; mais, avant de partir, elle jeta un regard sur la
quarteronne, qui continuait à jouer avec ses boucles d'o-
reilles.

— Vous vous croyez bien belle à folâtrer, à secouer la
tête, et à regarder tout le monde du haut en bas. C'est égal,
vous pourrez vieillir et devenir une pauvre vieille créature brisée comme moi. J'espère que ça vous arrivera, et
vous verrez alors si vous ne buvez pas. Vous vous dam-
nerez à force de boire: cela vous apprendra.

Et la vieille femme sortit de la cuisine avec un ricanement diabolique.

— Dégoûtante vieille bête! dit Adolphe qui préparait de
l'eau pour la barbe de son maître. Si elle m'appartenait, je
la battrais encore plus.

— Ce serait difficile, répondit Dinah; son dos est dans un
si joli état qu'elle ne peut même agrafer sa robe.

— Pourquoi laisse-t-on entrer de pareilles créatures dans
des familles comme il faut, fit observer miss Jane. Qu'en
pensez-vous, monsieur Saint-Clare? dit-elle en rejetant
coquettement sa tête du côté d'Adolphe.

Il n'est pas inutile de faire remarquer qu'Adolphe, non
content de revêtir les effets de son maître, prenait encore son nom et son adresse. Il était donc connu sous le
nom de monsieur Saint-Clare dans les cercles de couleur
de la Nouvelle-Orléans.

— C'est tout à fait mon avis, miss Benoir.

Benoir était le nom de famille de Marie Saint-Clare, dont
Jane était une des domestiques.

— De grâce! miss Benoir, y aurait-il indiscrétion à vous
demander si ces pendans d'oreilles iront demain soir au
bal; ils sont en vérité ensorcelans, dit Adolphe.

— Laissez-moi vous demander, monsieur Saint-Clare
jusqu'où vous pousserez votre impertinence, vous autres
hommes, continua Jane, qui faisait toujours tinter ses boucles de corail. Si vous continuez, je ne danserai pas avec
vous de toute la soirée.

— Vous ne pourriez être aussi cruelle. Je mourais d'envie
de savoir si vous apparaîtrez dans votre robe de tarlatane,
Rosa?

— Qu'y a-t-il? s'écria Rosa, vive et piquante petite quarteronne qui descendait l'escalier en sautillant.

— Monsieur Saint-Clare est si impudent...

— Que miss Rosa veuille bien en juger, dit Adolphe.

— Oui, oui, je sais qu'il est toujours impertinent, dit
Rosa, se tenant en équilibre sur un de ses petits pieds, et regardant malicieusement Adolphe; je suis toujours forcée
de me fâcher contre lui.

— Oh! mesdames! mesdames! vous allez certainement
me briser le cœur; on me trouvera mort dans mon lit un
de ces matins, et vous serez responsables de cela.

— Écoutez le parler, le monstre! dirent les deux dames
en riant aux éclats.

— Allons, au large! s'écria Dinah. Je ne veux pas que
vous encombriez ma cuisine.

— La tante Dinah est vexée parce qu'elle ne peut pas aller
au bal, dit Rosa.

— Je me moque pas mal de vos bals de couleurs claires,
où vous vous donnez des airs pour faire croire que vous
êtes des blancs; vous êtes nègres, après tout, aussi bien
que moi.

— La tante Dinah graisse sa laine chaque jour pour la faire tenir droite, dit Jane.

— Et ce ne sera jamais que de la laine, ajouta Rosa en secouant ses longues boucles soyeuses.

— Est-ce qu'aux yeux du Seigneur, répliqua Dinah, la laine ne vaut pas les cheveux. Demandez à maîtresse qui vaut le mieux d'un couple comme vous ou d'une seule femme comme moi? Allons, filez, Chrysocale!

Ici la conversation fut doublement interrompue. On entendit, du haut de l'escalier, la voix de Saint-Clare qui demandait à Adolphe s'il comptait rester toute la nuit avec son eau à barbe; et celle de miss Ophélia qui, sortant de la salle à manger, disait :

— Jane et Rosa, que faites-vous là à perdre votre temps? Rentrez et roulez-vous de vos mousselines.

Notre ami Tom, qui s'était trouvé dans la cuisine pendant la conversation avec la vieille marchande de petits pains, l'avait suivie dans la rue. Il la vit continuer sa route en poussant par intervalles un gémissement étouffé. Enfin, elle disposa son panier sur une marche de la porte, et se mit à arranger le vieux châle fané qui lui couvrait les épaules.

— Je porterai votre panier un bout de chemin, dit Tom avec compassion.

— Pourquoi ça? Je n'ai pas besoin d'aide.

— Vous paraissez malade.

— Je ne suis pas malade, dit brièvement la vieille femme.

— Je voudrais, dit Tom en la regardant avec intérêt, vous persuader de renoncer à boire. Ne savez-vous pas que ça vous perdra corps et âme?

— Je sais que je vais à l'enfer, répondit la femme d'un air morne. Vous n'avez pas besoin de me dire ça; je suis laide, je suis méchante, je vais droit à l'enfer, et je voudrais y être déjà.

Tom frissonna à ces effroyables paroles prononcées avec une sombre véhémence.

Tom reprit :

— Que le Seigneur ait pitié de vous, pauvre créature! Avez-vous jamais entendu parler de Jésus-Christ?

— Jésus-Christ! Qui est-ce?

— Eh! mais, c'est le Seigneur.

— Je crois avoir entendu parler du Seigneur et du jugement, et des tourmens éternels; oui, j'ai entendu parler de ça.

— Mais, est-ce que personne ne vous a jamais parlé du Seigneur Jésus, qui nous aima pauvres pécheurs, et mourut pour nous.

— Je ne sais rien de ça, dit la femme; personne ne m'a jamais aimée depuis que mon vieil homme est mort.

— Où avez-vous été élevée? demanda Tom.

— Dans le Kentucky. Un homme m'a prise pour faire des enfans pour le marché, et il les vendait aussitôt qu'ils étaient assez grands. A la fin, il m'a vendue à un spéculateur qui m'a cédée à mon maître.

— Qui est-ce qui vous a donné cette mauvaise habitude de boire?

— Le besoin d'oublier ma misère. J'ai eu un enfant après mon arrivée ici, et j'avais cru que je pourrais l'élever, parce que mon maître n'était pas un spéculateur. C'était le plus joli de toutes les créatures, et maîtresse paraissait l'aimer beaucoup d'abord. Il ne pleurait jamais, et il était beau et potelé. Ma maîtresse tomba malade; je le soignai, je pris la fièvre et je perdis tout mon lait. L'enfant n'avait plus que la peau sur les os, et mal tresse ne voulut pas acheter du lait pour lui. Elle ne m'écoutait pas quand je lui disais que je n'avais plus de lait; elle répondait que je pourrais lui faire manger ce que mangeaient les autres; et l'enfant dépérissait de plus en plus, il pleurait, pleurait jour et nuit, et maîtresse le prit en grippe; elle dit que ce n'était que de la méchanceté. Elle souhaitait de le voir mort, et elle ne me permit pas de l'avoir la nuit, parce que, disait-elle, ça me tenait éveillée et m'empêchait d'être bonne à rien. Elle me fit coucher dans sa chambre, et je fus forcé de mettre

mon enfant dans un grenier, et là, une nuit, il pleura tant qu'il mourut. Oui, il mourut. Et je me suis mise à boire pour m'ôter ses cris des oreilles. Oui, oui, j'ai bu et je boirai! Je boirai, quand je devrais aller en enfer pour ça! Maître dit que j'irai en enfer, et moi je lui réponds que j'y suis déjà.

— Oh! pauvre créature! dit Tom. Est-ce que personne ne vous a dit que le Seigneur Jésus vous aimait et est mort pour vous? Est-ce qu'on ne vous a pas dit qu'il vous secourera et que vous pourrez aller au ciel, et y trouver le repos, enfin?

— J'ai bien l'air d'aller au ciel! dit la femme. N'est-ce pas là où vont les blancs? — Ils me tiendraient encore là! J'aime mieux aller en enfer, loin de mal tresse et de mal tresse. J'aime mieux ça, ajouta-t-elle, en mettant avec son gémissement habituel son panier sur sa tête, et elle s'en alla d'un air sombre.

Tom rentra tristement à la maison. Dans la cour, il rencontra la petite Eva, une couronne de tubéreuses sur la tête, et les yeux rayonnans de joie.

— Ah! vous voilà, Tom... Je suis contente de vous avoir trouvé. Papa dit que vous pourrez atteler les poneys et me mener dans ma petite voiture neuve dit Eva qu'il vous prenant par la main... Mais qu'avez-vous, Tom? vous avez l'air sérieux.

— Je ne me sens pas bien, répondit Tom. Mais je vais vous amener les chevaux.

— Dites-moi auparavant ce que vous avez. Je vous ai vu causer avec cette maussade vieille Prue.

Tom, en termes simples et pathétiques, raconta à Eva l'histoire de la femme; elle ne se récria, ni ne s'étonna, comme font les autres enfans. Ses joues devinrent pâles, une ombre passa sur ses yeux; elle posa ses deux mains sur sa poitrine, et poussa un profond soupir.

CHAPITRE XIX.

Suite des expériences et opinions de miss Ophélia.

— Tom, vous n'avez pas besoin de préparer les chevaux; je n'irai pas, dit-elle.

— Pourquoi, miss Eva?

— Ces choses-là me percent le cœur; Tom, dit Eva, — elles me percent le cœur, répéta-t-elle avec force. Je n'irai pas; et, se détournant de Tom, elle entra dans la maison.

Quelques jours après, une autre femme vint, à la place de la vieille Prue, apporter les rusks; miss Ophélia était dans la cuisine.

— Seigneur! s'écria Dinah, qu'est-ce qu'a donc Prue?

— Prue ne vient plus, répondit mystérieusement la femme.

— Pourquoi? Elle n'est pas morte, n'est-ce pas?

— Nous ne savons pas au juste. Elle est dans la cave, dit la femme en lançant un coup d'œil à miss Ophélia.

Après que miss Ophélia eut pris les rusks, Dinah suivit la femme jusqu'à la porte.

— Qu'est-ce qui est arrivé à Prue? demanda-t-elle.

La femme semblait avoir tout à la fois envie et peur de parler, et elle répondit à voix basse :

— Il ne faut le dire à personne. Prue s'est grisée encore, — et ils l'ont mise dans la cave, — et ils l'y ont laissée toute la journée, — et je leur ai entendu dire que les mouches s'étaient mises après elle, et qu'elle était morte!

Dinah leva les mains, et, s'étant retournée, elle vit tout près d'elle la petite Évangéline, ses grands yeux dilatés par l'horreur, et n'ayant pas une goutte de sang sur les lèvres ni sur les joues.

— Dieu nous bénisse! miss Eva se trouve mal! A quoi pensons-nous de lui faire entendre de pareilles choses? Son papa sera furieux.

— Je ne me trouverai pas mal, Dinah, dit l'enfant avec fermeté, et pourquoi n'entendrais-je pas ces choses-là ? Ça ne me fait pas tant de mal à moi de les entendre, qu'à la pauvre Prue de les souffrir.

— Miséricorde ! ce n'est pas pour de délicates demoiselles comme vous que ces histoires sont faites ; c'est de quoi les tuer !

Eva soupira de nouveau, et monta l'escalier d'un pas lent et triste.

Miss Ophélia, pleine d'anxiété, se fit raconter l'histoire par la femme. Dinah en fit un récit très prolixe, auquel Tom ajouta les particularités qu'il avait obtenues d'elle le matin.

— L'abominable affaire ! quelle horreur ! s'écria miss Ophélia en entrant dans la chambre où Saint-Clare lisait son journal.

— De quelle iniquité parlez-vous ? demanda-t-il.

— Laquelle ! Ils ont fait mourir Prue sous le fouet ! dit miss Ophélia, et elle se mit à raconter la chose en détail, insistant sur les particularités les plus choquantes.

— Je pensais bien qu'on en viendrait là un jour ou l'autre, dit Saint-Clare continuant sa lecture.

— Vous le pensiez !... Et vous ne comptez rien faire à ce sujet ? dit miss Ophélia. N'avez-vous pas des gens chargés d'intervenir en pareil cas ?

— On suppose communément que l'intérêt des propriétaires est une garantie suffisante. Quand un homme veut jeter son argent par les fenêtres, je ne vois pas ce qu'on y peut faire. Il paraît que la pauvre créature était une voleuse et une ivrognesse ; en sorte qu'il n'y a guère d'espoir d'exciter la sympathie en sa faveur.

— C'est révoltant, c'est effroyable, Augustin ! Cela attirera certainement sur vous la vengeance du ciel.

— Ma chère cousine, je ne l'ai pas fait et je ne peux pas l'empêcher ; je l'empêcherais, si je pouvais. Si des gens à l'âme basse et brutale agissent suivant leur nature, que voulez-vous que j'y fasse ? Ils sont maîtres absolus ; ce sont des despotes irresponsables. Cela ne servirait à rien d'intervenir ; il n'y a pas de loi à laquelle on puisse recourir en pareil cas. Le mieux est de fermer les yeux et les oreilles, et de ne pas s'en mêler. C'est la seule ressource qui nous reste.

— Comment pouvez-vous fermer vos yeux et vos oreilles ? Comment pouvez-vous ne pas vous mêler de pareilles choses ?

— Va chère enfant, qu'espérez-vous ? Voici toute une classe, dégradée, sans éducation, indolente, irritante, mise, sans condition aucune, complètement entre les mains de gens tels que nous voyons la plupart des hommes ici-bas ; de gens qui n'ont aucun empire sur eux-mêmes, qui ne sont pas même éclairés sur leurs propres intérêts, — car tel est le cas avec la plus grande partie du genre humain. Eh bien ! dans une société ainsi organisée, que peut faire un homme de sentiments honorables et humains, si ce n'est de fermer les yeux tant qu'il peut, et de s'endurcir le cœur ? Je ne peux pas acheter tous les pauvres misérables que je vois. Je ne peux pas me faire chevalier errant, et me charger de redresser tous les torts individuels dans une ville comme celle-ci. Le plus que je puisse faire, c'est de tâcher de me tenir à l'écart de tout cela.

Les beaux traits de Saint-Clare se couvrirent pour un moment d'un nuage ; il paraissait peiné ; mais, reprenant soudain son vrai sourire, il dit :

— Allons, cousine, ne restez pas là debout comme une des Parques, — vous n'avez fait que soulever un petit coin du rideau ; — vous n'avez vu qu'un échantillon de ce qui se passe sur tout le globe, de façon ou d'autre. Si nous nous mettons à analyser toutes les horreurs de la vie, nous n'aurons plus cœur à rien. C'est comme si nous regardions de trop près les détails de la cuisine de Dinah ; et Saint-Clare s'étendit de tout son long sur le sofa, et se remit à lire le journal.

Miss Ophélia s'assit, et tira son tricot, en proie à une vive indignation. Elle tricota, elle tricota ; mais elle n'était pas plus calme pour ne rien dire. À la fin, elle éclata.

— Fronter, Augustin, je ne prends pas mon parti aussi aisément que vous, c'est une abomination à vous de défendre un pareil système ; — voilà ma pensée !

— Qu'est-ce donc ? dit Saint-Clare en levant les yeux. Vous y songez encore ?

— Je dis que c'est abominable à vous de défendre un tel système ! dit miss Ophélia avec une chaleur croissante.

— Moi, le défendre, ma chère ! Qui a jamais dit que je l'ai défendu ?

— Sans doute, vous le défendiez ; — c'est ce que vous faites tous, vous autres gens du Sud. Pourquoi avez-vous des esclaves ? cela n'est pas.

— Êtes-vous assez innocente pour supposer que personne en ce monde ne fait jamais que ce qu'il croit bien ? N'avez-vous jamais rien fait vous-même que vous ne jugiez pas tout à fait irréprochable ?

— Si je l'ai fait, je m'en repens, j'espère, dit miss Ophélia tricotant avec énergie.

— Et moi aussi, dit Saint-Clare, en pelant une orange ; je m'en repens tout le temps.

— Mais pourquoi continuez-vous de le faire ?

— Est-ce que vous n'avez jamais continué de mal faire après vous être repentie, ma bonne cousine ?

— Mais seulement lorsque la tentation était très forte, dit miss Ophélia.

— Eh bien ! ma tentation est très forte, dit Saint-Clare ; c'est précisément là ma difficulté.

— Mais je prends toujours la résolution de n'y plus retomber.

— Et moi voilà dix ans de suite que je la prends, dit Saint-Clare ; mais je n'ai pas encore pu la tenir. Vous êtes-vous purgée de tous vos péchés, cousine ?

— Cousin Augustin, dit gravement miss Ophélia en posant son tricot sur la table, je mérite assurément l'opinion que vous avez de mon insuffisance. Ce que vous dites n'est que trop vrai, je le sais ; personne ne sent plus que moi ce qui me manque que moi-même ; mais il me semble, après tout, qu'il y a quelque différence entre vous et moi. Il me semble que je me couperais plutôt la main droite que de continuer de jour en jour ce que je croirais mal. Mais ma conduite est si peu conforme à mes principes, que je ne m'étonne pas de vos critiques.

— Voyons, cousine, dit Augustin s'asseyant sur le plancher, et posant sa tête en arrière sur les genoux de miss Ophélia, ne soyez pas si sérieuse. Vous savez quel vaurien j'ai toujours été. J'aime à vous taquiner, — voilà tout, — simplement pour vous piquer au jeu. Je vous crois d'une bonté désespérante ; cela me casse bras et jambes d'y penser.

— Mais le sujet est sérieux, mon cher Auguste, dit miss Ophélia lui posant la main sur le front.

— Effroyablement sérieux, dit-il, et moi, — je n'aime pas à parler sérieusement quand il fait chaud. Avec les moustiques et tout le reste, on ne saurait s'élever très haut dans les sphères de la morale ; et je crois, dit Saint-Clare en se levant soudain, que voilà une théorie, ma foi ! Je comprends maintenant pourquoi les peuples du Nord sont toujours plus vertueux que ceux du Midi, — je vois clair dans toute cette question.

— Oh ! Auguste, vous êtes un grand écervelé !

— Vraiment ? Eh bien ! oui, je suppose ; cependant je vais être sérieux pour une fois ; mais passez-moi cette corbeille d'oranges ! — Vous le voyez, vous aurez à me sustenter avec des flacons et à me restaurer avec des pommes, si je fais cet effort. Maintenant, dit Augustin en attirant à lui la corbeille, je vais commencer : Quand, dans le cours des événements humains, il devient nécessaire pour un homme de tenir deux ou trois douzaines de ses semblables dans la captivité, les égards qu'on doit aux opinions de la société exigent...

— Je ne vois pas que vous deveniez plus sérieux, dit miss Ophélia.

— Attendez, — m'y voici, — vous allez entendre. Le fait est, cousine, dit-il, sa belle figure prenant soudain une expression des plus graves, que sur cette question abstraite de l'esclavage, il ne peut y avoir, je crois, qu'une seule opinion. Les planteurs qui y trouvent leur profit, — les ecclésiastiques qui ont à ménager les planteurs, — les hommes politiques qui s'en font un moyen de gouvernement, — peuvent tordre et fausser la langue et la morale à un degré qui rendra le monde surpris de leur habileté; ils savent faire servir à leurs fins, la nature, la Bible, et Dieu sait quoi encore; mais, après tout, ni eux ni le monde n'y croient pour cela davantage. L'esclavage vient du diable, voilà le fin mot; et, à mon avis, c'est un assez respectable échantillon de ce qu'il peut faire dans son genre.

Miss Ophélia suspendit son travail et parut étonnée. Saint-Clare, qui avait l'air de jouir de son étonnement, poursuivit en ces termes:

— Vous semblez surprise; mais si vous voulez que j'entre franchement dans la question, je vais la traiter à fond. Ce damné commerce, maudit de Dieu et des hommes, qu'est-il donc? montrez-le dans toute sa nudité; qu'y trouverez-vous? Eh quoi! parce que mon frère *Quashy* (1) est ignorant et faible, et que je suis intelligent et fort, — parce que je sais comment je puis le faire, — j'ai le droit de lui voler tout ce qu'il a, de le garder, et de ne lui donner que ce qu'il me convient? Tout ce qui est trop rude, trop sale, trop désagréable pour moi, je puis le faire faire à Quashy. Parce que je n'aime pas à travailler, Quashy travaillera. Parce que le soleil me brûle, Quashy restera au soleil. Quashy gagnera l'argent et je le dépenserai. Quashy s'étendra de tout son long dans la boue afin que je puisse passer à pieds secs. Quashy fera ma volonté et non la sienne, tous les jours de sa vie, et finalement il n'aura de chances de monter au ciel qu'autant que je le trouverai convenable. Voilà ce que je pense de l'esclavage. Je défie qui que ce soit de lire notre code de l'esclavage et d'en tirer autre chose. Parlez des abus de l'esclavage! quelle hâblerie! c'est l'esclavage lui-même qui est l'abus par excellence. Et la seule raison pour laquelle le pays ne s'écroule pas dessous, comme Sodome et Gomorrhe, c'est que la pratique en est infiniment meilleure que la théorie. Par pitié, par pudeur, parce que nous sommes des hommes engendrés par des hommes, et non des bêtes féroces, beaucoup d'entre nous n'usent pas de tout le pouvoir que nos lois barbares leur mettent dans les mains. Ceux même qui en usent le plus mal ne le font que dans de certaines limites.

Saint-Clare s'était levé, et selon son habitude lorsqu'il s'échauffait, il parcourait la chambre à grands pas. Son beau visage, classique comme celui d'une statue grecque, semblait à la lettre enflammé au feu de la passion. Ses grands yeux bleus lançaient des éclairs, et il gesticulait avec véhémence. Miss Ophélia ne l'avait jamais vu ainsi auparavant, et elle restait assise parfaitement silencieuse.

— Je vous déclare, dit-il en s'arrêtant soudain devant sa cousine (je sais que tout ce qu'on dit, tout ce qu'on éprouve à ce sujet est complètement inutile); mais je vous déclare qu'il m'est arrivé plus d'une fois de penser que si le pays tout entier s'écroulait, et ensevelissait sous ses ruines toute cette injustice et toute cette misère, je partagerais bien volontiers son sort. Lorsque montant et descendant les fleuves sur nos bateaux, ou faisant mes tournées pour percevoir mes revenus, je réfléchissais que chacun de ces ignobles et dégoûtants butors que je rencontrais, était autorisé par nos lois à devenir l'absolu despote d'autant d'hommes, de femmes et d'enfants qu'il pourrait acheter avec l'argent qu'il aurait escroqué, volé ou gagné au jeu; — quand j'ai vu de tels hommes posséder en toute

(1) Nom que l'on donne aux nègres.

propriété des enfans, de jeunes filles et des femmes, — j'ai été tout près de maudire mon pays, de maudire la race humaine!

— Augustin! Augustin! dit miss Ophélia, en voilà assez De ma vie je n'ai entendu rien de pareil, même au Nord.

— Au Nord! répéta Saint-Clare, changeant soudain d'expression, et reprenant quelque chose de son ton habituel d'insouciance: Eh! vos gens du Nord ont le sang glacé; vous êtes froids en toute chose! Vous ne savez pas maudire comme nous le faisons, quand nous nous mettons en train.

— Fort bien, mais la question est...

— Oh! oui, certainement, la *question est* (et c'est une diable de question!), comment en êtes-vous arrivé, vous, à cet état de péché et de misère? Eh bien! je répondrai par les bonnes vieilles paroles que vous m'enseigniez les dimanches. J'y suis arrivé par le fait de ma naissance. Mes domestiques étaient ceux de mon père, et, qui plus est, de ma mère; maintenant ils sont à moi, eux et leur lignée, qui ne laisse pas d'être assez considérable. Mon père, vous savez, venait de la Nouvelle-Angleterre; c'était un homme tout pareil à votre père, — un véritable ancien Romain, — une âme noble, droite, énergique, avec une volonté de fer. Votre père s'établit dans la Nouvelle-Angleterre pour commander aux rocs et aux pierres, pour forcer la nature à le nourrir. Le mien s'établit dans la Louisiane, pour commander aux hommes et aux femmes, et les forcer à le nourrir. Ma mère, dit Saint-Clare, allant à un tableau qui était à l'autre bout de la chambre, et le regardant d'un air de fervente vénération, elle était divine! — Ne me regardez pas ainsi! — Vous savez ce que je veux dire. Elle était probablement de race mortelle; mais autant que j'ai pu l'observer, il n'y avait pas trace de faiblesse ou d'erreur en elle; et tous ceux qui se le rappellent, esclaves ou libres, serviteurs, amis, parens, tous disent la même chose. Cette femme-là, cousine, a été pendant des années la seule chose qui m'ait empêché de tomber dans une incrédulité complète. — C'était comme une personnification du Nouveau-Testament. O ma mère! ma mère! dit Saint-Clare en se serrant les mains dans une sorte de transport; puis se contenant soudain, il revint s'asseoir sur une ottomane et poursuivit:

— Mon frère et moi, nous étions jumeaux; et l'on dit, vous le savez, que des jumeaux doivent se ressembler; mais nous formions contraste à tous égards. Il avait des yeux noirs pleins de feu, des cheveux de jais, un beau profil romain et le teint brun. Il était actif et observateur; moi, j'étais rêveur et indolent. Il était généreux avec ses amis et ses égaux, mais orgueilleux, dominateur, oppresseur même avec ses inférieurs, et impitoyable envers quiconque lui tenait tête. Nous étions tous deux véridiques, lui par fierté et par courage, moi par une sorte d'idéalité abstraite. Nous nous aimions, comme la plupart des enfans s'aiment, tantôt bien, tantôt mal; — il était le favori de mon père, moi j'étais celui de ma mère.

Il y avait en moi une sensibilité morbide à tous propos, à laquelle mon père et lui ne comprenaient rien, et qui ne pouvait leur inspirer aucune sympathie. Mais il n'en était pas de même de ma mère. Aussi, quand je m'étais querellé avec Alfred, et que mon père me regardait sévèrement, j'allais chez ma mère et je m'asseyais près d'elle. Je la vois encore avec ses joues pâles, ses yeux si doux, si profonds, si sérieux, sa robe blanche; — elle était toujours vêtue de blanc; et je pensais toujours à elle toutes les fois que je lisais dans les *Révélations* que les saints étaient habillés de belles robes blanches de lin. Elle avait beaucoup de talens naturels, surtout pour la musique; et elle avait coutume de s'asseoir à son orgue, jouant de beaux vieux airs majestueux de l'Église catholique, et chantant d'une voix d'ange plutôt que de mortelle; et je posais ma tête sur ses genoux, et je pleurais, et je rêvais, et je sentais, — oh! si profondément! — des choses que je n'avais pas de paroles pour exprimer!

À cette époque, la question de l'esclavage n'avait jamais

été discutée comme elle l'est aujourd'hui; personne n'y voyait du mal.

Mon père était né aristocrate. Je crois que, dans quelque état précédent, il devait avoir habité les cercles supérieurs des esprits, et qu'il en avait rapporté tout son ancien orgueil de cour, car cet orgueil faisait partie de sa chair et de ses os, quoiqu'il fût pauvre d'origine et nullement de noble famille. Mon frère était tout son portrait.

Or, un aristocrate, vous le savez, dans aucun pays du monde, n'a de sympathie pour l'humanité au-delà d'une certaine ligne de démarcation. En Angleterre, la ligne s'arrête à un endroit; chez les Birmans à un autre; en Amérique à un autre encore; mais l'aristocrate de tous ces pays ne la dépasse jamais. Ce qui serait dur, malheureux et injuste dans sa classe, est une chose toute naturelle dans une autre. La ligne de démarcation de mon père était celle de la couleur. *Parmi ses égaux*, il n'y avait pas d'homme plus juste et plus généreux; mais il considérait le nègre, à tous les degrés possibles de la couleur, comme un intermédiaire entre l'homme et les animaux, et il graduait toutes ses idées de justice et de générosité d'après cette hypothèse. Je suppose bien que si quelqu'un lui eût demandé à l'improviste si les nègres avaient une âme, il aurait annoné et répondu oui. Mais mon père était un homme que le spiritualisme ne préoccupait pas beaucoup; quant à des sentiments religieux, il n'en avait pas d'autre qu'une vénération pour Dieu comme étant décidément à la tête des hautes classes.

Eh bien! mon père faisait travailler cinq cents nègres; c'était un homme d'affaires inflexible, exigeant, pointilleux. Avec lui tout devait aller par système, se passer livre avec un soin et une précision infaillible. Or, si vous faites entrer en ligne de compte que tout cela devait être exécuté par un tas de paresseux bavards et de peu de ressource, qui n'avaient passé leur vie sans aucun motif possible d'y prendre autre chose qu'à filouter, vous comprendrez qu'il y avait naturellement sur sa plantation une foule de choses qui paraissaient horribles et déplorables à un enfant aussi impressionnable que je l'étais.

De plus, il avait un contre-maître, — un grand chenapan de transfuge du Vermont (sauf votre respect), — qui avait fait un apprentissage en règle de dureté et de brutalité, et avait pris ses degrés pour être admis à pratiquer. Ma mère ni moi nous ne pouvions le souffrir; mais il avait un complet ascendant sur mon père, et cet homme était le despote absolu du domaine.

J'étais tout petit alors, mais j'avais le même amour qu'aujourd'hui pour l'étude de l'humanité, sous quelque forme que ce fût. J'allais souvent dans les cabanes, et parmi les travailleurs, et, comme de raison, j'étais leur grand favori. On me confiait toutes sortes de plaintes et de griefs; je les disais à ma mère, et, entre nous, nous formions une espèce de comité pour le redressement des abus. Nous prévenions et réprimions un grand nombre de cruautés, et nous nous félicitions de faire beaucoup de bien, lorsque, comme il arrive souvent, mon zèle passa la borne. Stubbs se plaignit à mon père de ne pouvoir plus tenir à bout des ouvriers, et offrit sa démission. Mon père était un mari tendre et indulgent, mais il ne reculait jamais devant une chose qu'il croyait nécessaire; il se posa donc comme un roc entre nous et les esclaves. Il dit à ma mère dans un langage plein de déférence, mais très net, qu'elle aurait toute autorité sur les domestiques de la maison, mais qu'il ne pourrait admettre qu'elle se mêlât de ce qui regardait les travailleurs des champs. Il avait pour elle plus d'égards et de respect que pour aucun être vivant; mais il en aurait dit autant à la vierge Marie en personne, si elle fût venue contre-carrer son système.

J'entendais parfois ma mère qui raisonnait avec lui, et cherchait à exciter ses sympathies. Il écoutait ses appels les plus pathétiques avec la politesse et l'égalité d'humeur la plus décourageante. L'alternative, en résumé, est celle-ci, — disait-il, dois-je me séparer de Stubbs ou le garder? Stubbs est la ponctualité, l'honnêteté, la capacité même,

— un véritable homme d'affaires, et aussi humain que le commun des martyrs. Nous ne pouvons pas avoir la perfection; et si je le garde, je dois soutenir son administration dans l'ensemble, quand même il y aurait quelque chose à reprendre dans le détail. Tout gouvernement implique nécessairement certaines rigueurs. Les règles générales ne peuvent pas fléchir devant des cas particuliers. Cette dernière maxime, mon père la considérait comme une réponse à toutes les allégations de cruauté. Après avoir dit cela, il s'étendait communément de tout son long sur le sofa, comme un homme qui venait de terminer une affaire, et il se mettait à dormir ou à lire le journal, suivant l'occurrence.

Le fait est que mon père était né pour être homme d'état. Il aurait partagé la Pologne aussi aisément qu'une orange, et il aurait foulé aux pieds l'Irlande aussi paisiblement et systématiquement qu'aucun homme au monde. Ma mère finit par tout abandonner de désespoir. On ne saura qu'au jour du jugement ce qu'ont souffert de nobles et sensibles natures comme la sienne, jetées, au milieu d'un isolement complet, dans ce qui leur semble un abîme d'injustice et de cruauté, sans qu'elles trouvent personne qui sympathise avec elles. Quelles interminables douleurs pour de telles natures, dans un monde infernal comme le nôtre! Que lui restait-il, que d'élever ses enfans dans ses vues et dans ses sentiments? Eh bien! en dépit de tout ce que vous dites sur l'éducation, les enfans en grandissant ne seront après tout que ce que les aura faits la nature. Dès le berceau, Alfred était un aristocrate, et à mesure qu'il grandit, instinctivement toutes ses sympathies et tous ses raisonnemens suivirent cette ligne, et ma mère eut beau s'épuiser en exhortations, autant en emporta le vent. Quant à moi, elles me firent une profonde impression. Elle ne contredisait jamais en forme rien de ce que disait mon père, et ne semblait pas précisément différer de lui; mais elle imprimait dans le fond de mon âme, avec toute l'énergie de sa forte nature, une idée de la dignité et du prix de la plus humble des âmes humaines. Je la regardais au visage avec une crainte respectueuse, lorsqu'elle me montrait, le soir, les étoiles et me disait: Vois, Auguste! La plus pauvre, la dernière des âmes de notre terre vivra encore lorsque toutes ces étoiles auront disparu pour jamais; — elles vivront aussi longtemps que Dieu!

Elle avait quelques tableaux anciens, un, en particulier, qui représentait Jésus guérissant un aveugle. Ils étaient fort beaux, et me faisaient une vive impression. — Vois, Auguste! disait-elle; l'aveugle était un mendiant, — un objet de dégoût; c'est pour cela qu'il ne voulut pas le guérir *de loin*. Il l'appela à lui, et *lui imposa les mains!* Souvenez-vous de cela, mon enfant. Si j'avais pu grandir sous sa surveillance, je ne sais pas à quel degré d'enthousiasme elle m'aurait exalté. J'aurais pu être un saint, un réformateur, un martyr, — mais hélas! hélas! je la quittai quand je n'avais que treize ans, et je ne la revis jamais!

Saint-Clare posa son front sur ses mains, et resta quelques minutes sans parler. Puis il releva la tête et reprit:

— Quelle pauvre chose que cette vertu humaine! La plupart du temps, une affaire de latitude et de longitude, combinée avec le caractère. Ce n'est en grande partie qu'un accident. Votre père, par exemple, s'établit dans le Vermont, dans une ville où, de fait, tout le monde est libre et égal; il devient un membre régulier de l'église et marguillier; il s'affilie en temps convenable à une société abolitioniste, et ne nous regarde guère que comme des païens. Cependant il est pour tout le monde, comme nature et comme habitudes, le second tome de mon père. Je vois se manifester de cinquante manières différentes le même esprit d'orgueil et de domination. Vous savez combien il est impossible de persuader à quelques-uns des gens de notre village que le squire Saint-Clare ne se croit pas au-dessus d'eux. Le fait est que bien qu'il soit tombé à une époque démocratique, et qu'il ait adopté une théorie démocratique, il est aristocrate dans son cœur autant que mon père, qui commandait à cinq ou six cents esclaves.

Miss Ophélia se sentait assez disposée à contester cette argumentation, et elle posait son tricot pour commencer, mais Saint Clare l'arrêta.

— Oh ! je sais tout ce que vous allez dire. Je ne prétends pas qu'ils fussent semblables de fait. L'un était dans une condition qui agissait contre sa tendance naturelle, et l'autre où tout agissait pour. Aussi l'un devint un vieux démocrate passablement volontaire, énergique, orgueilleux ; et l'autre un vieux despote énergique et volontaire. Si tous deux avaient eu des plantations à la Louisiane, ils se seraient ressemblés comme deux balles jetées dans le même moule.

— Quel enfant irrévérencieux vous êtes ! dit miss Ophélia.

— Je ne veux pas leur manquer de respect, repartit Saint-Clare ; vous savez que la vénération n'est pas mon fort. Mais pour en revenir à mon histoire :

Quand mon père mourut, il laissa toute sa propriété à ses deux jumeaux, avec liberté de les partager comme nous voudrions. Il n'y a pas sur terre une âme plus noble, un garçon plus généreux qu'Alfred, en tout ce qui concerne ses égaux ; et nous décidâmes en frères cette question de propriété. Nous entreprîmes de faire valoir la plantation ensemble, et Alfred, qui était deux fois plus fort et plus habile que moi, devint un planteur enthousiaste, et obtint de merveilleux résultats.

Mais deux années d'essai me prouvèrent que cette association ne me convenait pas. Avoir une troupe de sept cents hommes que je ne pourrais pas connaître personnellement, qui ne pouvaient m'inspirer aucun intérêt individuel, achetés et conduits, logés, nourris et assujétis au travail comme autant de bêtes de somme, contraints à une prévision militaire, — la question de savoir combien peu des jouissances les plus communes de la vie suffiraient pour les maintenir en état de travailler, étant un problème qui revenait constamment ; — la nécessité des conducteurs et des contre-maîtres ; — l'indispensable fouet, premier, dernier et unique argument ; — tout cela était pour moi dégoûtant, repoussant, intolérable ; et lorsque je pensais au cas qui faisait ma misère d'une seule pauvre âme humaine, cela allait jusqu'à l'effroi !

C'est par trop absurde de venir me dire qu'il y a des esclaves qui sont satisfaits de tout cela ! Jusqu'à ce jour, je n'ai pu écouter patiemment le fatras que débitent quelques-uns de vos hommes du Nord, dans leur zèle à excuser nos péchés. Nous savons tous à quoi nous en tenir. Qu'on vienne prétendre qu'aucun être au monde aime à travailler tous les jours de sa vie, du matin au soir, sous l'œil d'un maître, sans avoir aucune volonté à lui, sans pouvoir jamais rien changer à la monotonie de sa tâche ; et tout cela pour deux pantalons et une paire de souliers par an, avec tout juste assez de nourriture et d'abri pour le maintenir en état de faire sa besogne ! Je voudrais faire tâter de ce régime à quiconque pense que des créatures humaines peuvent être aussi heureuses de cette manière que de toute autre. J'achèterais le chien, et je le ferais travailler sans scrupule.

— J'ai toujours supposé, dit miss Ophélia, que vous autres, vous approuviez ces choses-là, et que vous les croyiez justifiées par l'Écriture.

— Allons donc ! nous n'en sommes pas encore réduits-là. Alfred, qui est aussi despote que païen, n'a jamais allégué une pareille excuse ; — non ! non ! il se tient d'un pied ferme sur ce bon vieux terrain si respectable, le droit du plus fort. Et il dit, fort sensément je pense, que le planteur américain ne fait, sous une autre forme, que ce que font envers les basses classes l'aristocratie et les capitalistes d'Angleterre ; c'est-à-dire les approprier, corps et âme, bleur usage et convenance. Il les défend les uns et les autres, et, en cela, il me paraît, du moins, tout à fait conséquent. Il prétend qu'il ne saurait exister de haute civilisation sans asservissement des masses, de nom ou de fait. Il doit y avoir, dit-il, une basse classe adonnée au travail matériel et bornée à une vie animale ; et une classe supérieure qui acquiert par le loisir et richesse pour développer son intelligence, et

qui devient l'âme souveraine de ces humbles corps. Voilà comme il raisonne, parce qu'il est né, comme je vous le disais, aristocrate. Quant à moi, je n'en crois rien, parce que je suis né démocrate.

— Comment est-il possible de comparer ces deux choses ? dit miss Ophélia. Le travailleur anglais n'est pas vendu, séparé de sa famille, fouetté.

— Il est aussi bien à la merci de celui qui l'emploie que s'il lui était vendu. Le propriétaire d'esclaves peut faire mourir son nègre sous le fouet ; — le capitaliste peut faire mourir le sien de faim. Quant aux garanties de la famille, il est difficile dire ce qu'il y a de pis, — avoir ses enfants vendus, où les voir mourir de faim chez soi ?

— Mais ce n'est pas faire l'apologie de l'esclavage, que de prouver qu'il n'est pas pire qu'un autre mauvais état de choses.

— Je n'ai pas prétendu en faire l'apologie ; — je dirai même que c'est nous qui violons de la manière la plus audacieuse, la plus palpable, les droits de l'humanité ; — acheter à la lettre un homme comme un cheval, examiner ses dents, faire craquer ses jointures, le faire marcher, et alors en donner le prix ; — mais avoir des spéculateurs, des éleveurs, des fabricants et des courtiers faisant commerce de corps et d'âmes, c'est exposer aux yeux du monde civilisé la chose sous une forme plus tangible, quoique au fond le fait soit toujours le même, c'est-à-dire faire servir égoïstement une partie du genre humain au bien-être de l'autre.

— Je n'ai jamais envisagé la question sous ce jour, dit miss Ophélia.

— J'ai voyagé en Angleterre, j'ai lu un bon nombre de documens sur l'état des basses classes, et je pense réellement qu'on ne peut contredire Alfred, lorsqu'il avance que la condition de ses esclaves est beaucoup meilleure qu'une classe considérable de la population anglaise. Voyez-vous, il ne faut pas induire de ce que je vous ai dit qu'Alfred est ce qu'on appelle un maître dur, car il ne l'est pas. Il est despote et sans pitié pour l'insubordination ; un esclave qui lui tiendrait tête, il tirerait dessus sans plus de remords que sur un daim. Mais, en général, il met une sorte d'amour-propre à ce que ses esclaves soient bien nourris et bien tenus.

Quand j'étais avec lui, j'insistais pour qu'il leur fît donner quelque instruction, et, pour m'être agréable, il avait un chapelain, et leur faisait enseigner le catéchisme, les dimanches, quoique dans son cœur, je suppose, il crût qu'autant vaudrait donner un chapelain à ses chiens et à ses chevaux. Le fait est qu'une intelligence abrutie par toute sorte d'influences mauvaises depuis sa naissance, et qui passe tous les jours de la semaine dans un travail tout manuel, ne saurait profiter beaucoup de quelques heures d'enseignement le dimanche. Ceux qui tiennent les classes du dimanche parmi la population manufacturière en Angleterre, et parmi les travailleurs des plantations dans notre pays, accuseraient peut-être les mêmes résultats, là-bas et ici. Cependant, il y a parmi nous quelques rares exceptions, provenant de ce que le nègre est naturellement plus accessible aux sentimens religieux que le blanc.

— Et comment en êtes-vous venu à abandonner votre existence de planteur ?

— Au bout de quelque temps, Alfred s'aperçut que ce n'était pas mon fait. Il trouvait absurde, qu'après tant de réformes et d'améliorations conformes à mes idées, je ne fusse jamais satisfait —C'est que c'était la chose même que je haïssais, — l'exploitation de ces hommes et de ces femmes, le maintien de tant d'ignorance, de brutalité et de vices,—et cela pour me faire de l'argent !

D'ailleurs, je me mêlais toujours des détails. Étant moi-même le plus paresseux des mortels, j'avais beaucoup trop de sympathie pour la paresse des autres ; et quand de pauvres nègres mettaient des pierres au fond de leurs paniers à coton pour les faire paraître plus lourds, ou remplissaient leurs sacs d'ordures avec du coton par-dessus, cela ressemblait tellement à ce que j'aurais fait à leur place, que je ne pourrais souffrir qu'on les fouettât pour cela. Or, comme de raison, c'en était fait de la discipline, et Alfred et moi nous en arrivions à peu près au même point où nous avions été mon honoré père et moi, précédemment. Il me dit donc que j'étais une femmelette sentimentale, et que je serais toujours impropre à la vie des affaires. Il me conseilla de prendre nos fonds de la banque et la maison de famille de la Nouvelle-Orléans, d'y aller faire des vers, et de le laisser mener la plantation. Là-dessus, nous nous séparâmes, et je vins ici.

— Mais pourquoi n'avoir pas émancipé vos esclaves?

— Je n'étais pas à cette hauteur. Les garder comme instrumens à me faire de l'argent, je ne le pouvais pas; les avoir pour m'aider à dépenser de l'argent ne me paraissait pas si odieux. Quelques-uns d'entre eux étaient d'anciens serviteurs auxquels j'étais fort attaché; et les jeunes étaient les enfans des vieux. Tous étaient satisfaits de leur condition.

Il se tut, et parcourut d'un air pensif la chambre.

— Il fut un temps, reprit-il, où j'avais le projet et l'espoir de faire autre chose dans ce monde que d'aller à la dérive. J'avais de vagues désirs d'être une sorte d'émancipateur; — de délivrer mon pays de cette tache. Tous les jeunes gens ont eu de ces accès de fièvre, je suppose; mais. .

— Pourquoi ne l'avoir pas fait? Une fois la main à la charrue, vous ne devez pas regarder en arrière.

— Les choses n'allèrent pas comme je m'y attendais, et je fus pris, comme Salomon, du dégoût de la vie. Il le fallait sans doute pour notre sagesse à tous deux; mais, de façon ou d'autre, au lieu d'être acteur et régénérateur dans la société, je devins un bâton flottant, et je n'ai fait qu'aller au gré des vagues depuis lors. Alfred me gronde chaque fois que nous nous rencontrons; et je n'ai trop rien à répondre. J'en conviens, car il fait réellement quelque chose; sa vie est un résultat logique de ses opinions, et la mienne est une inconséquence méprisable.

— Mon cher cousin, pouvez-vous être satisfait de cette manière de passer votre temps d'épreuve?

— Satisfait! Ne viens-je pas de vous dire que je le méprisais! Mais, pour revenir à la question. — c'est de l'émancipation qu'il s'agissait. Je ne crois pas que mes sentimens au sujet de l'esclavage me soient particuliers. Je vois bien des gens qui pensent comme moi au fond de leur cœur. Le pays en souffre, et si mauvais que soit cet état de choses soit pour l'esclave, il est encore pire, s'il est possible, pour le maître. Il n'est pas besoin de lunettes pour voir qu'une classe considérable de gens vicieux, imprévoyans et dégradés, sont un mal pour nous-mêmes. Le capitaliste et l'aristocrate d'Angleterre ne peuvent pas sentir cela comme nous, parce qu'ils ne se mêlent pas, comme nous le faisons, à la classe qu'ils dégradent. Les hommes de cette classe sont dans nos maisons; ils sont les compagnons de nos enfans, qui prennent leurs idées plus vite que les nôtres; car c'est une race à laquelle l'enfance s'attache et s'assimilera toujours. Si Éva n'était pas d'une nature angélique, elle serait perdue. Autant laisser propager parmi nous la petite vérole et croire que nos enfans ne la prendront pas, que de laisser ces malheureux dans l'ignorance et dans le vice, et croire que nos enfans ne courent aucun danger. Cependant, nos lois interdisent positivement, complétement, tout système efficace d'éducation générale; et elles ont raison, qui plus est; car, pour peu qu'on commence à instruire sérieusement une génération, on peut être sûr que tout l'édifice croulera. Si nous ne leur donnions pas la liberté, ils la prendront eux.

— Et comment pensez-vous que tout cela finira?

— Je ne sais. Il y a une chose certaine, — c'est que, dans le monde entier, il se manifeste parmi les masses un besoin de s'entendre et de se rapprocher; et il arrivera un dies iræ, tôt ou tard. La même fermentation existe en Angleterre, dans toute l'Europe, et dans ce pays-ci. Ma mère me parlait d'un millénium prochain; alors le Christ régnerait, et tous les hommes seraient libres et heureux, et elle m'enseignait, dans mon enfance, à prier : « Que ton règne

arrive! » Parfois, je pense que tous ces soupirs, ces gémissemens, et ce remuement parmi ces ossemens desséchés, annoncent que sa prédiction se réalise. Mais qui peut attendre le jour où il paraîtra.

— Auzustin, je suis tenté de croire, par momens, que vous n'êtes pas loin du royaume des cieux, dit miss Ophélia, posant son tricot et regardant son cousin avec anxiété.

— Je vous remercie de votre bonne opinion; mais j'ai des hauts et des bas; — je suis aux portes du ciel en théorie, et dans la poussière terrestre en pratique. Mais voici qu'on sonne le thé, — venez, et ne dites plus maintenant que je n'ai pas eu de conversation sérieuse une fois dans ma vie.

À table, Marie fit allusion à l'incident de Prue.

— Probablement, cousine, vous penserez, dit-elle, que nous sommes tous des barbares.

— Je ne vous crois pas tous barbares, repartit miss Ophélia; mais la chose l'est, à mon avis.

— Quant à moi, dit Marie, je crois qu'il est impossible de rien faire de quelques-uns de ces êtres-là. Ils sont si mauvais, qu'ils ne devraient pas vivre. Je n'ai pas la moindre pitié en pareil cas. S'ils voulaient se bien conduire, cela n'arriverait pas.

— Mais, maman, dit Éva, cette pauvre créature était malheureuse; c'est pour cela qu'elle buvait.

— Allons donc! comme si c'était une excuse! Je suis malheureuse très souvent. J'ose dire que j'ai eu de plus cruelles épreuves que cette femme. Est-ce que je bois? C'est tout simplement parce qu'ils ne valent rien. Il y en a que vous ne pouvez mater par aucune espèce de sévérités. Je me souviens que mon père avait un homme si paresseux, qu'il se sauvait pour ne pas travailler, et allait se cacher dans les marais, volant et faisant toutes sortes d'horreurs. Cet homme fut pris et fouetté mainte et mainte fois; et bien! cela ne lui fit aucun bien; et, la dernière fois qu'il décampa, il pouvait à peine se traîner, et il mourut dans les marais. Il n'y avait pas de mal à cela, car les esclaves de mon père étaient toujours bien traités.

— Moi, dit Saint-Clare, je suis venu à bout d'un homme dont tous les maîtres et contre-maîtres n'avaient jamais pu rien obtenir.

— Vous! dit Marie. Je serais curieuse de savoir quand vous avez fait rien de semblable.

— C'était une espèce de géant, un Africain de naissance, et il paraissait avoir à un degré peu commun l'instinct de la liberté. C'était un vrai lion d'Afrique. On l'appelait Scipion. Personne n'en pouvait rien faire, et c'était à qui le revendrait à son voisin. Enfin Alfred l'acheta, croyant pouvoir le mieux mener. Un jour, il assomma le contre-maître, et s'enfuit dans les marais. J'étais en visite sur la plantation d'Alfred, car c'était après que nous avions dissous notre association. Alfred était exaspéré; mais je lui dis que c'était sa faute à lui-même, et je lui pariai que je viendrais à bout de son rebelle. Enfin, il fut convenu que, si je l'attrapais, je pourrais faire sur lui mon expérience. Nous nous mîmes donc six ou sept à sa poursuite avec chiens et fusils. Vous le savez, on se prend de passion pour la chasse à l'homme comme pour la chasse au cerf; ce n'est qu'une affaire d'habitude. Le fait est que je m'y échauffai moi-même, quoique je n'y fusse venu que comme une sorte de médiateur, dans le cas où il serait pris.

Les chiens donnèrent de la voix, nous piquâmes des deux, et, enfin, nous le fîmes lever. Il courait et bondissait comme un daim, nous laissa fort en arrière pour quelque temps, mais il finit par être acculé dans un fourré impénétrable de cannes à sucre, et il fallait voir comme il se défendit vaillamment et contre les chiens. Il les lançait de droite et de gauche, et il en avait tué trois à coups de poing, lorsqu'il fût atteint d'un coup de fusil qui l'abattit tout sanglant presque à mes pieds. Le pauvre diable me regarda avec énergie et désespoir. J'arrêtai chiens et chasseurs, qui se précipitaient sur lui, et je le réclamai comme mon prisonnier. Ce fut tout ce que je pus faire que d'empêcher qu'on ne l'achevât, dans la chaleur du succès; mais je persistai dans mon marché, et Alfred me le vendit. Je le pris donc en main, et, au bout de quinze jours je l'avais rendu aussi soumis, aussi traitable qu'on pouvait le désirer.

— Comment vous y êtes-vous pris? demanda Marie.

— Le procédé était bien simple. Je le mis dans ma propre chambre, je lui fis faire un bon lit, je pansai ses blessures et le soignai moi-même, jusqu'à ce qu'il fût sur pied. Dans l'intervalle, j'avais fait dresser pour lui un contrat d'émancipation, et je lui dis qu'il pouvait aller où il voulait.

— Et s'en alla-t-il? dit Ophélia.

— Non. Le sot déchira le papier, et refusa tout net de me quitter. Je n'ai jamais eu un garçon plus brave, un garçon meilleur,— fidèle et franc comme l'acier. Il embrassa plus tard le christianisme, et devint aussi doux qu'un enfant. Il était chargé de la surveillance de ma plantation sur le lac, et il s'en acquittait admirablement. Je le perdis à la première invasion du choléra. Le fait est qu'il sacrifia sa vie pour moi. J'étais presque à la mort; et quand la panique avait fait fuir tout le monde, Scipion se donnait pour moi une peine excessive, et ce fut à ses soins vraiment que je dus la vie. Mais le pauvre garçon tomba malade tout de suite après, et il n'y eut pas moyen de le sauver. Jamais perte ne m'a été plus sensible.

Éva s'était peu à peu rapprochée de son père, tandis qu'il racontait cette histoire; elle l'écoutait la bouche béante et les yeux grands ouverts.

Lorsqu'il eut fini, elle lui jeta soudain ses bras autour du cou, et fondit en larmes.

— Éva, chère enfant! qu'y a-t-il? dit Saint-Clare, alarmé de voir cette frêle créature toute tremblante de la violence de son émotion. Cette enfant, ajouta-t-il, ne devrait pas entendre de pareilles choses;— elle est nerveuse.

— Non, papa, je ne suis pas nerveuse, dit Éva, se contenant soudain avec une force de résolution singulière dans une enfant de cet âge; je ne suis pas nerveuse, mais ces choses-là me vont au cœur.

— Que voulez-vous dire, Éva?

— Je ne puis vous le dire, papa; je pense à beaucoup de choses. Peut-être je vous le dirai quelque jour.

— Eh bien! pensez tant que vous voudrez, ma chère; seulement ne pleurez pas et ne tourmentez pas votre papa, dit Saint-Clare. Tenez, voyez quelle belle pêche j'ai là pour vous.

Éva a prit en souriant, quoiqu'il y eût encore un mouvement nerveux dans les coins de sa bouche.

— Venez voir le poisson rouge, dit Saint-Clare, la prenant par la main et passant sur la véranda. Quelques momens après, de joyeux rires furent entendus derrière les rideaux de soie. Éva et Saint-Clare se jetaient des roses et se poursuivaient dans les allées de la cour.

Il est à craindre que notre humble ami Tom ne soit oublié au milieu des aventures de ses supérieurs; mais si nos lecteurs veulent nous accompagner à un petit étage au-dessus de l'écurie, ils apprendront peut-être quelque chose de ses affaires. C'est une chambre décente contenant un lit, une chaise, une petite table grossière où sont posés sa Bible et son livre d'hymnes, et où il est assis en ce moment, avec son ardoise devant lui, occupé à quelque chose qui paraît lui mettre martel en tête. Le fait est que Tom avait tellement le mal du pays, qu'il avait demandé à Éva une feuille de papier, et rassemblant tout ce qu'il avait de littérature grâce aux instructions de maître Georges, il conçut l'idée hardie d'écrire une lettre; et il était occupé pour l'instant à en faire le brouillon sur son ardoise. Tom avait beaucoup de peine, car il avait oublié entièrement la forme de plusieurs lettres, et il ne savait pas trop comment employer celles qu'il se rappelait. Tandis qu'il travaillait, en soufflant avec force, Éva vintse poser comme un oiseau derrière sa chaise, et regarda par-dessus son épaule.

— Oh! oncle Tom, quelles drôles de choses vous faites-là!

— J'essaie d'écrire à ma pauvre vieille, miss Éva, et à mes petits enfans, dit Tom en passant le dos de sa main sur ses yeux; mais je crains bien de n'en pouvoir pas venir à bout.

— Je voudrais pouvoir vous aider, Tom. J'ai appris un peu à écrire. L'an dernier, je savais faire toutes mes lettres; mais j'ai peur d'avoir oublié.

Là-dessus, Éva mit sa petite tête dorée contre celle de l'oncle Tom, et ils commencèrent une grave et vive discussion avec autant d'ardeur et autant d'ignorance d'une part que de l'autre; et après bien des consultations sur chaque mot, la composition commença à prendre tournure.

— Oui, oncle Tom, cela commence réellement à avoir bonne mine, dit Éva en regardant avec ravissement la page d'écriture. Comme votre femme va être contente! et vos pauvres petits enfans! Oh! c'est une honte que vous ayez jamais été forcé de les quitter! J'ai envie de demander à papa de vous laisser vous en retourner un de ces jours!

— Maîtresse a dit qu'elle enverrait de l'argent pour moi, dès qu'ils pourraient en amasser, dit Tom. J'espère qu'elle le fera. Le jeune maître Georges a dit qu'il viendrait me chercher, et il m'a donné ce dollar comme gage. Et Tom tira de dessous ses habits ce précieux dollar.

— Oh! il viendra certainement, alors! dit Éva. Je suis si contente!

— Et je voulais leur envoyer une lettre, vous savez, pour leur faire savoir où j'étais, et pour dire à la pauvre Chloé que j'étais en bonnes mains,— car elle était si malheureuse, la pauvre âme!

Une voix appela Tom. C'était celle de Saint-Clare qui arrivait à la porte.

Tom et Éva tressaillirent.

— Qu'est-ce que cela? demanda Saint-Clare en voyant l'ardoise.

— Oh! c'est la lettre de Tom; je l'aide à l'écrire, dit Éva. N'est-ce pas bien?

— Je ne voudrais vous décourager ni l'un ni l'autre, dit Saint-Clare; mais je crois, Tom, que vous feriez mieux de me charger d'écrire votre lettre. Je le ferai quand je rentrerai de ma promenade à cheval.

— Il est très important qu'il écrive, dit Éva, parce que sa maîtresse va envoyer de l'argent pour le racheter, vous savez, papa; il m'a conté qu'on le lui avait dit.

Saint-Clare pensa à part lui que c'était probablement une de ces choses que de bons propriétaires disent à leurs serviteurs, pour diminuer l'horreur qu'ils éprouvent à être vendus, sans aucune intention de réaliser les espérances qu'ils leur donnent. Mais il ne fit là-dessus aucun commentaire à haute voix, et se contenta d'ordonner à Tom d'amener les chevaux.

La lettre de Tom fut écrite pour lui le même soir, et déposée sans encombre à la poste.

Miss Ophélia persistait toujours à s'occuper des soins du ménage. Il fut universellement convenu dans toute la maison, depuis Dinah jusqu'au plus jeune marmot, que miss Ophélia était décidément curieuse,— terme par lequel un domestique du Sud entend que ses supérieurs ne lui conviennent pas parfaitement.

La haute domesticité,— à savoir, Adolphe, Jane et Rosa, — décidèrent que ce n'était point une dame : les dames ne travaillaient point comme elle faisait; qu'elle n'avait pas du tout d'airs; et qu'ils étaient étonnés qu'elle fût parente de Saint-Clare. Marie elle-même déclara que c'était réellement fatigant de voir la cousine Ophélia toujours si affairée. Et, dans le fait, l'activité de miss Ophélia était si incessante, que la plainte n'était pas dénuée de tout fondement. Elle cousait et piquait du matin au soir, avec l'énergie de quelqu'un qui est excessivement pressé; et quand le jour tombait et qu'elle pliait son ouvrage, aussitôt paraissait l'éternel tricot, et la voilà qui recommençait avec autant de zèle que jamais. C'était vraiment un travail que de la voir.

CHAPITRE XX.

Topsy.

Un matin, tandis que miss Ophélia vaquait aux occupations du ménage, elle entendit Saint-Clare qui l'appelait du bas de l'escalier.

— Descendez, cousine, j'ai quelque chose à vous montrer.

— Qu'est-ce? dit miss Ophélia, en paraissant son ouvrage à la main.

— J'ai fait une emplette pour votre département; regardez. Et en même temps Saint-Clare lui présenta une petite négresse de huit à neuf ans.

Elle était d'un noir parfait : ses yeux ronds et brillans étincelaient comme des grains de verroterie; ses regards vifs et mobiles se promenaient sur tous les objets qui se trouvaient dans la chambre, et ses lèvres, entrouvertes par l'admiration à la vue des merveilles du parloir de son nouveau maître, laissaient apercevoir une double rangée de dents d'une blancheur éclatante. Les courtes tresses de sa chevelure laineuse s'échappaient dans toutes les directions. L'expression de son visage offrait un bizarre mélange de finesse et d'astuce, et cependant ses traits étaient recouverts comme d'un voile d'une mélancolie pleine de gravité. Elle n'avait pour vêtement qu'une robe de toile grossière, sale et déchirée, et elle se tenait debout, les mains modestement croisées devant elle. Il y avait dans tout son extérieur quelque chose d'extraordinaire, de diabolique; quelque chose, comme le dit plus tard miss Ophélia, de si païen, que l'excellente dame en avait une frayeur extrême.

— Au nom du ciel! Augustin, dit-elle en se tournant vers Saint-Clare, pourquoi nous avez-vous amené cette créature?

— Pour que vous l'éleviez, pour que vous la mettiez dans la route qu'elle doit suivre. On la prendrait vraiment pour un grotesque échantillon du genre Jim Crow. Ici, Topsy, continua-t-il en donnant un coup de sifflet comme un homme qui appelle un chien; ici, Topsy, chante un peu, et montre-nous ce que tu sais en fait de danse.

Les yeux noirs et étincelans de Topsy brillèrent d'une sorte de méchanceté comique, et elle commença d'une voix claire et perçante une mélodie étrange. Elle battait la mesure des pieds et des mains; elle tournait sur elle-même en faisant claquer ses doigts, et entrechoquait ses genoux d'une façon sauvage et fantastique; elle tirait de son gosier ces sons gutturaux qui distinguent la musique primitive de sa race. A la fin, elle fit deux ou trois culbutes, et entendre une note prolongée, aussi sauvage que le sifflet d'une machine à vapeur, retomba sur le tapis, et s'y tint droite, les mains croisées, tandis que, sur son visage, se peignait une expression de douceur hypocrite, trahie par les regards pleins d'astuce que dardaient obliquement ses prunelles.

Miss Ophélia était silencieuse, paralysée par l'étonnement; Saint-Clare, comme un mauvais plaisant qu'il était, semblait jouir de sa stupéfaction.

— Topsy, dit-il en s'adressant à l'enfant, voilà votre nouvelle maîtresse; je viens de vous donner à elle. Tâchez de vous bien conduire.

— Oui, maître, dit Topsy avec une gravité hypocrite, et ses yeux méchans se levaient et se baissaient à mesure qu'elle parlait.

— Vous serez sage, Topsy?

— Oh! oui, maître, répondit-elle avec la même mobilité dans le regard, et les mains toujours dévotement croisées.

— Je vous le demande, Augustin, qu'en ferez-vous? Vo-

tre maison est tellement pleine de ces petites pestes qu'on ne peut mettre un pied par terre sans marcher sur quelque négrillon. Le matin, quand je me lève, j'en trouve un endormi derrière la porte; je vois une tête noire qui sort de dessous la table; un autre est étendu sur le paillasson. Tout cela [fait des grimaces, gambade et se roule sur le parquet de la cuisine. Au nom du ciel! pourquoi nous amenez-vous encore cette créature?

— Pour que vous fassiez son éducation; ne vous l'ai-je pas dit? Vous êtes toujours à prêcher sur l'éducation. J'ai pensé que vous me sauriez gré d'avoir un sujet tout neuf sur lequel vous pourriez essayer vos méthodes, et que vous aurez le plaisir de mettre dans la bonne voie.

— C'est un besoin que je ne ressentais nullement. Tous ces esclaves me donnent trop d'occupation pour que je désire en avoir un plus grand nombre.

— Vous voilà bien, vous autres chrétiens! vous fondez des sociétés, vous envoyez de pauvres missionnair consumer leur existence tout entière au milieu de ces païens; mais qu'on me montre une seule personne parmi vous qui consente à prendre avec elle un de ces êtres ignorans, et qui veuille se charger du soin de le convertir! Lorsqu'on vous met au pied du mur, vous les trouvez sales et dégoûtans, vous dites que c'est trop de peine pour vous, et que vous n'y sauriez consentir!

— Augustin, vous savez très bien que telle n'a jamais été ma manière de voir, dit miss Ophélia éridemment radoucie. — Et qui sait? peut-être est-ce là réellement une œuvre de missionnaire, continua-t-elle en regardant l'enfant d'un œil plus favorable.

Saint-Clare avait touché la corde sensible. La conscience de miss Ophélia était toujours sur le qui-vive. Quoi qu'il en soit, ajouta-t-elle, il était tout à fait inutile d'acheter cette enfant. Il y en a déjà assez chez vous pour employer tout ce que je puis avoir de temps et d'habileté.

— Puisqu'il en est ainsi, cousine, dit Saint-Clare en la prenant à part, je devrais vous demander pardon de mes sottises. Vous êtes si bonne : il n'y a pas un mot de bon sens dans tout ce que je viens de dire. Pour ce qui est de cette enfant, voici la vérité : Elle appartenait à un couple aviné qui tient un restaurant de bas étage devant lequel je passe tous les jours. J'étais fatigué de l'entendre pleurer, de la voir battre et accabler d'injures. Elle m'a paru drôle et intelligente, et j'ai pensé qu'on pourrait en faire quelque chose. Aussi je l'ai achetée, et je vous en fais hommage. Essayez donc, et donnez-lui une de ces bonnes éducations orthodoxes de la Nouvelle-Angleterre, voyez ce que vous pourrez en tirer. Vous savez que je n'ai pas le talent de faire des élèves, moi; mais je serais bien aise de vous voir essayer.

— Je ferai ce que je pourrai, dit miss Ophélia; et elle s'approcha de sa nouvelle élève comme on s'approche d'une araignée à qui on ne veut pas faire de mal.

— Elle est affreusement sale, et demi-nue.

— Eh bien! faites-la descendre; qu'on la nettoie et qu'on l'habille.

Miss Ophélia la conduisit à la cuisine.

— Je ne vois pas en quoi maître Saint-Clare avait besoin de nouveaux nègres, fit Dinah en contemplant la nouvelle arrivée d'un air peu amical. — Tout ce que je sais, c'est que je ne veux pas l'avoir dans mes jambes.

— Pouah! dirent Rosa et Jane avec un suprême dégoût. Que nous la rencontrions sur notre route, et nous verrons! Maître Saint-Clare n'avait point besoin d'acheter encore un de ces méprisables nègres.

— Voulez-vous bien vous taire! elle n'est pas plus noire que vous, miss Rosa, s'écria Dinah qui sentait que cette dernière remarque l'attaquait directement. Vous semblez vous bercer de l'idée que vous avez la peau blanche : vous n'êtes ni blanche ni noire, et pour moi j'aimerais à être l'une ou l'autre.

Miss Ophélia vit que personne ne voudrait se charger de nettoyer et d'habiller la nouvelle venue, et elle fut obligée de s'en charger elle-même, assistée de Jane qui n'obéissait qu'avec répugnance et à contre-cœur.

Des oreilles délicates n'aimeraient point à entendre les détails de la première toilette d'une enfant misérable et maltraitée depuis sa naissance. Il y a, dans ce monde, des milliers de créatures qui vivent et qui meurent dans un état dont la description seule frapperait trop désagréablement la sensibilité de leurs semblables. Miss Ophélia avait un esprit pratique fortement trempé, et elle passa par-dessus tous ces détails dégoûtans avec une fermeté héroïque, mais non avec un air très-gracieux, nous devons en convenir. Se résigner était tout ce qu'elle pouvait accorder à ses principes. Cependant, lorsqu'elle eut vu sur les épaules de l'enfant les callosités et les cicatrices, traces ineffaçables du système qui lui avait été appliqué jusqu'alors, son cœur fut ému de compassion.

— Voyez, dit Jane en désignant du doigt les marques que les coups avaient laissées ; cela veut-il dire qu'elle est un agneau ? Je présume que nous allons avoir de bel ouvrage avec elle. Je hais ces jeunes nègres ; ils sont si dégoûtans ! Comment se fait-il que maître ait pu acheter cette petite horreur ?

L'enfant entendit tous ces commentaires avec l'air triste et soumis qui lui était naturel, tandis qu'elle regardait d'un œil vif et mobile les ornemens que Jane portait à ses oreilles. Lorsqu'elle reparut, habillée d'une manière décente et ses cheveux coupés court, miss Ophélia s'écria, avec une sorte de satisfaction, qu'elle avait l'air plus chrétien qu'auparavant, et elle commença à ébaucher dans sa tête quelque plan pour son éducation future.

Elle vint s'asseoir devant Topsy, et se mit à l'interroger :

— Quel âge avez-vous, Topsy ?

— Sais pas, missis, dit l'enfant immobile, tandis que son sourire montrait toutes ses dents.

— Vous ne savez pas quel âge vous avez ? Personne ne vous l'a jamais dit. Quelle était votre mère ?

— N'en ai jamais eu, répondit l'enfant avec le même sourire.

— Vous n'avez jamais eu de mère ? Que voulez-vous dire ? Où êtes-vous née ?

— Ne suis jamais née, dit Topsy en souriant encore, mais cette fois avec un air si diabolique que, si miss Ophélia avait été le moins du monde nerveuse, elle aurait pu s'imaginer avoir devant elle quelque noir gnôme sorti du royaume de Satan. Heureusement, miss Ophélia n'était qu'une femme positive, et elle continua avec quelque sérérité.

— Il ne faut pas me répondre de cette manière, enfant ; je ne joue pas avec vous. Dites-moi où vous êtes née ; dites-moi quels sont vos parens.

— Je vous dis que je ne suis pas née ! s'écria avec énergie la malheureuse créature. Je n'ai jamais eu ni père, ni mère, ni rien ! J'ai été élevée par un spéculateur avec un tas d'autres. La vieille tante Prue prenait soin de nous.

L'enfant était évidemment sincère. Jane se mit à rire avec mépris.

— Maîtresse, il y a des millions de ces enfans ; les spéculateurs les achètent à bon marché, et les élèvent pour les revendre ensuite.

— Combien de temps avez-vous vécu avec vos maîtres ?

— Ne sais pas, miss.

— Y a-t-il une année ? Y a-t-il plus ou moins ?

— Ne sais pas, miss.

— Ces malheureux nègres, maîtresse, ne sont capables de rien dire. Ils ne se doutent pas de ce qu'est le temps. Il n'y en a pas un qui puisse dire son âge.

— Avez-vous jamais entendu parler de Dieu, Topsy ?

L'enfant parut ne pas comprendre. Elle sourit comme à son ordinaire.

— Savez-vous qui vous a créée ?

— Personne, je présume, dit Topsy en comprimant une envie de rire. Cette idée parut l'amuser considérablement, car ses yeux s'animèrent, et elle continua :

— Je sais que j'ai grandi, mais je ne pense pas que jamais personne m'ait créée.

— Savez-vous coudre ? demanda alors miss Ophélia, qui pensa devoir diriger ses questions sur un point plus intelligible pour Topsy.

— Non, miss.

— Que savez-vous donc faire ? Que faisiez-vous pour vos maîtres ?

— Je tirais de l'eau, je lavais les plats, je repassais les couteaux, je servais les gens.

— Étaient-ils bons pour vous ?

— Je crois qu'ils l'étaient, dit l'enfant, en regardant miss Ophélia avec malice.

Miss Ophélia termina là cet entretien intéressant. Saint-Clare était appuyé sur le dos de sa chaise.

— Vous trouvez là un sol vierge, cousine ; semez-y vos idées. Vous verrez s'il en germera beaucoup.

Les idées de miss Ophélia sur l'éducation, comme toutes ses autres idées, étaient parfaitement arrêtées. Elles étaient de la nature de celles qui régnaient dans la Nouvelle-Angleterre, il y a un siècle, et qui s'y conservent dans quelques parties retirées, que la civilisation n'a point encore corrompues, et où il n'y a pas de chemins de fer. Dans leur plus simple expression, elles pouvaient être enfermées dans un très petit nombre de mots : Habituer les esclaves à écouter avec attention lorsqu'on leur parlait ; leur enseigner le catéchisme ; leur apprendre à coudre et à lire, et les fouetter lorsqu'ils mentaient. Et quoique, dans le torrent de lumières qui se répand aujourd'hui sur l'éducation, les esclaves soient laissés bien loin derrière, c'est un fait généralement reconnu que nos grand'mères avaient un certain talent pour dresser les hommes et les femmes à l'aide de ce régime ; chacun de nous peut se le rappeler et l'attester. Quoi qu'il en soit, miss Ophélia ne savait pas employer d'autre système, et elle donnait ses soins à sa petite païenne avec tout le zèle dont elle était capable. Topsy fut annoncée et considérée dans la famille comme l'élève de miss Ophélia ; et comme l'enfant n'était pas regardée d'un très bon œil à la cuisine, miss Ophélia prit le parti de borner la sphère de ses travaux d'éducation dans les limites de son appartement. Avec une abnégation que quelques-uns de nos lecteurs comprendront, au lieu de faire elle-même son lit, au lieu de balayer et d'épousseter sa chambre, ce qu'elle avait fait jusqu'alors dans son profond mépris pour les offices des femmes de la maison, elle se condamna au martyre d'instruire Topsy à lui rendre ces services. — Si quelqu'un de nos lecteurs a jamais la grandeur d'âme d'en faire autant, c'est alors qu'il comprendra la valeur d'une pareille abnégation.

Le jour suivant, miss Ophélia prit Topsy chez elle, et là commença solennellement un cours sur l'art si difficile de bien faire un lit.

Représentez-vous ici Topsy, les cheveux coupés, et débarrassée de ces tresses qui jusque-là avaient fait son bonheur, vêtue d'une robe propre, avec un tablier bien empesé, se tenant respectueusement devant miss Ophélia, avec une expression de gravité tout à fait de mise pour un enterrement.

— Et maintenant, Topsy, je vais vous montrer comment mon lit doit être fait. — Je vous préviens que je suis très difficile pour mon lit ; il faut que vous appreniez à le faire exactement comme je vous le dis.

— Oui, madame, dit Topsy en poussant un profond soupir, avec un visage où se peignait un zèle plein de tristesse.

— Regardez, Topsy, voici l'ourlet du drap, voici l'endroit, voici l'envers. — Vous rappellerez-vous cela ?

— Oui, madame, dit Topsy avec un autre soupir.

— Ramenez le drap de dessous par-dessus l'oreiller, de cette façon, puis bordez-le sous le matelas, et tendez bien pour qu'il ne reste pas de plis ; — voyez-vous ?

— Oui, madame.

— Le drap de dessus, ramenez-le, et enfoncez-le, en tirant de cette manière l'étroit ourlet du côté des pieds.

— Oui, madame, répondit encore Topsy. — Mais nous ajouterons une chose dont ne s'aperçut pas miss Ophélia. Tandis que cette bonne dame, dans l'ardeur du travail, avait le dos tourné, son élève était parvenue à saisir une paire de gants et un ruban qu'elle avait adroitement fourrés dans ses manches, et elle avait croisé de nouveau les mains sur sa poitrine aussi révérencieusement qu'auparavant.

— Voyons, maintenant, Topsy, à votre tour, dit miss Ophélia en défaisant le lit et en s'asseyant.

Topsy, avec beaucoup de gravité et d'adresse, s'acquitta de sa besogne à la grande satisfaction de sa maîtresse. Elle tendit bien le drap, fit disparaître tous les plis, et garda pendant son travail une contenance sérieuse qui édifia son institutrice; mais, par malheur, au moment même où son ouvrage était fini, un bout de ruban s'échappa de dessous sa manche, et attira l'attention de miss Ophélia qui le saisit aussitôt. — Qu'est-ce que cela, méchante enfant? Pourquoi m'avoir volé ce ruban?

Le ruban fut retiré de la manche de Topsy, qui n'en fut pas le moins du monde déconcertée. Elle prit seulement un air de profonde surprise et d'innocence calomniée.

— Quoi! c'est le ruban de miss Phélie, n'est-ce pas? Comment s'est-il trouvé dans ma manche?

— Méchante enfant, ne me faites pas de mensonge; vous avez volé ce ruban.

— Maîtresse, je jure que ce n'est pas moi. Je n e l'avais jamais vu.

— Topsy, ne savez-vous pas que c'est très mal de mentir?

— Je ne mens jamais, répondit Topsy avec le calme de la vertu. Ce que je viens de dire est la pure vérité, — rien autre chose.

— Topsy, je serai obligée de vous fouetter, si vous mentez ainsi.

— Hélas! maîtresse, vous me fouetteriez toute la journée que je ne pourrais dire autre chose, répliqua Topsy en tâchant de pleurer. Je n'ai jamais vu ce ruban. Il se sera pris dans ma manche. Miss Phélie l'aura laissé sur le lit; il se sera pris dans les couvertures, et de là dans ma manche.

Miss Ophélia fut si révoltée de cet impudent mensonge, qu'elle saisit et secoua la jeune esclave en lui donnant l'ordre de se taire.

Dans la secousse, les gants s'échappèrent de l'autre manche et tombèrent sur le parquet.

— Voilà, dit miss Ophélia; me direz-vous encore que vous n'avez pas volé le ruban?

Topsy se reconnut coupable au sujet des gants, mais elle persista dans ses dénégations à l'égard du ruban.

— Maintenant, Topsy, dit miss Ophélia, si vous faites des aveux complets, on vous fera grâce du fouet pour aujourd'hui. Ainsi mise en demeure, Topsy avoua tout, et protesta solennellement qu'elle se repentait.

— Eh bien! dites-moi, vous devez avoir dérobé d'autres choses encore depuis que vous êtes dans la maison; car je vous ai laissé courir partout hier. Dites-moi si vous avez volé quelqu'autre chose, et vous ne serez pas fouettée.

— Missis, j'ai pris la chose rouge que miss Eva portait à son cou.

— Quoi! c'est vous, misérable enfant! continuez.

— J'ai pris aussi les pendans d'oreille de Rosa, les rouges.

— Allez me chercher à l'instant ces objets.

— Hélas! missis, je ne puis; ils sont brûlés.

— Brûlés! quel conte! Allez les chercher, ou gare le fouet!

— Je ne puis les rendre, s'écria Topsy avec de bruyantes protestations, des larmes et des gémissemens; ils sont brûlés.

— Et pourquoi les avez-vous jetés au feu?

— Parce que je suis méchante; je suis un petit monstre. Je n'y puis rien.

Eva entrait alors dans la chambre; elle avait au cou le collier de corail en question.

— Eva, où donc avez-vous retrouvé votre collier, demanda miss Ophélia.

— Retrouvé, dit Eva; mais je ne l'ai jamais perdu.

— Est-ce que vous l'aviez hier au cou?

— Oui, et, ce qui est bizarre, c'est que je l'ai gardé toute la nuit; j'ai oublié de l'ôter au moment de me mettre au lit.

Miss Ophélia était dans un état de stupéfaction complète, d'autant plus qu'au même instant elle vit entrer dans la chambre Rosa qui portait sur sa tête un panier de linge blanc. A ses oreilles se balançaient les morceaux de corail.

— Cette enfant me pousse réellement à bout, dit-elle avec désespoir. Pourquoi donc m'avez-vous dit que vous aviez dérobé ces bijoux?

— Missis m'a dit de tout avouer; et je n'ai pu imaginer que cela, répondit Topsy en se frottant les yeux.

— Mais je ne voulais pas vous faire avouer des fautes que vous n'aviez pas commises. Inventer ce qui n'est pas, ou nier ce qui est, c'est toujours mentir.

— Est-ce bien vrai? dit Topsy avec un air d'innocente surprise.

— Oh! elle n'a jamais dit un mot de vérité! s'écria Rosa en jetant sur Topsy un regard d'indignation. Si j'étais maître Saint-Clare, je la ferais fouetter jusqu'au sang.

— Non, non, dit Eva avec un air d'autorité que ses traits enfantins prenaient quelquefois. Ne parlez pas ainsi, Rosa, je ne puis souffrir un tel langage.

— Hélas! miss Eva, vous êtes si bonne! Vous n'entendez rien à la manière de traiter les nègres; il n'y a qu'un moyen de les faire marcher, c'est de les rouer de coups.

— Rosa! s'écria Eva; silence! plus un mot! Les yeux de l'enfant s'animèrent, et ses joues se colorèrent d'un rouge plus vif.

Rosa eut peur.

— Miss Eva a du sang de Saint-Clare dans les veines; c'est évident. Elle sait parler à tout le monde comme son père, dit Rosa en sortant de la chambre.

Eva regardait Topsy.

Ces deux enfans représentaient les deux extrémités de la société; l'une, belle et de haute naissance, avait une chevelure d'or, des yeux profonds, un front large et noble, et une démarche princière; l'autre, à la peau noire, était rusée, souple, servile et pourtant intelligente; la première était le type de la race saxonne, et portait le cachet d'une civilisation avancée, et de la supériorité physique et morale; dans la seconde se personnifiait la race africaine, vouée depuis des siècles à l'oppression, à l'ignorance, au travail et au vice.

Il est probable que des idées de ce genre avaient cherché à se faire jour dans l'esprit d'Eva; mais les idées d'un enfant ne sont guère que de vagues instincts. La noble nature d'Eva faisait souvent naître en elle de ces émotions, de ces tressaillemens, mais elle ne trouvait point de mots pour les exprimer. Tandis que miss Ophélia dissertait longuement sur ce qu'il y avait de méchant et de pervers dans la conduite de Topsy, l'enfant avait un air triste et embarrassé; puis elle dit aussi doucement que possible :

— Pauvre Topsy! qu'avez-vous besoin de voler? On va maintenant avoir l'œil ouvert sur vous. Je vous aurais donné quoi que ce soit pour vous empêcher de voler.

C'était la première fois de sa vie que Topsy s'entendait parler avec bonté. Cette voix, ces manières pleines de douceur, produisirent un singulier effet sur le cœur rude et sauvage de la jeune esclave, et quelque chose comme une larme brilla dans ses grands yeux pleins d'éclairs. Mais cette émotion d'un instant se termina par un rire saccadé et une grimace dédaigneuse. Oui! l'oreille qui n'a jamais entendu que des injures est singulièrement incrédule à tout ce qui paraît aussi divin que la bonté! Et Topsy ne vit dans les paroles d'Eva qu'une plaisanterie inexplicable, à laquelle elle ne pouvait ajouter foi.

Qu'y avait-il donc à faire pour Topsy? Miss Ophélia trouvait le cas embarrassant; sa méthode d'éducation lui paraissait inapplicable dans cette circonstance. Elle résolut donc d'y réfléchir à loisir. Croyant sans doute qu'il y aurait dans les ténèbres une influence indéfinissable qui agirait sur le moral de Topsy, elle l'enferma dans un cabinet noir, pour gagner du temps, jusqu'à ce qu'elle eût arrangé en système ses idées sur le cas présent.

— Je ne sais, dit miss Ophélia à Saint-Clare, comment réduire cette enfant sans avoir recours au fouet.

— Très bien! Fouettez-la tout à votre aise, je vous donne plein pouvoir; agissez à votre guise.

— C'est une chose indispensable pour les enfans; je n'ai jamais entendu dire qu'il fût possible de les élever sans employer le fouet.

— C'est très vrai, dit Saint-Clare; faites pour le mieux. Je vous ferai seulement une observation : On a, sous mes yeux, battu cette enfant avec un tisonnier; on l'a terrassée à coups de pelle ou de pincettes, ou de telle arme qui tombait sous la main. Or, comme elle est habituée à ce genre d'exercice, je crois que, pour arriver à un résultat, vous serez obligée de fouetter avec une bien grande énergie.

— Que faire alors? dit miss Ophélia.

— Vous avez soulevé une bien sérieuse question; répondez-y, je vous prie. Que faire avec un être humain qui, ne pouvant être conduit qu'à coups d'étrivières, reste insensible à ces coups? C'est un cas qui se présente fréquemment ici-bas.

— Je n'y entends plus rien. Je n'ai jamais vu un pareil enfant.

— C'est pourtant là le caractère d'un grand nombre d'enfans, d'hommes et de femmes qui vivent parmi nous. Comment donc les gouverner?

— Je n'en sais rien.

— Ni moi. Ces faits horribles, ces actes d'une cruauté inouïe qui, depuis quelque temps, remplissent les journaux, — par exemple, l'affaire de Prue, — quelle en est la cause première? C'est la plupart du temps l'endurcissement graduel du maître et de l'esclave. — L'un devient de plus en plus cruel, en raison de l'insensibilité croissante de l'autre. Le fouet et les mauvais traitemens sont comme le laudanum; à mesure que la sensibilité décroît, il faut augmenter la dose. C'est une vérité dont je ne tardai pas à me convaincre dès que je fus propriétaire d'esclaves, et je pris la détermination de ne pas faire un pas dans cette voie, tant je craignais, une fois lancé, de ne pouvoir plus m'arrêter. Je résolus de ne jamais permettre à la cruauté de se glisser dans mon âme. Quelle en a été la conséquence? C'est que mes esclaves se conduisent comme des enfans gâtés. Mais j'aime encore mieux cela que l'abrutissement de part et d'autre. Vous parliez sans cesse de l'éducation et de la responsabilité qui pèse sur nous à ce sujet, cousine. En vérité, je suis bien aise que vous ayez fait une expérience sur cette enfant, qui n'est, après tout, qu'un échantillon de la pièce.

— C'est votre système, dit miss Ophélia, qui pervertit ainsi les enfans.

— Je le sais; mais cette perversité est un fait, elle existe; et qu'y faire alors?

— C'est bien, dit miss Ophélia. Je ne puis dire que je vous remercie d'avoir fait avec moi cette expérience. Comme il me semble qu'il y a là un devoir à remplir, je veux persévérer dans mes tentatives; je ferai du mieux qu'il me sera possible. En effet, miss Ophélia se mit à l'œuvre avec un zèle et une énergie vraiment dignes d'éloges. Elle fixa des heures régulières pour les différentes occupations de son élève, et, tout d'abord, elle entreprit de lui apprendre à lire et à coudre.

L'enfant se montra pleine d'intelligence pour la lecture. Elle apprit l'alphabet comme par magie, et en très peu de temps elle sut lire couramment. Elle apprit bien plus difficilement à coudre. Topsy avait toute la souplesse d'un chat, toute la vivacité d'un singe, et elle avait en horreur un ouvrage qui la clouait sur sa chaise. Elle cassait ses aiguilles, les jetait, à la dérobée, par la fenêtre ou dans les crevasses du mur. Elle brouillait, rompait ou salissait son fil, ou, par un mouvement inaperçu, elle en jetait au loin des écheveaux entiers. Elle avait, dans ses gestes, toute la promptitude d'un habile jongleur, et jamais sa figure ne la trahissait. Miss Ophélia voyait bien que tant d'accidens n'étaient pas l'effet du hasard; mais pour prendre l'enfant en flagrant délit, il lui aurait fallu une surveillance qui aurait occupé tous ses instans.

Topsy ne tarda pas à être bien connue sur l'habitation. Son talent pour toute espèce de pantomime ou de farces paraissait inépuisable. Elle dansait, pirouettait, grimpait, chantait, sifflait et imitait tous les sons qui avaient frappé son imagination capricieuse. A ses heures de récréation, tous les enfans la suivaient, bouche béante, et stupéfaits d'admiration. Eva elle-même était en quelque sorte fascinée par cette enfant sauvage, comme une colombe l'est quelquefois par l'œil étincelant du serpent. Miss Ophélia s'inquiéta de voir si souvent Eva dans la société de Topsy, et elle pria Saint-Clare d'empêcher ces relations.

— Bah! laissez Eva tranquille. Topsy lui sera utile.

— Une enfant si dépravée! Ne craignez-vous pas qu'elle lui apprenne à mal faire.

— C'est impossible. Elle peut apprendre à faire le mal à certains enfans; mais le mal glisse sur l'âme d'Eva comme la rosée sur des feuilles de chou, sans y pénétrer.

— Ne soyez pas trop confiant. Pour mon compte, je ne permettrais jamais à mes enfans de jouer avec Topsy.

— Cette défense serait bonne pour vos enfans, non pour les miens. Il y a longtemps qu'Eva serait gâtée, si elle avait pu l'être.

Topsy ne trouva d'abord, chez les esclaves de la maison, que mépris et dédain. Mais ils changèrent bientôt de conduite à son égard. On ne tarda pas à reconnaître que, quand on avait mécontenté Topsy, on était, peu de temps après, victime de quelque fâcheux accident. On voyait disparaître des boucles d'oreille, ou quelque bijou préféré; on s'apercevait tout à coup qu'un vêtement n'était plus mettable; on se jetait, par malheur, sur un seau d'eau bouillante, ou bien on recevait sur une toilette de gala un déluge d'eau sale, et, malgré toutes les recherches, l'auteur responsable du délit ne se trouvait jamais. Topsy, toujours soupçonnée, comparaissait sans cesse à la barre du tribunal domestique, mais elle subissait tous les interrogatoires avec un air d'innocence vraiment édifiant, et un maintien plein de gravité. Aux yeux de tous elle était coupable; mais comme on n'avait aucun fait palpable pour établir l'évidence, miss Ophélia, toujours juste, reculait devant l'emploi des moyens rigoureux.

Topsy épiait, pour commettre ses méfaits, quelque circonstance qui devait la protéger. Ainsi, pour se venger de Rosa et de Jane, les deux femmes de chambre, elle attendait qu'elles fussent en disgrâce auprès de leur maîtresse, époque où leurs plaintes n'avaient aucune chance d'être écoutées. En un mot, Topsy eût bien vite fait comprendre à toute la maison combien il était profitable de la laisser tranquille, et c'est ce que l'on fit.

Topsy était vive et adroite dans les travaux manuels. Elle apprenait tout ce qu'on lui enseignait avec une rapidité étonnante. En quelques leçons elle avait appris à ranger la chambre de miss Ophélia de telle façon que cette dame, minutieuse sous ce rapport, n'y trouvait rien à redire. Personne ne savait étendre un tapis, ajuster un coussin, épousseter, arranger, avec autant de perfection que Topsy, quand elle le voulait bien. Mais elle ne le voulait presque jamais. Après l'avoir surveillée pendant trois ou quatre jours avec la plus grande patience, si miss Ophélia, s'imaginant que Topsy était enfin entrée dans la bonne voie, cessait d'avoir l'œil ouvert sur elle, et se livrait à quelque occupation qui la tenait éloignée, quelles scènes de carnaval, quel désordre pendant une heure ou deux! Topsy, au lieu de faire le lit, s'amusait à dépouiller de leur taie les oreillers dans lesquels elle enfonçait sa tête crépue, et alors des plumes, s'attachant à ses cheveux, lui faisaient une coiffure grotesque. Elle grimpait le long des colonnes du lit, s'accrochait par les pieds, et se laissait aller la tête en bas. Elle jetait les draps à travers la chambre, habillait un traversin avec la robe de nuit de miss Ophélia ; enfin, elle exécutait quelque scène comique, dans laquelle elle chantait, sifflait et se faisait des grimaces dans le miroir.

Un jour, miss Ophélia surprit Topsy qui s'était mis sur la tête le plus beau châle de sa maîtresse en guise de turban, et qui étalait un de ses grands rôles devant la glace. Miss Ophélia, par une négligence inouïe, avait laissé sa clef sur son tiroir.

— Topsy ! criait-elle, lorsqu'elle était à bout de patience ; pourquoi vous conduisez-vous ainsi ?

— Je n'en sais rien, missis. C'est sans doute parce que je suis méchante.

— Je ne sais réellement comment m'y prendre avec vous, Topsy.

— Missis, il faut me fouetter. Mon ancienne maîtresse me fouettait. Je n'ai pas l'habitude de travailler sans être battue.

— Topsy, je ne veux pas vous battre. Vous faites bien quand cela vous plaît. Pourquoi donc ne faites-vous pas toujours bien ?

— Oh ! missis, je suis accoutumée au fouet. Il me fait du bien, peut-être.

Miss Ophélia essaya le grand remède. Sous le fouet, Topsy se débattait d'une manière horrible ; elle faisait entendre des cris, des gémissemens, des supplications, et une demi-heure après, penchée sur quelque saillie du balcon, entourée des petites filles qui l'admiraient, elle parlait de son châtiment avec le plus profond dédain.

— Miss Phélie se mêle de fouetter ! elle ne tuerait pas un moustique, avec ses coups ! Qu'elle aille voir comme mon ancien maître déchirait le dos. Il savait bien son métier !

Topsy exagérait toujours sans nulle mesure les fautes qu'elle avait commises, les regardant sans doute comme des titres à la considération.

— Vous tous, nègres, disait-elle à son auditoire, savez-vous que vous êtes tous des pécheurs ? Oui, chacun de vous, tout le monde pèche. Les blancs sont aussi des pécheurs ; c'est miss Phélie qui me l'a dit. Je crois que les noirs sont plus méchans. Pourtant, vous n'êtes rien auprès de moi. Je suis tellement méchante, que l'on ne peut rien tirer de bon de moi. Mon ancienne maîtresse jurait toute la journée après moi ! Je crois que je suis la plus méchante créature du monde. Là-dessus, Topsy faisait une culbute, grimpait toute pimpante au plus haut de son perchoir, où elle se rengorgeait évidemment dans son plumage.

Tous les dimanches, miss Ophélia enseignait le catéchisme à Topsy avec beaucoup de zèle. Topsy avait une mémoire extraordinaire, et elle récitait ses leçons avec une sûreté qui redoublait le courage de son institutrice.

— Quel profit voulez-vous qu'elle retire de ces leçons ? disait Saint-Clare.

— Elles sont toujours utiles aux enfans. C'est là ce qu'on leur fait toujours apprendre.

— Qu'ils comprennent ou non ?

— C'est vrai, ils n'y comprennent rien d'abord, mais cela leur vient plus tard, quand ils sont grands.

— Cela ne m'est pas encore venu. Cependant, vous m'avez donné d'excellentes leçons, quand je n'étais qu'un bambin.

— Ah ! vous avez toujours eu une bonne mémoire, Augustin. J'espérais beaucoup en vous.

— Est-ce que vous avez fini par désespérer ?

— Puissiez-vous valoir maintenant ce que vous valiez jadis !

— J'y fais tous mes efforts, cousine. Continuez vos leçons de catéchisme, peut-être finiront-elles par produire quelque effet.

Topsy qui, pendant cette conversation, était restée debout, pareille à une statue de marbre noir, s'avança sur un signe que lui fit miss Ophélia.

— « Nos premiers parens, livrés à leur propre volonté, furent déchus de l'état dans lequel ils avaient été créés. »

Les yeux de Topsy brillèrent, et son regard devint interrogateur.

— Qu'est-ce, Topsy ?

— Pardon, missis. Est-ce que cet État était le Kentucky ?

— Quel état, Topsy ?

— L'État dont ils furent déchus. Mon maître disait toujours que nous venions de Kentucky.

Saint-Clare se mit à rire.

— Expliquez-lui le sens des mots, ou bien elle les interprétera à sa manière. Ce passage rappelle des idées d'émigration.

— Augustin, taisez-vous. Que puis-je faire, si vous riez ?

— Je ne troublerai pas vos exercices, parole d'honneur !

Saint-Clare prit son journal, et alla dans le parloir attendre la fin de la leçon. Topsy récitait à merveille, mais il lui arrivait parfois de déplacer, d'une façon bizarre, quelques mots importans, et elle persistait dans ses méprises, malgré les efforts que l'on faisait pour l'en détourner. Quoiqu'il eût promis de mettre un terme à ses railleries, Saint-Clare prenait un malin plaisir à ces méprises, et, toutes les fois qu'il voulait rire, il appelait Topsy pour lui faire réciter les endroits malencontreux ; et miss Ophélia faisait d'inutiles remontrances.

— Que voulez-vous que je fasse de cette enfant, si vous continuez ainsi, Augustin ?

— Allons, je ne recommencerai plus. J'aime à entendre ce mélange de drôleries et de grands mots.

— Mais vous l'habituez à ces méprises.

— Quel mal y a-t-il ? Pour elle un mot est aussi bon qu'un autre.

— Vous avez désiré que je fisse son éducation. Vous devez vous rappeler que c'est une créature raisonnable, et ne pas risquer de perdre l'influence que vous avez sur elle.

— Oh ! j'ai tort, je l'avoue. Mais, comme dit Topsy, je suis si méchant !

C'est d'après ce système que l'on travailla, pendant une ou deux années, à dresser Topsy. Miss Ophélia se tourmenta chaque jour de plus en plus au sujet de son élève, mais elle s'habitua à ses défauts comme à une maladie chronique, névralgie ou migraine.

Saint-Clare s'amusa avec cette enfant comme on s'amuse des tours d'un perroquet ou d'un chien d'arrêt. C'était derrière son fauteuil qu'elle cherchait un refuge quand ses espiègleries lui faisaient trouver ailleurs un mauvais accueil, et Saint-Clare, d'une manière ou d'une autre, la faisait rentrer en grâce. C'était Saint-Clare qui lui donnait de l'argent pour acheter des noix et du sucre qu'elle distribuait avec une insouciante libéralité à tous les enfans de la maison. Car Topsy, à lui rendre justice, avait bon cœur et était libérale ; seulement elle gardait longtemps rancune. Maintenant qu'elle fait partie de notre corps de ballet, elle figurera de temps en temps sur la scène avec les autres acteurs de notre drame.

CHAPITRE XXI.

Kentucky.

Il ne déplaira peut-être pas à nos lecteurs de revenir pour quelques instans à la cabane de l'oncle Tom, sur la ferme du Kentucky, et de voir quelles sont les nouvelles qui ont transpiré parmi ceux que nous y avons laissés.

Par une soirée d'été, les portes et les fenêtres du grand parloir des Shelby étaient toutes ouvertes afin d'inviter à y entrer quelque brise égarée qui daignerait avoir cette complaisance. Monsieur Shelby était assis dans un grand vestibule qui donnait dans ce parloir, et qui régnait d'un bout de la maison jusqu'à l'autre, où il aboutissait à un balcon. Nonchalamment renversé sur le dos d'une chaise, et les pieds sur une autre, il savourait son cigare après dîner. Mistress Shelby était assise dans la porte, occupée à coudre. Elle semblait avoir dans l'esprit quelque chose qu'elle cherchait une occasion d'amener sur le tapis.

— Savez-vous, dit-elle, que Chloé a reçu une lettre de Tom?

— Ah! vraiment! Tom a quelque ami là, à ce qu'il paraît. Comment va le pauvre garçon?

— Il a été acheté par une très bonne famille, je pense, dit mistress Shelby; — il est bien traité et a beaucoup à faire.

— Ah! j'en suis aise, — j'en suis bien aise, dit cordialement monsieur Shelby. Tom, je suppose, va perdre sa répugnance pour le séjour du Sud; — il ne voudra plus revenir.

— Au contraire, il demande avec beaucoup d'anxiété quand sera prêt l'argent de son rachat.

— Je n'en sais, ma foi! rien. Une fois que les affaires tournent mal, on n'en voit plus la fin. C'est comme si on sautait de fondrière en fondrière dans un marais. — Il faut emprunter d'un homme pour en payer un autre, et emprunter d'un autre encore pour payer celui-là; — et ces maudits billets arrivent à échéance avant qu'on ait le temps de fumer un cigare! On est harcelé de lettres, harcelé de messages, — et tout cela coup sur coup, comme la grêle.

— Il me semble, mon cher, qu'il y aurait quelque chose à faire pour y remédier. Si nous vendions tous les chevaux et une de vos fermes, et que nous payions comptant.

— Quelle idée ridicule, Émily! Vous êtes la plus charmante femme du Kentucky; mais vous n'avez pas le bon sens de savoir que vous n'entendez rien aux affaires; — les femmes n'y entendent jamais rien : elles ne le peuvent pas.

— Mais ne pourriez-vous, du moins, me donner un petit aperçu des vôtres? une liste de toutes vos dettes, par exemple, et de tout ce qui nous est dû? Ne pourrez-vous me laisser voir si je puis vous aider à faire des économies?

— Oh! voyons, Émily, ne me tracassez pas! — Je ne puis le dire exactement. Je sais à peu près quelle doit être la situation; mais il n'y a pas moyen d'accommoder mes affaires comme Chloé accommode ses pâtés. Vous n'y entendez rien, je vous dis.

Et monsieur Shelby, ne connaissant pas d'autre moyen de confirmer ses idées, éleva la voix, — mode d'argumentation très commode et très persuasif, lorsqu'un homme cause d'affaires avec sa femme.

Mistress Shelby se tut avec un soupir. Le fait est que bien que, comme son mari l'avait constaté, elle fût une femme, elle avait un esprit lucide, énergique, pratique, et beaucoup plus de caractère que son mari; en sorte que la supposer capable d'administrer n'était pas une idée aussi absurde que monsieur Shelby se l'imaginait.

Elle avait à cœur de tenir la promesse qu'elle avait faite à Tom et à Chloé, et elle soupirait de voir tant de causes de découragement.

— Ne pensez-vous pas que nous pourrions trouver moyen de nous procurer cet argent? Pauvre tante Chloé! elle en meurt d'envie.

— J'en suis bien fâché, si cela est. Je me suis trop hâté de promettre. Il vaudrait peut-être mieux dire la vérité à Chloé, afin qu'elle en prenne son parti. Tom aura une autre femme avant un an ou deux, et elle ferait mieux elle-même de lui choisir un remplaçant.

— Monsieur Shelby, j'ai enseigné à mes gens que leurs mariages sont aussi sacrés que les nôtres. Je ne saurais donner à Chloé un tel conseil.

— Il est fâcheux, ma femme, que vous les ayez embêtés d'une morale qui est au-dessus de leur condition. J'ai toujours été de cet avis.

— Ce n'est que la morale de la Bible.

— C'est bon, Émily; je ne prétends pas me mêler de vos idées religieuses; seulement, elles me semblent convenir extrêmement mal à des gens de cette espèce.

— C'est la vérité, et c'est pour cela que l'esclavage me fait horreur. Quant à moi, mon cher, je ne saurais me délier des promesses que j'ai faites à ces malheureux. Si je ne puis pas me procurer de l'argent d'une autre manière, je donnerai des leçons de musique. — Je sais que je puis gagner ainsi la somme qu'il me faut.

— Vous ne voudriez pas vous dégrader de la sorte, Emily? Jamais je n'y consentirai.

— Dégrader! Serait-ce me dégrader autant que de manquer de parole à ces malheureux? Non, certes!

— Vous êtes toujours montée au ton de l'héroïsme, dit monsieur Shelby, mais je crois que vous feriez mieux de réfléchir avant de faire cet acte de donquichottisme.

La conversation fut interrompue par l'apparition de la tante Chloé à l'extrémité de la véranda.

— S'il vous plaît, maîtresse... dit-elle.

— Qu'est-ce, Chloé? demanda mistress Shelby, se levant et allant au bout du balcon.

— Si maîtresse voulait venir voir ce lot de volaille.

Mistress Shelby sourit en voyant par terre un tas de poulets et de canards que Chloé regardait d'un air de grave considération.

— Je suis à me demander si maîtresse voudrait faire de ça un pâté.

— Réellement, tante Chloé, peu m'importe; serrez-les comme vous voudrez.

Chloé restait à les manier d'une mine distraite; il était évident que ce n'était pas aux poulets qu'elle songeait. Enfin, avec un rire bref qui, chez les gens de sa race, précède souvent une proposition douteuse, elle dit :

— Bon Dieu! pourquoi est-ce que maître et maîtresse se tourmentent à propos d'argent, lorsqu'ils ne se servent pas de ce qu'ils ont sous la main?

Et Chloé se remit à rire.

— Je ne vous comprends pas, Chloé, dit mistress Shelby, ne doutant pas d'après la connaissance qu'elle avait des manières de Chloé, que celle-ci n'eût pas perdu un mot de la conversation qu'elle avait eue avec son mari.

— Mon Dieu! maîtresse, dit Chloé ricanant de nouveau, les autres louent leurs nègres et font de l'argent avec! Ils ne gardent pas toute une troupe de grugeurs qui les ruinent et les chassent de leur maison.

— Mais, Chloé, qui proposez-vous de louer au dehors?

— Oh! moi, je ne propose rien. Seulement Sam disait qu'il y avait à Louisville un pâtissier qui avait besoin d'une femme qui sût bien faire la pâtisserie, et il disait qu'on donnerait quatre dollars par semaine pour en avoir une.

— Eh bien! Chloé?

— Eh bien! mistress, je pensais qu'il était temps de mettre Sally à faire quelque chose. Sally est depuis quelque temps sous ma surveillance, et elle fait aussi bien que moi, proportions gardées; et si maîtresse voulait seulement me laisser partir, j'aiderais à amasser l'argent. Je n'ai pas peur de mettre mes gâteaux et mes pâtés à côté de ceux d'aucun pâtissier.

— Mais Chloé, voulez-vous quitter vos enfants?

— Oh! maîtresse, les garçons sont assez grands pour faire leur journée; ils travaillent passablement bien; quant à Sally, elle prendra le baby; — elle est si maline, qu'elle n'a pas besoin qu'on regarde après elle.

— Louisville est à une grande distance.

— Qui est-ce qui a peur de ça? — C'est en descendant la rivière, un peu plus près de mon vieil homme, peut-être! dit Chloé en regardant mistress Shelby.

— Non, Chloé, c'est à des centaines de milles plus loin. Chloé fut déconcertée.

— C'est égal; y aller c'est vous rapprocher de lui, Chloé. Oui, vous pouvez partir; et vos gages jusqu'au dernier sou seront mis de côté pour le rachat de votre mari.

De même que lorsqu'un rayon de soleil argente un nuage sombre, la face de Chloé s'illumina soudain.

— Vraiment! maîtresse est trop bonne! c'est à ça même

que je pensais, parce que je n'aurais besoin ni d'habits, ni de souliers, ni de rien; je pourrais épargner chaque sou. Combien de semaines y a-t-il en un an, maîtresse?

— Cinquante-deux.

— Voyez-vous ça! et quatre dollars pour chacune d'elles, Combien ça fait-il?

— Deux cent-huit dollars.

— En vérité! dit Chloé avec un accent de surprise et de joie; et combien ça me prendrait-il pour parfaire la somme?

— Quatre ou cinq ans, Chloé; mais vous n'auriez pas besoin de l'amasser toute; — j'y contribuerai pour quelque chose.

— Je ne veux pas que maîtresse donne des leçons, d'abord. Maître a bien raison, quant à ça. Ça ne convient pas, en aucune façon. J'espère bien que personne de notre famille ne sera réduit à cette extrémité, tant que j'aurai des bras.

— N'ayez pas peur, Chloé; je prendrai soin de l'honneur de la famille, dit mistress Shelby en souriant. Mais quand comptez-vous partir?

— Je n'ai rien d'arrêté; seulement Sam va à la rivière avec des poulains, et il a dit que je pourrais aller avec lui. Si maîtresse le voulait, je partirais avec Sam demain matin, si maîtresse voulait m'écrire ma passe, et me donner un mot de recommandation.

— Eh bien! Chloé, je vais m'en occuper, si monsieur Shelby n'y voit pas d'objections. Il faut que je lui parle.

Mistress Shelby remonta, et tante Chloé, enchantée, retourna à sa cabane, pour faire ses préparatifs.

— Bon Dieu! maître Georges! vous ne savez pas que je pars demain pour Louisville! dit-elle à Georges qui, en entrant dans sa cabane, la trouvait occupée à mettre en ordre les hardes de son baby. J'examine tout ça pour le faire arranger. Mais je pars, maître Georges; je vais avoir quatre dollars par semaine; et maîtresse va tout mettre de côté pour racheter mon vieil homme!

— Oh! oh! dit Georges, c'est un vrai coup de commerce, effectivement! Comment partez-vous?

— Demain, avec Sam. Ah! ça! maître Georges, je sais que vous allez vous mettre à écrire à mon vieil homme, pour lui conter tout ça, n'est-ce pas?

— Certainement. Oncle Tom sera enchanté d'avoir de nos nouvelles. Je vais aller tout droit à la maison, chercher de l'encre et du papier; et alors, vous savez, tante Chloé, je pourrai parler des nouveaux poulains, etc.

— Je le crois bien, maître Georges; allez vite, et je vous aurai un morceau de poulet ou quelque autre chose; vous n'aurez plus beaucoup de soupers avec votre pauvre vieille tante.

CHAPITRE XXII.

Herbe flétrie. — Fleur fanée.

Dans quelque position que nous nous trouvions, la vie s'écoule insensiblement et jour par jour; au bout de deux ans, il en fut ainsi de notre ami Tom. Quoique séparé de tous ceux qui lui étaient chers, quoique souvent inquiet pour l'avenir, il n'était pourtant pas absolument malheureux, ou du moins il ne ressentait pas toute l'étendue de son infortune. L'âme humaine est organisée de telle sorte, qu'il faut, pour en détruire l'admirable harmonie, un coup qui en brise toutes les cordes à la fois. Si nous repassons dans notre esprit les momens de notre vie qui nous paraissent des époques de privation et d'épreuves, nous reconnaîtrons que chaque heure apportait avec elle une diversion ou un soulagement, et que, si nous n'étions pas tout à fait heureux, nous n'étions pas non plus entièrement misérables.

Tom avait lu dans ce qui composait sa seule bibliothèque que l'homme ne doit jamais se plaindre, dans quelque état qu'il soit placé. Ce principe lui avait paru bon et raisonnable, et parfaitement conforme aux doctrines fécondes qu'il avait tirées du même livre, et qui étaient devenues la règle de sa conduite.

Il avait adressé une lettre à l'habitation de son premier maître, ainsi que nous l'avons vu dans le précédent chapitre, et maître Georges lui avait répondu, d'une bonne et grosse écriture d'écolier qu'on aurait pu lire d'un bout de la chambre à l'autre, à ce que prétendait Tom. Georges lui donnait un grand nombre de nouvelles que nos lecteurs connaissent déjà. Il lui disait comment la tante Chloé avait été louée à un pâtissier de Louisville, où son talent merveilleux lui faisait gagner des sommes énormes, qu'elle mettait de côté pour se racheter plus tard. Moïse et Pierre se portaient parfaitement bien, et le plus petit commençait à courir tout seul dans la maison, surveillé par Sally et par toute la famille. La cabane de Tom était fermée pour le moment, mais Georges projetait de l'agrandir, et d'y faire une foule d'embellissemens pour l'époque où Tom serait de retour.

La fin de la lettre donnait la liste des études de Georges, avec le nom de chacune embelli d'une superbe majuscule; elle donnait aussi les noms de quatre poulains qui étaient nés depuis le départ de Tom; et, à ce propos, il ajoutait que son père et sa mère se portaient bien. La lettre était écrite d'un style concis; mais elle parut à Tom le plus bel exemple de composition qu'on eût jamais vu dans les temps modernes. Il ne pouvait se lasser de la regarder; il tint même conseil avec Eva pour savoir s'il ne devait pas la faire encadrer et la placer dans sa chambre. Il ne fut arrêté que par la difficulté de la disposer de manière à ce que les deux côtés de la page parussent à la fois.

L'amitié de Tom et d'Eva avait grandi avec la jeune fille. Il serait difficile de dire quelle place elle occupait dans le cœur doux et impressionnable de son fidèle serviteur. Il l'aimait comme quelque chose de frêle et de terrestre; il l'adorait comme un être céleste et divin; il la regardait comme les matelots italiens regardent l'image de l'enfant Jésus, avec un mélange de respect et de tendresse. Il mettait son bonheur à se prêter à tous ses gracieux caprices, à satisfaire ses mille désirs de l'enfance, plus changeans que les couleurs de l'arc-en-ciel. Le matin, au marché, ses yeux se promenaient sur l'étalage des marchands de fleurs, pour y choisir les plus beaux bouquets; il rapportait à sa jeune maîtresse les pêches les plus veloutées, les oranges les plus jaunes, et il était heureux quand il apercevait la tête blonde d'Eva, qui se tenait sur la porte pour le voir venir de plus loin, quand il lui entendait dire: — Eh bien! oncle Tom, que m'avez-vous apporté aujourd'hui?

Eva, de son côté, n'était point en reste de bons offices. Quoiqu'elle fût encore un enfant, elle lisait admirablement bien. Le sentiment de l'harmonie, une imagination vive et poétique, une sympathie instinctive pour tout ce qui était grand et noble, lui faisaient lire la Bible comme Tom ne l'avait jamais entendu lire. D'abord, elle lisait pour faire plaisir à son humble ami. Mais bientôt sa nature énergique se développa, et alors elle s'attacha à ce livre majestueux, et elle l'aima parce qu'il éveillait en elle des aspirations étranges, des émotions fortes et profondes, comme les enfans passionnés et pleins d'imagination aiment à en ressentir.

Elle prenait surtout un singulier plaisir à lire les révélations et les prophéties. Il y a dans ces livres une obscurité, une pompe d'images, un langage plein de feu qui l'impressionnaient d'autant plus qu'elle en comprenait moins le sens. Eva et son ami, tous deux également simples, tous deux enfans au même degré, malgré la différence des âges, partageaient les mêmes goûts à ce sujet. Tout ce qu'ils savaient, c'est qu'il était question dans ces livres de splendeurs qui se manifesteraient un jour, et d'un avenir dont la seule pensée réjouissait leur âme. Ils ne pouvaient se rendre compte de leurs émotions; mais, contrairement à ce qui arrive dans les sciences physiques, il peut se faire, dans les sciences morales, que l'on retire quelque profit même de ce que l'on ne comprend pas. L'âme s'éveille avec effroi entre deux éternités ténébreuses, le passé et l'avenir : le point qu'elle occupe dans l'espace s'éclaire seul d'une faible lueur. Aussi faut-il qu'elle s'avance, pleine d'inquiétude, vers l'inconnu. Du sein des ténèbres qui l'environnent de toute part sortent des voix mystérieuses qui la font tressaillir. Et, comme autant d'échos qui répondent à ces voix, elle sent se produire en elle des aspirations infinies. Ces images mystiques sont autant de talismans couverts d'indéchiffrables hiéroglyphes ; l'âme les enferme en elle-même, et attend pour les comprendre que le voile soit déchiré.

A l'époque où nous en sommes arrivés, toute la maison de Saint-Clare habitait momentanément sa villa, sur les bords du lac Pontchartrain. Tous ceux qui, pendant les chaleurs de l'été, pouvaient fuir la poussière et le mauvais air de la ville, étaient allé chercher sur les bords du lac la brise rafraîchissante de la mer. La villa de Saint-Clare était un cottage tel qu'on en voit dans l'Inde. Sur le pourtour régnait une galerie de bambous, et toutes les portes s'ouvraient sur des jardins ou des pelouses. Le salon donnait sur un vaste jardin rempli de ces arbres pittoresques et de ces fleurs parfumées qui croissent sous les tropiques. Toutes les allées conduisaient par une pente douce jusqu'aux bords du lac, dont la surface argentée reflétait les rayons du soleil. C'était un tableau qui changeait à toute heure, et que l'on revoyait toujours avec plaisir.

C'était par une de ces brillantes soirées d'été où un soleil d'or étale à l'horizon les magnificences de sa lumière, et où le ciel tout entier se peint dans les eaux. Le lac se teignait d'or et de pourpre, et les barques, déployant leurs toiles blanches, glissaient comme des fantômes sur sa surface. Des milliers d'étoiles scintillaient dans le ciel, et semblaient regarder dans l'eau leur image tremblante.

Tom et Eva étaient placés sur un petit siège de mousse, sous une charmille, au fond du jardin. C'était un dimanche soir, et Eva tenait sa Bible ouverte sur ses genoux. Elle lut : *Et je vis une mer formée d'un mélange de verre et de feu.*

— Tom ! la voici ! dit Eva en s'arrêtant tout à coup et en montrant le lac.

— Quoi donc ? miss Eva.

— Ne voyez-vous pas, là ! dit l'enfant en montrant les flots étincelans qui, dans leurs ondulations, réfléchissaient le ciel avec toutes ses magnificences. Voici *cette mer formée d'un mélange de verre et de feu.*

— C'est bien probable, miss Eva, dit Tom, et il se mit à chanter :

« Oh ! si j'avais les ailes du Matin, je prendrais mon vol vers les rivages de Chanaan. Les anges resplendissans m'escorteraient jusqu'au séjour des bienheureux, jusque dans la nouvelle Jérusalem. »

— Où croyez-vous que soit la nouvelle Jérusalem, oncle Tom ? dit Eva.

— Là-haut, dans les nuages.

— Alors, il me semble que je la vois. Regardez ces nuages ; on dirait de larges portes garnies de perles, et on voit plus loin... bien loin... Dieu ! tout en or ! Tom, chantez : *Anges resplendissans.*

Tom chanta cet hymne méthodiste bien connu.

« Je vois un chœur d'anges resplendissans dont le front est couronné de gloire. Leurs vêtemens sans tache sont blancs comme la neige, et leurs mains tiennent les palmes du triomphe. »

— Oncle Tom, je les ai vus !

Tom n'eut aucun doute à ce sujet ; il n'éprouva pas la moindre surprise. Si Eva lui avait dit qu'elle était allée au ciel, il n'aurait trouvé rien d'improbable à ce voyage.

— Les esprits viennent quelquefois me visiter pendant mon sommeil. Et les yeux d'Eva se fermèrent comme dans un rêve ; elle fredonna à voix basse :

« Leurs vêtemens sans tache sont blancs comme la neige, et leurs mains tiennent les palmes du triomphe. »

— Oncle Tom, j'y vais.

— Où donc, miss Eva ?

L'enfant se leva, et dirigea ses petites mains vers le ciel. Le crépuscule faisait briller sur ses cheveux d'or sur et ses joues animées des teintes d'une douceur céleste ; et ses yeux se tournaient avec ardeur vers le ciel.

— J'y vais, dit-elle ; je vais rejoindre les anges. Je ne tarderai pas à partir.

Le vieux Tom se sentit tout à coup frappé au cœur. Combien de fois n'avait-il pas remarqué, depuis dix mois, que les petites mains d'Eva s'amaigrissaient, que sa peau devenait plus transparente, sa respiration plus courte, et qu'elle revenait fatiguée et languissante après avoir joué et couru quelques instans dans le jardin, tandis qu'autrefois elle se livrait à ses jeux pendant des heures entières.

Miss Ophélia avait parlé en sa présence d'une toux rebelle à tous les remèdes ; il venait de voir que les joues empourprées et les petites mains d'Eva brûlaient du feu de la fièvre, et pourtant la pensée que les paroles d'Eva venaient de lui suggérer ne s'étaient jamais présentées à son esprit.

Y a-t-il jamais eu une enfant comme Eva ? Oui, mais les noms de ces enfans sont bien vite gravés sur la pierre des tombeaux ; et la suavité de leur sourire, de leur céleste regard, la douce originalité de leur langage et de leurs manières, tous ces souvenirs de trésors perdus vont s'ensevelir au fond des cœurs. Dans combien de familles n'ont-elles pas leur légende ? Toutes les grâces, toutes les beautés de ce monde ne sont rien auprès des qualités d'un enfant qui n'est plus. On dirait qu'il y a dans le ciel un chœur d'anges qui, venant habiter pour un temps sur cette terre, n'ont d'autre but que de gagner à eux le cœur des mortels, et de l'emporter ensuite avec toutes leurs affections quand ils reprennent leur vol vers leur patrie. Quand vous voyez briller dans un regard une lumière toute céleste, quand l'âme d'un enfant se révèle dans un langage qui a plus de douceur et de sagesse que n'en comporte son âge, n'espérez pas le conserver, — car il porte sur lui l'empreinte du sceau divin, et cette étincelle qui jaillit de ses yeux est la marque de l'immortalité.

C'est ainsi, chère Eva ! douce étoile de la demeure ! c'est ainsi que tu dois passer ; mais ceux qui t'aiment le plus ne le savent pas.

Tom et Eva furent interrompus dans leur conversation par la voix de miss Ophélia.

— Eva ! Eva ! chère enfant ; la rosée tombe, vous ne devez pas rester dehors.

Eva et Tom se hâtèrent de rentrer.

Miss Ophélia n'était plus jeune, et connaissait tous les mystères de l'hygiène. Elle était née dans la Nouvelle-Angleterre, et savait distinguer les premiers symptômes de cette maladie si bénigne et si perfide, qui choisit pour victimes les plus belles et les plus charmantes créatures, et qui les marque irrévocablement du sceau de la mort, avant qu'une fibre vitale paraisse brisée en elle. Ni la toux opiniâtre et sèche d'Eva, ni ses joues chaque jour plus brillantes, ni l'éclat vitreux de ses yeux, ni cette activité trompeuse que donne la fièvre, rien n'avait échappé à son œil observateur.

Elle tâcha de faire partager ses craintes à Saint-Clare, mais il repoussa ses insinuations avec une impatience qui démentait sa bonne humeur habituelle.

— Point de cris de mauvaise augure, cousine ; je les hais. Ne voyez-vous pas que cette enfant grandit. — Les enfans perdent toujours de leurs forces à l'époque de leur plus grande croissance.

— Mais cette toux !

— Eh ! qu'importe cette toux ! Ce n'est rien ; elle a peut-être un petit rhume.

— C'est justement un rhume qui a emporté Eliza, Jane, Hélène et Maria Sanders.

11

— Trêve à ces contes bleus, bons pour des nourrices. Vous autres vieilles gens, vous avez tant d'expérience, que si un enfant tousse ou éternue, vous le croyez perdu sans rémission. Contentez-vous de donner des soins à notre Éva. — Empêchez-la de prendre le serein ou de jouer avec trop d'ardeur, et elle ira bien.

Pourtant Saint-Clare eut à son tour des inquiétudes. Il observait chaque jour sa fille, et il trahissait la vivacité de ses craintes en répétant sans cesse que l'enfant se portait bien, que cette toux n'était rien, que ce n'était qu'un petit mal d'estomac comme les enfans en ont si souvent. Mais il restait auprès d'elle plus longtemps qu'autrefois, il l'emmenait plus souvent avec lui dans ses promenades à cheval, il achetait presque chaque jour quelque sirop, quelque pâte fortifiante. — Non que l'enfant en eût besoin, disait-il, mais ces remèdes ne pouvaient lui faire aucun mal.

Ce qui lui faisait éprouver les transes les plus terribles, c'était cette maturité d'intelligence et de sentimens qui se développait tous les jours chez Éva. Tout en conservant encore les grâces naïves de l'enfance, elle laissait quelquefois tomber, sans s'en apercevoir, des paroles d'une telle portée, et d'une sagesse si étrange, qu'elles semblaient surnaturelles et inspirées. Dans ces momens, Saint-Clare éprouvait un frisson soudain, et il la serrait dans ses bras comme si cet embrassement passionné eût pu la sauver. Son cœur bondissait, et il jurait avec une détermination sauvage qu'il saurait bien la conserver, qu'il ne la laisserait jamais partir.

L'âme tout entière de l'enfant semblait concentrée dans des œuvres de bonté et d'amour. Elle avait toujours été généreuse; mais il y avait alors en elle une abondance de tendresse et de grâce féminine que chacun remarquait. Elle aimait à jouer avec Topsy et les autres enfans de couleur. Mais alors elle assistait à leurs jeux sans les partager. Elle s'asseyait quelquefois pendant une demi-heure, riait des espiègleries de Topsy, et tout à coup une ombre passait sur son visage, ses yeux se voilaient, et ses pensées s'égaraient au loin.

— Maman, dit-elle un jour à sa mère, pourquoi n'apprenons-nous pas à lire à nos esclaves?

— Quelle question! enfant — Cela ne se fait jamais.

— Pourquoi pas?

— Parce que c'est inutile. Ils n'en travailleraient pas mieux, et ils ne sont nés que pour travailler.

— Mais ils doivent lire la Bible, maman; ils doivent connaître les préceptes de Dieu.

— Ceux qui en ont besoin peuvent se la faire lire.

— Il me semble, maman, que chacun devrait pouvoir lire la Bible. Il arrive bien souvent que ces pauvres gens ont besoin d'y avoir recours, et ils n'ont personne pour leur faire la lecture.

— Éva, vous êtes une grande enfant.

— Miss Ophélia a bien appris à Topsy à lire, continua Éva.

— Oui, et vous voyez quel bien elle en a retiré. Topsy est la plus détestable créature que j'aie jamais vue.

— Regardez cette pauvre Mammy, reprit Éva, elle aime tant la Bible!... Elle serait si contente de pouvoir la lire elle-même! Que deviendra-t-elle quand je ne pourrai plus lui faire la lecture.

Marie était occupée à fouiller dans un tiroir; elle répondit:

— Bientôt, Éva, vous aurez autre chose à penser qu'à lire la Bible à des esclaves; je n'est pas que cela ne soit très convenable; je l'ai fait moi-même, quand ma santé me le permettait, mais, au moment de paraître dans le monde, vous n'en aurez plus le temps. Regardez, ajouta-t-elle, voilà les bijoux que je vous donnerai quand vous sortirez; je les ai portés à mon premier bal, et je puis vous dire, Éva, que j'y ai fait sensation.

Éva prit l'écrin et en tira un collier de diamans; ses grands yeux rêveurs s'y arrêtèrent un instant, mais ses pensées étaient bien loin du bal.

— Comme vous paraissez sérieuse, enfant, dit Marie.

— Ces diamans coûtent-ils beaucoup d'argent, maman?

— Assurément; votre père les a fait venir de France. Ils valent une petite fortune.

— Je voudrais les avoir pour en faire ce que bon me semblerait.

— Et qu'en feriez-vous?

— Je les vendrais; j'achèterais une habitation dans les États libres, j'y emmènerais tous nos pauvres esclaves, et j'aurais des maîtres pour leur apprendre à lire et à écrire.

Éva fut interrompue par les éclats de rire de sa mère.

— Établir une école! Pourquoi ne pas leur apprendre aussi à broder et à jouer du piano?

— Je leur apprendrais à lire la Bible, à écrire leurs lettres, à lire celles qu'ils recevraient, répondit Éva avec chaleur. Je sais, maman, qu'ils souffrent beaucoup de ne pas pouvoir le faire. Tom, Mammy, et bien d'autres en sont malheureux. Je pense que cela est mal.

— Allons! allons! Éva, vous n'êtes qu'une enfant, vous ne comprenez rien à toutes ces choses, dit Marie. — Et de plus, votre bavardage me fait mal à la tête.

Marie avait toujours un mal de tête à sa disposition pour couper court à toutes les conversations qui ne lui convenaient pas parfaitement.

Éva se retira, mais depuis ce jour elle donna assidûment des leçons de lecture à Mammy.

CHAPITRE XXIII.

Henrique.

Vers cette époque, Alfred, le frère de Saint-Clare, et son fils aîné, garçon de douze ans, passèrent un jour ou deux avec la famille au lac.

Rien de plus singulier et de plus beau que l'aspect de ces deux jumeaux. La nature, au lieu de créer des ressemblances entre eux, les avait faits opposés de tout point; cependant un lien mystérieux semblait les unir d'une amitié plus qu'ordinaire.

Ils avaient coutume de se promener, bras dessus, bras dessous, dans les allées du jardin, — Augustin, avec ses yeux bleus et ses cheveux dorés, sa taille d'une souplesse prodigieuse, et ses traits pleins de vivacité; Alfred, avec ses yeux noirs, son fier profil romain, ses membres nerveux, et son maintien résolu. Ils étaient toujours à critiquer les opinions et actions l'un de l'autre, et n'en étaient pas pour cela moins inséparables. Dans le fait, leur dissemblance même paraissait les unir, comme l'attraction entre les pôles opposés de l'aimant.

Henrique, le fils aîné d'Alfred, était un noble garçon à l'œil noir, à la tournure princière, et rempli d'ardeur; et du premier moment de sa présentation, il eut l'air parfaitement fasciné par les grâces éthérées de sa cousine Évangéline.

Éva avait un petit poney favori d'une blancheur de neige. On était dessus comme dans un berceau; il était aussi doux que sa petite maîtresse. Ce poney fut amené par Tom à la véranda de derrière, tandis qu'un mulâtre d'environ treize ans conduisait un petit cheval arabe de couleur noire, qu'on avait fait venir à grands frais pour Henrique.

Henrique avait un amour-propre d'enfant pour sa bête, et lorsqu'il prit les rênes des mains de son petit groom, il la regarda attentivement, et son front se rembrunit.

— Qu'est-ce à dire, Dodo? Chien de paresseux! vous n'avez pas pansé mon cheval ce matin.

— Si, maître, dit Dodo avec soumission; il s'est sali lui-même.

— Tenez votre langue, garnement! dit Henrique avec violence; et, levant sa cravache; comment osez-vous parler?

L'enfant était un beau mulâtre aux yeux brillans, de la taille d'Henrique, et ses cheveux bouclés tombaient auteur d'un front élevé et hardi. Il avait du sang blanc dans les veines, comme on pouvait le voir à la rougeur qui lui monta au visage, et à l'étincelle qui jaillit de son œil lorsqu'il s'empressa de dire : — Maître Henrique...

Henrique l'interrompit d'un coup de cravache à travers la figure, et, le prenant par le bras, le fit mettre à genoux, et le battit jusqu'à en perdre haleine.

— Voilà, chien d'effronté, qui vous apprendra à ne plus répondre quand je vous parle ! Emmenez le cheval, et nettoyez-le convenablement. Je vous apprendrai à vous tenir à votre place !

— Mon jeune maître, dit Tom, je suppose que ce qu'il allait dire était que le cheval s'était roulé par terre lorsqu'il l'amenait de l'écurie ; il a tant d'ardeur ! — c'est comme ça qu'il s'est sali. J'ai surveillé son pansement.

— Tenez votre langue jusqu'à ce qu'on vous interroge, dit Henrique, tournant sur ses talons ; et montant les marches pour parler à Éva, qui était debout en amazone :

— Chère cousine, je suis fâché que cet imbécile vous fasse attendre, dit-il. Asseyons-nous ici sur ce siège, jusqu'à ce qu'on vienne. Qu'avez-vous, cousine ? vous avez l'air sérieux.

— Comment avez-vous pu être si cruel pour ce pauvre Dodo ? dit Éva.

— Cruel ! dit le jeune garçon, avec un étonnement qui n'avait rien d'affecté. Que voulez-vous dire, chère Éva ?

— Je ne veux pas que vous m'appeliez chère Éva quand vous faites de ces choses-là.

— Chère cousine, vous ne connaissez pas Dodo ; c'est la seule manière de le mener, il est si rempli de mensonges et d'excuses ! Le seul moyen est de le mater tout de suite,

— de ne pas le laisser ouvrir la bouche. Voilà comment papa s'y prend.

— Mais l'oncle Tom a dit que c'était un accident, et il ne dit jamais que la vérité.

— Alors c'est un nègre bien rare ; Dodo dit autant de mensonges que de mots.

— La peur l'engage à vous tromper, si vous le traitez ainsi.

— Eh ! mais, Éva, vous êtes tellement coiffée de Dodo que je serai jaloux.

— Mais vous l'avez frappé, et il ne le méritait pas.

— Eh bien ! cela passera pour les jours où il mérite de l'être et où il ne l'est pas. Quelques corrections de temps en temps ne sont pas inutiles avec Dodo. C'est une mauvaise tête, je vous assure ; mais je ne le battrai plus devant vous, si cela vous contrarie.

Éva n'était pas satisfaite, mais elle vit qu'elle essaierait en vain de faire comprendre ses sentiments à son beau cousin.

Dodo ne tarda pas à reparaître avec les chevaux.

— C'est bien, Dodo ; ce n'est pas mal, cette fois, lui dit son jeune maître, d'un air plus gracieux. Venez tenir le cheval de miss Éva, tandis que je la mettrai en selle.

Dodo s'avança et se tint près du poney d'Éva. On voyait à ses yeux qu'il avait pleuré.

Henrique, qui se piquait d'adresse et de galanterie, eut bientôt mis sa cousine en selle, et rassemblant les rênes, il les lui mit aux mains.

Mais Éva se pencha de l'autre côté du cheval, et dit à Dodo, qui se dessaisissait des rênes :

— Vous êtes un brave garçon, Dodo ; — je vous remercie.

Dodo leva un œil stupéfait sur cette charmante figure ; le rouge lui monta aux joues et les larmes lui vinrent aux yeux.

— Ici, Dodo ! s'écria son maître impatienté.

— Voici un piastre pour vous acheter du sucre candi, Dodo, dit Henrique ; allez en chercher.

Et Henrique, mettant son cheval au petit trot, suivit Éva. Dodo resta à regarder les deux enfants. L'un lui avait donné de l'argent, l'autre lui avait donné ce dont il avait bien plus besoin. — une bonne parole, dite avec bonté. Il n'y avait que peu de mois que Dodo était séparé de sa mère. Son maître l'avait acheté à une boutique d'esclaves, pour

sa jolie figure, comme bien assorti avec le joli poney ; et son jeune maître était en train de le dresser.

Les coups qu'il avait reçus avaient eu pour témoins les deux frères Saint-Clare, qui étaient dans une autre partie du jardin.

Le sang monta au visage d'Augustin ; mais il se contenta de dire avec l'insouciance ironique qui lui était habituelle :

— Je suppose que c'est là ce que nous devons appeler une éducation républicaine, Alfred.

— Henrique est un vrai diable quand il s'emporte, dit négligemment Alfred.

— Sans doute vous considérez cela comme une pratique instructive pour lui, repartit sèchement Augustin.

— Je n'y pourrais rien, quand je le considérerais autrement. Henrique est un véritable ouragan ; il y a longtemps que sa mère et moi l'avons abandonné. Mais d'un autre côté, ce Dodo est un petit drôle qu'on peut fouetter impunément.

— Et cela pour enseigner à Henrique le premier verset du catéchisme républicain : Tous les hommes sont nés libres et égaux.

— Bah ! dit Alfred ; une des sentences à la française de ce hâbleur de Tom Jefferson ! Il est parfaitement ridicule que cela circule encore parmi les hommes à l'heure qu'il est.

— Je suis de cet avis, dit Saint-Clare d'un ton significatif.

— Il est aisé de voir, Dieu merci ! que tous les hommes ne sont pas nés libres, et ne sont pas nés égaux ; ils sont nés tout autre chose. Pour ma part, je regarde la moitié de ces phrases républicaines comme une mauvaise plaisanterie. Ce sont les gens instruits, riches et civilisés, qui doivent avoir des droits égaux, et non la canaille.

— Si vous pouvez faire partager cette opinion à la canaille, répliqua Augustin. Elle a eu son tour en France, à une certaine époque.

— Comme de raison, il faut la mater avec suite, avec fermeté, comme je le ferais, moi, dit Alfred en frappant du pied à terre, comme s'il marchait sur quelqu'un.

— Elle fait un terrible dégât quand elle se lève, — à Saint-Domingue, par exemple.

— Bah ! nous y prendrons garde chez nous. Il faut nous opposer à toute cette manie d'éducation qui se répand aujourd'hui. On ne doit pas donner d'éducation à la basse classe.

— Ce sont des souhaits inutiles ; elle aura de l'éducation. De quelle espèce ? c'est la seule chose qu'il nous reste à discuter. Notre système les élève dans la barbarie et l'abrutissement. Nous brisons tous les liens qui humanisent, et nous faisons d'eux des bêtes brutes. S'ils ont le dessus, nous nous en apercevrons.

— Jamais ils n'auront le dessus.

— Fort bien ; chauffez la vapeur, bouchez la soupape de sûreté, et asseyez-vous dessus ; vous verrez où vous débarquerez.

— Eh bien ! nous verrons. Je n'ai pas peur de m'asseoir sur la soupape de sûreté, tant que les chaudières sont fortes et que la machine fonctionne bien.

— Les nobles du temps de Louis XVI pensaient juste ainsi. L'Autriche et Pie IX pensent de même aujourd'hui, et quelque beau matin, vous vous rencontrerez tous en l'air, quand les chaudières éclateront.

— Dies declarabit, dit Alfred en riant.

— Je vous dis que s'il est de notre temps quelque chose qui soit révélé avec l'autorité d'une loi divine, c'est que les masses se soulèveront, et que les derniers seront les premiers.

— Voilà une de vos hâbleries de républicain rouge, Augustin ! Pourquoi n'avez-vous pas donné dans le populaire ? Vous auriez fait un fameux orateur de carrefour ! Mais j'espère être mort avant l'avénement de ce millénium de vos masses crasseuses.

— Crasseuses ou non, elles vous gouverneront, quand leur temps sera venu, et leur gouvernement sera ce que vous l'aurez fait. La noblesse française voulait que le peuple fût sans culottes, et ils ont eu un gouvernement autant de sans-culottes qu'ils en pourraient désirer. Les habitans d'Haïti...

— Oh ! voyons, Augustin ! comme si nous n'avions pas eu assez de cet abominable, de ce méprisable Haïti ! Ses habitans n'étaient pas des Anglo-Saxons ; sans cela, c'eût été une autre histoire. La race Anglo-Saxonne est celle qui domine le monde, et qui doit le dominer.

— Eh mais ! il y a une assez jolie infusion de sang anglo-saxon parmi nos esclaves maintenant. Il y en a un grand nombre qui ont tout juste assez de sang africain pour donner une sorte de chaleur tropicale à notre fermeté et à notre prévoyance calculatrice. Si jamais arrive l'heure rais quelque chose.

— Je le présume, — vous êtes un homme d'action ; mais que feriez-vous ?

— Eh ! mais, relevez vos domestiques de leur abaissement, pour qu'ils servent de modèles, dit Alfred, avec un sourire à demi dédaigneux.

— Vous pourriez aussi bien leur mettre le mont Etna sur la tête, et les obliger à se tenir debout, que de me dire de les relever de leur abaissement, lorsque pèse sur eux la de Saint-Domingue, le sang anglo-saxon ouvrira la marche. Les fils de pères blancs, dont les veines brûlent de tous nos sentimens hautains, ne seront pas toujours achetés et vendus. Ils s'insurgeront et relèveront avec eux leur race maternelle !

— Quelles balivernes !

— Eh bien ! il y a un vieux dicton qui peut s'appliquer à ceci : «Comme c'était aux jours de Noé, ainsi sera-t-il;» — ils mangeaient, ils buvaient, ils plantaient, ils bâtissaient, et ne savaient rien que lorsque le déluge vint et les emporta.

— En somme, Augustin, je crois que vous feriez un bon cavalier de manège, dit Alfred en riant. N'ayez pas peur pour eux : possession vaut titre. Nous avons le pouvoir. Cette race subalterne est par terre, dit-il en frappant du pied avec force, et elle y restera ! Nous avons assez d'énergie pour brûler notre poudre.

— Les fils élevés comme votre Henrique seront bien propres à garder vos magasins à poudre ; — ils sont si calmes et si maîtres d'eux-mêmes ! Le proverbe dit : Ceux qui ne savent pas se gouverner ne peuvent pas gouverner les autres.

— Il y a là un embarras, dit Alfred d'un air rêveur ; il n'y a pas de doute que les enfans sont difficiles à élever sous notre système. Il laisse trop de liberté aux passions, qui sont assez vives dans notre climat. Henrique me donne des tracas. L'enfant est généreux, il a le cœur chaud, et c'est un vrai pétard lorsqu'il s'échauffe. Je pense que je l'enverrai faire son éducation au Nord, où l'obéissance est plus à la mode, et où il aura plus d'égaux et moins d'inférieurs.

— Puisque l'éducation de l'enfance est l'œuvre principale de la race humaine, dit Augustin, cela devrait donner à penser de voir que notre système ne fonctionne pas bien.

— C'est vrai sous certains rapports, dit Alfred ; mais sous d'autres, en revanche, il est très bon. Il rend les enfans mâles et courageux ; et les vices même d'une race abjecte tendent à fortifier en eux les vertus opposées. Je crois, par exemple, que Henrique a un plus vif sentiment de la beauté du vrai, en voyant que le mensonge et la déception sont la marque universelle de l'esclavage.

— C'est une manière fort chrétienne d'envisager le sujet, assurément.

— Elle est vraie, chrétienne ou non, et, après tout, aussi chrétienne que beaucoup d'autres choses en ce monde.

— Cela se peut, dit Saint-Clare.

— Au surplus, toutes les paroles sont inutiles, Augustin ; voilà au moins cinq cents que nous ressassons la même chose. Si nous jouions au trictrac ?

Les deux frères montèrent les marches de la véranda, et furent bientôt assis à une petite table de bambou, avec le trictrac entre eux deux. Comme ils rangeaient leurs dames, Alfred dit : — Augustin, si je pensais comme vous, je fe-

société tout entière. Un seul homme ne peut rien contre tous. L'éducation, pour être quelque chose, doit être nationale, ou l'opinion doit s'être assez prononcée pour former un courant.

— C'est à vous de jouer, dit Alfred. Et les deux frères furent bientôt absorbés par leur jeu, jusqu'au moment où des pas de chevaux se firent entendre sous la véranda.

— Voici les enfans, dit Augustin en se levant. Regardez, Alfred ! Avez-vous jamais rien vu d'aussi beau ! — Et c'était la vérité. Henrique, avec son front hardi, ses cheveux bouclés et sa joue animée, riait galment, penché vers sa jolie cousine. Elle était en amazone bleue avec une casquette de même couleur. L'exercice avait coloré ses joues, et donnait plus d'effet à sa peau d'une transparence singulière, et à ses cheveux dorés.

— Bon Dieu ! quelle éblouissante beauté ! dit Alfred. Elle rendra bien des cœurs malades quelqu'un de ces jours, Auguste.

— Ce n'est que trop probable.— Dieu sait si je le crains ! dit Saint-Clare d'un ton d'amertume, en s'empressant de l'enlever de son cheval.

— Éva, mon amour ! n'êtes-vous pas bien fatiguée ? dit-il en la serrant dans ses bras.

— Non, papa, dit l'enfant ; mais sa respiration pénible alarma son père.

— Comment avez-vous pu aller si vite, ma chère ? — Vous savez que c'est mauvais pour vous.

— Je me sentais si bien, papa, et cela me faisait tant de plaisir que je l'ai oublié !

Saint-Clare la porta dans ses bras au parloir, et la déposa sur le sofa.

— Henrique, il faut prendre bien soin d'Éva, dit-il ; il ne faut pas aller si vite avec elle.

— J'aurai soin d'elle, dit Henrique, s'asseyant auprès du sofa et prenant la main d'Éva.

Éva ne tarda point à se trouver beaucoup mieux. Son père et son oncle se remirent à leur jeu, et les deux enfans furent laissés ensemble.

— Savez-vous, Éva, je suis si fâché que papa ne reste ici que deux jours ; je vais rester si longtemps sans vous voir ! Si je restais avec vous, je tâcherais d'être bon, et de ne pas me fâcher contre Dodo. Je n'ai pas l'intention de maltraiter Dodo ; mais, vous savez, je suis si vif ! Je ne suis pas méchant pour lui, néanmoins. Je lui donne un picayune de temps en temps, et vous voyez qu'il est bien habillé. Je crois qu'en somme, Dodo n'a pas à se plaindre.

— Croiriez-vous n'avoir pas à vous plaindre, si vous n'aviez pas une créature au monde pour vous aimer ?

— Moi ? — Naturellement non.

— Et vous avez emmené Dodo loin de tous les amis qu'il ait jamais eus, et maintenant il n'a pas une créature pour l'aimer ; — personne ne peut être bon de cette manière.

— Ma foi ! je n'y peux rien, que je sache. Je ne peux pas lui rendre sa mère, et je ne peux pas l'aimer quant à moi, ni personne autre que je connaisse.

— Pourquoi ne le pouvez-vous pas ?

— Aimer Dodo ! vous n'êtes pas sérieuse, Éva. Je ne le hais pas, mais l'aimer ! Vous n'aimez pas vos domestiques.

— Si vraiment !

— Quelle idée !

— Est-ce que la Bible ne dit pas que nous devons aimer tout le monde ?

— Oh ! la Bible ! certainement, elle dit beaucoup de choses de cette espèce ; mais personne ne songe à faire ce qu'elle dit ; — vous le savez, Éva, personne n'y songe.

Éva ne répondit point ; ses yeux restèrent fixes et rêveurs pour quelques instans.

— En tous cas, dit-elle, cher cousin, aimez le pauvre Dodo, et soyez bon pour lui, pour l'amour de moi !

— Je pourrais aimer n'importe quoi pour l'amour de vous, chère cousine, car je pense réellement que vous êtes la plus charmante créature que j'aie jamais vue !

Henrique parlait avec une animation qui fit monter le sang à son beau visage.

Eva reçut cette déclaration avec une parfaite simplicité, sans aucun changement dans ses traits, et se borna à dire :
— Je suis bien aise que vous pensiez ainsi, cher Henrique ! J'espère que vous vous en souviendrez.

La cloche du dîner mit fin au tête à tête.

CHAPITRE XXIV.

Les Présages.

Deux jours après, Alfred et Augustin Saint-Clare se séparèrent ; et Eva, qui avait été stimulée par son jeune cousin, ayant fait des courses au-dessus de ses forces, commença à décliner rapidement. Saint-Clare avait enfin consenti à consulter un médecin, ce qu'il n'avait jamais voulu faire jusqu'à ce jour, parce que c'était reconnaître la funeste vérité.

Eva avait donc été forcée de garder la chambre, et un homme de l'art avait été appelé.

Marie Saint-Clare n'avait pas fait attention au dépérissement graduel de la jeune fille, parce qu'elle était exclusivement occupée d'étudier deux ou trois maladies nouvelles dont elle se croyait elle-même atteinte. Ce que Marie croyait avant tout, c'était que pas une créature humaine ne pouvait souffrir autant qu'elle ; aussi, repoussait-elle avec indignation toute idée que quelqu'un pût être indisposé à son côté. Elle se persuadait toujours en pareil cas que la maladie dont on se plaignait ne devait être que le résultat de la paresse ou d'un manque d'énergie ; et elle se disait que si les gens qui se plaignaient avaient supporté tous ses maux, ils auraient bien vite senti la différence !

Miss Ophélia avait plusieurs fois essayé d'éveiller la sollicitude de Marie au sujet d'Eva, mais inutilement.
— Rien ne me montre que cette enfant souffre ; elle est toujours à courir et à jouer, disait-elle.
— Mais elle tousse.
— La toux ! vous n'avez pas besoin de me parler de la toux. J'ai toussé toute ma vie. Quand j'avais l'âge d'Eva, on me croyait poitrinaire. Mammy me veillait chaque nuit. La toux d'Eva n'a rien d'inquiétant.
— Mais elle s'affaiblit ; sa respiration est gênée.
— Mon Dieu ! j'ai été comme elle pendant des années : ce n'est qu'une affection nerveuse.
— Mais elle transpire toute la nuit.
— J'ai transpiré toutes les nuits pendant dix ans ; mes vêtemens étaient trempés ; mes robes de nuit n'avaient pas un fil qui fût sec, et les draps étaient si humides que Mammy était obligée de les étendre pour les faire sécher. Eva ne transpire pas comme cela !

Miss Ophélia fut contrainte de se taire, quoique Eva fût dans un état de prostration manifeste. Le médecin arriva, et Marie changea subitement de manière de voir.

Elle disait alors qu'elle savait bien que sa fille était malade, et qu'elle était la plus malheureuse des mères. Fallait-il qu'avec sa santé délabrée, elle fût encore condamnée à voir descendre dans le tombeau sa fille chérie.

Et Marie, en proie à ce nouveau chagrin, fit lever Mammy plusieurs fois chaque nuit, bouleversa tout, et gronda plus fort qu'à l'ordinaire.
— Ma chère Marie, ne parlez pas ainsi, disait Saint-Clare ; vous ne devriez pas abandonner tout espoir.
— Vous n'avez pas les sentimens d'une mère, répondait-elle ; aussi, vous ne pouvez me comprendre ; vous ne le pouvez pas. Je ne puis supporter un tel coup avec votre indifférence. Si vous n'éprouvez rien quand votre fille unique est dans un état aussi alarmant, moi, je ne puis faire de même, avec tout ce que j'ai déjà à endurer !

— Il est vrai, répondit Saint-Clare, qu'Eva est très délicate ; je ne me le suis jamais dissimulé : elle a grandi si vite que cette croissance a épuisé ses forces. Son état est critique. Mais elle est surtout accablée par les chaleurs et par l'excès d'exercice auquel elle s'est livrée lors de la visite de son cousin. Le médecin assure que tout espoir n'est pas perdu.

— Regardez tant que cela vous plaît le beau côté des choses ; vous êtes très heureux. Un grand nombre de gens en ce monde manquent de sensibilité. Je voudrais bien leur ressembler. Mais il n'en est point ainsi. Ah ! que ne suis-je aussi indifférente que vous.

Les habitans de la maison avaient quelque raison de faire le même vœu, car sous prétexte de ce nouveau chagrin dont elle faisait parade, Marie tourmentait tous ceux qui l'entouraient. Toute parole ou toute action était une nouvelle preuve qu'elle n'était environnée que d'êtres sans cœur et insensibles à son chagrin. La pauvre petite Eva entendait quelquefois les propos que sa mère tenait à ce sujet, et elle pleurait de douleur de lui causer tant d'affliction.

Quinze jours modifièrent heureusement l'état de la jeune fille. Cette inexorable maladie entretient ces trompeuses illusions, et vous berce d'espérances jusqu'au moment où s'ouvre la tombe. Eva parut au balcon et dans le jardin ; elle reprit le cours de ses jeux, et, transportée de joie, son père crut qu'elle était à tout jamais sauvée. Miss Ophélia et le médecin seuls ne s'abandonnaient pas à des espérances trompeuses. Une autre personne partageait leur conviction. C'était Eva. Quelle est cette voix mystérieuse qui se fait parfois entendre à l'âme pour l'avertir que son séjour sur la terre sera de courte durée ? Est-ce le secret instinct de la nature qui dépérit, ou l'aspiration de l'âme vers l'immortalité ? Quoi qu'il en soit, Eva avait comme un pressentiment qu'elle était près du ciel. Calme comme les derniers rayons du soleil couchant, sereine comme le tranquille automne, son petit cœur n'était troublé que par le chagrin de ceux dont elle était si tendrement aimée. En dépit des soins prodigués à la jeune fille, bien que la vie s'offrît pour elle toute brillante, qu'elle eût tout ce que peuvent donner la tendresse enfant et la fortune, elle n'éprouvait pour elle-même aucun regret de mourir.

Dans ce livre qu'elle avait si souvent lu avec son simple vieil ami Tom, elle avait vu resplendir l'image de celui qui aime tant les petits enfans, et le souvenir du passé se changeait en une vivante réalité dans le présent. Son cœur était rempli de l'amour divin, et elle avait pour le Christ plus qu'une tendresse mortelle. C'était vers lui qu'elle allait, disait-elle, et dans sa demeure.

Mais son cœur se serra en songeant à ceux qu'elle allait laisser derrière elle, surtout à son père, car Eva sentait instinctivement qu'elle occupait plus de place que toute autre dans le cœur de son père ; elle aimait sa mère ; il y avait tant d'amour dans cette jeune fille ! mais l'égoïsme de sa mère l'affligeait. Elle croyait, avec la conscience d'une enfant, que sa mère ne pouvait mal faire, et cependant elle comprenait qu'il y avait en elle quelque chose d'indéfinissable ; mais, pour dissiper ses doutes, elle se disait qu'après tout c'était sa mère, sa mère dont elle était tendrement aimée.

Elle pensait aussi à ses bons et fidèles serviteurs dont elle était la joie. Les enfans réfléchissent rarement, mais Eva était d'une précocité extraordinaire. Tout ce qu'elle voyait la frappait, et son cœur compatissant avait été douloureusement affecté de tous les abus du régime sous lequel gémissaient les esclaves. Elle était poursuivie par de vagues désirs d'améliorer leur position, de les rendre heureux, de les sauver, non-seulement les esclaves de son père, mais tous ceux qui se trouvaient dans la même condition.
— Oncle Tom, disait-elle un jour qu'elle faisait la lecture à son vieil ami, je comprends pourquoi Jésus voulait mourir pour nous.
— Pourquoi, miss Eva ?

— Parce que j'ai senti le même désir.

— Je ne comprends pas, miss Éva.

— Je ne saurais vous dire ; mais quand j'ai vu, sur le bateau où vous étiez avec moi, ces pauvres créatures qui venaient de perdre leurs mères ou leurs maris ; quand j'ai vu des mères pleurant leurs petits enfans qu'on leur avait pris ; quand j'ai entendu l'histoire de la vieille Prue, affreuse histoire, n'est-ce pas ? eh bien ! j'ai senti souvent que je serais heureuse de mourir si ma mort pouvait sauver tous ces êtres. Oui, Tom, je mourrais volontiers pour eux ! dit l'enfant d'un ton sérieux en posant sa petite main maigre sur celle de l'esclave.

Celui-ci la contempla avec une crainte respectueuse, et lorsqu'elle s'en fut à l'appel de son père, il essuya plusieurs fois ses larmes en la suivant des yeux.

— Il est inutile de chercher à retenir miss Éva ici, dit-il à Mammy, qu'il venait de rencontrer quelques minutes après cette scène ; elle porte au front le sceau du Seigneur.

— Ah ! oui ! dit Mammy en levant les mains au ciel, j'ai toujours dit ça. Elle n'a jamais été comme une enfant qui doit vivre. Il y a toujours eu dans ses yeux quelque chose de profond. J'ai souvent dit ça à maîtresse, et voilà que ça va arriver. Pauvre cher petit agneau béni !

Éva arriva en sautillant vers son père, sous la véranda. C'était le soir. Les rayons du soleil couchant l'entouraient comme d'une auréole. Elle avait une robe blanche, son visage et ses yeux brillaient d'un vif éclat. Une fièvre lente la consumait.

Saint-Clare l'avait appelée pour lui montrer une statuette qu'il venait d'acheter pour elle ; mais, en la voyant, il éprouva une impression soudaine et douloureuse. Il est un genre de beauté réelle, mais si fragile, que nous ne pouvons que difficilement supporter la vue. Saint-Clare serra la jeune fille dans ses bras, oubliant le sujet pour lequel il l'avait appelée.

— Chère Éva, vous allez mieux depuis quelques jours, n'est-ce pas ? lui dit-il.

— Père, dit Éva, il est des choses dont je veux vous parler depuis longtemps, et qu'il faut que je vous dise aujourd'hui, avant de me sentir plus faible.

Saint-Clare frissonna. Éva s'assit sur les genoux de son père, et posa la tête sur son sein.

— Il est inutile, père, dit-elle, que je garde plus longtemps ces pensées en moi-même ; le temps n'est pas loin où je vous quitterai. Je partirai pour ne jamais revenir ; et elle pleura.

— O chère enfant ! s'écria Saint-Clare qui tremblait en parlant, mais qui dissimulait son effroi sous un apparent enjouement ; ne vous laissez pas aller à ces tristes pensées. Regardez la jolie chose que je viens de vous acheter.

— Non ! non ! dit Éva, qui écarta doucement la statuette ; ne vous faites pas illusion ; je ne suis pas mieux, je partirai bientôt, je le sais. Je ne suis pas nerveuse, je ne suis pas abattue. Si ce n'était pour vous et pour les personnes qui me sont chères, je serais heureuse ; je brûle d'aller là-haut.

— Qui a pu rendre, chère enfant, votre pauvre petit cœur aussi triste ? Vous avez eu tout pour être heureuse.

— Je voudrais être déjà au ciel ; ce n'est que pour mes amis que je serais aise de vivre. Il y a bien des choses ici qui m'attristent ; j'aimerais mieux être là-bas pour ne plus les voir, mais je ne voudrais pas vous quitter. Cette pensée me brise le cœur.

— Qui vous rend triste et vous paraît si affreux, Éva ?

— C'est ce qui se fait chaque jour. Je suis triste à l'aspect de nos pauvres domestiques qui m'aiment tendrement. Je voudrais, père, qu'ils fussent tous libres.

— Ne croyez-vous donc pas, chère enfant, qu'ils soient assez bien traités ?

— Mais, papa, s'il vous arrivait quelque malheur, que deviendraient-ils ? Il y a peu de cœurs comme le vôtre, papa. Oncle Alfred ne vous ressemble pas, ni maman non plus. Songez aux maîtres de la pauvre vieille Prue. De quelles

horribles actions certaines gens ne sont-ils pas capables ! et la jeune fille frissonna.

— Chère enfant, vous êtes trop sensible ; je suis fâché qu'on vous ait raconté de pareilles histoires.

— Voilà ce qui me tourmente, papa. Vous voulez que je vive heureux, sans jamais éprouver le moindre chagrin ; vous ne voulez pas même me laisser entendre une histoire triste, quand d'autres pauvres créatures souffrent mille douleurs. C'est de l'égoïsme. Je dois connaître leur misère et y compatir. Leurs infortunes m'ont toujours serré le cœur. J'ai longtemps réfléchi à ce sujet. N'y a-t-il pas moyen, cher père, de rendre tous les esclaves à la liberté ?

— C'est une question difficile, mon enfant. Sans doute, ce régime est mauvais, et très mauvais, c'est l'avis de beaucoup de personnes ; c'est le mien. Je voudrais de tout mon cœur que l'esclavage fût aboli ; mais comment faire ? je l'ignore.

— Cher père ! vous êtes un homme si bon, si aimable, et vous avez toujours une façon de parler si agréable ! ne pourriez-vous pas parcourir les habitations, et tâcher de persuader aux propriétaires d'affranchir leurs esclaves ? Si je pouvais aller les trouver, je le ferais. Mais quand je serai morte, faites-le en souvenir de moi.

— Quand vous serez morte, Éva ! Ne me parlez pas ainsi, chère enfant ; vous êtes mon seul bonheur, vous êtes tout pour moi en ce monde.

— L'enfant de la vieille Prue était aussi ce qu'elle avait de plus cher, et cependant elle l'entendait pleurer et ne pouvait pas le secourir, papa. Ces pauvres créatures aiment leurs enfans autant que vous m'aimez. Et Mammy ? je l'ai vue pleurer quand elle parlait de ses pauvres petits. Et Tom... c'est affreux, papa, que de pareilles choses existent.

— Allons ! allons ! mon amour ! dit Saint-Clare d'un ton doux pour l'apaiser, ne vous tourmentez pas, ne parlez plus de mourir, et je ferai tout ce que vous désirez.

— Promettez-moi, cher père, que Tom aura sa liberté aussitôt que... Elle s'arrêta un instant et ajouta avec hésitation : — Aussitôt que je serai partie !

— Oui, chère enfant, je ferai tout, tout ce que vous me demandez.

— O père ! s'écriait l'enfant en appuyant sur la figure de Saint-Clare ses joues brûlantes, je voudrais que nous pussions nous en aller ensemble.

— Où cela, cher ange ?

— Au séjour de Notre Sauveur. Là, règne le calme et la paix ; là, tout est amour. Et l'enfant parla naïvement du ciel comme d'un lieu qu'elle aurait visité. Ne voulez-vous pas y venir avec moi ? ajouta-t-elle.

Saint-Clare la serra sur son cœur et garda le silence.

— Vous viendrez avec moi, n'est-ce pas ? reprit-elle avec l'accent de la conviction.

— Je vous suivrai, je ne vous oublierai pas, Éva.

Les ombres de cette solennelle soirée s'épaississaient de plus en plus. Pendant que Saint-Clare tenait sur son sein la frêle créature, il la voyait à peine, mais la voix de l'enfant arrivait à ses oreilles comme celle d'un esprit. Toute sa vie passa devant ses yeux comme dans un rêve ; les prières et les hymnes de sa mère, les bonnes résolutions qu'il avait prises dans sa jeunesse, et, puis, plus tard, les années de scepticisme follement gaspillées. On peut penser beaucoup en un instant. Saint-Clare sentit tout un monde s'agiter au dedans de lui-même, mais il ne parla pas. La nuit venue, il porta la jeune fille chez elle, et lorsqu'elle fut disposée au repos, il congédia les domestiques et la berça dans ses bras en chantant, jusqu'à ce qu'elle se fût endormie.

CHAPITRE XXV.

La petite évangéliste.

On était au dimanche soir. Saint-Clare était étendu sur une chaise longue de bambou dans la véranda, se consolant avec un cigare. Marie était à demi-couchée sur un sofa en face de la fenêtre qui donnait sur la véranda, à l'abri de tout outrage des moustiques sous un rideau de gaze transparente, et tenant languissamment dans sa main un livre de prières élégamment relié. Elle le tenait parce que c'était dimanche, et elle s'imaginait l'avoir lu, — quoiqu'en réalité elle se fût bornée à faire de petits sommes, en le tenant ouvert devant elle.

Miss Ophélia qui, à force de chercher, avait fini par dépister un petit meeting méthodiste assez près pour y pouvoir aller en voiture, était allée y assister, avec Tom pour cocher et Eva pour compagne.

— Augustin, dit Marie après un assoupissement de courte durée, il faut que j'envoie chercher à la ville mon vieux docteur Posey ; je suis sûre que j'ai une maladie de cœur.

— Mais quel besoin avez-vous de l'envoyer chercher? Le médecin qui soigne Eva paraît habile.

— Je ne me fierais pas à lui dans un cas critique, et je crois pouvoir dire que mon cas devient critique! J'y ai réfléchi depuis ces deux ou trois dernières nuits ; j'ai de terribles douleurs, et j'éprouve des choses bien étranges.

— Oh! Marie, vous vous frappez l'imagination ; je ne crois pas que ce soit une maladie de cœur.

— Je savais bien que vous ne le croiriez pas ; je m'attendais à cette réponse. Vous êtes tout prêt à vous alarmer pour peu qu'Eva tousse ou qu'elle ait la moindre chose, mais vous ne pensez jamais à moi.

— S'il vous est particulièrement agréable d'avoir une maladie de cœur, j'essaierai de soutenir que vous en avez une ; mais je ne savais pas que cela vous fût agréable.

— Fort bien ; tout ce que j'espère, c'est que vous ne le regretterez pas quand il sera trop tard ! mais, que vous le croyiez ou non, les inquiétudes que me cause Eva, et toute la peine que m'a donnée cette chère enfant, ont développé en moi le mal que je soupçonnais depuis longtemps.

La peine que Marie disait avoir prise eût été difficile à expliquer. Saint-Clare fit tranquillement cette réflexion, et continua de fumer comme un insensible qu'il était, jusqu'à l'arrivée d'une voiture d'où sortirent Eva et miss Ophélia.

Miss Ophélia alla tout droit à sa chambre pour y déposer son chapeau et son châle, comme c'était toujours son habitude avant de proférer un seul mot sur quoi que ce fût, tandis que Eva, accourue à la voix et assise sur le genou de son père, lui rendait compte du meeting d'où elles revenaient.

On entendit bientôt de bruyantes exclamations parties de la chambre de miss Ophélia, qui, comme celle où on se tenait, donnait sur la véranda. Elle adressait à quelqu'un de violents reproches.

— Quels nouveaux tours a joués cette petite sorcière de Topsy a-t-elle encore joués? demanda Saint-Clare ; c'est elle qui est cause de ce tumulte, j'en réponds.

Effectivement, l'instant d'après, miss Ophélia tout indignée arriva, traînant la coupable après elle.

— Venez, venez, disait-elle ; je vais tout conter à votre maître.

— Qu'y a-t-il donc? demanda Augustin.

— Il y a que je ne puis plus tolérer une pareille peste! cela passe toute patience humaine. Je l'avais enfermée et je lui avais donné un livre d'hymnes à étudier. Qu'a-t-elle fait? A force de fureter, elle a découvert l'endroit où je

mets ma clef, elle est allée à mon bureau, et elle a pris une garniture de chapeau et l'a coupée en morceaux pour faire des robes de poupée! Je n'ai jamais rien vu de pareil, de ma vie.

— Je vous avais prévenu, cousine, dit Marie que vous vous apercevriez qu'il n'y a pas moyen d'élever ces créatures-là sans sévérité. Si j'avais voix au chapitre, dit-elle en lançant à Saint-Clare un regard de reproche, je ferais fouetter comme il faut cette enfant-là ; je la ferais fouetter jusqu'au sang!

— Je n'en doute pas, dit Saint-Clare. Parlez-moi de l'aimable empire des femmes! Je ne connais pas plus d'une douzaine de femmes qui ne tueraient pas à moitié un cheval ou un domestique, si elles avaient voix au chapitre, — sans parler des hommes.

— Vos procédés de poule-mouillée, Saint-Clare, ne sont bons à rien, répliqua Marie. Notre cousine est une femme de sens, et elle voit aussi clair que moi maintenant.

Miss Ophélia était tout juste susceptible de l'indignation que peut éprouver une bonne ménagère, et cette susceptibilité avait été passablement éveillée en elle par les artifices et les gaspillages de cette enfant. Dans le fait, plusieurs de mes lectrices doivent avouer qu'elles n'auraient pas été plus patientes à sa place ; mais Marie allait trop loin, et ses paroles calmèrent miss Ophélia.

— Je ne voudrais pour rien au monde que l'enfant fût traitée de cette manière, dit-elle ; mais vraiment, Augustin, je ne sais plus que faire. Je suis à bout de leçons ; j'ai parlé à, en être épuisée ; je l'ai fouettée ; je lui ai infligé toutes les punitions que j'ai pu imaginer, et elle est juste comme au commencement.

— Venez ici, Tops, p'tite guenon! dit Saint-Clare.

Topsy obéit, en clignant ses yeux ronds et durs avec appréhension, et aussi avec cette expression comique qui lui était habituelle.

— Pourquoi vous conduisez-vous ainsi? dit Saint-Clare, qui ne pouvait s'empêcher d'être amusé de l'expression de cette enfant.

— Je suppose que c'est ma méchanceté, dit modestement Topsy ; — miss Feely l'a dit.

— Ne voyez-vous pas tout ce que miss Ophélia a fait pour vous? Elle dit qu'elle a fait tout ce qu'elle a pu imaginer.

— Mon Dieu! oui, maître! vieille maîtresse disait ça aussi. Elle me fouettait bien plus fort, et elle me tirait les cheveux, et me cognait la tête contre la porte ; mais ça ne m'a pas fait aucun bien ; j'crois qu'on m'arracherait jusqu'au dernier cheveu de la tête qu'ça ne me ferait pas aucun bien, non plus. — J'sis si méchante! Seigneur! je n'sis qu'une négresse, y a pas à dire!

— Eh bien! il faudra que j'y renonce, dit miss Ophélia ; je ne saurais me donner cet ennui plus longtemps.

— Je voudrais bien vous faire une question, dit Saint-Clare.

— Qu'est-ce que c'est?

— Si votre Évangile n'est pas assez fort pour sauver un enfant païen, que vous pourrez avoir ici chez vous, tout à vous, à quoi bon envoyer un ou deux pauvres missionnaires avec cet Évangile parmi des milliers d'enfans semblables? Je crois que celui-ci est un bon spécimen de ce que sont vos milliers de païens.

Miss Ophélia ne répondit pas sur-le-champ ; et Eva, qui était restée jusqu'alors spectatrice silencieuse de cette scène, fit signe à Topsy de la suivre. Il y avait, au coin de la véranda, un petit cabinet vitré, dont Saint-Clare avait fait une espèce de cabinet de lecture. Eva et Topsy disparurent par là.

— Que va faire Eva? dit Saint-Clare ; je vais voir.

Et, s'avançant sur la pointe du pied, il leva un rideau qui couvrait la porte vitrée, et regarda. Bientôt, posant son doigt sur ses lèvres, il fit signe à miss Ophélia de venir voir. Les deux enfans étaient assis sur le plancher, et on les voyait de profil : Topsy avec son expression accoutumée de comique insouciance; Éva, en face d'elle, rouge d'émotion, et des larmes dans ses grands yeux.

— Qu'est-ce qui vous rend si mauvaise, Topsy? Pourquoi n'essayez-vous pas d'être bonne? Est-ce que vous n'aimez personne, Topsy?

— J'ai rien à aimer. J'aime le sucre candi et tout ça, v'là tout.

— Mais vous aimez votre père et votre mère?

— J'en ai jamais eu, vous savez. J'vous ai dit ça, miss Éva.

— Oh! je sais, dit Éva tristement; mais est-ce que vous n'avez pas eu de frère, ou de sœur, ou de tante, ou...

— Non, je n'ai jamais rien eu, ni personne.

— Mais, Topsy, si vous vouliez seulement tâcher d'être bonne, vous pourriez...

— J'aurais beau être bonne, je n'pourrais jamais être autre chose qu'une négresse. Si j'pouvais être écorchée et devenir blanche, alors j'essaierais.

— Mais on peut vous aimer, si vous êtes noire, Topsy. Miss Ophélia vous aimerait, si vous étiez bonne.

Topsy fit entendre ce petit ricanement qui était sa manière ordinaire d'exprimer son incrédulité.

— Ne le pensez-vous pas? dit Éva.

— Non, elle n'peut pas me souffrir, parce que je sis une négresse! — Elle aimerait mieux qu'un crapaud la touche! Personne ne peut aimer les nègres; eux-ils rien faire! Ça m'est égal, dit Topsy se mettant à siffler.

— Oh! Topsy, pauvre enfant! je vous aime! dit Éva avec un élan soudain d'émotion, et posant sa petite main maigre et blanche sur l'épaule de Topsy: je vous aime, parce que vous n'avez eu ni père, ni mère, ni amis; — parce que vous avez été un pauvre enfant maltraité! Je vous aime, et je veux que vous soyez bonne. Je suis bien malade, Topsy; je crois que je ne vivrai pas longtemps; et cela me fait vraiment de la peine de vous voir si déraisonnable. Essayez donc d'être bonne, pour l'amour de moi; — je n'ai pas longt mps à rester avec vous.

Les yeux ronds et perçants de l'enfant noir se voilèrent de larmes; — de grosses gouttes brillantes tombaient une à une sur la petite main blanche d'Éva. Oui, en ce moment, une lueur de foi véritable, un rayon d'amour céleste avaient pénétré les ténèbres de cette âme païenne! Elle baissa sa tête sur ses genoux et sanglota, — tandis que la belle enfant, penchée sur elle, avait l'air de quelque ange de lumière qui s'arrête pour sauver un pécheur.

— Pauvre Topsy! dit Éva, ne savez-vous pas que Jésus nous aime tous également? Il est aussi disposé à vous aimer qu'à m'aimer. Il vous aime comme je vous aime, — davantage seulement, parce qu'il est meilleur. Il vous aidera à être bonne, et vous pourrez aller au ciel à la fin, et être pour toujours un ange, tout aussi bien que si vous étiez blanche. Pensez-y seulement, Topsy! — Vous pourrez être un de ces anges de lumière dont il est question dans les chants de l'oncle Tom.

— Oh! chère miss Éva! chère miss Éva! dit l'enfant; j'essaierai, j'essaierai; ça m'a toujours été si égal jusqu'à présent!

Saint-Clare, en cet instant, laissa tomber le rideau.

— Cela me rappelle ma mère, dit-il à miss Ophélia. C'est bien vrai, ce qu'elle me disait: Si nous voulons donner la vue aux aveugles, il faut vouloir le faire comme le Christ, — les appeler à nous, et leur imposer les mains.

— J'ai toujours eu un préjugé contre les nègres, dit miss Ophélia; et, c'est un fait, je ne pouvais souffrir que cette enfant me touchât; mais je ne croyais pas qu'elle le sût.

— Fiez-vous aux enfants pour le découvrir, dit Saint-Clare; il n'y a pas moyen de le leur cacher. Mais je crois que tous les efforts du monde pour rendre service à un enfant, et tous les bienfaits dont vous pouvez le combler, n'exciteront jamais leur reconnaissance, tandis que ce sentiment de répugnance leur reste sur le cœur; — c'est singulier, mais cela est.

— Je ne sais qu'y faire, dit miss Ophélia; ils me sont désagréables, — cette enfant en particulier; — comment puis-je triompher de ce dégoût?

— Éva y parvient, à ce qu'il paraît.

— Elle est si aimante! Après tout, elle n'est que chrétienne, dit miss Ophélia; je voudrais lui ressembler. Elle pourrait me donner des leçons.

— Ce ne serait pas la première fois qu'un petit enfant aurait servi à instruire un vieux disciple, s'il en était ainsi, dit Saint-Clare.

CHAPITRE XXVI.

La Mort

> « Ne pleurons pas ceux que la mort a moissonné
> au matin de leurs jours. »

La chambre à coucher d'Éva était un appartement spacieux, qui, comme tous ceux de la maison, s'ouvrait sur la grande véranda; elle communiquait d'un côté avec l'appartement de son père et de sa mère, de l'autre avec la chambre de miss Ophélia.

Saint-Clare s'était fait un bonheur de meubler cette chambre dans un style approprié au caractère et à l'âge de sa fille. Les fenêtres étaient garnies de rideaux de mousseline rose et blanche. Le parquet était couvert d'un tapis fait d'après un dessin de son invention qu'il avait envoyé à Paris. Sur la bordure courait une guirlande de feuilles et de boutons de roses; au centre s'épanouissait un bouquet composé des mêmes fleurs. Le bois de lit, les chaises longues, les fauteuils, étaient de bambou, et travaillés avec une originalité gracieuse. Au-dessus du lit, sur un support d'albâtre, dominait une couronne de myrte, soutenue par un ange sculpté, aux ailes repliées. Des deux côtés de la couronne tombaient des rideaux de gaze rose, limée d'argent, précaution indispensable dans ce climat contre la piqûre des moustiques. Les gracieuses chaises longues de bambou étaient garnies de coussins en damas rose; et protégées par des rideaux semblables à ceux du lit, qui tombaient des mains de figures sculptées. Une légère table, également en bambou, occupait le milieu de la chambre, et supportait un vase de Paros, en forme de lis, toujours rempli de fleurs. Sur cette table étaient placés les livres d'Éva, ses nécessaires, ses jouets, ainsi qu'une élégante écritoire d'albâtre, que son père lui avait donnée lorsqu'il l'avait mise s'essayer à écrire. Le marbre de la cheminée était garni, au milieu, d'une statue du Christ appelant à lui les petits enfans; des deux côtés, des vases que Tom mettait son bonheur et son orgueil à remplir de fleurs tous les matins. Deux ou trois tableaux exquis, représentant des enfans dans diverses attitudes, ornaient les murailles. En un mot, partout où se tournaient les regards, ils rencontraient des images de l'enfance, de la beauté, de la paix; et les yeux d'Éva ne pouvaient s'ouvrir aux premières lueurs du jour sans que des idées pleines de grâce et de douceur s'élevassent dans son âme.

L'énergie factice qui l'avait soutenue pendant quelques temps, avait promptement disparu. On n'entendait plus que rarement le bruit de ses pas dans la véranda, et de jour en jour elle s'affaissait davantage sur la petite chaise longue où elle s'asseyait près de la fenêtre ouverte, ses grands yeux fixés sur le flux et le reflux du lac.

C'est dans cette attitude qu'elle se trouvait un jour, vers l'après-midi, sa Bible entr'ouverte, ses doigts maigres et transparens placés sans intention entre les feuillets du livre, lorsqu'elle entendit tout à coup, dans la véranda, la voix irritée de sa mère.

— Que faites-vous ici, vilaine enfant? Quel est ce nouveau tour de votre métier? Vous venez de voler des fleurs, n'est-ce pas? Et le bruit d'un soufflet arriva jusqu'à Éva.

— Hélas! hélas, c'était pour miss Eva, dit une voix qu'elle reconnut pour celle de Topsy.

Eva s'élança de son fauteuil, et parut dans la galerie.

— O ma mère! je vous en prie, ne grondez pas Topsy, j'aime tant les fleurs! Donnez-moi celles qu'elle m'a apportées.

— Qu'en avez-vous besoin, ma fille? Votre chambre en est déjà pleine.

— Je n'en saurais avoir trop, répondit Eva.—Approchez, Topsy.

Topsy, qui jusqu'alors s'était tenue, toute chagrine, la tête baissée, s'avança vers sa jeune maîtresse, et lui offrit ses fleurs avec un air d'hésitation et de timidité bien différent de sa hardiesse et de sa pétulance ordinaires.

— Voilà un beau bouquet! dit Eva en considérant les fleurs qu'elle tenait à la main. A vrai dire, le bouquet était plutôt singulier que beau. Il se composait d'une touffe de géranium écarlate et d'un seul camélia blanc au milieu. Le contraste des couleurs avait été évidemment cherché, et l'arrangement de chaque feuille soigneusement étudié.

La joie se peignit sur le visage de l'enfant quand Eva lui dit:

— Topsy, vous arrangez parfaitement les fleurs. Voici un vase que je ne sais avec quoi garnir, vous aurez soin de me le remplir tous les jours.

— Voilà qui est bizarre, dit Marie. Qu'avez-vous vous besoin de ces fleurs?

— N'y faites pas attention, ma mère. Il vous est égal que Topsy me les apporte, n'est-ce pas?

— Je veux tout ce qui peut vous faire plaisir, ma chère enfant. Topsy, vous entendez ce que vient de vous dire votre jeune maîtresse; ne l'oubliez pas.

Topsy, les yeux baissés, fit une légère révérence, et au moment où elle se retournait, Eva aperçut une larme rouler sur ses joues noires.

— Vous le voyez, ma mère. Je savais bien que cette pauvre Topsy désirait faire quelque chose qui me fût agréable.

— Quelle idée singulière! Elle vous a apporté des fleurs parce qu'elle aime à faire le mal. Elle sait qu'on lui a défendu d'en cueillir, c'est pour cela qu'elle en cueille. Voilà l'explication de sa conduite. Du reste, pour peu que cela vous fasse plaisir, je ne m'y oppose pas.

— Ma mère, je crois que Topsy est aujourd'hui bien différente de ce qu'elle était. Elle fait tous ses efforts pour devenir une bonne fille.

— Elle aura bien du chemin à faire avant d'en arriver là, dit Marie en souriant avec nonchalance.

— Vous savez bien, maman, que tout s'est toujours réuni contre cette pauvre Topsy.

—Pas depuis qu'elle est à la maison, du moins. Que ne lui a-t-on pas dit, que de sermons ne lui a-t-on pas adressés! on n'a rien épargné de ce qu'il était humainement possible de faire, et cependant, vous le voyez, elle est et elle restera toujours la même. Vous ne pourrez jamais rien tirer de cette créature.

— Mais, maman, c'est si différent d'être élevée comme je l'ai été, avec tant d'amis, au milieu de tout ce qui pouvait me rendre bonne et heureuse, ou comme cette pauvre Topsy, qui a eu tant de malheurs depuis sa naissance jusqu'au moment où elle est entrée à la maison.

— Sans doute, dit Marie en bâillant. Mon Dieu! comme il fait chaud.

— Maman, ne croyez-vous pas que Topsy pourrait devenir un ange aussi bien que nous, si elle était chrétienne?

— Topsy! quelle idée ridicule! Il faut être vous pour penser à des choses pareilles. Après tout, il n'y aurait rien d'impossible.

— Mais, est-ce que Di u n'est pas son père comme le nôtre? Est-ce que Jésus n'est pas aussi son Sauveur?

— Oui, cela peut être. Sans doute Dieu a créé tout ce qui existe, dit Marie. Mais où donc est mon flacon?

— C'est si grande pitié, si grande pitié! continua Eva en regardant le lac et en se parlant à elle-même.

— Quoi? demanda Marie.

— Que des malheureux, qui pourraient devenir des anges de lumière et vivre avec des anges, soient condamnés à tomber, tomber, tomber, sans que personne leur tende la main! O mon Dieu!

— Eh bien! nous n'y pouvons rien. Ce n'est pas la peine de vous tourmenter, Eva. Je ne sais ce qu'on pourrait faire pour eux; mais nous, nous devons être pleins de reconnaissance pour les avantages que la Providence nous a accordés.

— C'est à peine si je le puis, quand je vois tant de créatures déshéritées.

— Ce que vous dites est étrange. Pour moi, ma religion me fait un devoir de la reconnaissance.

— Ma mère, demanda Eva, est-ce que je ne pourrais pas me faire couper quelques tresses de mes cheveux?

— Dans quel but? répondit Marie.

— Ma mère, je voudrais en donner à mes amis pendant que je le puis encore. Voudriez-vous prier ma tante de venir et de faire ce que je vous demande?

Marie éleva la voix et appela miss Ophélia qui se trouvait dans l'autre chambre.

Au moment où elle entra, l'enfant, à demi-soulevée sur des oreillers, secouant autour d'elle les longues boucles de ses cheveux d'un blond doré, lui dit, presque en plaisantant:

— Venez, tante, venez tondre votre agneau.

— Qu'est-ce? s'écria Saint-Clare, qui parut au même moment, rapportant des fruits qu'il était allé chercher pour sa fille.

— Papa, je priais ma tante de me couper un peu de mes cheveux. J'en ai trop, et ils me font mal à la tête. D'ailleurs, je voudrais en donner à quelques personnes.

Miss Ophélia s'approcha, ses ciseaux à la main.

— Prenez garde. Ne mutilez pas les boucles de mon enfant, s'écria Saint-Clare. Coupez-en en dessous de manière à ce qu'il n'y paraisse pas. La chevelure d'Eva fait mon orgueil.

— O mon père! dit Eva d'un ton triste.

— Oui, et je veux vous la conserver dans toute sa beauté pour le moment où je vous conduirai à la plantation de votre oncle, voir votre cousin Henrique, continua Saint-Clare d'un ton plus gai.

— Je n'irai jamais, père. Je vais dans un monde meilleur; croyez-m'en. Ne voyez-vous pas que je deviens plus faible de jour en jour?

— Pourquoi voulez-vous à toute force que je croie une chose aussi cruelle, Eva?

— Parce que cela est vrai, mon père; et si vous voulez le croire maintenant, peut-être en viendrez-vous à prendre la chose comme moi.

Saint-Clare se tut et se mit à considérer avec désespoir les longues et belles boucles, qui, à mesure qu'on les séparait de la tête d'Eva, tombaient une à une sur ses genoux. L'enfant les prenait, les regardait, les enroulait autour de ses doigts effilés, et tournait de temps en temps vers son père des yeux pleins d'anxiété.

— Voilà ce que j'avais prévu! s'écria Marie, voilà ce qui a dévoré ma santé, ce qui me conduit insensiblement au tombeau, sans que personne daigne y faire attention. Oui, il y a longtemps que je le savais, et bientôt, Saint-Clare, vous verrez si j'avais raison.

— Votre perspicacité vous fournira sans doute de grandes consolations, répondit Saint-Clare d'un ton sec et amer.

Marie se laissa tomber sur un fauteuil et se couvrit le visage avec son mouchoir de batiste.

Les yeux bleus et limpides d'Eva se portèrent avec vivacité de son père à sa mère. C'était le regard calme et pénétrant d'un être à demi dégagé de ses liens mortels. Il était évident qu'elle voyait, qu'elle sentait, qu'elle appréciait la différence qui existait entre eux deux.

Elle fit de la main un signe à son père. Il s'approcha et vint s'asseoir auprès d'elle.

— Mon père, mes forces diminuent tous les jours. Il faut que je m'en aille, je le sens. Mais avant de partir, je voudrais vous dire des choses que je désire, que je dois dire. Jusqu'à présent, vous n'avez jamais voulu que je vous en parle. Mais il le faut, je ne puis plus retarder. Dites, mon père, consentez-vous à m'entendre?

— Je le veux, mon enfant, dit Saint-Clare. Et d'une main il se couvrit les yeux, de l'autre il serra celle qu'Eva lui avait tendue.

— Eh bien! alors, je voudrais voir tous nos esclaves réunis autour de moi. Il y a des choses que je dois leur dire.

— Vous serez satisfaite, répondit le malheureux père d'une voix altérée, mais ferme.

Miss Ophélia dépêcha un messager, et bientôt tous les gens de l'habitation furent réunis dans la chambre.

Eva était étendue sur des coussins, ses cheveux tombaient en désordre des deux côtés de son visage. Ses joues animées offraient un douloureux contraste avec la pâleur de son teint et la maigreur de sa figure et de son corps. Elle fixait sur chacun d'eux ses grands yeux qui semblaient ne plus appartenir à ce monde.

Les esclaves furent frappés d'une émotion soudaine. L'expression divine des traits d'Eva, les longues tresses de ses cheveux coupées et répandues à côté d'elle, la douleur silencieuse de son père qui se cachait la tête, les sanglots de Marie, tout se réunissait pour toucher profondément ces êtres sensibles et impressionnables. A mesure qu'ils entraient, ils se regardaient, soupiraient et secouaient la tête. Il régnait un silence profond, funèbre.

Eva se souleva et regarda ses vieux serviteurs. Tous paraissaient tristes et pleins de crainte. Quelques femmes cachaient leur tête dans leur tablier.

— Je vous ai tous envoyés chercher, mes chers amis, dit Eva, parce que je vous aime. Je vous aime tous, et je veux vous dire quelque chose dont je désire que vous vous souveniez toujours. Je vais vous quitter; dans quelques semaines vous ne me verrez plus.

Ici l'enfant fut interrompue par une explosion de gémissements, de sanglots et de lamentations, qui sortirent de toutes les poitrines et qui couvrirent entièrement sa faible voix. Elle attendit un instant, et continua d'un ton qui domina immédiatement le bruit des pleurs.

— Si vous m'aimez, ne m'interrompez pas ainsi. Ecoutez ce que j'ai à vous dire. Je veux vous parler de vos âmes; un grand nombre d'entre vous, j'en ai peur, s'en occupent bien peu. Vous ne pensez qu'aux choses de cette terre. Rappelez-vous, je vous en supplie, qu'il y a un monde bien plus beau que celui-ci, où règne notre Seigneur Jésus. J'y vais, et vous pourrez un jour y aller aussi. Mais pour y parvenir, il ne faut pas vivre, comme vous le faites, dans la paresse et l'insouciance. Il faut que vous soyez chrétiens. Il faut que vous vous rappeliez que vous pourrez devenir des anges, des anges pour l'éternité. Si vous voulez être chrétiens, Jésus vous aidera. Priez-le, lisez.....

L'enfant s'arrêta, les regarda avec compassion, et s'écria avec douleur:

— O malheureux, malheureux! vous ne savez pas lire.

Elle se cacha la tête dans son oreiller et elle sanglota, tandis que les pleurs des esclaves agenouillés inondaient le parquet.

— Soyez sans inquiétude, continua-t-elle en relevant la tête et en souriant à travers ses larmes; j'ai prié pour vous. Je sais que Jésus vous aidera, quoique vous ne sachiez pas lire. Conduisez-vous le mieux que vous pourrez; priez Dieu tous les jours; demandez-lui de venir à votre secours; faites-vous lire la Bible toutes les fois que vous le pourrez, et j'espère qu'un jour nous nous reverrons tous dans le ciel.

— Amen! murmurèrent Tom, Mammy et quelques-uns des esclaves les plus âgés, qui appartenaient à la secte des méthodistes, tandis que les plus jeunes et les plus étourdis,

alors entièrement subjugués, pleuraient la tête entre leurs genoux.

— Je sais, dit Eva, que vous m'aimez tous.

— Oui, oh oui, tous! Que le Seigneur vous bénisse! s'écrièrent-ils dans un élan involontaire.

— Je le sais. Il n'y en a pas un parmi vous qui n'ait été toujours très bon pour moi, et je veux vous faire un cadeau qui me rappelle à votre souvenir toutes les fois que vous le regarderez; je veux vous donner à tous une boucle de mes cheveux. Quand vous me regarderez, songez que je vous ai aimés, que je suis partie pour aller au ciel, et que je veux vous y voir un jour avec moi.

Il est impossible de décrire la scène de larmes qui se passa, lorsque toutes les personnes qui s'étaient réunies autour d'Eva reçurent de ses mains ce qu'elles regardaient comme le dernier gage de son amour. On s'agenouilla; les sanglots se mêlèrent aux prières, on baisa le bas de sa robe, et les vieux esclaves, avec cette vivacité de sentiments particulière à leur race, prodiguèrent les protestations, les bénédictions et les prières.

A mesure que l'on avait reçu ce qu'Eva donnait en souvenir, miss Ophélia, qui craignait que cette scène émouvante ne produisit trop d'effet sur la jeune malade, faisait signe de quitter l'appartement.

Tom et Mammy restèrent les derniers.

— Approchez, oncle Tom, dit Eva; voici quelque chose de beau pour vous. Oh! combien je suis heureuse, oncle Tom, quand je pense que je vous verrai dans le Ciel, car je suis sûre de vous y voir. — Et Mammy, chère et bonne Mammy! dit-elle en serrant sa vieille nourrice dans ses bras, je sais que vous viendrez aussi m'y rejoindre.

— O! miss Eva, je ne puis, non, je ne puis vivre sans vous! s'écria la bonne femme. Vous partie, tout me semblera bouleversé dans ce monde.

Et Mammy s'abandonna à toute la violence de sa douleur.

Miss Ophélia poussa doucement Mammy et Tom hors de l'appartement, et se crut seule avec Eva, mais, en se retournant, elle aperçut Topsy.

— D'où venez-vous donc? dit miss Ophélia surprise.

— J'étais ici, dit Topsy en essuyant ses yeux pleins de larmes. Miss Eva, j'ai été une méchante enfant. Pourtant, ne me donnerez-vous pas quelque chose aussi?

— Oui, pauvre Topsy, tenez; toutes les fois que vous regarderez cet objet, dites-vous que je vous aime, et que je désire que vous deveniez bonne.

— Oh! miss Eva, j'essaierai, répondit vivement Topsy. Mais, Seigneur, c'est si difficile d'être bonne. C'est peut-être parce que je n'en ai pas l'habitude.

— Jésus qui sait tout, Jésus qui vous aime, Topsy, viendra à votre secours.

Miss Ophélia fit sortir Topsy, qui s'éloigna sans répondre et en s'essuyant les yeux avec son tablier. En sortant, elle eut soin de cacher la boucle de cheveux d'Eva dans son sein.

Alors miss Ophélia ferma la porte de la chambre. La digne dame avait elle-même versé bien des larmes pendant cette scène; mais la crainte qu'une émotion trop vive ne fût fatale à Eva la préoccupait entièrement.

Pendant tout ce temps, Saint-Clare était resté assis, dans la même attitude, le front appuyé sur une main. Quand tout le monde se fut retiré, il continua de garder le silence.

— Papa, dit Eva en prenant doucement une des mains de Saint-Clare dans les siennes.

Il tressaillit, il éprouva un frisson rapide, mais il ne répondit pas.

— Cher papa, dit Eva.

— C'est impossible! s'écria Saint-Clare en se levant; c'est impossible! Le Tout-Puissant m'a traité dans l'amertume de sa colère! Et Saint-Clare prononçait ces mots avec une sombre énergie.

— Augustin, est-ce que Dieu n'a pas le droit de disposer de ce qui lui appartient? dit miss Ophélia.

— C'est peut-être vrai; mais l'épreuve n'en est pas moins rude à supporter, dit-il d'un ton sec et sans verser une larme. Puis il tourna le dos.

— Papa, vous me brisez le cœur, dit Eva en se levant et en se jetant dans ses bras. Vous devez avoir d'autres sentimens.

Et l'enfant se mit à sangloter et à pleurer avec une violence vraiment alarmante, ce qui fit prendre un autre cours aux pensées de Saint-Clare.

— Allons, Eva, allons, cher ange, calmez-vous. J'avais tort, j'étais un méchant. Mes sentimens, mes actions seront tout autres. Mais ne vous désolez pas; ne sanglotez pas. Je me résignerai; j'avais tort de parler ainsi.

Eva se laissa aller dans les bras de son père comme une colombe fatiguée; et lui, penché sur elle, la berça de toutes les expressions de tendresse qu'il put trouver.

Marie se leva et s'enfuit dans sa chambre, où elle eut une violente attaque de nerfs.

— Vous ne m'avez point donné de vos cheveux, Eva, dit Saint-Clare avec un triste sourire.

— Tous mes cheveux sont à vous, papa, répondit Eva en souriant, à vous et à maman. Et vous en donnerez à ma bonne tante autant qu'elle en voudra. Quant à ces pauvres esclaves, on les aurait oubliés après ma mort, et j'ai voulu leur en donner moi-même, pour qu'ils conservent plus sûrement mon souvenir..... Papa, vous êtes chrétien, n'est-ce pas? dit Eva d'un air de doute.

— Pourquoi me faites-vous cette question?

— Je ne sais pas. Il ne peut en être autrement; vous êtes si bon.

— Que faut-il pour être chrétien, Eva?

— Il faut aimer le Christ par-dessus tout.

— L'aimez-vous ainsi, Eva?

— Certainement.

— Mais vous ne l'avez jamais vu.

— Cela n'y fait rien. Je crois en lui, et dans quelques jours, je le verrai. Et la piété se peignait sur sa figure rayonnante de joie.

Saint-Clare se tut. Il reconnaissait les sentimens qui avaient autrefois animé sa mère; mais son âme y restait insensible.

À partir de ce moment, Eva déclina rapidement. Sa fin approchait visiblement, et il n'y avait plus lieu de conserver le moindre espoir. Sa chambre, si belle autrefois, n'était plus que la chambre d'une malade à l'agonie. Miss Ophélia remplissait jour et nuit les fonctions d'une garde, et c'est dans ces fonctions que ses amis purent apprécier tout son mérite. Ses mains et ses yeux si bien exercés, son expérience de tout ce qui pouvait contribuer à la propreté et au comfortable, son adresse à soustraire à la vue tous les incidens désagréables de la maladie; son intelligence, qui lui faisait tout faire à propos, la netteté, le calme de son jugement, son exactitude à se rappeler les prescriptions, les moindres indications du docteur, tout contribuait à rendre son concours précieux. Ceux même qui avaient l'habitude de lever les épaules à la vue de ces soins minutieux et de ces petites manies qui sont si peu dans les mœurs des habitans insoucians du Midi, reconnaissaient que les qualités de miss Ophélia répondaient parfaitement aux exigences du moment.

L'oncle Tom passait de longues heures dans la chambre d'Eva. L'enfant souffrait beaucoup par suite d'une trop grande sensibilité nerveuse, et le mouvement seul pouvait la soulager. Le plus grand plaisir de Tom était de prendre dans ses bras ce corps si frêle et si gracieux; il l'entourait de coussins, et il marchait, en le portant, ou dans la chambre ou dans la véranda; et quand la brise apportait la fraîcheur du lac, fraîcheur que l'enfant aimait à sentir le matin, il allait quelquefois la promener sous les orangers du jardin, ou, se plaçant sur quelque siége favori, il lui chantait ses plus belles hymnes.

Saint-Clare se chargeait quelquefois de ce soin; mais moins robuste que Tom, il se fatiguait bien vite, et Eva lui disait:

— Laissez, papa, Tom va me prendre. Le pauvre ami! cela lui fait plaisir; et, vous savez, c'est là tout ce qu'il est capable de faire maintenant, et il ne veut pas rester oisif.

— C'est bien, Eva, répondait son père.

— Papa, vous savez tout faire, vous faites tout pour moi. Vous me faites la lecture; vous restez assis près de moi pendant des nuits entières; et Tom ne peut que me porter et me chanter des hymnes; et il se fatigue moins que vous. Il est si fort!

Tom n'était pas le seul qui eût le désir de se rendre utile. Tous les esclaves avaient la même bonne volonté, et ils faisaient à leur manière tout ce qu'il leur était possible de faire.

La pauvre Mammy n'avait de pensées que pour sa chère petite Eva; mais elle trouvait rarement l'occasion de la voir, bien qu'elle épiât cette occasion jour et nuit. Marie avait déclaré qu'elle était dans une situation d'esprit telle qu'il lui était impossible de prendre le moindre repos; et, toujours fidèle à ses principes, elle ne laissait de repos à personne. Vingt fois dans une nuit, elle appelait Mammy pour se faire frictionner les pieds, ou rafraîchir les tempes; pour se faire apporter son mouchoir de poche ou pour demander ce que signifiait le bruit qui se faisait dans la chambre d'Eva, ou bien encore pour baisser le store, parce que sa chambre était trop éclairée, ou pour le lever, parce qu'il y faisait trop sombre. Et, pendant le jour, quand la nourrice mourait d'envie de partager les soins que l'on donnait à Eva, Marie se montrait merveilleusement ingénieuse à la tenir occupée dans quelque coin de la maison, ou auprès d'elle-même. Ainsi, tout ce que Mammy pouvait se permettre, c'était un moment d'entrevue, un regard jeté à la dérobée.

— Je sens, disait Marie, qu'il est de mon devoir de soigner ma santé d'une manière toute particulière; je suis si faible, et la maladie de cette chère enfant me donne tant de tracas!

— En vérité, disait Saint-Clare, je croyais que votre cousine vous épargnait toute la peine.

— Saint-Clare, vous parlez comme un homme! Pensez-vous qu'une mère puisse être remplacée auprès de son enfant malade! Mais, après tout, qu'importe! on ne peut se faire une idée de ce que j'éprouve. Je ne sais pas rester indifférente à tout, comme vous faites.

Saint-Clare ne put se sourire. Pardonnez-lui, il ne peut s'en empêcher. D'ailleurs, Saint-Clare avait encore quelque raison de sourire. Il y avait tant de calme, tant de rayonnante sérénité dans le dernier adieu du jeune ange! La frêle nacelle qui voguait vers les rivages célestes était poussée par une brise si douce et si parfumée, qu'il était impossible de s'imaginer que la mort fût proche. L'enfant ne souffrait pas; elle n'éprouvait qu'une faiblesse qui, toujours calme et paisible, croissait insensiblement chaque jour. Eva était si belle, si affectueuse, si confiante, si heureuse, tout en elle respirait si bien l'innocence et la paix, que l'on subissait, malgré soi, je ne sais quelle influence consolante. Saint-Clare sentait naître en lui un calme étrange. Ce n'était pas de l'espoir; — il était impossible d'espérer. — Ce n'était pas de la résignation; mais le spectacle qu'il avait sous les yeux lui donnait, pour un moment, cette tranquillité d'âme, et ce moment lui paraissait si doux, qu'il aurait voulu oublier la pensée de l'avenir. Il éprouvait ce que l'on éprouve au milieu des forêts rougies et battues par le vent d'automne, lorsque la feuille, brillante d'un pâle éclat, meurt sur la branche, et que la dernière fleur s'entrouvre sur les bords du ruisseau; et ce tableau nous émeut d'autant plus qu'il doit disparaître le lendemain.

Celui qui connaissait le mieux les rêves de l'imagination d'Eva, c'était son fidèle ami, c'était l'oncle Tom. Elle ne voulait pas, lui disait-elle, les faire connaître à son père, dans la crainte de l'inquiéter. C'était à Tom qu'elle faisait part de toutes les mystérieuses émotions que l'âme éprouve, alors que, prête à quitter sa mortelle enveloppe, elle sent se détendre toutes les cordes qui vibraient en elle.

Enfin Tom ne voulut plus coucher dans sa chambre, et il passa toutes les nuits dans la véranda extérieure, toujours prêt à répondre au premier appel d'Éva.

— Oncle Tom, pourquoi vous mettez-vous à dormir dans le premier endroit venu, comme un chien, lui dit miss Ophélia. Je vous avais toujours pris pour un de ces hommes d'ordre qui aiment, en bons chrétiens, à se coucher dans un lit.

— Vous avez raison, miss Feely, répondit mystérieusement Tom ; vous avez raison ; mais maintenant...

— Eh bien ! quoi ?

— Ne parlons pas si haut. Maître Saint-Clare ne voudrait rien entendre à ce sujet. Vous savez, miss Feely, qu'il faut veiller en attendant l'Époux.

— Que voulez-vous dire, Tom ?

— Vous savez qu'il est dit dans l'Écriture : « A minuit, un grand cri se fit entendre. Regardez ! voici l'époux qui arrive. » J'attends sa venue toutes les nuits, miss Feely, et je veux, quand je dors, rester à portée de l'entendre.

— D'où vous viennent, oncle Tom, toutes ces idées ?

— Miss Eva m'a parlé. Le Seigneur parle aux âmes par ses anges. Je dois rester ici, miss Feely ; car lorsque cette enfant bénie entrera dans le royaume, la porte s'en ouvrira si large que nous jetterons tous un coup d'œil dans le séjour de gloire.

— Oncle Tom, est-ce que miss Eva vous a dit qu'elle se sentait plus mal ce soir ?

— Non, mais elle m'a dit dans la matinée que son heure approchait. Ce sont eux qui ont parlé à l'enfant, miss Feely, ce sont les anges. C'est la trompette qui annonce la venue du jour, dit Tom, en employant les expressions d'une de ses hymnes favorites.

Telle fut la conversation que miss Ophélia et Tom eurent ensemble, un soir qu'entre dix et onze heures, après avoir fait toutes leurs dispositions pour la nuit, miss Ophélia, en allant fermer la porte extérieure, avait trouvé Tom couché en travers, dans la véranda.

Elle n'était ni nerveuse, ni impressionnable, mais elle fut frappée de l'air solennel et de l'émotion profonde de Tom.

Eva avait été, pendant toute l'après-midi, d'une gaieté qui ne lui était pas habituelle ; s'était tenue assise sur son lit, et avait passé en revue tous ses petits objets, tous ses bijoux, et avait désigné les personnes auxquelles elle désirait qu'on les donnât. Il y avait dans ses manières, comme dans sa voix, une animation et un naturel qui avaient disparu depuis plusieurs semaines. Son père était venu la voir dans la soirée, et il l'avait trouvée pour ainsi dire telle qu'elle était avant sa maladie. Et après lui avoir donné le baiser du soir, il dit à miss Ophélia :

— Cousine, il peut se faire encore que nous la conservions ; elle est certainement mieux ; et il s'était retiré le cœur léger, ce qui ne lui était pas arrivé depuis longtemps.

Mais à minuit, — heure étrange, mystérieuse ! — alors que le voile qui sépare le présent de l'éternel avenir devient plus épais, — alors arriva l'ange envoyé d'en haut.

On entendit d'abord un bruit de pas rapides. C'était miss Ophélia, qui avait résolu de passer la nuit auprès du lit d'Éva, et qui, à minuit, avait remarqué ce que les gardes-malades appellent un mauvais moment. Elle ouvrit vivement la porte extérieure, et Tom, qui veillait en dehors, fut à l'instant sur pied.

— Allez chercher le docteur, Tom, ne perdez pas une minute, dit miss Ophélia ; et elle courut, à l'autre extrémité de la chambre, frapper à la porte de Saint-Clare.

— Cousin, cria-t-elle, venez !

Ces mots tombèrent sur son cœur comme une pelletée de terre sur un cercueil. D'où lui venaient ces tristes pressentiments ? A l'instant il fut debout ; il passa dans la chambre, et se pencha sur Eva, qui dormait encore.

Pourquoi, à la vue de sa fille, son cœur cessa-t-il de battre. Pourquoi ne prononça-t-il pas une parole ? Pour le dire, il faut avoir vu, sur la figure d'un être bien-aimé,

cette expression que l'on ne peut décrire, mais qui est la marque infaillible que tout espoir est perdu ; il faut avoir vu le regard qui vous dit : L'objet cher à ton cœur ne t'appartient plus.

On ne remarquait cependant sur la figure d'Eva aucun symptôme effrayant ; au contraire, ses traits avaient pris une expression de grandeur et de majesté. On aurait cru voir sur son front l'ombre des esprits célestes, ou le premier reflet d'immortalité qui brillait pour l'âme de cette enfant.

Miss Ophélia et Saint-Clare restèrent debout, les yeux fixés sur elle, et si immobiles que l'on entendait le bruit de la pendule. Quelques minutes après, Tom arriva avec le docteur. Il entra, jeta un rapide coup d'œil autour de lui, et resta silencieux comme les autres.

— Quand est-ce que cette crise s'est déclarée, dit-il à l'oreille de miss Ophélia.

— Vers minuit, lui répondit-on.

Marie, éveillée par l'arrivée du médecin, accourut de la chambre voisine.

— Augustin ! cousine ! oh ! qu'y a-t-il ? s'écria-t-elle.

— Chut ! fit rudement Saint-Clare. *Elle se meurt !*

Ces paroles arrivèrent jusqu'à Mammy, qui courut éveiller les esclaves. Aussitôt toute la maison fut sur pied ; les flambeaux s'allumèrent ; on entendit le bruit des pas ; l'anxiété se peignit sur la figure de ceux qui, pressés dans la véranda, regardaient, les yeux chargés de larmes, à travers la porte vitrée. Mais Saint-Clare ne dit rien, n'entendit rien ; il ne voyait qu'une seule chose, l'expression répandue sur le visage de la petite fille endormie.

— Oh ! si elle s'éveillait au moins ! Si elle pouvait nous parler encore une fois ! dit-il. Et se penchant sur elle, il lui dit à l'oreille : Eva, ma chère enfant !

Elle ouvrit de grands yeux bleus ; un sourire passa sur ses lèvres ; elle essaya de se soulever et de parler.

— Me reconnaissez-vous, Eva ?

— Cher papa ! dit-elle en jetant par un dernier effort ses bras autour du cou de son père. Mais au même instant, elle les laissa retomber, et comme Saint-Clare lui soulevait la tête, il vit une convulsion, premier indice de l'agonie, passer sur sa figure. Elle fit un effort pour respirer, et leva ses petites mains vers le ciel.

— Oh ! Dieu ! c'est horrible, s'écria-t-il en se détournant. Et il serra avec violence la main de Tom, sans trop savoir ce qu'il faisait. Tom, mon garçon, cela me tue.

Tom, tenant les mains de son maître dans les siennes, et laissant couler ses larmes le long de ses joues noires, tourna, selon son habitude, les yeux vers le ciel, comme pour demander du secours.

— Priez pour que cette agonie s'abrège ! s'écria Saint-Clare ; cela me déchire le cœur.

— Oh ! bénissez le Seigneur ! c'est fini, c'est fini ! cher maître, regardez !

L'enfant restait épuisée et haletante sur ses coussins. Ses grands yeux clairs roulaient dans leurs orbites et se fixaient au ciel. Ah ! que disaient-ils donc ces yeux qui parlaient avec tant d'éloquence ? La terre et les souffrances de la terre étaient oubliées ; et il y avait tant de solennité, tant de charme mystérieux dans l'éclat répandu sur ce visage, qu'en le contemplant, la douleur elle-même réprimait ses sanglots. Autour d'Eva se pressa toute la famille, immobile et silencieuse.

— Eva ! dit enfin Saint-Clare de sa voix la plus douce. Elle n'entendit pas.

— Eva ! dites-nous ce que vous voyez. Que regardez-vous donc ?

Un sourire de joie et de triomphe vint comme éclairer sa figure, et elle dit, en mots entrecoupés : « Oh ! amour, délices, repos ! » Elle poussa un seul soupir. — Elle avait passé de la mort à la vie.

Adieu ! enfant bien aimée ! Les portes étincelantes de l'éternité se sont refermées derrière toi ; jamais plus nous ne verrons ta douce figure. Oh ! malheur à ceux qui ont vu le ciel s'ouvrir pour le recevoir ! Chaque jour, à leur réveil, ils n'auront sous leurs yeux que le ciel triste et froid de la vie, et tu ne seras plus là pour les consoler par ta présence.

CHAPITRE XXVII.

« C'est le dernier moment de la terre. »

JAQ. ADAMS.

Les statuettes et les tableaux de la chambre d'Éva étaient recouverts de serviettes blanches, on n'y entendait que des soupirs étouffés et des pas silencieux, et la lumière y pénétrait timidement, mais avec solennité, à travers les stores baissés.

Le lit était drapé de blanc ; et là, au-dessous de l'image de l'ange éploré, était étendu ce petit corps endormi, endormi pour ne jamais se réveiller.

Elle était là dans une de ces simples robes blanches qu'elle portait habituellement lorsqu'elle était encore de ce monde. Les reflets roses des rideaux projetaient sur la froide pâleur de la mort une chaude couleur. Les paupières appesanties de la jeune fille s'abaissaient doucement sur sa joue virginale ; sa tête était légèrement tournée comme dans le sommeil ; mais sur tout son visage, sur chacun de ses traits était répandue une expression sublime, céleste, ce mélange de ravissement et de repos qui montrait que ce n'était point un sommeil passager, mais ce saint et éternel repos que Dieu accorde à ses bien-aimés.

Oh ! il n'y a pas de mort pour des êtres comme toi, chère Éva ! non, pour toi il n'y a ni les ténèbres ni les ombres de la mort, mais seulement ce brillant déclin, pareil au déclin de l'étoile matinale dans les splendeurs de l'aurore. — A toi la victoire sans combat ! Tu as eu la couronne sans efforts.

Telles étaient les pensées de Saint-Clare, la contemplant les bras croisés. Mais qui pourrait dire quelles étaient réellement les pensées de son cœur ? Car dès l'instant où il avait entendu ces paroles : « Elle n'est plus ! » il n'avait vu autour de lui qu'un effrayant brouillard, il avait été comme dans des ténèbres de douleur. On avait parlé autour de lui, on l'avait interrogé, il avait répondu ; on lui avait demandé quand devaient avoir lieu les funérailles, où elle serait enterrée, et il avait dit avec impatience que cela lui était indifférent.

Adolphe et Rosa avaient rangé la chambre ; malgré leur légèreté et leur enfantillage, ils étaient tendres et pleins de sensibilité ; et tandis que miss Ophélia présidait en général à tout ce qui concernait l'ordre et la propreté, c'étaient eux qui ajoutaient à la chambre mortuaire ces détails touchans, ces minuties poétiques qui lui enlevaient cet air sombre et sévère que l'on voit trop souvent dans les cérémonies funèbres de la Nouvelle-Angleterre.

Il y avait des fleurs sur les étagères, toutes blanches, délicates, odorantes, et avec leurs feuilles gracieusement inclinées. Sur la petite table d'Éva, couverte de blanc, était son vase favori contenant une branche qui ne portait qu'un bouton de rose mousseuse. Les plis des rideaux avaient été drapés par Adolphe et Rosa avec ce goût exquis qui caractérise leur race. Et tandis que Saint-Clare était encore là en contemplation, la petite Rosa se glissa dans la chambre avec une corbeille de fleurs blanches. — Elle recula lorsqu'elle le vit, et s'arrêta respectueusement ; mais s'étant aperçue qu'il ne l'avait pas remarquée, elle s'avança vers le lit. Saint-Clare la vit comme dans un rêve mettre entre les mains d'Éva un beau jasmin du Cap, et arranger avec un goût parfait les autres fleurs autour de son petit corps.

La porte s'ouvrit de nouveau, et Topsy, les yeux gonflés de pleurs, parut tenant quelque chose sous son tablier.

Rosa lui fit promptement signe de se retirer, mais elle entra dans la chambre.

— Sortez, lui dit Rosa à l'oreille d'un ton sec et positif, vous n'avez rien à faire ici.

— Oh ! laissez-moi, j'ai apporté une fleur, une si belle fleur, dit Topsy montrant un bouton de rose-thé à moitié ouvert, laissez-moi le mettre ici.

— Allez-vous-en, dit Rosa avec plus de fermeté encore.

— Laissez-la, dit Saint-Clare, frappant brusquement du pied. — Qu'elle reste.

Rosa aussitôt battit en retraite, et Topsy s'avança pour déposer son offrande aux pieds de la morte ; puis elle se jeta à terre à côté du lit, en poussant un cri aigu et sauvage, et pleura et sanglota longtemps.

Miss Ophélia accourut et s'efforça, mais en vain, de la relever et de la calmer.

— Oh ! miss Éva ! oh ! miss Éva ! je voudrais être morte aussi ! je le voudrais !

Il y avait dans ses cris quelque chose de si sauvage et de si perçant, qu'ils réveillèrent en quelque sorte Saint-Clare. Le sang colora subitement ses joues pâles comme un marbre, et il versa quelques larmes. C'étaient les premières depuis la mort d'Éva.

— Levez-vous, enfant, dit miss Ophélia avec bonté.

— Ne pleurez pas ainsi, — miss Éva est au ciel ! — C'est un ange.

— Mais je ne la verrai plus, dit Topsy, je ne la verrai jamais, et elle sanglota de nouveau.

Il y eut un moment de silence.

— Elle disait m'aimer, dit Topsy. — Oui, elle m'aimait. Oh ! mon Dieu ! mon Dieu ! je n'ai plus personne à présent.

— C'est vrai, dit Saint-Clare. Mais voyons, dit-il à miss Ophélia, tâchez de calmer cette pauvre fille.

— Oh ! j'aurais voulu n'être jamais née. Je n'avais pas besoin de naître, et je ne sais pas pourquoi je suis née.

Miss Ophélia la souleva doucement, mais avec fermeté, et l'emmena dans sa chambre, en versant elle-même quelques larmes.

— Topsy, pauvre enfant ! lui dit-elle, ne vous laissez pas aller ainsi. Je puis vous aimer, et quoique je sois loin de ressembler à cette chère petite, j'espère qu'elle m'a appris quelque chose de sa charité. Oui, je puis vous aimer, je vous aime déjà, et je tâcherai de faire de vous une bonne chrétienne.

La voix de miss Ophélia disait plus que ses paroles, et ses larmes encore plus que sa voix. — Dès ce moment, elle acquit sur l'esprit de la jeune fille abandonnée une influence qu'elle ne perdit plus.

— Oh ! ma petite Éva, dont la vie si courte a été si bien remplie ! pensa Saint-Clare. — Quel compte j'ai à rendre, moi, de mes longues années.

On entendit pendant quelque temps dans la chambre les légers chuchotemens et les pas craintifs des personnes qui entraient l'une après l'autre pour voir la morte. — Puis on apporta le petit cercueil, puis commença la cérémonie ; des voitures s'arrêtèrent devant la porte, des étrangers furent introduits et ils prirent place. On voyait des écharpes blanches, et des rubans blancs, et des nœuds de crêpe, et des pleureurs vêtus de noir ; puis on lut des versets de la Bible, des prières furent récitées, et cependant Saint-Clare vivait, marchait, se mourait comme un homme qui a versé sa dernière larme. — Enfin, il ne vit plus qu'une chose, cette tête aux cheveux dorés dans le cercueil ; puis il la vit couverte du linceul, puis il vit la bière fermée. Alors il alla avec le reste du monde vers le fond du jardin, et là, près du banc de gazon où Éva et Tom avaient causé, chanté et lu si souvent, était creusée la petite fosse.

Saint-Clare la regarda comme stupéfait ; il y vit descendre le cercueil, il entendit vaguement ces paroles solennelles : « Je suis la résurrection et la vie ; celui qui » croit en moi, quand même il serait mort, vivra tou- » jours. » Et lorsqu'on eut jeté la terre dans la fosse, et que la fosse fut remplie, le malheureux ne pouvait encore se figurer que c'était sa petite Éva qu'on cachait à sa vue.

Et ce n'était pas elle, en effet ; — ce n'était pas Éva, c'était cette semence périssable que sa forme brillante et immortelle revêtira encore au jour du jugement.

Et lorsque tout fut terminé, ceux qui la pleuraient retournèrent dans ces murs qui ne devaient plus la revoir ; Marie se coucha, les volets de sa chambre avaient été soigneusement fermés. Elle pleura, sanglota, et, dans son inconsolable douleur, elle réclamait à tout moment les soins de ses domestiques. Pour eux, ils n'avaient pas le temps de pleurer, — c'est clair. D'ailleurs, pourquoi auraient-ils pleuré ? Cette douleur était sa douleur, et elle était convaincue que personne au monde ne pourrait la sentir aussi fortement qu'elle.

— Saint-Clare n'a pas versé une larme, dit-elle ; il ne sympathise pas avec moi. Une pareille dureté de cœur, une telle insensibilité est vraiment inconcevable ; il devrait pourtant savoir combien je souffre.

Le vulgaire est en général tellement l'esclave de ses yeux et de ses oreilles, que la plupart des domestiques pensaient que c'était certainement madame qui était la plus malheureuse, surtout lorsque Marie eut des spasmes hystériques, qu'elle envoya chercher le médecin, et qu'enfin elle se déclara mourante. Il y eut alors des allées et venues, on apporta des bouteilles d'eau chaude, on chauffa des flanelles, on s'agita, se remua, et tout ce mouvement amena une certaine diversion dans la maison.

Mais Tom sentait au fond de son cœur quelque chose qui l'attirait vers son maître ; il le suivait partout attentivement, avec tristesse, et lorsqu'il le voyait assis dans la chambre d'Éva, si pâle, et tenant les yeux sur la petite Bible de sa fille, dont il ne lisait pourtant pas une parole, il comprenait qu'il y avait plus de douleurs dans ce regard fixe et privé de larmes, que dans les cris et les lamentations de Marie.

Peu de jours après, la famille de Saint-Clare retourna à la ville ; Augustin, dans l'agitation de la douleur, désirait des scènes nouvelles qui donnassent un autre cours à ses pensées. Ils laissèrent donc la maison et le jardin qui renfermait la petite tombe, et retournèrent à la Nouvelle-Orléans. — Saint-Clare en parcourait les rues, tout affairé et cherchait à remplir le vide de son cœur par le tumulte, par le bruit des affaires et le changement fréquent de lieux. Et ceux qui le rencontraient dans les rues ou au café n'apprenaient son malheur que par le crêpe de son chapeau, car il était le souriant, causant, lisant les journaux, et s'occupant de politique ou d'affaires. — Certes, personne n'aurait pu deviner que ces sourires et cette gaîté n'étaient que l'enveloppe extérieure d'un cœur qui, lui-même, n'était qu'un sombre et silencieux sépulcre.

— Monsieur Saint-Clare est un homme singulier, dit Marie à miss Ophélia avec mécontentement. J'ai toujours pensé que s'il aimait quelque chose au monde, c'était notre chère petite Éva ; mais il paraît l'oublier sans peine. Je ne puis même obtenir de lui qu'il m'en parle. Vraiment, je me serais attendue à plus de sensibilité de sa part.

— Les eaux calmes sont souvent les plus profondes, répondit miss Ophélia d'un ton grave.

— Je ne crois guère à tous ces adages. Quand on sent profondément, on ne peut s'empêcher de le faire voir ; c'est un grand malheur de sentir vivement. — J'aurais cent fois préféré avoir la nature de Saint-Clare. — Ma sensibilité me fait beaucoup de mal.

— Mais, madame, dit Mammy, monsieur Saint-Clare maigrit de jour en jour davantage ; on dit qu'il ne mange rien. Je suis bien sûre qu'il n'oublie pas miss Éva. Qui pourrait l'oublier, cette chère et sainte petite créature ? ajouta-t-elle en s'essuyant les yeux.

— C'est possible ; mais en tous cas, il n'a aucun égard pour moi, dit Marie ; il ne m'a pas adressé une bonne parole, et pourtant il devrait savoir qu'une mère sent bien plus fortement que l'homme le plus sensible.

— Le cœur seul connaît sa propre amertume, répondit miss Ophélia gravement.

— C'est précisément ce que je pense. Moi seule je puis apprécier ma douleur, personne ici ne me comprend. Éva seule... mais elle n'est plus ! Et Marie se coucha et pleura amèrement.

C'était un de ces êtres malheureusement constitués, pour qui les objets n'ont de valeur que du moment où ils n'en ont plus la possession. Dans tout ce qui était à elle, elle cherchait soigneusement des défauts, mais ce qu'elle n'avait plus était pour elle d'un prix inestimable.

Tandis que cet entretien avait lieu dans le parloir, Tom causait avec son maître dans la bibliothèque. Le suivant partout avec anxiété, il l'y avait vu entrer quelques heures auparavant, et après avoir vainement attendu qu'il en sortît, il s'était décidé à y aller lui-même. Il était entré sur la pointe des pieds ; il avait vu Saint-Clare étendu sur sa chaise longue, et, ouverte devant lui, la petite Bible de sa fille. Alors il s'était approché de son maître, et tandis qu'il se demandait s'il devait le tirer de cette méditation, Saint-Clare s'était soudainement levé. La figure honnête de Tom, et l'expression de douleur, d'affection et de sympathie répandue sur ses traits, le frappèrent. Il mit sa main sur celle du nègre, et il appuya son front.

— Oh ! Tom, mon garçon, dit-il, le monde est vide comme une coquille d'œuf.

— Je le sais, maître, je ne le sais que trop, dit Tom ; mais si vous pouviez seulement regarder là-haut où est notre chère miss Éva, près du bon seigneur Jésus !

— Ah ! Tom, je regarde bien là-haut, mais je n'y vois rien. — C'est là mon malheur. — Je voudrais bien le pouvoir. Tom soupira profondément.

— Il paraît, dit Saint-Clare, qu'il est donné aux enfans, aux pauvres, et aux honnêtes créatures comme vous, de voir ce que nous autres ne pouvons voir. Pourquoi cela ?

Tom murmura : « Tu t'es caché aux sages et aux prudens, et tu t'es révélé aux enfans. Cela est ainsi, Père. »

— Tom, je ne crois pas, je ne puis pas croire. J'ai pris l'habitude du doute, dit Saint-Clare. — Je voudrais croire à cette Bible, et je ne le puis.

— Cher maître, dites à Dieu : « Seigneur, je crois, augmentez ma foi ! »

— Qui sait quoi que ce soit ? dit Saint-Clare, le regard fixe et se parlant à lui-même. — Oh ! cet amour si tendre d'Éva, cette foi si sublime, n'étaient-ils vraiment qu'une de ces phases changeantes du sentiment humain qui n'ont rien de réel, et qui s'évanouissent avec le dernier soupir ? Ah ! n'y a-t-il plus d'Éva, plus de ciel, plus de Christ... rien ?

— Oh ! cela existe, cher maître, je le sais, je le sens, s'écria Tom en tombant à genoux ; — croyez-le, maître, croyez-le.

— Comment savez-vous qu'il y a un Christ, Tom ? Vous n'avez jamais vu le Seigneur ?

— Je l'ai senti dans mon âme, maître ; je le sens en cet instant. — Oh ! maître, lorsque je fus vendu, séparé de ma pauvre vieille femme et des enfans, j'étais comme brisé et anéanti. Il me semblait que plus rien ne me restait, et alors le bon Seigneur vint à moi et me dit : — « Courage ! Tom ; » et il porta la lumière et la joie dans ma pauvre âme, et y répandit la paix. Et maintenant je suis heureux, j'aime tout le monde, ma volonté est celle du Seigneur ; il me place où il veut, je suis content. — Je sais que tout cela ne pouvait venir de moi, car je suis une pauvre misérable créature ; cela vient du Seigneur, et je sais, maître, qu'il en fera autant pour vous.

Tom parlait en versant des larmes et la voix entrecoupée. Saint-Clare appuya sa tête sur l'épaule du nègre, et pressa dans la sienne sa main rude et honnête.

— Tom, vous m'aimez, dit-il.

— Je serais heureux de mourir aujourd'hui même pour vous voir chrétien.

— Pauvre fou ! dit Saint-Clare en se levant à moitié. Je ne suis pas digne de l'amour d'un cœur aussi bon et aussi honnête que le vôtre.

— Oh! maître, il y en a un qui vous aime plus que moi : c'est le Seigneur Jésus.

— Comment le savez-vous, Tom ? dit Saint-Clare.

— Je le sens dans mon âme, l'amour de Dieu surpasse toute science.

— C'est singulier, dit Saint-Clare en se détournant, que l'histoire d'un homme qui a vécu il y a dix-huit siècles puisse encore émouvoir à ce point. Mais non, ce ne pouvait être un homme, ajouta-t-il soudain ; jamais homme n'a eu un pouvoir si puissant et si durable. — Oh! si je pouvais encore croire ce que m'enseignait ma mère, et prier comme dans mon enfance !

— Si maître voulait, dit Tom, miss Éva avait l'habitude de lire cela si bien ! je voudrais que maître me lût.

— Je n'entends presque plus de lecture depuis que miss Éva nous a quittés. — C'était le XIe chapitre de saint Jean, le récit si touchant de la résurrection de Lazare. Saint-Clare le lut à haute voix, s'arrêtant souvent pour maîtriser les sentiments qu'éveillaient en lui cette lecture. Tom était agenouillé devant lui, les mains jointes, et avec l'expression de l'amour, de la confiance et de l'adoration.

— Tom, dit Saint-Clare, tout cela pour vous est une réalité ?

— C'est comme si je le voyais, maître.

— Je voudrais avoir vos yeux, Tom.

— Je voudrais que Dieu vous fît cette grâce, maître.

— Mais vous savez, Tom, que je suis bien plus instruit que vous. Eh bien! que penseriez-vous si je vous disais que je ne crois pas à la Bible ?

— Oh! maître! dit Tom en levant les mains comme pour supplier.

— Cela n'ébranlerait-il pas votre foi, Tom ?

— Nullement.

— Mais, Tom, vous savez que j'en sais plus long que vous.

— Oh! maître, ne venez-vous pas de lire « qu'il se cache aux sages et aux prudents, et se révèle aux enfants? » Mais, maître ne parlait pas sérieusement tout à l'heure, n'est-ce pas? demanda Tom d'un ton inquiet.

— Non, Tom. — Mais, que voulez-vous? je ne crois pas, et pourtant il me paraît que je dois croire, et néanmoins je ne crois pas. Ah ! c'est une mauvaise et triste habitude que j'ai prise là !

— Si maître voulait seulement prier.

— Comment savez-vous que je ne prie pas?

— Prieriez-vous vraiment, maître?

— Je prierais, Tom, si quelqu'un se trouvait présent, car il me semble, quand je suis seul, que je ne m'adresse à personne. Mais vous, mon garçon, priez, et montrez-moi comment vous priez.

Le cœur de Tom était rempli ; il pria, et ses sentiments débordèrent comme des eaux longtemps contenues. Il sentait quand il priait que quelqu'un était toujours présent à sa prière. Saint-Clare fut entraîné lui-même par le courant de la foi et du sentiment presque jusqu'aux portes de ce ciel que Tom semblait entr'ouvrir d'une manière si visible. Il se crut plus rapproché d'Éva.

— Merci, mon garçon, dit Saint-Clare, lorsque Tom se leva. J'aime à vous entendre, Tom ; mais allez, maintenant, laissez-moi seul. Nous reprendrons cet entretien.

Tom s'éloigna silencieux.

CHAPITRE XXVIII.

Réunion.

Quelques semaines passèrent, et les flots de la vie reprirent leur cours habituel en se refermant sur le frêle esquif qui venait de sombrer. Les réalités de la vie, réalités froides et impérieuses, sont sans pitié pour nos douleurs ;

on a beau ne plus s'attacher à rien, il faut continuer à boire, à manger, à dormir, à interroger et à répondre aux demandes qui vous sont adressées. Le mécanisme animal subsiste encore quand tout l'intérêt de l'existence a disparu.

C'était dans sa fille que Saint-Clare avait mis toutes ses espérances, c'était pour Éva qu'il avait arrangé sa propriété, c'était sur la vie de sa fille qu'il avait réglé sa propre vie. Il avait si bien pris l'habitude de tout disposer, de tout acheter et de tout changer pour Éva que, maintenant qu'elle n'était plus là, il lui semblait qu'il ne devait plus penser à rien, et qu'il n'y avait plus rien à faire.

Il y a, il est vrai, une autre vie, une vie qui, aussitôt qu'on y croit, se dresse devant vous comme une solennelle image devant laquelle s'évanouissent toutes les particularités de la vie humaine. Saint-Clare le sentait bien. Souvent, aux heures d'abattement, il entendait une voix claire et enfantine qui l'appelait du haut du ciel ; il voyait une petite main qui lui montrait la route ; mais, engourdi dans une léthargie morale, il ne pouvait se lever. C'était une de ces natures qui comprennent mieux la religion par le sentiment et par une sorte d'intuition, que certains hommes par la pratique du christianisme. La faculté d'apprécier et de sentir les vérités morales est souvent le partage de ceux dont la vie entière indique un insouciant dédain pour les choses religieuses. Aussi Moore, Byron, Gœthe ont souvent exprimé le sentiment religieux avec plus de vérité que des hommes dont toute la vie avait été consacrée à la pratique de la religion. De la part de pareils esprits, le dédain de la religion est une plus affreuse trahison, un péché plus mortel.

Saint-Clare n'avait pas voulu s'astreindre aux obligations religieuses. Il comprenait instinctivement les devoirs du christianisme, mais il reculait par appréhension devant les exigences auxquelles le soumettrait sa conscience, si jamais il venait à pratiquer. L'inconséquence de la nature humaine est telle ; elle aime mieux ne pas prendre une résolution que de commencer et de faiblir.

Cependant, sous bien des rapports, Saint-Clare était devenu un autre homme. Il lisait avec attention, avec candeur, la Bible de sa petite Éva. Il avait des idées plus sages, plus pratiques de ses rapports avec ses serviteurs ; — assez pour se rendre très mécontent de son passé et de son présent ; et, aussitôt après son retour à la Nouvelle-Orléans, il s'occupa de l'émancipation de Tom, laquelle devait avoir lieu dès que le permettrait l'accomplissement des formalités obligées. En même temps il s'attachait de plus en plus à ce pauvre esclave. Dans le monde entier, nul autant que Tom ne lui rappelait le souvenir d'Éva. Aussi voulait-il toujours l'avoir à ses côtés. Il pensait tout haut devant lui. Personne ne sera étonné du dévouement sans bornes que celui-ci témoignait à son jeune maître.

— Eh bien ! Tom, lui avait dit Saint-Clare le lendemain du jour où il avait commencé les formalités légales pour le franchissement de l'esclave, je vais faire de vous un homme libre ; il ne vous reste plus qu'à préparer votre malle et à partir bientôt pour le Kentucky.

L'éclair de joie qui avait rayonné sur la figure de Tom, lequel à cette nouvelle leva les mains au ciel en s'écriant : Béni soit le Seigneur ! avait un peu déconcerté Saint-Clare. Il voyait avec peine cet empressement de Tom à le quitter.

— Vous n'avez pourtant pas été trop malheureux ici, lui dit-il sèchement, pour manifester un tel transport de joie.

— Ce qui me rend joyeux, maître, c'est d'être un homme libre.

— Quoi! Tom, ne pensez-vous pas que vous avez été plus heureux ici que si vous eussiez été libre.

— Non, certes; maître Saint-Clare, répondit Tom avec énergie; non vraiment!

— Cependant, Tom, vous n'auriez pas gagné, avec votre travail, les habillements et la nourriture que je vous ai donnés.

— Je sais tout ça, maître. Maître a été trop bon pour

moi. Mais, maître, j'aimerais mieux être pauvrement vêtu, pauvrement logé, que d'avoir de beaux habits et une belle chambre qui appartissent à un autre. N'est-ce pas naturel, maître ?

— Je le suppose, Tom. Ainsi donc, vous vous en irez dans un mois à peu près, dit-il d'un air mécontent. Pourquoi ne le feriez-vous pas ?

Et il se leva et se promena par la chambre.

— Je ne partirai pas, tant que maître aura du chagrin. Je resterai avec maître tant qu'il aura besoin de moi.

— Tant que j'aurai du chagrin ! dit Saint-Clare en regardant tristement par la croisée. Et quand finira-t-il, mon chagrin ?

— Quand maître sera un chrétien.

— Vous voulez rester jusqu'à ce que cela arrive ? dit Saint-Clare à demi souriant et mettant sa main sur l'épaule de Tom. Ah ! pauvre insensé ! je ne veux pas vous garder jusqu'à ce jour. Allez chez vous, vers vos enfans, vers votre femme, et assurez-les de mon amitié.

— Je crois fermement, dit Tom d'un ton pénétré et les larmes aux yeux, que ce jour viendra bientôt. Le Seigneur a des desseins sur maître.

— Des desseins ! dit Saint-Clare. Je serais curieux que vous me disiez quels desseins il peut avoir.

— Un pauvre être comme moi est un instrument du Seigneur. Comment maître Saint-Clare, qui est instruit, qui est riche, qui a des amis, ne pourrait-il pas servir le Seigneur ?

— Vous semblez croire, Tom, que Dieu exige qu'on fasse beaucoup pour lui, reprit Saint-Clare en souriant.

— Ce que nous faisons pour les créatures, nous le faisons pour le Créateur.

— Bonne théologie ! Tom, meilleure que les prédications du docteur B..., j'en réponds.

La conversation fut interrompue par des visites.

Marie Saint-Clare avait été aussi sensible qu'elle pouvait l'être à la perte d'Eva. Et comme elle avait le talent de rendre tout le monde malheureux de ses malheurs, ses domestiques avaient d'autant plus de raisons de regretter la perte de la jeune maîtresse dont l'intercession auprès de la mère les avait si souvent préservés de la tyrannie de cette dernière. La vue d'Eva, de cet être charmant, avait pu seule consoler la pauvre Mammy séparée de ses enfans, et dont le cœur était brisé. Jour et nuit elle pleurait. Rendue moins alerte dans les soins qu'elle donnait à sa maîtresse par l'excès de son chagrin, la pauvre femme, sans défense désormais, était en butte à de continuelles invectives.

Miss Ophélia sentit vivement la perte d'Eva. Mais son cœur bon et honnête se reporta tout entier vers la vie future. Elle était plus douce, plus calme, et toujours assidue à ses devoirs. Elle s'occupait plus activement de l'éducation de Topsy, et lui enseignait surtout la Bible. Elle ne laissait plus voir de dégoût, parce qu'elle n'en éprouvait plus. Elle ne voyait Topsy qu'à travers un prisme, à travers le souvenir d'Eva, et elle la considérait comme une créature immortelle que Dieu lui avait envoyée pour qu'elle la conduisît à la gloire et à la vertu. Topsy n'était pas devenue une sainte tout d'un coup, mais la vie et la mort d'Eva avaient produit un grand changement sur cette nature rebelle. Son indifférence avait disparu, elle éprouvait le désir de bien faire. Elle faisait des efforts souvent interrompus, souvent suspendus, mais qu'elle renouvelait courageusement.

Un jour, miss Ophélia envoya chercher Topsy. L'enfant arriva en cachant furtivement quelque chose dans son sein.

— Que faites-vous ici ? je gage que vous venez de commettre quelque vol ! dit impérieusement Rosa qui l'avait amenée.

Et en même temps elle lui saisit brusquement le bras.

— Laissez-moi tranquille ! miss Rosa. Ça ne vous regarde pas.

— Pas d'impertinence ! je vois que vous cachez quelque chose. Je connais vos tours, répondit Rosa.

Et elle essaya de s'emparer de la main que Topsy cachait dans son sein, tandis que celle-ci, furieuse, donnait des coups de pied et combattait vaillamment pour ce qu'elle regardait comme son droit. Le bruit de la lutte attira miss Ophélia et Saint-Clare.

— Elle vient de voler, dit Rosa.

— Ce n'est pas vrai ! s'écria Topsy en sanglotant de colère.

— Donnez-moi ce que vous cachez, quoi que ce puisse être ! dit miss Ophélia avec sévérité.

Topsy hésita. Mais sur un nouvel ordre de miss Ophélia, elle tira de son sein un petit paquet enveloppé dans le pied d'un de ses vieux bas.

Miss Ophélia l'ouvrit. Il s'y trouvait un petit livre qu'Eva avait donné à Topsy, et qui contenait un verset de l'Ecriture arrangé pour chaque jour de l'année. Il y avait aussi une boucle des cheveux de sa jeune maîtresse, souvenir de ce jour à jamais terrible où elle avait adressé ses derniers adieux à ses parens et à ses vieux serviteurs.

A cette vue, Saint-Clare fut profondément touché. Le petit livre était enveloppé dans un morceau de crêpe que Topsy avait arraché aux décorations funèbres.

— Pourquoi avez-vous entouré le livre de ceci ? dit Saint-Clare en lui montrant le crêpe.

— Parce que... parce que... c'était miss Eva. — Oh ! je vous en prie, ne me l'ôtez pas ! dit-elle en s'asseyant sur le plancher.

Elle se couvrit la tête de son tablier, et se mit à sangloter.

Ce vieux bas, — ce crêpe noir, — ce livre, — cette boucle de cheveux si belle et si douce, — le désespoir de Topsy, tout cela formait une scène presque grotesque et cependant touchante.

Saint-Clare sourit, — mais il avait des larmes dans les yeux.

— Allons, allons, ne pleurez pas, dit-il, vous conserverez votre petit trésor. Il remit les cheveux et le livre ensemble, les jeta sur les genoux de Topsy, et entraîna miss Ophélia avec lui dans le parloir.

— Je crois vraiment que vous pourrez faire quelque chose de cette enfant, dit-il en montrant Topsy. — Celui qui est capable d'éprouver un chagrin réel, est capable de faire le bien. — Vous devriez essayer.

— L'enfant a fait bien des progrès, répondit miss Ophélia. Je fonde de grandes espérances sur elle. Mais, Augustin, dit-elle en mettant sa main sous le bras de son cousin, il y a une chose que je voudrais vous demander. Que deviendra cette enfant ? sera-t-elle à vous ou à moi ?

— Ne vous ai-je pas déjà dit que je vous la donnais ?

— Vous me l'avez donnée, c'est vrai ; mais non dans les formes légales. Je voudrais qu'elle m'appartînt dans toutes les règles.

— Ciel ! cousine, répondit Augustin ; qu'en penserait la société abolitioniste ? Elle auront un jour de jeûne général pour cette prévarication, si vous deveniez propriétaire d'esclaves.

— Quelle plaisanterie ! je veux qu'elle soit à moi, afin de pouvoir l'emmener dans les Etats libres, et lui donner un jour la liberté.—De cette manière, mes efforts ne resteront pas sans résultat.

— O cousine ! quelle chose affreuse de faire le mal pour que le bien arrive. Jamais je ne pourrai prêter les mains à des manœuvres pareilles.

— Je ne vous demande pas de plaisanter, mais de raisonner. Il ne servira à rien que j'aie fait tous mes efforts pour faire de cette enfant une chrétienne, si je ne puis l'arracher aux hasards et aux vicissitudes de l'esclavage. Si vous voulez réellement la sauver, il faut que vous me fassiez dresser un acte de donation.

— Bon ! bon ! dit Saint-Clare, j'y consens. Il s'assit, déploya un journal, et se mit à lire.

— Mais j'en aurais besoin tout de suite.

— Pourquoi êtes-vous si pressée ?

— Parce que le temps présent est le seul qui soit à notre disposition.—Allons, voici une plume, du papier, de l'encre. Écrivez.

Saint-Clare, comme beaucoup d'hommes de son caractère, reculait toujours au moment d'agir. Aussi, il ne pouvait souffrir l'esprit pratique et positif de miss Ophélia.

— Écrire ! Pourquoi cela ? demanda-t-il. Est-ce que ma parole ne vous suffit pas ? On dirait que vous avez pris leçon des Juifs, à vous voir ainsi poursuivre vos créanciers.

— Je veux être sûre de mes droits, dit miss Ophélia. Vous ouvez mourir, vous pouvez vous ruiner, et, alors, Topsy sera vendue aux enchères, quelque chose que je puisse dire.

— Réellement, vous avez bien de la prévoyance. Mais, puisque je suis entre les mains d'une Yankee, il n'y a plus qu'à céder. — Et Saint-Clare écrivit rapidement un acte de donation, ce qui lui était facile, car il était très versé dans les formalités de la procédure. Il signa, et il embellit son nom de superbes majuscules et d'un paraphe éblouissant.

— Voilà un acte rédigé en bonne et due forme, dit-il en tendant la donation à miss Ophélia.

— Excellent garçon ! répondit sa cousine ; mais ne faudrait-il pas des témoins pour la rendre authentique ?

— Autre ennui ! — Venez, dit-il à Marie en ouvrant la porte de son appartement, venez, votre cousine désire un autographe de vous. Mettez votre nom au bas de ceci.

— Qu'est-ce ? demanda Marie en parcourant le papier. Quelle chose ridicule ! Je croyais miss Ophélia trop pieuse pour se livrer à un commerce semblable, dit-elle en écrivant son nom avec complaisance. Mais si elle a un caprice pour Topsy, qu'il soit fait selon ses désirs.

— Maintenant, Topsy vous appartient corps et âme, dit Saint-Clare en remettant l'acte à sa cousine.

— Elle ne m'appartient pas plus qu'auparavant, répondit celle-ci. — Dieu seul pourrait me la donner. — Mais, du moins, je puis la protéger, maintenant.

— Soit ! Elle vous appartient par une fiction de la loi, dit Saint-Clare. Il retourna dans le parloir, et reprit la lecture de son journal.

Miss Ophélia, qui aimait peu la société de Marie, le suivit après avoir soigneusement serré le papier, et se mit à tricoter auprès de lui.

— Augustin, lui demanda-t-elle tout à coup, avez-vous fait quelques dispositions pour vos esclaves, dans le cas où vous viendriez à mourir ?

— Non, répondit Saint-Clare, en continuant à lire.

— Alors, toute votre indulgence pour eux ne prouve qu'une grande cruauté.

Cette pensée était souvent venue à l'esprit de Saint-Clare, mais il répondit avec négligence :

— Eh bien ! je prendrai mes mesures.

— Quand ?

— Un de ces jours.

— Et qu'arriverait-il si vous veniez à mourir subitement ?

— Cousine, à propos de quoi me dites-vous cela ? lui demanda Saint-Clare en posant son journal et en la regardant. Est-ce que vous avez découvert en moi des symptômes de choléra ou de fièvre jaune, pour me donner ce conseil avec tant de chaleur ?

— Au milieu de notre carrière, nous touchons souvent au seuil de la mort, répondit miss Ophélia.

Saint-Clare se leva, et, laissant tomber le journal, il se dirigea vers la porte qui donnait sur la véranda, pour mettre fin à une conversation qui lui était désagréable. — Il répétait machinalement le dernier mot de miss Ophélia, la mort. Appuyé sur la balustrade, il regardait le jet d'eau qui retombait en écume dans le bassin ; il voyait à travers un vague brouillard les fleurs, les arbres et les vases de la cour, et il prononça encore ce mot mystérieux, si connu, et cependant si terrible.

— C'est étrange, dit-il ; le mot est affreux, la chose est épouvantable, et nous l'oublions toujours. Un homme est

vivant, plein de santé, de beauté, d'espoir, de désirs et de besoins, et le lendemain il est anéanti pour toujours.

La soirée était chaude et embaumée. En se promenant d'un bout à l'autre de la véranda, il aperçut Tom absorbé dans la lecture de la Bible, qu'il épelait en suivant les mots avec son doigt.

— Tom, voulez-vous que je vous lise la Bible ? lui demanda Saint-Clare, en s'asseyant auprès de lui d'un air plein d'intérêt.

— Si maître veut, répondit Tom avec reconnaissance ; maître l'a fait comprendre si bien.

Saint-Clare prit le livre et se mit à lire des passages que Tom avait soulignés avec l'ongle.

« Lorsque le Fils de l'homme viendra dans sa gloire, accompagné de ses anges, il s'assoira sur son trône de gloire. Et les nations passeront devant lui, et il séparera les unes d'avec les autres, comme le berger sépare les brebis d'avec les boucs. » — Saint-Clare lut d'une voix animée jusqu'à la fin des versets. — « Alors le Seigneur dira à ceux qui seront à sa gauche : — Éloignez-vous de moi, maudits ! allez dans les flammes éternelles ! Car j'ai eu faim, et vous ne m'avez pas donné à manger ; j'ai eu soif, et vous ne m'avez pas donné à boire ; j'étais sans asile, et vous ne m'avez pas abrité ; j'étais nu, et vous ne m'avez pas vêtu ; j'étais malade, et vous ne m'avez pas soigné ; j'étais en prison, et vous ne m'avez pas visité. — Et alors tous lui répondront : — Seigneur ! quand est-ce que vous avez eu faim ou soif ; quand avez-vous été sans asile, nu, malade ou en prison, et que nous ne vous avons pas secouru ?—Et il leur répondra :—Toutes les fois que vous aurez manqué de faire toutes ces choses pour les plus humbles de mes serviteurs, c'est moi que vous n'aurez pas assisté. »

Saint-Clare parut frappé de ce dernier passage, car il le relut une seconde fois, lentement, comme s'il eût réfléchi au sens de ces paroles.

— Tom, dit-il, il me semble que ces malheureux qui sont si sévèrement traités ont vécu comme je l'ai fait moi-même d'une vie facile et heureuse, sans s'inquiéter beaucoup de savoir si des milliers de leurs frères avaient faim ou soif, étaient malades ou en prison.

Tom ne répondit pas.

Saint-Clare se leva et se promena en réfléchissant dans la véranda. Il semblait avoir oublié le monde tout entier. Il était tellement absorbé, que Tom fut obligé de lui rappeler deux fois que l'heure du thé avait sonné, avant de pouvoir attirer son attention.

A table, Saint-Clare fut distrait et rêveur. Après le thé, miss Ophélia, Marie et lui, se rendirent au parloir ; mais tous les trois étaient silencieux.

Marie s'installa sur une chaise longue, s'enveloppa d'un moustiquaire, et fut bientôt endormie. Miss Ophélia tricotait en silence. Saint-Clare s'assit au piano et se mit à jouer un air doux et mélancolique, avec accompagnement de harpe éolienne. Il semblait plongé dans une profonde rêverie ; on eût dit qu'il conversait avec lui-même au moyen de la musique. Quelques moments après, il ouvrit un tiroir, et y prit un vieux livre de musique dont les pages étaient jaunies par le temps, et se mit à le feuilleter.

— C'était un des livres de ma mère, dit-il à miss Ophélia. Tenez, voici son écriture ; elle avait pris ce morceau dans le *Requiem* de Mozart. Elle le chantait souvent, et il me semble que je l'entends encore.

Après un prélude simple et majestueux, il commença le *Dies iræ*, cet hymne magnifique de l'Église latine.

Tom, qui écoutait dans la galerie, s'avança jusqu'à la porte du parloir, où il s'arrêta, en écoutant avec une profonde émotion. Il ne comprenait pas les paroles, mais la musique l'impressionnait vivement, surtout lorsque Saint-Clare arrivait aux endroits les plus pathétiques. Mais Tom aurait été bien plus ému, s'il avait compris le sens de ces belles paroles :

Recordare, Jesu pie,
Quod sum causa tuæ viæ ;

13

Ne me perdas, illa die :
Quærens me sedisti lassus,
Redemisti crucem passus ;
Tantus labor non sit cassus !

Saint-Clare mit dans ces paroles une expression touchante. Il lui semblait que le voile des années s'était déchiré pour lui, et que la voix de sa mère se joignait à la sienne.

L'instrument vibrait sous ses doigts comme s'il eût compris l'ineffable harmonie que le divin Mozart a mise dans ce requiem qui devait être chanté sur sa tombe.

Quand il eut fini, il s'assit un instant, la tête appuyée sur sa main ; puis il se leva, et se promena à grands pas dans l'appartement.

— Quelle sublime conception! s'écria-t-il, que celle du jugement dernier. Ce redressement de tous les torts des siècles, cette solution par une sagesse infinie de tous les problèmes moraux! En vérité, c'est une idée grandiose!

— C'est plutôt une idée terrible pour nous, dit miss Ophélia.

— Oui, elle doit l'être, répondit Saint-Clare avec un air de réflexion profonde. Je lisais à Tom, cette après-midi, le chapitre de saint Mathieu où il est question du jugement dernier, et j'en ai été presque frappé de terreur. Il semblerait à notre raison qu'il faut avoir commis des crimes inouïs pour être réprouvé et banni à tout jamais du ciel ; eh bien! non. Il suffit, pour être condamné, de n'avoir pas fait le bien. C'est comme si nous avions commis tout le mal possible.

— Peut-être est-il impossible à celui qui ne fait pas le bien, de ne pas faire le mal.

— Et, continua Saint-Clare en se parlant à lui-même avec agitation, que sera-t-il dit alors de ceux que le penchant de leur cœur, que leur éducation, que les besoins de la société appelaient à jouer un noble rôle, et qui se sont contentés d'assister, comme dans un songe, aux luttes, aux malheurs, à l'agonie de l'humanité, lorsqu'ils auraient dû agir avec énergie?

— Ceux-là, dit miss Ophélia, devraient se repentir et se mettre à l'œuvre.

— Toujours votre esprit pratique, cousine, répondit Saint-Clare tandis qu'un sourire errait sur ses lèvres. Vous ne me donnez jamais le temps de faire une réflexion générale ; vous m'arrêtez court sur l'actualité, et vous n'avez jamais à la bouche que votre éternel maintenant.

— C'est que le temps présent est le seul dont je puisse faire quelque chose.

— Chère petite Eva! pauvre enfant! s'écria Saint-Clare. Son âme simple n'était occupée qu'à accomplir le bien que j'aurais dû faire.

C'était la première fois, depuis la mort d'Eva, qu'il prononçait son nom, et il ne put le faire sans comprimer un soupir d'une douleur navrante.

— Non, continua-t-il, je ne crois pas qu'on puisse se dire chrétien, sans protester, de toute son énergie, contre le monstrueux système d'iniquité sur lequel repose toute notre société ; sans être prêt, à tout instant, à sacrifier sa vie pour la défense de la vérité. Quant à moi, jamais je ne serai chrétien autrement. Et pourtant, combien de fois ne me suis-je pas trouvé avec des hommes éclairés, professant la religion du Christ, et à qui de semblables idées paraissaient ridicules. Et je vous l'avoue, ce qui a contribué à me rendre sceptique, c'est d'avoir vu des personnes, qui se disent pleines de piété, assister avec une sorte d'apathie et d'insensibilité à des spectacles qui me remplissaient d'horreur.

— Si telles étaient vos pensées, lui demanda miss Ophélia, pourquoi n'agissiez-vous pas en conséquence?

— Parce que je n'avais que le cœur que la bienveillance banale de ces hommes qui, étendus sur un sopha, flétrissent tout à leur aise les ministres qui se courent pas se faire martyriser. Et vous savez, cousine, combien il est facile de voir de quelle manière nos frères pourraient obtenir le martyre.

— Et maintenant, agirez-vous différemment?

— Dieu seul le sait. Je suis devenu plus brave que je ne l'étais parce que j'ai tout perdu, et que celui qui n'a rien à perdre s'expose à tout.

— Qu'allez-vous faire?

— Mon devoir, je l'espère, mon devoir à l'égard des malheureux et des humbles, aussitôt que je saurai comment l'accomplir. Je commencerai par mes propres esclaves, pour lesquels je suis resté trop longtemps sans rien faire. Et peut-être un jour tenterai-je quelque chose en faveur de leur classe tout entière, en faveur de mon pays que je veux sauver de la honte qui rejaillit sur lui de la fausse position où il se trouve placé aux yeux de toutes les nations civilisées.

— Croyez-vous donc qu'une nation puisse consentir à émanciper tous ses nègres d'un seul coup?

— Je ne sais. Mais nous vivons à une époque de grandes actions. L'héroïsme et le désintéressement commencent à lever la tête sur le globe. Les nobles Hongrois viennent d'affranchir des millions de serfs, sans songer à la perte énorme que vont en éprouver leurs fortunes. — Peut-être se trouvera-t-il en Amérique des esprits généreux qui n'estimeront pas l'honneur et la justice au même taux que du coton ou du sucre.

— J'ai peine à le croire.

— Mais je suppose que nous nous levions demain dans un élan commun et que nous brisions les chaînes de nos esclaves : qui se chargerait d'élever ces millions d'êtres ignorans? qui leur apprendrait à user de leur liberté? combien parmi nous entreprendraient une pareille tâche? nous sommes trop paresseux, trop insoucians nous-mêmes pour pouvoir leur donner une idée de l'énergie, de l'industrie qui leur sont nécessaires pour devenir des hommes. Ils n'auraient, dites-vous, qu'à aller vers le Nord, où le travail est si général qu'il est devenu une espèce de mode. Mais vos habitans du Nord ont-ils assez de charité chrétienne pour consentir à faire l'éducation de ces nègres affranchis? Vous envoyez des milliers de dollars aux missions étrangères ; mais supporteriez-vous des paiens au milieu de vos villes, de vos villages? Leur donneriez-vous votre temps, votre argent, vos pensées, pour les ranger sous l'étendard du Christ? Voilà ce que je voudrais savoir : combien de familles, dans notre ville, se chargeraient de l'éducation d'un nègre, le prendraient dans leur maison, s'appliqueraient à en faire un chrétien? Quel marchand voudrait d'Adolphe pour commis? quel chef d'atelier lui apprendrait un métier? Si je voulais envoyer Jane ou Rosa en apprentissage, trouverais-je dans les États du Nord un établissement qui voulût les recevoir? Dans quelle famille pourrais-je les placer? Et cependant, elles sont aussi blanches que bien des femmes du Nord ou du Midi? Vous le voyez, cousine, il faut rendre justice à chacun. Notre position est triste ; nous sommes les oppresseurs immédiats des nègres, mais ils trouvent, dans les préjugés anti-chrétiens du Nord, des maîtres non moins durs que nous.

— Cela est vrai, dit miss Ophélia. J'ai longtemps pensé ainsi, jusqu'au moment où j'ai cru qu'il était de mon devoir de surmonter ces déplorables opinions, et j'espère que j'y ai réussi. Il y a beaucoup d'excellentes gens dans le Nord qui n'ont besoin pour accomplir leur devoir que de le connaître. Il y aurait certainement plus d'abnégation à recevoir des paiens parmi nous, que d'envoyer des missionnaires parmi eux ; j'ai la confiance qu'un jour nous en viendrons là.

— Vous le ferez, vous, je le sais, répondit Saint-Clare. Quand avez-vous jamais manqué sciemment à un devoir! Je ne sais point meilleure qu'une autre, et tous ceux qui penseront comme moi agiront de même. J'ai l'intention d'emmener Topsy avec moi lorsque je partirai. — On s'étonnera d'abord, sans doute, mais on finira par m'imiter. Il y a, du reste, bien des gens dans le Nord qui pensent exactement comme vous.

— Oui, mais ils sont en minorité. Et si nous nous mettions à émanciper sur une certa...e échelle, nous aurions bientôt de vos nouvelles.

Miss Ophélia ne répliqua pas. Il y eut un silence de quelques instans. La physionomie de Saint-Clare était triste et pensive.

— Je ne sais, dit-il, ce qui me fait songer si souvent à ma mère, aujourd'hui. J'éprouve un sentiment indéfinissable, comme si elle était auprès de moi. Je pense aux choses qu'elle avait l'habitude de dire. C'est étrange comme en de certains momens ces souvenirs du passé se présentent à nous avec force.

Il se leva et se promena encore pendant quelques minutes.

— Je descends, dit-il tout à coup. Je vais savoir les nouvelles; je reviendrai dans quelques instans.

Il prit son chapeau et sortit.

Tom le suivit jusqu'à la porte d'entrée, et lui demanda s'il devait l'accompagner.

— Non, mon garçon, répondit Saint-Clare; je serai de retour dans une heure.

C'était le soir; la lune brillait. Tom s'assit dans la véranda, auprès de la fontaine dont il écoutait le murmure. Il pensait aux siens qu'il reverrait bientôt, puisqu'il allait devenir un homme libre. Comme il travaillerait pour racheter sa femme et ses enfans! Il tâtait les muscles vigoureux de ses bras avec une complaisance joyeuse, en songeant qu'ils lui appartiendraient bientôt, à lui seul, et qu'il pourrait les consacrer à la liberté de sa famille. Il pensait aussi à son noble jeune maître, pour lequel il offrit sa prière de tous les jours. Il songea aussi à la belle Eva, qui, selon lui, habitait alors parmi les anges, et, à force d'y songer, il s'imagina voir son visage brillant et sa chevelure dorée lui apparaissaient de l'autre côté de la fontaine. Peu à peu il s'endormit, et il rêva qu'il la voyait venir en bondissant vers lui, comme elle avait coutume de le faire autrefois, une branche de jasmin dans les cheveux, les joues colorées, les yeux radieux de bonheur. Mais, à mesure qu'il la regardait, elle semblait quitter la terre; ses joues devenaient de plus en plus pâles, ses yeux lançaient des regards profonds, divins; une auréole dorée entourait sa tête. Elle disparut, et Tom fut réveillé par un bruit de voix, et par un coup violent frappé à la porte.

Il se hâta de l'ouvrir, et quelques hommes, parlant bas et marchant avec précaution, entrèrent dans la cour. Ils portaient un corps enveloppé dans un manteau et placé sur un brancard. La lumière tomba en plein sur le visage de celui qui semblait être plus qu'un cadavre, et Tom poussa un cri sauvage d'étonnement et de désespoir qui retentit dans toute la maison. Les hommes continuèrent à avancer avec leur fardeau, et le déposèrent dans le parloir où miss Ophélia était encore occupée à travailler.

Saint-Clare était allé faire un tour au café. Au moment où il était à lire les journaux du soir, une lutte terrible s'éleva entre deux gentlemen, ennemis mortels, qui étaient dans un état complet d'ivresse. Quelques personnes, dont Saint-Clare faisait partie, essayèrent de les séparer, et le malheureux reçut dans le côté un coup de couteau, au moment où il essayait d'arracher à l'un des combattans l'arme qu'il tenait à la main.

La maison retentit de pleurs, de lamentations, de cris inarticulés. Les esclaves s'arrachaient les cheveux avec frénésie, se roulaient par terre, couraient en gémissant dans les vérandas. Tom et miss Ophélia étaient les seuls qui eussent conservé quelque présence d'esprit. Marie était en proie à une violente attaque de nerfs. Sous la direction de miss Ophélia on prépara, en toute hâte, un des canapés du parloir, et Saint-Clare y fut déposé sans connaissance. La douleur et le sang qu'il avait perdu l'avaient fait évanouir. Mais lorsque miss Ophélia lui eut fait respirer des sels, il revint à lui, ouvrit les yeux, et les fixa sur tous ceux qui l'entouraient. Ses regards parcoururent la chambre, se portèrent avec attention sur chaque objet, et s'arrêtèrent enfin sur le portrait de sa mère.

Le médecin arriva, et examina la blessure. L'expression de son visage n'indiqua que trop qu'il ne restait pas d'espoir; cependant, il posa le premier appareil, aidé par miss Ophélia et Tom, qui seuls avaient conservé quelque empire sur eux-mêmes, au milieu des lamentations, des cris, des sanglots des esclaves effrayés, qui s'étaient accumulés autour des portes et des fenêtres de la véranda.

— Et maintenant, dit le médecin, il faut que vous sortiez tous. La guérison de votre maître dépend du silence qui va régner ici.

Saint-Clare ouvrit les yeux, et regarda fixement les esclaves éplorés que miss Ophélia et Tom essayaient de renvoyer de l'appartement.

— Pauvres créatures! dit-il.

Et une expression de remords passa sur son visage. Adolphe refusait de s'en aller. La terreur l'avait absolument privé de l'usage de ses sens. Il se jeta par terre, et rien ne put lui persuader de se relever. Les autres cédèrent aux représentations pressantes de miss Ophélia.

Saint-Clare pouvait à peine parler. Il était étendu, les yeux fermés, mais il était évident qu'il était tourmenté par des pensées amères. Au bout de quelque temps, il prit la main de Tom, agenouillé auprès de lui, et il s'écria :

— Tom, pauvre garçon!

— Qu'est-ce, maître? répondit Tom avec vivacité.

— Je me meurs! priez pour moi.

— Voudriez-vous un ministre? demanda le médecin.

Saint-Clare lui serra la main, et dit encore à Tom, mais d'un ton plus pressant :

— Priez pour moi.

Et Tom se mit à prier avec ferveur pour cette âme qui allait quitter la terre, pour cette âme qui semblait le regarder si fixement, si douloureusement, à travers ces yeux bleus, grands et mélancoliques. C'était littéralement une prière offerte avec des cris et des larmes.

Lorsque Tom eut fini, Saint-Clare lui prit la main, le regarda, mais ne dit rien. Il fermait les yeux, mais il conservait la même position. Sur le seuil de l'éternité, la main d'un noir et celle d'un blanc pouvaient se serrer avec égalité. Il murmurait doucement et à des intervalles inégaux :

Recordare, Jesu pie,
Ne me perdas — illâ die
Quærens me — sedisti lassus.

Il était évident que les paroles qu'il avait chantées le soir même lui revenaient à la mémoire : paroles de supplication adressées à l'Être infini. Ses lèvres s'agitaient de temps en temps, à mesure que les strophes tombaient saccadées de sa bouche.

— Son esprit s'égare, dit le médecin.

— Non! s'écria Saint-Clare avec énergie. Non! il retourne dans sa patrie, enfin! enfin! enfin!

Ce dernier effort l'épuisa; la pâleur de la mort descendit sur son visage, mais, en même temps, il s'y peignit une divine expression de paix, comme si un séraphin l'eût touché de son aile. On eût dit le sommeil d'un enfant fatigué.

Il resta ainsi pendant quelques instans. On voyait que la main du Tout-Puissant était sur lui. Tout à coup, ses yeux s'ouvrirent et brillèrent un instant d'un éclair de joie et de reconnaissance, il s'écria : Ma mère! Il était mort.

CHAPITRE XXIX.

Sans protection.

On a bien raison de dire qu'il n'existe point sur la surface de la terre de créature plus malheureuse, plus abandonnée et plus privée de toute protection, qu'un esclave noir qui a perdu un bon maître.

L'enfant privé de son père a encore la protection des parens et des amis de sa famille, et celle de la loi. Il est quelque chose, il peut faire quelque chose, il a une position et des droits reconnus ; l'esclave n'a rien. La loi le regarde comme privé de tout droit, comme un ballot de marchandises. La satisfaction des désirs, des besoins même que, comme toute créature immortelle, il éprouve dans le cœur, dépend pour lui de la souveraine et irresponsable volonté d'un maître, et quand celui-ci n'est plus, il ne lui reste plus rien.

Et il est malheureusement bien petit le nombre des hommes qui savent faire un généreux usage de ce pouvoir immense et absolu. Personne ne l'ignore, et l'esclave moins que personne ; il sait qu'il y a pour lui dix chances de trouver dans un maître un tyran cruel, pour une seule peut-être d'en trouver un doux et humain. Aussi ses gémissemens sur la perte d'un bon maître sont-ils longs et bruyans.

Lorsque Saint-Clare eut exhalé le dernier soupir, la terreur et la consternation s'emparèrent de tous les domestiques ; il avait été frappé si soudainement, à la fleur de l'âge et dans toute sa force ! Chaque chambre, chaque coin de la maison retentissait de sanglots et de cris de désespoir.

Marie, dont le système nerveux avait été affaibli par l'habitude de s'écouter, n'avait plus de force à opposer à la violence du coup qui la frappait, et tandis que son mari rendait le dernier soupir, elle tombait d'évanouissement en évanouissement, et quittait pour toujours celui auquel elle avait été unie par le lien mystérieux du mariage, sans qu'il leur fût possible de s'adresser même une dernière parole d'adieu.

Miss Ophélia, habituée à vaincre ses émotions, et douée d'une grande force de caractère, resta près de son cousin jusqu'au dernier moment, attentive et toute occupée à faire pour le soulager le peu qui pouvait encore être fait ; puis elle s'unit de tout son cœur à la tendre et fervente prière que le cœur de pauvres esclaves exhalait pour l'âme de leur maître.

Lorsqu'on le déshabilla, on trouva sur sa poitrine un médaillon très simple, et qui s'ouvrait au moyen d'un ressort. Il contenait d'un côté un portrait de femme, un noble et beau visage, de l'autre une boucle de cheveux noirs. On remit le médaillon sur la poitrine inanimée, — poussière sur poussière. — Tristes reliques des jeunes rêves qui autrefois avaient échauffé et fait battre ce cœur maintenant si froid.

L'âme de Tom n'était occupée que de l'éternité, et tandis qu'il ensevelissait le corps sans vie de son maître, il ne pensa pas un instant que ce coup le rejetait à jamais dans un esclavage sans espoir. Il se sentait tranquille sur le compte de Saint-Clare, car, dans le moment solennel où il avait en quelque sorte versé sa prière dans le sein de son Père céleste, il avait entendu une réponse et avait senti comme une douce certitude jaillir dans son cœur. Dans les profondeurs de son propre amour, il devinait et sentait quelque chose de la plénitude de l'amour divin, car un vieil oracle a dit : « Celui qui demeure dans l'amour demeure en Dieu et Dieu en lui. » Tom était donc plein d'espoir, de confiance et de paix.

La cérémonie funèbre eut lieu comme d'ordinaire, avec sa triste pompe, ses prières, ses crêpes noirs, et ses figures solennelles ou de circonstance, et puis reparut la vie journalière, avec ses flots si froids et si fangeux, et de nouveau l'on se demanda : Que faire à présent ? Cette question se présenta à l'esprit de Marie qui, enveloppée d'un large peignoir de deuil, et entourée de serviteurs attentifs, était étendue dans son fauteuil, examinant des échantillons de crêpe et de bombazine. Elle se présenta à l'esprit de miss Ophélia, qui commençait à tourner ses pensées vers son logis du Nord. Elle se présenta surtout à l'esprit des domestiques, mais accompagnée de terreurs silencieu-

ses ; car ils ne connaissaient que trop le caractère tyrannique de leur nouvelle maîtresse. Ils savaient tous que c'était à leur maître seul qu'ils devaient la bonté avec laquelle on les avait traités, et qu'à présent rien ne les garantirait de la tyrannie d'une femme dont le caractère avait été encore aigri par la douleur.

Près de quinze jours après les funérailles, miss Ophélia, occupée dans son appartement, entendit frapper légèrement à sa porte. Elle ouvrit ; c'était Rosa, cette jeune et jolie quarteronne dont nous avons souvent parlé ; ses cheveux étaient en désordre et ses yeux gonflés de larmes.

— Oh ! miss Feely, dit-elle en tombant à genoux et en saisissant le bas de sa robe, oh ! de grâce, oh ! je vous en supplie, intercédez pour moi ! Miss Marie va me faire fouetter. Tenez, regardez. — Et elle présentait à miss Ophélia un papier. C'était un ordre écrit de la main délicate de Marie, qui enjoignait au maître d'une maison de correction de donner quinze coups de fouet au porteur.

— Mais qu'avez-vous fait ? demanda miss Ophélia.

— Vous savez, miss Feely, j'ai un si mauvais caractère ! c'était bien mal à moi, je le sais. J'étais en train d'essayer une robe à miss Marie, lorsqu'elle me donna un soufflet. Au lieu de rester tranquille, et avant d'avoir eu le temps de la réflexion, je répondis avec humeur ; alors elle me dit qu'elle saurait bien me réduire, et qu'une fois pour toutes, elle m'apprendrait à ne plus être aussi impertinente que je l'avais été ; puis elle écrivit ceci, et m'ordonna de le porter. Mais j'aime mieux cent fois qu'elle me fasse tuer tout de suite.

Miss Ophélia réfléchissait en regardant le papier.

— Tenez, miss Feely, reprit Rosa, ce ne sont pas les coups que je crains, et il me serait indifférent de les recevoir de miss Marie ou de vous, mais de la main d'un homme, et d'un homme aussi horrible, — oh ! miss Feely, quelle honte !

Miss Ophélia savait qu'il était d'usage d'envoyer des femmes et des jeunes filles aux maisons de correction, à des hommes (les plus vils des hommes, oui, assez vils pour prendre un état pareil) qui leur infligeaient brutalement et sans pudeur une honteuse correction. Elle n'avait pourtant encore jamais vu cette coutume barbare mise en pratique ; mais lorsqu'elle vit la pauvre Rosa dans les convulsions de la honte et du désespoir, elle sentit s'agiter et se révolter en elle le sentiment si fort de la pudeur féminine et de la liberté qu'on respire dans la Nouvelle-Angleterre. Son sang reflua vers ses joues et se refoula avec amertume dans son cœur indigné. Néanmoins, avec sa prudence et sa fermeté de caractère habituelles, elle sut se maîtriser, et, froissant le papier dans ses mains, elle dit simplement à Rosa :

— Asseyez-vous là, mon enfant, j'irai parler à votre maîtresse.

Mais en traversant le parloir, elle se dit à elle-même que c'était honteux, cruel et monstrueux.

Elle trouva Marie étendue dans son fauteuil. Mammy, debout, la peignait, et Jeanne, assise par terre, lui frottait les pieds.

— Comment vous portez-vous aujourd'hui ? lui demanda miss Ophélia.

Un profond soupir et un regard baissé furent d'abord la seule réponse de Marie, puis elle dit :

— Vraiment, je ne sais, ma cousine, mais je crois que je ne serai jamais mieux que je ne suis. Et elle essuya ses yeux avec un mouchoir de batiste bordé d'une large raie noire.

— Je viens, dit miss Ophélia avec une de ces petites toux sèches qui accompagnent souvent l'entrée en matière d'un sujet difficile, je viens vous parler de la pauvre Rosa.

Cette fois, Marie ouvrit de grands yeux, et ses joues maladives se couvrirent d'une vive rougeur.

— Eh bien ! que me voulez-vous ? dit-elle.

— Elle regrette beaucoup d'avoir commis cette faute.

— Ah ! vraiment ; eh bien ! elle le regrettera encore davantage. J'ai souffert assez longtemps l'impudence d cette enfant ; il est temps de la mettre à la raison. Je veux la dompter, la mettre plus bas que terre.

— Mais ne pourriez-vous pas la punir autrement, d'une manière moins humiliante ?

— Je veux l'humilier ; c'est précisément ce que je veux. Elle a toujours compté sur sa délicatesse, sa jolie figure et son air comme il faut : elle oublie ce qu'elle est ; c'est pourquoi je veux lui donner une leçon qui le lui rappellera, j'espère.

— Mais, cousine, songez que si vous détruisez dans une jeune fille le sentiment de la délicatesse et de la pudeur, vous êtes bien près de la dépraver.

— La délicatesse ! dit Marie avec un rire moqueur. Oh ! le terme convient à merveille à une personne de son espèce. Je lui apprendrai qu'avec tous ses airs elle ne vaut pas mieux que la plus déguenillée des coureuses qu'on rencontre dans les rues. Elle ne se donnera plus d'airs avec moi.

— Vous répondrez devant Dieu de cette cruauté, dit miss Ophélia avec énergie.

— Vous nommez cela de la cruauté ! Je voudrais bien savoir ce qu'il y a là de cruel Je n'ai ordonné que quinze coups de fouet, et j'ai recommandé qu'on ne les donnât pas trop fort.

— Et ce n'est pas de la cruauté, cela ? Ah ! je suis sûre qu'il n'y a pas de jeune fille qui ne préférât la mort à ce châtiment.

— Je trouve parfaitement naturel qu'avec votre manière de sentir vous pensiez ainsi. Quant à toutes ces créatures, allez, elles s'y accoutument. C'est d'ailleurs le seul moyen de les tenir en bride. Mais si vous leur laissez prendre l'habitude de se donner des airs et de s'imaginer qu'elles sont délicates, elles deviennent bientôt vos maîtresses, comme cela arrive malheureusement chez moi. Il faut pourtant que cela finisse. Je veux désormais être obéie, et je les ferai fouetter, l'une après l'autre, si elles n'y prennent garde ; et Marie en jetait autour d'elle des regards de colère.

Jane, à ces paroles, se courba la tête, car elle sentait que ces menaces lui étaient particulièrement adressées. Miss Ophélia parut avoir pris quelque drogue qui allait la faire éclater ; mais, voyant qu'il était inutile de chercher davantage à émouvoir une nature comme celle de Marie, elle se contint, ne dit plus une parole, et quitta la chambre.

Il lui était bien pénible d'aller dire à Rosa que son intercession n'avait rien produit. En effet, peu de temps après, un des domestiques de Marie vint chercher Rosa pour la mener à la maison du fouet, où elle fut traînée malgré ses larmes et ses supplications.

Peu de jours après, Tom se tenait sur un des balcons, quand il fut accosté par Adolphe, qui, depuis la mort de son maître, était inconsolable et comme brisé par la douleur. Il savait que Marie avait pour lui une espèce d'antipathie ; du vivant de Saint-Clare, il n'y avait fait aucune attention ; mais à présent, il passait la moitié de sa vie à trembler et à redouter l'avenir. Marie avait eu plusieurs conférences avec son avoué, et, après avoir consulté le frère de Saint-Clare, elle s'était déterminée à vendre la propriété avec tous les esclaves, hormis ceux qui lui appartenaient en propre, et qu'elle désirait emmener avec elle à la plantation de son père.

— Savez-vous, Tom, que nous allons tous être vendus ? dit Adolphe.

— Comment le savez-vous ? demanda Tom.

— J'étais caché derrière un rideau quand madame causait avec l'homme de loi. Dans quelques jours, nous serons tous mis à l'enchère, Tom.

— Que la volonté du Seigneur soit faite ! dit Tom en croisant les bras et en soupirant profondément.

— Nous n'aurons jamais un maître comme celui que nous avons perdu ; mais j'aime mieux être vendu que d'appartenir à madame, reprit Adolphe.

Tom s'éloigna ; son cœur était si plein ! l'espérance de sa liberté et le souvenir de sa femme et de ses enfants se présentèrent à son âme résignée et patiente ; mais, ainsi que le naufragé qui, du milieu des vagues où il va périr, aperçoit le clocher et les toits de son village natal, il disait adieu à tous ses désirs, à toutes ses espérances. Il serra fortement ses bras contre sa poitrine, retint ses larmes, et tâcha de prier. Sa pauvre âme avait un tel amour, un tel besoin de liberté, que pour lui le combat fut terrible, et plus il disait : « Seigneur ! que votre volonté soit faite ! » plus il souffrait.

Il alla chez miss Ophélia, qui, depuis la mort d'Éva, l'avait toujours traité avec une bonté pleine d'égards.

— Miss Feely, lui dit-il, monsieur Saint-Clare m'avait promis ma liberté, il m'avait dit qu'il s'en occupait, et, à présent, si miss Feely était assez bonne pour en parler à madame, peut-être ne ferait-elle pas de difficultés, puisque c'était le désir de monsieur.

— Je ne demande pas mieux, Tom, et je ferai ce que je pourrai pour vous. Mais, si l'affaire dépend de madame Saint-Clare, je ne puis vous donner beaucoup d'espoir ; — néanmoins, je tenterai.

Ceci avait lieu quelques jours après le châtiment infligé à Rosa, et tandis que miss Ophélia se préparait à retourner dans sa province du Nord.

Elle pensait que peut-être, en intercédant pour Rosa, elle avait parlé avec trop de chaleur, et elle résolut, cette fois, de modérer son zèle et d'être aussi conciliante que possible. Elle composa donc son visage, prit son tricot, et entra dans la chambre de Marie avec la pensée désirée d'être aussi agréable qu'elle le pouvait, et de négocier l'affaire de Tom avec toute la finesse diplomatique dont elle serait capable.

Elle trouva de nouveau Marie étendue sur sa chaise longue, le coude appuyé sur des coussins, et choisissant de belles étoffes de deuil que Jane déployait devant elle.

— Celle-ci me convient parfaitement, dit Marie, mais je ne suis pas convaincue qu'elle soit assez de deuil.

— Madame, reprit Jane avec précipitation, madame la générale Dirbuon portait cette même étoffe, l'été dernier, après la mort du général. Cela vous ira à merveille.

— Qu'en pensez-vous ? dit Marie à miss Ophélia.

— Je ne sais trop ; c'est une affaire de mode, et je vous crois meilleur juge que moi.

— Le fait est, reprit Marie, que je n'ai pas une robe à mettre. Et comme je vais quitter cette maison, et partir la semaine prochaine, je dois me décider à quelque chose.

— Comment vous comptez partir sitôt que cela ?

— Oui. Le frère de Saint-Clare m'a écrit, et il pense, comme mon avoué, qu'il faut mettre à l'enchère les esclaves et le mobilier. Il vaut donc mieux que je m'en aille.

— Il est une chose dont je voulais vous entretenir, dit miss Ophélia. Augustin avait promis à Tom sa liberté, et avait même commencé à s'occuper légalement de cette affaire. J'espère que vous emploierez votre influence pour la terminer.

— Non, certainement, s'écria Marie avec aigreur, je n'en ferai rien. Tom est un des esclaves de l'établissement qui valent certainement le plus ; c'est une chose impossible. D'ailleurs, qu'a-t-il besoin de liberté ? il est beaucoup mieux comme il est.

— Mais il le désire ardemment, dit miss Ophélia ; et Saint-Clare le lui avait promis.

— Je crois bien qu'il le désire, — ils le désirent tous ; c'est une race mécontente, voulant toujours ce qu'elle n'a pas. Mais moi, j'agis par principe ; je suis contraire à l'émancipation. Un nègre, tant qu'il dépend d'un maître, se conduit en général assez bien : donnez-lui la liberté, il devient paresseux, fainéant, se met à boire, et finit par être un vrai vaurien. Allez, j'en ai vu faire cent fois l'expérience ; ce n'est pas leur rendre service que de les émanciper.

— Mais Tom est si bon, si diligent et si pieux.

— Allons donc ! j'en ai vu des centaines comme lui. Il se conduit bien parce qu'il est bien surveillé, — voilà tout.

— Mais songez donc, dit miss Ophélia, que si vous le vendez, il peut tomber entre les mains d'un mauvais maître.

— Bah ! dit Marie, il n'arrive pas une fois sur cent qu'un bon esclave ait un mauvais maître. En général, et quoi qu'on en dise, les maîtres sont bons. J'ai été élevée et j'ai toujours vécu dans le Midi, et je n'ai jamais connu un maître qui maltraitât ses esclaves ; ils sont toujours traités comme ils le méritent, et leur sort ne m'inquiète guère.

— Soit ! dit miss Ophélia avec énergie, mais je sais qu'une des dernières volontés de votre mari était que Tom eût sa liberté ; il en avait fait la promesse à la chère petite Eva mourante, et je ne pense pas que vous ayez le droit de ne pas la remplir.

A ces mots, Marie se couvrit la figure de son mouchoir, eut recours à son flacon de sels, et se mit à sangloter.

— Tout le monde est contre moi ! s'écria-t-elle. On est si inconsidéré, si imprudent, oh ! oui, c'est bien imprudent à vous de me rappeler ainsi mes tristes souvenirs. Personne ne me comprend, et mes épreuves sont d'une nature si particulière. Oh ! c'est bien cruel ! je n'avais qu'une fille, et elle m'a été enlevée. J'avais un mari qui me convenait si bien ! (il est si difficile de me convenir) et lui aussi m'a été ravi. Vous semblez, vraiment, n'avoir aucune sympathie pour ma douleur, puisque vous me rappelez des choses qui me tuent. Je ne doute pas de vos intentions, elles sont bonnes, sans doute, mais c'est très imprudent.

Et Marie soupira et sanglota de plus belle, et appela Mammy pour ouvrir la fenêtre, lui donner son flacon de camphre, lui décrocher sa robe et lui baigner les tempes avec de l'eau froide.

Miss Ophélia profita de ce moment de confusion pour quitter la chambre.

Elle vit bien que tout ce qu'elle dirait ne servirait à rien, car Marie avait une facilité extrême à prendre des attaques de nerfs, et, dès ce jour, elle ne manqua jamais d'avoir recours à ce moyen, chaque fois qu'il fut question des désirs de son mari ou d'Eva, par rapport aux esclaves.

Miss Ophélia n'eut donc d'autre ressource que d'écrire à mistress Shelby la part de Tom, de lui peindre sa triste position, et lui demander de venir à son secours.

Le lendemain, Tom, Adolphe et une demi-douzaine d'autres nègres, furent envoyés à un magasin d'esclaves, pour y attendre le marchand qui devait les vendre aux enchères.

CHAPITRE XXX.

Le magasin d'esclaves.

Un magasin d'esclaves ! Pour se faire une idée d'un magasin de ce genre, quelques-uns de mes lecteurs évoqueront peut-être leurs plus horribles souvenirs. Ils se le représenteront comme une caverne affreuse et obscure, comme un Tartare profond, immense, épouvantable, où ne pénètre jamais la lumière du jour. Naïf lecteur, vous aurez tort. Nous vivons à une époque où les hommes connaissent l'art de du faire le mal avec adresse, avec bonne grâce même, sans blesser les regards, sans froisser la sensibilité des gens comme il faut. L'esclave est, au marché, un article bien coté ; aussi, nourriture, propreté, soins minutieux, rien n'est épargné pour qu'il soit, au moment de la vente, gras, reluisant et robuste. Un magasin d'esclaves, à la Nouvelle-Orléans, est une maison qui, pour l'intérieur, ressemble assez à toutes les autres ; — elle est tenue avec propreté, et chaque jour on range sous une espèce de couvert, le long de la façade, une file d'hommes et de femmes qui servent d'enseigne et indiquent le genre d'affaires qui se fait à l'intérieur.

C'est avec politesse que vous serez invité à entrer, à jeter un coup d'œil sur la marchandise. Dans la foule des esclaves en vente, vous trouverez des maris, des femmes, des frères, des sœurs, des mères et de jeunes enfants, qui vont être vendus séparément ou par lots, au gré de l'acheteur.

Et les âmes immortelles que le fils de Dieu racheta au prix de ses angoisses et de son sang, dans ce jour où la terre trembla, où les rochers se fendirent, où les tombeaux s'ouvrirent d'eux-mêmes, ces âmes sont vendues, affermées, hypothéquées ou échangées, contre des épiceries ou toute autre marchandise, suivant le caprice de l'acheteur, ou les commodités du commerce.

Un jour ou deux après la conversation que Marie et miss Ophélia eurent ensemble, Tom, Adolphe, et environ une demi-douzaine des esclaves de Saint-Clare, furent remis entre les mains bienveillantes de monsieur Skeggs, gérant d'une maison située rue de... C'est là qu'ils devaient rester jusqu'au lendemain, jour de vente.

Tom, comme la plupart de ses compagnons, avait une malle assez grande, pleine de vêtemens. On les fit entrer, pour la nuit, sous un long hangar, où se trouvèrent mêlés des hommes de tout âge, de toute taille, de toute couleur, et cette foule se mit à pousser des éclats de rire, des cris d'une gaîté insouciante.

— Ah ! ah ! c'est bien ! allons, mes enfants ! allons ! dit monsieur Skeggs. On est toujours joyeux chez moi ! n'est-ce pas, Sambo ? dit-il en s'adressant, avec un air d'approbation, à un gros nègre qui, par ses tours d'adresse et sa grossière bouffonnerie, avait occasionné les cris que Tom venait d'entendre.

Comme on se l'imagine, Tom n'était pas d'humeur à prendre sa part de cette joie ; aussi, s'éloignant le plus possible du groupe bruyant, il s'assit sur sa malle et s'appuya le front contre le mur.

Les négocians en chair humaine emploient, par système, tous les moyens possibles pour exciter parmi leurs esclaves le bruit et la joie ; c'est par ce procédé qu'ils les étourdissent et les rendent insensibles à leur condition. Le principal but du traitement auquel un esclave est soumis depuis le jour de sa vente sur les marchés du Nord, jusqu'à son arrivée dans le Midi, c'est de l'endurcir, de tuer sa pensée, d'en faire une brute. Le marchand va chercher des recrues dans la Virginie ou le Kentucky, et il les mène dans quelque endroit favorable, salubre, souvent près de la mer, et là, il leur donne un degré convenable d'embonpoint.

Ils ont chaque jour une nourriture abondante, et dans la crainte que le chagrin ne les fasse dépérir, on leur joue du violon et on les fait danser une partie de la journée. Ceux qui ne se livrent pas à la gaîté, ceux que le souvenir d'une femme ou d'un enfant attriste, ceux-là sont notés comme étant d'une humeur sombre, et dangereux. Aussi sont-ils exposés à tous les maux que la mauvaise volonté d'un homme cruel peut leur faire souffrir ; et cet homme n'a nul compte à rendre de sa conduite. Ils montrent habituellement, surtout en présence des acheteurs, de la force, de l'agilité et de la bonne humeur, dans l'espoir que ces qualités leur feront trouver un bon maître, et dans la crainte que leur conducteur ne les maltraite s'il ne trouvait pas à les vendre.

— Que fais donc là ce nègre ? dit Sambo en s'approchant de Tom, après le départ de monsieur Skeggs. Sambo était un gros nègre, de haute taille, toujours joyeux, bavard, et grand faiseur de tours et de grimaces.

— Que faites-vous là ? dit Sambo en s'avançant vers Tom et en lui titant les côtes d'une façon ridicule. Il paraît qu'on médite ?

— On va me vendre demain à l'enchère, répondit Tom tranquillement.

— Vous vendre à l'enchère ! eh ! eh ! mon vieux ! est-ce que cela vous amuse ? Je voudrais prendre aussi le chemin du marché ; oh ! comme je les ferais rire ! Est-ce que toute votre société part demain avec vous, continua Sambo en mettant familièrement la main sur l'épaule d'Adolphe.

— Laissez-moi tranquille, répondit fièrement Adolphe en se redressant avec un air d'extrême dégoût.

— Ah ! mes enfans, ce monsieur est un nègre blanc, blanc comme du lait, et parfumé ! dit-il en s'approchant d'Adolphe et en le flairant.

— Comme il serait utile dans la boutique d'un marchand de tabac ; il embaumerait ! Il achalanderait la boutique, j'en suis sûr.

— Va-t-en ! s'écria Adolphe furieux.

— Seigneur ! comme vous êtes irritable, vous autres, les nègres blancs. Regardez ! Sambo imita, d'une façon plaisante, les manières d'Adolphe ; puis il lui dit : Vous avez bonne tournure et de la grâce ; vous avez appar'enu à une famille distinguée, sans doute ?

— Oui, répondit Adolphe. Mon ancien maître aurait pu vous acheter tous.

— Dis-nous le nom de ce gentleman ?

— J'appartenais à la famille Saint-Clare, répondit Adolphe avec orgueil.

— Vrai ? ils sont bien heureux d'être débarrassés de vous. Ils vous ont sans doute échangés contre une partie de pots fêlés et de marchandises du même genre, dit Sambo avec une grimace provocatrice.

Adolphe, que ces plaisanteries exaspéraient, s'élança avec fureur contre son adversaire, jurant et frappant de tous côtés. Les autres esclaves se mirent à rire et à pousser des cris, si bien que le vacarme fit venir le gardien.

— Qu'est-ce donc, mes enfants ? de l'ordre ! de l'ordre ! dit-il en entrant et en faisant claquer un énorme fouet.

Les nègres s'enfuirent de différens côtés, excepté Sambo, qui, comptant sur la faveur qu'il s'était acquise auprès du gardien par son caractère enjoué, resta ferme à son poste, baissant la tête et faisant une affreuse grimace toutes les fois que son maître se tournait de son côté.

— Maître, nous nous conduisons bien ; ce sont les nouveaux venus qui mettent ici le désordre. Ils ne font que nous chercher querelle.

Le gardien se tourna du côté de Tom et d'Adolphe, il leur distribua, à tout hasard, quelques soufflets et quelques coups de pied, et il sortit après avoir recommandé aux esclaves de se bien conduire et d'aller se coucher.

Tandis que cette scène se passe dans la chambre des esclaves mâles, le lecteur ne sera sans doute pas fâché de jeter un coup d'œil dans le local destiné aux femmes. Couchées sur le parquet, toutes ces malheureuses se sont endormies dans différentes attitudes. Elles offrent, dans leur teint, toutes les nuances, depuis le noir d'ébène jusqu'au blanc, et tous les âges sont confondus. Voici une fille de dix ans, d'une beauté brillante. En attendant le sommeil, elle pleure au milieu de l'indifférence générale ; sa mère a été vendue hier. Voici une vieille négresse toute décrépite ; ses bras décharnés, ses mains calleuses, attestent de rudes travaux ; on va la vendre demain comme un article de rebut dont on se débarrasse à tout prix. Quarante ou cinquante autres esclaves, la tête cachée dans une couverture ou sous quelque vêtement, sont couchées pêle-mêle. Dans un coin, le plus éloigné des groupes, voilà deux femmes qui, par leur air de distinction, inspirent un intérêt tout particulier. L'une d'elles est une mulâtresse de quarante ou cinquante ans, décemment habillée. Elle a un regard caressant, une physionomie douce et agréable. Sur sa tête est roulé, en forme de turban, un madras d'un rouge éclatant. Tous ses vêtemens, bien taillés, et faits d'une étoffe de bonne qualité, montrent qu'on a pourvu soigneusement à tous ses besoins. Une enfant de quinze ans, sa fille, se presse contre elle comme un oiseau dans son nid. C'est une quarteronne, comme on peut le voir à son teint plus blanc ; pourtant, elle ressemble à sa mère d'une manière frappante. C'est la même douceur dans le regard ; les mêmes yeux noirs, voilés de plus long cils ; et sa chevelure, couleur de jais, descend en boucles touffues sur ses épaules. Tout est propre dans sa mise ; et ses mains, délicates et blanches, ne semblent guère avoir fait connaissance avec les travaux serviles. On va vendre ces deux femmes demain avec les esclaves de Saint-Clare. L'homme respectable auquel elles appartiennent, auquel on doit remettre l'argent provenant de la vente, cet homme, membre de l'église chrétienne de New-York, recevra son argent, et, sans y

penser autrement, il ira prier le Dieu qui est tout à la fois le sien et celui de ses esclaves.

Ces deux femmes, que nous appellerons Suzanne et Emmeline, avaient été attachées à la personne d'une dame de la Nouvelle-Orléans. Cette dame, charitable et pieuse, avait mis tous ses soins, en leur faisant donner de l'éducation, à leur inspirer des sentimens religieux. Elles avaient appris à lire et à écrire ; on leur avait enseigné les vérités de la religion, et elles avaient été aussi heureuses que possible dans leur condition. Mais leur protectrice vint à laisser l'administration de ses biens à son fils unique, qui, par son insouciance et sa conduite extravagante, en aliéna la plus grande partie pour des sommes énormes, et finit par se ruiner. Un des principaux créanciers était cet homme respectable de New-York, qui faisait partie de la maison B... et C°. M. B... écrivit à ce sujet à son avocat de la Nouvelle-Orléans. Après avoir fait saisir les immeubles, dont la valeur la plus nette était représentée par ces deux femmes et un lot d'esclaves travaillant aux plantations, l'avocat demanda, par une lettre adressée à monsieur B..., de quelle manière il devait agir. Monsieur B..., en sa qualité de chrétien et comme citoyen d'un État qui prohibe l'esclavage, ne savait trop quelle décision prendre. Acheter et vendre des hommes, des âmes immortelles ! Sans aucun doute, un tel commerce lui répugnait. Mais ne s'agissait-il pas de trente mille dollars ? Assurément, on ne pouvait pas sacrifier tant d'argent à un principe. Aussi, après bien des hésitations, après avoir consulté ceux qui devaient lui donner des conseils dans le sens de ses intérêts, monsieur B... écrivit à son avocat d'agir de la manière qui lui paraîtrait la plus avantageuse, et de lui faire parvenir son argent aussi promptement que possible.

Le jour qui suivit l'arrivée de la lettre à la Nouvelle-Orléans, Suzanne et Emmeline furent envoyées au dépôt pour y attendre la vente générale, qui devait se faire le lendemain. Tandis qu'à la clarté de la lune, dont les rayons pénètrent à travers les fenêtres grillées, elles nous regardent d'un air abattu, prêtons un moment l'oreille à leur conversation. Elles pleurent, mais sans bruit, dans l'espoir de se cacher leurs larmes l'une à l'autre.

— Mère, posez votre tête sur mes genoux, et tâchez de dormir un peu, dit la jeune fille en s'efforçant de paraître calme.

— Non, Emmeline, je ne puis dormir, j'ai le cœur trop gros. C'est peut-être la dernière nuit que nous passons ensemble !

— Mère ! ne dites pas cela ! Nous serons peut-être rendues à la même personne, qui sait ?

— J'en dirais autant à toute jeune femme qui aurait, comme moi, besoin de consolations, répondit Suzanne. Mais j'ai si peur de vous perdre ! Le malheur qui nous menace m'occupe entièrement.

— Mère, le gardien nous a dit que nous avions l'une et l'autre belle apparence, et que nous trouverions sans peine un acheteur.

Suzanne se rappela quels avaient été les regards et les paroles du gardien. Elle se sentit froid au cœur en se souvenant qu'après avoir examiné attentivement les mains et les longs cheveux d'Emmeline, on l'avait noté comme une marchandise de première qualité. Suzanne, qui avait reçu une éducation chrétienne, qui avait pris l'habitude de lire chaque jour la Bible, avait tous les sentimens d'une mère chrétienne, et s'arrêtait avec horreur à la pensée que sa fille, une fois vendue, pouvait être exploitée d'une manière infâme. Mais rien ne pouvait lui donner le moindre espoir, rien ne pouvait la protéger.

— Mère, je crois que nous serions bien heureuses, si nous pouvions entrer dans quelque famille, vous comme cuisinière, et moi comme lingère ou femme de chambre. C'est assurément une chose possible. Tâchons de paraître belles et enjouées ; ayons soin de dire ce que nous savons faire, et nous réussirons peut-être.

— Demain, Emmeline, je vous recommande, en peignant vos cheveux, de les rabattre par derrière.

— Pourquoi, mère? Ce genre de coiffure ne me va pas bien.

— C'est vrai ; mais vous serez de meilleure vente.

— Je n'en vois pas la raison, objecta l'enfant.

— Si vous avez un air simple et décent, vous aurez la chance d'être achetée pour quelque bonne famille ; ce qui n'arrivera pas, si vous vous efforcez seulement de paraître belle. J'ai plus d'expérience que vous à cet égard, ma fille.

— Bien! mère, je vous obéirai.

— Emmeline, si à l'avenir nous ne devons plus nous voir; si le maître qui m'achètera m'emmène dans les plantations du Nord, loin de vous, au moins conservez le souvenir de votre éducation, des leçons de votre maîtresse. Emportez avec vous votre Bible et votre livre de cantiques, et, si vous n'abandonnez pas le Seigneur, il ne vous abandonnera pas.

La pauvre femme se tait et demeure plongée dans un sombre abattement. Car elle sait que demain, un homme, quel qu'il soit, vil, brutal, impie et sans pitié, pourvu qu'il ait assez d'argent pour en payer la valeur, peut devenir le propriétaire de sa fille; il peut l'acheter, corps et âme; et alors, comment cette enfant pourra-t-elle conserver sa foi? Toutes les pensées occupent son esprit, tandis qu'elle tient sa fille dans ses bras, et qu'elle s'afflige de la voir belle et attrayante. Le souvenir de l'éducation pieuse et chaste qui a mis sa fille au-dessus de ses compagnes d'infortune, paraît en quelque sorte augmenter sa douleur. Il ne lui reste plus de forces que pour prier. Et c'est ainsi que de ces prisons si propres, si bien tenues, où l'on entasse les esclaves, se sont élevées jusqu'à Dieu des prières qui seront un jour exaucées, car il est écrit : « Il vaudrait mieux pour celui qui scandalise son prochain qu'on lui mît au cou une meule de moulin, et qu'on le précipitât dans les profondeurs de la mer. »

La lumière douce et paisible de la lune projette sur les esclaves endormis l'ombre des barreaux de la fenêtre. La mère et sa fille répètent, sur un ton mélancolique, un chant funèbre bien connu des esclaves.

> Oh! où est l'infortunée Marie?
> Oh! où est l'infortunée Marie?
> Elle est arrivée dans le pays des heureux.
> Elle est morte, et elle est allée au ciel ;
> Elle est morte, et elle est allée au ciel ;
> Elle est arrivée dans le pays des heureux.

Ces paroles, chantées par des voix pleines de douceur et de tristesse, étaient comme les soupirs d'un être qui, sans espoir sur la terre, n'attend plus rien que du ciel. On eût dit qu'elles s'élevaient en ondulant dans la noire prison, à mesure que ces vers étaient murmurés.

> Oh! où sont Paul et Silas?
> Oh! où sont Paul et Silas!
> Ils sont partis pour le pays des heureux.
> Ils sont morts, et sont allés au ciel ;
> Ils sont morts, et sont allés au ciel ;
> Ils sont arrivés dans le pays des heureux.

Chantez, pauvres âmes! chantez encore. La nuit est courte, et le jour qui vient doit vous séparer pour jamais! Enfin voilà qu'il fait jour, et chacun est sur pied. Le digne monsieur Skeggs se montre leste et affairé. Il faut qu'il dispose pour la vente une partie des marchandises qu'il a en magasin. Il jette un coup d'œil rapide sur les toilettes, et recommande à chacun de prendre un air frais et gaillard. Enfin, avant de se mettre en route pour la Bourse, tous les esclaves, rangés en cercle, passent une dernière inspection.

Monsieur Skeggs, portant la palme comme insigne de ses fonctions, et le cigare à la bouche, fait sa ronde, et donne le dernier coup de fer à sa marchandise.

— Hé! là, dit-il en s'arrêtant en face de Suzanne et d'Emmeline, où sont vos tresses de cheveux, fillette?

L'enfant regarda sa mère d'un air timide. Suzanne répondit, avec cette adresse insinuante qui caractérise les gens de sa classe :

— Je lui ai recommandé, la nuit dernière, de ne pas laisser ses cheveux flotter autour de son cou, mais de se coiffer d'une manière simple et propre : c'est plus décent.

— Au diable! répondit brusquement monsieur Skeggs en se tournant vers la jeune fille. Allez bien vite, et coiffez-vous d'une façon plus égrillarde. Puis, faisant tournoyer le rotin qu'il avait à la main, il ajouta : — Et qu'on revienne à l'instant.

— Et vous, la mère, allez lui aider. — Ces tresses de cheveux peuvent amener une différence de cent dollars dans le prix de vente.

Sous un dôme magnifique et sur un pavé de marbre se promenaient des hommes de toutes les nations. Autour d'un parquet circulaire étaient de petites tribunes ou chaires destinées aux présidens et aux huissiers. Deux de ces tribunes, placées en face l'une de l'autre, étaient occupées par des hommes instruits et d'un extérieur brillant, qui, dans un langage mêlé d'anglais et de français, excitaient à l'envi les connaisseurs à mettre des enchères sur les marchandises. Une troisième tribune, encore inoccupée, était entourée d'un groupe qui attendait le commencement de la vente. C'est là que nous allons retrouver les esclaves de Saint-Clare, Tom, Adolphe et quelques autres. C'est là aussi qu'on a emmené Suzanne et Emmeline. L'anxiété et l'abattement se peignent sur la figure de ces pauvres femmes. Des spectateurs, venus pour acheter ou pour se distraire, sont réunis autour du groupe ; ils portent la main, ils font des commentaires sur les esclaves avec autant de sang-froid que des maquignons en train de discuter les qualités d'un cheval.

— Holà! que venez-vous faire ici! dit un fashionnable en frappant sur l'épaule d'un jeune homme à la mise élégante, qui examinait Adolphe à l'aide d'un lorgnon.

— J'ai besoin d'un domestique ; j'ai appris qu'on vendait les esclaves de Saint-Clare, et j'ai cru que c'était l'occasion de jeter un coup d'œil.

— Je me garderai bien d'acheter les esclaves de Saint-Clare. Ils sont tous gâtés, effrontés en diable.

— Soyez tranquille ; si j'en achète quelqu'un, j'aurai soin qu'il change d'allures. Il verra bien vite qu'il n'a plus affaire à un maître comme *monsieur* Saint-Clare. Parole d'honneur! je vais acheter ce drôle ; sa tournure me plaît.

— Vous verrez qu'il vous donnera du fil à retordre. Il a le diable au corps.

— Oui! malgré ses grands airs, il comprendra qu'on ne fait pas le diable avec moi. Je lui ferai tâter du cachot pendant quelque temps, ce qui me le dressera d'une manière convenable. Vous verrez comme je le mettrai à la raison! Je lui ferai subir une métamorphose complète. Bah! je l'achète ; c'est décidé.

Cependant, Tom examinait attentivement toutes les figures qui s'étalaient devant lui ; il cherchait si, dans la foule, il ne trouverait pas un homme à qui il donnerait volontiers le nom de maître. Lecteur, si jamais vous étiez dans la nécessité de choisir, parmi deux cents individus, un maître qui aurait le droit de disposer de vous comme de sa propriété, vous reconnaîtriez peut-être, comme Tom, qu'il y a bien peu d'hommes à qui on voudrait appartenir.

Tom vit bon nombre d'hommes ; les uns étaient grands, gros, grossiers; d'autres, petits, maigres et gazouillant sans cesse; d'autres encore avaient de longues figures, rudes et osseuses ; il y avait toutes les variétés d'hommes trapus, vulgaires, qui ramassent leurs semblables comme des miettes de pain et les jettent dans le feu ou dans la corbeille avec une égale indifférence, pourvu qu'ils s'enrichissent. Mais Tom ne vit point dans la foule un seul Saint-Clare.

— A nous deux, à présent, dit Legree à Tom, à nous deux. Je vous ai prévenu que je ne vous avais pas acheté pour les ouvrages communs. Mon intention est de vous jaissait voir à nu toute sa poitrine, s'ouvrit, à l'aide de ses coudes, un passage à travers la foule, comme un homme qui marche résolument à son but, c'est-à-dire à ses affaires. Il arriva près du groupe, et se livra à un minutieux examen. Sa vue fit naître dans le cœur de Tom un sentiment d'horreur et de répulsion, et, à mesure qu'il s'approcha ce sentiment devint plus énergique. Quoique de petite taille, cet homme était évidemment d'une force herculéenne. Sa grosse tête, large et ronde, ses yeux d'un gris clair, ses sourcils épais et roux, ses cheveux raides et brûlés par le soleil, rendaient, il faut l'avouer, sa personne peu attrayante. Sa bouche large et difforme était pleine de tabac, et, de temps en temps, il en rejetait fièrement le jus, qui, lancé avec force, tombait bruyamment à terre. Ses mains étaient démesurément épaisses, velues, hâlées, couvertes de boue, et garnie de longs ongles; en un mot, il était hideux. Il examina les esclaves avec une attention toute particulière; il saisit Tom par la mâchoire, et lui ouvrit la bouche pour regarder ses dents; il lui fit retrousser ses manches pour voir ses muscles; il le fit tourner, courir, sauter, pour s'assurer qu'il avait de bonnes jambes.

— Où avez-vous été élevé? dit-il après toutes ces épreuves.

— Dans le Kentucky, maître, répondit Tom en regardant autour de lui comme pour appeler un libérateur.

— Qu'y faisiez-vous?

— Je travaillais dans la ferme, répondit Tom.

— C'est probable, dit l'autre en s'éloignant.

Il s'arrêta un moment devant Adolphe, rejeta sur les bottes bien cirées de l'esclave tout le jus de tabac qu'il avait dans la bouche, et passa outre en toussant d'une façon dédaigneuse. Il fit une nouvelle pause devant Suzanne et Emmeline. Il attira brutalement Emmeline près de lui, et, ôtant de sa poche sa main lourde et sale, il la promena sur le cou et la poitrine de l'enfant; il tâta ses bras; il regarda ses dents, et la repoussa près de sa mère.

La pauvre fille eut peur et se mit à pleurer.

— Avez-vous fini vos façons! lui cria-t-on. On ne pleurniche pas ici; la vente va commencer. Et la vente commença.

Adolphe fut adjugé pour une somme assez forte au jeune gentleman qui avait précédemment manifesté l'intention de l'acheter. Les autres esclaves de Saint-Clare échurent à différents enchérisseurs.

— À votre tour, mon garçon, dit l'huissier à Tom. Entendez-vous?

Tom s'avança sur l'estrade et promena autour de lui des regards inquiets. On n'entendait qu'un bruit confus où se mêlaient les cris du vendeur et le feu croisé des enchères, qui se faisaient tantôt en anglais, tantôt en français. Enfin le coup de marteau se fit entendre; l'huissier annonça le prix de vente, et la dernière syllabe du mot dollars retentit dans toute la salle. Tom était adjugé... Il avait un maître.

On le fit descendre de l'estrade. Le petit homme à tête ronde, lui mettant brutalement la main sur l'épaule, le poussa à l'écart, et lui dit d'une voix rauque :

— Restez là.

Tom était complètement ahuri. Les enchères allaient leur train; les mots anglais et français se confondaient toujours et formaient un bruit assourdissant. — Le marteau retombe... Suzanne est vendue... Elle descend de l'estrade, s'arrête, et regarde précipitamment derrière elle... sa fille lui tend les bras. Les traits de Suzanne expriment les angoisses de son cœur, et elle implore par un regard la pitié de son nouveau maître. C'est un homme de moyen âge dont la figure annonce de la bienveillance.

— Maître, je vous en supplie! achetez ma fille.

— Je le voudrais bien, mais j'ai peur de ne pas être assez riche, répondit le monsieur.

Et il se sentit vraiment ému de compassion lorsqu'il vit la jeune fille monter sur l'estrade et jeter autour d'elle des regards effrayés.

Le sang vient colorer les joues d'Emmeline, tout à l'heure

si pâle; le feu de la fièvre s'allume dans ses yeux, et sa mère est désolée de la voir plus belle que jamais. L'huissier, prompt à saisir le moment favorable, débite avec volubilité son mélange d'anglais et de français, et les enchères s'accumulent rapidement.

— Je ferai tout mon possible, dit le monsieur à l'air bienveillant.

Et il se joint à la foule des enchérisseurs. En peu d'instans on a dépassé les bornes que lui prescrit sa bourse, et il se tait. L'huissier devient plus pressant, mais les enchères se ralentissent. Le débat se prolonge entre un vieillard à mine aristocratique et notre ancienne connaissance à tête ronde. Le vieillard met encore quelques enchères en jetant sur son adversaire un coup d'œil de mépris; mais la tête ronde a cette espèce de supériorité que donnent l'opiniâtreté et les dimensions de la bourse. La lutte se termine bientôt; le marteau tombe; la jeune fille est vendue, corps et âme, et Dieu seul peut la sauver.

Son maître est monsieur Legree, propriétaire d'une plantation de coton, sur les bords de la rivière Rouge. On pousse Emmeline à côté de Tom et de deux autres esclaves. Elle part et pleure en s'éloignant.

Le gentleman bienveillant est désolé.

— Mais, qu'y faire? dit-il; c'est un malheur qui arrive tous les jours. Dans toutes les ventes on voit pleurer des filles et des mères. C'est un mal sans un remède.

Et il part en emmenant sa nouvelle esclave.

Deux jours après, l'avocat de monsieur B., ce chrétien de New-York, lui envoya son argent. Sur le revers de la traite qui lui fut adressée, écrivons ces paroles du juge rémunérateur auquel il rendra un jour compte de ses œuvres : « Quand il tire vengeance du sang versé, il n'oublie pas le cri du faible. »

CHAPITRE XXXI.

Le passage du milieu.

« Vos yeux sont trop purs pour souffrir le mal, et vous ne pouvez, sans indiscrétion, regarder l'iniquité. Pourquoi donc voyez-vous avec tant de patience ceux qui commettent de si grandes injustices? Pourquoi demeurez-vous dans le silence pendant que l'impie dévore ceux qui sont plus justes que lui. »

SCAB., I, 13.

Sur l'arrière d'un mauvais petit bateau qui voguait sur la rivière Rouge, était assis Tom; — il avait des chaînes aux mains, aux pieds, et sur la poitrine un poids bien plus lourd que les chaînes. — Tout avait disparu de son ciel, la lune, les étoiles; tout avait disparu comme ces arbres et ce rivage, qui à présent fuyaient pour ne plus reparaître. Sa maison du Kentucky, avec sa femme, ses enfans, et ses bons propriétaires; la maison de Saint-Clare avec son luxe et sa splendeur; la tête dorée de la petite Eva avec ses regards de sainte; son maître si fin, si gai, si beau, si insouciant, et pourtant si bon, — ces heures si faciles et si douces... tout s'était évanoui. Et que lui restait-il? hélas!...

Une des choses les plus tristes pour l'esclave noir, qui, en général, s'attache facilement, et dont la nature est portée à la sympathie, est, en changeant de maître, de courir la chance d'appartenir à un homme dur et brutal, après avoir pris l'habitude de sentimens délicats et d'une vie aisée et douce dans une famille riche et charitable. Il est comme une table ou un fauteuil qui, après avoir fait l'ornement d'un magnifique salon, tombe plus tard gâté et dégradé dans un sale cabaret ou dans quelque repaire de l'abjecte débauche : la seule différence est que le meuble ne peut pas sentir et que l'homme sent; car même l'acte légal qui le déclare l'objet d'un autre, n'efface jamais de son âme

11

l'espérance, le désir, la crainte, l'amour, et tout son petit monde de souvenirs.

Monsieur Simon Legree, le nouveau maître de Tom, avait acheté huit esclaves dans différens endroits de la Nouvelle-Orléans, et les avait conduits, enchaînés deux à deux, à bord du bon bateau à vapeur le Pirate, qui était à la levée, prêt à remonter la rivière Rouge.

Quand le bateau fut parti, il se mit en devoir d'examiner sa nouvelle emplette avec cet air de suffisante activité qui lui était propre. Arrivé devant Tom, que l'on avait revêtu pour le vendre de ses meilleurs habits, d'une chemise empesée et de bottes vernies, il s'arrêta et lui ordonna brusquement de se lever.

Tom obéit.

— Ôtez cette cravate, lui dit-il.

Et comme Tom, chargé de fers, mettait un peu de temps à l'ôter, il vint à son aide et lui arracha brusquement sa cravate qu'il mit dans sa poche. Puis il tira de la malle de Tom, qu'il avait déjà examinée avec soin, un vieux pantalon et une veste déchirée que l'esclave portait pour le travail de l'écurie, et il lui ôta en lui ôtant ses menottes, et en lui montrant au coin au milieu des ballots :

— Allez là, et mettez ces habits.

Tom obéit et revint aussitôt.

— Ôtez vos bottes, lui dit monsieur Legree.

Tom les ôta.

— Tenez ! mettez cela, poursuivit son maître en lui jetant une paire de grossiers souliers comme en portent d'ordinaire les esclaves.

Tom, en changeant à la hâte d'habits, n'avait pas oublié de prendre sa Bible chérie ; et ce fut bien heureux, car monsieur Legree, après lui avoir remis ses menottes, procéda à l'examen minutieux de ce que contenaient les habits dont il venait de dépouiller le noir. Il en tira d'abord un mouchoir de soie qu'il mit dans sa poche, puis quelques petits objets sans valeur, conservés comme un trésor, parce qu'ils avaient amusé Éva ; il les regarda avec dédain et les jeta dans la rivière. Puis il examina et ouvrit un livre d'hymnes méthodistes que Tom avait oublié.

— Tiens ! vous êtes pieux, à ce qu'il paraît. — Comment vous nommez-vous ? Vous appartenez à l'Église, n'est-ce pas ?

— Oui, maître, répondit Tom avec un air décidé.

— Ah ! vraiment. Eh bien ! je vous réponds que je vous aurai bientôt corrigé. Sachez que chez moi il n'y a pas de nègres qui chantent, prient ou psalmodient. Maintenant, vous êtes averti, et ne l'oubliez pas ! ajouta-t-il en fixant sur Tom ses yeux gris et en lui jetant un regard sauvage. C'est moi qui suis votre Église à présent. Me comprenez-vous ? Votre devoir est d'être ce que je veux que vous soyez.

Une voix au fond de son cœur répondit : Non, et il lui sembla entendre les paroles d'une ancienne prophétie qu'Éva lui avait souvent lue, et qui disait : « Ne crains pas, car je t'ai racheté. Je t'ai appelé par mon nom. Tu es à moi. »

Mais Simon Legree n'entendit aucune voix, et cette voix-là, il ne devait jamais l'entendre. Il fixa un instant ses yeux sur le visage abattu de Tom, et s'éloigna. Puis il emporta la malle de Tom sur le gaillard d'avant, où, au milieu de rires moqueurs sur la folie qu'ont les nègres de dépenser leur argent pour singer les messieurs, il vendit un à un tous les objets que contenait la malle, qui elle-même fut enfin vendue à l'enchère. C'était vraiment une bonne plaisanterie, disait-on. C'était surtout drôle de voir Tom regardant ses effets qu'on emportait de côté et d'autre, mais l'enchère de la malle avait été la scène la plus bouffonne de la vente, et avait donné naissance à une foule de bons mots.

Cette petite affaire terminée, Simon s'adressa de nouveau à Tom.

— Vous voyez, lui dit-il, que je vous ai délivré de votre bagage. Ayez bien soin des habits que vous avez. — Vous en attendrez longtemps d'autres. Il faut que chez moi les nègres soient soigneux ; je leur donne un habit par an.

Il s'approcha alors d'Emmeline qui était enchaînée à une autre femme.

— Allons, ma chère ! lui dit-il en lui prenant le menton, il ne faut pas être triste comme cela.

Elle lui jeta un regard involontaire de crainte, d'horreur et de dégoût ; il le vit, et fronça le sourcil.

— Je n'aime pas ces grimaces, fille. Je veux que vous ayez la figure gaie quand je vous parle, entendez-vous ? Et vous, vieille face jaune, ajouta-t-il en s'adressant à la compagne mulâtre d'Emmeline, n'ayez pas cet air renfrogné. De la gaîté, je le veux. Et reculant de quelques pas :

— C'est à vous tous que je parle, à présent, dit-il en frappant du pied, regardez-moi ! regardez-moi en face !

Tous les yeux se tournèrent vers lui comme fascinés par le regard gris et verdâtre de Simon.

— Et maintenant, s'écria-t-il en fermant un énorme et lourd poing qui ressemblait au marteau d'un forgeron, voyez-vous ce poing ? examinez-le, pesez-le ; et il le laissa tomber sur la main de Tom. Examinez ces os. Je vous assure que ce poing, à force de s'exercer sur des nègres, est devenu dur comme du fer. Je ne connais pas un nègre que je ne puisse renverser d'un seul coup, ajouta-t-il en approchant tellement son poing du visage de Tom que celui-ci cligna et retira sa tête. Je n'ai pas l'habitude de payer de maudits gardiens, moi ; je fais moi-même mes affaires, et je vous assure qu'elles sont bien faites. Il faut que chez moi l'on marche droit et sans réplique, c'est le seul moyen, et je vous avertis que vous me trouverez pas en moi un seul endroit sensible, pas un. Car, sachez-le, je suis sans pitié.

Les femmes retinrent involontairement leur respiration, et toute la troupe s'assit d'un air consterné, tandis que Simon alla boire un verre d'eau-de-vie à l'autre bout du bateau.

— C'est toujours ainsi que j'entre en matière avec mes nègres, dit-il, en s'adressant à un jeune homme à l'air comme il faut qui avait entendu son discours. J'ai pour principe de commencer durement afin de ne pas les tromper sur ce qui les attend.

— Vraiment ! dit l'étranger en l'examinant avec la curiosité d'un naturaliste étudiant quelque sujet extraordinaire.

— Oui, sans doute, je ne suis pas un de ces planteurs gentilshommes aux mains délicates qui se laissent tromper par de maudits surveillans. Tenez, regardez ces articulations, examinez ce poing. Je vous assure, monsieur, que ma chair est devenue dure comme la pierre à force de battre les nègres. Tenez, tâtez-moi cela.

L'étranger tâta la main de Simon en disant : —Très dure en effet, et je suppose que l'exercice a rendu votre cœur tout aussi dur.

— Bien certainement, dit Legree en éclatant de rire. Personne n'est moins doux que moi, et je ne me laisse toucher ni par les cris ni par les caresses des nègres.

— Vous avez fait là une bonne emplette.

— Oh ! oui, répondit Simon ; il y a surtout ce Tom. On m'assure que c'est quelque chose d'extraordinaire. Je l'ai payé un peu cher ; il pourra me servir de cocher, mais il faut avant tout qu'il se défasse d'habitudes qu'on lui a laissé prendre en le traitant comme jamais nègre ne devrait l'être. Quant à la femme jaune, je ne crois pas avoir fait un bon marché, je la crois malade. Mais je l'emploierai tout de même, elle peut durer un an ou deux. Je n'ai pas l'habitude de ménager mes nègres. Servez-vous-en, puis achetez-en d'autres. C'est là ce qu'il y a de mieux ; cela donne moins d'embarras, et, à la fin du compte, cela revient meilleur marché, et Simon vida doucement son verre.

— Et combien de temps vous durent-ils, en général ? demanda l'étranger.

— Vraiment je ne sais ; cela dépend de leur constitution physique. De forts gaillards peuvent faire six ou sept ans ; les faibles sont abîmés après deux ou trois années de trav...

vail. Dans le principe, j'avais la mauvaise habitude de les soigner, de les faire traiter et médicamenter quand ils étaient malades, de leur donner de bon linge, des couvertures, en un mot, quelques aises. Mais j'ai bien vu que c'était une folie. Cela m'a donné du mal, et m'a fait perdre beaucoup d'argent. Maintenant, malades ou bien portans, je les traite absolument de la même manière. Quand un esclave meurt, j'en achète un autre ; cela me revient meilleur marché et me donne de toute manière beaucoup moins d'embarras.

L'étranger s'éloigna et alla s'asseoir à côté d'un monsieur qui avait écouté les paroles de Simon avec dégoût.

— Il ne faut pas croire, lui dit celui-ci, que tous les planteurs du Midi soient comme cet homme-là.

— Je l'espère bien, dit le jeune homme avec chaleur.

— C'est un homme commun, bas et brutal, poursuivit son interlocuteur.

— Et pourtant vos lois lui permettent de disposer d'une manière absolue de l'existence d'êtres humains, et ne leur accordent pas même une ombre de protection. Et combien y a-t-il de maîtres de son espèce !

— C'est malheureusement vrai, mais je vous assure qu'il y en a aussi de bons et d'humains.

— Soit ! dit le jeune homme ; mais je pense que ce sont les hommes considérés et doux comme vous, monsieur, qui êtes responsables de la brutalité et des outrages dont ces malheureux esclaves sont les victimes, et si vous ne sanctionniez pas en quelque sorte ces hommes par votre influence, ce misérable système ne durerait pas une heure. S'il n'y avait d'autres planteurs que des gens comme cet homme-là, dit-il en montrant Legree, qui lui tournait le dos, tout ce triste état de choses s'écroulerait de lui-même. Et c'est vous autres, avec votre humanité et le respect dont vous êtes entourés, qui permettez et protégez sa brutalité.

— Je vous remercie de la bonne opinion que vous avez de moi, monsieur, mais je vous engage à ne pas parler si haut, car il y a des personnes à bord qui pourraient ne pas être aussi tolérantes que moi, et vous feriez mieux d'attendre que nous soyons arrivés à ma plantation, où vous pourrez dire de nous autant de mal que vous voudrez.

Le jeune homme rougit, sourit, puis les deux interlocuteurs se mirent à jouer au trictrac.

A l'autre bout du bateau, Emmeline causait avec la femme mulâtre à laquelle elle était enchaînée ; elles se racontaient naturellement quelques particularités de leur histoire.

— A qui étiez-vous ? lui demanda Emmeline.

— A monsieur Ellis, qui demeurait à Levée-Street. Peut-être connaissez-vous sa maison ?

— Etait-il bon pour vous ?

— Très-bon tant qu'il a été en bonne santé. Mais lorsqu'il tomba malade (il l'a été pendant six mois), il devint tout autre. Il était dur, exigeant, capricieux ; personne ne lui convenait. Il me gardait nuit et jour auprès de lui, ce qui me rendit si malade moi-même et si fatiguée, qu'il m'arriva une fois de m'endormir. Il se mit alors dans une telle fureur, qu'il me menaça de me vendre au maître le plus dur qu'il pourrait trouver ; néanmoins, en mourant, il m'a promis ma liberté.

— Avez-vous des parens ? demanda Emmeline.

— Oui, mon mari, qui est forgeron. Notre maître l'avait loué hors de la maison. On m'emmena si vite que je n'eus pas même le temps de le voir, et j'ai quatre enfans, ajouta la pauvre femme en se couvrant la figure de ses mains.

Il est dans notre nature de chercher à consoler le malheur par quelque bonne parole. Emmeline aurait voulu répondre ; mais qu'aurait-elle pu dire ? Quelle parole pouvait consoler sa triste compagne ?

Elles se turent, et comme par un consentement tacite, elles évitèrent l'une et l'autre avec terreur de parler de cet horrible homme qui était devenu leur maître.

Mais en vérité il existe une consolation religieuse pour les haines même les plus sombres. La mulâtresse était méthodiste, et avait une piété sincère quoique peu éclairée.

Emmeline avait été mieux élevée. Elle savait lire, écrire, et avait été instruite dans la connaissance des livres sacrés par les soins d'une maîtresse pieuse. Mais, de se voir abandonnée en apparence par Dieu lui-même à la cruauté et à la violence, est une dure épreuve, même pour le chrétien le plus ferme dans sa foi ; à plus forte raison doit-elle ébranler la confiance religieuse de ceux qui sont encore jeunes, faibles et ignorans.

Le bateau, chargé de sa triste cargaison, remontait le courant fangeux et tortueux de la rivière Rouge, et des regards douloureux et fatigués étaient fixés sur les rochers escarpés d'argile rougeâtre qui semblaient fuir avec une effrayante monotonie. Il s'arrêta enfin devant une petite ville. Monsieur Legree descendit à terre avec ses esclaves.

CHAPITRE XXXII.

Lieux sombres.

« Les lieux sombres de la terre sont la demeure du mal. »

Tom et ses compagnons se mirent péniblement en marche derrière une lourde charrette, par un chemin affreux.

Dans la charrette était assis Simon Legree, et au fond, avec les bagages, se trouvaient placées les deux femmes, liées ensemble. Tout ce monde allait vers la plantation de Legree, laquelle était à une grande distance.

C'était, nous l'avons dit, un chemin sauvage et abandonné, bordé de pins arides et sombres, à travers lesquels passait tristement la plainte du vent, puis, plus loin, c'était une jetée qui dominait des marécages ; des cyprès et des arbres rachitiques, chargés de mousses noirâtres, couvraient ce sol spongieux. A chaque pas on apercevait d'affreux reptiles, se glissant à travers les souches et les branches qui pourrissaient dans l'eau. Sur ce chemin désolé, un voyageur à cheval et la poche bien garnie se hasardait rarement, mais cette route semblait encore plus sauvage et plus affreuse à l'homme condamné que chaque pas éloignait de tout ce qu'il aimait.

On aurait deviné la cause de l'affliction de ces hommes en voyant leur figure abattue et découragée, et l'air triste avec lequel ils considéraient tous les objets qui s'offraient à leurs regards dans ce triste voyage.

Simon était à cheval, et, seul, il paraissait allègre ; de temps en temps, il se reconfortait à l'aide d'une bouteille d'osier, pleine d'eau-de-vie, qu'il portait dans sa poche.

— Dites donc, vous autres ! cria-t-il en voyant l'air consterné de ces hommes ; chantez-nous une chanson, allons ! garçons.

Les esclaves se regardèrent les uns les autres.

— Allons donc ! répéta le conducteur en faisant claquer son fouet.

Tom entonna une hymne méthodiste.

> Jérusalem, ô ma douce patrie !
> Ton nom m'est cher. Un jour je te verrai,
> Je te verrai, ma demeure chérie !
> Et mes douleurs finiront.....

— Veux-tu fermer ton livre, vieux corbeau noir ! hurla Legree ; avez-vous pensé que je voulais de votre infernal méthodisme. Chantez-nous donc quelque chose de vraiment vif et guilleret.

Un des hommes de la bande entonna une de ces chansons dépourvues de sens, et communes parmi les esclaves.

> Maître m'a vu prendre un lapin
> Par la nuit brune,
> Quand il partit sur le chemin.
> Vois donc la lune !

Hi! hi! hi! hi!
A-t-il donc ri!
Ho yo! ho yo!
Ho yo! ho yo!

Le chanteur faisait semblant de chanter pour son propre plaisir, s'occupant plus de la rime que de la raison, et toute la bande répétait en chœur, par intervalle :

Hi! hi! hi! hi!
A-t-il donc ri!
Ho yo! ho yo!
Ho yo! ho yo!

Tous ces malheureux chantaient bruyamment et s'efforçaient d'être gais ; mais ni cris de désespoir, ni paroles entrecoupées, n'eussent semblé plus tristes que les notes sauvages de ce chœur. On aurait dit que ces infortunés, forcés de céler leur pensée, l'enveloppaient dans cette musique inarticulée, et trouvaient dans ces chants sauvages un moyen d'adresser leurs prières à Dieu.

Simon ne pouvait comprendre les sentimens qu'ils éprouvaient. Il croyait que ses esclaves chantaient pour se désennuyer, et il faisait tous ses efforts pour les garder en bonne humeur.

— Eh bien ! ma chère, dit-il en se tournant vers Emmeline, et en appuyant sa main sur son épaule, nous voici presque arrivés.

Quand Legree jurait et s'emportait, Emmeline éprouvait de l'épouvante, mais lorsqu'elle sentit sur son épaule la main de cet homme qui lui parlait comme il n'avait point fait encore, elle eût mieux aimée être battue. Elle frissonna, et son cœur se serra en voyant l'expression des regards de Legree, et elle se pressa involontairement contre sa compagne, comme si celle-ci eût été sa mère.

— Vous n'avez pas de boucles d'oreilles, dit-il en lui tirant le bout de l'oreille de ses doigts grossiers.

— Non, maître, répondit Emmeline d'une voix tremblante et les yeux baissés.

— Eh bien ! je vous en donnerai une paire quand nous serons chez nous, si vous voulez être une bonne fille. Ne soyez pas si effrayée, mon intention n'est pas de vous faire travailler beaucoup. Vous aurez du bon temps avec moi ; vous vivrez en véritable dame, seulement, je vous le répète, il faudra vous montrer bonne fille.

Legree avait tellement bu, qu'il était devenu presque gracieux.

On arriva bientôt en vue de la plantation. Cette propriété avait appartenu, dans le principe, à un homme riche et de goût, qui avait mis tous ses soins à l'embellir. Il mourut insolvable, et l'habitation passa aux mains de Legree, qui ne songea, suivant son habitude, qu'à tirer le plus d'argent possible de sa propriété. La maison avait cette apparence délabrée que donne toujours l'abandon quand il succède à des soins assidus. A la place d'un gazon ras et fin, parsemé d'arbustes, on voyait des herbes incultes, et, au milieu, des poteaux plantés de distance en distance pour attacher les chevaux. L'herbe était trépignée, et le sol émaillé de tessons, de bottes de paille, et d'autres choses semblables. Çà et là, un jasmin flétri où un chèvrefeuille s'enlaçait à un tuteur renversé. Le jardin avait été envahi par les mauvaises herbes, au-dessus desquelles sortaient mélancoliquement quelques plantes exotiques. Les châssis de la serre étaient défoncés ; on voyait encore sur les planches moisies des pots de fleurs dessèchées, lesquelles étaient encore garnies d'étiquettes qui portaient le nom de plante.

La charrette roula sur une allée jadis sablée, entre des arbres de la Chine, dont la forme gracieuse et le vert feuillage semblaient seuls avoir résisté à la destruction. Ainsi les nobles esprits deviennent plus forts dans l'adversité.

La maison avait été jadis grande, belle, et bâtie dans le goût ordinaire des habitans du Sud : une large véranda aux deux étages, faisait le tour de tout le bâtiment. Toutes les portes donnaient sur cette véranda. L'étage du bas était soutenu par des piliers en briques. Cette maison avait alors une apparence désolée : elle semblait peu comfortable. Quelques fenêtres étaient fermées avec des planches ; d'autres avaient leurs vitres brisées, ou leurs volets ne tenaient qu'à un seul gond. Tout montrait la négligence du propriétaire.

De tous côtés la terre était jonchée de morceaux de planches, de paille, de vieilles barriques, de vieux coffres ; trois ou quatre chiens, à l'air féroce, excités par le bruit de la charrette, accoururent ; il fut difficile aux domestiques en guenilles de les retenir et de les empêcher de se jeter sur Tom et sur ses compagnons.

— Vous voyez, dit Legree à Tom et à ses compagnons en caressant ses chiens avec un effroyable sourire de satisfaction, vous voyez ce qui vous attend, si vous voulez essayer de prendre la fuite. Ces chiens ont été dressés pour dépister les nègres : ils auraient aussitôt fait de dévorer l'un de vous que de manger leur souper. Ainsi, prenez garde. Eh bien ! Sambo, dit-il à un individu en guenilles, coiffé d'un chapeau sans bords, qui se montrait fort obséquieux dans ses prévenances, comment tout s'est-il passé ?

— On ne peut mieux, maître.

— Quimbo, dit Legree à un autre qui s'épuisait en démonstrations de zèle pour attirer les regards du maître, vous vous êtes rappelé ce que j'avais dit !

— Je n'y ai pas manqué.

Ces deux hommes de couleur étaient les deux principaux surveillans de la plantation. Legree les avait dressés et les avait rendus, par système, aussi féroces, aussi impitoyables que ses boule-dogues ; par la longue habitude de la cruauté et de la barbarie, leur caractère avait acquis le même degré d'insensibilité. On remarque ordinairement que les régisseurs noirs montrent plus de férocité et de tyrannie que les blancs ; mais cette observation ne doit pas donner une idée défavorable de la race africaine. C'est uniquement parce que leur âme a été plus comprimée et plus avilie ; chez cette race comme chez tous les opprimés de la terre, l'esclave devient le pire des tyrans, dès qu'il en trouve l'occasion.

Comme bon nombre de potentats dont parle l'histoire, Legree gouvernait sa plantation par l'antagonisme des forces. Sambo et Quimbo se détestaient cordialement : tous deux étaient également détestés des travailleurs de la plantation. De sorte qu'en faisant agir l'un ou l'autre de ces trois partis, Legree était sûr de savoir tout ce qui se passait.

Personne ne peut se priver entièrement de tout rapport avec ses semblables ; Legree encourageait ses deux satellites noirs à une grossière familiarité avec lui. Cette familiarité était à chaque instant pour tous les deux une source d'embarras ; car, au premier signe, l'un d'eux était prêt à se transformer, aux dépens de l'autre, en ministre de vengeance.

Ces deux personnages auprès de leurs maîtres étaient une preuve vivante à l'appui de cette vérité, que le méchant est au-dessous de la brute. Tout en eux se trouvait en harmonie avec ce lieu sombre et nu. Leurs traits lourds et rudes, leurs gros yeux roulant dans leurs orbites et échangeant des regards de jalousie ; leur voix gutturale, barbare, et presque bestiale ; leurs vêtemens en lambeaux et flottant au gré du vent.

— Ici, vous ! dit Legree, s'adressant à Sambo ; conduisez-moi ces garçons là-bas, dans leur quartier ; voici une fille que j'ai amenée à votre intention, ajouta-t-il en séparant Emmeline de la mulâtresse. Puis, poussant cette dernière vers lui :

— Vous savez que je vous en avais promis une.

La mulâtresse se rejeta brusquement en arrière et s'écria :

— O maître ! j'ai laissé mon vieil homme à la Nouvelle-Orléans.

— Eh bien ! quoi ! ne vous en fallait-il pas un autre ici ? Taisez-vous et décampez, dit Legree en levant son fouet.

— Venez, maîtresse, dit-il ensuite à Emmeline ; entrez avec moi.

Une figure sombre et sauvage parut un instant à la croisée, jetant un regard furtif. Comme Legree ouvrait la porte, une voix de femme se fit entendre, et prononça quelques mots d'un ton impérieux. Tom, qui suivait Emmeline avec anxiété et intérêt, comme elle entrait dans la maison, remarqua cet incident, et entendit Legree reprendre avec colère :

— Taisez-vous ; je ferai ce qu'il me plaira, malgré vous.

Tom n'entendit plus rien : bientôt il fut obligé de suivre Sambo au quartier. Ce quartier était une espèce de petite rue formée par des rangées de huttes misérables, bâties sur une partie de la plantation très éloignée de l'habitation principale. Elles avaient un air isolé et malheureux : le cœur de Tom se serra dès qu'il les aperçut. Il s'était consolé en espérant un *cottage* grossier, qu'il aurait pu rendre propre et tranquille ; un endroit où il aurait pu avoir une planche pour déposer sa Bible, où il aurait pu se reposer et se recueillir à l'heure du travail. Il regarda dans plusieurs huttes : c'étaient des cellules grossières, sans aucune espèce d'ameublement, et ne renfermant qu'un tas de paille sale et dégoûtante étendue sur le plancher, qui n'était lui-même que le sol battu par le trépignement d'une infinité de personnes.

— Laquelle sera la mienne ? demanda-t-il à Sambo avec un ton soumis.

— Je n'en sais rien. Vous pouvez vous accommoder de celle-ci, je pense, dit Sambo. Il y aura peut-être de la place. Il y a dans chaque hutte un tas de nègres, et je ne sais où fourrer les nouveaux venus.

La soirée était avancée quand la population des masures regagna son gîte épuisée de fatigues : hommes et femmes étaient couverts de guenilles sales et rebutantes ; tous avaient un air mécontent, sombre, et semblaient peu disposés à faire bon accueil aux nouveaux arrivans. On n'entendait dans ce pauvre village aucun bruit vivant et joyeux : ce n'étaient que les voix rauques et enrouées des gens qui s'épuisaient à tourner les moulins à bras pour broyer leur ration de farine de maïs, dont ils faisaient des gâteaux pour leur unique repas. Ils étaient aux champs, dès l'aube, forcés de travailler sous les fouets des inspecteurs : c'était au plus fort de la chaleur et de la presse, et on ne négligeait rien pour leur faire faire le plus de travail possible. L'homme oisif trouve que ce n'est pas un rude labeur que d'éplucher du coton : ce n'est pas non plus un cruel supplice de recevoir une goutte d'eau sur la tête, et pourtant l'une des plus cruelles tortures de l'inquisition consistait à faire distiller l'eau goutte à goutte, et incessamment, sur la tête de ses victimes. Un travail qui par lui-même n'est point pénible, devient insupportable lorsqu'il contraint, qu'il dure sans relâche d'heure en heure et n'offre aucune variété, surtout quand la liberté ne contribue pas à en diminuer la monotonie. Tom regarda en vain les nombreux esclaves à mesure qu'ils arrivaient, sans rencontrer de physionomie sympathique qui lui promît un compagnon. Il ne voyait que des hommes à l'air maussade et abruti, des femmes faibles et découragées, qui ne ressentaient plus à des femmes. Les forts repoussaient les faibles ; on voyait à découvert tout l'égoïsme brutal de ces hommes dont il n'y avait rien à espérer, rien à attendre ; de ces hommes qui, toujours traités comme des animaux, s'étaient ravalés à leur niveau, et qui étaient descendus aussi bas que l'homme peut descendre. Jusqu'à une heure avancée de la nuit, le bruit de la meule continua à se faire entendre ; car il n'y avait qu'un petit nombre de moulins pour tant d'esclaves ; les plus faibles et les plus fatigués étaient repoussés par les autres, et leur tour venait en dernier lieu.

— Allons ! bé ! dit Sambo allant auprès de la mulâtresse, et jetant devant elle un sac de blé à terre ; quel diable de nom avez-vous ?

— Lucy, dit la femme.

— Eh bien ! Lucy, ma femme à présent, allez moudre ce blé, et préparez mon souper. M'entendez-vous ?

— Je ne suis pas votre femme et je ne veux pas l'être ! répondit la femme avec l'énergie soudaine du désespoir. Allez-vous-en !

— Je vais vous donner un coup de pied, reprit Sambo en levant son pied d'une façon menaçante.

— Vous pouvez me tuer s'il vous plaît, et le plutôt sera le mieux. Je voudrais être morte !

— Je dirai à votre maître, Sambo, que vous tourmentez inutilement les esclaves, dit Quimbo, qui était en ce moment occupé au moulin, d'où il venait de renvoyer méchamment deux pauvres femmes qui attendaient pour venir moudre leur grain.

— Et moi je lui dirai que vous ne voulez pas laisser les femmes approcher du moulin, vieux nègre ! Tenez-vous à votre place.

Tom mourait de faim à cause du travail de la journée, et il était près de défaillir de besoin.

— Voilà pour vous ! dit Quimbo en lui jetant un sac grossier qui renfermait une mesure de blé. Prenez cela et ménagez-le, car vous n'en aurez pas d'autre de la semaine.

Tom attendit jusqu'à une heure avancée pour trouver une place au moulin ; il se laissa toucher par l'extrême fatigue des deux femmes qui attendaient pour moudre leur blé, et il s'acquitta de cette besogne à leur place. En rapprochant quelques débris de charbons presque éteints, il ranima le feu où les autres avaient cuit leurs gâteaux, et il se mit à préparer son propre souper. C'était pour ces pauvres femmes une attention toute nouvelle, un acte de charité minime, et cependant leur cœur en fut touché ; une expression de bonté toute féminine se peignit sur leur rude visage : elles pétrirent son gâteau et en surveillèrent la cuisson. Tom s'assit à la lueur du feu et tira sa Bible de sa poche ; il avait besoin de consolation.

— Qu'est-ce ? demanda une des femmes.

— Une Bible, répondit Tom.

— Seigneur ! je n'en avais pas vu depuis que j'ai quitté le Kentucky.

— Vous avez été élevée dans le Kentucky ? demanda Tom avec intérêt.

— Oui ; et bien élevée. Je ne me serais jamais attendue à tant souffrir, fit la femme en soupirant.

— Mais qu'est-ce donc que ce livre ? demanda l'autre femme.

— Je vous l'ai déjà dit, c'est la Bible.

— Mon Dieu ! qu'est-ce que la Bible ?

— Comment ! vous n'en avez jamais entendu parler ? reprit l'autre femme. Autrefois ma maîtresse me la lisait souvent dans le Kentucky ; mais hélas ! nous n'entendons ici que des coups de fouet et des juremens.

— Lisez-nous-en quelques passages, dit curieusement la première femme, voyant Tom absorbé dans sa lecture.

Tom se mit à lire :

« Venez à moi, vous qui travaillez et qui gémissez sous votre fardeau ! et je vous soulagerai. »

— Voilà de bonnes paroles ! reprit la femme ; qui les a prononcées ?

— Le Seigneur ! répondit Tom.

— Je voudrais bien savoir où le trouver ? dit-elle, j'irais immédiatement vers lui. Il me semble que je ne dois plus espérer le repos. Ma chair est couverte d'horribles meurtrissures, je tremble de tout mon corps, et tous les jours Sambo me poursuit de ses cris, parce que je ne travaille pas assez vite. Tous les soirs il est plus de minuit avant que je puisse souper. Il me semble que je ne dors plus : à peine ai-je fermé les yeux que j'entends sonner de la corne qui donne le signal du lever, et alors au travail dès le matin. Si je savais où est le Seigneur, j'irais me plaindre à lui.

— Il est ici ! il est partout ! répondit Tom.

— Bon Dieu ! vous ne me ferez jamais croire une chose

pareille. Je sais bien que le Seigneur n'est pas ici : c'est inutile de dire de ces choses-là. Je vais me coucher ici, et dormir pendant que je le puis.

Les femmes se retirèrent vers leurs cabines ; Tom resta seul près du feu qui était sur le point de s'éteindre, et qui éclairait par intervalles son visage de reflets rouges. La lune au front d'argent se leva sur un ciel empourpré, et laissa tomber, silencieuse, sur la terre, ses calmes rayons, comme le regard de Dieu contemplant cette scène de misère et d'oppression. Elle éclairait de ses lueurs le pauvre nègre isolé, assis, les bras croisés, la Bible sur ses genoux.

Dieu est-il ici ? Comment l'ignorant peut-il garder sa foi intacte, au milieu du désordre moral, de l'injustice évidente et impunie qui règnent partout ? Dans ce cœur simple s'élevait un rude combat ; le sentiment écrasant de ses maux, la prévision des misères qui l'attendaient le reste de sa vie, le naufrage de toutes ses espérances, agitaient son âme et la tourmentaient. Ainsi le marin à demi submergé croit voir s'élever de la vague noire les cadavres de sa femme, de ses enfans, de ses amis. Était-il facile pour lui de croire fermement au dogme de la foi chrétienne, qui enseigne qu'il existe un Dieu pour récompenser ceux qui le cherchent avec diligence ?

Tom se leva, inconsolable, et se laissa tomber dans la cabine qui lui avait été assignée. Le sol était déjà couvert d'esclaves endormis et fatigués. L'air impur le força presque à reculer ; mais les brouillards épais de la nuit étaient froids, et il succombait à sa lassitude. Il s'enveloppa d'une couverture en lambeaux qui couvrait seule sa couche : il s'étendit sur la paille et s'endormit.

Il crut entendre dans son sommeil une voix harmonieuse parlant à son oreille : il lui semblait être assis sur un siège de mousse, dans le jardin, près du lac Pontchartrain. Éva, baissant ses yeux sérieux, lui lisait la Bible ; elle lisait ces mots : « Lorsque tu passeras à travers les eaux, je serai avec toi, et les eaux ne te submergeront pas ; lorsque tu passeras à travers le feu, la flamme ne te brûlera pas et n'aura pas prise sur toi. Car je suis le Seigneur ton Dieu, le saint d'Israël, ton Sauveur. »

Peu à peu les paroles devinrent moins distinctes, puis elles s'évanouirent comme dans une céleste mélodie. L'enfant leva ses yeux profonds, les fixa avec amour sur Tom, et des rayons de chaleur et de consolation semblèrent en descendre dans son cœur. Puis, comme enlevée par cette divine musique, elle sembla s'élever sur ses ailes brillantes, d'où pleuraient des paillettes d'or semblables à des étoiles. Elle avait disparu ; Tom se réveilla. Était-ce un songe ? peut-être. Mais peut-on dire que cette âme angélique dont le bonheur avait été, pendant sa vie, de soulager et de consoler les malheureux, n'avait pas obtenu de Dieu la mission de les consoler encore après sa mort ?

Croyance douce et belle, et légendes étranges !
Quand par l'adversité nous sommes abattus,
Nous croyons voir passer, sur les ailes des anges,
Les esprits radieux de ceux qui ne sont plus.

CHAPITRE XXXIII.

Cassy.

« Et j'ai vu les larmes de ceux qui étaient opprimés, et ils n'avaient personne pour les consoler ; et du côté de leurs oppresseurs était le pouvoir, mais ils n'avaient personne pour les consoler. »   ECCL., IV, 1.

Tom ne fut pas longtemps à se familiariser avec la pensée de ce qu'il aurait à craindre ou à espérer dans sa nouvelle existence. Habile à quelque ouvrage qu'il entreprit, il était en outre par principe actif et honnête. Il espérait donc, par un travail sans relâche, éloigner au moins de sa personne les maux de son dur esclavage, et se résignait avec calme. Certes, il voyait autour de lui assez d'abus et de cruautés pour lui inspirer la tristesse et le dégoût ; mais il était résolu à tout souffrir avec une religieuse patience, et à s'en remettre, dans l'espoir de voir un terme à ses maux, à celui qui juge toujours avec équité.

Legree voyait bien que ce Tom était un sujet rare ; il savait tout ce qu'il valait, et pourtant il éprouvait pour lui une secrète antipathie, cette antipathie naturelle que le méchant éprouve pour le bon. Il ne pouvait se cacher que ses violences et sa brutalité étaient remarquées et jugées par Tom. L'opinion est une chose tellement délicate qu'elle n'a pas besoin de paroles pour se faire jour, et l'opinion même d'un esclave peut ennuyer et fatiguer son maître. Dans plus d'une circonstance il avait témoigné pour ses compagnons d'infortune une tendresse de sentiment et une commisération nouvelles, étranges même pour eux, et que Legree avait surveillées d'un œil jaloux. Quand il l'avait acheté, c'était avec l'idée d'en faire une espèce de surveillant, auquel il aurait confié ses affaires pendant ses courtes absences ; mais comme, selon lui, tout le mérite d'un surveillant consistait dans la dureté, et comme Tom n'avait pas cette qualité essentielle, il se promit de l'endurcir de son mieux, et se mit à l'œuvre quelques semaines après.

Un matin, après la revue des ouvriers, Tom observa avec étonnement un nouveau personnage qui excita vivement toute son attention. C'était une femme d'une taille élevée et élégante, dont les mains et les pieds étaient délicats, et le costume propre et indiquant l'aisance. Elle semblait avoir de 35 à 40 ans, et une de ces figures qui jamais ne peuvent sortir de la mémoire, de ces figures qui, au premier coup d'œil, nous donnent l'idée d'une existence romanesque, douloureuse et sauvage. Sous son front élevé brillaient deux yeux remarquables de clarté ; son nez droit et bien formé, sa bouche finement découpée, et le gracieux contour de sa tête et de sa nuque conservaient encore de la beauté ; mais il y avait sur son visage des rides profondes, de ces lignes que traçent la douleur, l'orgueil et une amère souffrance. Son teint était pâle et maladif, ses joues desséchées, ses traits aigus, et toute sa personne amaigrie et amoindrie. Mais ce qu'il y avait en elle de plus remarquable était son œil grand et noir, d'où s'échappait un regard pesant, voilé par de longs cils foncés, et plein d'un morne et sauvage désespoir. Il y avait de la méfiance et une fierté farouche dans chaque ligne de son visage, dans chaque pli de ses lèvres, dans chaque mouvement de son corps ; mais dans ce regard était comme une nuit d'angoisse profonde et décidée ; c'était une expression de désespoir une qui semblait contraster d'une manière effrayante avec le dédain et l'orgueil qu'exprimait toute son attitude.

Qui elle était et d'où elle venait, Tom l'ignorait complétement. Elle marchait à côté de lui, droite et fière, dans les ombres d'une aube obscure. Le reste de la bande la connaissait, car tous tournaient la tête d'un air empressé pour la voir, et une joie mal comprimée parut sur les visages des misérables créatures à peine vêtues et à moitié mortes de froid dont elle était entourée.

— Je suis bien aise qu'elle en soit venue là, dit un d'eux.

— Et moi aussi, reprit un autre, vous saurez ce qu'en vaut l'aune, madame...

— Je suis curieux de voir son ouvrage.

— Aura-t-elle comme nous autres sa bastonnade ce soir ?

— Pour moi, je serais bien aise de lui voir appliquer le fouet.

La femme ne fit aucune attention à ces invectives, et continua à marcher avec la même expression d'un farouche dédain. Tom, qui avait toujours bien pensé des gens pâles, sentit, par une espèce d'instinct, qu'elle appartenait à une classe plus élevée que celle dont elle faisait partie, et se demandait comment et pourquoi elle était tombée dans un tel état d'avilissement. Elle ne lui jeta pas un regard et ne lui adressa pas une parole, quoiqu'elle marchât à côté de lui tout le long du chemin qui les conduisait aux champs.

Pendant le travail, comme elle se trouvait à une petite distance de lui, il regardait de temps en temps comment elle faisait sa besogne, et il vit de suite qu'une adresse naturelle lui rendait l'ouvrage plus facile qu'à beaucoup d'autres. Elle travaillait vite et proprement, et semblait mépriser et son ouvrage, et son malheur et son abjection.

Plus tard, Tom travaillait à côté de cette mulâtresse qui avait été achetée en même temps que lui. Elle était très souffrante ; elle tremblait, chancelait, et pouvait à peine se tenir sur ses jambes. Tom l'entendit prier avec ferveur ; il se sentit touché, et, lorsqu'il fut tout près d'elle, il prit de son propre sac quelques poignées de coton pour les mettre dans celui de la pauvre malade.

— Oh ! non ! ne le faites pas, cela va vous causer du désagrément, s'écria-t-elle.

Dans ce moment, Sambo s'approcha d'eux. Il semblait avoir une haine toute particulière pour la mulâtresse, et, la menaçant de son fouet :

— Ah ! Lucy, dit-il, je vous apprendrai à fainéantiser ainsi ! aussitôt il lui lança un violent coup de son pied lourd et grossièrement chaussé, et frappa Tom du fouet à travers la figure.

Tom se remit silencieusement à l'ouvrage ; mais la pauvre femme, déjà épuisée par la souffrance et la fatigue, s'évanouit.

— Je vais te réveiller, dit le surveillant avec un rire féroce. Je lui donnerai quelque chose de meilleur que du camphre, et il lui enfonça toute une épingle dans la chair.

La malheureuse poussa un gémissement profond, et se souleva.

— Levez-vous, bête brute ! lui dit-il, et travaillez, où je vous ferai voir un autre tour de ma façon.

La mulâtresse sembla pour quelques instans douée d'une force surnaturelle, et travailla avec l'ardeur du désespoir.

— Ayez soin de bien faire votre ouvrage, dit Sambo, ou je vous traiterai de manière à ce que ce soir vous aurez plus envie de mourir que d'être en vie, je vous assure.

— Hélas ! je n'en doute pas, répondit la pauvre femme. Tom l'entendit, puis elle ajouta : — Oh ! Seigneur ! combien de temps cela durera-t-il encore ? Oh ! Seigneur ! pourquoi nous abandonnez-vous ?

Sans penser au danger qu'il courait, Tom s'approcha d'elle, et vida son sac dans celui de Lucy.

— Non ! non ! dit-elle, vous ne savez pas comment ils vont vous traiter pour cela.

— Je puis l'endurer mieux que vous, dit Tom ; je suis plus fort, et il reprit sa place.

Peu d'instans après, l'étrangère, dont nous avons parlé tout à l'heure et qui avait entendu les dernières paroles de Tom, leva sur lui ses yeux appesantis, le regarda fixement, et, prenant dans son panier une assez grande quantité de coton, le jeta dans celui de Tom.

— Vous ne connaissez pas cet endroit, lui dit-elle, sans quoi vous ne vous conduiriez pas ainsi. Quand vous aurez passé un mois ici, vous ne penserez plus à aider les autres. Vous aurez assez de mal à garantir votre propre personne.

— Dieu m'en préserve ! madame, répondit Tom, se servant instinctivement, vis-à-vis de sa compagne de travail, des expressions respectueuses dont il avait pris l'habitude avec les gens bien élevés au milieu desquels il avait vécu.

— Le Seigneur ne visite jamais ce pays, dit l'étrangère avec amertume, en emportant lestement son ouvrage, et de nouveau un sourire de dédain plissa ses lèvres.

Mais le surveillant l'avait vue, et, s'approchant d'elle en brandissant son fouet :

— Comment, dit-il, vous aussi vous perdez votre temps ? Allons, avancez, vous êtes sous mes ordres, maintenant ! prenez garde à vous, vous vous en trouveriez mal !

Un éclair brilla soudainement dans les yeux noirs de la femme, et, regardant autour d'elle, les lèvres tremblantes et les narines dilatées, elle se redressa et lança au surveillant un coup d'œil étincelant de rage et de mépris.

— Chien ! lui dit-elle, touche-moi si tu l'oses ! J'ai encore

assez de pouvoir pour te faire déchirer par les chiens, brûler à petit feu ou couper en morceaux. Je n'ai qu'un mot à dire.

— Alors, pourquoi diable êtes-vous ici ? demanda Sambo évidemment effrayé, et se retirant avec précipitation. — Je ne pensais pas à mal, miss Cassy.

— Dans ce cas, éloigne-toi vite. Et le surveillant s'empressa d'aller à l'autre bout du champ.

La femme reprit son ouvrage avec une célérité et une diligence qui surprit grandement Tom. Elle semblait travailler comme par magie. Avant la fin de la journée, son panier fut rempli à pleins bords, et néanmoins elle avait plus d'une fois mis du coton dans celui de Tom.

Longtemps après la brune, la troupe fatiguée, paniers sur tête, défila vers les bâtimens où l'on emmagasinait le coton. Legree était là, causant d'un air affairé avec les deux surveillans.

— Ce Tom, dit Sambo, nous a donné beaucoup d'embarras. Il a constamment aidé Lucy à remplir son panier, et si maître n'y prend garde, tous les nègres vont se gâter.

— Ah ! vraiment ! Maudit noir ! dit Legree, il faudra le dompter, le rompre, n'est-ce pas, mes garçons ?

Les deux surveillans firent une joyeuse et horrible grimace.

— Ah ! il n'y a pas à dire, reprit Quimbo ; le diable lui-même ne pourrait pas tenir tête à maître quand il s'agit de mettre un esclave à la raison.

— Eh bien ! enfans, le meilleur moyen est de lui donner une bonne volée, cela lui fera perdre ses mauvaises habitudes, cela le domptera.

— Oh ! maître aura beaucoup de mal à le faire marcher droit.

— Nous verrons cela, dit Legree avec colère et en mâchant son tabac.

— Il y a encore Lucy, dit Sambo, la plus désagréable et la plus laide gueuse de toute la plantation.

— Prenez garde, Sam, car je commence à croire que vous avez quelque raison particulière d'en vouloir à Lucy.

— Vous savez, maître, qu'elle a résisté à maître, et qu'elle n'a pas voulu de moi lorsqu'il le lui a ordonné.

— Je l'y forcerais bien à force de coups de fouet, si ce n'était que dans ce moment il y a trop d'ouvrage. Ce n'est pas la peine de la rendre peut-être plus malade qu'elle n'est. Elle est si faible ; il est vrai que ces créatures chétives sont capables de se laisser tuer plutôt que de céder.

— Mais Lucy a été aujourd'hui vraiment paresseuse et fainéante, elle était à baguenauder tandis que Tom travaillait pour elle.

— Oui-dà ! eh bien ! c'est Tom qui aura le plaisir de la fouetter. Ce sera pour lui un bon exercice, et je n'ai pas peur qu'il la frappe aussi rudement que vous deux, démons que vous êtes !

Les deux misérables éclatèrent de rire, et d'une voix satanique qui concordait parfaitement au nom que Legree leur donnait :

— Maître, il y a encore que Tom et miss Cassy s'aidèrent mutuellement et aidèrent tous deux Lucy. Je gagerais que le panier de celle-ci a son poids.

— Je me charge du pesage ! dit Legree avec un air d'emphase.

Les deux surveillans recommencèrent leur rire diabolique.

— Ainsi, miss Cassy a vraiment fait sa journée, dit Legree.

— Elle travaillait comme le diable et ses anges.

— Elle les a tous en elle, je crois, dit Legree avec un brutal jurement. Et il alla dans la chambre où se ... sait le coton.

Ses esclaves épuisés et abattus y entrèrent aussi, mais se traînant à peine. Rampant, pour ainsi dire, sous le poids du découragement, ils présentèrent leurs paniers.

Legree marquait le poids sur une ardoise à côté des noms des esclaves.

La corbeille de Tom fut pesée et approuvée, et, tandis que Lucy s'approchait en chancelant avec son panier, le pauvre nègre qui l'avait aidée la regardait d'un air inquiet. Le panier avait le poids exigé; Legree le vit, mais, affectant de la colère, il lui dit :

— Comment! paresseuse brute, encore une fois trop léger. Mettez-vous là de côté; vous aurez ce qui vous revient.

La mulâtresse poussa un gémissement de désespoir et s'assit sur une planche.

L'étrangère désignée sous le nom de miss Cassy s'avança alors, et présenta sa corbeille d'un air hautain et nonchalant. Legree la considéra d'un air railleur et interrogatif en même temps. Elle le regarda fixement de ses yeux si noirs, ses lèvres se remuèrent légèrement, et elle prononça quelques paroles en français. Personne ne les comprit, mais le visage de Legree prit une expression satanique, et il fit un mouvement de la main comme pour la frapper, mais elle lui jeta un coup d'œil de dédain sauvage et s'éloigna.

— A nous deux, à présent, dit Legree à Tom, à nous deux. Je vous ai prévenu que je ne vous avais pas acheté pour les ouvrages communs. Mon intention est de vous élever en grade, de faire de vous un surveillant; aussi, pourrez-vous commencer dès ce soir à vous faire la main : vous allez me prendre cette fille-là et lui donner le fouet. Vous avez assez vu comment se fait cette opération pour n'être pas embarrassé.

— Je vous demande bien pardon, maître, dit Tom, mais j'espère que maître ne voudra pas me contraindre à ce genre de travail. Je ne l'ai jamais fait, je n'en ai pas l'habitude, je ne puis pas le faire, cela m'est impossible.

— Vous apprendrez bien des choses dont vous n'avez pas l'habitude, avant d'en avoir fini avec moi, dit Legree en appliquant à Tom un coup de nerf de bœuf sur la figure et en lui donnant une grêle de coups.

— Et maintenant, poursuivit-il en s'arrêtant pour prendre haleine, me direz-vous encore que vous ne pouvez pas?

— Oui, maître, dit Tom en essuyant de sa main le sang qui coulait le long de sa figure. Je suis prêt à travailler nuit et jour, à travailler tant qu'il y aura en moi un souffle de vie; mais ce que vous exigez de moi, maître, je ne crois pas devoir le faire. Non, je ne le ferai jamais.... jamais.

Tom avait d'ordinaire une voix douce et des manières respectueuses, ce qui avait fait croire à Legree qu'il était lâche et se laisserait facilement dompter. Lorsqu'il eut prononcé ces paroles, un tressaillement rapide parcourut toute la troupe; la pauvre femme leva les mains au ciel en disant : — Oh! mon Dieu! Puis tous se regardèrent l'un l'autre en retenant leur respiration, comme pour se préparer à l'orage qui allait éclater. Legree était confondu et stupéfait; enfin, il éclata :

— Comment, maudite bête noire! s'écria-t-il, vous me dites à moi, que vous ne croyez pas juste de faire ce que je vous commande. Est-ce que vous autres maudites bêtes de somme, maudit troupeau, avez le droit de savoir ce qui est juste ou non? nous allons voir. Que pensez-vous être? Est-ce que vous croyez, maître Tom, que vous êtes un monsieur, pour venir m'apprendre ce qui est juste et ce qui ne l'est pas? Vous pensez donc que ce serait mal de fouetter cette fille?

— Oui, maître, je le pense, répondit Tom. Cette pauvre créature est faible et malade; ce serait cruel, et certainement je ne le ferai jamais. Tenez, maître, si vous voulez, vous pouvez me tuer; mais quant à moi je ne ferai lever la main sur qui que ce soit ici présent, jamais. Je préfère mourir.

La voix de Tom était douce, mais son accent et son air étaient décidés. Legree trembla de fureur, ses yeux verdâtres brillèrent d'un feu sauvage, et ses moustaches elles-mêmes semblèrent se friser de colère, mais, tel qu'une de ces bêtes féroces qui, avant de dévorer leur victime, en font un jouet, il se contint et se livra à une amère raillerie.

— Ah! vraiment, dit-il, ce n'est pas malheureux pour nous autres pécheurs d'avoir parmi nous une dévote capable, un pieux chien, un saint, un gentilhomme, et qui daigne encore nous catéchiser. Ce doit être vraiment un grand saint. Ah! brigand, vous voulez passer pour dévot; n'avez-vous donc jamais lu dans votre Bible : « Esclaves, obéissez à votre maître, » et ne suis-je pas votre maître? N'ai-je pas payé douze cents dollars pour tout ce que contient votre maudite peau noire? N'êtes-vous pas à moi, corps et âme? Voyons, répondez.

Et il accompagna ces paroles d'un violent coup de pied.

Tom était sous le poids de la plus profonde douleur; il pliait en quelque sorte sous cette brutale pression, mais, à cette dernière question, un rayon de joie et de triomphe éclaira soudainement son âme. Il se redressa, et, tandis que son sang mêlé à ses larmes coulait le long de ses joues, il regarda le ciel gravement et avec sérénité, et s'écria :

— Non! non! mon âme n'est pas à vous, maître. Vous n'avez pas acheté mon âme; vous ne pouvez l'acheter. Elle a été rachetée; par celui qui est assez puissant pour la garder toujours. Oh! je n'ai rien, rien à craindre; vous ne pouvez me faire aucun mal.

— Je ne puis te faire aucun mal, dit Legree avec un ricanement féroce; nous allons voir, oui, nous allons voir. Ici, Sambo et Quimbo. Donnez à ce chien une volée dont il ne puisse guérir pendant un mois.

Les deux géants s'emparèrent de Tom avec une féroce exaltation de joie : on aurait dit deux puissants génies des ténèbres; et, tandis qu'il se laissait entraîner sans opposer la moindre résistance, toute la troupe se leva comme obéissant à une impulsion subite; et la pauvre mulâtresse jeta un cri de douleur.

CHAPITRE XXXIV.

Histoire de la quarteronne.

« Et je vis les pleurs des opprimés; et la force était du côté des oppresseurs. Et je préférais le sort des morts à celui des vivants. » ECCL., IV, 1.

La nuit était avancée; Tom gisait tout sanglant dans une vieille chambre en ruine, au milieu de machines brisées, de piles de coton avarié, et de décombres de toute espèce. Le temps était humide, le ciel obscur, l'air chargé de myriades de moustiques, dont la morsure irritait encore les plaies de l'infortuné. Une soif brûlante, le plus cruel de tous les tourments, mettait le comble à ses souffrances physiques.

— O Seigneur Dieu! jetez un regard sur votre serviteur. Faites que je sorte victorieux de toutes ces luttes, disait l'infortuné au milieu de ses angoisses.

Un bruit de pas se fit entendre derrière lui, et la lumière d'une lanterne vint frapper ses yeux.

— Qui est là? oh! pour l'amour de Dieu! donnez-moi à boire.

Cassy, car c'était elle, déposa sa lanterne, prit de l'eau qui se trouvait dans une bouteille, lui souleva la tête et lui donna à boire. Tom avala plusieurs verres coup sur coup avec une avidité fiévreuse.

— Buvez tant que vous voudrez, dit-elle; je savais ce qui devait arriver. Ce n'est pas la première fois que je viens ici la nuit apporter de l'eau à des malheureux.

— Merci, maîtresse, dit Tom lorsqu'il eut fini.

— Ne m'appelez pas maîtresse, répondit-elle avec amertume. Je ne suis qu'une esclave comme vous, peut-être plus misérable et plus dégradée que vous ne l'avez jamais été.

Elle sortit un instant, rapporta une natte qu'elle avait couverte de linge humide, et dit à Tom :

— Maintenant, mon pauvre garçon, essayez de vous traîner jusqu'ici, vous y serez mieux.

Alourdi par ses blessures et ses contusions, Tom fut long-temps à effectuer ce mouvement, mais, lorsqu'il y fut parvenu, la fraîcheur du linge appliqué sur ses plaies lui procura une sorte de bien-être.

Cassy, à qui l'habitude de vivre avec les victimes de la brutalité de Legree avait appris à soigner les blessures, se mit à panser celles de Tom, et il éprouva bientôt un soulagement sensible.

— Voilà tout ce que je puis faire pour vous, dit-elle lorsqu'elle lui eut appuyé la tête sur un ballot de coton transformé en oreiller.

Tom la remercia, et Cassy s'assit par terre, la tête inclinée, les genoux serrés entre ses bras; elle regardait fixement devant elle avec une expression profonde d'amertume et de douleur. Son bonnet tomba, et ses longs cheveux noirs se répandirent autour de sa figure singulière et mélancolique.

— Ce n'est pas l'usage, mon pauvre Tom, dit-elle au bout de quelques instants, d'agir ici comme vous avez essayé de le faire. Vous êtes un brave garçon; vous avez le droit pour vous. Mais dans la lutte où vous vous êtes engagé, tout cela est fort inutile. Vous êtes entre les ... ins du diable; il est le plus fort, il faut que vous cédiez.

Céder! Est-ce que la faiblesse de la nature humaine et son agonie physique ne lui avaient pas déjà dit qu'il fallait céder! Il tressaillit, car cette femme extraordinaire, avec ses yeux sauvages et sa voix sinistre, lui semblait personnifier la tentation contre laquelle il avait lutté.

— O Seigneur! Seigneur! dit-il en gémissant, faut-il donc que je succombe!

— Pourquoi invoquez-vous le Seigneur? Il n'entend jamais. Il n'y a pas de Dieu! ou, s'il y en a un, il a pris parti contre nous. Tout est contre nous, le ciel et la terre, tout nous pousse dans l'enfer. Pourquoi n'y irions-nous pas?

Tom ferma les yeux et se sentit frissonner à ces paroles sombres et athées.

— Vous le voyez, continua-t-elle, votre foi est ridicule; mais vous penserez bientôt comme moi. Voilà cinq ans que je suis corps et âme sous les pieds de cet homme, et je le hais comme je hais le démon. Vous êtes dans une plantation isolée, à dix milles de toute habitation, au milieu des savanes, et pas un blanc qui puisse porter témoignage devant la justice, si on vous brûlait vivant, si on vous coupait en morceaux, si on vous jetait en pâture aux chiens, si on vous fouettait jusqu'à ce que vous eussiez rendu le dernier soupir. Il n'y a pas de loi ici, divine ou humaine, qui puisse vous venir en aide. Et cet homme! il est capable de tout! Vos cheveux se dresseraient sur votre tête, vos dents claqueraient de terreur, si vous disais ce que je lui ai vu faire! Et personne ne lui résiste! Qu'avais-je besoin de vivre avec lui! N'avais-je pas été délicatement élevée! et lui, Dieu du ciel! qu'était-il? et qu'est-il encore aujourd'hui? Cependant, j'ai vécu avec lui depuis cinq ans, en le maudissant à chaque instant de ma vie, nuit et jour! Aujourd'hui, il en a une autre: une jeune fille de quinze ans, pieusement élevée, à ce qu'elle dit. Sa bonne maîtresse lui a appris à lire la Bible, et elle a apporté sa Bible avec elle dans cet enfer!

Cassy se mit à rire d'un rire sauvage et déchirant qui ribre avec un son étrange et surnaturel dans la masure délabrée.

Tom joignit les mains. Tout était pour lui obscurité et horreur.

— O Jésus, seigneur Jésus! s'écria-t-il, avez-vous donc abandonné vos pauvres serviteurs! Paraissez, enfin! venez à mon secours, Seigneur! ou je péris!

— Et que sont donc ces misérables chiens, continua Cassy avec amertume, pour que vous vous exposiez à souffrir pour eux? Ils se tourneraient tous contre vous la première fois qu'ils en trouveraient l'occasion; ils sont tous bas et cruels les uns pour les autres: pourquoi se martyriser pour les empêcher de souffrir?

— Pauvres créatures! dit Tom; qui a pu les rendre aussi cruelles? Et si je cède cette fois à mon maître, peut-être m'habituerai-je, moi aussi, au vice; peut-être deviendrai-je peu à peu aussi méchant qu'eux. Non, non, maîtresse, cela ne sera pas! J'ai tout perdu; ma femme, mes enfans, ma maison, mon bon maître qui m'aurait donné la liberté s'il avait seulement vécu une semaine de plus, j'ai tout perdu dans ce monde, tout, pour jamais! je ne puis perdre aussi le ciel. Non, je ne deviendrai pas méchant.

— Mais le Seigneur ne peut mettre toutes les fautes sur notre compte, dit Cassy, il ne peut nous imputer le mal que nous avons été forcé de commettre. C'est sur la tête de ceux qui nous y auront poussés que retombera la terrible responsabilité.

— Oui, mais ce n'est pas une raison pour devenir méchant. Si je suis aussi corrompu, aussi dégradé que Sambo, qu'importe comment je le suis devenu! Faire le mal, voilà ce qui me remplit d'épouvante.

La malheureuse femme jeta sur Tom un regard sauvage et égaré, comme si une pensée nouvelle était venue la frapper.

— O Dieu de miséricorde! s'écria-t-elle en gémissant, vous venez de dire la vérité, mon Dieu! mon Dieu!

Elle se laissa tomber par terre. Elle semblait en proie à un désespoir profond.

Le silence régna pendant quelques instants. On entendait la respiration entrecoupée des deux infortunés.

— Maîtresse! dit Tom d'une voix faible.

Cassy se releva; son visage avait repris son expression habituelle de tristesse et de mélancolie.

— Maîtresse! on a jeté mes habits dans ce coin; il y a une Bible dans ma poche, auriez-vous la bonté de me la donner?

Cassy fit ce qu'il demandait. Il ouvrit le livre à un endroit où les feuillets usés attestaient qu'ils avaient été souvent lus: c'était le récit des derniers momens de celui dont la mort nous a donné la vie.

— Si maîtresse voulait seulement me lire ce passage! dit-il. Il me serait plus de bien que de l'eau.

Cassy prit le livre d'un air froid et dédaigneux, et elle commença à lire, avec une douceur et une beauté d'intonation extraordinaires, cette scène touchante d'agonie et de gloire. Souvent sa voix faiblissait, et lui manquait quelquefois même tout à fait. Alors elle s'arrêtait, jusqu'à ce qu'elle fût devenue maîtresse d'elle-même. Mais, lorsqu'elle fut arrivée à ces mots sublimes: « Mon père, pardonnez-leur, car ils ne savent pas ce qu'ils font, » elle jeta le livre, se voila le visage de ses cheveux, et se mit à sangloter avec une violence convulsive.

Tom pleurait aussi, et de temps en temps il poussait un soupir étouffé.

— Si nous pourrions seulement, dit-il, en venir à ce point de résignation! Elle lui semblait si naturelle à lui, et à nous il nous faut tant de combats pour y arriver. O Seigneur! secourez-nous. O doux Jésus! venez-nous en aide.

— Maîtresse! continua-t-il, je n'ai pas de peine à voir que, de toute manière, vous êtes au-dessus de moi. Et cependant, il y a une chose que vous pourriez apprendre du pauvre Tom. Vous dites que le Seigneur a pris parti contre nous, parce qu'il nous laisse maltraiter et fouler aux pieds; mais voyez ce que son fils unique a souffert. — Le Dieu de gloire et de majesté n'a-t-il pas été, sur la terre, malheureux et méprisé? En est-il un de nous qui soit descendu aussi bas que lui! Non, le Seigneur ne nous a pas abandonnés! si nous souffrons avec lui, nous régnerons aussi avec lui; c'est l'Écriture qui nous l'a dit. Mais si nous le renions, il nous reniera aussi à son tour. Est-ce que les saints et les bienheureux n'ont pas souffert aussi bien que le Seigneur lui-même? n'ont-ils pas été lapidés, coupés en morceaux? n'ont-ils pas enduré la pauvreté, presque nus, dénués de tout, comblés d'affliction? Parce que nous sommes malheureux, ce n'est pas une raison pour croire que Dieu nous a abandonnés. Restons-lui fidèles, et il ne nous laissera pas tomber dans le péché.

— Mais pourquoi nous a-t-il placés dans des circonstances où nous ne pouvons nous empêcher de commettre le mal.

— Je crois que nous pouvons toujours nous en empêcher.

— Vous verrez. Demain on reviendra à la charge. Je les connais ; je sais ce dont ils sont capables. Je ne puis supporter l'idée des tortures qu'ils vont vous faire endurer. — Et à la fin vous serez forcé de céder.

— Mon, mon Dieu ! s'écria Tom, vous aurez pitié de mon âme ! Seigneur, ne permettez pas que je succombe !

— Mon ami, je connais ces cris et ces prières ; mais il faut qu'un esclave cède et se soumette. Voyez Emmeline. Elle tâche de résister ; vous aussi, vous faites tous vos efforts ; mais qu'en résultera-t-il ? vous céderez, ou on vous fera mourir à petit feu.

— Eh bien ! je mourrai, dit Tom. Qu'ils prolongent mon supplice autant qu'il leur plaira, ils ne m'empêcheront pas de mourir un jour ou l'autre. Me tuer, c'est tout ce qu'ils peuvent faire. J'ai pris une résolution fixe, inébranlable. Je sais que le Seigneur viendra à mon secours et me fera triompher.

Cassy ne répondit pas ; elle s'assit, et ses yeux noirs restèrent fixés sur le plancher.

— Ce vieillard a peut-être raison, murmura-t-elle ; mais ceux qui ont cédé, ceux-là n'ont plus d'espoir ! Nous vivons dans la fange ; on nous regarde avec dégoût, et nous finissons par être à charge à nous-mêmes. Nous avons hâte de mourir, et nous n'osons pas nous tuer. Plus d'espoir, plus d'espoir, plus d'espoir ! Et cette jeune Emmeline... elle a quinze ans comme moi...

— Vous voyez en moi une misérable esclave, dit-elle en s'adressant brusquement à Tom. Apprenez ce que j'ai été. J'ai été élevée au milieu du luxe. Je me revois tout enfant, dans mes premiers souvenirs, jouant dans un magnifique parloir ; j'étais habillée comme une petite demoiselle, et je recevais les compliments de toutes les personnes qui venaient nous rendre visite. Il y avait un jardin sur lequel s'ouvraient les fenêtres du salon ; c'est là que je jouais à cache-cache, sous les orangers, avec mes frères et mes sœurs. On me mit au couvent, et j'y appris la musique, le français, et mille autres choses. J'en sortis à l'âge de quatorze ans, pour assister au funérailles de mon père. Il était mort presque subitement, et quand on mit ses affaires en ordre, on trouva qu'il laissait à peine de quoi couvrir ses dettes. Dans l'inventaire que les créanciers firent de tous ses biens, on m'inscrivit parmi les immeubles. Ma mère avait été esclave, et mon père avait toujours eu l'intention de m'affranchir, mais il ne l'avait pas fait, et je fus inscrite.

J'avais toujours su quelle était ma condition, mais je ne m'en étais jamais préoccupée. On ne pouvait s'attendre à ce qu'un homme sain et vigoureux mourût en un jour. Quatre heures avant sa mort, mon père était encore plein de santé ; et il fut un des premiers qui fut emporté par le choléra à la Nouvelle-Orléans. Le lendemain de sa mort, sa femme partit avec ses enfants, et se retira dans la maison de son père. Leur conduite leur semblait naturelle, et pourtant je la trouvais étrange. Un jeune avocat avait été chargé du soin de régler les affaires. Je le voyais tous les jours, et il me montra beaucoup d'égards. Un jour il amena avec lui un jeune homme qui, je crois, était le plus beau que j'eusse encore vu. Je n'oublierai jamais la première soirée qu'il passa près de moi. Nous allâmes nous promener dans le jardin. J'étais triste, pleine d'inquiétudes ; il me montra toute la bonté, toute la bienveillance possibles. Il me dit qu'il m'avait souvent remarquée avant mon entrée au couvent, qu'il m'aimait depuis longtemps, et qu'il serait heureux d'être mon ami et mon protecteur. Mais une chose qu'il ne me dit pas, c'est qu'il m'avait acheté deux mille dollars, et que je lui appartenais. Enfin je me donnai à lui de plein gré, ou moins à ce que je croyais ; il avait su m'inspirer de l'amour. De l'amour ! s'écria la pauvre femme en interrompant son récit. Oh ! combien j'ai aimé cet homme ! Combien je l'aime encore ! et je l'aimerai toujours, jusqu'à mon dernier soupir ! Il était si beau, si grand, si noble ! Il m'installa dans une belle maison ; il me donna des domestiques, des chevaux, des voitures, de beaux meubles et de riches toilettes. Toutes les jouissances qu'on se procure à prix d'argent, il s'empressa de me les procurer. Mais que m'importaient toutes ces magnificences ? je ne voyais que lui ! Je l'aimais plus que mon Dieu, plus que ma vie même, et j'aurais fait tous mes efforts pour m'en détacher que je ne l'aurais pas pu.

Une seule chose me manquait : j'aurais voulu qu'il m'épousât. S'il m'aimait comme il m'en donnait l'assurance, si j'avais réellement les qualités qu'il royait en moi, je pensais qu'il n'hésiterait pas à m'épouser et à m'affranchir. Mais il me prouva que ce mariage était impossible ; il soutenait, disait-il, que nous fussions fidèles l'un à l'autre, pour que Dieu bénît notre union. Si cette parole était vraie, n'étais-je pas sa femme légitime ? Ne lui étais-je pas fidèle ? N'ai-je pas épié, pendant sept ans, son regard, son moindre geste ? N'ai-je pas vécu pour lui plaire ? Il eut la fièvre jaune, et pendant trente jours et trente nuits, je veillai à côté de son lit. Moi seule, je lui présentai toutes les potions, je lui donnai tous les soins : il m'appelait son bon ange, et il me répétait que je lui avais sauvé la vie. Nous avions deux beaux enfants. L'aîné était un garçon à qui nous avions donné le nom de Henri. C'était tout le portrait de son père. Il avait les mêmes yeux, le même front, et des cheveux qui tombaient en boucles touffues sur ses épaules. Comme son père, il était vif et intelligent. La petite Elise, disait Henri, avait les mêmes traits que moi. Il était si fier de moi et des enfants que je lui avais donnés, qu'il me répétait souvent que j'étais la plus belle femme de la Louisiane. Il aimait à nous voir vêtus de nos beaux habits, à nous promener dans une calèche découverte, et à écouter les remarques que l'on faisait à notre sujet quand nous passions dans les rues. Puis il me redisait toutes les belles choses, tous les compliments que ma beauté et celle de nos enfants avaient occasionné. Oh ! c'étaient là des jours de bonheur ! Je me croyais aussi heureuse qu'on puisse l'être ; mais le malheur vint bientôt. Un de ses cousins, son intime ami, pour lequel il avait la plus grande estime, vint à la Nouvelle-Orléans. La première fois que je le vis, j'en eus peur, sans pouvoir dire pourquoi. C'était lui, j'en avais le pressentiment, qui devait nous rendre malheureux. Il lui arrivait souvent d'emmener Henri, et ils ne rentraient l'un et l'autre qu'à deux ou trois heures du matin. Je n'osai m'en plaindre ; Henri était si vif, que je craignais toujours de l'irriter. Il fut ainsi entraîné par son cousin dans des maisons de jeu, et c'était un de ces hommes que l'on ne peut plus retenir, quand ils ont pris l'habitude d'aller dans un endroit. On lui fit faire ensuite la connaissance d'une dame, et je m'aperçus bien vite que son cœur s'était détaché de moi. Il ne me l'avoua jamais ; pourtant j'en étais sûre, je le voyais mieux chaque jour. Je sentais se briser mon cœur, et je ne pouvais rien dire ! C'est alors que, poussé par son misérable cousin, Henri résolut de me vendre, moi et mes enfants, pour acquitter les dettes de jeu qui étaient un obstacle au mariage qu'il ambitionnait, et il nous vendit à ce même cousin ! Il me dit un jour qu'il avait affaire à la campagne, et que son absence durerait deux ou trois semaines. Il me parla avec plus de tendresse que jamais ; pourtant toutes ses protestations ne purent me tromper. Je savais que mon heure était venue ; j'étais comme pétrifiée. Je ne pouvais ni parler, ni verser une larme. Il m'embrassa ; il donna mille baisers aux enfants, et partit. Je le regardai monter à cheval, je le suivis des yeux aussi longtemps qu'il fut en vue ; et quand je cessai de le voir, je tombai évanouie.

Alors il vint, mon nouveau maître, ce scélérat maudit ! Il vint prendre possession ! Il me dit qu'il m'avait acheté, moi et mes enfants, et il me montra l'acte de vente. Je le chargeai de malédictions, et l'assurai que je me tuerais plutôt que de vivre avec lui.

— Comme il vous plaira, me répondit-il ; mais si vous n'êtes pas raisonnable, je rendrai vos deux enfants, et vous ne les verrez plus jamais. Il me dit qu'il avait conçu le désir de me posséder dès notre première entrevue; qu'il avait poussé Henri à sa perte, qu'il l'avait ruiné, dans l'espoir de le déterminer à me vendre; qu'il l'avait engagé à s'attacher à une autre femme, et que je devais savoir, après tout, qu'il n'était pas homme à reculer devant quelques larmes ou quelques airs de dédain.

Je cédai, car j'avais les mains liées; il avait mes enfants en son pouvoir. Toutes les fois que je tentais de lui résister, il me menaçait de les rendre, et cette menace me rendait toujours docile. Oh! quelle existence! Vivre le cœur brisé; conserver, au milieu du malheur, un amour profond, et être enchaînée, corps et âme, à un homme que l'on abhorre! Avec Henri, mon plaisir était de lui faire quelque lecture, de jouer, de valser, de chanter; pour l'autre, je ne faisais rien qu'avec dégoût, et pourtant je n'osais refuser. Il était impérieux et brutal avec les enfants. Elle était une petite fille toute timide; mais Henri était hardi, fougueux comme son père, et jamais personne ne l'avait fait obéir. On lui faisait des reproches, on le gourmandait sans cesse, et j'étais dans des transes continuelles à son sujet.

J'essayai de lui inspirer des sentiments de respect, j'essayai de le tenir à l'écart, mais tout fut inutile. J'aurais donné ma vie pour mes enfants. Pourtant, cet homme les vendit! Un jour, il me fit faire une promenade à cheval, et, à mon retour, je ne les trouvai plus. Il m'avoua qu'il les avait vendus; il me montra l'argent, le prix de leur sang. Il me sembla que j'avais tout perdu. Dans un accès de délire, je maudis, oui! je maudis Dieu et les hommes, et pendant quelques temps je crois que je lui fis réellement peur. Mais il ne se tint pas pour battu. Il me dit qu'il avait vendu les enfants, que lui seul pourrait me les faire revoir, et que si je ne me calmais pas, la peine en retomberait sur eux. Où ne conduirait-on pas une mère quand on lui a enlevé ses enfants? Je me soumis; je gardai le silence. Il me berça de l'espoir qu'un jour il consentirait peut-être à les racheter, et les choses en restèrent là pendant une semaine ou deux. Un jour, en me promenant, je passai devant la prison des esclaves; je vis que les passants s'étaient arrêtés devant la porte, et j'entendis les cris d'un enfant. Tout à coup, c'est Henri lui-même, c'est mon fils qui s'arrache des mains de deux ou trois hommes, et qui accourt, en pleurant, me saisir par la robe. Ses gardiens vinrent pour le reprendre, en proférant d'horribles jurements, et l'un d'eux, dont les traits sont pour toujours gravés dans ma mémoire, lui dit qu'il n'échapperait pas, qu'il allait être conduit en prison, et qu'on lui donnerait une leçon qu'il n'oublierait jamais. Je priai, j'implorai... On me répondit par des rires. Le pauvre enfant sanglotait, fixait sur moi des regards suppliants, et se cramponnait à moi. Enfin, ne pouvant lui faire lâcher prise, on déchira un pan de ma robe et on entraîna mon fils qui criait toujours: — Mère! mère! mère! J'aperçus un homme qui paraissait me prendre en pitié, je lui offris tout l'argent que j'avais pour qu'il s'interposât. Mais il secoua la tête, et me dit que l'enfant n'avait montré qu'effronterie et insubordination depuis son maître l'avait acheté, et qu'on allait, une fois pour toutes, le mettre à la raison. Je m'enfuis. A chaque pas je croyais entendre les cris de mon fils. J'arrivai chez nous; je courus toute haletante jusqu'au parloir où je trouvai Butler, je lui dis tout, je le priai d'intercéder; il se mit à rire et me répondit que l'enfant n'avait que ce qu'il méritait, ne pouvait manquer d'être un jour mis à la raison, et que le plus tôt était le mieux, puis il me demanda ce que j'attendais.

Il me sembla alors que ma tête allait se fendre. J'étais en vertige, j'étais furieuse. Je me souviens que j'aperçus un couteau large et tranchant sur la table. Si je ne me trompe, je le saisis et me précipitai sur Butler... Puis tout me parut noir, — et je n'ai rien su de ce qui s'était passé les jours suivants.

Quand je repris connaissance, j'étais dans une chambre assez jolie, mais je vis bien que ce n'était pas la mienne. Une vieille négresse me gardait. Un médecin vint me voir,

et l'on me donna tous les soins possibles. Je sus, quelque temps après, que Butler était parti, qu'il m'avait fait déposer dans cette maison, et que l'on a bâtait ma guérison avec tant de sollicitude que pour me rendre plus tôt.

Je n'avais ni le désir, ni l'espoir de me rétablir; mais, à mon grand regret, la fièvre me quitta, j'entrai en convalescence, et je fus enfin parfaitement guérie. Chaque jour on m'obligeait à soigner ma toilette; puis des messieurs venaient chez nous passer quelques heures et fumer leur cigare. Ils m'examinaient, m'interrogeaient et s'informaient du prix auquel on voulait me vendre. J'étais si triste, si morose, que je ne trouvais pas d'acheteur. On me menaça du fouet si je ne me montrais pas plus enjouée, si je ne faisais pas quelques efforts pour plaire. Enfin il nous arriva un gentleman nommé Stuart, qui parut avoir de l'affection pour moi. Il devina qu'un poids horrible oppressait mon cœur; il riait souvent me voir seul, et je finis par m'ouvrir à lui. Il m'acheta, et promit de faire tout ce qu'il pourrait pour retrouver et racheter mes enfants. Il se présenta chez le maître de Henri, mais on lui répondit qu'il avait été vendu à un planteur qui demeurait près de la rivière des Perles; et c'est là tout ce que j'ai pu en apprendre jusqu'à présent. Il finit par retrouver aussi ma fille, qui appartenait à une vieille dame. Il offrit pour la racheter une somme énorme, mais on n'accepta pas. Butler, qui fut informé des démarches de Stuart, me fit dire que ma fille ne me serait jamais rendue. Le capitaine Stuart me montrait beaucoup de bienveillance; il avait une plantation magnifique, et il m'y conduisit. Dans le courant de cette année-là, j'eus un fils. Oh! quel bel enfant! et comme je l'aimais! Comme la petite créature ressemblait à mon pauvre Henri! Mais ma détermination était déjà prise. Oui! j'avais résolu de ne plus laisser vivre mes enfants. Lorsque mon fils eut quinze jours, je le pris dans mes bras, je le couvris de baisers, je pleurai sur lui, puis je lui fis boire du laudanum, et je le tins serré contre mon cœur jusqu'à ce qu'il se fût endormi pour toujours. Quel deuil, et que de larmes! On croit toujours que c'était par mégarde que je lui avais donné du laudanum. Cette action est peut-être la seule dont le souvenir me soit agréable. Je crois encore que j'ai bien fait; cet enfant, du moins, est à l'abri de la douleur. La mort était le seul bien que je pusse lui donner. Peu de temps après, le choléra sévit et le capitaine Stuart mourut. La mort n'atteint que ceux qui voudraient vivre; et moi, moi! après être allée jusqu'au bord du tombeau, je vécus! On me vendit, on me fit passer de main en main. Enfin, je devins vieille et ridée, et la fièvre me prit. C'est alors que ce scélérat m'acheta, c'est alors qu'il m'amena ici, — et j'y suis encore.

La pauvre femme se tut. Elle avait débité son histoire à la hâte, avec colère, sur un ton sauvage. Tantôt, elle avait l'air de s'adresser à Tom; tantôt, on eût dit qu'elle se parlait à elle-même. Telles étaient la véhémence et l'autorité de son langage, que parfois Tom oubliait, en l'écoutant, la douleur que lui causaient ses blessures; il se soulevait sur un coude, et la regardait se promener dans toute la chambre, en secouant autour d'elle ses longs cheveux noirs.

— Vous m'avez dit, demanda-t-elle après une pause, qu'il y a un Dieu dont les yeux sont toujours ouverts, et qui voit tout ce qui se fait. C'est peut-être vrai. Quand j'étais au couvent, les sœurs me parlaient toujours du jugement dernier, du jour où rien ne restera caché. Ne sera-ce point là le jour de la vengeance?

Ils s'imaginent que nos souffrances et les souffrances de nos enfants ne sont rien, que c'est un léger détail. Pourtant, je me suis trouvée, marchant dans les rues, le cœur assez plein d'amertume pour en abreuver toute la ville. J'ai souhaité que les maisons croulassent sur moi, et que la terre m'engloutît. Oui, au jour du jugement je paraîtrai devant Dieu, et je déposerai contre ceux qui ont causé ma perte et celle de mes enfants!

Quand j'étais jeune, je me croyais pieuse, j'aimais Dieu; j'avais l'habitude de prier. Maintenant, je suis une âme damnée, poursuivie par les démons qui me torturent nuit

et jour. Ils me brûlent, ils me harcèlent, ils me poussent...
J'en viendrai là un de ces jours, dit-elle en se tournant les
mains, tandis qu'un éclair sinistre brillait dans ses yeux noirs.
Je l'enverrai vers ses pareils,—par le plus court chemin,—
une de ces nuits, quand même je serais sûre d'être brûlée vive.
Un rire long et sauvage retentit dans toute la chambre, et
ce rire se perdit dans un sanglot, puis la pauvre femme
tomba sur le plancher, et d'affreuses convulsions la saisirent.

Quelques minutes après, ce transport frénétique parut se
calmer ; Cassy se leva lentement, et sembla reprendre ses
sens.

— Puis-je faire encore quelque chose pour vous, mon
pauvre ami ? dit-elle en s'approchant du grabat de Tom.
Vous donnerai-je encore un peu d'eau ?

Ses traits bienveillans, sa voix douce et émue formèrent,
lorsqu'elle prononça ces paroles, un étrange contraste avec
l'expression de fureur sauvage qui, un instant auparavant,
contractait sa figure.

Tom but l'eau qu'on lui offrit, puis il jeta sur Cassy un
regard de profonde pitié.

— Oh ! saisis, puissiez-vous revenir à celui qui est la
source des eaux vivifiantes.

— Revenir à lui ! Où est-il ? Qui est-il ? dit Cassy.

— C'est celui dont il s'agit dans les lectures que vous me
faites ; c'est le Seigneur.

— Je voyais souvent, quand j'étais jeune, son image
placée au-dessus de l'autel, répondit Cassy ; et ses yeux
prirent une expression de douloureuse rêverie ; mais, ajouta-t-elle, il n'est pas ici ! ici il n'y a que le crime, et toujours, toujours le désespoir. Elle mit sa main sur sa poitrine, et fit un effort comme pour soulever un poids qui la
suffoquait.

Elle vit, dans les yeux de Tom, qu'il allait encore parler ;
d'un geste, elle lui imposa silence.

— Taisez-vous, mon pauvre ami. Tâchez de dormir, si
c'est possible. Elle mit une cruche d'eau à portée de sa
main, elle fit tous les petits arrangemens qui pouvaient
soulager le malade, et elle sortit.

CHAPITRE XXV.

Les gages.

« Et légères, cependant, peuvent être les causes qui
font retomber sur le cœur le poids qu'il voudrait rejeter
pour toujours ; ce sera peut-être un son, une fleur, le
vent, l'Océan, qui rouvrira la blessure, — frappant la
chaîne électrique qui nous lie mystérieusement. »

Le Pèlerinage de Childe-Harold, chap. IV.

Le salon de l'établissement de Legree était une longue
chambre avec une vaste cheminée. Elle avait été tendue
jadis d'un papier voyant et coûteux, qui maintenant moisi,
déchiré et fané, tombait des murs par lambeaux. L'endroit
avait cette odeur fade et malsaine de renfermé particulière
aux vieilles maisons en décadence, où la saleté se dispute
à l'humidité. Le papier de tenture était en outre tout taché
de bière et de vin, et couvert de *memorandums* et de longues colonnes de chiffres à la craie, comme si quelqu'un
s'était livré là à des opérations d'arithmétique. Dans la
cheminée était une grille remplie de charbon de terre enflammé ; car, bien qu'il ne fît pas froid, les soirées paraissaient toujours humides dans cette grande salle ; et d'ailleurs Legree avait besoin d'allumer ses cigares et de faire
chauffer de l'eau pour son punch. La lueur rouge du
charbon trahissait le désordre qui régnait dans la chambre ;
— les selles, les brides, les diverses sortes de harnais, les
cravaches, les pardessus et autres objets d'habillement,

étaient dispersés çà et là ; et les chiens dont nous avons parlé
s'étaient étendus au milieu, selon leur contenance.

Legree se préparait un grand verre de punch, se versant de l'eau chaude d'un pot fêlé et ébréché, et il grommelait, tout en le faisant :

— La peste soit de ce Sambo, de susciter cette querelle
entre moi et mes nouveaux ouvriers ! Cet homme ne sera
pas en état de travailler d'une semaine à présent, — juste
dans le coup de feu de la saison !

— Oui, c'est bien comme vous dites, reprit une voix derrière sa chaise.

C'était la femme Cassy, qui était arrivée pendant son
monologue.

— Ha ! diablesse ! vous voilà revenue.

— Oui, me voilà, dit-elle froidement ; revenue pour en
faire à ma tête aussi !

— Vous mentez, drôlesse, je tiendrai ma parole. Ou
conduisez-vous bien, ou restez aux quartiers et travaillez
avec les autres.

— J'aimerais dix mille fois mieux vivre dans le plus sale
trou des quartiers, que d'être sous votre férule !

— Mais vous y êtes, sous ma férule, malgré tout, dit-il
en se tournant vers elle avec un ricanement féroce ; c'est
ce qui me console. Ainsi, asseyez-vous ici sur mon genou,
ma chère, et entendez raison, dit-il en lui prenant le poignet.

— Simon Legree, prenez garde ! dit la femme avec un
éclair dans l'œil, un regard effaré à en être effrayant. —
Vous avez peur de moi, Simon, ajouta-t-elle d'un air délibéré, et vous avez raison d'avoir peur. Mais, prenez garde,
car j'ai le diable au corps !

Ces derniers mots, elle les lui dit à l'oreille d'une voix
sifflante.

— Sortez ! je crois, sur mon âme, que vous avez le
diable au corps ! dit Legree, en la repoussant d'un air
gêné. Après tout, Cassy, pourquoi ne pourrez-vous pas être
amie avec moi, comme auparavant ?

— Comme auparavant ! répéta-t-elle avec amertume.
Elle s'arrêta court ; — il s'élevait dans son cœur une foule
de sentimens qui l'étouffaient.

Cassy avait toujours eu sur Legree l'espèce d'influence
que peut avoir sur l'homme le plus brutal une femme énergique et passionnée ; mais, depuis peu, elle était devenue
de plus en plus impatiente et irritable, sous le joug hideux
de sa servitude. Son irritation allait parfois jusqu'à la démence furieuse ; et cette disposition en faisait une sorte
d'objet de terreur pour Legree, qui avait pour les fous
cette horreur superstitieuse qui est commune aux gens
grossiers et sans éducation. Lorsqu'il amena Emmeline chez
lui, les sentimens féminins assoupis dans le cœur usé de
Cassy se réveillèrent ; elle prit parti pour cette pauvre fille,
et il s'ensuivit une violente querelle entre elle et Legree. Legree, en fureur, jura qu'il l'enverrait travailler aux champs,
si elle ne lui donnait pas la paix. Cassy déclara, avec un
orgueilleux dédain, qu'elle ne demandait pas mieux ; et
elle y travailla un jour, comme nous l'avons dit, afin de
montrer à quel point elle méprisait cette menace.

Legree fut en secret fort mal à l'aise toute cette journée,
car Cassy avait sur lui une influence qu'il ne pourrait secouer. Lorsqu'elle présenta son panier aux balances, il
avait espéré quelque concession, et lui avait adressé la
parole d'un ton moitié conciliant, moitié hautain, et elle
avait répondu avec le plus amer mépris.

La manière outrageante dont on avait traité le pauvre
Tom l'avait irritée encore plus ; et elle avait suivi Legree à
la maison sans intention particulière, mais pour lui reprocher sa brutalité.

— Vous devriez bien, Cassy, vous conduire décemment,
dit Legree.

— Vous ! qui dites qu'il faut se conduire décemment,
qu'avez-vous fait ? Vous n'avez pas même assez de bon
sens pour ne pas vous priver de vos meilleurs bras, au
moment où vous en avez le plus pressant besoin, tant vous
avez un infernal caractère !

— J'ai été un sot de laisser arriver cette querelle, c'est un fait, dit Legree. Mais une fois que cet homme s'est entêté, j'ai dû le faire plier !

— Je ne crois pas que vous le fassiez plier.

— Ah ! vous croyez ! dit Legree se levant avec colère ; je voudrais bien voir ça ! Ce serait le premier nègre qui m'aurait fait aller. Quand je devrais briser tous les os de son corps, il faudra bien qu'il plie !

En ce moment la porte s'ouvrit, et Sambo entre. Il s'avança en saluant, et tenait quelque chose dans un papier.

— Qu'est-ce que c'est, animal ? dit Legree.

— C'est un charme.

— Un quoi ?

— Quelque chose que les sorcières donnent aux nègres. Ça les empêche de sentir quand on les fouette. Il l'avait au cou, suspendu à un cordon noir.

Legree, comme les gens impies et cruels, était superstitieux. Il prit le papier, et l'ouvrit avec répugnance.

Il en tomba un dollar d'argent, et une longue et brillante boucle de cheveux blonds, — qui s'enroula, comme si elle était en vie, autour des doigts de Legree.

— Damnation ! s'écria-t-il en frappant du pied avec fureur, et s'arrachant des doigts la boucle de cheveux comme si elle le brûlait. D'où vient cela ? Emportez-le ! — Brûlez-le ! brûlez-le ! — Et il jeta la boucle sur les charbons. — Pourquoi m'avez-vous apporté ça ?

Sambo était resté la grosse bouche béante, et tout effaré, et Cassy, qui se préparait à sortir, s'arrêta, et le regarda toute stupéfaite.

— Ne m'apportez plus jamais de ces choses endiablées ! dit-il en montrant le poing à Sambo, qui battait précipitamment en retraite vers la porte ; et, ramassant le dollar, il le jeta au travers de la fenêtre dans les ténèbres.

Sambo s'estima heureux d'avoir pu s'évader. Lorsqu'il fut parti, Legree eut l'air un peu honteux de son effroi. Il s'assit de mauvaise humeur, et se mit à boire lentement et d'un air renfrogné son verre de punch.

Cassy fit ses préparatifs pour sortir sans être remarquée, et elle s'échappa pour aller soigner le pauvre Tom, comme nous l'avons déjà dit.

Qu'avait donc Legree ? et qu'y avait-il donc dans une boucle de cheveux blonds pour faire pâlir cet homme brutal, habitué à tous les genres de cruauté ? Pour que nous puissions répondre à cette question, il faut faire rétrograder notre histoire. Quelque dur et pervers que soit aujourd'hui cet homme impie, il avait été un temps où une mère l'endormait sur son sein, — où son berceau était entouré de prières et d'hymnes saints, — où son front desséché maintenant était humecté de la sainte rosée du baptême. Dans sa première enfance, une femme aux blonds cheveux l'avait conduit à l'église, au son de la cloche du dimanche, pour adorer le Seigneur. Au fond de la Nouvelle-Angleterre, cette mère avait élevé son fils unique avec un amour infatigable et de patientes prières. Né d'un père au cœur dur, auquel cette douce femme avait prodigué tant d'amour méconnu, Legree avait marché sur les traces de son père. Turbulent, effréné et despotique, il méprisait tous les conseils de sa mère et n'acceptait aucun de ses reproches, et de bonne heure il la quitta pour aller chercher fortune en mer. Il ne revint plus à la maison qu'une fois depuis ; et alors sa mère, avec l'ardeur d'un cœur qui a besoin d'aimer quelque chose, et qui n'a rien d'autre à aimer, s'attacha à lui, et entreprit, à force de prières et de supplications passionnées, de l'arracher à une vie criminelle, et d'assurer le bonheur éternel à son âme.

La grâce, en ce jour, se faisait sentir à Legree ; alors les bons anges l'appelaient ; alors il était presque converti, et la miséricorde divine le prenait par la main. Son cœur s'attendrissait ; — il y avait lutté ; — mais le péché remporta la victoire, et il opposa toute la force de sa rude nature aux convictions de sa conscience. Il recommença à boire, à jurer ; il fut plus déréglé et plus brutal que jamais. Un soir que sa mère, au comble du désespoir, était tombée à

ses genoux, il la repoussa du pied, — la jeta sans connaissance sur le plancher, et, avec des imprécations brutales, il s'enfuit à son vaisseau. Legree n'avait plus entendu parler de sa mère, lorsqu'un soir qu'il s'enivrait en compagnie, une lettre lui fut mise dans la main. Il l'ouvrit, et il en tomba une longue boucle de cheveux qui s'enroula autour de ses doigts. La lettre lui disait que sa mère était morte, et qu'en mourant elle l'avait béni et lui avait pardonné.

Le mal est un terrible nécromancien qui fait des choses les plus douces et les plus saintes des fantômes d'horreur et d'effroi. Cette pâle mère si aimante, — les prières et le pardon de cette mourante, — firent sur ce cœur en proie au démon du péché l'effet d'une sentence qui le menaçait de damnation. Legree brûla les cheveux et la lettre ; et lorsqu'il les vit se tordre dans le feu, il frissonna en songeant aux flammes éternelles. Il essaya d'en perdre la mémoire à force d'orgies et de blasphèmes ; mais souvent, au milieu de la nuit, dont le calme solennel force l'âme du méchant à se replier sur elle-même, il avait vu cette pâle mère se dresser auprès de son lit, et avait senti cette boucle de cheveux se rouler doucement autour de ses doigts. Alors, une sueur froide lui baignait le visage, et il s'élançait de son lit, saisi d'horreur. Vous qui vous êtes étonnés d'entendre le même évangile vous dire que Dieu est tout amour et que Dieu est un feu qui consume, ne voyez-vous pas que, pour l'âme que le mal a gangrenée, l'amour parfait est la plus terrible torture, le sceau et la sentence du plus cruel désespoir ?

— Au diable ! se dit Legree en buvant son punch à petites gorgées ; où a-t-il pris ça ? Comme ça ressemblait à... J'en frissonne ! Je croyais l'avoir oublié. Dieu me damne ! si je crois qu'on oublie jamais quoi que ce soit ! La peste l'étouffe ! Je me sens tout seul. J'ai envie d'appeler Em. Elle me déteste, — la guenon ! Mais c'est égal, — je la ferai bien venir !

Legree passa dans un vestibule où se trouvait un escalier tournant autrefois magnifique ; mais le passage était sale et encombré de caisses et de paille. Les marches sans tapis semblaient monter dans l'ombre on ne savait où ! La lueur pâle de la lune pénétrait à travers un judas démantibulé en dessus de la porte ; l'air était malsain et glacial comme celui d'un caveau.

Legree s'arrêta au bas de l'escalier, en entendant une voix qui chantait. Ce chant lui parut étrange et comme celui d'un fantôme dans cette vieille maison lugubre, peut-être à cause de l'ébranlement de ses nerfs. Chut ! qu'est-ce que c'est ?

Une voix sauvage et pathétique psalmodia un hymne connu parmi les esclaves :

Oh ! il y aura du deuil, du deuil, du deuil !
Oh ! il y aura du deuil, du deuil, du deuil.

— Damnée soit la fille ! s'écria Legree. Je l'étranglerai ! Em ! Em ! appela-t-il d'une voix dure. Mais il ne lui fut répondu que par un écho moqueur. La douce voix continua de chanter :

Là parents et enfans se sépareront !
Là parents et enfans se sépareront !
Se sépareront pour ne plus se revoir !

et clair et sonore résonna à travers les salles vides le refrain :

Oh ! il y aura du deuil, du deuil, du deuil !
Oh ! il y aura du deuil au tribunal du Christ !

Legree s'arrêta. Il eût été honteux de l'avouer, mais de grosses gouttes de sueur mouillaient son front ; son cœur battit vite et fort de terreur. Il crut même voir quelque chose de blanc qui se dressait dans l'ombre devant lui, et il frissonna de penser que sa mère défunte allait peut-être lui apparaître soudain.

— Je sais une chose, se dit-il en reculant précipitamment dans le salon où il tomba sur un siége, c'est que je laisserai cet homme tranquille après ceci ! Qu'avais-je besoin de ce maudit papier ? Je crois vraiment que je suis ensorcelé ! Je n'ai fait que suer et frissonner depuis lors ! Où a-t-il pris ces cheveux ? Ce ne pouvait pas être ceux-là ! Je les ai brûlés, je le sais bien ! Il serait par trop plaisant que des cheveux pussent ressusciter !

Ah, Legree ! cette tresse dorée était enchantée ; chacun de ces cheveux était un talisman de terreur et de remords pour toi ; et un pouvoir supérieur s'en servait pour empêcher tes mains cruelles d'infliger les plus extrêmes sévices à des êtres sans défense !

— Holà ! dit Legree en frappant du pied et en sifflant les chiens, éveillez-vous donc, quelques-uns de vous, et tenez-moi compagnie ! Mais les chiens n'ouvrirent qu'à moitié leurs yeux endormis, et les refermèrent aussitôt.

— Je vais faire venir Sambo et Quimbo ; je les ferai chanter et danser une de leurs danses démoniaques, afin d'écarter ces horribles idées, dit Legree ; et mettant son chapeau, il passa sur la véranda, et souffla dans un cornet avec lequel il avait coutume d'appeler ses deux nègres.

Il arrivait souvent à Legree, lorsqu'il était en belle humeur, de faire venir ces dignes personnages dans son salon, et après les avoir réchauffés avec du whisky, de s'amuser à les faire chanter, danser ou se battre, selon que la fantaisie lui en prenait.

Ce fut entre une et deux heures de la nuit, comme elle revenait de soigner le pauvre Tom, que Cassy entendit partir du salon un effrayant vacarme de cris et de chants sauvages, mêlés aux aboiements des chiens.

Elle monta les degrés de la véranda, et regarda dans le salon. Legree et les deux nègres, en proie à une ivresse furibonde, chantaient, hurlaient, renversaient les chaises, et se faisaient toutes sortes de grimaces horribles et grotesques.

Elle appuya sa petite main délicate sur le store de la fenêtre, et les contempla fixement. Ses yeux noirs étaient pleins d'angoisse, de mépris et de farouche amertume. — Serait-ce un péché de débarrasser le monde d'un tel misérable ? se dit-elle.

Elle se détourna précipitamment, et prenant une porte de derrière, elle monta l'escalier et frappa à la porte d'Emmeline.

CHAPITRE XXXVI.

Emmeline et Cassy.

Cassy entra dans la chambre, et trouva Emmeline qui était assise, pâle de frayeur, dans le coin le plus éloigné. A son arrivée, Emmeline s'était levée par un mouvement nerveux ; mais, en apercevant qui entrait, elle se précipita vers elle et la saisit par le bras, en disant :

— O Cassy ! est-ce vous ? Je suis si heureuse de vous voir ! J'avais tant peur de qui pouvait venir... Mais vous ne savez pas le tumulte horrible qu'il y a eu là-bas toute la soirée ?

— Je dois en savoir quelque chose, répondit sèchement Cassy. J'en ai entendu assez.

— O Cassy ! dites-moi, est-ce que nous ne pourrions pas nous échapper d'ici ? N'importe où, dans les marécages, au milieu des serpents, ou partout ailleurs. Non ! ne pourrions-nous pas nous sauver, nous éloigner d'ici ?

— Nulle part ailleurs que dans la tombe, dit Cassy.

— Avez-vous jamais essayé ?

— Je sais à quoi cela aboutit, répondit Cassy.

— Moi, je voudrais bien vivre dans les marécages et ronger l'écorce des arbres. Je n'ai pas peur des serpents. J'aimerais mieux avoir près de moi un serpent que lui, dit Emmeline avec énergie.

— Il y a bien des gens qui partagent votre opinion, dit à son tour Cassy ; mais vous ne pourriez demeurer dans les marécages, vous y seriez dépistée par les chiens et ramenée ici, et puis... puis...

— Qu'est-ce qu'il ferait ? s'écria la servante, l'anxiété peinte sur son visage.

— Vous devriez plutôt demander que ne ferait-il pas ? Il a bien appris son métier au milieu des pirates des Indes-Occidentales. Vous ne dormiriez pas si je vous disais les choses que j'ai vues, les choses qu'il raconte, lui, quelquefois, comme de bonnes plaisanteries. J'ai entendu ici pousser des cris qui, depuis des semaines et des semaines, ne peuvent pas sortir de ma mémoire. Non loin d'ici, là-bas, sur le chemin, vous avez pu voir un arbre brûlé et noirci par la fumée, au pied duquel la terre est couverte de cendres grises. Demandez au premier venu ce qu'on a fait là, et vous verrez si l'on osera vous le raconter.

— Dieu ! que voulez-vous dire ?

— Je ne veux rien vous dire. Il m'est odieux de penser à cela. Je dis seulement que le Seigneur seul ce que nous verrons demain, si notre pauvre camarade Tom continue comme il a commencé.

— Horreur ! s'écria Emmeline, anéantie, pâle, étouffée par le sang qui refluait vers son cœur. Cassy, je vous en prie, dites ! que ferai-je ?

— Ce que j'ai fait... Agir de votre mieux, accomplir votre devoir, et puis détester le maître et le maudire.

— Il voulait m'obliger à boire quelquefois de sa détestable eau-de-vie, dit Emmeline, et moi je la déteste au point...

— Vous auriez mieux fait de boire, répondit Cassy. Moi aussi, je la détestais, et maintenant je ne puis vivre sans elle. On a besoin de quelque chose qui fasse oublier ces horribles souvenirs qui vous assiégent. Ils semblent moins horribles quand on boit.

— Ma mère me disait de ne jamais y toucher, dit Emmeline.

— Vous parlez de votre mère ! répliqua Cassy, en appuyant avec amertume et rudesse sur ce mot de mère. Que voulez-vous faire de tout ce qu'a dit votre mère ? Notre vie entière est achetée et payée ; notre âme appartient au maître qui nous a amenées. Je vous le dis, buvez de l'eau-de-vie, buvez-en tant que vous pourrez, cela vous rendra tout facile.

— O Cassy ! ayez pitié de moi !

— Pitié de vous, pourquoi pas ? N'ai-je pas une fille ? Le Seigneur sait si elle existe et où elle se trouve aujourd'hui. Là, je pense, où sa mère est venue avant elle, où sans doute il faut qu'après elle aillent les enfants. Il n'y a pas de fin à cette destinée maudite, non, jamais !

— Je voudrais n'être pas venue au monde ! s'écria Emmeline en se tordant les mains.

— Il y a longtemps que j'ai la même pensée, répondit Cassy. C'est ce que j'ai répété bien souvent. — Je mourrais, si j'en avais le courage, ajouta-t-elle en regardant à travers les ténèbres, et en conservant cette expression fixe de désespoir qui était l'air ordinaire de son visage pendant le repos.

— Ce serait être assez coupable que de se donner la mort, dit Emmeline.

— Je ne sais pourquoi il y a de plus grands crimes que nous commettions tous les jours, en continuant à vivre. Mais les sœurs m'ont dit, quand j'étais au couvent, des choses qui me font craindre de mourir. Si c'était seulement notre fin, alors, alors...

Emmeline se détourna, cachant sa figure dans ses mains.

Pendant que cette conversation se passait dans cette chambre, Legree, vaincu par la bonne chère, se trouvait, dans la pièce en dessous, plongé dans un profond sommeil. Ordinairement il ne se livrait pas à l'ivrognerie. Sa rude et grossière nature demandait et supportait une excitation perpétuelle, qui aurait complétement brisé et ruiné une plus belle nature. Mais, avec sa prudence méfiante et précautionneuse, il ne donnait carrière à son appétit que dans une mesure qui lui permît toujours d'être maître de lui-même.

Cette nuit, pourtant, dans ses efforts désespérés pour bannir de son esprit les affreuses pensées et les remords terribles qui se réveillaient en lui, il s'était abandonné à la boisson plus que de coutume, et, après avoir congédié ses domestiques nègres, il s'était laissé tomber pesamment sur un siége, au milieu de sa chambre, et dormait d'un sommeil profond.

Comment l'âme du méchant ose-t-elle pénétrer dans le sombre empire du sommeil? dans cette terre aux sombres limites, et si voisine des scènes mystérieuses et terribles de la grande réparation! Legree rêva. Pendant son lourd et fiévreux sommeil, un fantôme voilé lui apparut, s'approcha et posa sur lui sa main douce et froide. Sa pensée devina qui c'était. Frissonnant, glacé d'horreur, il reconnut ce visage sous son voile. Alors il crut sentir les cheveux du fantôme enlacés autour de ses doigts, puis, ces cheveux se glissaient autour de son cou, le serraient, le serraient toujours davantage, et il ne pouvait plus respirer. Alors il crut entendre des voix sourdes, qui lui murmuraient à l'oreille, et ces murmures le glaçaient d'horreur. Puis il lui sembla être sur le bord d'un affreux abîme, se retenant et se débattant avec une frayeur mortelle; des mains sombres s'étendaient vers lui et l'attiraient, et Cassy venait en riant et le poussait par derrière. La solennelle apparition, toujours voilée, se dressa près de lui, puis elle se dévoila. C'était sa mère! Elle s'éloigna de lui et il descendit bien bas, bien bas, bien bas, au milieu d'une confuse tempête de gémissemens, de plaintes, et des éclats de rire de démons moqueurs, et Legree s'éveilla.

La teinte rosée de l'aube, qui commençait à poindre, pénétrait furtivement dans la chambre. L'étoile du matin, projetant sa sainte et solennelle lumière, semblait contempler le coupable du haut du ciel empourpré. Quelle fraîcheur, quelle splendeur, quelle beauté accompagnent la naissance de chaque jour! comme pour dire à l'insensé: — Regarde encore une chance favorable! Travaille pour la gloire immortelle! — Mais l'homme téméraire, il ne l'entendit pas. Il se réveilla en jurant et en maudissant! Que lui faisait l'or, la pourpre, les merveilles journalières du matin! Que lui faisait cette étoile que le Fils de Dieu a sanctifiée en la choisissant comme son propre emblème!

Avec sa brutalité ordinaire, il regardait sans voir, et trébuchant en avant, il se versa un grand verre d'eau-de-vie, dont il but la moitié.

— J'ai passé une nuit d'enfer, dit-il à Cassy, qui venait d'entrer par la porte opposée.

— Vous en aurez beaucoup de pareilles, bientôt, répondit-elle sèchement.

— Que dites-vous-là, effrontée?

— Vous le comprendrez bien un de ces jours, répartit Cassy sur le même ton. Mais à présent, Simon, j'ai un bout d'avis à vous donner.

— Ah! diable!

— Mon avis est, dit Cassy avec fermeté, en commençant à arranger quelque meuble dans l'intérieur de la chambre, que vous laissiez Tom en repos.

— Et qu'est-ce que cela vous fait?

— A moi! Soyez-en sûr, je ne sais pas pourquoi cela me regarderait. S'il vous plaît d'acheter douze cents dollars un esclave pour vous en servir dans les travaux pressés de la saison, et de choisir justement celui-là pour décharger sur lui votre haine, ce n'est pas mon affaire. J'ai fait ce que j'ai pu pour lui.

— Vous dites! Quel besoin avez-vous de vous mêler de ce que je fais.

— Aucun, je vous assure. Je vous ai déjà sauvé quelques milliers de dollars, à différentes époques, en soignant vos esclaves, et voilà comme vous m'en remerciez. Si votre ré-

colte, arrivant au marché, se trouve inférieure à celle de autres, vous ne perdrez pas votre part, j'imagine! Tompkins ne sera pas le vainqueur, j'imagine, et vous paierez de votre argent, comme une dame, n'est-ce pas? Je crois vous voir.

Legree, ainsi que plusieurs autres planteurs, n'avait qu'une espèce d'ambition; il voulait avoir la récolte la plus considérable de la saison, et, pour la récolte pendante, il avait fait plusieurs paris dans la ville voisine. Cassy, avec son tact tout féminin, ne toucha que la corde qu'elle était sûre de faire vibrer.

— Bien! je le laisserai tranquille, dit Legree, pourvu qu'il commence par me demander pardon, et qu'il promette de mieux se conduire.

— Il ne voudra pas, répondit Cassy.

— Comment! je voudrais savoir pourquoi? répondit Legree avec un ton des plus dédaigneux.

— Parce qu'il a raison, et, je le connais bien, il ne voudra jamais convenir qu'il a tort.

— Il m'importe bien peu, que diable! que vous le connaissiez. Un nègre doit être du même avis que son maître, sinon...

— Sinon!... vous voulez perdre votre pari au sujet de la récolte de coton, en l'éloignant des champs juste au moment où l'on est le plus pressé.

— Mais il cédera, comme de juste: est-ce que je ne sais pas comment sont ces nègres? il demandera pardon comme un chien. Vous ne connaissez pas cette race.

— Il ne voudra pas, Simon. Vous pourrez le faire mourir à petit feu sans lui arracher un mot de rétractation.

— Nous verrons; où est-il? demanda Legree en sortant.

— Dans le grenier du magasin, répondit Cassy.

Quoiqu'il eût parlé si vertement à Cassy, Legree continua à s'éloigner de la maison avec une indécision qui ne lui était pas ordinaire. Le songe de la nuit précédente et, en même temps, les prudents conseils de Cassy, avaient fait dans son esprit une impression profonde. Il se décida à ne prendre personne pour témoin de son entrevue avec Tom, et résolut, s'il ne pouvait venir à bout de lui par ses menaces, d'ajourner sa vengeance, qu'il se réservait d'assouvir à une époque plus favorable.

L'éclat solennel de l'aurore, la splendeur céleste de l'étoile du matin avaient pénétré par l'étroite fenêtre du hangar où était couché Tom, et ces paroles solennelles semblèrent venir à lui, comme si elles étaient descendues avec le rayon lumineux de l'étoile: « Je suis la souche et la lignée de David; je suis la brillante étoile du matin. » Les prédications mystérieuses et les demi-mots de Cassy, loin de jeter le découragement dans son âme, l'avaient réveillée comme un appel venu d'en haut; il pensait peut-être que le jour de sa mort se préparait dans les cieux, et son cœur palpitait des sublimes mouvemens de la joie et du désir, en songeant à toutes ces merveilles qui avaient été souvent l'objet de ses méditations: le grand trône éclatant de blancheur avec son arc-en-ciel éternel, les robes blanches des hôtes du divin séjour, leurs voix mélodieuses comme le murmure des eaux, les couronnes, les palmes, les harpes, cette vision pouvait se dissiper avant le coucher du soleil. Aussi il entendit sans trouble et sans frisson la voix de son persécuteur, au moment où il entrait.

— Eh bien! mon garçon, comment vous trouvez-vous? lui dit Legree en le frappant du pied avec mépris. Ne vous ai-je pas dit que vous apprendriez quelque chose ici? Comment le trouvez-vous? comment trouvez-vous que vos plaintes vous réussissent? vous n'êtes pas si dispos qu'hier au soir. Vous ne pourriez pas régaler un pauvre pécheur, maintenant, avec un petit bout de sermon, n'est-ce pas?

Tom ne répondit rien.

— Debout, imbécile! cria Legree en le frappant de nouveau du pied.

C'était bien difficile pour un homme brisé de coups et affaibli comme l'était Tom; mais, comme il faisait les plus grands efforts, Legree se mit à rire brutalement.

— Comment! vous êtes leste ce matin, Tom! Vous aurez eu froid, peut-être, cette nuit.

Cependant Tom s'était dressé sur ses pieds, et il regardait son maître, l'œil fixe, le front immobile.

— Diable! vous pouvez vous lever, dit Legree le toisant de haut en bas. Je pense que vous n'avez pas reçu assez de coups encore, Tom, et que vous allez vous mettre à genoux par terre, pour me demander pardon de vos farces d'hier au soir.

Tom resta immobile.

— À genoux, chien! cria Legree en le cinglant de son fouet.

— Maître Legree, répondit Tom, je ne puis vous obéir. Je n'ai fait que ce que je croyais juste, et je le ferai toujours lorsque l'occasion s'en présentera. Je ne commettrai jamais de cruauté, quoi qu'il arrive.

— Oui, mais vous ne savez pas ce qui peut arriver, maître Tom. Vous croyez que ce que vous avez éprouvé est quelque chose; je vous dis que ce n'est rien, rien du tout. Comment aimeriez-vous être attaché à un arbre, pour y être brûlé à petit feu? Cela vous semble-t-il doux, hein! Tom?

— Maître, répondit Tom, je sais que vous pourrez faire des choses terribles, mais (et il éleva vers le ciel ses mains jointes), mais quand vous aurez tué le corps, vous ne pourrez plus rien. Après cette vie, il en est une autre : l'*Éternité*.

L'*Éternité*! Cette sublime parole illumina et fit tressaillir l'âme du nègre; elle fit tressaillir celle du pécheur comme l'eût fait la morsure d'un scorpion. Legree grinça des dents : la rage lui fit garder le silence, et Tom, comme un homme au-dessus de toute condamnation, lui dit d'une voix claire et joyeuse :

— Maître Legree, vous m'avez acheté; je dois être pour vous un bon et fidèle esclave; je vous dois tout le travail de mes mains, tout mon temps, toute ma force; mais mon âme, je ne la donnerai à aucun mortel. J'obéirai au Seigneur; je suivrai ses commandemens, avant tout, sans considérer s'il s'agit pour moi de la vie ou de la mort, vous pouvez en être assuré. Maître Legree, la mort ne m'effraie nullement, j'aimerais autant périr. Vous pouvez me battre, me faire mourir de faim, me brûler vif, ce sera seulement m'envoyer plus vite là où je veux aller.

— Je vous ferai céder avant d'en finir avec vous! répondit Legree au comble de la rage.

— J'aurai du secours d'en haut, répliqua Tom; vous ne réussirez jamais.

— Qui diable va vous secourir? dit Legree avec dédain.

— Dieu le tout puissant! dit Tom.

— Soyez damné! s'écria Legree en renversant d'un violent coup de poing l'infortuné Tom.

Dans ce moment, une main douce et froide s'appuya sur Legree, il se retourna : c'était Cassy; et ce contact doux et froid lui rappela le songe de la nuit précédente. Une lueur soudaine éclaira son cerveau, et lui fit revoir les sinistres images de cette nuit, et renouvela en partie les terreurs qui les avaient accompagnées.

— Êtes-vous insensé? dit Cassy en français. Laissez-le; laissez-moi le remettre en état d'aller travailler dans les champs. N'est-ce pas vrai, ce que je vous avais dit?

On dit que les alligators et les rhinocéros, couverts d'une cuirasse à l'épreuve de la balle, ont tous cependant quelque partie vulnérable; de même le réprouvé farouche, sans crainte et sans foi, se livre d'ordinaire à des craintes superstitieuses.

Legree se retira, résolu à laisser aller les choses quelque temps.

— Eh bien! êtes-vous contente? dit-il à Cassy d'un ton bourru. Écoutez! vous, dit-il ensuite à Tom. Je ne veux pas m'expliquer maintenant, parce que mes affaires pressent, et que j'ai besoin de tous mes bras; mais je n'oublie jamais. J'ai un compte à régler avec vous, et quelque jour je me paierai aux dépens de votre vieille peau noire. Songez-y bien.

Legree tourna le dos et sortit.

— Allez! dit Cassy le regardant d'un air sombre, votre compte viendra à son tour. — Mon pauvre camarade, comment vous trouvez-vous?

— Le Seigneur m'a envoyé un de ses anges, et il a fermé la gueule du lion pour quelque temps, répondit Tom.

— Pour quelque temps, oui, reprit Cassy. Mais aujourd'hui vous avez attiré le malheur sur votre tête. Il vous poursuivra de jour en jour comme un chien attaché à votre gorge, il sucera votre sang, épuisera votre vie goutte à goutte. Je connais l'homme.

CHAPITRE XXXVII.

La liberté.

Peu importe avec quelle solennité il a été sacrifié sur l'autel de l'esclavage! Du moment où il touche le sol sacré de la Grande-Bretagne, l'autel et le Dieu rentrent ensemble dans la poussière, et le voilà debout, racheté, régénéré et libéré par l'irrésistible génie de l'émancipation universelle.   CURRAN.

Nous devrons pour un instant laisser Tom aux mains de ses persécuteurs, tandis que nous allons suivre la fortune de Georges et de sa femme, que nous avons laissés chez des amis, dans une ferme située au bord de la route.

Quand nous avons quitté Tom Loker, il gémissait et se débattait dans un lit immaculé de quaker, sous la surveillance maternelle de la tante Dorcas, qui le trouvait aussi traitable qu'un bison malade.

Imaginez-vous une grande femme à l'air digne, dont le bonnet de mousseline claire ombrage des bandeaux de cheveux argentés, séparés sur un front large et limpide, qui avance sur de pensifs yeux gris. Un mouchoir de crêpe lisse, blanc comme la neige, est soigneusement croisé sur sa poitrine; sa luisante robe de soie brune fait entendre un paisible frôlement, chaque fois qu'elle va et vient d'un pas léger dans la chambre.

— Le diable! dit Tom Loker en repoussant avec violence le drap du lit.

— Je dois inviter Thomas à ne pas employer de pareilles expressions, dit la tante Dorcas en remettant tout tranquillement le lit en ordre.

— Eh bien! je ne le ferai plus, grand'-maman, si je peux m'en empêcher, dit Tom; mais il y a bien de quoi jurer, — par cette damnée chaleur!

Dorcas ôta du lit un couvre-pied, tira de nouveau les draps et les reborda, jusqu'à ce que Tom fît l'effet d'une chrysalide; et, tout en le faisant, elle lui dit :

— Je voudrais, l'ami, te voir renoncer à sacrer et à jurer, et veiller un peu mieux sur toi.

— Et pourquoi diable y veillerai-je, répartit Tom. C'est bien la dernière chose à laquelle je veuille songer, que le ciel m'écrase! Et Tom se remit à bondir, débordant ses draps et les mettant dans un désordre effrayant à voir.

— Cet homme et cette fille sont ici, je présume, dit-il d'une voix sombre, après une pause.

— Ils sont ici, répondit Dorcas.

— Ils feraient bien de gagner le lac; le plus tôt serait le mieux.

— C'est ce qu'ils feront probablement, dit la tante Dorcas en tricotant d'un air paisible.

— Écoutez, dit Tom; nous avons à Sandusky des correspondans qui nous gardent les bateaux. Ça m'est égal de le dire maintenant. J'espère que les deux fuyards s'échapperont; je le désire pour vexer Marks, — le maudit chien que Dieu confonde!

— Thomas!

— Prenez garde, grand'-maman, si vous me bouchez par trop, j'éclaterai. Mais, pour en revenir à cette fille, —dites-leur de l'habiller de façon à la déguiser. On a affiché son signalement à Sandusky.

— Nous y aviserons, dit Dorcas avec le flegme qui la caractérisait.

Comme nous allons prendre congé ici de Tom Loker, nous ferons aussi bien d'ajouter qu'après être resté trois semaines au lit, atteint d'une fièvre rhumatismale, qui était venue se joindre à ses autres maux, Tom se leva un peu plus triste et un peu plus sensé; et renonçant à son métier de chasseurs d'esclaves, il adopta dans une des nouvelles colonies un genre de vie où ses talens se déployèrent plus heureusement à traquer des ours, des loups et autres habitans de la forêt, et il s'acquit une véritable réputation dans ce pays. Tom parlait toujours des quakers avec respect. — De charmantes gens, disait-il; ils voulaient me convertir; mais ils n'ont pu y parvenir précisément. Par exemple, étranger, il n'y a personne comme eux pour soigner un malade, — il n'y a pas à dire. Il faut voir comme ils font le bouillon et un tas de friandises.

Ayant été prévenue par Tom Loker qu'elle serait exposée à des recherches à Sandusky, la troupe jugea prudent de se diviser. On fit partir séparément Jim avec sa vieille mère, et une ou deux nuits après, Georges, Eliza et leur enfant, furent menés secrètement à Sandusky, et logés sous un toit hospitalier, en attendant qu'ils pussent s'embarquer sur le lac.

La nuit était presque passée, et l'étoile matinale de la liberté se levait brillante devant eux. Liberté! — mot électrique! Es-tu plus qu'un nom, — qu'une figure de rhétorique? Hommes et femmes de l'Amérique, pourquoi votre cœur bat-il à ce mot pour lequel vos pères ont versé leur sang, pour lequel vos mères, plus braves encore, consentaient à voir périr les plus nobles, les meilleurs de leurs enfans!

Ce mot a-t-il en soi quelque chose de glorieux et de cher pour une nation, qui ne soit pas également glorieux et cher pour un homme? Qu'est-ce que la liberté pour une nation, si ce n'est la liberté pour les individus qui la composent? Qu'est-ce que la liberté pour ce jeune homme qui est assis là, les bras croisés sur sa large poitrine, le sang africain sur sa joue, le soleil africain dans son œil? — Qu'est-ce que la liberté pour Georges Harris? Pour vos pères, c'était le droit qu'a une nation d'être une nation. Pour lui, c'est le droit qu'a un homme d'être un homme, et non une brute; le droit d'appeler la femme de son choix sa femme, et de la protéger contre la violence effrénée; le droit de défendre et d'élever son enfant; le droit d'avoir un foyer à soi, une religion à soi, une volonté à soi, indépendante de la volonté d'autrui. Toutes ces pensées bouillonnaient dans le cœur de Georges, tandis que, la tête appuyée sur sa main, il regardait d'un œil rêveur sa femme, occupée à adapter à ses formes délicates le costume d'homme sous lequel on avait jugé plus sûr de la faire échapper.

— Maintenant, à leur tour, dit-elle debout devant un miroir, et faisant tomber les flots soyeux de ses boucles noires. Vraiment, Georges, c'est presque dommage, n'est-il pas vrai? ajouta-t-elle en jouant avec ses cheveux; c'est dommage qu'il faille les couper tous!

Georges sourit tristement et ne répondit rien.

Eliza se retourna vers le miroir, et les ciseaux brillèrent à chaque longue mèche qui se détachait de sa tête.

— Là, maintenant cela suffira, dit-elle en prenant une brosse; il ne s'agit plus que de perfectionner. — Voyez, ne suis-je pas un joli garçon? dit-elle; et elle se tourna vers son mari, riant et rougissant tout à la fois.

— Vous serez toujours jolie, quoi que vous fassiez, dit Georges.

— Qu'est-ce qui vous rend si sérieux? dit Eliza, mettant un genou en terre, et posant sa main sur la sien. Nous ne sommes qu'à vingt-quatre heures du Canada, dit-on. Seu-

lement un jour et une nuit sur le lac, et alors... oh! alors!...

— C'est cela même, Eliza, dit Georges en l'attirant à lui. Ma destinée maintenant se concentre sur un seul point. Venir si près, être presque en vue, et tout perdre! Je n'y pourrais survivre, Eliza.

— N'ayez pas peur, Georges, dit sa femme avec l'accent de l'espérance. Le bon Dieu ne nous aurait pas conduits si loin pour nous laisser en route. Je crois le sentir avec nous, Georges.

— Vous êtes une femme bénie, Eliza, dit Georges en lui serrant convulsivement la main. Mais, dites-moi, pouvons-nous espérer tant de miséricorde? Toutes ces années de misère auront-elles une fin? Serons-nous libres?

— J'en suis sûre, Georges, dit Eliza en levant au ciel des yeux où brillaient, à travers ses longs cils noirs, des larmes d'espérance et d'enthousiasme. Quelque chose me dit que Dieu va nous tirer de la servitude aujourd'hui même.

— Je veux vous croire, Eliza, dit Georges en se levant soudain, je veux vous croire... Venez, partons. Vraiment, ajouta-t-il en la tenant à la longueur de son bras, et en la regardant avec admiration, vous êtes un joli petit garçon. Ces petits cheveux courts vous vont très bien. Mettez votre casquette ainsi, un peu de côté. Je ne vous ai jamais vue si jolie. Mais la voiture devrait être prête. Mistress Smith a-t-elle travesti Harry?

La porte s'ouvrit, et une respectable femme entre deux âges entra, conduisant le petit Harry habillé en fille.

— Quelle jolie fille il fait! dit Eliza, l'examinant sous toutes ses faces. Nous l'appellerions Harryette, voyez-vous. Est-ce que ce nom ne sied pas bien?

L'enfant, dans son nouveau costume, regardait sa mère d'un air grave, de dessous ses boucles noires, gardant un profond silence, et poussant par intervalle de gros soupirs.

— Harry reconnaît-il maman? dit Eliza en lui tendant les mains.

L'enfant, intimidé, se tenait serré contre la femme qui l'avait amené.

— Voyons, Eliz, pourquoi essayer de l'apprivoiser, quand vous savez que vous ne devez pas l'avoir avec vous?

— Je sais que c'est absurde, dit Eliza, et cependant je ne puis supporter l'idée d'être séparée de lui. Mais voyons, où est mon manteau? le voici! Comment les hommes mettent-ils leurs manteaux, Georges?

— Vous devez le porter ainsi, dit Georges en se le mettant sur les épaules.

— De cette façon, n'est-ce pas? dit Eliza en imitant son geste; — et je dois frapper du pied, et faire de longues enjambées, et prendre un air effronté.

— Ne faites pas tant d'efforts. On rencontre de temps à autre un jeune homme modeste, et je crois qu'il vous serait plus facile de soutenir ce rôle-là.

— Et ces gants! Miséricorde! mes mains s'y perdent!

— Je vous engage à les garder religieusement. Votre petite main délicate nous ferait découvrir tous. Ah çà, mistress Smyth, vous êtes confiée à nos soins, et vous êtes notre tante, — faites-bien attention.

— J'ai ouï-dire, répondit mistress Smyth, qu'il est venu des gens qui ont mis tous les capitaines de paquebot en garde contre un homme et une femme avec un petit garçon.

— Qui dà! dit Georges. Eh bien! si nous voyons rien de semblable, nous les en préviendrons.

Une voiture de louage s'arrêta à la porte, et l'aimable famille qui avait donné asile aux fugitifs s'assembla pour leur faire ses adieux.

C'était conformément aux avis de Tom Loker qu'ils avaient pris ces déguisemens. Mistress Smyth, respectable femme de la colonie du Canada où ils allaient, étant par bonheur sur le point de traverser le lac pour y retourner, avait consenti à passer pour la tante du petit Harry. Afin qu'elle pût se l'attacher, on l'avait confié à ses soins exclusifs les deux derniers jours, et un redoublement de caresses, joint à une quantité indéfinie de gâteaux à l'anis et de sucre candi, avait allumé pour elle une affection très vive dans le cœur du jeune gentleman.

La voiture se rendit au quai. Les deux jeunes hommes, ou soi-disant tels, franchirent la planche du bateau. Eliza donnait galamment le bras à mistress Smyth, et Georges veillait sur le bagage.

Georges était dans le bureau du capitaine, faisant des arrangements pour sa compagnie, lorsqu'il entendit deux hommes qui causaient à côté de lui.

— J'ai examiné chaque personne qui est venue à bord, disait l'un d'eux, et je suis qu'ils ne sont point sur ce bateau.

La voix était celle du commis du paquebot. Celui à qui il s'adressait était notre ancien ami Marks, lequel, avec cette précieuse persévérance qui le caractérisait, était venu à Sandusky, cherchant une proie à dévorer.

— Vous auriez peine à distinguer la femme d'une blanche, dit-il. L'homme est un mulâtre très clair; il a une cicatrice à une de ses mains.

La main avec laquelle Georges prenait les billets et la monnaie trembla un peu; mais il se retourna froidement, fixa un regard indifférent sur celui qui avait parlé, et se dirigea lentement vers une autre partie du bateau, où Eliza l'attendait.

Mistress Smyth se retira, avec le petit Henry, dans la cabine des dames, où la beauté de la prétendue petite brune obtint les compliments des voyageurs.

Lorsque la cloche sonna pour la dernière fois, Georges eut la satisfaction de voir Marks descendre la planche qui menait au rivage, et poussa un long soupir de soulagement lorsque le bateau eut mis entre eux une distance infranchissable.

C'était une journée magnifique. Les vagues bleues du lac Érié étincelaient en dansant aux rayons du soleil. Une fraîche brise soufflait du rivage, et le majestueux navire se frayait vaillamment un passage à travers les flots.

Oh! quel monde inconnu renferme un seul cœur humain! A voir Georges se promener tranquillement sur le pont à côté de son timide compagnon, qui aurait pu deviner tout ce qui consumait son sein. Le bonheur qui semblait approcher paraissait trop grand pour être réel, et il éprouvait à tout instant la crainte que quelque chose ne vînt le lui enlever.

Mais le bateau poursuivait sa route. Les heures s'envolèrent, et enfin surgirent visiblement les bienheureuses rives anglaises; rivages doués d'un pouvoir magique, — celui de dissiper au premier contact tous les enchantements de l'esclavage, dans quelque langue qu'ils soient prononcés, ou quelle que soit la puissance nationale qui les confirme.

Georges et sa femme se tenaient bras dessus bras dessous, quand le bateau approcha de la petite ville d'Amherstberg, dans le Canada. Sa respiration devint courte et pénible; un brouillard s'épaissit devant ses yeux; il pressa en silence la petite main qui reposait sur son bras. La cloche sonna; le bateau s'arrêta. Voyant à peine ce qu'il faisait, il surveilla l'enlèvement du bagage, et rassembla ses compagnons de voyage. On les débarqua sur la rive. Ils restèrent tranquilles jusqu'à ce que le bateau fût vidé, et alors, avec des pleurs et des embrassements, le mari et la femme, tenant dans leurs bras leur enfant étonné, s'agenouillèrent et élevèrent leurs cœurs vers Dieu!

C'était quelque chose comme le retour subit de la mort à la vie, du suaire de la tombe à la robe des cieux, de la domination du péché et des luttes de la passion à la pure liberté d'une âme pardonnée. Lorsque tous les liens de la mort et de l'enfer sont brisés, et que le mortel revêt l'immortalité; lorsque la main de la Miséricorde a tourné la clef d'or, et que la voix de la Miséricorde a dit : Réjouis-toi, ton âme est libre.

Les fugitifs furent bientôt conduits par mistress Smyth à la demeure hospitalière d'un bon missionnaire, que la charité chrétienne a placé là pour recueillir les proscrits qui trouvent constamment un asile sur ce rivage.

Qui peut décrire le bonheur de ce premier jour de liberté! Est-ce que le sens de la liberté n'est pas plus élevé que ne sont les cinq autres? Parler, respirer, aller et venir sans être surveillé, à l'abri de tout danger!

Qui peut décrire les douceurs d'un repos qui descend sur la couche de l'homme libre, protégé par des lois qui lui assurent les droits que Dieu a donnés à l'homme! Qu'elle était belle et précieuse pour cette mère la figure de cet enfant endormi, que le souvenir de mille dangers rendait plus cher encore! Comme il était impossible de dormir, le cœur gonflé de tant de joie! Et cependant ces deux êtres n'avaient pas un acre de terre, — pas un toit qu'ils pussent dire à eux; — ils avaient épuisé jusqu'à leur dernier dollar. Ils n'avaient que ce qu'ont les oiseaux de l'air ou les fleurs des champs, et pourtant ils ne pouvaient dormir, tant ils étaient heureux. « Oh! vous qui privez l'homme de sa liberté, que répondrez-vous à Dieu, lorsqu'il vous en demandera compte? »

CHAPITRE XXXVIII.

La Victoire.

> « Offrons nos remerciements à Dieu qui nous donne la victoire. »

N'éprouvons-nous pas, dans le cours de la vie, des moments d'ennui où il semble qu'il serait plus facile de mourir que de vivre? Le martyr qui affronte une mort horrible trouve dans la torture une énergie et un stimulant. La surexcitation que l'homme éprouve alors le rend capable de supporter toutes les souffrances qui vont le conduire au séjour du repos, à la délivrance. Mais subir chaque jour le joug d'une dégradante servitude, qui étouffe graduellement la faculté de sentir, supporter cette vie lente qui s'échappe d'heure en heure saignant goutte à goutte, c'est la plus terrible épreuve qu'un homme puisse endurer.

Tant que Tom était en face de son persécuteur et qu'il entendait ses menaces, il croyait que sa dernière heure était venue, et il se sentait capable de braver toutes les tortures en voyant devant ses yeux l'image de Jésus et le ciel entr'ouvert. Mais son persécuteur éloigné et la surexcitation du moment passée, Tom ressentait toutes ces blessures et avait alors le sentiment de sa situation désespérée.

Longtemps avant que Tom guérit, Legree le renvoya aux travaux des champs, où il subissait chaque jour toutes les douleurs, toutes les fatigues, toutes les injustices, toutes les indignités que peuvent inventer la méchanceté et la bassesse. Quiconque a souffert dans de pareilles circonstances doit savoir l'irritation qu'on éprouve. Tom ne s'étonna plus de l'humeur sombre et hargneuse de ses compagnons; il trouva, quant à lui, que son caractère calme et égal avait été cruellement éprouvé. Il avait cru qu'il pourrait lire la Bible aux heures du loisir, mais pendant la plus grande chaleur Legree faisait travailler les esclaves, le dimanche comme les autres jours. Pourquoi n'aurait-il pas agi de la sorte? Par là, il obtint une plus grande quantité de coton, gagna ses paris, et s'il eut quelques esclaves, il put les remplacer avec avantage. Au début, Tom pouvait lire un chapitre ou deux de la Bible à la lueur du feu quand il revenait du travail, mais après les cruels traitements qu'il avait subis, il était si exténué de fatigue que la tête lui tournait et que ses yeux se troublaient quand il essayait de lire. Il était donc forcé d'aller se coucher avec ses camarades. On ne s'étonnera pas que la foi religieuse qui l'avait soutenu jusque-là fît place au doute et au désespoir? Il méditait alors ce problème lugubre de la vie, — des âmes opprimées, le mal triomphant, et Dieu silencieux. Plusieurs mois s'écoulèrent, pendant lesquels Tom fut triste et désespéré.

il pensa à la lettre écrite par miss Ophélia à ses amis du Kentucky, et il pria Dieu de lui envoyer la délivrance. Il était chaque jour aux aguets avec le vain espoir de voir venir quelqu'un pour le racheter, et, personne ne venant, il tombait dans une tristesse profonde, et pensait qu'il était inutile de servir Dieu, que Dieu l'avait oublié. Il voyait quelquefois Cassy, et quand il était appelé à la maison il apercevait l'infortunée Emmeline, mais il entretenait peu de relations avec elle; à vrai dire il n'avait le temps de causer avec personne.

Un soir, il était assis, profondément découragé, devant quelques tisons mourans, qui servaient à cuire son grossier repas; il jeta quelques broussailles pour obtenir un peu de lumière, et tira sa Bible toute usée de sa poche. Là se trouvaient les passages marqués qui avaient si souvent fait tressaillir son âme; les paroles des patriarches, des poëtes, des prophètes et des sages, ces consolateurs de l'homme. Leur langage avait-il perdu son pouvoir sur Tom, ou son esprit fatigué n'était-il plus touché de cette sublime inspiration? Il remit la Bible dans sa poche en poussant un profond soupir. Un éclat de rire le tira de sa méditation; il leva les yeux: Legree était debout devant lui.

— Eh bien! vieux, dit-il, il paraît que votre religion ne vous réussit pas. Je savais bien que je finirais par faire entrer cette idée dans votre tête crépue.

Cette raillerie sembla à Tom plus cruelle que la faim et le dénûment; il resta silencieux.

— Vous étiez un niais, car j'avais l'intention de vous bien traiter, quand je vous ai acheté. Vous auriez pu être plus heureux que Sambo et Quimbo, et vous auriez eu du bon temps, au lieu d'être flagellé tous les jours. Vous auriez pu obtenir la permission de faire une tournée, de battre les autres nègres, et vous auriez même eu, de temps en temps, un verre de punch au wisky pour vous réchauffer. Allons, Tom, ne croyez-vous pas maintenant que vous feriez bien d'être raisonnable. Jetez-moi au feu votre défroque de vieilleries, et entrez dans mon église.

— Dieu m'en préserve! dit Tom avec ferveur.

— Vous voyez que le Seigneur ne vous secourt guère; il ne tenait qu'à lui que vous ne tombassiez pas sous ma main. Votre religion est une moquerie mensongère, Tom; c'est mon avis. Vous feriez mieux de vous attacher à moi: je suis quelqu'un et je peux faire quelque chose.

— Non, maître, répondit Tom. Que le Seigneur me secoure ou ne me secoure pas, je lui serai dévoué jusqu'à la mort.

— Vous devenez plus bête de jour en jour, reprit Legree en lui crachant à la figure et en le poussant dédaigneusement du pied. C'est égal, je saurai bien vous mater, vous verrez.

Et il s'en alla.

Lorsque l'âme est triste et accablée jusqu'à la mort, il arrive un moment où elle rejette tout à coup son fardeau, et où les plus terribles angoisses font place à la joie et au courage; ce fut ce que Tom éprouva. Les railleries athées de son cruel maître avaient accru son désespoir, bien qu'il se cramponât encore d'une main affaiblie au rocher de la foi. Tom s'assit devant le feu comme anéanti. Mais tout à coup les objets s'effacèrent autour de lui, et il vit, dans une vision, une figure couronnée d'épines, meurtrie et ensanglantée. Tom fut saisi d'épouvante à la vue de cette apparition d'une expression si majestueuse et si calme: les regards du Christ le firent tressaillir. En proie à une vive émotion, Tom étendit les mains et se jeta à genoux. Alors la vision changea, les épines aiguës se transformèrent en rayons glorieux, et il vit la figure entourée de splendeur s'abaisser vers lui. Il entendit une voix qui disait: « Celui qui est accablé prendra place avec moi sur mon trône, car moi aussi je fus accablé, et je suis assis sur le trône de mon père. »

Tom resta ainsi dans un état de stupeur dont il ne put calculer la durée. Quand il revint à lui le feu était éteint et ses vêtemens étaient trempés par la rosée. Mais la crise était passée, et, dans la joie qui remplissait son âme, il ne sentait plus ni le froid, ni la faim, ni la dégradation. Complétement détaché de toutes les espérances terrestres, il offrait à Dieu le sacrifice de sa vie. Il tourna ses regards vers les étoiles silencieuses et éternelles, types angéliques des êtres qui veillent sur l'homme, et il fit entendre dans la solitude de la nuit les triomphantes paroles d'une hymne qu'il avait souvent chantée dans les jours heureux, mais jamais avec autant de ferveur.

« La terre sera fondue comme de la neige, le soleil cessera de briller, mais Dieu qui m'a appelé ici-bas sera à moi pour toujours. Quand cessera cette vie mortelle, quand ma chair mourra et mes sens s'éteindront, je jouirai dans le mystère d'une vie de joie et de paix. Et quand nous serons restés ainsi pendant dix mille ans, brillans et lumineux comme le soleil, nous aurons encore autant de jours et d'années pour chanter les louanges de Dieu. »

Les histoires religieuses dans le genre de celle que nous venons de raconter sont très répandues parmi les esclaves, comme le savent tous ceux qui ont vécu au milieu d'eux. J'ai entendu quelques-uns de ces récits, faits par des nègres eux-mêmes, qui leur donnaient un cachet tout particulier de grâce et de sensibilité. Les psychologues parlent d'un état où les sentimens et les idées de notre âme agissent sur les sens avec une telle puissance, que nous croyons voir et toucher des objets qui n'existent que dans notre imagination. L'esprit domine alors; il dispose à son gré des organes matériels, et personne ne saurait déterminer par quels moyens, ni dans quelle mesure, il peut rendre le courage et l'espoir aux âmes désolées? Si un pauvre esclave s'imagine que Jésus-Christ lui est apparu et lui a parlé, qui lui prouvera le contraire? L'Homme-Dieu n'a-t-il pas dit que sa mission, dans tous les siècles, était de consoler les affligés, et de rendre la liberté à ceux qui gémissaient sous le poids des fers?

Lorsque, à la première clarté du jour, les esclaves se rendaient, à demi endormis, dans les champs, parmi tous ces malheureux grelottans et vêtus de guenilles, on voyait un nègre marcher, pour ainsi dire, d'un pas triomphant. *Plus inébranlable que les fondemens de la terre étaient ceux de sa confiance dans l'éternel amour du Tout-Puissant!* Maintenant, ô Legree! tente de nouveaux efforts! accumule sur ton esclave l'infamie, la torture et les angoisses de toute espèce, ta cruauté ne fera que hâter la venue de ce jour où il doit être sacré prince et pontife dans le sein de Dieu.

L'humble cœur de l'opprimé fut dès lors l'asile d'une paix inaltérable. Il fut sanctifié comme un temple par la continuelle présence du Sauveur. Regrets amers des biens de la terre, tourmens de l'espérance; crainte, désirs, tout a disparu: la volonté de l'homme, après s'être longtemps débattue sous le joug et l'aiguillon, s'est enfin perdue dans la volonté divine. Si près était le terme du voyage! l'éternelle félicité, déjà visible, brillait d'un si vif éclat, que les traits les plus acérés du malheur frappaient sans faire la moindre blessure.

Tout le monde s'aperçut du changement qui s'était fait dans l'intérieur de Tom: l'enjouement et la gaîté lui revinrent, et il vécut dans un calme que les insultes ni les outrages ne pouvaient altérer.

— Que diable est-il arrivé à Tom? dit Legree à Sambo. Il avait depuis longtemps l'air piteux et misérable, le voilà maintenant gai comme un pinson.

— Je n'en sais rien, maître; il pense peut-être à s'enfuir.

— Oh! qu'il essaie, dit Legree d'un air sauvage; cela nous amuserait, n'est-ce pas, Sambo?

— Oui, oui, répondit son noir acolyte en riant avec bassesse. Dieu! quel plaisir de le voir s'enfoncer dans les fondrières, de le voir poursuivi, traqué à travers les broussailles, et tous les chiens à ses trousses. Dieu! ai-je ri quand nous avons rattrapé Molly! Je croyais que les chiens la mettraient en pièces avant notre arrivée. Elle porte encore les marques des morsures.

— Je compte bien qu'elle les portera jusqu'à sa mort.

Sambo, vous avez l'œil fin ; si Tom tente quelque escapade, mettez-le hors d'état de courir.

— Comptez sur moi, maître ; je me charge du vieux drôle.

Après cette conversation, Legree monta à cheval pour se rendre à la ville voisine. Pendant la nuit, lorsqu'il fut revenu, il eut l'idée de faire le tour de l'habitation pour voir si tout était tranquille.

Il faisait un clair de lune magnifique, et l'ombre des arbres de Chine se dessinait gracieusement sur le gazon ; l'air était si calme, si pur et si tranquille, qu'on eût pensé commettre une profanation en le troublant. Lorsque ne fut plus qu'à une petite distance de l'habitation, il entendit chanter. La musique était une chose rare dans un tel lieu ; il s'arrêta donc pour écouter. On chantait d'une voix juste et harmonieuse :

« Quand je vois, dans ce livre, quels sont mes droits à l'héritage céleste, je dis adieu à la crainte, et j'essuie les larmes qui coulent de mes yeux.

» Que le monde entier se lève et fasse la guerre à mon âme, que l'enfer lance contre moi tous ses traits, je me ris de la rage de Satan, je brave le courroux des hommes.

» Que la douleur m'abreuve d'amertume et que les maux éclatent sur moi comme un affreux orage! pourvu que j'atteigne en sûreté le port où je dois posséder Dieu et toutes les joies du ciel. »

— Eh! eh! se dit Legree, voilà de belles idées! Que je hais ces hymnes maudites!—Holà! nègre, cria-t-il en s'approchant tout à coup de Tom et en agitant son fouet, qu'avez-vous à chanter ici vos litanies tandis que vous devriez dormir? Fermez votre vieux bouquin et rentrez à l'instant.

— Oui, maître, répondit Tom avec enjouement. — Et il se leva pour rentrer.

Legree ne put voir sans colère la tranquillité d'âme de Tom, et, faisant un pas en avant, il lui cingla sur la tête et sur les épaules un coup de fouet.

— Tiens, lâche encore d'être heureux, chien que tu es. Mais les coups n'atteignaient que le corps et n'allaient plus, comme autrefois, jusqu'à l'âme. Tom continua de montrer une docilité parfaite ; et pourtant Legree ne put se dissimuler qu'il avait perdu toute autorité sur son esclave. Tom rentra dans sa cabane ; le planteur continua sa ronde, et tout à coup il passa dans son âme un de ces éclairs que la conscience fait quelquefois briller dans les plus profondes ténèbres. Il comprit que Dieu lui-même se plaçait entre sa victime et lui, mais cette idée ne lui inspira que des blasphèmes. Cet homme silencieux et docile, que ne troublaient ni les railleries, ni les menaces, ni le fouet, ni les supplices de tout genre, fut apostrophé par son maître, comme le fut jadis le Sauveur par la bouche du possédé qui lui cria :

« Qu'avons-nous de commun avec toi, Jésus de Nazareth? es-tu venu pour nous tourmenter avant le temps? »

Tom éprouvait une pitié profonde, une vive sympathie pour les malheureux qui l'entouraient. On eût dit qu'il oubliait ses propres infortunes, et que, puisant dans ce trésor de joie et de tranquillité qu'il avait reçu du ciel, il s'efforçait d'en consacrer une partie au soulagement de ses semblables. Il est vrai qu'il trouvait rarement l'occasion de témoigner sa bienveillance ; pourtant le matin, quand on se rendait aux champs, le soir, quand on en revenait, ou pendant les heures du travail, il avait quelquefois le bonheur de tendre une main secourable à ceux dont le cœur faiblissait sous la fatigue ou le désespoir. Les pauvres créatures, accablées de travail et de mauvais traitements, eurent d'abord de la peine à comprendre cette charité ; mais, toujours la même pendant des semaines, des mois entiers, elle finit par faire impression sur ces cœurs depuis longtemps insensibles. Cet homme étrange, silencieux et patient, était toujours prêt à se charger du fardeau des autres, sans jamais implorer le secours de personne ; il se tenait toujours à l'écart, arrivait le dernier, et quoiqu'il eût reçu la plus faible portion, il s'empressait de la partager avec le plus nécessiteux. Les nuits froides, il abandonnait sa couverture en lambeaux à quelque pauvre femme à qui la fièvre donnait le frisson. Dans les champs, il aidait les plus faibles de ses camarades à remplir leur panier, au risque de ne pas achever lui-même sa tâche, et, toujours en butte à l'incessante cruauté du tyran commun, jamais sa bouche ne proférait une injure ou une malédiction! Cet homme finit par exercer une influence étrange sur ses compagnons d'esclavage, et quand la saison du travail fut passée, quand ils purent disposer à leur guise de la journée du dimanche, ils se rassemblaient autour de Tom et le priaient de leur parler de Jésus. Ils se seraient sentis heureux de pouvoir se réunir dans quelque endroit pour prier et chanter des hymnes, mais Legree ne le permit jamais, et plus d'une fois il en réprima la tentative avec des juremens et des menaces brutales. Aussi fut-on réduit à se transmettre de l'un à l'autre les saintes paroles. Qui pourrait dépeindre le ravissement qu'éprouvaient ces infortunés pour qui la vie, toujours triste, n'a point d'horizon lumineux, lorsqu'ils entendaient parler d'un Rédempteur miséricordieux et d'une patrie céleste? De toutes les races qui peuplent le globe, aucune, si l'on en croit les missionnaires, ne reçoit l'Évangile avec plus d'empressement et de docilité que la race africaine. La soumission entière, et la foi sans examen, qui sont la base du Christianisme, sont en quelque sorte des qualités innées chez ces peuples, et il est souvent arrivé qu'une semence de vérité, déposée par le vrai dans des cœurs ignorans, a porté des fruits avec une abondance qui a fait honte à des terres mieux cultivées.

La pauvre mulâtresse, dont l'humble foi avait presque disparu sous le déluge de maux dont elle avait été accablée, sentait son âme se relever en écoutant les hymnes et les passages de l'Écriture-Sainte, que le pauvre Tom lui murmurait à l'oreille lorsqu'ils allaient au travail ou qu'ils en revenaient. Et même l'esprit à demi égaré de Cassy s'était insensiblement adouci et calmé sous l'influence de cet homme simple et bon.

Poussée à la folie et au désespoir par ses malheurs inouïs, elle s'était dit souvent que l'heure de la vengeance arriverait enfin, et que sa main pourrait un jour punir sur son oppresseur tous les actes d'injustice et de cruauté dont elle avait été témoin ou qu'elle avait soufferts elle-même.

Une nuit que tout dormait dans la case de Tom, il se réveilla tout à coup et aperçut le visage de Cassy à la lucarne. Elle mit un doigt sur sa bouche et lui fit signe de sortir.

Tom obéit. Il pouvait être une ou deux heures du matin. La lune éclairait encore. A la lueur incertaine qu'elle répandait, il lui sembla que les grands yeux noirs de Cassy avaient une expression sauvage qu'il n'y avait jamais remarquée. Le morne désespoir qui les animait d'habitude avait disparu.

— Venez, père Tom, dit-elle en lui saisissant le bras de sa main délicate, et en l'attirant au dehors avec une force irrésistible ; venez, j'ai quelque chose à vous dire.

— Qu'est-ce, missis, demanda Tom avec inquiétude.

— Tom, n'aimeriez-vous pas à devenir libre?

— Je le serai, missis, quand le règne de Dieu arrivera.

— Oui! mais vous pourriez le devenir aujourd'hui, dit-elle avec une énergie terrible. Venez!

Tom hésita.

Elle fixa ses yeux noirs sur les siens.

— Venez, continua-t-elle d'un ton si bas qu'il l'entendit à peine ; venez, il dort, il dort profondément. J'ai mis dans son eau-de-vie quelque chose qui ne lui permettra pas de s'éveiller. Je voudrais en avoir eu davantage ; je n'aurais pas eu besoin de vous. La porte de derrière n'est pas fermée à clef. Il y a là une hache. Je l'y ai placée moi-même. La porte de sa chambre est ouverte ; je vous montrerai le chemin. J'aurais tout fait moi-même ; mais mon bras est si faible! Venez!

— Non! non! pour rien au monde, missis! s'écria Tom en s'arrêtant, et en retenant Cassy qui voulait l'entraîner plus avant.

— Tom, pensez à toutes ces pauvres créatures. Nous pourrions tous devenir libres. Nous nous réfugierions quelque part, dans les marais. Nous nous établirions dans une île ; nous y vivrions sans maître. J'ai entendu dire que cela s'est fait. — Et d'ailleurs, est-il une existence qui ne vaille celle que nous menons ici ?

— Non ! non ! jamais une mauvaise action n'a produit de bien. — J'aimerais mieux me couper la main droite.

— Eh bien ! alors, j'irai seule, dit Cassy en se retournant.

— O missis ! s'écria Tom en se précipitant pour lui barrer le passage, au nom du Dieu qui est mort pour nous ! ne vendez pas ainsi votre âme au démon. Soyez sûre qu'il n'en résultera que du mal. Le Seigneur ne nous a pas permis de nous venger nous-mêmes. Nous devons souffrir et attendre son règne.

— Attendre ! Eh ! n'ai-je pas attendu ? N'ai-je pas attendu jusqu'à en avoir le vertige, jusqu'à ne plus sentir les battements de mon cœur ? Que ne m'a-t-il pas fait souffrir ! Que de créatures innocentes n'a-t-il pas martyrisées ? N'a-t-il pas tiré goutte à goutte le sang de vos veines ? Non ! on m'appelle, on m'appelle ! Son heure est venue. Je verrai le sang de son cœur.

— Non ! non ! s'écria Tom en saisissant ses mains délicates qui se tordaient avec une violence terrible. Non, pauvre âme abandonnée, vous ne ferez pas cela. Le Seigneur n'a jamais versé que son sang, et il l'a versé pour nous qui étions ses ennemis, — Seigneur ! aidez-nous à suivre vos pas et à aimer nos ennemis !

— Aimer Legree ! jamais ! Cela n'est pas dans ma chair, cela n'est pas dans mon sang.

— Non, maîtresse ; mais il nous donne la force de vaincre nos passions, et c'est là qu'est la victoire. Quand nous pourrons aimer et prier partout et pour tous, l'heure du combat est passée, et les palmes de la victoire sont prêtes. Gloire soit au Seigneur !

L'esclave tourna ses regards vers le ciel ; ses yeux étaient humides, sa voix tremblante.

— O Afrique ! tu as été appelée la dernière parmi les nations, et tu devais avoir une couronne d'épines ; tu as eu des sœurs de sang ; tu as agonisé sur la croix ; mais voilà la victoire qui t'est réservée. C'est par elle que tu régneras avec le Christ, lorsque son règne sera arrivé.

La ferveur profonde de Tom, les larmes qui inondaient son visage, la douceur de sa voix, tombaient comme une rosée bienfaisante sur le cœur sauvage et égaré de la malheureuse femme. Le feu de ses sombres regards s'éteignit peu à peu ; elle baissa les yeux, et Tom sentit que ses mains n'opposaient plus aucune résistance.

— Ne vous avais-je pas dit, s'écria-t-elle, que le mauvais esprit me suivrait partout ! Oh ! Tom, je ne puis pas prier, et cependant je le voudrais : je n'ai pas prié depuis le jour où mes enfants ont été vendus. Ce que vous dites doit être vrai, je le sens ; mais quand j'essaie de prier, je ne puis que haïr et maudire. Oh ! si je pouvais prier !

— Pauvre malheureuse ! dit Tom avec compassion ; Satan voudrait vous perdre, et il s'attache à vos pas ; mais je prie le Seigneur pour vous. Oh ! missis, tournez vos regards vers le Seigneur Jésus ! Il est venu pour consoler les cœurs brisés et pour faire cesser les pleurs.

Cassy gardait le silence, mais de grosses larmes coulaient sur ses joues.

— Missis, continua-t-il en hésitant, après l'avoir considérée quelque temps sans rien dire ; missis, si vous pouviez seulement vous sauver d'ici ! cela ne doit pas être impossible : tâchez de prendre la fuite, Emmeline et vous ; mais, au nom du ciel ! pas d'effusion de sang ; je n'y consentirais jamais.

— Viendrez-vous avec nous, père Tom ?

— Non. Il y a eu un temps où je l'aurais fait ; mais aujourd'hui que le Seigneur m'a donné une mission à remplir, au milieu de ces malheureux, je resterai avec eux, et je porterai ma croix jusqu'à la fin. Il n'en est pas de même

pour vous. Ici vous êtes environnées de pièges, vous succomberiez en demeurant plus longtemps.

— Sauvez-vous, si vous le pouvez.

— Nous ne trouverons d'asile que dans le tombeau. Les oiseaux, les bêtes des forêts ont une retraite qui leur appartient. Les serpents et les alligators savent où dormir et se reposer. Mais, pour nous, il n'y a pas de lieu sur la terre où nous puissions nous retirer. Au milieu des marais les plus profonds, leurs chiens nous chasseront et sauront bien à nous retrouver. Tout est contre nous, même les animaux : où pourrions-nous aller ?

Tom se tut un moment.

— Il n'oubliera pas ses serviteurs, dit-il enfin, Celui qui a sauvé Daniel dans la fosse aux lions, Celui qui a protégé les jeunes Hébreux dans la fournaise ardente, Celui qui a marché sur les eaux et qui a imposé silence aux vents : je crois qu'il vous délivrera. Essayez, et je prierai pour vous de toute mon âme.

Par quelle étrange loi de l'esprit humain une idée, que nous avons souvent méprisée et foulée aux pieds parce qu'elle nous semblait impossible et inutile, vient-elle tout à coup à briller d'une nouvelle lumière, comme un diamant débarrassé du sable qui le couvrait ?

Cassy avait souvent repassé dans son esprit tous les plans d'évasion imaginables, et elle les avait tous laissés de côté comme n'offrant pas la moindre chance de réussite. Mais, à ce moment, il lui vint une idée d'une exécution si simple et si facile, qu'elle se sentit tout à coup remplie d'espoir.

— Père Tom, lui dit-elle, j'essaierai.

— Amen ! répondit Tom ; que Dieu vous vienne en aide !

CHAPITRE XXXIX.

Le Stratagème.

« La voie du méchant est obscure ; il ignore où il fera un faux pas. »

Le grenier de la maison de Legree, comme la plupart des greniers, était une salle vaste, triste, pleine de poussière, tendue de toiles d'araignée, et remplie de caisses vides et d'objets hors d'usage. L'opulente famille qui avait habité la maison au temps de sa splendeur l'avait magnifiquement meublée, mais, en la quittant, elle avait emporté une partie des meubles ; le reste pourrissait dans des chambres inhabitées, ou bien encombrait le grenier dont nous parlons. Une ou deux immenses caisses en occupaient un côté, dans lequel était pratiquée une petite fenêtre dont les carreaux sales et ternes laissaient passer un jour sombre et incertain ; éclairant d'énormes fauteuils et des tables poudreuses qui avaient connu de meilleurs jours. A tout prendre, c'était un de ces endroits qui inspirent la crainte et la pensée des revenants ; aussi ne manquait-il pas de certaines histoires effrayantes que les nègres, naturellement superstitieux, se racontaient avec terreur. Quelques années auparavant, une négresse, qui avait encouru le mécontentement de Legree, y avait été enfermée pendant plusieurs semaines. Ce qui s'y passa, nous l'ignorons ; les esclaves se disaient tout bas des choses vagues sur ce fait. Ce qui était certain, c'est qu'un jour le corps de cette malheureuse créature avait été emporté de ce grenier, puis enterré. On se disait que, pendant qu'elle l'avait habité, on avait souvent entendu des imprécations suivies du bruit de coups violents et mêlées à des gémissements et à des cris de désespoir. Mais un jour que Legree eut par hasard connaissance de ce on dit, il fut pris d'un violent accès de fureur, et jura que le premier qui se permettrait de raconter des histoires pareilles aurait l'occasion de savoir mieux que qui que ce fût ce qui se passait dans ce grenier, car il l'y ferait enchaîner pour huit jours. Cette menace suffit pour faire taire les noirs, mais elle ne changea en rien leur croyance.

Bientôt l'escalier qui conduisait au grenier, et même le passage qui conduisait à l'escalier, furent soigneusement évités par tous les habitans de la maison ; on craignit même d'en parler, et la légende était presque oubliée, lorsqu'il vint à l'esprit de Cassy d'exploiter les craintes superstitieuses de Legree pour sa délivrance et celle de ses compagnons d'infortune.

La chambre où couchait Cassy se trouvait sous le grenier. Un jour que Legree était sorti à cheval, elle fit transporter, sans lui en avoir demandé la permission, tous ses meubles dans une chambre située à une distance considérable de celle qu'elle habitait. Les esclaves étaient occupés à effectuer ce déménagement ; ils allaient et venaient avec bruit et confusion, lorsque le maître rentra.

— Qu'est-ce que tout cela, Cass ? s'écria-t-il ; que diable y a-t-il dans l'air ?

— Rien ; seulement, je veux une autre chambre, répondit Cassy brusquement.

— Et pourquoi, s'il vous plaît ?

— Parce que je le veux.

— Et pourquoi diable le voulez-vous ?

— Parce que je veux de temps en temps avoir un peu de sommeil.

— Du sommeil ! pourquoi ne pourriez-vous en avoir dans cette chambre ?

— Je vous le dirai si vous voulez m'entendre, dit Cassy sèchement.

— Parlez donc, sans faire ainsi la mijaurée.

— Après tout, c'est peu de chose, et vous... cela ne vous dérangerait peut-être pas. Quant à moi, des gémissemens, des soupirs, des bruits de pas et des coups depuis minuit jusqu'au jour...

— Comment... du monde dans le grenier ? s'écria Legree d'un air forcé ; — qui cela peut-il être ?

Cassy leva sur lui ses yeux noirs et perçans, et le regarda avec une expression qui le fit trembler et frissonner :

— Qui cela peut-être, Simon ? — dit-elle en le regardant toujours, — qui cela peut-être ? c'est de vous que je voudrais l'apprendre... mais vous l'ignorez, je suppose...

Legree laissa échapper une imprécation et leva sur elle sa cravache ; mais elle évita le coup et se glissa à travers la porte en disant :

— Si vous voulez dormir dans cette chambre, votre curiosité sera pleinement satisfaite ; je vous conseille de l'essayer. — Et aussitôt elle ferma la porte à clef sur elle-même.

Legree devint furieux et menaça, en jurant, d'enfoncer la porte ; il n'en fit rien néanmoins, et s'en alla de mauvaise humeur dans le salon. Cassy, heureuse de voir que son stratagème avait si bien réussi, ne cessa dès ce moment de mettre son adresse en œuvre pour prendre toujours plus d'influence sur l'esprit superstitieux de Simon.

Elle avait introduit le goulot d'une bouteille cassée dans un trou qui se trouvait dans une des planches dont était construit le grenier, de sorte qu'au moindre vent il s'échappait de ce goulot des sons lugubres et plaintifs, qui, à mesure que le vent augmentait, se changeaient en cris et en gémissemens. Ces bruits réveillèrent dans la mémoire des esclaves la vieille histoire presque oubliée du revenant. On ne douta plus que le grenier ne fût hanté, et quoique personne n'osât manifester devant Legree l'humeur superstitieuse dont tous étaient la proie, il se trouva bientôt comme enveloppé d'une atmosphère de terreur qui agissait puissamment sur lui.

L'impie est toujours superstitieux ; mais le chrétien ne peut l'être, car il est guidé par la foi en un Père sage et tout puissant, dont la présence remplit d'ordre et de lumière le vide mystérieux qui nous entoure. Quant au malheureux qui a détrôné, qui a nié Dieu, la terre des esprits est, selon l'expression du poète hébreu, « le pays des ténèbres et l'ombre de la mort » sans ordre, sans lumière, obscurité. La vie et la mort sont pour lui des contrées habitées et peuplées d'esprits aux formes vagues et d'ombres terribles.

L'élément moral, si longtemps assoupi dans Legree, avait été en quelque sorte réveillé par ses rapports avec Tom, réveillé il est vrai pour être de nouveau étouffé par la force du mal ; mais assez pourtant pour lui porter comme un coup, comme une secousse, dans ce monde intérieur et mystérieux où chaque prière, chaque hymne qu'il avait entendue avait réagi en remplissant ce malheureux d'une crainte superstitieuse.

L'influence que Cassy exerçait sur lui était étrange. Il était son propriétaire, son tyran, son bourreau. Il savait qu'elle était entièrement à lui, complétement à sa merci et sans la moindre possibilité d'échapper en quoi que ce fût à la plénitude de son pouvoir, et pourtant il plaisait en quelque sorte moralement sous elle, car il éprouvait cette forte influence que l'homme le plus brutal ne peut manquer de sentir quand il se trouve pendant longtemps associé à une femme. Lorsqu'il en avait fait l'acquisition, elle était, comme elle le lui dit, une personne délicatement élevée, et il l'avait écrasée sans scrupule sous le pied de sa brutalité. Mais lorsque, peu à peu, le temps, l'avilissement et le désespoir eurent endurci en elle le sentiment féminin, et éveillé ce feu de farouche passion, elle était devenue sa maîtresse, une maîtresse qu'il tyrannisait, mais devant laquelle il tremblait.

Cette influence lui était devenue, en augmentant, de plus en plus pénible, surtout depuis qu'un dérangement partiel des facultés intellectuelles de Cassy avait donné à son langage quelque chose de désordonné et d'étrange.

Une nuit, il veillait près d'un bon feu de sapin qui pétillait et éclairait le salon de reflets bizarres et incertains. C'était une de ces nuits orageuses qui, dans les vieilles maisons chancelantes, semblent éveiller des légions d'esprits. Les fenêtres étaient ébranlées, les volets frappaient avec force, et le vent, qui s'engouffrait bruyamment dans les longues cheminées, descendait de temps à autre en poussant devant lui des nuages de cendre et de fumée. Legree avait été pendant quelques heures très occupé à faire ses comptes et à lire les journaux, tandis que Cassy, assise dans un coin, regardait tristement le feu. Après avoir achevé sa lecture, Legree prit sur la table un livre que Cassy avait lu pendant une partie de la soirée, et se mit à le feuilleter. C'était un de ces recueils d'histoires effrayantes, de meurtres, de revenans et de visions, grossièrement illustrés, et qui ont souvent, pour ceux qui commencent à les lire, un attrait vraiment étrange.

Il haussa les épaules, montra de l'humeur, et pourtant il continua sa lecture ; mais, au bout de quelque temps, il jeta le livre et prononça un gros juron.

— Vous ne croyez pas aux esprits, Cass, n'est-ce pas ? dit-il en lisant. — Je vous croyais trop raisonnable pour vous laisser épouvanter par ces bruits de grenier.

— Qu'importe ce que je crois, répondit tristement Cassy.

— On a quelquefois cherché à m'effrayer sur mer, reprit Legree ; mais on n'y a pas réussi. — Il n'est pas facile de m'attraper. — Je suis un vieux renard ; — c'est moi qui vous le dis.

Cassy, du coin obscur où elle était assise, le regarda fixement. — Il y avait dans ses yeux cet éclat étrange qui impressionnait toujours si désagréablement Legree.

— Ce bruit, dit-il, n'était causé que par les rats et le vent. Les rats font le diable dans une maison. Il m'est arrivé souvent de les entendre à fond de cale. Là le vent, c'est bien pis encore.

Cassy savait qu'en sa présence Legree n'était pas à son aise ; aussi ne lui fit-elle aucune réponse ; mais elle continua à le considérer fixement, de ce regard étrange qui semblait ne pas appartenir à la terre.

— Parlez donc, lui dit Legree, répondez-moi ; n'êtes-vous pas de mon avis ?

— Des rats peuvent-ils descendre l'escalier, traverser le palier, ouvrir une porte quand vous l'avez fermée à clef, mettre une chaise contre cette porte, puis avancer, avancer, avancer jusqu'à votre lit, et enfin étendre la main... comme cela ?...

Et Cassy fixait toujours sur lui ses yeux flamboyants. Lui, il la regardait comme un homme qui se trouve sous le poids d'un cauchemar. Mais lorsqu'il sentit sur sa main la main glacée de Cassy, il fit un bond en arrière et lança une imprécation.

— Femme, que voulez-vous dire ? Personne, je suppose, n'est entré dans votre chambre ?

— Oh ! non sans doute... personne... Ai-je dit que quelqu'un y fût entré ? ajouta Cassy avec une froide dérision.

— Mais... est-ce que ?... Avez-vous réellement vu ? Voyons, Cass, dites-moi ce qui en est ; — parlez...

— Dormez vous-même dans cette chambre, si vous désirez savoir.

— Est-ce qu'on venait du grenier, Cassy ?

— On, qui on ? dit Cassy.

— Mais ce dont vous parliez tout à l'heure.

— Moi, je n'ai rien dit, répondit Cassy avec humeur.

Legree se mit à marcher dans la chambre.

— J'examinerai cela moi-même, dit-il ; — cette nuit même, — et je prendrai mes pistolets.

— Je vous y engage, dit Cassy ; oui, vous ferez bien de passer la nuit dans le grenier. — Je voudrais vous y voir... et vous servir de vos pistolets... Faites-le.

Legree frappa du pied et jura.

— Ne jurez pas ainsi, reprit Cassy ; vous ne savez pas si personne n'écoute... mais, chut !... Quel est ce bruit ?

— Quoi ? dit Legree avec un tressaillement.

C'était une vieille et lourde pendule de Hollande, placée dans le coin de la chambre, qui sonnait doucement minuit. Legree resta sans mouvement et sans parole. Une vague terreur s'empara de lui, et Cassy le regardant toujours avec ses yeux perçans et sarcastiques comptait les coups.

— Minuit, dit-elle, minuit... Ah ! c'est à présent. — Et elle ouvrit la porte qui conduisait au passage, et se mit à écouter... Chut ! quel est ce bruit ? ajouta-t-elle en levant le doigt.

— Ce n'est que le vent, dit Legree. N'entendez-vous pas comme il souffle ?

— Simon, ici, lui dit Cassy à l'oreille et le conduisant par la main jusqu'au pied de l'escalier. — Écoutez ! savez-vous ce qui est ici ?

Une espèce de gémissement sauvage sembla descendre l'escalier. Le cri venait du grenier. Les genoux de Legree tremblèrent en s'entrechoquant, et son visage devint pâle de terreur.

— Ne feriez-vous pas bien de prendre vos pistolets ? dit Cassy avec un ricanement qui glaça le sang dans les veines de Legree. C'est le moment d'examiner cela vous-même. Vous feriez bien de monter à présent. — Voyons, allez.

— Je n'irai pas, dit Legree en accompagnant ces paroles d'un blasphème.

— Mais pourquoi donc ? Il n'existe pas de revenans... vous le savez bien. Allons, venez !... Et Cassy se mit à monter l'escalier tournant en riant et en regardant Legree. — Venez donc.

— Je crois vraiment que tu es le diable en personne, s'écria Legree ; reviens, mégère, reviens ! Je ne veux pas que tu montes.

Mais Cassy poussa un éclat de rire sauvage, et continua à monter avec rapidité. Il entendit ouvrir la porte du grenier. Alors une violente bouffée de vent s'engouffra dans l'escalier et éteignit la chandelle qu'il tenait à la main ; en même temps des cris effrayans retentirent à ses oreilles.

Legree s'enfuit comme un frénétique dans le parloir, où il fut suivi de Cassy qui était pâle, calme et froide comme un esprit vengeur, et toujours avec le même feu dans l'œil.

— J'espère que vous êtes satisfait, lui dit-elle.

— Que la peste l'étouffe, Cass !

— Pourquoi ? demanda celle-ci. Je n'ai pas fait autre chose que de monter l'escalier pour ouvrir la porte. — Que pensez-vous, Simon, qu'il y ait dans ce grenier ?

— Cela ne vous regarde pas ! répondit Legree.

— En tous cas, dit Cassy, je suis bien aise de ne plus dormir dans la chambre qui est au-dessous.

Cassy, prévoyant que le vent s'élèverait bientôt, avait ouvert la fenêtre du grenier, et naturellement le vent avait éteint la chandelle.

Tout cela peut donner une idée des tours que Cassy jouait à Legree, qui certes aurait préféré mettre sa tête dans la gueule d'un lion que d'explorer son grenier. Elle avait eu le soin d'y transporter pendant la nuit une quantité de provisions suffisante pour lui assurer de quoi vivre pendant quelques jours, et une grande partie de sa garde-robe et de celle d'Emmeline. Tout étant ainsi arrangé, elle n'attendait plus qu'une bonne occasion pour exécuter son plan.

A force de cajoleries, elle était parvenue un jour à obtenir de Legree, dans un de ses bons momens, de lui permettre de l'accompagner dans une ville voisine située sur la rivière Rouge. Avec une mémoire presque surnaturelle, elle avait remarqué tous les détours de la route, et calculé le temps qu'il lui faudrait pour la parcourir.

Mais, au moment de l'action, le lecteur ne sera peut-être pas fâché de jeter un coup d'œil dans les coulisses pour mieux voir le coup d'État final.

C'était le soir, Legree avait fait une promenade à cheval dans une ferme des environs.

Depuis quelques jours, Cassy avait été de meilleure humeur et plus gracieuse que de coutume : elle paraissait être au mieux avec Legree.

Que le lecteur se l'imagine actuellement dans la chambre d'Emmeline, occupées l'une et l'autre à faire deux petits paquets de leurs objets de toilette.

— Ils seront bien assez grands comme cela, dit Cassy ; maintenant mettez votre chapeau, il est temps de partir.

— Mais on peut encore nous voir, dit Emmeline.

— Oui, sans doute, et c'est ce que je veux, répondit froidement Cassy. — Ne savez-vous pas qu'ils nous donneront la chasse dans tous les cas ? Mais, pour la déjouer, voici ce que nous allons faire. Nous nous esquirerons par la porte de derrière, et nous suivrons par les quartiers. Sambo et Quimbo nous verront, bien sûr. On courra après nous ; nous fuirons dans la savane. Alors on sera bien obligé de suspendre la poursuite pour aller donner l'alarme et chercher les chiens, et tandis que, culbutant les uns sur les autres, comme ils font toujours, ils auront perdu la piste, nous nous glisserons le long de la crique qui est derrière la maison, et arrivons par la porte de derrière en marchant dans l'eau. Cela mettra les chiens en défaut, car l'eau ne garde pas de trace ; l'on courra de côté et d'autre, et nous nous glisserons par la porte de derrière dans le grenier où j'ai arrangé un bon lit dans une des grandes caisses. Il faudra que nous restions longtemps dans ce grenier, car il remuera ciel et terre pour nous retrouver. Il réunira quelques-uns des vieux surveillans dans l'autre plantation, et donnera une grande chasse : pas un coin de la savane ne sera oublié. — Eh bien ! qu'il chasse à son aise.

— Cassy, votre plan est admirable, il n'y a que vous qui soyez capable d'une invention pareille.

Le regard de Cassy n'exprima aucune joie, mais seulement la fermeté du désespoir.

— Allons ! dit-elle en tendant la main à Emmeline.

Les deux fugitives quittèrent la maison sans bruit, et tournèrent le long des quartiers dans les ombres épaisses du soir. La lune qui brillait à l'occident retardait l'approche des ténèbres. — Comme Cassy s'y attendait, elles entendirent, dès qu'elles furent arrivées à la limite de la plantation et de la savane, une voix qui leur cria de s'arrêter ; ce n'était pourtant pas Sambo, mais Legree lui-même qui les poursuivait avec de violentes imprécations.

La faible Emmeline faillit perdre courage, et, prenant la main de sa compagne :

— Oh! laissez, dit-elle; je me sens mal!

— Marchez, dit Cassy en tirant un petit poignard de son sein, et le faisant briller aux yeux de la jeune fille; marchez, où je vous tue.

Cette menace produisit son effet. Emmeline ne s'évanouit pas, et les deux fugitives s'enfoncèrent si avant dans le labyrinthe obscur et profond de la savane que Legree dut renoncer à les poursuivre seul.

— C'est bon, se disait-il avec un rire brutal, car dans tous les cas elles se sont prises elles-mêmes dans la trappe.

— Les gueuses! elles me le paieront cher. — Holà! Sambo, Quimbo, où êtes-vous? s'écrit-il en arrivant aux quartiers au moment où les esclaves revenaient des champs. — Il y a deux fuyards dans la savane, je donnerai cinq dollars au premier nègre qui les attrapera. — Faites venir les chiens! — Faites venir Tigre, Furie et les autres.

L'effet de ces paroles fut rapide. Plusieurs esclaves se présentèrent pour offrir leurs services, les uns stimulés par l'espoir de la récompense, les autres par une lâche servilité, funeste effet de l'esclavage. On courut de tous côtés, on se mit en quête de torches, et on lâcha les chiens, dont les rauques et sauvages aboiemens contribuèrent à l'animation de cette horrible scène.

— Maître, tirerons-nous sur eux, si nous ne pouvons les prendre? demanda Sambo à qui Legree venait de remettre une carabine.

— Vous pouvez tirer sur Cassy, si vous voulez; il y a longtemps qu'elle devrait être entre les griffes du diable à qui elle appartient. — Quant à la fille, non! — Et maintenant, enfans, soyez lestes et adroits; cinq dollars à celui qui les prendra, et un verre d'eau-de-vie à chacun de vous.

Toute la bande, éclairée par la flamme des torches, et accompagnée par les chiens, prit le chemin de la savane en poussant des hurlemens sauvages, et en jetant des cris de joie. L'établissement était donc complètement vide, lorsque Cassy et Emmeline revinrent sur leurs pas, et montèrent dans le salon d'où elles virent à leur aise l'éclat des torches et entendirent les cris féroces de leurs persécuteurs se dispersant dans la savane.

— Regardez, dit Emmeline à Cassy. — La chasse est commencée. Oh! comme les lumières dansent dans la plaine. — Entendez-vous les chiens? — Ah! si nous étions là, notre existence ne vaudrait pas un liard. — Mais, de grâce, cachons-nous bien vite.

— Il n'y a pas besoin de nous presser, répondit froidement Cassy. — Ils sont tous dehors, c'est là le plaisir de la soirée. — Nous allons monter tout à l'heure. En attendant, ajouta-t-elle en retirant une clef d'un paletot que Legree avait quitté à la hâte, en attendant je vais prendre de quoi payer notre passage. — Elle ouvrit le secrétaire, et prit un paquet de papier-monnaie qu'elle compta rapidement.

— Oh! non, ne faisons pas cela, dit Emmeline.

— Et pourquoi pas? Voulez-vous que nous mourrions de faim dans la savane? — Il nous faut de quoi payer notre voyage jusque dans les Etats-Unis. — Avec l'argent on vient à bout de tout au monde. — Et elle mit le paquet dans sa poche.

— Cela ne serait-il pas le voler? demanda Emmeline timidement, mais avec une espèce d'angoisse.

— Voler! répondit Cassy avec un rire de mépris; ceux qui nous volent l'âme et le corps n'ont aucun droit de nous faire la loi. Cet argent-là a été volé, volé à de pauvres créatures mourantes de faim et de fatigue, et qui doivent finir par aller à l'enfer à cause de lui. — Mais allons, nous ferons aussi bien de monter au grenier. — J'y ai mis une provision de chandelles et de livres pour avoir de quoi tuer le temps. — Je vous réponds que p onne ne viendra nous y chercher; s'ils s'en avisaient, je jouerais le revenant.

Lorsque Emmeline fut entrée dans le grenier, elle y trouva une immense caisse vide debout sur un de ses côtés, et tournée de manière à ce que l'ouverture fût en face du mur. — Cassy alluma une petite lampe, et elles s'établirent dans la caisse où Cassy avait mis deux meubles et quelques

coussins; une autre caisse contenait des chandelles, des provisions de bouche et deux petits paquets renfermant leurs hardes.

— Voici pour le moment notre maison, dit Cassy en suspendant la lampe à un crochet qu'elle avait fixé dans un des côtés de la caisse; comment vous plaît-elle?

— Etes-vous sûre qu'ils ne viendront pas ici?

— Je voudrais voir Simon Legree dans ce grenier, dit Cassy. Oh! non, il s'en gardera bien; quant aux esclaves, ils préféreraient être tués d'un coup de fusil.

Emmeline, un peu rassurée, s'établit sur son matelas.

— Pourquoi m'avez-vous dit, Cassy, que vous me tueriez? demanda-t-elle naïvement.

— Parce que c'était le seul moyen de vous empêcher de vous évanouir, et j'ai réussi. Et à présent, Emmeline, arrangez-vous de manière à ne plus avoir de faiblesse. Advienne que pourra, il ne faut pas vous laisser aller ainsi. Sans moi, vous seriez à l'heure qu'il est entre les mains de ce monstre.

Emmeline tressaillit.

Elles restèrent quelques temps silencieuses. Cassy s'occupa à lire un livre français. Emmeline, épuisée, s'endormit. Elle fut réveillée par les cris de la troupe qui revenait, par le hennissement des chevaux, par les aboiemens des chiens; elle se leva en poussant un faible cri.

— Ce n'est rien, dit Cassy, ce n'est que la chasse qui rentre. Regardez par ce trou; vous les verrez tous. Simon doit renoncer à sa proie pour ce soir. Regardez comme son cheval est couvert de boue à force d'avoir galopé dans la savane, et les chiens aussi; ils ont tous l'air un peu découragé. Oh! mon bon monsieur, vous ferez encore quelques essais inutiles. Allez! vous n'avez pas fini votre chasse.

— Taisez-vous, dit Emmeline; s'ils nous entendaient!

— S'ils nous entendent, ils n'en auront que plus peur de venir ici, répondit Cassy. N'ayez aucune crainte; plus nous ferons de bruit, mieux ce sera.

A la fin, le calme de minuit régna dans la maison, et Legree se mit au lit en maudissant sa mauvaise fortune, et jurant de se venger le lendemain.

CHAPITRE XL.

Le martyr.

« Ne croyez pas que le juste soit jamais abandonné du ciel! Il peut être privé de toutes les joies de sa vie s'il peut, le cœur brisé et saignant, s'avancer vers la tombe, en butte aux outrages des hommes; mais Dieu a compté ses jours d'infortune, il a calculé le nombre de ses larmes, et une éternelle félicité sera, dans les cieux, le prix de ses souffrances terrestres. »

BRYANT.

La route la plus longue doit avoir un terme, la nuit la plus obscure s'éclaire à l'aube du jour. Le temps, toujours inexorable, précipite sans cesse les jours du méchant vers la nuit éternelle; et les ténèbres du juste seront enfin illuminées par un soleil qui ne s'éteindra jamais. En suivant les pas de notre humble ami dans la vallée de l'esclavage, nous avons rencontré d'abord le champ fleuri du bien-être et de la bienveillance, puis cet affreux désert où l'homme pleure la perte de tous les objets aimés. De là, toujours dans la compagnie de Tom, nous avons abordé dans une île fortunée, où des mains généreuses cachaient les chaînes sous des guirlandes de fleurs. Enfin, nous avons vu se perdre dans un ciel noir le dernier rayon d'espérance terrestre; mais tout à coup, par-delà ces ténèbres profondes, notre âme a contemplé le firmament du mont invisible, et des astres nouveaux nous ont versé des flots de lumière.

L'étoile du matin brille sur le sommet des montagnes; une brise légère agite le feuillage; tout annonce que les portes du jour vont s'ouvrir.

La fuite de Cassy et d'Emmeline mit le comble à la fureur de Legree, et, comme on s'y attendait, cette fureur retomba sur Tom, sur un vieillard sans défense. Quand on accourut annoncer, parmi les esclaves, que les deux femmes s'étaient enfuies, Tom laissa briller dans ses yeux un éclair de joie; il leva comme instinctivement les mains vers le ciel, et ce geste fut surpris par l'œil du maître. Legree avait vu aussi que Tom ne se joignait pas à ceux qui poursuivaient les deux femmes. Sa première pensée avait été de l'obliger à faire comme les autres. Mais, sachant par avance quelle était son inflexibilité quand on lui donnait l'ordre de prendre part à quelque acte inhumain, il ne voulut pas, en engageant une querelle, perdre un temps que les circonstances rendaient précieux. Tom resta donc à la maison avec quelques-uns de ses camarades, auxquels il avait appris à prier, et tous ensemble se mirent à invoquer Dieu pour le salut des fugitives.

Lorsque, après une course longue et inutile, Legree fut de retour, la haine sourde qu'il ressentait pour Tom, et qui s'était accumulée peu à peu dans son âme, finit par éclater. Cet esclave, toujours calme et impassible, l'avait bravé sans cesse depuis qu'il était chez lui; il sentait dans sa poitrine un feu qui, longtemps contenu, le brûlait sans relâche comme le feu de l'enfer.

— Je le hais! s'écria-t-il au milieu de la nuit, en s'asseyant sur son lit, je le hais!... Et ne m'appartient-il pas? Ne puis-je pas en faire ce que je veux? Qui m'en empêcherait?

Et ses mains, serrées l'une contre l'autre, se tordirent comme si elles allaient se briser.

Tom était pourtant un esclave fidèle et précieux! Cette considération, tout en augmentant la haine de Legree, réprimait en quelque sorte sa colère.

Le lendemain matin, il résolut de différer encore sa vengeance; il rassembla les planteurs ses voisins, qui vinrent avec leurs fusils et leurs chiens; il s'agissait de se disperser de manière à former un cordon autour du marais, et de resserrer toujours le cercle. Si la chasse était heureuse, tant mieux! sinon, il faisait venir Tom, — et... il grinçait des dents et sentait bouillir son sang dans ses veines. — Il ferait plier cet esclave, ou bien... — et il prononça tout bas des paroles de vengeance qu'il résolut de mettre à exécution.

On dit que l'intérêt du maître suffit pour sauvegarder la vie de l'esclave. Dans un accès de délire, un homme, pour satisfaire une passion, ne livre-t-il pas sciemment son âme au démon? Eh bien! cet homme s'inquiétera-t-il de la vie de son prochain?

— Bien! dit Cassy après avoir regardé par la lucarne de son galetas; on va de nouveau se mettre en chasse, pour nous trouver.

Deux ou trois cavaliers caracolaient devant l'entrée principale de la maison, et des chiens luttaient en aboyant contre les nègres qui les tenaient en laisse.

Parmi les chasseurs, il y avait deux planteurs du voisinage, les autres étaient des amis que Legree rencontrait à la taverne, dans la ville voisine; ils étaient venus comme à une partie de plaisir. Il serait peut-être difficile de trouver des hommes ayant un aspect plus rude. Legree faisait une copieuse distribution de liqueur à ses amis, et même aux nègres qu'il avait fait venir des plantations voisines. On fait toujours en sorte qu'un jour de chasse soit pour les nègres un véritable jour de fête.

Cassy mit l'oreille à la lucarne, et comme le vent était favorable, elle put entendre une bonne partie de la conversation des chasseurs. Un sourire dérida sa figure sombre et sévère, quand elle les entendit assigner des postes, discuter sur les qualités de leurs chiens, donner des instructions sur l'usage des armes à feu, et s'entretenir du traitement qu'on ferait subir aux fugitives, si on les reprenait.

Cassy quitta sa lucarne, et, les mains jointes, les yeux au ciel, elle s'écria:

— O Dieu tout puissant! nous sommes tous pécheurs. Mais nous que l'on traite si cruellement, en quoi donc sommes-nous plus coupables que les autres?

Tandis qu'elle prononçait ces mots, une étrange ferveur se peignit sur sa figure.

— Si je n'étais pas avec vous, enfant, dit-elle en regardant Emmeline, j'irais me livrer à eux, et je remercierais celui qui consentirait à me tirer un coup de fusil; car à quoi me servira la liberté? me rendra-t-elle mes enfants, ou tous les biens que j'ai perdus?

Emmeline, dans sa simplicité enfantine, se laissait presque effrayer par l'humeur sombre de Cassy. Elle eut l'air embarrassé et ne répondit pas. Seulement elle prit la main de sa compagne et la serra doucement.

— Laissez-moi, dit Cassy en essayant de retirer sa main. Vous vous feriez aimer, et j'ai résolu de ne plus rien aimer au monde.

— Pauvre Cassy! répondit Emmeline: ne me parlez pas de la sorte. Si Dieu vous donne la liberté, il vous rendra peut-être votre fille; et moi, quoi qu'il arrive, ne vous en tiendrai-je pas lieu? J'ai perdu tout espoir de revoir ma pauvre vieille mère; eh bien! pauvre Cassy, que vous m'aimiez ou non, je vous aimerai toujours.

Tant de grâce, tant de candeur triomphèrent. Cassy s'assit à côté d'Emmeline, elle l'enlaça dans ses bras, caressa sa douce chevelure; et Emmeline fut étonnée de la beauté merveilleuse de ses yeux qui venaient de s'emplir de larmes.

— Emmeline! s'écria Cassy, j'ai eu faim et soif de mes enfants, et mes yeux se sont usés à les chercher. — Ici, dit-elle en mettant sa main sur son cœur, tout est ravagé, tout est vide. Si Dieu me rendait mes enfants, je pourrais prier.

— Vous devez avoir confiance en lui, Cassy: il est notre père.

— Sa fureur s'est appesantie sur nous! Il s'est détourné de nous dans sa colère.

— Non, Cassy! il se montrera miséricordieux à notre égard. — Espérons en lui, dit Emmeline. — J'ai toujours conservé l'espérance.

La chasse fut longue, active, persévérante et pourtant infructueuse, et Cassy jeta sur Legree un regard d'ironie et de triomphe quand elle le vit descendre de cheval, découragé et abattu.

— Quimbo, dit Legree en s'étendant sur un fauteuil dans le parloir, va me chercher Tom à l'instant! Ce vieux coquin est le premier coupable dans toute cette affaire. Je ferai sortir la vérité de dessous sa vieille peau noire, ou je saurai pourquoi!

Sambo et Quimbo se détestaient l'un l'autre, mais la haine profonde qu'ils portaient à Tom servit à les réunir. Legree leur avait dit tout d'abord qu'il avait acheté Tom pour en faire un inspecteur qui aurait la haute main, surtout pendant son absence. Cette confidence avait fait naître en eux un sentiment d'envie qui s'était accru, dans leur cœur avili et corrompu, à mesure qu'ils voyaient Tom plus exposé aux mauvais traitemens de son maître. Ce fut donc avec plaisir que Quimbo exécuta l'ordre qu'il venait de recevoir.

Tom ne put s'empêcher de frémir en se disposant à se rendre auprès de Legree. Les fugitives lui avaient confié leur projet, et il savait dans quel endroit elles se tenaient cachées. Il connaissait le caractère emporté de l'homme à qui il avait affaire, et toute l'étendue de son pouvoir despotique; mais il se sentait assez fort, avec l'aide de Dieu, pour braver la mort plutôt que de trahir les malheureuses femmes.

Il déposa son panier à côté des autres, et, levant les yeux au ciel, il dit: « Seigneur, je remets mon âme entre tes mains! Tu m'as racheté, ô Dieu de vérité! » — Et alors il se livra tranquillement à Quimbo, qui le saisit avec une rudesse brutale.

— Eh ! eh ! lui dit le géant en l'emmenant ; vous en tâterez ! Je vous ferai danser d'une jolie façon ! Pas moyen d'échapper ! oh ! vous aurez bonne mesure, sans tricherie ! Vraiment, vous avez bonne grâce à aider les esclaves de maître à s'enfuir. Voilà ce qui vous en revient.

Aucune de ces horribles plaisanteries ne frappa l'oreille de Tom. Une voix qui venait de plus haut lui disait : « Ne crains point ceux qui tuent le corps et dont la puissance ne s'étend pas plus loin. » Il tressaillit dans tout son être, comme si le doigt de Dieu même l'avait touché, et il sentit se développer dans son âme une énergie indomptable. Lorsqu'il passa près des arbres, des buissons et des cabanes, au milieu desquels s'écoulait sa vie d'esclave, il crut voir tous ces objets fuir et se confondre comme dans un tourbillon.— Il allait entrer au port. L'heure du repos était arrivée. Son cœur bondit de joie.

— Tom ! s'écria Legree en le saisissant par le collet de son habit, savez-vous que j'ai résolu de vous tuer !

Et ses dents s'entrechoquaient dans un violent accès de rage.

— C'est probable, maître, répondit Tom avec calme.

— Oui, je vais vous tuer, dit Legree avec un épouvantable sang-froid, à moins que vous ne me disiez où sont cachées les femmes.

Tom ne répondit pas.

— M'entendez-vous, dit Legree en frappant du pied et en rugissant comme un lion en fureur. Parlez.

— Je n'ai rien à vous dire, maître, répondit Tom lentement, mais avec une grande fermeté.

— Et vous osez me dire que vous ne savez rien !

Tom garda le silence.

— Parlez ! s'écria Legree d'une voix de tonnerre, en le frappant avec fureur. Savez-vous quelque chose ?

— Oui, maître, mais je ne puis rien dire ; je ne puis que mourir.

Legree respira longuement. Il comprima sa rage, prit Tom par le bras, et se posant devant lui, face à face, il lui dit :

— Écoutez ! Parce que jusqu'à présent j'ai toujours différé, vous croyez que j'ai voulu vous faire peur par des paroles ; mais cette fois je suis bien résolu : je fais le sacrifice de l'argent que vous m'avez coûté. Vous avez toujours et en tout pris parti contre moi. Eh bien ! aujourd'hui, vous plierez, ou je vous tuerai. Je compterai les gouttes de sang qu'il y a dans vos veines, et je les verserai une à une, jusqu'à ce que vous vous soumettiez.

Tom leva les yeux sur son maître et répondit : — Maître, si vous étiez malade ou mourant, je donnerais volontiers tout mon sang pour vous sauver ; si toutes les gouttes de sang qui coulent dans mes veines pouvaient sauver votre âme, je les donnerais encore : je mourrais pour vous comme le Seigneur est mort pour moi. Maître, ne souillez pas votre âme d'un si grand péché ! vous en souffririez plus que moi. De quelque manière que vous me traitiez, mes tourmens auront bientôt un terme ; mais si vous ne vous repentez, les vôtres ne finiront jamais !

Pareille à une musique céleste qui retentirait tout à coup au milieu d'une tempête, la charité divine de Tom occasionna un silence de quelques instans. Legree regardait son esclave d'un air stupéfait, on n'entendait que le bruit de la pendule. Elle mesurait à un homme endurci les derniers instans que la miséricorde d'en-haut lui donnait pour se repentir.

Il y eut une pause, un moment d'hésitation, une émotion passagère, — et l'esprit du mal revint à la charge avec une force sept fois plus grande. Legree, écumant de rage, terrassa sa victime.

Les scènes de cruauté et de meurtre révoltent l'oreille et le cœur. Tel homme frémit en entendant le récit d'une action qu'un autre homme n'a pas craint de commettre. Les souffrances de celui qui est notre frère, comme homme et comme chrétien, nous ne pourrons les raconter même dans l'intérieur de nos maisons : un tel récit déchirait notre âme ! — Et pourtant, ô ma patrie ! c'est à l'ombre de tes lois que ces atrocités se commettent ! O Christ ! ton Église en est témoin, et elle ne s'en émeut pas !

Un être vint un jour souffrir sur terre, et d'un instrument de torture et d'infamie il fit un symbole de gloire et d'immortalité. Et quand son esprit souffre, ni les verges, ni les outrages, ni le sang, ne peuvent empêcher la mort du chrétien d'être glorieuse.

Tandis que l'on déchirait son corps, était-il seul cet homme à qui l'amour divin faisait tout braver ?

Non ! près de lui, visible pour lui seul, se tenait le Fils de Dieu.

Aveuglé par sa rage comme par son autorité despotique, le tentateur ne le quitta point. À chaque instant il l'engageait à trahir l'innocent pour échapper aux tortures. Mais ce cœur fidèle et éprouvé demeura ferme sur le roc éternel. Comme son divin maître, il savait qu'il devait mourir pour sauver les autres, et aucun supplice ne put lui arracher une parole, si ce n'est des prières et des actes de foi.

— Je crois qu'il est mort, maître, dit Sambo, qui, malgré lui, était touché de la patience de sa victime.

— Va toujours, jusqu'à ce qu'il cède ! va toujours ! va toujours ! criait Legree ; je verserai son sang goutte à goutte, jusqu'à ce qu'il m'avoue tout !

Tom ouvrit les yeux et les tourna sur son maître :

— Pauvre et misérable créature, dit-il, vous ne pouvez plus rien me faire ! Je vous pardonne de tout mon cœur !

— Et il s'évanouit complétement.

— Je crois, sur mon âme, que c'est fini ! dit Legree en s'approchant de Tom ; oui, c'est fini ! Au moins, je suis parvenu à lui fermer la bouche : c'est une consolation. Mais qui fera jamais, Legree, taire cette voix dans ton âme ! cette âme déjà condamnée, pour laquelle il n'y a plus ni prière, ni espérance ; cette âme déjà consumée par le feu de l'enfer !

Tom n'avait pourtant point encore rendu le dernier soupir. Ses paroles étranges et ses pieuses prières avaient fait une vive impression sur le cœur endurci des nègres qui avaient été ses bourreaux. Lorsque Legree se fut retiré, ils étendirent Tom à terre et tâchèrent de le rappeler à la vie.

— Nous venons de commettre là une bien méchante action, dit Sambo ; j'espère qu'on ne la mettra pas sur notre compte, mais sur celui de maître.

Ils lavèrent ses blessures ; ils le couchèrent sur un lit grossier fait de coton avarié, et l'un d'eux, courant au parloir, demanda pour lui-même un peu d'eau-de-vie, sous prétexte qu'il était fatigué. Il sortit avec la liqueur et la fit avaler à Tom.

— O Tom ! dit Quimbo, nous avons été bien méchans pour vous.

— Je vous pardonne de tout mon cœur, répondit Tom d'une voix faible.

— Tom, dites-nous qui est Jésus ! demanda Sambo. Ce Jésus qui est resté près de vous toute la nuit, quel est-il ?

Ce mot rendit quelque force au vieillard qui se mourait. Il se mit à parler avec énergie de ce Jésus, de sa vie, de sa mort. Il dit qu'il était présent partout, et que lui seul était le Sauveur.

Les deux esclaves pleurèrent.

— Pourquoi donc n'ai-je pas su toutes ces choses plus tôt ? demanda Sambo. Mais je crois ! je ne puis m'en empêcher. Jésus, Notre Seigneur, ayez pitié de nous !

— Pauvres créatures ! dit Tom, je consentirais à perdre tout ce que j'ai pour vous donner au Christ. O Seigneur ! je vous en conjure, accordez-moi le salut de ces deux âmes !

Cette prière fut exaucée.

CHAPITRE XLI.

Le jeune Maître.

Deux jours après, un jeune homme entra en char à bancs dans l'avenue d'arbres de Chine, et jetant la bête les rênes sur le cou du cheval, il sauta hors de la voiture et demanda le maître du lieu.

C'était Georges Shelby; et pour expliquer comment il était là, il faut que nous revenions sur nos pas.

La lettre de miss Ophélia à mistress Shelby, par un malencontreux hasard, avait été retenue un mois ou deux dans quelque bureau de poste éloigné, avant d'arriver à destination; et, lorsqu'elle fut reçue, Tom était déjà perdu dans les savanes lointaines de la rivière Rouge.

Mistress Shelby lut cette lettre avec le plus profond chagrin; mais, pour le moment, elle était dans l'impossibilité d'agir. Elle était occupée à soigner son mari qui était dans le délire de la fièvre. Georges Shelby, dans l'intervalle, était devenu un grand jeune homme, il l'aidait assidûment dans tous ces soins, et c'est à lui qu'elle avait confié les affaires de son père. Miss Ophélia avait pris la précaution de leur envoyer le nom de l'homme de loi qui faisait les affaires des Saint-Clare, et l'on ne put, dans l'occurence, que lui demander par écrit des renseignemens. La mort de monsieur Shelby, qui eut lieu peu de jours après, absorba naturellement l'attention de la famille pour quelque temps.

Monsieur Shelby avait donné une preuve de la confiance que lui inspirait sa femme, en la nommant sa seule exécutrice testamentaire, et elle se trouvait ainsi sur les bras toute une masse d'affaires très compliquées.

Mistress Shelby, avec l'énergie qui la caractérisait, entreprit de débrouiller ce chaos, et pendant quelque temps Georges et elle s'occupèrent de recueillir et d'examiner les comptes, de vendre des biens et de payer les dettes; car mistress Shelby était déterminée à tout liquider, quelles qu'en pussent être les conséquences. Sur ces entrefaites ils reçurent, de l'homme de loi auquel miss Ophélia les avait adressés, une lettre annonçant qu'il ne savait rien de ce qu'on lui demandait, et ce n'est que Tom avait été vendu à l'encan, et que le prix de la vente avait été soldé.

Ni Georges, ni mistress Shelby ne purent être satisfaits de cette réponse. Aussi, environ six mois après, Georges, ayant des affaires à régler pour sa mère de ce côté, résolut de visite en personne la Nouvelle-Orléans, et de faire toutes les perquisitions nécessaires pour découvrir Tom.

Après plusieurs mois de recherches infructueuses, il rencontra, par un pur effet du hasard, à la Nouvelle-Orléans, un homme qui se trouvait en état de le renseigner, et, avec son argent en poche, notre héros prit le bateau à vapeur de la rivière Rouge, résolu de trouver et de racheter son vieil ami.

Il fut bientôt introduit dans la maison, où il trouva Legree au salon.

Legree reçut l'étranger d'un air bourru.

— J'ai appris, dit le jeune homme, que vous avez acheté à la Nouvelle-Orléans un esclave nommé Tom. Il a appartenu à mon père, et je suis venu voir si je ne pourrais pas le racheter?

Legree fronça le sourcil, et il s'écria avec violence:

— Oui, j'ai acheté ce homme, et j'ai fait là un joli marché! C'est bien le maître le plus rebelle, le plus effronté! Il pousse mes nègres à s'enfuir. Il a fait partir deux filles qui valaient de huit cents à mille dollars pièce. Il en est convenu; et, quand je lui ai ordonné de me dire où elles étaient, il a répondu qu'il le savait mais qu'il ne le dirait pas; et il n'en a pas démordu, quoique je lui aie administré la meilleure correction que j'aie encore donnée à un

nègre. Je crois qu'il tâche de crever, mais je ne sais pas s'il en viendra à bout.

— Où est-il? dit Georges avec impétuosité; faites-le-moi voir!—Les joues du jeune homme étaient couleur de pourpre, et ses yeux lançaient des éclairs; cependant il ne dit encore rien.

— Il est dans le vieux magasin, dit un jeune garçon qui tenait le cheval de Georges.

Legree récompensa l'indiscret par un coup de pied et une imprécation, mais Georges, sans ajouter un seul mot, se rendit au lieu qu'on venait de lui indiquer.

Il y avait deux jours que Tom était afflé depuis cette fatale nuit. Il ne souffrait pas, car le sentiment de la souffrance était engourdi et détruit en lui. Il était plongé, la plupart du temps, dans une calme stupeur; sa robuste et solide constitution ne permettait pas à son âme de s'échapper si vite. A la faveur des ténèbres, de pauvres êtres désolés, prenant sur leurs courtes heures de repos, venaient à la dérobée lui rendre quelques-uns de ces témoignages d'affection qu'il leur avait toujours prodigués. A la vérité, ces pauvres disciples avaient peu de chose à donner; — ils n'avaient que le verre d'eau froide, mais il était donné de tout cœur.

Des larmes étaient tombées sur cette face honnête, maintenant insensible, les larmes de repentir de ces pauvres ignorans païens dont sa tendresse et sa patience au lit de mort avaient converti; et des prières pleines d'amertume sollicitaient pour lui le Sauveur, dont ils ne connaissaient guère que le nom, mais que la ferveur ignorante n'implore jamais en vain.

Cassy, qui s'était glissée hors de sa retraite, et qui, en écoutant, avait appris le sacrifice fait pour elle et pour Emmeline, avait passé la nuit précédente près du mourant, au risque d'être découverte, et, touchée des dernières paroles que cette âme affectueuse avait encore eu la force de proférer, elle avait senti se fondre la glace que le désespoir avait amoncelée sur son cœur, et elle avait pleuré et prié.

Quand Georges entra dans le vieux magasin, il se sentit la tête toute étourdie et le cœur malade.

— Est-il possible! est-il possible! dit-il en s'agenouillant près du grabat. Oncle Tom, mon pauvre vieil ami!

Le son de cette voix pénétra dans l'oreille du moribond. Il remua doucement la tête, et dit avec un sourire:

— Jésus peut rendre un lit de mort aussi doux que des oreillers de duvet.

Des larmes, qui faisaient honneur à son cœur mâle, tombèrent des yeux du jeune homme tandis qu'il se penchait sur son pauvre ami.

— O cher oncle Tom! éveillez-vous! parlez encore une fois! Regardez, c'est Georges! votre petit Georges! Ne me reconnaissez-vous pas?

— Maître Georges! dit Tom, ouvrant les yeux et parlant d'une voix faible; maître Georges!...—Il avait l'air égaré.

Peu à peu, cette idée sembla se faire jour dans son esprit; son œil éteint se ranime, sa physionomie s'éclaira, ses rudes mains se joignirent, et les larmes coulèrent sur ses joues.

— Béni soit le Seigneur! c'est... c'est tout ce que je désirais! Ils ne m'ont pas oublié! Ça me réchauffe l'âme; ça fait du bien à mon vieux cœur! Maintenant, je mourrai content! Bénis le Seigneur, ô mon âme!

— Vous ne mourrez pas! Ne vous frappez pas de cette idée! Je viens vous racheter et vous emmener, dit Georges avec véhémence.

— O maître Georges, vous venez trop tard! C'est le Seigneur qui m'a racheté et qui m'emmène, — et il me tarde de partir. Le ciel vaut mieux que le Kentucky.

— Oh! ne mourrez pas! cela me tuera, cela me brisera le cœur de penser à ce que vous avez souffert, — étendu là sur ce grabat! pauvre ami!

— Ne me plaignez pas, dit Tom d'un ton solennel. J'ai été à plaindre, mais ce temps-là est passé; je suis sur le chemin de la gloire céleste. O maître Georges! *le ciel est* venu! J'ai remporté la victoire, le Seigneur Jésus me l'a accordée! Gloire à son nom!

Georges fut frappé de la force, de la véhémence avec laquelle furent prononcées ces phrases entrecoupées. Il resta silencieux.

Tom lui prit la main et continua :

— Il ne faudra pas dire à Chloé, pauvre âme! dans quel état vous m'avez rencontré, ça serait si terrible pour elle! Dites-lui seulement que vous m'avez trouvé allant à la gloire céleste, et que je ne pouvais attendre personne. Dites-lui que le Seigneur ne m'a jamais abandonné, et qu'il m'a rendu tout léger et facile. Et les pauvres enfans, et le baby! leur souvenir m'a souvent brisé le cœur. Dites-leur à tous de suivre mon exemple! Faites mes amitiés à maître et à chère bonne maîtresse, et à tout le monde là-bas. Vous ne savez pas comme je les aime tous! J'aime tous les hommes, partout.—Je ne suis qu'amour! O maître Georges, ce que c'est que d'être chrétien!

En ce moment, Legree vint rôder à la porte du magasin, y jeta un regard maussade avec une insouciance affectée, et se retira.

— Le vieux Satan! dit Georges dans son indignation. C'est une consolation de penser que le diable lui revaudra cela quelqu'un de ces jours.

— Oh! ne parlez pas ainsi, dit Tom en lui serrant la main; c'est un pauvre misérable! ça fait frémir d'y songer! Oh! si seulement il pouvait se repentir, le Seigneur lui pardonnerait maintenant; mais j'ai bien peur qu'il ne se repente jamais!

— J'espère bien que non, s'écria Georges; je serais fâché de le voir dans le ciel.

— Chut! maître Georges! vous m'affligez! N'ayez pas de ces sentiments-là! Il ne m'a pas fait de mal réel, il m'a ouvert le royaume des cieux, voilà tout.

Alors, le peu de forces que la joie de revoir son jeune maître avait rendues au mourant s'évanouit. Il s'affaissa tout à coup, il ferma les yeux, et l'on vit s'opérer sur sa face ce changement mystérieux et sublime qui annonce l'approche d'un autre monde.

Sa respiration devint pénible et profonde; sa large poitrine se soulevait et retombait pesamment. L'expression de son visage était celle d'un vainqueur.

— Qui... nous séparera de l'amour du Christ? dit-il d'une voix qui luttait contre la faiblesse mortelle.

Et il s'endormit avec un sourire.

Georges était resté immobile. Le lieu lui semblait sanctifié, et, lorsqu'il ferma ces yeux éteints, et qu'il se releva de dessus ce cadavre, il n'avait à l'esprit qu'une seule pensée, — celle qu'avait exprimée son vieil ami : — Ce que c'est que d'être chrétien!

Il se détourna : Legree était debout, l'air sombre, derrière lui.

Cette scène de mort avait modéré en lui l'emportement naturel du jeune âge. La vue de cet homme ne fut plus pour Georges qu'un objet de dégoût; et il n'eut qu'un désir, celui de s'éloigner le plus tôt possible.

Fixant donc sur lui ses yeux perçants, il dit simplement en montrant le mort :

— Vous avez tiré de lui tout ce que vous pouviez; qu'aurai-je à vous payer pour ce corps? Je veux l'emporter et le faire enterrer convenablement.

— Je ne vends pas les nègres morts, dit Legree d'un ton bourru. Vous pouvez l'enterrer où et quand il vous plaira.

— Enfans, dit Georges d'un ton d'autorité à trois nègres qui regardaient le cadavre, aidez-moi à l'enlever et à le porter à ma voiture; et procurez-moi une bêche.

L'un d'eux court en chercher une; les deux autres aidèrent Georges à transporter le corps.

Georges n'adressa ni une parole ni un regard à Legree, qui ne donna aucun ordre contraire et resta à siffler d'un air d'insouciance affectée. Il les suivit d'un air maussade à la porte où se tenait la voiture.

Georges étendit son manteau dans le char à bancs, et y

fit déposer soigneusement le corps, après avoir dérangé le banc pour faire de la place. Puis, se retournant, il arrêta ses regards sur Legree, et, s'efforçant de paraître calme, il dit :

— Je ne vous ai point encore fait connaître ce que je pense de cette atrocité; ce n'est ni le moment ni le lieu. Mais ce sang innocent sera vengé, monsieur. Je dénoncerai ce meurtre : je vais aller porter plainte contre vous devant le premier magistrat que je trouverai.

— Faites, dit Legree faisant claquer ses doigts en signe de mépris. Je voudrais voir ça. Où trouverez-vous des témoins? Quelles preuves fournirez-vous? — Allons, voyons!

Georges sentit aussitôt la force de ce défi. Il n'y avait pas un seul blanc dans l'endroit; et, dans toutes les cours du Sud, le témoignage des gens de couleur n'est point admis. Il lui sembla en ce moment qu'il aurait pu faire monter jusqu'aux cieux le cri de son cœur indigné; mais c'était en vain.

— Après tout, voilà bien de l'embarras pour un nègre mort, dit Legree.

Ce mot fut comme une étincelle dans un baril de poudre. La prudence n'avait jamais été la vertu cardinale du jeune Kentuckien. Georges se retourna, et renversa Legree d'un coup de poing en plein visage; et, à le voir enflammé de courroux sur son ennemi terrassé, il représentait assez bien son illustre homonyme, le vainqueur du dragon.

Il y a décidément des gens qui gagnent à être rossés : si un homme les étend à plat dans la poussière, il paraît aussitôt obtenir leur considération; et Legree était de cette espèce. Lors donc qu'il se fut relevé, et qu'il eut épousseté ses habits, il contempla avec un certain respect le char à bancs qui s'en allait, et il n'ouvrit pas la bouche qu'il ne l'eût perdu de vue.

En dehors de la plantation, Georges avait remarqué une butte sablonneuse, ombragée de quelques arbres; il y fit creuser une fosse.

— Faut-il ôter le manteau, maître? dirent les nègres quand elle fut prête.

— Non, non, enterrez-le dedans! C'est tout ce que je peux vous donner, à présent, pauvre Tom!

On déposa le mort dans la fosse, et on le recouvrit silencieusement de terre. Puis, ayant exhaussé le sol en cet endroit, on le recouvrit de gazon.

— Vous pouvez vous retirer, enfans, dit Georges, leur glissant à chacun dans la main le quart d'un dolar.

Mais ils ne paraissaient pas pressés de partir.

— Si jeune maître voulait nous acheter? dit l'un d'eux.

— Nous le servirions si fidèlement! dit l'autre.

— La vie est dure ici, maître! dit le premier. De grâce, maître, achetez-nous, s'il vous plaît!

— Je ne puis! — Je ne puis! dit Georges avec difficulté, en leur faisant signe de s'éloigner, c'est impossible!

Les pauvres diables parurent abattus, et s'en allèrent en silence.

— Sois témoin, Dieu éternel! s'écria Georges à genoux sur la tombe de son pauvre ami, oh! sois témoin qu'à partir de cette heure, je ferai tout ce que peut faire un seul homme pour chasser de mes terres cette malédiction de l'esclavage!

Aucun monument ne marque l'endroit où repose notre ami. Il n'en a pas besoin. Son Seigneur sait où il dort et saura bien le réveiller à l'heure de l'immortalité.

Ne le plaignez pas! Une pareille vie, une pareille mort ne demandent pas de pitié! Ce n'est pas dans les richesses de la toute-puissance que gît la principale gloire de Dieu, mais dans l'amour, dans son abnégation et dans ses souffrances! Bienheureux sont les hommes qu'il associe à lui, et qui, à son exemple, portent leur croix avec patience! C'est d'eux qu'il est écrit : « Bienheureux ceux qui pleurent, car ils seront consolés. »

CHAPITRE XLII.

Une véritable histoire de revenans.

Les histoires de revenans étaient, à cette époque, excessivement communes parmi les esclaves de l'habitation Legree; et elles n'étaient pas sans quelque fondement.

On se disait à l'oreille, que, vers la fin de la nuit, un bruit de pas se faisait entendre : un fantôme descendait du grenier et parcourait toute la maison. En vain on avait fermé les portes. Le revenant avait une double clef, ou bien, profitant du privilège immémorial de ses semblables, il passait à travers le trou de la serrure, et se promenait comme auparavant avec une liberté vraiment alarmante.

On ne s'accordait pas sur la forme extérieure de l'esprit, grâce à la coutume, répandue parmi les nègres comme parmi les blancs, de fermer les yeux et de se cacher la tête sous des couvertures, toutes les fois qu'ils se trouvent dans des circonstances pareilles. On sait que, toutes les fois qu'on est ainsi privé de l'usage des yeux du corps, ceux de l'âme jouissent d'une vivacité, d'une perspicacité extraordinaire. Aussi chacun faisait à sa guise le portrait du fantôme, et jurait que c'était le seul ressemblant. Ces portraits, comme il arrive souvent, différaient les uns des autres. Il n'y avait qu'un détail qui leur fût commun, c'est que le revenant, comme tous ceux de son espèce, portait un linceul blanc. Les pauvres gens n'étaient pas versés dans l'histoire ancienne, et ne savaient pas que Shakespeare lui-même a attesté l'authenticité de ce costume :

« Les morts, vêtus de blanc, poussaient des cris inarticulés dans les rues de Rome. »

Aussi, cette conformité d'opinion est, dans l'histoire de la démonologie, un fait frappant que nous recommandons à l'attention des êtres surnaturels à qui il prendrait fantaisie de se promener sur la terre.

Quoi qu'il en soit, nous avons des raisons particulières de croire qu'une grande figure, vêtue de blanc, aux heures que les fantômes choisissent de préférence, se promenait autour des bâtimens de Legree, passait à travers les portes, se glissait dans la maison, disparaissait par moment pour reparaître ensuite, traversait le palier et montait dans le grenier fatal. Et cependant, le lendemain matin, on trouvait les portes solidement fermées et verrouillées.

Legree ne pouvait empêcher ces bruits d'arriver jusqu'à lui, et ce qui l'exaspérait c'est qu'on s'efforçait de les lui cacher. Il buvait encore plus qu'auparavant ; pendant le jour sa gaîté était toujours aussi insolente ; il jurait plus haut que jamais. Mais la nuit il avait des rêves affreux et des visions horribles. La nuit qui suivit l'enterrement de Tom, il alla à la ville voisine faire une partie de débauche. Il revint tard chez lui ; il était fatigué, s'enferma dans sa chambre, retira la clef et se mit au lit.

Le méchant a beau se fatiguer pour tuer son âme, elle vit toujours en lui, et le remords s'assied à son chevet. Qui peut assigner des bornes à l'action de la conscience? Qui peut dire les doutes terribles qu'elle éveille dans l'esprit de l'homme, et ces frissons et ces tremblemens dont il ne peut pas plus se débarrasser qu'il ne pourra un jour fuir sa propre éternité? Qu'il est insensé celui qui s'enferme chez lui pour empêcher les esprits d'entrer, lorsqu'il porte en lui un ennemi qu'il ne peut regarder en face, un ennemi dont il a voulu étouffer la voix, et dont la voix retentit à ses oreilles comme la trompette du jugement dernier.

Legree ferma sa porte, et se fit un rempart de chaises, plaça une lampe sur sa table de nuit avec ses pistolets. Il examina les fermetures de la fenêtre, et s'écria en jurant

qu'il se souciait peu du diable et de tous ses démons, et il s'endormit.

Son sommeil fut profond, car il était fatigué; mais bientôt il éprouva un sentiment de vague horreur : il lui semblait que quelque chose s'agitait au-dessus de sa tête ; il croyait voir le linceul de sa mère; Cassy le tenait et le déployait devant ses yeux. Il entendait un bruit confus de cris et de gémissemens. Pourtant, il sentait qu'il dormait, et il faisait tous ses efforts pour se réveiller. Il était sûr que quelqu'un entrait dans sa chambre, et que la porte s'ouvrait, mais il ne pouvait faire le moindre mouvement. A la fin, il fit un effort si violent qu'il parvint à se retourner. La porte était ouverte, et il vit une main éteindre sa lampe.

Les rayons de la lune étaient obscurcis par les nuages et le brouillard, et à cette lueur douteuse Legree aperçut quelque chose de blanc qui se glissait dans la chambre. Il entendit comme un frôlement de robe. L'être surnaturel s'approcha de son lit, une main froide toucha la sienne, et une voix lui dit, d'un ton bas et lugubre : Viens! viens! viens! Une sueur glacée couvrit ses membres; il resta quelque temps sans mouvement. Quand il revint à lui, le fantôme avait disparu. Il s'élança de son lit, secoua la porte. Elle était fermée à clef. Le misérable tomba évanoui.

A partir de ce jour, Legree se livra avec fureur à la boisson. — Il buvait à toute heure et sans mesure.

Bientôt le bruit courut dans le pays qu'il était mourant. Les excès lui avaient occasionné une de ces maladies terribles qui semblent graver sur le front de ceux qui en sont atteints le sceau livide de la réprobation éternelle. On s'approchait qu'avec horreur de sa chambre à coucher. Dans un délire continuel il poussait des gémissemens horribles ; il parlait de visions qui glaçaient le sang dans les veines de ceux qui l'écoutaient. Et il croyait voir, debout près de son lit de mort, une forme triste, pâle, inexorable, qui lui criait : Viens! viens! viens!

Par une coïncidence singulière, la nuit même où le fantôme lui était apparu, on avait trouvé la porte de la cour ouverte, et les nègres avaient vu deux blanches figures se glisser à travers l'avenue vers la grande route.

Le lendemain matin, Cassy et Emmeline s'arrêtaient dans un bouquet d'arbres près de la ville.

Cassy était habillée comme une créole espagnole, tout en noir. Elle portait un petit chapeau noir, et son visage était caché par un voile brodé. Elles étaient convenues, en se sauvant de l'habitation, que Cassy passerait pour une créole, et qu'Emmeline aurait l'air d'être à son service. Comme depuis son enfance elle avait vécu au milieu de la plus haute société, son langage et ses manières lui permettaient de jouer ce rôle. Les restes d'une garde-robe autrefois splendide et les bijoux qu'elle avait conservés lui donnaient l'extérieur d'une personne de distinction.

Elle s'arrêta dans un faubourg où elle avait remarqué un magasin de malles. Elle en acheta une convenable, et elle pria le marchand de la lui faire porter. Ainsi escortées par un garçon et par Emmeline, chargée de son panier à ouvrage et de ses autres paquets, Cassy entra dans une taverne, où certes personne ne la prit pour une esclave fugitive.

La première figure qui la frappa fut celle de Georges Shelby, qui attendait le départ du paquebot. Elle avait remarqué le jeune homme par la lucarne du grenier où elle se tenait cachée; elle l'avait vu emporter le cadavre de Tom, et elle avait observé avec un secret bonheur la manière dont il s'était comporté à l'égard de Legree. Plus tard, d'après les conversations qu'elle avait surprises entre les nègres, lorsque après la chute du jour elle errait au milieu d'eux en jouant le rôle d'un fantôme, elle avait compris qui il était et quels liens l'attachaient à Tom. Aussi elle se sentit pleine de confiance lorsqu'elle eut appris qu'ils allaient s'embarquer ensemble sur le prochain bateau.

L'air distingué de Cassy, l'habileté avec laquelle elle dissimulait sa position, l'argent dont elle semblait abondamment pourvue, ôtaient tout prétexte au soupçon. Il est bien rare qu'on recherche avec soin les antécédens de ceux qui palent bien. Cassy le savait, et n'avait point oublié de se munir de la somme nécessaire à ses desseins.

Le soir du même jour le bateau fut signalé. Georges Shelby donna la main à Cassy, la conduisit à bord avec la politesse d'un véritable Kentuckien, et se mit immédiatement en quête d'une chambre convenable. Tant que le bateau navigua sur la rivière Rouge, Cassy garda la chambre et le lit, sous prétexte de maladie, et son jeune cavalier lui rendit avec un sentiment plein de respect tous les services qui dépendaient de lui.

Lorsqu'on fut arrivé sur le Mississipi, Georges, ayant appris que la dame étrangère continuait son voyage, fut touché de son isolement et de sa mauvaise santé; il lui offrit de lui retenir une place sur le même bateau que lui; elle accepta; ils s'embarquèrent sur le Cincinnati, et, grâce à la vapeur, descendirent le fleuve avec la rapidité d'une flèche.

Cassy ne tarda pas à se rétablir; elle vint s'asseoir sur le pont, descendit à table, et chacun la remarqua comme une dame dont la beauté devait avoir été splendide.

Du moment où Georges l'avait aperçue pour la première fois, il avait été frappé de sa ressemblance vague et indéfinie avec une personne qu'il ne pouvait se rappeler. Cette pensée le préoccupait, et malgré lui il la regardait avec une attention étrange. A table, dans sa chambre, partout elle rencontrait, arrêtés sur elle, les regards du jeune homme, qui se retirait poliment dès qu'elle témoignait par sa contenance que cette observation continuelle lui était désagréable.

A la fin, cette persistance l'inquiéta, et elle commença à penser qu'il soupçonnait quelque chose. Elle prit alors le parti de se confier entièrement à sa générosité, et elle lui raconta toute son histoire.

Georges ne demandait pas mieux de venir en aide à une femme qui s'était soustraite à la tyrannie de Legree; car il ne pouvait se rappeler ce misérable sans se sentir frémir d'indignation. Avec la générosité naturelle à un homme de son âge et de sa condition, sans considérer un instant les désagréments qui pourraient en résulter pour lui, il l'assura qu'il ferait tout ce qui serait en son pouvoir pour la protéger et l'aider à cacher sa fuite.

La chambre voisine de celle de Cassy était occupée par une Française nommée madame de Thoux, qui avait avec elle une belle petite fille de douze ans environ.

Cette dame, ayant entendu dire à Georges qu'il était du Kentucky, témoigna le désir de faire sa connaissance, et elle y fut puissamment aidée par les grâces de son enfant, qui était bien le plus joli petit jouet qui ait jamais aidé à tromper les ennuis d'un voyage de longue durée sur un bateau à vapeur. Georges allait souvent s'asseoir à la porte de leur chambre, et Cassy, placée sur le pont, pouvait facilement entendre leur conversation.

Madame de Thoux lui fit les questions les plus minutieuses sur le Kentucky, où elle lui dit avoir résidé dans la première période de sa vie. Georges découvrit, à sa grande surprise, qu'elle avait dû vivre tout près de l'habitation de son père, car elle avait, des hommes et des choses des environs, une connaissance vraiment étonnante.

— Connaissez-vous dans votre voisinage, lui demandat-elle un jour, un nommé monsieur Harris?

— Il existe, en effet, un vieux garçon de ce nom. Mais quoiqu'il habite assez près de nous, nous n'avons jamais eu beaucoup de rapports avec lui.

— C'est, je crois, un grand propriétaire d'esclaves, continua madame de Thoux, dont la voix trahissait peut-être plus d'intérêt qu'elle n'aurait voulu en montrer.

— Sans aucun doute, répondit Georges en la regardant avec surprise.

— Auriez-vous entendu dire qu'il ait eu en sa possession un mulâtre nommé Georges?

— Georges Harris! je le connais très bien. Il avait épousé une esclave de ma mère; mais il a pris la fuite, et il s'est réfugié dans le Canada.

— Il est libre! s'écria madame de Thoux; mon Dieu! je vous remercie!

Georges la regarda avec une profonde surprise, mais il se tut.

Madame de Thoux se cacha la tête dans ses mains et fondit en larmes.

— Georges est mon frère! dit-elle enfin.

— Impossible! s'écria le jeune homme.

— Oui, monsieur Shelby, Georges Harris est mon frère, continua-t-elle en relevant orgueilleusement la tête et en essuyant ses larmes.

— Vous me frappez d'étonnement, répondit monsieur Shelby en reculant sa chaise d'un pas ou deux, et en regardant madame de Thoux avec stupéfaction.

— On m'avait vendue dans le Sud, quand Georges était encore enfant. Je fus achetée par un homme bon et généreux; il m'emmena avec lui dans les Indes occidentales, m'affranchit et m'épousa. La mort me l'a enlevé, et je revenais dans le Kentucky pour voir si je ne pourrais pas trouver à racheter mon frère.

— Je me rappelle maintenant que j'avais entendu parler d'Emily, la sœur de Georges, qui avait été vendue dans le Sud.

— C'était moi. Mais quelle sorte d'homme est mon frère, demanda madame de Thoux avec quelque hésitation.

— C'est un noble jeune homme, répondit Georges. Au milieu de la dégradation de l'esclavage, il a su conserver un bon caractère. Il s'est montré intelligent et honnête. Je connais tous ces détails, continua-t-il, parce qu'il s'est marié dans notre famille.

— Et quelle femme a-t-il épousé?

— Un trésor; une jeune fille, belle, intelligente, aimable et pieuse. Ma mère l'avait fait élever avec le plus grand soin, je pourrais dire comme son enfant. Elle sait lire et écrire; elle est habile dans tous les travaux de son sexe; elle chante admirablement bien.

— Est-elle née chez vous?

— Non. Mon père l'avait achetée dans un de ses voyages à la Nouvelle-Orléans, et il en fit présent à ma mère. Elle avait alors huit ou neuf ans. Mon père n'avait jamais voulu dire à ma mère ce qu'elle lui avait coûté. Mais l'autre jour, en parcourant de vieux papiers, nous avons trouvé l'acte de vente. Vous ne sauriez croire ce qu'il avait payé cette enfant, sans doute à cause de sa beauté extraordinaire.

Georges tournait le dos à Cassy, et ne pouvait apercevoir l'expression d'anxiété qui se peignait sur son visage à mesure qu'il donnait tous ces détails.

Au moment où il prononçait ces dernières paroles, elle s'approcha de lui, lui toucha le bras pour attirer son attention, et, avec une pâleur qui attestait l'intérêt qu'elle mettait à la réponse de Georges, elle lui demanda s'il connaissait le nom de celui qui avait vendu l'enfant.

— L'homme qui a figuré dans la vente, dit Shelby, s'appelait Simon, autant que je puis me le rappeler.

— O mon Dieu! s'écria Cassy,— et elle tomba inanimée sur le parquet.

Georges et madame de Thoux s'empressèrent autour d'elle. Quoiqu'ils ne comprissent ni l'un ni l'autre la cause de son évanouissement, ils se donnèrent, pour la rappeler à la vie, tout le mouvement habituel en pareil cas. Dans la chaleur de son zèle, Georges cassa un pot à eau et deux vases. Les dames qui se tenaient dans la cabine, ayant appris qu'une femme se trouvait mal, accoururent, encombrèrent la porte de la chambre, et fermèrent tout passage à l'air. En un mot, on n'oublia rien de ce qui pouvait rendre plus grave l'état de la malade.

Pauvre Cassy! Lorsqu'elle revint à elle, elle se tourna du côté de la cloison, et se prit à pleurer et à sangloter comme un enfant. — Une mère peut-être pourrait dire à quoi elle pensait. Vous, lecteur ordinaire, vous ne le pouvez pas; mais, à coup sûr, elle comprenait que Dieu avait eu enfin compassion d'elle, et qu'elle reverrait sa fille; ce qui arriva, en effet, quelques mois après, lorsque... Mais n'anticipons pas.

CHAPITRE XLIII.

Résultats.

Le reste de notre histoire sera bientôt dit, Georges Shelby, intéressé, comme tout autre jeune homme pouvait l'être, par le côté romanesque de cette aventure, non moins que par le côté touchant, prit la peine d'envoyer à Cassy le contrat de vente d'Éliza. La date et le nom répondaient à la connaissance personnelle de la mère, et ne lui laissaient aucun doute sur l'identité de son enfant. Il ne lui restait plus qu'à retrouver la trace des fugitifs.

Madame de Thoux et Cassy, réunies de la sorte par la singulière coïncidence de leurs destinées, partirent immédiatement pour le Canada, et se mirent à faire des perquisitions dans les stations où sont recueillis les nombreux esclaves qui se sont évadés. À Amherstberg, elles découvrirent le missionnaire chez lequel Georges et Éliza avaient trouvé un refuge à leur arrivée au Canada; et par lui, elles réussirent à suivre les traces de la famille jusqu'à Montréal.

Il y avait cinq ans que Georges et sa femme étaient libres. Georges avait trouvé constamment de l'occupation chez un brave mécanicien, où il avait gagné de quoi soutenir sa famille, qui, dans l'intervalle, s'était accrue d'une autre fille.

Le petit Harry,—beau garçon intelligent,—avait été mis dans une bonne école et faisait de rapides progrès.

Le digne pasteur de la station d'Amherstberg fut tellement intéressé par le récit des deux voyageuses, qu'il céda aux sollicitations de madame de Thoux, et consentit à les accompagner à Montréal pour les aider dans leurs recherches, l'expédition se faisant aux frais de cette dame.

Ici la scène change, et nous sommes dans une jolie petite habitation des faubourgs de Montréal. C'est le soir. Un bon feu brille dans la cheminée; une table à thé, couverte d'une nappe blanche comme la neige, est apprêtée pour le repas du soir. Dans un coin de la chambre, est une autre table garnie d'un tapis vert, sur laquelle on voit un pupitre ouvert, des plumes, du papier, et au-dessus une tablette garnie de livres bien choisis.

C'est le cabinet de travail de Georges. Le même désir d'amélioration qui l'a conduit à apprendre, à la dérobée et au milieu de tant de labeurs et de découragements, à lire et à écrire, talens si convoités des nègres, lui a fait aussi consacrer toutes ses heures de loisir à la culture de son âme.

En ce moment, il est assis à sa table, prenant des notes dans un volume de la *Bibliothèque de Famille* qu'il vient de lire.

— Voyons, Georges, dit Éliza, vous avez été absent toute la journée, laissez le livre, et causons pendant que je fais le thé, je vous en prie.

Et la petite Éliza seconde l'effort de sa mère; elle va en trébuchant vers son père, essaie de lui arracher le livre de la main, et de s'installer sur son genou par forme de compensation.

— O petite enchanteresse! dit Georges, cédant comme doit toujours faire l'homme en pareille circonstance.

— Voilà qui est bien, dit Éliza en commençant à couper du pain.

Elle paraît un peu moins jeune; ses formes sont un peu plus pleines; elle a plus l'air d'une matrone qu'auparavant, mais elle est évidemment aussi satisfaite, aussi heureuse qu'une femme peut l'être.

— Harry, mon garçon, comment êtes-vous parvenu à faire cette addition, aujourd'hui? dit Georges en posant sa main sur la tête de son fils.

Harry a perdu ses longues boucles de cheveux, mais il ne peut jamais perdre ces yeux, ces cils et ce beau front hardi qui rayonne d'orgueil lorsqu'il répond:

— C'est moi! moi-même qui l'ai faite d'un bout à l'autre, père; et personne ne m'a aidé.

— C'est bien, dit Georges; comptez sur vous-même, mon fils. Vous avez une meilleure chance que n'en a jamais eu votre pauvre père.

On frappe à la porte, et Éliza va ouvrir. Le cri de joie: — Eh quoi! c'est vous? — attire son mari. C'est le bon pasteur d'Amherstberg. On lui fait fête. Deux femmes sont avec lui; Éliza les invite à s'asseoir.

Or, s'il faut dire la vérité, l'honnête pasteur avait combiné un petit programme d'après lequel cette affaire devait se développer, et, chemin faisant, ils s'étaient tous exhortés les uns les autres à s'y conformer fidèlement.

Mais, au moment où le digne homme venait de faire signe aux dames de s'asseoir, et où il prenait son mouchoir pour s'essuyer la bouche avant de commencer en forme son discours préliminaire, quelle fut sa consternation de voir madame de Thoux, au mépris de tout son plan, se jeter au cou de Georges, et tout découvrir en disant:

— O Georges, ne me reconnaissez-vous pas? Je suis votre sœur Emily.

Cassy s'était assise avec plus de calme, et elle aurait fort bien joué son rôle si la petite Éliza n'eût paru soudain devant elle avec la tournure, les traits, et jusqu'aux cheveux de sa fille la dernière fois qu'elle l'avait vue. La petite la regarda au visage, et Cassy la prit dans ses bras, la pressa sur son cœur en disant ce qu'elle croyait être en ce moment la vérité:

— Chère amour, je suis votre mère!

Dans le fait, il n'était pas facile de procéder dans un ordre convenable; mais le brave pasteur réussit enfin à faire tenir tout le monde tranquille et à débiter le discours par lequel il s'était proposé de commencer, et qui eut un tel succès que l'auditoire entier se mit à sangloter de façon à satisfaire tous les orateurs anciens ou modernes.

Tout le monde s'agenouilla, et le digne homme soumit en prières, — car il est des sentimens si agités, si tumultueux, qu'on ne les peut apaiser qu'en les versant dans le sein du Tout-Puissant;—puis, s'étant relevée, toute la famille s'embrassa avec une sainte confiance dans Celui qui l'avait réunie à travers tant de périls et par des voies si inconnues.

Le livre de notes d'un missionnaire envoyé parmi les fugitifs du Canada, contient des vérités plus étranges qu'aucune fiction. Comment en serait-il autrement, quand prévaut un système qui enlève et disperse les familles, comme le vent enlève et disperse les feuilles d'automne? Ces rivages de refuge, comme l'éternel rivage, réunissent souvent des cœurs qui se croyaient mutuellement perdus depuis longues années. Et rien n'est touchant comme la leur avec laquelle est reçu chaque nouvel arrivant; car il peut apporter des nouvelles d'une mère, d'une sœur, d'un enfant ou d'une femme, encore plongés dans les ténèbres de l'esclavage.

Il s'accomplit là des actes d'héroïsme supérieurs à ceux des romans. On voit des fugitifs, défiant la torture et bravant la mort même, s'exposer de nouveau aux terreurs et aux périls de cette sombre terre pour en ramener une sœur, une mère ou une femme.

Un jeune homme, dont un missionnaire nous a parlé, repris deux fois et atrocement puni de son héroïsme, s'était échappé de nouveau; et, dans une lettre dont nous avons entendu la lecture, il annonce à ses amis qu'il repart une troisième fois pour tâcher de ramener enfin sa sœur.—Mon bon monsieur, est-ce là un héros ou un criminel? N'en feriez-vous pas autant pour votre sœur? Et pouvez-vous le blâmer?

Mais revenons à nos amis, que nous avons laissés s'essuyant les yeux et se remettant d'une joie trop grande et trop soudaine. Les voici autour de la table hospitalière et en très-bonnes dispositions; si ce n'est que Cassy, qui a gardé la petite Éliza sur ses genoux, la serre de temps en temps d'une manière qui étonne l'enfant, et refuse obstinément de se laisser fourrer dans la bouche autant de gâ-

teaux que le voudrait la petite, — alléguant, autre sujet
d'étonnement pour celle-ci, qu'elle a quelque chose de
meilleur, et qu'elle n'a pas besoin de gâteau.

Effectivement, en deux ou trois jours, un tel changement s'est opéré en Cassy, que nos lecteurs auraient de la
peine à la reconnaître. Son air hagard, désespéré, a fait
place à une expression de douce confiance. Elle semble
avoir toujours fait partie de la famille ; et, à voir comment
son cœur s'est ouvert aux enfants, il fallait qu'il les attendît depuis longtemps. Son amour semblait même se porter
plus naturellement sur la petite Éliza que sur sa propre
fille ; car cette enfant était l'image exacte de celle qu'elle
avait perdue. Cette petite était comme un lien de fleurs
entre la mère et la fille ; elle aidait à l'intimité et à l'affection. La piété solide et raisonnée d'Éliza, réglée par la
lecture assidue des saintes Écritures, faisait d'elle un guide
convenable pour l'esprit de sa mère, ébranlé par tant d'é-
preuves. Cassy céda sur-le-champ à de toute son âme à
cette salutaire influence, et devint une pieuse et tendre
chrétienne.

Au bout d'un jour ou deux, madame de Thoux entra
avec son frère dans le détail de ses affaires. La mort de
son mari l'avait laissée maîtresse d'une fortune considérable, qu'elle offrit généreusement de partager avec sa famille.

Lorsqu'elle demanda à Georges le meilleur emploi qu'elle
pût en faire pour lui, il répondit :

— Donnez-moi de l'éducation, Émily ; ç'a toujours été le
désir de mon cœur. Le reste, je puis le faire.

Après mûre délibération, il fut décidé que toute la famille irait passer quelques années en France, et ils s'embarquèrent emmenant avec eux Emmeline.

Sa bonne mine gagna le cœur du second lieutenant du
vaisseau, qui l'épousa peu de temps après leur arrivée au
port.

Georges resta quatre ans à étudier, et il le fit avec tant
de zèle et d'assiduité, que son éducation fut vraiment complète.

Les troubles politiques de la France forcèrent enfin la
famille à retourner au Canada.

On comprendra mieux les sentiments et les vues de Georges en lisant une lettre qu'il écrivait à un de ses amis :

« Je suis un peu en peine sur la manière dont je dois
vivre. Sans doute, comme vous me l'avez dit, je pourrai
fréquenter les blancs de ce pays, la couleur de mon teint
étant fort claire, et celle de ma femme et de mes enfants à
peine visible. Oui, peut-être, je le pourrais, par tolérance ;
mais, franchement, je n'en ai pas envie.

» Mes sympathies ne sont pas pour la race de mon père,
mais bien pour celle de ma mère. Pour lui, je n'étais qu'un
beau chien ou un beau cheval ; pour ma malheureuse
mère, j'étais un enfant ; et quoique je ne l'aie pas revue,
depuis la cruelle vente qui nous sépara, jusqu'à sa mort,
je sais pourtant qu'elle m'aima toujours tendrement ; je le
sais par mon propre cœur. Quand je songe à tout ce qu'elle
souffrit, à mes propres souffrances dès mon bas âge, aux
malheurs et aux luttes de mon héroïque femme, à ma
sœur vendue au marché de la Nouvelle-Orléans, — quoique j'espère n'avoir pas de sentiments anti-chrétiens, on
pourra m'excuser de dire que je n'ai aucun désir de passer
pour un Américain, ou de m'identifier avec les gens de ce
pays.

» C'est à la race opprimée, asservie, que j'appartiens, et
si j'avais un souhait à former, ce ne serait pas d'avoir le
teint plus clair, ce serait de l'avoir plus foncé.

» Tous mes vœux sont de voir constituer une nationalité
africaine. Je veux un peuple qui ait une existence à part,
une existence à lui ; et où le chercher ? Ce n'est point dans
Haïti, car Haïti n'en contient pas les éléments. Un cours
d'eau ne peut pas s'élever au-dessus de sa source. La race
qui fit l'éducation des habitants d'Haïti était usée, efféminée ;
et, comme de raison, la race asservie sera des siècles à s'é-
lever à quoi que ce soit.

» Où donc chercher ? Sur les rivages de l'Afrique je vois
une république, — une république formée d'hommes choisis, qui, par leur énergie et l'éducation qu'ils se sont donnée eux-mêmes, se sont élevés dans beaucoup de cas et
individuellement au-dessus de la condition d'esclave. Après
être restée longtemps faible, cette république est parvenue
à se faire reconnaître par la France et par l'Angleterre.
C'est là que j'ai envie d'aller, et de me chercher une
nation.

» Je sais bien que vous serez tous contre moi ; mais,
avant de frapper, écoutez-moi. — Pendant mon séjour en
France, j'ai suivi avec un vif intérêt l'histoire de mes compatriotes en Amérique. J'ai observé la lutte entre les abo-
litionnistes et les partisans des colons, et, comme specta-
teur, j'ai reçu de loin des impressions que je n'aurais jamais eues comme acteur.

» Je reconnais que cette Libéria peut avoir servi à toutes sortes de desseins, et que nos oppresseurs s'en sont fait
une arme contre nous. Sans doute ce plan est devenu entre leurs mains un moyen coupable de retarder notre
émancipation. Mais la question pour moi est de savoir s'il
n'y a pas un Dieu qui domine les projets des hommes. Ne
peut-il pas avoir renversé leurs projets, et fondé par leurs
mains une nation pour nous ?

» De notre temps, une nation naît en un jour. Elle a
sous la main tous les grands problèmes de la civilisation
et de la vie républicaine ; — elle n'a plus à découvrir, elle
n'a qu'à appliquer. Tenons-nous donc unis le plus possible,
et voyons ce que nous pouvons faire de cette entreprise
nouvelle : le magnifique continent de l'Afrique s'ouvre tout
entier devant nous et devant nos enfants. Notre nation ré-
pandra sur les rivages la marée de la civilisation et du
christianisme, et y plantera de puissantes républiques qui,
croissant avec la rapidité de la végétation tropicale, profi-
teront à tous les siècles à venir.

» Dites-vous que je déserte mes frères asservis ? Je ne le
crois pas. Si je les oublie une heure, un seul instant de ma
vie, que Dieu m'en punisse ! — Mais ici que puis-je faire
pour eux ? Puis-je briser leurs chaînes ? non, je ne le puis
comme individu ; mais laissez-moi aller faire partie d'une
nation, qui aura voix au conseil des nations, et alors nous
pourrons parler. Une nation a le droit de plaider la cause
de sa race, de présenter des remontrances, des suppliques :
un individu ne l'a pas.

» Si jamais l'Europe devient un grand concile de nations
libres, — comme j'en ai la ferme espérance, — si elle en
finit avec le servage et toutes les inégalités sociales injustes
et oppressives ; et si notre position y est reconnue partout
comme elle l'est déjà en France et en Angleterre, — alors
nous en appellerons au grand congrès des nations, et nous
y présenterons la cause de notre race infortunée. Alors il
n'est pas possible que, libre et éclairée comme elle l'est,
l'Amérique ne veuille pas effacer de son écusson cette barre
de bâtardise qui la déshonore aux yeux des nations, et est
une malédiction pour elle autant que pour l'esclave.

» Mais, me direz-vous, notre race a le même droit de se
fondre dans la république américaine que la race irlan-
daise, allemande ou suédoise. Je l'accorde. Nous devrions
être libres de le faire, — de nous élever par notre mérite
individuel, sans aucune considération, de caste ni de couleur ; et ceux qui nous contestent ce droit mentent aux
principes d'égalité humaine qu'ils professent. Nous devrions
le pouvoir ici particulièrement. Car ici nous avons plus de
titres que les autres hommes ; nous avons ceux d'une race
lésée qui demande réparation. Mais, cette réparation, je
n'en veux pas ; je ne veux qu'un pays, une nation à moi.
Je crois la race africaine douée de qualités particulières
qui ne se sont point encore développées au grand jour de
la civilisation et du christianisme, mais qui sans être celles
de la race anglo-saxonne, se montreront peut-être moralement supérieures.

» C'est aux Anglo-Saxons qu'ont été confiées les destinées du monde, aux temps de lutte et de conflit. Leur caractère énergique, inflexible, convenait à cette mission.

Mais, comme chrétien, j'attends l'avénement d'une autre ère ; je crois que nous y touchons ; et les convulsions qui ébranlent les nations ne sont, je l'espère, que les douleurs qui accompagnent l'enfantement de la paix et de la fraternité universelles.

» J'ai confiance que le développement de l'Afrique sera essentiellement chrétien. Si cette race n'a pas l'instinct de la domination, elle est du moins affectueuse, magnanime et clémente. Ayant passé par la fournaise de l'injustice et de l'oppression, elle a besoin de se pénétrer davantage de cette doctrine sublime d'amour et de pardon, qui lui donnera seule la victoire, et que c'est sa mission de répandre sur tout le continent de l'Afrique.

» Par moi-même, je l'avoue, je suis faible à cet égard ; la moitié du sang qui coule dans mes veines est saxon, c'est-à-dire bouillant, inflammable ; mais j'ai toujours à mon côté un éloquent prédicateur de l'Évangile en la personne de ma jolie femme. Quand je m'égare, sa nature plus douce me ramène dans le droit chemin, et me remet devant les yeux la mission chrétienne de notre race. C'est comme patriote chrétien, c'est pour enseigner le christianisme que je vais dans mon pays, le pays de mon choix, ma glorieuse Afrique ; et quelquefois je lui applique dans mon cœur ces magnifiques paroles du prophète : « Tu as été abandonné et haï, au point que nul homme ne te traversait ; mais moi, je te donnerai une supériorité éternelle, je ferai de toi la joie de mainte génération ! »

» Vous m'appellerez enthousiaste, vous me direz que je n'ai pas bien réfléchi à ce que j'entreprends ; mais j'ai réfléchi, et j'ai calculé ce qu'il en coûtera. Je vais à Libéria, non comme à un Élysée romanesque, mais comme à un champ de travail. J'espère y travailler de mes mains, travailler ferme, en dépit de toutes sortes de difficultés décourageantes, et travailler jusqu'à ce que je meure.

» Quoi que vous puissiez penser de ma détermination, ne me retirez pas votre confiance, et croyez que tout ce que je fais part d'un cœur entièrement dévoué à ses frères.

» GEORGES HARRIS. »

Quelques semaines après, Georges s'embarqua pour l'Afrique avec sa femme, ses enfants, sa sœur et sa belle-mère. Si nous ne nous y trompons pas, le monde y entendra parler de lui.

Quant à nos autres personnages, nous n'avons rien de bien particulier à en dire, si ce n'est relativement à miss Ophélia et à Topsy, dont nous dirons un mot, et à Georges Shelby, à qui nous consacrerons un chapitre d'adieux.

Miss Ophélia emmena Topsy à Vermont, à la grande surprise de ce grave corps délibérant qu'un habitant de la Nouvelle-Angleterre désigne sous le nom de *our folks* « nos gens ». Nos gens donc trouvèrent que c'était une étrange et inutile addition à un ménage fort bien monté ; mais telle fut l'efficacité des efforts consciencieux de miss Ophélia pour remplir sa tâche en vers son élève, que l'enfant fut bientôt en faveur dans la maison et dans le voisinage. Lorsqu'elle devint nubile, elle fut baptisée sur sa propre demande, et devint membre de l'église chrétienne du lieu. Elle montra tant d'intelligence, de zèle et de désir de bien faire en ce monde, qu'on finit par la proposer et par l'accepter comme missionnaire d'Afrique ; et nous avons entendu dire que la même activité, le même esprit qui se présentait sous tant d'aspects divers dans son enfance, elle les emploie maintenant d'une manière plus salutaire en instruisant les enfans de son pays.

P.-S. Nous dirons aussi, pour la satisfaction de quelque mère, que des recherches provoquées par madame de Thoux ont amené récemment la découverte du fils de Casy. Jeune homme énergique, il s'était évadé quelques années avant sa mère, et avait été recueilli par les amis que les opprimés ont dans le Nord. Ils lui avaient même donné de l'éducation. Il rejoindra bientôt sa famille en Afrique.

CHAPITRE XLIV.

Le Libérateur.

Georges Shelby n'avait écrit que quelques lignes à sa mère pour lui annoncer le jour de son arrivée. Il n'avait pas eu le courage de parler de la mort de son vieil ami. Toutes les fois qu'il avait essayé de le faire, sa douleur l'en avait empêché ; alors il déchirait la lettre commencée, essuyait ses yeux, et se sauvait pour tâcher d'oublier.

Le jour où on attendait le jeune maître, il y avait un tumulte joyeux à l'habitation Shelby.

Mistress Shelby était assise dans son parloir comfortable, où on avait allumé un grand feu pour dissiper le froid des dernières soirées d'automne ; et notre ancienne amie, la vieille Chloé, avait présidé à l'arrangement de la table à manger, toute couverte de plats étincelans et de verres en cristal taillé.

Sa robe de calicot était neuve, son tablier blanc et propre, son mouchoir de tête soigneusement attaché ; sa figure d'un noir d'ébène brillait de satisfaction ; elle surveillait avec une lenteur calculée les dernières dispositions du couvert, afin d'avoir un prétexte de causer un peu avec sa maîtresse.

— J'espère que maître Georges sera content, dit-elle ; je viens de mettre son assiette où il aime qu'elle soit placée, auprès du feu. Maître Georges aime assez à être chaudement pour dîner. Pourquoi Sally n'a-t-elle pas sorti la plus belle théière, celle que maître Georges a achetée pour maîtresse à Noël ? Il me la faut absolument. Maîtresse a-t-elle reçu des nouvelles de maître Georges ?

— Oui, Chloé, mais il ne m'a écrit qu'une ligne pour me dire qu'il arriverait ce soir s'il pouvait.

— Il ne disait rien de mon vieux Tom ? demanda Chloé en essuyant les tasses à thé pour la seconde fois.

— Non, il ne m'a parlé de rien, Chloé ; il m'a écrit seulement qu'il me racontera tout à son arrivée.

— Je reconnais bien là maître Georges ; il aime tant à raconter lui-même ce qu'il a à dire ! Oh ! on ne peut pas me tromper sur le caractère de maître Georges. Je ne sais pas comment les blancs peuvent écrire autant qu'ils le font. On va si lentement, et c'est si difficile d'écrire !

Mistress Shelby se mit à sourire.

— Je pense bien que mon pauvre vieux Tom ne reconnaîtra pas ses enfans, surtout la plus petite. Seigneur ! c'est une grande fille aujourd'hui ; elle est bonne et vive, Polly ; elle est occupée maintenant à surveiller le *hoecake*. Vous savez, maîtresse, cette espèce de gâteau que mon vieux Tom aimait tant : je lui en avais fait manger un le matin même où on l'a emmené. Seigneur Dieu ! j'ai bien souffert ce matin-là.

Mistress Shelby ne put s'empêcher de soupirer. Ce souvenir lui serra le cœur. Elle était inquiète depuis qu'elle avait reçu la lettre de son fils ; elle craignait que quelque grand malheur ne fût caché derrière le silence dont il s'était enveloppé.

— Maîtresse a-t-elle gardé les billets ? demanda Chloé avec inquiétude.

— Oui, Chloé.

— C'est que je voudrais montrer à mon vieux Tom les billets même que le patron m'a donnés. — Chloé, me dit-il au moment où j'allais le quitter, vous devriez rester plus longtemps ici. — Je vous remercie, maître, lui répondis-je, mon vieux mari peut revenir à la maison, et puis maîtresse ne peut plus se passer de moi. Voilà mes propres paroles, maîtresse. C'était un bien excellent homme que maître Jones.

Chloé avait demandé avec instance que les billets qu'on lui avait donnés pour payer ses gages fussent conservés elle tenait à les montrer à son mari ; c'était pour elle une sorte de certificat de capacité, et mistress Shelby avait consenti de grand cœur à la satisfaire.

— Il ne pourra jamais reconnaître Polly, mon vieux Tom. Hélas! il y a cinq ans qu'on nous l'a pris; elle n'était qu'une enfant alors; c'est à peine si elle pouvait se tenir sur ses petites jambes. Vous souvenez-vous, maîtresse, comme il avait peur qu'elle ne tombât, lorsqu'elle sortait pour se promener. Hélas!

On entendit un bruit de roues.

— Maître Georges! s'écria Chloé en s'élançant à la fenêtre.

Mistress Shelby courut à la porte d'entrée, et elle tomba entre les bras de son fils. Chloé attendait avec anxiété; ses yeux essayaient de pénétrer l'obscurité de la nuit.

— O pauvre tante Chloé! dit Georges avec compassion, en prenant entre ses deux mains la main noire et rude de la négresse. J'aurais donné toute ma fortune pour pouvoir le ramener avec moi; mais il est parti pour un monde meilleur.

Mistress Shelby poussa une exclamation douloureuse; Chloé ne dit rien.

On entra dans la salle à manger. L'argent dont Chloé était si fière était encore sur la table.

— Tenez, dit-elle en le prenant et en le donnant à sa maîtresse, je ne veux plus le voir, je ne veux plus en entendre parler. Je savais bien ce qui arriverait. On l'a vendu, et ils l'ont toé dans leurs plantations.

Elle se détourna et se dirigea vers la porte. Mistress Shelby la suivit, prit une de ses mains, la fit asseoir sur une chaise et s'assit à côté d'elle.

— Ma pauvre Chloé! ma bonne Chloé! lui dit-elle.

Chloé appuya la tête sur l'épaule de sa maîtresse, et sanglota.

— O maîtresse! pardonnez-moi, mon pauvre cœur est brisé.

— Je le sais, répondit mistress Shelby en pleurant; je ne puis rien pour vous; vous n'avez d'espoir qu'en Jésus. C'est lui qui guérit les cœurs brisés, et qui panse les blessures de l'âme.

Il y eut un intervalle de silence pendant lequel tout le monde pleura. Enfin Georges s'asseyant près de la malheureuse Chloé lui prit la main, et, avec une véritable émotion, il lui dit la glorieuse mort et les derniers messages d'amour de son mari.

Environ un mois plus tard, tous les esclaves de Shelby furent réunis dans la grande salle de l'habitation. Leur jeune maître avait quelques mots à leur dire.

Il s'avança au milieu d'eux, portant une énorme liasse de papiers. Quelle surprise, quand on sut que c'étaient des actes d'affranchissement pour tous les esclaves! Georges en fit la lecture et les distribua au milieu des sanglots, des larmes et des cris enthousiastes des assistans.

Pourtant un grand nombre d'esclaves se pressèrent autour de lui, le supplièrent de ne pas les renvoyer, et, l'anxiété peinte sur leur figure, ils lui tendirent leur acte d'affranchissement.

— Nous ne voulons pas plus de liberté que nous n'en avons maintenant; nous n'avons jamais manqué de rien. Nous ne voulons quitter ni l'habitation, ni maître, ni maîtresse.

— Mes bons amis, dit Georges aussitôt qu'il eut obtenu un moment de silence, vous ne serez nullement obligés de me quitter. Mon établissement a besoin d'autant de bras qu'autrefois; il y a dans ma maison les mêmes travaux à faire que par le passé. Toutefois, hommes et femmes, vous êtes tous libres. Vous travaillerez, et je vous paierai le prix convenu. Si je fais faillite, ou si je meurs, cela peut arriver, vous ne serez ni saisis, ni vendus. J'espère faire prospérer cette habitation, j'espère vous apprendre, à la longue, quel usage vous devez faire des droits que vous confère la qualité d'hommes libres. Je compte que vous serez empressés et dociles à mes leçons; pour moi, je prie Dieu de me faire persévérer dans la volonté que j'ai de

vous instruire. Maintenant, mes amis, levez les yeux au ciel, et remerciez Dieu du bienfait de la liberté.

Un vieux nègre aveugle, et qui avait blanchi dans l'habitation, s'avança, et, levant ses mains tremblantes, il s'écria :

— Rendons des actions de grâces au Seigneur!

Tous s'agenouillèrent comme instinctivement, et jamais Te Deum plus touchant ne s'éleva vers le ciel; à ce chant ne se mêlaient ni le son des orgues, ni le bruit des cloches et du canon; mais il partait du fond des cœurs.

On se leva; et un autre vieillard entonna une hymne méthodiste dont l'idée principale était :

« L'année du jubilé est enfin venue;

» Pécheurs dont la rançon est payée, retournez vous asseoir au foyer paternel. »

— Un mot encore, dit Georges en interrompant les actions de grâces de la foule; vous vous rappelez tous l'oncle Tom?

Georges raconta brièvement sa mort et les touchans adieux qu'il avait adressés à tous ses compagnons d'esclavage; puis il ajouta :

— C'est sur son tombeau, mes amis, c'est devant Dieu que j'ai pris la résolution d'affranchir tous mes esclaves, dans la crainte que quelqu'un d'eux, par ma faute, ne courût risque d'être séparé de sa famille, de ses amis, et, comme l'oncle Tom, de mourir loin d'eux, dans quelque plantation étrangère. Ainsi, toutes les fois que vous vous sentirez heureux d'être libres, dites-vous que vous devez ce bonheur à Tom, et témoignez-en par des égards votre reconnaissance à sa femme et à ses enfans. Pensez à votre liberté tout... les fois que vous verrez la cabane de l'oncle Tom; qu'elle soit pour nous un encouragement à suivre ses traces, et à remplir tous les devoirs d'un honnête homme et d'un fidèle chrétien.

CHAPITRE XLV.

Conclusion.

Il nous est souvent arrivé des lettres de différentes parties de ce pays, dans lesquelles on nous demandait si l'histoire que nous venons de raconter est vraie. Nous allons répondre à cette question.

Les divers incidens qui composent ce livre sont, pour la plupart, authentiques, et ont eu pour témoin l'auteur lui-même ou ses amis personnels. Ils ont étudié avec soin les personnages dont les caractères ont été tracés dans cette histoire, et plusieurs des faits sont littéralement exacts.

Le caractère d'Éliza est tiré de la vie réelle; l'incorruptible fidélité, la piété et l'honnêteté de l'oncle Tom sont des vertus que l'auteur a vues se développer plus d'une fois dans des circonstances semblables à celles où se trouve ce personnage. Quelques-uns des incidens les plus romanesques et les plus tragiques ont aussi été pris dans la nature. Le fait d'une mère traversant l'Ohio sur la glace est connu. L'histoire de la vieille Prue s'est passée sous les yeux d'un frère de l'auteur, commis aux recettes d'une maison de commerce de la Nouvelle-Orléans. C'est également lui qui a fourni le caractère du planteur Legree. Nous croyons devoir citer les expressions dont il se sert en parlant de lui : « Il m'a fait réellement palper son poing, qui était dur » comme le marteau d'un forgeron ou quelque instrument » de fer, en me disant que ce poing était devenu calleux à » force d'abattre des nègres. Lorsque je quittai sa planta- » tion, je respirai plus librement. Il me semblait que je » m'étais échappé de la caverne d'un ogre! »

Plus d'un témoin oculaire, et un encore vivant, certifierait un besoin de la vérité d'histoires semblables à celles de Tom. Qu'on se rappelle que, dans tous les États du Sud, c'est un principe de droit que jamais un homme de couleur n'est admis à déposer contre un blanc! Il est facile de concevoir les cruautés qui peuvent avoir lieu, quand il se trouve d'une part des hommes dont les passions l'emportent sur leurs intérêts, et de l'autre des esclaves qui ont assez de courage pour résister à la volonté tyrannique d'un maître. Tout le monde sait que le nègre n'a aucune garantie, et que du caractère de son maître seul dépend son existence. Des faits trop horribles pour être rapportés ici parviennent souvent aux oreilles du public, et les commentaires qui les accompagnent sont presque toujours plus scandaleux que les faits eux-mêmes. On dit, par exemple : « Sans doute, ces choses-là pourront arriver de temps à « autre, mais ce n'est pas général. » Et si les lois de la Nouvelle-Angleterre permettaient à un maître de torturer de temps à autre un apprenti jusqu'à le faire mourir, sans être traduit en justice, en parlerait-on avec cette même indifférence? Dirait-on : « *Ce sont des cas rares, ce n'est pas général ?* » Oh! non. L'injustice est inhérente au système de l'esclavage; il ne pourrait exister sans elle.

La vente publique et honteuse de belles filles, maîtresses et quarteronnes, est, depuis la capture de *la Perle*, de notoriété publique. Nous produisons ici l'extrait d'un plaidoyer de l'honorable Horace Mann, un des avocats de cette cause. « Dans cette troupe de soixante-seize personnes, dit-il, qui tentèrent en 1848 de s'échapper du district de Colombie sur le schooner *le Perle*, et dont j'ai défendu les officiers, il se trouvait plusieurs jeunes filles, belles et jouissant d'une bonne santé, qui possédaient ce charme tout particulier de formes si apprécié des connaisseurs. Elisabeth Russel était du nombre de ces dernières. Elle tomba immédiatement dans les griffes d'un marchand d'esclaves, et fut destinée au marché de la Nouvelle-Orléans. À sa vue tout le monde se sentait profondément ému de pitié, et l'on offrit pour sa délivrance jusqu'à dix-huit cents dollars, mais son démon de maître fut inexorable. Elle fut expédiée à la Nouvelle-Orléans, et à mi-chemin Dieu eut pitié d'elle, la mort termina ses souffrances. Il y avait dans cette même troupe deux jeunes filles nommées Edmundson. Au moment où elles partirent pour le marché, leur sœur aînée alla supplier leur bourreau de les épargner pour l'amour de Dieu, mais le misérable se moqua d'elle en disant que ses sœurs auraient un jour de beaux meubles et de belles robes.—Oui, dit la jeune femme, c'est bon pour ce monde; mais que deviendront-elles dans l'autre vie? — On les envoya néanmoins à la Nouvelle-Orléans, mais plus tard elles furent rachetées à un prix énorme et ramenées chez elles. » N'est-il pas clair, d'après ces témoignages, que l'histoire d'Emmeline et de Cassy n'est pas une fiction? »

Le sentiment de la justice nous porte néanmoins à assurer que la générosité et les nobles sentiments attribués à Saint-Clare, se rencontrent aussi parfois parmi les planteurs, comme l'anecdote suivante en fait foi. Il y a quelques années un jeune homme du Sud était à Cincinnati avec un de ses esclaves favoris, nommé Nathan, qui l'avait servi depuis son enfance. Cet esclave profita de ce qu'il se trouvait dans un pays libre pour s'assurer sa liberté, et se réfugia chez un quaker très connu pour s'occuper d'affaires de ce genre. Le maître en fut indigné, d'autant plus qu'ayant toujours traité l'esclave avec bonté et confiance, il s'imagina qu'on avait dû employer la séduction pour le pousser à la révolte. Furieux, il alla trouver le quaker, qui le désarma facilement en faisant appel à sa bonté et à sa douceur, et en lui parlant de l'amour que tout homme a naturellement pour la liberté. Le jeune homme n'avait jamais considéré la question sous ce point de vue; revenant à des idées plus justes, il s'empressa de dire au quaker que si son esclave lui disait lui-même que son désir était d'avoir sa liberté, il la lui donnerait. À la suite de cet entretien, une entrevue eut lieu entre Nathan et le jeune homme, qui lui demanda si jamais il avait eu à se plaindre de la manière dont il l'avait traité.

— Non, maître, dit Nathan; vous avez toujours été bon pour moi.

— Pourquoi voulez-vous me quitter?

— Maître peut mourir, et alors que deviendrais-je?... Je préfère être libre.

Le jeune homme lui répondit :

— Nathan, si j'étais à votre place, je crois que je penserais comme vous. — Vous êtes libre.

Et aussitôt il lui donna sa liberté par un acte rédigé en forme; il remit en outre entre les mains du quaker une somme d'argent pour l'aider à commencer son nouveau genre de vie, et lui laissa une lettre remplie de bons conseils que l'auteur a eue entre les mains.

Nous avons rendu justice à la noblesse d'âme et à la générosité de quelques maîtres des provinces du Sud. Les exemples nous empêchent de désespérer, il est vrai; mais combien sont-ils les hommes de cette espèce en général? Nous le demandons à ceux qui connaissent un peu l'humanité.

Pendant plusieurs années, nous avons évité toute lecture, toute occupation concernant l'esclavage; ce sujet nous semblait trop triste pour être approfondi, et nous espérions que les progrès de la civilisation finiraient par détruire ce fléau. Mais lorsque nous vîmes un acte législatif de 1850, émané d'une assemblée chrétienne et d'hommes qui se targuent d'humanité, recommander aux citoyens, comme un devoir sacré, de dénoncer tout esclave fugitif, et de le forcer à rentrer sous le joug; lorsque nous entendions des hommes estimables et compatissans des États du Nord se demander avec doute : « quel était dans ce cas le devoir d'un chrétien? » nous nous disions : Ces hommes ne peuvent se figurer ce qu'est l'esclavage; s'ils le pouvaient, ils n'auraient aucun doute sur la conduite qu'un honnête homme doit tenir à l'égard des fugitifs. Et alors naquit en nous le désir de représenter, dans une *réalité dramatique*, les maux de l'esclavage. Nous l'avons fait loyalement, nous n'avons caché ni le bien ni le mal. Nous avons peut-être réussi dans le premier cas; quant au second, oh! qui pourrait dire tout ce qu'il resterait à dévoiler dans cette triste vallée de l'ombre et de la mort?

Et maintenant, c'est à vous que nous nous adressons, hommes et femmes du Sud, dont l'âme est noble et généreuse, et dont la vertu brille d'autant plus qu'elle a plus qu'ailleurs de difficultés à vaincre. N'avez-vous pas, à la lecture de ces pages, senti dans le fond de vos consciences, et ne vous êtes-vous pas dit dans l'intimité de vos entretiens domestiques, que le funeste système de l'esclavage fait naître bien plus de maux que ceux que nous avons décrits, bien plus qu'il ne serait possible d'en décrire? Cela peut-il être différemment? L'homme est-il créé de manière à ce que l'on puisse lui confier un pouvoir absolu? Et le système que nous flétrissons ici ne rend-il pas, en refusant à l'esclave le droit de déposer son témoignage, chaque maître un despote irresponsable? Il est impossible, à moins de manquer de bonne foi ou de bon sens, de ne pas voir clairement ce que doit être l'application de cette horrible espèce de jurisprudence. Oh! sans doute, hommes généreux à qui je m'adresse, il y a parmi vous un sentiment public d'honneur, de justice et d'humanité, mais n'existe-t-il pas un sentiment public contraire parmi ces planteurs rapaces, brutaux et dégradés, dont le nombre n'est que trop considérable? Et ne peuvent-ils pas, ces êtres vils, posséder également autant d'esclaves que les meilleurs parmi vous et les plus purs? Les bons et nobles caractères sont-ils en majorité dans ce monde?

Il est vrai qu'aujourd'hui le commerce des esclaves est considéré, par la loi américaine, comme une piraterie. Mais de ce que l'esclavage est encore permis, il résulte inévitablement un commerce de nègres aussi systématiquement établi que jamais il l'a été sur la côte d'Afrique. — Oh! qui pourrait dire toutes les horreurs, toutes les souffrances de cet état de choses?

Nous n'avons donné qu'une bien faible idée des douleurs et des angoisses qui, au moment où nous écrivons, accablent des milliers de cœurs brisés, et lancent dans l'abîme du désespoir et de la frénésie des milliers de familles sans secours et sans appui. On a vu des mères, poussées par le traîne maudit jusqu'au meurtre de leurs enfans, et chercher ensuite dans la mort un refuge à des maux plus affreux que la mort. Il n'existe pas de fiction, quelque tragique, quelque horrible qu'elle soit, dont l'horreur puisse égaler l'affreuse réalité des excès qui se passent continuellement dans notre pays sous la protection de la loi américaine et à l'ombre de la loi du Christ.

Et maintenant, je vous le demande, hommes et femmes de l'Amérique, l'esclavage est-il un système qu'il nous soit permis de défendre, de traiter légèrement ou même de passer sous silence? Fermiers de Massachusetts, du New-Hampshire, de Vermont et du Connecticut, vous qui, dans vos longues soirées d'hiver, lisez ce livre au coin d'un bon feu; vous, généreux matelots et maîtres de bâtimens du Maine, aurez-vous encore le cœur d'encourager et d'appuyer ce système? Hommes braves et généreux de New-York, fermiers du riche et joyeux Ohio, et vous, habitans de l'État des vastes prairies, avez-vous le droit de le protéger. Et vous, mères américaines, vous qui, penchées sur le berceau de vos enfans, avez appris à aimer l'humanité, oh! je vous en conjure, au nom de votre amour de mère, au nom de la joie que vous inspirent la beauté du votre enfant et sa belle innocence, au nom de la tendresse avec laquelle vous guidez ses premiers pas, des craintes que vous donne son avenir et des prières que vous dites pour le bien de son âme, oh! je vous en supplie, ayez pitié de la mère que vous aimez, mais qui n'a aucun droit légal de protéger, de guider dans la vie l'enfant de ses entrailles! Souvenez-vous des heures de maladie de votre propre enfant; pensez à ce regard mourant qu'il vous est impossible d'oublier, à ces derniers cris qui ont brisé votre cœur quand vous vous sentiez dans l'impuissance de le sauver ou même de le soulager; pensez à votre isolement après sa mort, à ce berceau si vide, à cette chambre silencieuse... Et je vous en supplie, encore une fois, ayez pitié de ces mères que ce commerce infâme a privées de leurs enfans; et dites-moi, vous aussi, mères américaines, vous est-il possible de ne pas flétrir un système qui révolte tout ce que votre cœur renferme de sentimens, et qui viole les lois les plus sacrées de la nature?

Vous me répondrez peut-être que cette question ne concerne en rien les peuples des États libres, et qu'ils ne peuvent rien pour mollifier ce déplorable état de choses. Dieu veuille qu'il en soit ainsi; mais cela n'est pas. Ces peuples l'ont malheureusement défendu et encouragé, et, devant Dieu, ils sont plus coupables que ceux du Sud, qui ont au moins pour eux l'excuse de l'habitude et du manque d'une bonne éducation.

Si les mères, dans les États libres, avaient toujours été ce qu'elles auraient dû être, leurs fils n'auraient pas été des maîtres d'esclaves, et des maîtres d'une cruauté devenue proverbiale; ils n'auraient pas contribué à l'augmentation de l'esclavage dans notre pays; ils n'auraient pas, comme ils font encore, trafiqué des corps et des âmes de leurs semblables. Qui ignore qu'il existe encore parmi nous des multitudes d'esclaves achetés temporairement, puis revendus par des citoyens du Nord? — La honte de ces marchés ne doit donc pas retomber sur les seuls habitans du Sud.

Les hommes du Nord, les chrétiens du Nord, au lieu de tant blâmer ce qui se passe chez leurs voisins, feraient mieux de s'occuper du mal qui existe chez eux.

Mais que peut faire un individu? me demandera-t-on. Chaque individu peut en juger lui-même. Chacun doit faire en sorte d'être lui-même conduit par de bons sentimens. Il existe autour de tout être humain comme une atmosphère de sympathie, et l'homme ou la femme qui sentent fortement, sainement et avec justice pour ce qui concerne les grands intérêts de l'humanité, cet homme et cette femme sont des bienfaiteurs constans de la race humaine. Examinez donc les sympathies dans cette question de l'esclavage; sont-elles en harmonie avec celles de Jésus-Christ, ou bien sont-elles corrompues dans leurs voies et entraînées par les sophismes du monde?

Chrétiens du Nord, vous avez encore un autre pouvoir; vous pouvez prier. Croyez-vous à la force de la prière? ou est-elle devenue pour vous une simple tradition? Vous priez pour les païens des pays éloignés; priez donc aussi pour les païens qui sont chez vous. Priez encore pour ces malheureux chrétiens, dont toute la chance pour une amélioration religieuse dépend de quelque accident commercial, et pour lesquels la pratique de la morale chrétienne est une impossibilité, à moins qu'ils ne reçoivent du ciel la force du martyr.

Mais allons plus loin. Il existe sur les rivages libres de nos mers les restes de pauvres familles, brisées par le malheur, des hommes, des femmes, échappés comme par miracle aux griffes de leurs maîtres; ils sont faibles, ignorans, avilis par l'esclavage; ils viennent chercher un refuge parmi vous; ils viennent vous demander une éducation morale et l'instruction.

Est-ce que vous ne devez rien à ces infortunés, ô chrétiens? Est-ce que chaque Américain ne doit pas une espèce de réparation à cette malheureuse race africaine pour tous les maux que l'Amérique lui a fait souffrir? Leur fermerez-vous encore longtemps les portes de vos églises et de vos écoles? Les États qui s'élèvent continueront-ils à les chasser de chez eux? Est-ce que l'Église du Christ écoutera encore longtemps en silence les sarcasmes dont on les accable? Est-ce que, par ce silence coupable, elle continuera à encourager la cruauté avec laquelle on voudrait les chasser bien loin de nos frontières? — Ah! s'il en doit être ainsi, il y aura un triste spectacle; s'il en doit être ainsi, le pays aura raison de trembler en pensant que la destinée des nations est entre les mains de celui qui est miséricordieux et plein d'une tendre compassion.

Me répondrez-vous: Nous n'en voulons pas, qu'ils retournent en Afrique?

Que Dieu, dans sa providence, leur ait accordé un refuge en Afrique, c'est certainement un fait d'une grande conséquence; mais est-ce une raison pour que l'Église de Jésus-Christ se décharge envers une race infortunée de cette responsabilité que le devoir exige d'elle?

Peupler la Libérie d'une race ignorante, sans expérience, demi-barbare, et à peine délivrée de ses chaînes, ce ne serait que prolonger pendant bien longtemps encore une période de tourmens et de malheurs. Que l'Église du Nord reçoive donc ces infortunés dans son sein; qu'elle les admette aux bienfaits d'une éducation chrétienne, aux avantages d'une société républicaine, jusqu'à ce qu'ils aient atteint un certain degré de maturité intellectuelle et morale, et alors aidez-les à se transporter sur les rivages où ils peuvent mettre en pratique les leçons que vous leur aurez données!

Il existe une société d'hommes, comparativement petite, qui a déjà mis en pratique les conseils que nous donnons, et le pays a vu des hommes, autrefois esclaves, acquérir rapidement, par l'éducation, des propriétés, de bonnes mœurs et une bonne réputation. On a vu surgir des talens remarquables, on a vu des efforts héroïques et de grands exemples de dévouement pour racheter des pères ou des amis. Tous ces faits, quand on pense aux circonstances dans lesquelles ils se sont développés, sont vraiment surprenans.

L'auteur de ce livre a passé des années sur la frontière des États du Sud, et a eu l'occasion de voir et d'étudier des hommes autrefois esclaves. Quelques-uns ont servi comme domestiques dans sa maison, et, à défaut d'écoles, c'est avec ses propres enfans qu'il leur a fait donner de l'instruction. Il a aussi les témoignages des missionnaires par rapport à l'aptitude naturelle des nègres réfugiés dans le Haut-Canada. Ils sont très encourageans et coïncident parfaitement avec ses propres observations.

Le premier désir des esclaves émancipés est, en général, d'avoir de l'éducation. Il n'y a point de sacrifices auxquels ils ne se soumettent pour faire instruire leurs enfans, et tout le monde sait qu'ils apprennent avec une facilité extraordinaire. Les écoles fondées pour eux par quelques bienfaisans citoyens de Cincinnati ont produit des résultats très satisfaisans.

Nous citons, en nous appuyant de l'autorité de C. E. Stowe, professeur du séminaire de Lane (Ohio), quelques faits concernant des esclaves libérés, habitant aujourd'hui Cincinnati. Ils montrent parfaitement qu'ils sont aptes à l'industrie, alors même que les encouragemens ne leur sont pas particulièrement prodigués.

Nous ne donnons ici que les initiales de leurs noms :

B..., ébéniste, depuis vingt ans en ville, a une fortune de vingt mille dollars, acquise par lui-même. Il est Baptiste.

C..., noir complet, volé en Afrique, vendu à la Nouvelle-Orléans; libre depuis quinze ans, il s'est racheté au prix de six cents dollars. Il est fermier, propriétaire de plusieurs fermes dans l'Indiana, presbytérien, et a acquis une fortune de vingt mille dollars.

K..., noir, négociant; sa fortune est de trente mille dollars; quarante ans, libre depuis six ans; il s'est racheté ainsi que sa famille au prix de dix-huit mille dollars. Membre de l'église Baptiste; il a reçu de son maître en legs qu'il a augmenté.

G..., noir, marchand de charbon, trente ans; il possède une fortune de dix-huit mille dollars; il s'est racheté deux fois, ayant été une fois privé par fraude de seize cents dollars. Il a acquis sa fortune lui-même, et en grande partie pendant son esclavage. C'est un bel homme.

W..., noir au trois-quarts, barbier et sommelier, du Kentucky. Libre depuis dix-neuf ans, il a payé pour lui et sa famille plus de trois mille dollars. Sa fortune est de vingt mille dollars acquis par lui-même; il est diacre dans l'église Baptiste.

G..., noir au trois-quarts, blanchisseur, du Kentucky. Libre depuis neuf ans, il a payé quinze cents dollars pour lui et sa famille. Il est mort âgé de soixante ans. Sa fortune était de six mille dollars.

Le professeur Stowe dit : « Hormis G..., j'ai connu pendant plusieurs années tous ces hommes, et c'est sur cette connaissance personnelle que je base mes jugemens. »

Nous nous souvenons d'avoir vu une vieille femme de couleur qui était blanchisseuse. Sa fille épousa un esclave. Cette jeune femme était remarquablement active et capable; elle acquit à force de peine, de travail et de dévouement, la somme de neuf cents dollars qu'elle voulait employer au rachat de son mari. Elle les remit en effet entre les mains de son maître, mais comme il lui manquait encore cent dollars, il n'eut pas tout de suite sa liberté. Malheureusement le maître mourut, et jamais son argent ne lui fut rendu.

Il y aurait un grand nombre de faits à ajouter pour prouver le désintéressement, l'énergie, la patience et l'honnêteté des esclaves qui se trouvent dans nos pays libres. Et surtout, que l'on n'oublie pas que c'est à force de vaincre bravement les obstacles de tout genre qu'ils parviennent à se créer de la fortune et une position sociale. Suivant les lois de l'Ohio, les hommes de couleur n'ont pas encore le droit de voter, et, il y a peu d'années, on leur refusait celui de témoigner en justice dans les affaires où étaient impliqués des blancs, et ce n'est pas seulement dans l'Ohio que ces choses se passent. Dans tous les États de l'Union, nous voyons des hommes, à peine délivrés de leurs chaînes, s'élever par leurs propres efforts jusqu'à une position respectable : Ginnington, dans le clergé; Douglas et Ward, parmi les éditeurs, sont des exemples assez connus. Et si, malgré les obstacles, ces hommes si persécutés sont arrivés à leur but, avec quelle facilité ne l'atteindraient-ils pas si l'Église chrétienne agissait envers eux dans l'Esprit du Seigneur!

Nous sommes à une époque où les nations sont ébranlées. Dans la vieille Europe s'élève un souffle qui secoue le monde social et la fait trembler sur sa base. — Et l'Amérique, serait-elle à l'abri de tout danger? Chaque nation qui nourrit en son sein une grande injustice, nourrit aussi les élémens de terribles convulsions.

Et pourquoi l'orage gronde-t-il ainsi parmi toutes les nations? pourquoi ces menaces terribles et inouïes? Pour la liberté! pour l'égalité! — O Église du Christ, ne méprise pas les avertissemens des peuples! N'entends-tu pas la voix de Celui dont le règne doit arriver et dont la volonté doit être faite sur la terre comme dans le ciel?

« Qui peut éviter le jour du Seigneur? Ce jour s'élèvera « en témoignage contre celui qui enlève à l'ouvrier son « salaire, qui opprime la veuve et l'orphelin. Ce jour bri- « sera l'oppresseur! »

Ces paroles ne sont-elles pas terribles pour une nation qui nourrit en elle-même une si puissante et si cruelle injustice? Oh! chrétiens, chaque fois que vous demandez à Dieu que le règne du Christ arrive, n'oubliez pas que les prophéties nous annoncent la vengeance en même temps que le salut!

Mais le jour de la grâce peut luire encore pour nous. Le Nord et le Sud sont coupables devant Dieu et l'Église chrétienne; ils ont un compte terrible à rendre! Ce n'est pas en s'unissant pour protéger l'injustice et la tyrannie et rendre le péché commun, que notre pays, notre Union, peut être sauvé; mais par le repentir, la justice et la compassion! Car les lois éternelles de la gravitation ne sont pas plus certaines que les lois d'après lesquelles l'injustice et la cruauté attirent sur les nations la colère de l'Éternel.

TABLE

DES MATIÈRES CONTENUES DANS LA CABANE DE L'ONCLE TOM.

FIN DE LA TABLE.

Paris. — Impr. Louis Grimaux, rue du Croissant, 14.

www.ingramcontent.com/pod-product-compliance
Lightning Source LLC
Chambersburg PA
CBHW070818250626
47170CB00006B/2147